毛詩注疏

四部備要

經部

上海中華書局據阮刻本校刊

桐鄉 陸費逵總勘
杭縣 高時顯 吳汝霖輯校
杭縣 丁輔之監造

毛詩國風　鄭氏箋　孔穎達疏

南山刺襄公也鳥獸之行淫乎其妹大夫遇是惡作詩而去之襄公之妹魯桓公夫人文姜也襄公素與淫通及嫁公。謫之公與夫人如齊夫人愬之襄公襄公使公子彭生乘。公而搤殺之夫人久留於齊莊公即位後乃來猶復會齊侯于禚于祝丘又如齊師齊大夫見襄公行惡如是作詩以刺之又非魯桓公不能禁制夫人而去之〇之行下孟反謫直革反責也又張革反乘繩證反一本作彭生乘公乘則依字讀搤於革反說文云捉也公羊傳云拉公幹而殺之沈又烏詣反拉音郎答反復扶又反下皆同禚音灼地名行惡下孟反下之行皆同疏南山四章章六句至去之〇正義曰作南山詩者刺襄公也以襄公爲鳥獸之行鳥獸淫不避親襄公行如之乃淫於己之親妹人行之惡莫甚於此齊國大夫逢遇君有如是之惡故作詩以刺君其人恥事無道之主既作此詩遂弃而去之此妹既嫁於魯襄公猶尙淫之亦猶魯桓不禁使之至齊故作者既刺襄公又非魯桓經上二章刺襄公淫乎其妹下。章責魯桓縱恣文姜序以主刺襄公故不言魯桓大夫遇是惡作詩而去之言作詩之意以見君惡之甚於經無所當也〇箋襄公至去之〇正義曰以弊笱猗嗟之序知襄公所淫之妹文姜是也桓十八年左傳云公與夫人姜氏如齊齊侯通焉公謫之以告夏四月丙子享公使公子彭生乘公公薨於車莊元年公羊傳云夫人譖公於齊侯公曰同非吾子齊侯之子也齊侯怒與之飲酒於其出焉使公子彭生送之於其乘焉拉幹而殺之是公謫文姜彭生搤殺公之事也春秋經桓三年秋公子翬如齊逆女九月夫人姜氏至自齊是文姜以桓三年歸魯也左傳於桓十八年如齊之下始云齊侯通焉箋知素與淫通者以。奸淫之事生於聚居不宜既嫁始然故知未嫁之前素與淫通也且桓六年九月經書丁卯子同生即莊公也猗嗟序稱人以莊公為齊侯之子公羊傳稱桓公云同非吾子明非如齊之後始與齊侯通也但左傳為公謫張本故於如齊之下始言齊侯通耳公羊拉幹而殺之史記稱使公子彭生抱魯桓公上車摺其脇公死於車摺與拉音義同彼皆言拉殺此言搤殺者說文云搤捉也何休云幹脇拉折聲正謂手捉其脇而折拉然為聲此指言殺狀故言搤也夫人以桓十八年與公如齊經書公之喪至自齊傳不言文姜來歸莊元年傳云不書即位文姜出故也莊公即位之時猶在齊未來故言夫人久留於齊莊公即位後乃來也其來年月三傳無文莊元年經書三月夫人遜于齊公羊傳云夫人固在齊矣其言遜何念母也正月以存君念母以首事何休及賈逵服虔皆以為桓公之薨至是年三月朞而小祥公憂思少殺念及於母以其罪重不可以反之故書遜于齊耳其實先在於齊本未歸也至二年夫人會齊侯於禚是從魯往之則於會之前已反魯矣服虔云蓋魯桓公之喪從齊來以文姜為二年始來杜預以莊元年歲首即位之時文姜來公以母出之故不忍即位文姜於時感公意而來既至為魯人所尤故三月又遜於齊謂文姜來而復去非先在齊二者說雖不同皆是莊公即位之後乃來也杜預創為其說前儒盡不然也鄭於喪服小記之注引公羊正月存親之事則亦同於賈服至二年乃歸也春秋經莊二年夫人姜氏會齊侯於禚四年夫人姜氏享齊侯於祝丘五年夫人姜氏如齊師是夫人復會齊侯如齊師也以言齊侯淫於其妹終說其淫之事若然按經莊七年春夫人姜氏會齊侯於防冬夫人姜氏會齊侯於穀亦是淫事此不言者略舉其先三會以包其後二會也以左傳於會禚之下書姦也於會防之。正言齊志也杜預以為意出於夫人則云書姦意出於齊侯則云齊志傳舉二端其餘皆從之則祝丘與如齊師姦由從夫人防穀姦發於齊侯鄭意或亦當然今此箋又以經有非魯桓之事而序不言之據夫人發文故申其意言大夫見襄公行惡如是作詩以刺之又非魯桓公不能禁制文姜言詩經有此二意也而云去之者疊序去之文謂弃齊而去

南山崔崔雄狐綏綏興也南山齊南山也崔崔高大也國君尊嚴如南山崔崔然雄狐相隨綏綏然無別失陰陽之匹箋云雄

狐行求匹耦於南山之上形貌綏綏然興者喻襄公居人君之尊而爲淫泆之行其威儀可恥惡如狐○崔子雖反又音佳別彼列反泆音逸下同惡烏路反又如字

魯道有蕩齊子由歸 蕩平易也齊子文姜也箋云婦人謂嫁曰歸言文姜既以禮從此道嫁于魯侯也○蕩徒黨反徐敕黨反易夷豉反

既曰歸止曷又懷止 懷思也箋云懷來也言文姜既曰嫁于魯侯矣何復來爲乎非其來也

疏 ○南山至懷止 毛以爲南山雄狐各自爲喻言南山高大崔崔然以喻國君之位尊高如山也雄狐相隨綏綏然雄當配雌理亦當然也今二雄無別失陰陽之匹以喻夫當配妻今襄公兄與妹淫亦失陰陽之匹以襄公居尊位而失匹配故舉淫事以責之言魯之道路有蕩然平易齊侯之子女文姜用此道而歸嫁於魯既曰歸於魯止自有夫矣襄公何爲復思之止而與之會爲此淫乎○鄭以爲狐在山上爲喻言南山高大崔崔然有雄狐在此山上以求配耦形貌綏綏然其狀可恥惡也喻說在箋既言公淫可惡又責文姜會公言魯之道路有蕩然而平易齊子文姜從此道而歸於魯既曰歸於魯止當專意事夫何爲又復來止責文姜之來會襄公也○傳南山至之匹○正義曰詩人自歌土風山川不出其境故云南山齊南山也舉南山形貌高大崔崔然故知喻國君之位尊嚴言其高大如南山也綏綏是匹行之貌今言雄狐相隨綏綏然明是二雄狐相匹故云雄狐綏綏然是二狐俱雄無有別異失陰陽之匹以喻兄與妹淫亦失陰陽之匹也今定本云失陰陽之正義亦通也檢此傳文無狐在山上之意則各自爲喻異於鄭也對文則飛曰雌雄走曰牝牡散則可以相通牧誓曰牝雞之晨飛得稱牝明走得稱雄僖十五年左傳稱秦伯伐晉筮之遇蠱其繇曰獲其雄狐亦謂牡爲雄與此同也○箋雄狐至如狐○正義曰箋以南山雄狐文勢相連則是狐在山上不宜別以爲喻又狐必雄雌相從無二雄相隨之理故以爲狐求匹耦於南山之上喻襄公淫泆於人君之位其可恥惡如狐貌以狐比之有狐之傳以綏綏匹行之貌則此言綏綏亦匹行之貌言求匹耦者正謂無雌相隨是求匹耦也在高顯之處使人見之是謂可恥惡也○傳蕩平至文姜○正義曰以其說道

路之貌故以蕩爲平易言地平而易無險難也文姜齊女故謂之齊子傳於詩由多訓爲用此當言用此道以歸魯也○傳懷思○正義曰釋詁文王肅云文姜既嫁於魯適人矣何爲復思與之會而淫乎○箋懷來至其來○正義曰懷來釋言文以歸止謂文姜歸則懷止亦謂文姜懷不宜謂襄公思故易傳以爲非責文姜之來也

葛屨五兩冠緌雙止 葛屨服之賤者冠緌服之尊者箋云葛屨五兩喻文姜與姪娣及傳姆同處冠緌喻襄公也五人。爲奇而襄公往從而雙之冠屨不宜同處猶襄公文姜不宜爲夫婦之道○屨九具反兩王肅如字沈音亮緌如誰反傳姆上音付下音茂處昌慮反下同○奇居宜反

魯道有蕩齊子庸止 庸用也

既曰庸止曷又從止 箋云此言文姜既用此道嫁於魯侯襄公何復送而從之爲淫泆之行

【疏】葛屨至從止○正義曰屨以兩隻爲具五爲數之奇言葛屨服之賤雖有五兩其數雖奇以冠緌往配而雙止則非其宜以喻文姜是襄公之妹雖與姪娣傳姆有五人矣其數雖奇以襄公往配而雙之亦非其宜襄公兄也文姜妹也兄妹相配是非其宜既云不宜相配又責非理爲淫魯之道路有蕩然平易齊子文姜用此道以歸魯止既曰用此道以歸魯止彼自有夫襄公何爲復從雙止責其復從文姜爲淫泆之行○傳葛屨至尊者○正義曰賤宜對貴尊當對卑在身之服上尊下卑葛屨服之於足葛又物之賤者故以賤言之冠緌服之於首是服之最尊所用之物貴故以尊言之亦令其貴賤尊卑互相見也○箋葛屨至之道○正義曰屨必兩隻相配故以一兩爲一物緌必屬之於冠故冠緌共爲一同葛屨言五冠緌言雙由是五爲奇故欲雙之使耦也奇。天數矣獨舉五而言明五必有象故以喻文姜與姪娣傳姆五人俱是婦人不宜以襄公往雙之。云其數奇以經有五兩故以五人解之莊十九年公羊傳曰諸侯一娶九女二國往媵之皆有姪娣從姪者何兄之子娣者何女弟也是諸侯夫人有姪有娣也襄三十年公羊傳曰宋災伯姬存焉有司請出伯姬曰吾聞之婦人夜出不見傳姆不下堂傳至姆未至逮火而死是諸侯夫人有傳姆也士昏禮云姆在其右注云姆婦人年五十無子出而不復嫁能

以婦道教人者若今時乳母矣士妻之姆如此則諸侯夫人其姆亦當然也內則云女子十年不出傅姆教之執麻枲治絲繭則傅是姆類亦當以婦人老者

爲之矣何休云選老大夫爲傅大夫妻爲姆以男子爲傅書傳未有云焉且大夫之妻當自處家無由從女而嫁使夫人動輒待之何休之言非禮意也冠屨

貴賤不宜同處由襄公與文姜兄之與妹不宜爲夫婦之道又襄公止。復文姜耳傳不言淫其姪娣又傅姆老人非襄公傳類而云襄公雙之者正以姪娣傳

姆與文姜同是婦人聚居一處襄公乃以男子廁入其中不宜與妹相耦作者指言其不宜雙文姜耳非謂襄公於五人皆淫之○箋此言至之行○正義曰

上言曷又懷止箋謂責文姜之來此言曷又從止以爲責襄公從之者以懷止與歸止文連歸是文姜歸魯故知懷是文姜來齊此與庸止文連庸是用道而

往則從是逐後從之故知責襄公從之言以意從送與之爲淫耳非謂從之至魯也

蓺麻如之何衡從其畝

蓺樹也衡獵之從獵之種之然後得麻箋云樹麻者必先耕治其田然後樹之以言人君取妻必先議於父母○蓺魚世反本或作藝技藝字耳衡音橫注同亦作橫字又一音如字衡郎訓爲橫韓詩云東西耕曰橫從足容反注同韓詩作由云南北耕曰由

取妻如之何必告父母

必告父母廟箋云取妻之禮議於生者卜於死者此之謂告○取七喻反注下皆同

既曰告止曷又鞠止

鞠窮也箋云鞠盈也魯侯女既告父母而取何復盈從令至于齊乎又非魯桓○鞠居六反令力呈反下同

【疏】蓺麻至鞠止○毛以爲種麻之法如之何乎必橫縱獵其田畝種之然後得麻以與娶妻之法如之何乎必告廟啓其父母娶之然後得妻魯桓既曰告廟而娶得之止宜以婦道禁之何爲又使窮極邪意而至齊乎止責魯桓不禁制文姜鄭唯以鞠爲盈爲異餘同○傳蓺樹至得麻○正義曰此云蓺麻后稷生民云蓺之荏菽大司徒云教稼穡樹蓺則樹蓺皆種之別名故云蓺猶樹也在田逐禽謂之獵則獵是行步踐履之名衡古橫字也衡獵之縱獵之謂既耕而東西踐躡槩摩之也古者推耒耜而耕不宜縱橫耕田且書傳未有謂耕爲獵者故知是摩獵之也今定本云重

之然後得麻義雖得通不如爲種字也〇箋取妻至謂告〇正義曰傳以經云必告父母嫌其唯告生者故云必告父母之廟箋又嫌其唯告於廟故云議於生者卜於死者以足之婚有納吉之禮卜而得吉使告女家是娶妻必卜之士冠禮云筮於廟門明卜亦在廟也曲禮云男女非有行媒不相知名故齊戒以告鬼神昭元年左傳說楚公子圍將娶妻於鄭其辭云圍布几筵告於莊恭之廟而來是娶妻自有告廟之法而箋必以爲卜者以納吉爲六禮之一故舉卜言之案婚禮受納采之禮云主人筵於戶西注云主人女父也筵爲神布席也將以先祖之遺體許人故受其禮於廟也其後諸禮皆轉以相似則禮法皆告廟矣女家尚每事告廟則夫家將行六禮皆告於廟非徒一卜而已明以卜爲大事故特言之〇傳鞠窮〇正義曰釋言文傳意當謂魯桓縱恣文姜使窮極邪意也〇箋鞠盈至魯桓〇正義曰釋詁文箋以此責魯桓之辭不宜唯言文姜之窮極邪意故易傳以爲盈責魯桓之盈縱文姜不禁制之

析薪如之何匪斧不克克能也箋云此言析薪必待斧乃能也〇析星歷反取妻如之何匪媒不得箋云此言取妻必待媒乃得也既曰得止曷又極止極至也箋云女既以媒得之矣何不禁制而恣極其邪意令至齊乎又非魯桓

疏析薪至極止〇正義曰言析薪之法如之何乎非用斧不能斫之以興娶妻之法如之何乎非使媒不能得之魯桓既曰使媒得之止宜以婦道禁之何爲窮極邪意而至齊止又責魯桓不禁制文姜也〇傳極至〇正義曰釋詁文箋言恣極邪意令至齊者申說極爲至之義恣解義之言非經中極也

南山四章章六句

甫田大夫刺襄公也無禮義而求大功不脩德而求諸侯志大心勞所以求者非其道也

疏甫田三章章四句至其道〇正義曰甫田詩者齊之大夫所作以刺襄公也所以刺之者以襄公身無禮義而求己有大功不能自

脩其德而求諸侯從己有義而後功立惟德可以來人今襄公無禮義無德諸侯必不從之其志望大徒使心勞而公之所求者非其道也大夫以公求非其道故作詩以刺之求大功與求諸侯一也若諸侯從之則大功克立所從言之異耳求大功者欲求爲霸主也天子衰諸侯興故曰霸中候霸免注云霸猶把也把天子之事於時王室微弱諸侯無主齊是大國故欲求之鄭以國語云齊莊僖於是乎小伯韋昭曰小伯主諸侯盟會襄即莊孫僖子以父祖已作盟會之長可以爲霸業之基又自以國大民衆負恃强力故欲求爲霸也至其弟桓公即求而得之是齊國可以爲霸但襄公無德而不可求耳上二章刺其求大功卒章刺其不能脩德皆言其所求非道之事勞心忉忉是志大心勞

無田甫田維莠驕驕興也甫大也大田過度而無人功終不能獲箋云興者喻人君欲立功致治必勤身脩德積小以成高大○莠羊九反無田音佃下同治直吏反無思遠人勞心忉忉忉忉憂勞也。言無德而求諸侯徒勞其心忉忉耳○忉音刀

疏無田至忉忉○正義曰上田謂墾耕下田謂土地以襄公所求非道故設辭以戒之言人治田無得田此大田若大田過度力不充給田必蕪穢維有莠草驕驕然以喻公無霸德思念遠人若思彼遠人德不致物人必不至維勞其心忉忉然言人之欲種田而求穀必準功治田穀乃可獲喻人君欲立功致治必勤身脩德功乃可立無德而求諸侯徒勞其心也責襄公之妄求諸侯也○傳甫田至能獲○正義曰甫大釋詁文言無田甫田猶多方云宅爾宅田爾田今人謂佃食古之遺語也禁人言無田甫田猶下句云無思遠人無田與無思相對爲喻周禮授民田上地家百畝中地家二百畝下地家三百畝謂其人力堪治故禮以此爲度過度謂過此數而廣治田也○傳忉忉憂勞○正義曰釋訓云忉忉憂也以言勞心故云憂勞也

無田甫田維莠桀桀桀桀猶驕驕也○桀居竭反徐又居謁反無思遠人勞心怛怛怛怛猶忉忉也○怛旦末反

婉兮孌兮總角丱兮。未幾見兮突而弁兮。婉孌少好貌總角聚兩髦也丱幼穉也弁冠也箋云人君內善

其身外修其德居無幾何可以立功猶是婉孌之童子少自脩飾丱然而稚見之無幾何突。耳加冠爲成人也○婉於阮反孌力轉反緫本又作揔子孔反丱古患反幾居豈反注同見兮一本作見之突吐活反注同方言云凡卒相見謂之突吐訥反弁皮眷反髦音毛少詩照反

疏 婉兮至弁兮○正義曰言有童子婉然而少孌然而好兮緫聚其髮以爲兩角丱然兮幼稚如此與別未經幾時而更見之突然已加冠弁爲成人兮言童子少自脩飾未幾時而即得成人以喻人君能善身修德未幾時而可以立功兮君不修其德欲求有功故刺之○傳婉孌至弁冠○正義曰候人傳曰婉少貌孌好貌此弁訓之故言少好貌內則云男女未冠笄者總角衿纓冠所以覆髮未冠則總角故知總角聚兩髦言總聚其髦以爲兩角也丱兮與總角共文故爲幼稚周禮掌冠冕者其職謂之弁師則弁者冠之大號故爲弁冠也士冠禮及冠義記士之冠云始加緇布冠次加皮弁次加爵弁三加而後字之成人之道也然則士有三加冠此言突若弁兮指言童子成人加冠而已不主斥其一冠也若猶。耳也故箋言突。耳加冠爲成人猶嗟頎若言若者皆然。耳之義古人語之異耳定本云突而弁兮不作若字

甫田三章章四句

盧令刺荒也襄公好田獵畢弋而不脩民事百姓苦之故陳古以風焉畢噣也弋繳射也○令音零下同好呼報反風福鳳反噣直角反本亦作濁畢星名何音犢繳音灼

疏 盧令三章章二句至風焉○正義曰作盧令詩者刺荒也所以刺之者以襄公性好田獵用畢以掩兔用弋以射鴈好此遊田逐禽而不脩治民之事國內百姓皆患苦之故作是詩陳古者田獵之事以風刺襄公焉經三章皆言有德之君順時田獵與百姓共樂之事○箋畢噣弋繳射○正義曰釋天云噣謂之畢李巡曰噣陰氣獨起陽氣必止故曰畢畢止也孫炎曰掩兔之畢或

謂之蠋因名星云郭璞曰掩兎之畢或呼爲蠋因星形以名之月令注云網小而柄長謂之畢然則此器形似畢星孫謂以網名畢郭謂以畢名網郭說是也出繩繫矢而射鳥謂之繳射也

盧令令其人美且仁

盧田犬令令纓環聲言人君能有美德盡其仁愛百姓欣而奉之愛而樂之順時游田與百姓共其樂同其獲故百姓聞而說之其聲令令然○纓於盈反又於政反樂音洛下同說音悅

疏 盧令至且仁○正義曰言古者有德之君順時田獵與百姓共樂同獲百姓聞而悅之言吾君之盧犬其環鈴鈴然爲聲又美其君言吾君其爲人也美好且有仁恩言古者賢君田獵百姓愛之刺今君田獵則百姓苦之○傳盧田至令令然○正義曰犬有田犬守犬戰國策云韓國盧天下之駿犬也東郭逡海內之狡兎韓盧逐東郭逡山三越岡五兎極於前犬疲於後俱爲田父之所獲是盧爲田犬也此言鈴鈴下言環鋂鈴鈴即是環鋂聲之狀環在犬之頷下如人之冠纓然故云纓環聲也言人君有美德以下言百姓所以悅君之意孟子。謂梁惠王曰今王田獵於此百姓聞王車馬之音見羽旄之美舉疾首蹙頞而相告曰吾王好田獵夫何使我至於此極也父子不相見兄弟妻子離散此無他不與民同樂也今王田獵於此百姓聞王車馬之音見羽旄之美舉。忻。忻然有喜色而相告曰吾王庶幾無疾病與何能田獵也此無他與民同樂也則百姓悅之也今定本云喻人君能有美德喻字誤也

盧重環

重環子母環也重直龍反下同

○其人美且鬈

鬈好貌箋云鬈讀當爲。權。權勇壯也○鬈音權說文云髮好貌

疏 箋鬈讀至勇壯○正義曰箋以諸言且者皆辭兼二事若鬈是好貌則與美是一也且仁且偲既美而復有仁才則且鬈不得爲好貌故易之巧言云無拳無勇其文相連是鬈爲勇壯也以君能盡其仁愛與百姓同樂故美其且仁以君身有勇壯能捕取猛獸故美其且鬈以君善於射御多有才能故美其且偲皆是獵時之事故歷言之大叔于田敘云叔多才而好勇亦謂獵時有才勇也

盧重鋂

鋂一環貫二也○鋂音梅

其人美且偲

偲才也箋云才多才也○偲七才反說文云强也

疏 傳鋂一環貫二○正義曰上言重環謂環

相重故知謂子母環謂大環貫一小環也重鋂與重環別則與子母之環文當異故知一環貫二謂一大環貫二小環也說文亦云鋂環也一環貫二

盧令三章章二句

敝笱刺文姜也齊人惡魯桓公微弱不能防閑文姜使至淫亂爲二國患焉○敝笱婢世反徐符滅反本又作弊敗也笱音古口反取魚器也惡烏路反【疏】敝笱三章章四句至患焉○正義曰作敝笱詩者刺文姜也所以刺之者文姜是魯桓夫人齊人惡魯桓公爲夫微弱不能防閑文姜使至於齊與兄淫亂爲二國之患焉故刺之也文姜淫亂由魯桓微弱使然經三章皆是惡魯桓以刺文姜之辭夏官虎賁氏云舍則守王閑注云舍王出所止宿處也閑梐枑也天官掌舍掌王之會同之舍設梐枑再重杜子春云梐枑謂行馬玄謂行馬再重者以周衛有外內列周衛防守之物名之曰閑則閑亦防禁之名故此及猗嗟之序皆防閑並言之也齊則襄公通妹魯則夫人外淫桓公見殺於齊襄公惡名不滅是爲二國患也文姜既嫁於魯齊人不當刺之由其兄與妹淫齊人惡君而復惡文姜亦所以刺君故編之爲襄公詩也

敝笱在梁其魚魴鰥與也鰥大魚箋云鰥魚子也魴也鰥也魚之易制者然而敝敗之笱不能制興者喻魯桓微弱不能防閑文姜終其初時之婉順○魴音房鰥毛古頑反鄭古魂反易夷豉反

齊子歸止其從如雲如雲言盛也箋云其從姪娣之屬言文姜初嫁于魯桓之時其從者之心意如雲然雲之行順風耳後知魯桓微弱文姜遂淫恣從者亦隨之爲惡○從才用反注下皆同【疏】敝笱至如雲○毛以爲笱者捕魚之器弊敗之笱在於魚梁其魚乃是魴鰥之大魚非弊敗之笱所能制以喻微弱之君爲其夫婿其妻乃是强盛之齊女非微弱之夫所能制刺魯桓之微弱不能制文姜也又言文姜難制之意齊子文姜初歸於魯國止其從者庶姜庶士其數衆多如雲然以此强盛故魯桓不能禁也○鄭以爲弊敗之笱在於魚梁其魚乃是魴鰥之小魚魴

鰥自是魚之易制者但笱以弊敗不能制以喻文姜是婦人之易制者但由魯桓以微弱不能制由其不制文姜故令從者亦惡齊子文姜初歸於魯國止其從者之心如雲然雲行順風東西從者隨嫡善惡由文姜淫泆故從者亦淫○傳鰥大魚○正義曰孔叢子云衞人釣於河得鰥魚焉其大盈車子思問曰如何得之對曰吾下釣垂一魴之餌鰥過而不視又以豚之半則吞矣子思歎曰魚貪餌以死士貪祿以亡是鰥爲大魚也傳以鰥爲大魚則以大爲喻王肅言魯桓之不能制文姜若弊笱之不能制大魚也○箋鰥魚至婉順○正義曰鰥魚子釋魚文李巡曰凡魚之子總名鯤也鯤鰥字異蓋古字通用或鄭本作鯤也魯語云宣公夏濫於泗淵里革斷其罟而棄之曰魚禁鯤鮞鳥翼鷇卵蕃庶物也是亦以鯤爲魚子也毛以鯤爲大魚鄭以鯤爲魚子而與魴相配則魴之爲魚中魚也故可以爲大亦可以爲小陸機疏云魴今伊洛濟潁魴魚也廣而薄肥恬而少力細鱗魚之美者遼東梁水魴特肥而厚尤美於中國魴故其鄉語曰居就粮梁水魴是也箋以一鰥若大魚則強笱亦不能制不當以弊敗爲喻且魴鰥非極大之魚與鰥不類故易傳以爲小魚易制喻文姜易制但魯桓微弱不能防閑文姜使終其初時之婉順文姜素與兄淫而云初時婉順者在齊雖則先淫至魯必將改矣但知桓公微弱後復更爲淫耳○傳如雲言盛○正義曰傳以如雲言盛謂其從者多強盛而難制孫毓云齊爲大國初嫁寵妹庶姜庶士盛如雲雨故妹來自由桓公不能禁制言從者之盛傳意當然文姜歸魯之日襄公未爲君言寵妹則非也○箋其從至爲惡○正義曰姪娣之外更當有侍御賤妾故云其從姪娣之屬箋以作詩者主刺文姜之惡而言其從如雲明以文姜惡甚疾其敗損族類故易傳以爲從者亦隨文姜爲惡

敝笱在梁其魚魴鱮

魴鱮大魚○箋云鱮似魴而弱鱗○鱮象呂反廣雅云鱮鰱也音連

【疏】箋鱮似魴而弱鱗○正義曰陸機疏云鱮似魴厚而頭大魚之不美者故里語曰網魚得鱮不如啗茹其頭尤大而肥者徐州人謂之鰱或謂之鱅幽州人謂之鴞鷂或謂之胡鱅

齊子歸止其從如雨

如雨言多也箋云如雨言無常天下之則下天不下則止以言姪娣

之善惡亦文姜所使。止疏箋如兩至使止○正義曰姪娣之善惡亦文姜所使今定本云所使出於義是也

敝笱在梁其魚唯唯唯唯出入不制箋云唯唯行相隨順之貌疏傳唯唯出入不制○正義曰上二章言魚名此章言魚貌。今其上下相充也唯唯正是魚行相隨之貌耳傳以弊笱不能制大魚故云出入不制箋以爲小魚故行相隨順之貌各從其義故爲辭異耳其於唯唯義亦同也。○唯唯維癸反沈養水反韓詩作遺遺言不能制也齊子歸止其從如水水喻衆也箋云水之性可停可行亦言姪娣之善惡在文姜也

敝笱三章章四句

載驅齊人刺襄公也無禮義故盛其車服疾驅。於通道大都與文姜淫播其惡於萬民焉故猶端也○驅欺具反又如字下皆同本亦作敺播波佐反疏載驅四章章四句至民焉○正義曰載驅詩者齊人所作以刺襄公也刺之者襄公身無禮義之故乃盛飾其所乘之車與所衣之服疾行驅馳於通達之道廣大之都與其妹文姜淫通播揚其惡於萬民焉使萬民盡知情無慙恥故刺之也國人刺君乃是常事諸序未有舉國之名言其民刺君此獨云齊人刺襄公者以文姜魯之夫人襄公往入魯境以其齊魯交錯須言齊以辨嫌無禮義盛其車服者首章次句與次章上二句是也疾驅首章上句是也於通道大都下二章上二句是也經因驅車而言車飾故先言載驅序以美其車服然後驅之且欲見其驅車所往之處故令疾驅與通道大都爲句而後言之經有車馬之飾而已無盛服之事既美其車明亦美其服故協句言之四章下二句皆言文姜來會齊侯是與文姜淫之事大都通道人皆見之是播其惡於萬民也○箋故猶端○正義曰諸言故者多是因上文以生下事此故乃與上爲句非生下之辭是以箋特釋之無禮義故猶言無禮義端端謂頭緒也論語叩其兩端謂動發本末兩頭也摽有梅箋云女年二十而無嫁端爲無嫁之頭

緒此亦謂無禮義之頭緒也故盛服而與妹淫通也載驅薄薄簟茀朱鞹。薄薄疾驅聲也簟方文。席也車之蔽曰茀諸侯之路車有朱革

之質而羽飾箋云此車襄公乃乘焉而來與文姜會○薄普各反徐扶各反茀音弗鞹苦郭反革也魯道有蕩齊子發夕發夕自夕發至

旦箋云襄公既無禮義乃疾驅其乘車以入魯竟魯之道路平易文姜發夕由之往會焉會無慙恥之色○發韓詩云發旦也其乘繩證反或音繩竟音境本

亦作境易夷豉反下樂易同疏載驅至發夕○正義曰言襄公將與妹淫則驅馳其馬使之疾行其車之聲薄薄然用方文竹簟以爲車蔽又有朱色之

革爲車之飾公乘此車馬往就文姜魯之道路有蕩然平易齊子文姜乃由此道發夕至旦來與公會公與妹淫曾無愧色故刺之○傳薄薄至羽飾○正義

曰薄薄車聲狀序言疾䮕故云疾驅䮕與驅音義同皆謂䮕馬疾行也斯干說鋪席燕樂之事云下莞上簟簟字從竹用竹爲席其文必方故云方文簟席也車

之蔽曰茀謂車之後戶也說文云鞹革也獸皮治去毛曰革鞹是革之別名此說齊君之車而云朱鞹故云諸侯之路車有朱革之質而羽飾謂以皮革爲本

質其上又以翟羽爲之飾也釋器云輿革前謂之鞎後謂之茀李巡曰輿革前謂輿前以革爲車飾曰鞎茀車後戶名也郭璞曰鞎以韋靶車軾也茀以韋靶

後戶也又云竹前謂之禦後謂之蔽李巡曰竹前謂編竹當車前以擁蔽名之曰禦禦止也孫炎曰禦以簟爲車飾也郭璞曰蔽以簟衣後戶也如爾雅之文

車前後之飾皆有革有簟故此說車飾云簟茀朱鞹也彼文革飾後戶謂之蔽則茀蔽異矣此言車之蔽曰茀茀蔽爲一者彼因革與竹別而異其文耳其實

革竹同飾後戶俱爲車之蔽塞故此傳茀蔽通言之春官巾車掌王后之車輅有重翟厭翟碩人說衛侯夫人云翟茀以朝是婦人之車有翟羽飾矣經傳不

言諸侯路車有翟飾者今傳言羽飾必當有所案據不知出何書也○傳發夕至至旦○正義曰此言發夕謂夕時發行故爲發夕至旦小宛云明發不寐謂

此至明之開發未嘗寢寐故爲發夕至明所以立文不同皆爲夕發至旦○箋襄公至之色○正義曰知入魯境者以下言汶水湯湯則會在汶側齊在魯北

水北曰陽僖元年左傳稱公賜季友汶陽之田當齊襄公之時汶水之北尚是魯地故知襄公乘車入魯境也於魯道之下即言發夕是則夜行在道言其疾趨齊侯之意故言文姜發夕而往會焉兄則盛飾而往妹則疾行會之是其無慙恥之色

四驪濟濟垂轡瀰瀰

四驪言物色盛也濟濟美貌垂轡轡之垂者瀰瀰衆也箋云此又刺襄公乘是四驪而來徒爲淫亂之行○驪力馳反濟子禮反注同爾爾本亦作瀰同乃禮反徒一本作從兩通行下孟反

魯道有蕩齊子豈弟

言文姜於是樂易然箋云此豈弟猶言發夕也豈讀當爲闓弟古文尚書以弟爲圛圛明也○豈開改反樂也弟如字或音待易反樂音洛闓音開圛音亦

疏

四驪至豈弟○毛以爲襄公將與妹淫乘其一駟之馬皆是鐵驪之色其馬濟濟然而美又四馬垂其六轡瀰瀰然而衆爲此盛飾往就文姜魯之道路有蕩然平易齊子文姜於是樂易然來與兄會會無慙色故刺之○鄭唯愷悌爲異言文姜開明而往會之餘同○傳四驪言物色盛也○正義曰夏官校人云凡軍事物馬而頒之注云物馬齊其力言四言驪道其物色俱盛也○箋此豈至明也○正義曰箋以爲齊子愷悌文在魯道之下則愷悌爲在道之事若是其心樂易非獨在道爲然且上云發夕此當爲發夕之類故云此愷悌猶發夕言與其餘愷悌不同也愷悌之義與發夕不類故讀愷爲闓易稱闓物成務說文云闓開也古文尚書即今鄭注尚書是也無以悌爲圛之字唯洪範稽疑論卜兆有五曰圛注云圛者色澤光明蓋古文作悌今文作圛賈逵以今文校之定以爲圛故鄭依賈氏所奏從定爲圛於古文則爲悌故云古文尚書以悌爲圛圛明也上言發夕謂初夜即行此言闓明謂侵明而行與上。古文相通也釋言云愷悌發也舍人李巡孫炎郭璞皆云闓明發行郭璞又引此詩云齊子愷悌是闓亦爲行之義也今定本云此愷悌發也猶言發夕又云悌古文尚書以爲圛更無悌字義並得通

汶水湯湯行人彭彭

湯湯大貌彭彭多貌箋云汶水之上蓋有都焉襄公與文姜時所會○汶音問水名湯失章反彭必旁反

疏

箋汶水至所會○正義曰序言疾驅於通道大都行人彭彭是爲通道汶水湯湯傍

有大都可知若其不然不應輒言汶水故云汶水之上蓋有都焉襄公與文姜時所會處也此襄公入於魯境往會文姜若是魯桓尙存不應公然如此此篇所陳蓋是莊公時事亦不知大都爲何邑故箋不言之

魯道有蕩齊子翺翔翺翔猶彷徉也彷音旁徉音羊

○汶水滔滔行人儦儦滔滔流貌儦儦衆貌○滔吐刀反儦表驕反說文云行貌

魯道有蕩齊子遊敖

載驅四章章四句

猗嗟刺魯莊公也齊人傷魯莊公有威儀技藝然而不能以禮防閑其母失子之道人以爲齊侯之子焉猗於宜反字或作欹技其綺反

疏猗嗟三章章六句至子焉○正義曰見其母與齊淫謂爲齊侯種胤是其可恥之甚故齊人作此詩以刺之也禮婦人夫死從子子當防母姦淫莊公不能防禁是失爲人子之道經言猗嗟是歎傷之言也言其形貌之長面目之美善於趨步是有威儀也言其善舞善射是有技藝也言展我甥兮拒時人以爲齊侯之子也以其齊人所作故繫之於齊襄公淫之故爲襄公之詩也

猗嗟昌兮頎而長兮猗嗟歎辭昌盛也頎長貌箋云昌佼好貌○頎音祈佼古卯反本又作姣

抑若揚兮抑美色揚廣揚○抑於力反

美目揚兮好目揚眉

巧趨蹌兮射則臧兮蹌巧趨貌箋云臧善也○趨本又作趍七須反又七遇反蹌七羊反

疏猗嗟至臧兮○正義曰齊人傷魯莊公猗嗟此莊公之貌甚昌盛兮其形狀頎然而長好兮。然而美者其額上揚廣兮又有美目揚眉兮巧爲趨步其舉動蹌然兮射則大善兮威儀技藝其美如此而不能防閑其母使之淫亂是其可嗟傷也○傳猗嗟至長貌○正義曰猗是心內不平嗟是口之喑。咀皆傷歎之聲故爲歎辭若猶然也此言頎若長兮史記孔子世家稱孔子說文王之狀云黯然而黑頎然而長是之爲長貌也今定本云頎而長兮而與若義並通也

○箋昌佼好貌○正義曰傳昌爲盛不言爲其貌故申足之云佼好貌○傳抑美色揚廣揚○正義曰揚是顙之別名抑爲揚之貌故知抑爲美色顙貴闊故言揚廣揚○傳好目揚眉○正義曰美目揚兮目揚俱美傳欲辨揚是眉故省其文言好目揚眉既言目揚皆好又傳解揚爲眉蓋以眉毛揚起故名眉爲揚○傳蹌巧趨貌○正義曰曲禮云士蹌蹌今與趨連文故知蹌巧趨貌曲禮注又云行而張足曰趨趨今之。吏步則趨疾行也禮有徐趨疾趨爲之有巧有拙故美其巧趨蹌兮

猗嗟名兮美目清兮目上爲名目下爲清儀既成兮終日射侯不出正兮展我甥兮二尺曰正外孫曰甥箋云成猶備也正所以射於侯中者天子五正諸侯三正大夫二正士一正外皆居其侯中參分之一焉展誠也姊妹之子曰甥容貌技藝如此誠我齊之甥言誠者拒時人言齊侯之子○射食亦反注所射每射同正音征注同畫五采曰正參七南反又音三

【疏】猗嗟至甥兮○正義曰齊人傷魯莊公猗嗟此莊公目上之名甚平博兮又有美目及目下之清亦美兮威儀容貌既備足兮又善於爲射終日射侯其矢不出正之內兮此又誠是我齊之外甥兮威儀技藝如此又實是齊之外甥不能使母不淫令人以爲齊侯之子是其可嗟傷也○傳目上至爲清○正義曰釋訓云猗嗟名兮目上爲名孫炎云目上平博郭璞曰眉眼之閒爾雅既釋如此清又與目共文名既目上則清爲目下○傳二尺至曰甥○正義曰正者侯中所射之處經典雖多言正鵠其正之廣狹則無文鄭於周禮考之以爲大射則張皮侯而設鵠賓射則張布侯而畫正正大如鵠三分侯廣而正居一焉侯身長一丈八尺者正方六尺侯身一丈四尺者正方四尺六寸大半寸侯身一丈者正方三尺三寸少半寸正以綵畫爲之其外之廣雖則不同其內皆方二尺。尾於正鵠之事唯此言二尺曰正耳既無明說可以同之鄭焉鄭言正之內方二尺者亦更無明文蓋應顧此傳耳姊妹之子名之曰甥傳言外孫曰甥者王肅云據外祖以言也謂不指襄公之身總據齊國爲信外孫得稱甥者案左傳云以肥之得備彌甥孫毓云姊妹之子曰甥謂吾舅者吾謂之甥此爾雅之明義。未學者之所

及豈毛公之博物王氏之通識而當亂於此哉抑者以襄公雖舅而鳥獸其行犯親亂類使時人皆以爲齊侯之子故絕其相名之倫更本於外祖以言也凡異族之親皆稱甥然此是毛傳之言不應代詩人爲絕其相名之倫孫毓之言非也○箋正所至之子○正義曰夏官射人以射法治射。義王以六耦射三侯樂以騶虞九節五正諸侯以四耦射二侯樂以貍首七節三正孤卿大夫以三耦射一侯樂以采蘋五節二正士以三耦射豻侯樂以采蘩五節二正是天子以下所射之正數也彼文大夫士同射二正今定本云大夫二正士一正誤耳外皆居其侯中三分之一者其外畔準侯廣狹各居其侯三分之一其內皆方二尺故彼注云九節七節五節者奏樂以爲射節之差三侯者五正三正二正之侯也二侯者三正二正之侯也一侯者二正而已畫五正之侯者中朱次白次蒼次黃玄居外三正者損玄黃二正者去白蒼而畫以朱綠其外之廣皆居侯中三分之一鄭言中二尺是中央之采方二尺以外準其采之多少正之廣狹均布之以至於外畔也言居侯三分之一侯之廣狹則有三等不同五正之侯則方一丈八尺三正之侯方一丈四尺二正之侯則方一丈知者以大射之鵠賓射之正雖其侯正鵠不同侯道遠近一也儀禮大射禮者諸侯之射禮經曰司馬命量人量侯道以貍步大侯九十糝七十豻五十鄉射記記射之侯云侯道五十弓則大射所云九十七十五十皆謂弓也諸侯大射三侯之道既有九十七十五十則王射亦張三侯其道之數亦當然故射人注云量侯道者以弓爲度九節者九十弓七節者七十弓五節者五十弓弓之下制長六尺是侯道遠近有三等不同也鄉射記又云弓二寸以爲侯中侯中謂侯身也鄉射之侯既弓取二寸則餘侯亦當然天官司裘注說大射之侯引鄉射記曰弓二寸以爲侯中則九十弓者侯中廣丈八尺七十弓者侯中廣丈四尺五十弓者侯中廣一丈大射既然則賓射亦爾考工記云梓人爲侯廣與崇方三分其廣而鵠居一焉司。裘掌大射之禮云設其鵠射人治賓射之儀則云五正三正二正有正者無鵠。者无正則正與鵠大小同矣故射人注云鵠乃用皮其大如正鵠居侯中三分之一則知正亦在侯三分之一各準其侯之廣狹而畫之耳謂之正者射人注云正之言正也射者內志正則能中大射注云正者正也亦爲名齊魯之間名題肩爲正正鳥之捷黠者射之難中以中爲俊故射取名焉大射射鵠賓射射正此言不出正兮據賓射爲文也展展誠釋詁文娣妹之子爲甥釋親文上說容貌技藝下言展我甥兮縱令无技藝亦是其甥但作者既美其身業技藝又言實是其甥傷不防閑其母而令人以爲齊侯之子故言誠我齊之外甥爲齊之甥信不虛矣而云誠實是者拒時人言是齊侯之子耳

猗嗟孌兮孌壯好貌清揚婉兮婉好眉目也舞則選兮射則貫兮選齊貫中也箋云選者謂於倫等最上貫習也○選雪戀反貫毛古亂反鄭古患反中張仲反四矢反兮以禦亂兮四矢乘矢箋云反復也禮射三而止每射四矢皆得其故處此之謂復射必四矢者象其能禦四方之亂也○反如字韓詩作變變易禦魚呂反乘繩證反處昌慮反

【疏】猗嗟至亂兮○毛以爲齊人傷魯莊公猗嗟此莊公容貌孌然而好兮其清揚眉目之閒婉然而美兮其舞則齊於樂節兮其射則中於正鵠兮非徒能中而已每番重射四矢皆反復其故處兮善射如此足以捍禦四方之亂兮威儀技藝如此而不能防閑其母故刺之○鄭唯舞則選兮二句爲異言舞則倫等之中上選兮其射即貫習爲之兮餘同○傳選齊貫中○正義曰傳選之爲齊其訓未聞當謂其善舞齊於樂節也貫謂穿侯故爲中也○箋選者至貫習○正義曰箋以美其善舞當謂舞能勝人故易傳以爲倫等之中上選也貫習釋詁文○傳四矢乘矢○正義曰乘車必駕四馬因即謂四馬爲乘大射鄉射皆以四矢爲乘矢故傳依用之○箋禮射至之亂○正義曰大射皆三番射訖止而不復射是禮射三而止也必三而止者案儀禮大射初使三耦射之而未釋獲射訖取矢以復君與卿大夫等射釋獲飲不中者訖君與卿大夫等又射取中於樂節注云君子之於事也始取苟能中課有功終用成法教化之漸也然則初射惟三耦其後兩番君始與卿大夫等射此言禮射三而止通三耦等爲言射法三而止而云終日射侯者美其久射而常中非禮射終一日也每射四矢皆復故處言常中正鵠也又解射禮必用四矢者象其能禦四

方之亂故詩人以莊公四矢皆中卽云以禦亂兮美莊公善射言其堪禦亂也內則云男子生以桑弧蓬矢六射天地四方注云天地四方男子所有事彼於初生之時以上下四方男子皆當有事故用六矢以示意射禮則象能禦亂上下無亂不復須象之故也

猗嗟三章章六句

齊國十一篇二十四章百四十三句

附釋音毛詩注疏卷第五（五之二）

珍倣宋版印

毛詩注疏校勘記(五之二)　阮元撰盧宣旬摘錄

○南山

公謫之 閩本明監本毛本同小字本謫作讁相臺本作適案讁字是也釋文云讁直革反是箋字作讁也左傳作謫正義引同順彼文耳十行本因改餘字皆作謫誤也相臺本作適更誤適是古假借字非箋所用五經文字云謫經典或從適又借適字為之乃包舉左傳詩北門禮記昬義等而言之者也○按漢人不必不用假借字讀兩漢書及漢人所著可證舊校非也

襄公使公子彭生乘公 小字本相臺本同案釋文云彭生乘繩證反一本作彭生乘公乘則依字讀正義本今無可考段玉裁云左傳古本當是使公子彭生乘為句公薨於車為句俗本增一公字耳乘謂同車也

下章責魯桓 明監本毛本章上有二字閩本剜入案所補是也

以姧淫之事 閩本明監本毛本姧作姦下同案五經文字云姦俗作姧訛正義多有之當是傳寫作俗體耳

於會防之正 閩本明監本毛本同案浦鏜云下誤正是也

五人為奇 小字本相臺本同案釋文云人奇居宜反是其本無為字也正義本今無可考但無者是也正義本當亦無其各本是淺人誤添耳

奇天數矣獨舉五而言 閩本明監本毛本同案天當作大形近之譌也奇大數矣者謂奇之數不止於五也

不宜以襄公往雙之云其數奇 閩本明監本毛本同案云當作六形近之譌也六其數奇者謂從五人而六之則五

人失其數奇也此正義各本譌舛不可讀今訂正○按此必有脫誤或作稱其奇數

又襄公止復文姜耳 閩本明監本毛本同案浦鏜云從誤復是也

又非魯桓 小字本相臺本同閩本明監本毛本同案此又字衍也下章箋始云又非魯桓又者又此箋也正義於此章云責魯桓於下章云又責魯桓一無一有極爲明晰

○甫田

言無德而求諸侯 閩本明監本毛本同小字本相臺本言上有箋云考文古本有亦同案有者是也

總角丱兮 小字本相臺本同閩本明監本毛本同唐石經丱作廾案各本皆誤唐石經是也見五經文字艹部

未幾見兮 唐石經小字本相臺本同案釋文云見兮一本作見之考釋文一本是誤本也詩之大體韻在辭上者其韻下助句之字必同此章四句句末悉是兮字不得此句獨爲之字也所以致誤之由當以箋云見之無幾何故耳其實此箋之字不出於經也正義云未經幾時而更見之末亦當有兮字見之字取於箋兮字順經文正義每如此今脫去耳未可即謂正義本作之字也韻下助字之同由漢廣思字推之則作正義者必知之矣不容誤也垊正義引作兮考文古本作之采釋文

突而弁兮 唐石經小字本相臺本同案正義云此言突若弁兮又云若猶耳也故箋言突耳加冠爲成人猗嗟頎若言若者皆然耳之義古人語之異耳定本云突而弁兮不作若字考釋文以突而作音與定本同猗嗟正義云義並通故垊正義引作而依定本也○按箋作突爾猶突然也俗本作耳乃大

誤凡云爾者猶言如此也

○盧令

孟子謂梁惠王曰 閩本明監本毛本同案謂字當衍

忻忻然有喜色 閩本明監本毛本忻忻作欣欣案所改非也當是本作忻忻不與今孟子同故誤如此

鬈讀當爲權權勇壯也 小字本相臺本同案詩經小學云五經文字權字注云從手作權古拳握字可知鄭箋從手不從木與說文引國語捲勇小雅拳勇字同今字書佚此字僅存於張參之書吳都賦覽將帥之權勇善曰毛詩無拳無勇拳與權同俗刻文選譌誤不可讀

○敝笱

弊敗之笱 閩本明監本毛本同案經注作敝正義作弊敝弊古今字易而說之也例見前考此知緇衣正義敝字亦皆本是弊字今但存緇衣若弊一弊字餘字作敝後人依經注改之而未盡也

鰥魚子釋魚文 閩本明監本毛本同案鰥當作鯤下引李巡注可證又下云鯤鰥字異亦可證

或鄭本作鯤也 閩本明監本毛本同案鯤當作鰥謂或鄭之爾雅作鰥字也此與上鯤魚子鯤鰥互易而誤如此

魚禁鯤鱬 閩本明監本毛本同案鱬當作鱬即鮞之別體字今國語作鮞此從重而者亦如陑作隭輀作轜也

亦文姜所使止 小字本相臺本同案正義云亦文姜所使今定本云所使出於義是也標起止云至使止此箋當是定本有止字正義本

無耳出是止字之譌標起止當是後改也

今其上下相充也閩本明監本毛本同案浦鏜云今當令字誤是也

義亦同也閩本明監本毛本此下尙有十九字同案山井鼎云釋文混在疏中當改正也是也

○載驅

疾驅於通道大都唐石經小字本相臺本同案下正義云序言疾駈故云疾驅駈與驅音義同考釋文云載驅本亦作駈薄薄下云疾駈聲也又鄘載馳釋文云駈字亦作驅如字協韻亦音丘是唐時凡經序驅字皆有作駈之本而正義本此一字作駈故特說之也五經文字云驅作駈訛依字書言之正義自爲文亦用驅十行本閒或作駈乃寫書人以爲別體取其省非正義所用

簟茀朱鞹唐石經小字本相臺本同案五經文字云鞹此說文字論語及釋文並作鞟今此釋文正作鞟正義引說文或其本作鞹而唐石經以下所從出也韓奕釋文亦作鞹

簟方文蓆也閩本明監本毛本同小字本相臺本蓆作席案席字是也蓆大也在緇衣非此之用但俗體有加草者耳

輿革前謂之鞎閩本明監本毛本同案浦鏜云鞎誤鞎下同是也

彼文革飾後戶謂之蔽閩本明監本毛本同案盧文弨云當云革飾後戶謂之茀竹飾後戶謂之蔽脫七字是也上文可證複出而誤耳

與上古文相通也閩本明監本毛本同案古當作句形近之譌

○猗嗟

頎而長兮唐石經小字本相臺本同案正義云若猗然也此言頎若長兮又定本云頎而長兮而與若義並通也釋文以頎而作音與定本同

然而美者其額上揚廣兮也閩本明監本毛本同案然上浦鏜云脫抑字是

嗟是口之喑咀閩本明監本毛本同案咀當作啞形近之譌喑啞見史記淮陰侯列傳索隱亦作噁見集解

趨今之吏步閩本明監本毛本吏作捷是也

尾於正鵠之事閩本毛本尾作毛

未學者之所及閩本明監本毛本同案浦鏜云未當末字誤也

以射法治射義閩本明監本毛本同案浦鏜云儀誤義是也

司衣掌大射之禮云閩本明監本毛本同案浦鏜云裘誤衣是也

有正者無鵠者無正閩本明監本毛本同案浦鏜云無鵠下當脫有鵠二字是也

附釋音毛詩注疏卷第五（五之三）

魏葛屨詁訓傳第九

（十八）陸曰案魏世家及左氏傳云姬姓國也詩譜云周以封同姓其地虞舜夏禹所都之城地在古冀州雷首之北析城之西南枕河曲北涉汾水

毛詩國風 鄭氏箋 孔穎達疏

魏譜魏者虞舜夏禹所都之地○正義曰地理志云河東郡有河北縣詩魏國也晉獻公滅之封大夫畢萬皇甫謐云舜所營都或云蒲坂卽河東縣是也禹受禪都平陽或安邑皆屬河東五子之歌怨太康失邦其歌云惟彼陶唐有此冀方今失厥道乃底滅亡左傳引其文服虔云堯居冀州虞夏因之不遷居不易民其陶唐虞夏之都大率相近不出河東之界故書責太康亡失然則魏都河北蒲坂故安邑皆偪近之故云魏者舜禹所都之地謂境內有其都耳魏不居其墟也○在禹貢冀州雷首之北析城之西○正義曰禹貢云壺口雷首至于太岳底柱析城至于王屋地理志云雷首在蒲坂南析城在蒦澤西南皆在河東界內是其屬冀州也○周以封同姓焉○正義曰襄二十九年左傳曰虞虢焦滑霍楊韓魏皆姬姓是與周同姓也魏世家絶不知所封爲誰故言周以封同姓子其封域南枕河曲北涉汾水○正義曰地理志云魏國姬姓也在晉之南河曲故其詩曰彼汾一曲寘諸河之干兮是南枕河曲也汾沮洳曰彼汾沮洳言采其莫刺君采其菜於汾明其境踰汾矣故知北涉汾水昔舜耕於歷山陶於河濱○正義曰尚書傳文也彼注云歷山在河東是舜耕之處在魏境也言陶於河濱則在河北之濱蓋以歷山相近同爲魏地故連言之皇甫謐云言陶於河濱卽禹貢所謂陶丘今濟陰定陶之西南陶丘亭是也言河濱明近河不宜在濟陰謐之言謬耳○禹菲飲食而致孝乎鬼神惡衣服而致美乎黻冕卑宮室而盡力乎溝洫此一帝一王儉約之化於時猶存及今魏君嗇

且褊急不務廣脩德於民教以義方○正義曰教以義方隱三年左傳石碏辭也感舜禹之化則應皆儉約而碩鼠伐檀又以刺君貪鄙者雖遺風尚在人性不同不能使貪者皆儉因葛屨等刺儉者多又其詩在先故言儉約之化耳晉有唐之遺風詩稱唐國此有舜禹舊化其詩不稱虞夏者晉初唐叔封爲唐侯又能憂深思遠有堯之遺風故謂之唐魏初無虞夏之名虞夏又非諸侯之國徒感儉約之化嗇且褊急故譜本於舜禹耳無義言虞夏也堯舜道同而感有深淺者時君政異故也○其與秦晉鄰國日見侵削國人憂之○正義曰魏國西接於秦北鄰於晉桓四年左傳曰秦師圍魏是秦數伐之終爲晉所滅明晉亦侵之○當周平桓之世魏之變風始作○正義曰周自幽王以上諸侯未敢專征平桓之後以強凌弱今云日見侵削明是諸侯專恣故以爲平桓之時變風始作○至春秋魯閔公元年晉獻公竟滅之以其地賜大夫畢萬自爾而後晉有魏氏○正義曰鄭言此者見閔公已前魏國尚存故平桓之世得作詩也魏無世家而鄭於左方中云葛屨至十畝之間爲一君伐檀碩鼠爲一君知者以上五篇刺儉下二篇刺貪其事相反故分爲異君或父祖或子孫不可知。凡案襄二十九年左傳魯爲季札歌魏曰美哉大而婉儉而易行以德輔此則爲明主。止此詩並刺君而季札美之者美其有儉約之餘風而無德以將之失於太儉故詩人刺之

葛屨刺褊也魏地陿隘其民機巧趨利其君儉嗇褊急而無德以將之。儉嗇而無德是其所以見侵削○屨俱具反褊必淺反陿音洽本或作狹依字應作陜陿於懈反巧如字徐苦孝反趨七須反徐七喻反嗇音色 疏 葛屨二章上章六句下章五句至將之○正義曰作葛屨詩者刺褊也所以刺之者魏之土地既以陿隘故其民機心巧僞以趨於利其君又儉嗇且褊急而無德教以將撫之令魏俗彌趨於利故刺之也言魏地陿隘者若地廣民稀則情不趨利地陿民稠耕稼無所衣食不給機巧易生人君不知其非反。覆儉嗇褊急德教不加於民

所以日見侵削故舉其民俗君情以刺之機巧趨利者章上四句是也儉嗇言愛物褊急言性躁二者大同故直云刺褊卒章下二句是也上章下二句下章上三句皆申說未三月之婦不可縫裳亦是趨利之士也○箋儉嗇至侵削○正義曰以下園有桃及陟岵序皆云國小而迫日以侵削故箋採下章而言其刺之意

糾糾葛屨可以履霜糾糾猶繚繚也夏葛屨冬皮屨葛屨非所以履霜箋云葛屨賤皮屨貴魏俗至冬猶謂葛屨可以履霜利其賤也○糾吉黝反沈居酉反繚音了沈音遼

摻摻女手可以縫裳摻摻猶纖纖也婦人三月廟見然後執婦功箋云言女手者未三月未成爲婦裳男子之下服賤又未可使縫魏俗使未三月婦縫裳者利其事也○摻所銜反又所感反徐又息廉反說文作攕山廉反云好手貌纖息廉反見賢遍反

要之襋之好人服之要褸也襋領也好人好女手之人箋云服整也褸也領也在上好人尚可使整治之謂屬著之○要於遙反襋紀力反屬音燭著直略反

【疏】糾糾至服之○正義曰魏俗趨利言糾糾然夏日所服之葛屨魏俗利其賤至冬日猶謂之可以履寒霜摻摻然未成婦之女手魏俗利其士新來嫁猶謂之可以縫衣裳又深譏魏俗言褸之也領之也在上之衣尊好人可使整治之裳乃服之褻者亦使女手縫之是其趨利之甚○傳糾糾至履霜○正義曰糾糾爲葛屨之狀當爲稀疏之貌故云猶繚繚也士冠禮云屨夏用葛冬皮屨可也士喪禮云夏葛屨冬白屨註云冬皮屨變言白者明夏時用葛亦白也是衣服之宜當夏葛屨冬皮屨也月令季秋霜始降則履霜自秋始言冬者以履霜爲寒而言冬爲寒甚故傳據儀禮而舉冬以言之也凡屨冬皮夏葛則無用絲之時而少儀云國家靡敝君子不履絲屨者謂皮屨以絲爲飾也天官屨人說屨舄之飾有絇繶純是屨用絲爲飾夏日之有葛屨猶絺綌所以當暑特爲便於時耳非行禮之服若行禮之服雖夏猶當用皮屨鄭於周禮注及志言朝祭屨舄各從其裳之色明其不用葛也○傳摻摻至婦功○正義曰摻摻爲女手之狀則爲纖細之貌故云猶纖纖說文云纖好手古詩云纖纖出素手是也下云宛然左辟是已入夫家既入夫家仍云女手

明是未成婦也曾子問云三月而廟見稱來婦又云女未廟見而死歸葬於女氏之黨示未成婦也則知既廟見者爲成婦矣既成爲婦則當家。士盡爲此譏使之縫裳明是未可縫裳故云三月廟見然後執婦功三月廟見謂無舅姑者婦入三月乃見於舅姑之廟若有舅姑則士婚禮所云質明贊見婦於舅姑不待三月也雖於昬之明旦即見舅姑也亦三月乃助祭行故易歸妹注及鄭箴膏肓皆引士昬禮云婦入三月而後祭行然則雖見舅姑猶未祭行亦未成婦也成婦雖待三月其婚則當夕成矣士昬禮云其夕衽席於奧良席在東皆有枕北趾主人入親脫婦纓燭出注云婚禮畢將臥息又駁異義云昬禮之暮枕席相連是其當夕成昬也○箋言女至其事○正義曰以婦人之服不殊裳故知所言裳者指男子之下服也曲禮曰諸母不漱裳唯舉裳不漱則衣可漱明裳爲賤○傳要襋至之人○正義曰士喪禮云襋者左執領右執要又曰襋者以褶必有裳執衣如初注云帛爲褶無絮雖。復與禪同有裳乃成稱然則襋服有衣有裳而左右執之則左執衣領右執裳要此要謂裳要字宜從衣故云要襋也要是裳襋則。襋爲衣領說文亦云襋衣領也二者於衣於裳各在其上且又功少故好人可使整治屬著之上云女手此云好人故云好人女手之人今定本云好人好女手之人者義亦通

好人提提宛然左辟佩其象揥

提提安諦也宛辟貌婦至門夫揖而入不敢當尊○宛然而左辟象揥所以爲飾箋云婦新至慎於威儀如是使之非禮○提徒兮反宛於阮反辟音避注同一音婢亦反揥勑帝反諦音帝

維是褊心是以爲刺

箋云魏俗所以然者是君心褊急無德教使之耳我是以刺之

【疏】好人至爲刺○正義曰言好人初至容貌安詳審諦提提然至門之時其夫揖之不敢當夫之揖宛然而左辟之又佩其象骨之揥以爲飾敬慎威儀如是何故使之縫裳魏俗所以然者維是魏君褊心無德教使然我是以爲此刺也○傳提提至爲飾○正義曰釋訓云提提安也孫炎曰提提行步之安也言安諦謂行步安舒而審諦也士昬禮云婦至主人揖婦以入及寢門揖入是婦至門夫揖而入也此好人不敢當夫之尊故宛然而左還辟之不敢當主故就

客位〇箋魏俗至刺之〇正義曰如此箋則魏俗之趨利由君也序云魏地陿隘其民機巧趨利則似魏俗先然與此反者魏俗趨利實由地陿使然人君當知其不可而以政反之今君乃儉嗇且褊急而無德教至使民俗益復趨利故刺之

葛屨二章一章六句一章五句

汾沮洳刺儉也其君儉以能勤刺不得禮也〇汾沮洳汾音扶云反沮音子預反洳音如預反其君子一本無子字[疏]汾沮洳三章章六句至得禮〇正義曰作汾沮洳詩者刺儉也其君好儉而能勤躬自采菜刺其不得禮也

彼汾沮洳言采其莫汾水也沮洳其漸洳者莫菜也箋云言我也於彼汾水漸洳之中我采其莫以爲菜是儉以能勤〇莫音暮漸如字又接廉反彼其之子美無度箋云之子是子也是子之德美無有度言不可尺寸之美無度殊異乎公路路車也箋云是子之德美信無度矣雖然其采莫之士則非公路之禮也公路主君之軞車庶子爲之晉趙盾爲軞車之族是也〇軞本作旄音毛盾徒本反[疏]彼汾至公路〇正義曰由魏君儉以能勤於彼汾水漸洳之中我魏君親往采其莫以爲菜是儉而能勤也彼其采莫之子能勤儉如是其美信無限度矣非尺寸可量也美雖無度其采莫之士殊異於公路賤官尚不爲之君何故親采莫乎刺其不得禮也〇傳汾水至莫菜〇正義曰汾是水名沮洳潤澤之處故爲漸洳莫菜者陸機疏云莫莖大如箸赤節節一葉似柳葉厚而長有毛刺今人繅以取繭緒其味酢而滑始生可以爲羹又可生食五方通謂之酸迷冀州人謂之乾絳河汾之間謂之莫案王肅孫毓皆以爲大夫采菜其集注序云君子儉以能勤案今定本及諸本序直云其君儉亦得通〇箋之子至尺寸〇正義曰之子是子釋訓文宛丘云游蕩無度賓之初筵云飲酒無度皆謂無節度也此不得爲美無節度故爲無復度限言不可以尺寸量也〇箋是子至是也〇正義曰公路與公行一也以其主君路車謂

之公路主兵車之行列者則謂之公行正是一官也宣二年左傳云晉成公立乃宦卿之適以爲公族又宦其餘子亦爲餘子其庶子爲公行趙盾請以括爲公族公許之冬趙盾爲旄車之族是其事也趙盾自以爲庶子讓公族而爲公行言爲旄車之族明公行掌旄車服虔云旄車戎車之倅杜預云公行之官是也其公族則適子爲之掌君宗族成十八年左傳曰晉荀會欒黶韓無忌爲公族大夫使訓卿之子弟恭儉孝悌是公族主君之同姓故下箋云公族主君同姓昭穆是也傳有公族餘子公行此有公路公行公族知公路非餘子者餘子自掌餘子之政不掌公車不得謂之公路明公路卽公行變文以韻句耳此公族公行諸侯之官故魏晉有之天子則巾車掌王之五路車僕掌戎車之倅周禮六官皆無公族公行之官是天子諸侯異禮也

彼汾一方言采其桑箋云采桑親蠶事也彼其之子美如英萬人爲英美如英殊異乎公行公行從公之行也箋云從公之行者主君兵車之行列○行戶郎反注同【疏】傳萬人爲英○正義曰禮運注云英俊選之尤者則英是賢才絕異之稱此傳及尹文子皆萬人爲英大戴禮辨名記云千人爲英異人之說殊也

彼汾一曲言采其藚藚水舄也○藚音續一名牛舄說文音其或反舄音昔【疏】傳藚水舄○正義曰釋草云藚牛脣李巡曰別二名郭璞引毛詩傳曰水蕮也如續斷寸寸有節拔之可復陸機疏云今澤蕮也其葉如車前草大其味亦相似徐州廣陵人食之彼其之子美如玉美如玉殊異乎公族公族公屬箋云公族主君同姓昭穆也○昭紹遙反說文作佋

汾沮洳三章章六句

園有桃刺時也大夫憂其君國小而迫而儉以嗇不能用其民而無德教日以侵削故作是詩也【疏】園有桃二章章十二句至是詩○正義曰儉嗇不用其民章首二句是也大夫憂之下十句是也由無德教數被攻

伐故連言國小而迫日以侵削於經無所當也

園有桃其實之殽興也園有桃其實之殽國有民得其力○箋云魏君薄公稅省國用不取於民食園桃而已不施德教民無以戰其侵削之由由是也○殽本又作肴音爻省色領反

心之憂矣我歌且謠曲合樂曰歌徒歌曰謠○箋云我心憂君之行如此故歌謠以寫我憂矣○謠音遙行下孟反下文行國同

不我知者謂我士也驕箋云士事也不知我所為歌謠之意者反謂我於君事驕逸故○所為于偽反下所為皆同

彼人是哉子曰何其夫人謂我欲何為乎○箋云彼人謂君也曰於也不知我所為憂者既非責我又曰君儉而嗇所行是其道哉子於此憂之何乎○何其音基下章同夫人音符何為如字

心之憂矣其誰知之箋云。知是則衆臣無知我憂所爲也

其誰知之蓋亦勿思箋云無知我憂所爲者則宜無復思念之以自止。也衆不信我或時謂我謗君使我得罪也

【疏】園有至勿思○毛以爲園有桃得其實爲之殽以興國有民得其力爲君用今魏君不用民力又不施德教使國日以侵削故大夫憂之言己心之憂矣我遂歌而且謠以寫中心之憂不知我者見我無故歌謠謂我於君事也驕逸然故彼人又言云君之行是哉子之歌謠欲何其爲乎彼人既不知我而責我矣而我心之憂矣其誰能知之既無知我者或謗我使我得罪其有誰能知之我蓋欲亦自止勿復思念之彼人正謂不知我者曰其並爲辭○鄭以爲園有桃魏君取其實爲之殽不興爲異又以彼人爲君曰爲於言不知我者謂我於君事驕逸又言。從君之行儉而嗇是其道哉子於此憂之何餘同○箋魏君至由是○正義曰魏君薄於公稅乃是人君美事而刺之者公家稅民有常不得過度故孟子曰欲輕之於堯舜大貉小貉欲重之於堯舜大桀小桀十一而稅下富上尊是稅。三不得薄也鄭志答張逸亦云稅法有常不得薄今魏君不取於民唯食園桃而已非徒薄於。十故刺之中庸云時使薄斂左傳稱晉悼公薄賦斂所以復霸皆薄爲美以當時莫不厚稅故美其薄賦斂耳魯哀公曰二吾猶不足是當時皆重斂也易傳者以云其實之

殽明食桃爲殽即是儉嗇之事〇傳曲合至曰謠〇正義曰釋樂云徒歌謂之謠孫炎曰聲消搖也此文歌謠相對謠既徒歌則歌不徒矣故云曲合樂曰歌樂即琴瑟行葦傳曰歌者合於琴瑟也歌謠對文如此散則歌爲總名論語云子與人歌檀弓稱孔子歌曰泰山其頹乎之類未必合樂也〇傳夫人謂我欲何爲乎〇正義曰夫人即經之彼人也今定本云彼人不云夫人義亦通也何爲即經之何其也彼人謂我何爲者言彼不知我者之人謂我歌謠無所爲也箋以上已云不知我者此無爲更斥彼人故以爲彼人斥君也曰於釋詁文

彼園有棘其實之食 棘棗也〇棘紀力反從兩朿俗作棘同

心之憂矣聊以行國 箋云聊且略之辭也聊出行於國中觀民事以寫憂

不我知者謂我士也罔極 極中也箋云見我聊出行於國中謂我於君事无中正

彼人是哉子曰何其心之憂矣其誰知之其誰知之蓋亦勿思

園有桃二章章十二句

陟岵孝子行役思念父母也國迫而數侵削役乎大國父母兄弟離散而作是詩也 役乎大國者爲大國所徵發〇岵音戶此傳及解屺共爾雅不同王肅依爾雅數音朔侵削本或作國小而迫數見侵削者誤

疏 陟岵三章章六句至是詩〇正義曰首章望父二章望母卒章望兄敘言其思念之由經陳思念之事經无弟而序言之者經以父母與兄己所尊敬故思其戒其實弟亦離散故序言之以協句今定本云國迫而數侵削義亦通也〇箋云役乎至徵發〇正義曰箋以文承數見侵削嫌爲從役以拒大國故辨之云爲大國所徵發也知者以言役乎大國則爲大國所役猶司寇亡役諸司空則爲司空所役明是大國徵發之

陟彼岵兮瞻望父兮 山无草木曰岵箋云

孝子行役思其父之戒乃登彼岵山以遙瞻望其父所在之處○處昌慮反父曰嗟予子行役夙夜無已箋云予我夙早夜莫也无已無解倦○莫音暮解音介上慎旃哉猶來無止旃之猶可也父尚義箋云止者謂在軍事作部列時○旃之然反疏陟彼至无止○正義曰孝子在役之時以親戚離散而思念之言己登彼岵山之上兮瞻望我父所在之處兮我本欲行之時而父教戒我曰嗟汝我子也汝從軍行役在道之時當早起夜寐无得已止又言若至軍中在部列之上當慎之哉可來乃來無止軍事而來若止軍事當有刑誅故深戒之○傳山无草木曰岵○正義曰釋山云多草木岵無草木屺傳言无草木曰岵下云有草木曰屺與爾雅正反當是轉寫誤也定本亦然○傳旃之至尚義○正義曰此旃與采苓舍旃旃皆為足句故訓為之猶可釋言文父尚義者解孝子所以稱父戒己之意由父之於子尚義故戒之二章傳曰母尚恩卒章傳曰兄尚親皆於章末言之俱明見戒之意以其恩義親故也文十八年左傳曰舜舉八元使布五教於四方父義母慈兄友弟恭子孝恩即慈也親則友也○箋上者至列時○正義曰上言行役是在道之辭也此變言上又云可來乃來明在軍上為部分行列時也曲禮曰左右有局各司其局注云局部分也謂軍中各有所部為行列之分與此一也陟彼屺兮瞻望母兮山有草木曰屺箋云此又思母之戒而登屺山而望之也○屺音起母曰嗟予季行役夙夜無寐季少子也無寐无耆寐也○少詩照反耆常志反上慎旃哉猶來無棄母尚恩也陟彼岡兮瞻望兄兮兄曰嗟予弟行役夙夜必偕偕俱也上慎旃哉猶來無死兄尚親也

陟岵三章章六句

十畝之閒刺時也言其國削小民無所居焉○畝莫后反古作晦俗作畒皆同疏十畝之閒二章章三句至

居焉○正義曰經二章皆言十畝一夫之分不能百畝是爲削小無所居謂土田陜隘不足耕墾以居生非謂無居宅也十畝之間兮桑者閑閑兮閑閑然男女無別往來之貌箋云古者一夫百畝今十畝之間往來者閑閑然削小之甚○閑音閑本亦作閑別彼列反行與子還兮或行來者或來還者○還本亦作旋疏十畝至還兮○正義曰魏地陜隘一夫不能百畝今纔在十畝之間采桑者閑閑然或男或女共在其間往來無別也又敘其往者之辭乃相謂曰行與子俱迴還兮雖則異家得往來俱行是其削小之甚也○傳閑閑至之貌○正義曰此言之間則一家之人共采桑於其間地陜隘無所相避故言男女無別閑閑然爲往來之貌此章既言之間故下章言之外地傍徑路行非一家故言泄泄爲多人之貌○箋古者至之甚○正義曰王制云制農田百畝地官遂人云夫一廛田百畝司馬法曰畝百爲夫是一夫百畝也此言其正法耳周禮上地家百畝中地家二百畝下地家三百畝又云遂上地有萊五十畝其餘易相通皆二百畝也孟子曰五畝之宅樹之以桑則野田不樹桑漢書食貨志云田中不得有樹用妨五穀此十畝之中言有桑者孟子及漢志言其大法耳民之所便雖田亦樹桑故上云彼汾一方言采其桑古者侵其地而虜其民此得地陜民稠者以民有畏寇而內入故地陜也一夫百畝今此十畝相率十倍魏雖削小未必即然舉十畝以喻其陜隘耳○傳或行來者或來還者○正義曰云還兮相呼而共歸下云逝兮相呼而共往傳探下章之意故云或行來者或來還者見往來相須故總解之十畝之外兮桑者泄泄兮泄泄多人之皃○泄以世反行與子逝兮箋云逝逮也○逮徒賚反又徒帝反

十畝之間二章章三句

伐檀刺貪也在位貪鄙無功而受祿君子不得進仕爾○檀徒丹反木名疏伐檀三章章九句至

仕爾○正義曰在位貪鄙者經三章皆次四句是也君子不得進仕者首章三句是也經序倒者序見由在位貪鄙令君子不得仕如其次以述之經先言君子不仕乃責在位之貪鄙故章卒二句皆言君子不素飡以責小人之貪是終始相結也此言在位則刺臣明是君貪而臣効之雖責臣亦所以刺君也

坎坎伐檀兮寘之河之干兮河水清且漣猗坎坎伐檀聲寘置也干厓也風行水成文曰漣伐檀以俟世用若俟河水清且漣箋云是謂君子之人不得進仕也○坎苦感反寘之豉反漣力纏反猗於宜反本亦作漪同不稼不穡胡取禾三百廛兮種之曰稼斂之曰穡一夫之居曰廛貆獸名箋云是謂在位貪鄙無功而受祿也冬獵曰狩宵不狩不獵胡瞻爾庭有縣貆兮田曰獵胡何也貉子曰貆○廛本亦作㢆又作厘直連反古者一夫田百畝別受都邑五畝之地居之故孟子云五畝之宅是也縣音玄下皆同貆本亦作狟音桓徐郭音暄貉子也宵音消夜也貉戶各反依字作貈彼君子兮不素餐兮素空也箋云彼君子者斥伐檀之人仕有功乃肯受祿○餐七丹反說文作餐云或從水字林云吞食也飧音孫

疏坎坎至餐兮○正義曰言君子之人不得進仕坎坎然身自斬伐檀木置之於河之厓欲以爲輪輻之用此伐檀之人既不見用必待明君乃仕若待河水澄清且有波漣猗然也君子不進由在位貪鄙故責在位之人云汝不親稼種不親斂穡何爲取禾三百夫之田穀兮不自冬狩不自夜獵何爲視汝之庭則有所懸者是貆獸兮汝何爲無功而妄受此也彼伐檀之君子終不肯而空餐兮汝何爲無功而受祿使賢者不進也○傳坎坎至且漣○正義曰以下云漘側則是厓畔之處故云干厓也易漸卦鴻漸於干注云干謂大水之傍故停水處與此同也風行吹水而成文章者曰漣此云漣猗下云直猗淪猗漣直淪論水波之異猶皆辭也釋水云河水清且瀾猗大波爲瀾小波爲淪直波爲徑李巡云分別水大小曲直之名郭璞曰瀾言渙瀾也淪言蘊淪也徑言徑涏也漣瀾雖異而義同此詩漣淪舉波名直波不言徑而言直者取韻故也下二章言伐輻伐輪則此伐

檀為車之輪輻非待河水之清方始用之而經於河干之下即言河水清故解其意此人不得進仕伐檀隱居以待可仕之世若待河水清且漣猗然也河水性濁清則難待猶似闇主常多明君稀出既云置檀河厓因即以河為喻襄八年左傳云俟河之清人壽幾何易緯云王者太平嘉瑞之將出則河水先清是河水稀清故以喻明君稀出也○傳種之至獸名○正義曰以稼穡相對皆先稼後穡故知種之曰稼斂之曰穡若散則相通大田云曾孫之稼非唯種之也湯誓曰舍我穡事非唯斂之也一夫之居曰廛一謂一夫之田百畝也地官遂人云夫一廛田百畝司農云廛居也揚子。云有田一廛謂百畝之居與此傳同也地官載師云市廛之征鄭司農云廛市中空地未有肆城中空地未有宅者也玄謂廛者若今云邑居里矣廛民居之區域也里居也以廛里任國中而遂人授民田一夫一廛田百畝是廛不謂民之邑居在都城者與則鄭謂廛為民之邑居不為一夫之田者以廛者民居之名夫田與居宅同名為廛但周禮言夫一廛復言田百畝百畝既是夫田故以廛為居宅即孟子云五畝之宅是也以載師連市言之故準遂人以廛為邑居此言胡取禾三百廛取禾宜於田中故從傳一夫之居不易之釋獸云貈子貆郭璞曰其雌者名䝞。䝞乃刀反今江東通呼貉為貈。貈○箋是謂至曰貆○正義曰釋天云冬獵為狩宵田為獠李巡曰冬圍守而取禽故郭璞曰獠猶燎也今之夜獵載鑪照者也江東亦呼獵為獠管子曰獠獵畢弋是獠為獵之別名經云不狩不獵則狩與獵別故以獵為宵田此對文耳散即獵通於晝夜狩兼於四時若周禮云大田獵王制云佐車止則百姓田獵不必皆宵田也中候云秦伯出狩騶驖云從公于狩未必皆冬獵也釋天又云火田為狩孫炎曰放火燒草守其下風是狩非獨冬獵之名也

坎坎伐輻兮寘之河之側兮河水清且直猗輻檀輻也側猶厓也直直波也○輻音福不稼不穡胡取禾三百億兮不狩不獵胡瞻爾庭有縣特兮萬萬曰億獸三歲曰特。箋云十萬曰億三百億禾秉之數彼君子兮不素食兮

疏傳萬萬至曰特○正義曰萬萬曰億

今數然也傳以時事言之故今九章算術皆以萬萬爲億數三歲曰特毛氏當有所據不知出何書○箋十萬至之數○正義曰箋以詩書古人之言故。今古數言之知古億十萬者以田方百里於今數爲九百萬畝而王制云方百里爲田九十億畝是億爲十萬也故彼注云億今十萬是以今曉古也楚語云百姓千品萬官億醜皆以數相十是億十萬也詩內諸言億者毛鄭各從其家故楚茨箋傳與此同三百億與三百廛三百囷相類若爲釜斛之數則大多不類故爲禾秉之數秉把也謂刈禾之把數聘禮注云秉秉謂刈禾盈把是也

坎坎伐輪兮寘之河之漘兮河水清且淪猗

檀可以爲輪滑厓也小風水成文轉如輪也○輪音倫漘順倫反本亦作脣淪音倫韓詩云順流而風曰淪淪文貌

不稼不穡胡取禾三百囷兮不狩不獵胡瞻爾庭有縣鶉兮

圓者爲囷鶉鳥也○囷丘倫反圓倉鶉音純

疏傳圓者爲囷鶉鳥○正義曰月令修囷倉方者爲倉故圓者爲囷考工記匠人注云囷圓倉是也釋鳥云鶉鶉其雄鶛牝庳李巡曰別雄雌異方之言鶉一名鶛郭璞曰鶉鵪之屬也

彼君子兮不素飧兮

熟食曰飧箋云飧讀如魚飧之飧○飧素門反字林云水澆飯也

疏傳熟食曰飧○正義曰傳意以飧爲飧饔之飧客始至之大禮其食熟致之故云熟食曰飧秋官掌客云公飧五牢侯伯飧四牢子男飧三牢卿飧二牢大夫飧一牢士飧少牢注云公侯伯子男飧皆飪一牢則卿大夫亦有飪故曰爲熟食也○箋飧讀如魚飧之飧○正義曰宣六年公羊傳曰晉靈公使勇士將殺趙盾入其門則無人焉上其堂則無人焉俯而闚之方食魚飧是其事也鄭以爲魚。食飧則非傳所云熟食也說文云飧水澆飯也從夕食言人旦則食飯飯不可停故夕則食飧是飧爲飯之別名易傳者鄭志答張逸云禮飧饔大多非可素不得與不素。飧相配故易之也

伐檀三章章九句

碩鼠刺重斂也國人刺其君重斂蠶食於民不脩其政貪而畏人若大鼠也○碩音石斂呂驗反下同

疏碩鼠三章章八句至大鼠○正義曰蠶食者蠶之食桑漸漸以食使桑盡也猶君重斂漸漸以稅使民困也言貪而畏人若大鼠然解本以碩鼠為喻之意取其貪且畏人故序因倒述其事經三章皆上二句言重斂次二句言不脩其政由君重斂不脩其政故下四句言將棄君而去也

碩鼠碩鼠無食我黍三歲貫女莫我肯顧貫事也箋云碩大也大鼠大鼠者斥其君也女無復食我黍疾其稅斂之多也我事女三歲矣曾無教令恩德來顧眷我又疾其不脩政也古者三年大比民或於是徙○貫古亂反徐音官復扶又反稅始銳反比毗志反逝將去女適彼樂土箋云逝往也往矣將去女與之訣別之辭樂土有德之國○樂音洛注下同土如字他古反沈徒古反訣古穴反樂土樂土爰得我所箋云爰曰也

疏碩鼠至得我所○正義曰國人疾其君重斂畏人比之碩鼠言碩鼠碩鼠無食我黍猶言國君國君無重斂我財君非直重斂於我又不脩其政我三歲以來事汝矣曾無於我之處肯以教令恩德眷顧我也君既如是與之訣別言往矣將去汝之彼樂土有德之國我所以之彼樂土者以此樂土若往則曰得我所宜故也言往將去汝者謂我往之他國將去汝國也○傳貫事○正義曰釋詁文○箋碩大至是徙○正義曰碩大釋詁文釋獸於鼠屬有鼫鼠孫炎曰五技鼠郭璞曰大鼠頭似兔尾有毛青黃色好在田中食粟豆關西呼鼩音瞿鼠舍人樊光同引此詩以碩鼠為彼五技之鼠也許慎云碩鼠五技能飛不能上屋能游不能渡谷能緣不能窮木能走不能先人能穴不能覆身此之謂五技陸機疏云今河東有大鼠能人立交前兩脚於頸上跳舞善鳴食人禾苗人逐則走入樹空中亦有五技或謂之雀鼠其形大故序云大鼠也魏國今河北縣是也言其方物宜謂此鼠非鼫鼠也按此經作碩鼠訓之為大不作鼫鼠之字其義或如陸言也序云貪而畏人若大鼠然故知大鼠為斥君亦是興喻之義也箋又以此民居魏蓋應久

矣止言三歲貫汝者以古者三歲大比民或於是遷徙故以三歲言之地官小司徒及。卿大夫職皆云三年則大比言比者謂大校比其民之數而定其版籍明於此時民或得徙地官比長職曰徙於國中及郊則從而授之注云徙謂不便其居也或國中之民出徙郊或郊民入徙國中皆從而付所處之吏是大比之際民得徙矣

碩鼠碩鼠無食我麥三歲貫女莫我肯德箋云不肯施德於我逝將去女適彼樂國樂國樂國爰得我直直得其直道箋云直猶正也

碩鼠碩鼠無食我苗苗嘉穀也疏傳苗嘉穀○正義曰黍麥指穀實言之是鼠之所食苗之莖葉以非鼠能食之故云嘉穀謂穀實也穀生於苗故言苗以韻句三歲貫女莫我肯勞箋云不肯勞來我○勞如字又力報反注同徠本亦作來同力代反逝將去女適彼樂郊箋云郭外曰郊樂郊樂郊誰之永號。號呼也箋云之往也永歌也樂郊之地誰獨當往而歌號者言皆喜說無憂苦○咏本亦作詠同音詠號戶毛反注同呼火故反說音悅疏誰之永號○正義曰言彼有德之樂郊誰往而獨長歌號呼言往。釋皆歌號喜樂得所故我欲往也箋之往永歌○正義曰之往釋詁文永是長之訓也以永號共文傳云號呼是歌之呼樂記及關雎。矣皆云永歌之舜典云聲依永故以永為歌歌必長言之故也

碩鼠三章章八句

附釋音毛詩注疏卷第五（五之三）

毛詩注疏校勘記（五之三）

阮元撰盧宣旬摘錄

魏譜

故言周以封同姓子閩本明監本毛本同案子當作云形近之譌

其封域補案其上當○

寘諸河之干兮閩本明監本毛本同案此不與今地理志同

昔舜陶於河濱補案昔上當○

不可知凡閩本明監本毛本同案浦鏜云凡當作也字誤是也

止此詩並刺君閩本明監本毛本止作也案皆誤也止當作但字之壞耳

○葛屨

而無德以將之小字本相臺本同唐石經初刻之下有也字後磨去

反覆儉嗇褊急閩本明監本毛本同案浦鏜云覆當復字誤是也

機巧趨利者章上四句是也閩本明監本毛本同案者當作首形近之譌

亦是趨利之士也閩本明監本毛本士作事案所改是也篇內同

故箋採下章閩本明監本毛本同案浦鏜云採當探字誤是也

要褄也段玉裁云古本當作要要也謂此要字即衣之要也衣之要見於喪服士喪禮玉藻深衣諸篇字無作褄者以本字爲訓此易傳蒙者蒙也比者比也剝者剝也說文已已也北風傳虛虛也之例淺人不能通故北風與此二傳皆妄改

襋領也小字本相臺本同案領上當有衣字釋文襋下云衣領也正義云要是裳褄則襋爲衣領說文亦云襋衣領也考此可見釋文正義二本此傳皆有衣字正義亦者即亦傳也說文襋下引詩此句是正用傳文傳上云要褄也以上經已見裳字故不復言裳褄也此傳云襋衣領也以經更無衣字故須言衣以顯之也各本脫衣字失傳旨矣當正之○案褄領皆統於衣不得分褄屬裳領屬衣正義云褄爲裳褄此語陋甚是未考儀禮禮記衣服之制

國家靡幣閩本明監本毛本同案幣當作弊形近之譌

雖復與襌同閩本明監本毛本同案浦鏜云複誤復考儀禮釋文浦挍是也

則襯爲衣領閩本明監本毛本同案襯當作襋

○汾沮洳

雖然其采莫之士小字本相臺本士作事閩本明監本毛本同案事字是也士乃誤字其誤與葛屨正義內同當時寫書人往往以士代事此絕不可通閩本以下閉仍之亦誤

○園有桃

與也園有桃其實之殽閩本明監本毛本同小字本相臺本殽作食案食字是也此傳以食解殽非複舉經文正義說箋云明食桃爲殽正用傳

不我知者唐石經小字本同相臺本作不知我者閩本明監本毛本同案相臺本非也箋倒經作不知我者正義依之耳不可據以改經下章同

箋云知是閩本明監本毛本同小字本相臺本知作如考文古本同案如字是也

以自止也小字本相臺本同考文古本同閩本明監本毛本止誤正十行本初刻止後剜改作正案止字是也正義云蓋欲亦自止勿復思念之可證

又言從君之行儉而嗇閩本明監本毛本同案浦鏜云從當彼字誤是也

是稅三不得薄也閩本明監本毛本同案三當作一

非徒薄於十閩本明監本毛本同案十當作一

○陟岵

國迫而數侵削唐石經小字本相臺本同案此定本也正義云今定本云國迫而數侵削義亦通也下云箋以文承數見侵削是正義本數下有見字考釋文云國迫而數侵削本或作國小而迫數見侵削者誤正義本當即或作本也葛屨序正義云以下園有桃及陟岵序皆云國小而迫日以侵削

乃引此就園有桃序耳考文古本作國小迫而數見侵削采釋文但誤倒而迫二字

猶司寇亡役諸司空閩本明監本毛本同案亡當作云形近之譌

止者謂在軍事作部列時小字本相臺本同閩本同明監本毛本止作上案上字是也正義云若至軍中在部列之上又說箋云此變言上又云明在軍上爲部分行列時也標起止云箋上者皆可證山井鼎云按疏作上爲是

○十畝之閒

又云遂上地有萊五十畝閩本明監本毛本同案浦鏜云萊譌菜是也

桑者閑閑兮唐石經小字本相臺本同案釋文云閑閑音閑本亦作閑正義標起止云傳閑閑正義本與釋文亦作本同

○伐檀

徑言徑涏也閩本明監本毛本同案涏當作侹形近之譌爾雅釋文可證

揚子云有田一廛閩本明監本毛本同案浦鏜云雲誤云非也此語出揚子自序

其雌者名獶獶乃刀反毛本獶誤貜閩本明監本不誤案爾雅釋文云獶字又作貜同是作貜者誤

今江東通呼貉爲㹢㹢閩本明監本毛本同案浦鏜云㹢𤟤誤㹢㹢引證爾雅釋文㹢爲郎反𤟤山吏反是也

獸三歲曰特小字本相臺本同案正義云獸三歲曰特毛氏當有所據不知出何書盧文弨云齊傳曰三歲曰肩齒傳曰三歲曰豣矣則此

傳三當作四廣雅之所本也段玉裁云鄭司農注周禮云三歲爲特四歲爲肩與毛互異肩豣同字耳今考騶虞正義引此傳亦作三歲云蓋異獸别名故三歲者有二名也

故今古數言之閩本明監本毛本同案今當作合形近之譌

入其門則無人焉閩本明監本毛本同案此公羊本作則無人焉門者何休注可證正義所引亦然不知者誤去下門者二字耳今公羊焉字誤在門字下更非

鄭以爲魚食飧閩本明監本毛本同案食當作飧之二字

不得與不素飧相配閩本明監本毛本同案浦鏜云飧當餐字誤是也

○碩鼠

曾無教令恩德來顧眷我小字本相臺本同案依正義當作眷顧各本皆誤倒也

關西呼鼩音瞿鼠閩本明監本毛本同案呼至瞿十行本剜添者一字必音瞿二字初刻旁行細書而兩字相並後改入正文故如此耳山井鼎云鼠字當在鼩下非也爾雅釋文作鼩將略反引沈旋作鼩音求于反此同沈也○按音瞿二字郭語也非疏家語

及卿大夫職閩本明監本毛本同案浦鏜云鄉誤卿是也

誰之永號唐石經小字本相臺本同案釋文云咏本亦作永同音詠歌也正義本是永字此箋云永歌也乃讀永爲咏不改其字者以爲假借也正

義本爲長釋文本作咏當是因箋弁改經字考文古本作詠采釋文耳

言往釋皆歌號閩本明監本毛本同十行本釋字剜案此誤也釋當作矣首章正義云言往矣將去汝往矣二字本箋此亦同物觀考文補遺所載作者就彼所見本而言也

樂記及關雎矣閩本明監本毛本同十行本矣字剜案此誤也矣當作序十行本欲剜上文往矣之矣誤入於此山井鼎云宋板磨滅就彼所見本而言也

魏國七篇十八章百二十八句十行本脫此一行各本皆有

附釋音毛詩注疏卷第六〔六之一〕

唐蟋蟀詁訓傳第十〔十九〕

陸曰唐者周成王之母弟叔虞所封也其地帝堯夏禹所都之墟漢曰太原郡在古冀州太行恆山之西太原太岳之野其南有晉水叔虞之子燮父因改爲晉侯至六世孫僖侯名司徒習堯儉約遺化而不能以禮節之今詩本其風俗故云唐也

毛詩國風　鄭氏箋　孔穎達疏

唐譜　唐者帝堯舊都之地今曰太原晉陽是堯始居此後乃遷河東平陽○正義曰以序云有堯之遺風則堯都之也漢書地理志云太原晉陽縣故詩唐國晉水所出東入汾是漢時爲太原晉陽也史記晉世家云唐在河汾之東方百里言百里則堯爲諸侯所居故云堯始居此地理志河東郡平陽縣應劭云堯都也則是堯爲天子乃都平陽故云後遷河東平陽也皇甫謐云堯爲天子都平陽禹受舜禪都平陽或於安邑或於晉陽則夏都亦在晉境故定四年左傳云命以唐誥而封於夏墟是也此不言有夏都者因序云有堯之遺風故指述堯事而已論語注云未知六百里者晉與衞與則晉初六百里矣而世家云百里者言古唐國之大耳非謂晉初唯方百里也○成王封母弟叔虞於堯之故墟曰唐侯南有晉水至子燮改爲晉侯○正義曰昭十五年左傳稱周景王謂晉籍談曰叔父唐叔成王之母弟也晉世家云成王與叔虞戲削桐葉爲珪以與叔虞曰以此封君史佚因言請擇日立叔虞成王曰吾與之戲耳史佚曰天子無戲言言則史書之於是封叔虞於唐是成王封母弟於堯之故墟也地名晉陽是也南有晉水地理志云唐有晉水叔虞子燮爲晉侯是燮以晉水改爲晉侯蓋時王命使改之也皇甫謐云堯始封於唐今中山唐縣是也後徙晉陽及爲天子都平陽於詩爲唐國則唐國爲平陽也漢書音義臣瓚案唐今河東永安是也去晉四百里又云堯居唐東於彘十里應劭曰順帝改彘曰永安則瓚以唐國爲永安此二說詩之唐國不在晉陽燮何須改爲晉侯明唐正

晉陽是也○其封域在禹貢冀州太行恒山之西太原太岳之野○正義曰地
理志云太行在河內山陽縣西北恒山在故。縣上曲陽西北以太行恒山皆在
河北故屬冀州晉之東境迫此二山故云之西禹貢云既修太原至于岳陽鄭
注云岳陽縣太岳之南於地理志太原今以為郡名太岳在河東故縣彘東名
霍太山河東太原皆晉境所及故云太原太岳之野○至曾孫成侯南徙居曲
沃近平陽焉○正義曰案晉世家云唐叔生晉侯燮燮生武侯寧族族生成侯
服人地理志云河東郡聞喜縣故曲沃也晉成侯自晉陽徙此是鄭所據之文
也○昔堯之末洪水九年下民其咨萬國不粒於時殺禮以救艱厄其流乃被
於今○正義曰堯典云帝曰咨四岳湯湯洪水方。害下民其咨又稱使鯀治水
九載績用弗成臯陶謨云禹曰洪水滔天予乘四載隨山刊木。既稷播奏庶艱
食鮮食烝民乃粒以禹既治水萬國乃粒是未治水之時萬國不粒也禮稱凶
荒殺禮明堯於九年之內殺禮以救艱厄故儉嗇其流乃被於今謂作詩時也
○當周公召公共和之時成侯曾孫僖侯甚嗇愛物儉不中禮國人閔之唐之
變風始作○正義曰案晉世家云成侯生厲侯福福生靖侯宜臼宜臼生僖侯司
徒是僖侯乃成侯曾孫也世家又云靖侯十七年厲王出奔于彘大臣行政故
云共和十八年靖侯卒則僖侯元年當共和二年也故知當共和之時○其孫
穆侯又徙於絳云○正義曰案晉世家云僖侯生獻侯籍籍生穆侯費王是也
知徙於絳者以成侯徙居曲沃則晉曲沃為晉都矣至昭公之時分曲沃以封桓
叔則正都不在曲沃明昭公已前已徙絳矣知穆侯徙者蓋相傳為然地理志
云河東絳縣晉武公自曲沃徙此者以桓叔別封曲沃武公既并晉國徙就晉
都故云自曲沃徙此耳非謂武公始都絳也然則穆侯以後晉恒都絳而隱五
年左傳云曲沃莊伯伐翼翼侯奔隨又謂之為翼者杜預云翼晉舊都在平陽
絳邑縣東穆侯徙絳昭侯以下又徙於翼及武公并晉又都絳也莊二十六年
左傳稱晉獻公命士蔿城絳以深其宮明是武公徙絳也晉世家云獻公使士
蔿盡殺諸公子而城聚都之命曰絳案左傳云晉士蔿使羣公子盡殺游氏之
族乃城聚而處之冬晉侯圍聚盡殺羣公子則城聚以處羣公子非晉都也世

家言命聚曰絳非也世家又云穆侯卒弟殤叔立四年爲穆侯太子仇所殺仇立是爲文侯三十五年卒昭侯立元年封其叔父成師于曲沃七年爲大臣潘父所殺子孝侯立十五年爲曲沃莊伯所殺子鄂侯郤立六年當魯隱五年卒子哀侯光立九年爲曲沃武公所虜子小子侯立四年爲曲沃武公誘而殺之哀侯弟緡立爲晉侯二十八年曲沃武公伐晉侯緡滅之周僖王命曲沃武公爲晉君武公已即位三十七年矣又二年卒子獻公詭諸立二十六年卒此其君次也案隱五年左傳曲沃莊伯伐翼翼侯奔隨秋王命虢公伐曲沃而立哀侯于翼六年傳曰翼九宗五正頃父之子嘉父逆晉侯于隨納諸鄂晉人謂之鄂侯則哀侯之立鄂侯未卒世家言卒非也其詩則蟋蟀刺僖公爲僖公詩也山有樞揚之水椒聊鴇羽序言昭公則昭公詩也綢繆杕杜羔裘在其間從可知也無衣有杕之杜則皆刺武公則武公詩也葛生采苓刺獻公則獻公詩也鄭於左方中皆以此而知案鄭詩出其東門序云公子五爭五公子爭突最處後知出其東門爲厲公之詩鴇羽序云昭公之後大亂五世小子侯處五世之末鴇羽不爲小子侯詩者以昭公肇爲亂階五世不息君子從役昭公所爲雖復後世始作而主刺昭公故序云昭公之後明其刺昭公也出其東門由兵革不息而男女相棄民人思保其室家乃是當時之事故爲厲公之詩但序本爲亂之由故言公子五爭耳此實晉也而題之曰唐故序每篇言晉鴇羽杕杜既言刺時於文不可言晉從上明之可知也

蟋蟀刺晉僖公也儉不中禮故作是詩以閔之欲其及時以禮自虞樂也此晉也而謂之唐本其風俗憂深思遠儉而用禮乃有堯之遺風焉憂深思遠謂宛其死矣百歲之後之類也○蟋蟀上音悉下所律反說文蟀作𧍧僖公許其反史記作釐侯中丁仲反樂音洛下皆同思息嗣反注同【疏】蟋蟀三章章八句至風焉○正義曰作蟋蟀詩者刺晉僖公也由僖公太儉偪下不中禮度故作是蟋蟀之詩以閔傷之欲其及歲暮閑暇之時以禮自娛樂也以其太儉故欲其自樂樂失

於盈又恐過禮欲令節之以禮故云以禮自娛樂也欲其及時者三章上四句是也以禮自娛樂者下四句是也既序一篇之義又序名晉爲唐之意此實晉也而謂之唐者太師察其詩之音旨本其國之風俗見其所憂之事深所思之事遠儉約而能用禮有唐堯之遺風故名之曰唐也故季札見歌唐曰思深哉其有陶唐氏之遺風乎不然何其憂之遠也是憂思深遠之事情見於詩詩爲樂章樂音之中有堯之風俗也○箋憂深至之類○正義曰此二文計及死後之事是其憂念深思慮遠也言之類者憂深思遠之事非獨在此二文以其二事顯見故引當之耳其實諸篇皆有深遠之志蒹葭箋云民之厚如此亦唐之遺風亦以其事顯見故言之耳

蟋蟀在堂歲聿其莫今我不樂日月其除

蟋蟀蛬也九月在堂聿遂除去也箋云我我僖公也蛬在堂歲時之候是時農功畢君可以自樂矣今不自樂日月且過去不復暇爲之謂十二月當復命農計耦耕事○聿允橘反莫音暮除直慮反注同蛬俱勇反沈又九共反趨織也一名蜻蛚復扶又反

無已大康職思其居

已甚康樂職主也箋云君雖當自樂亦無甚大樂欲其用禮爲節也又當主思於所居之事謂國中政令○大音泰徐勑佐反下同居義如字協韻音據

好樂無荒良士瞿瞿

荒大也瞿瞿然顧禮義也箋云荒廢亂也良善也君之好義不當至於廢亂政事當如善士瞿瞿然顧禮義也○好呼報反下同瞿俱具反

疏 蟋蟀至瞿瞿○毛以爲僖公儉不中禮詩人戒之欲令及時自樂言九月之時蟋蟀之蟲在於室堂之上矣是歲晚之候歲遂其將欲晚矣此時農功已畢人君可以自樂今我君僖公不於此時自樂日月其將過去農事又起不得閑暇而爲之君何不及時自樂乎既勸君自樂又恐其過禮君今雖當自樂又須用禮爲節君若自樂無甚太樂當主思其所居之事當以禮樂自居無得忽忘之也又戒僖公君若好樂無得太好之當如善士瞿瞿然顧於禮義勿使踰越於禮也○鄭唯其居謂國中政令荒謂廢亂政事爲異餘同○傳蟋蟀至除去○正義曰蟋蟀蛬釋蟲文李巡曰蛬一名蟋蟀蟋蟀蜻蛚也郭璞曰今趨織也陸機疏云蟋蟀似蝗而小正黑有

光澤如漆有角翅一名蛬一名蜻蛚楚人謂之王孫幽州人謂之趨織。里語曰趨織鳴嬾婦驚是也七月之篇說蟋蟀之事云九月在戶傳云九月在堂堂者室之基也戶內戶外總名為堂禮運曰醴醆在戶粢醍在堂對文言之則堂與戶別散則近戶之地亦名堂也故禮言升堂者皆謂從階至戶也此言在堂謂在室戶之外與戶相近是九月可知時當九月則歲未為暮而言歲聿其暮者言其過此月後則歲遂將暮耳謂十月以後為歲暮也此月未為暮也采薇云曰歸曰歸歲亦暮止其下章云曰歸曰歸歲亦陽止十月為陽明暮止亦十月也小明云歲聿云暮采蕭穫菽采穫是九月之事也云歲聿云暮其意與此同也歲實未暮而云聿暮故知聿為遂遂者從始嚮末之言也除者棄去之名故為去也○箋我我至耕事○正義曰勸君使之自樂故知我我僖公也七月箋云言此者著將寒有漸蟋蟀記將寒之候此言歲時之候者七月下文論備寒之事故為寒來之候此云歲聿其暮故云歲時之候月令季冬云告民出五穀命農計耦耕脩耒耜具田器注云大寒氣過農事將起是十二月以後不暇復為樂也禮國君無故不徹懸必須農功之隙乃作樂者場功未畢勸課農桑雖不徹鍾鼓有時擊奏未得大設燕飲適意娛樂也七月云九月肅霜十月滌場朋酒斯饗言國君閑於政事乃饗羣臣是十月為自樂之時也○傳已甚康樂職主○正義曰已訓止也物甚則止故已為甚也康樂職主皆釋詁文傳不解其居之義二章其外傳以外為禮樂之外則其居謂以禮樂自居則職思其外謂常思禮樂無使越於禮樂之外也職思其憂傳曰憂可憂謂踰越禮樂至於荒淫則可憂也故王肅云其居主思以禮樂自居也其外言憂思無越於禮樂也其憂言荒則憂也○箋君雖至政令○正義曰以序言欲其以禮自娛樂故知欲其用禮為節也樂記曰禮主其減樂主其盈禮減而進以進為文樂盈而反以反為文注云禮主其減人所倦樂主其盈人所歡進謂自勉強反謂自抑止是禮須勤力行之惟恐倦怠樂者令人歡樂惟恐奢放詩人既勸自樂又恐過度故戒之使用禮也箋以上句言無已大康已是禮樂自居復云職思其居不宜更處禮樂居謂居處也二章言外謂居處之外則其居謂所居之處故易傳以為主思所居之事謂國中政令也其居既是國中則知其外謂國外至四境也四境之外則有鄰國故其憂為鄰國侵伐之憂詩人戒君所思思其自近及遠故從內而外也○傳荒大至禮義○正義曰荒為廣遠之言故為大也釋訓云瞿瞿休休儉也李巡曰皆良士顧禮節之儉也此傳云顧禮義下傳云休休樂道之心皆謂治身儉約故能樂道顧禮也○箋荒廢至禮義○正義曰宛丘序云淫荒昏亂還及盧令序云刺荒也荒者皆謂廢亂政事故易傳以荒為廢亂也良善釋詁文

蟋蟀在堂歲聿其逝今我不樂日月其邁邁行也無已大康職思其外外禮樂之外箋云外謂國外至四境○禮樂此一樂字音岳好樂無荒良士蹶蹶蹶蹶動而敏於事○蹶俱衛反疏傳蹶蹶至於事○正義曰釋詁云蹶動也釋訓云蹶蹶敏也

蟋蟀在堂役車其休箋云庶人乘役車役車休農功畢無事也疏箋庶人至無事○正義曰庶人乘役車春官巾車文也彼注云役車方箱可載任器以供役然則收納禾稼亦用此車故役車休息是農功畢無事也酒誥云肇牽車牛遠服賈用孝養厥父母則庶人之車冬月亦行而云休者據其農功既終載運事畢故言休耳不言冬月不行也今我不樂日月其慆慆過也○慆吐刀反無已大康職思其憂憂可憂也箋云憂者謂鄰國侵伐之憂好樂無荒良士休休休休樂道之心

蟋蟀三章章八句

山有樞刺晉昭公也不能脩道以正其國有財不能用有鍾鼓不能以自樂有朝廷不能洒埽政荒民散將以危亡四鄰謀取其國家而不知國人作詩以刺之也○樞本或作蓲烏侯反昭公左傳及史記作昭侯樂音洛下及注同朝直遙反廷徒佞反洒所懈反沈所寄反下同埽蘇報反本又作埽下同疏

山有樞三章章八句至刺之○正義曰有財不能用者三章章首二句是也此二句總言昭公不能用財耳其經之所陳言昭公有衣裳車馬鍾鼓酒食不用之是分別說其不能用財之事也有鍾鼓不能以自樂者二章云子有鍾鼓弗擊弗考是也有朝廷不能洒埽者二章云子有廷內弗洒弗埽是也經先言廷內序先言鍾鼓者廷內人君治政之處其事大鍾鼓者娛樂己身其事小經責昭公先重後輕故先言廷內序既言有財不能用鍾鼓亦貨財之事故因即先言之衣裳車馬亦是有財序獨言鍾鼓者據娛樂之大者言之也經先言衣裳後車馬者衣裳附於身車馬則差遠故先言衣裳也四鄰謀取其國家者三章下二句是也四鄰即桓叔謀伐晉是也故下篇刺昭公皆言沃所幷沃雖一國即四鄰之一故以四鄰言之

山有樞。隰有榆。興也樞荎也國君有財貨而不能用如山隰不能自用其財○樞以朱反荎田節反沈又直黎反

子有衣裳。弗曳弗婁。子有車馬。弗馳弗驅。婁亦曳也○曳以世反婁力俱反馬云牽也

宛其死矣。他人是愉。宛死貌愉樂也箋云愉讀曰偷偷取也○宛於阮反本亦作苑愉毛以朱反鄭作偷他侯反

【疏】山有至是愉○毛以愉爲樂○鄭以愉爲取言他人將取之餘同○傳樞荎○正義曰釋木文郭璞曰今之刺榆也○傳婁亦曳○正義曰曳者衣裳在身行必曳之婁與曳連則同爲一事走馬謂之馳策馬謂之驅驅馳俱是乘車之事則曳婁俱是著衣之事故云婁亦曳也○傳愉樂○正義曰釋詁文○箋愉讀至偷取○正義曰以下云是保謂得而居之入室謂居而有之故易傳以愉爲偷言偷盜取之

山有栲。隰有杻。栲山樗杻檍也○栲音考杻女九反樗勑書反又他胡反檍於力反

【疏】傳栲山樗杻檍○正義曰皆釋木文舍人曰栲名山樗杻名檍郭璞曰栲似樗色小而白生山中因名云亦類漆樹俗語曰櫄樗栲漆相似如一陸機疏云山樗與下田樗略無異葉似差狹耳吳人以其葉爲茗方俗無名此爲栲者似誤也今所云爲栲者葉如櫟木皮厚數寸可爲車輻或謂之栲櫟許愼正以栲讀爲糗今人言栲失其聲耳杻檍也葉似杏而尖白色皮正赤爲木多曲少

直枝葉茂好二月中葉疏華如。練而細蘂正白。蓋樹今官園種之正名曰萬歲既取名於億万其葉又好故種之共汲山下人或謂之牛筋或謂之檍材可為弓弩幹也

子有廷內弗洒弗埽。子有鍾鼓弗鼓弗考。洒灑也。考擊也○廷音庭又徒佞反鼓如字本或作擊非灑色蟹反又所綺反

宛其死矣他人是保保安也箋云保居也

疏 傳洒灑考擊○正義曰洒謂以水濕地而埽之故轉為灑灑是散水之名也今定本云弗鼓弗考注云考擊也無亦字義並通也○傳保安箋保居○正義曰二者皆爾雅無文傳箋各以義言之上云他人是愉謂得己樂以為樂此云他人是保謂得己之安以為安故傳訓保為安也箋以下云他人入室則是居而有之故易傳以保為居

山有漆隰有栗子有酒食何不日鼓瑟君子無故琴瑟不離於側○漆音七木名離力智反

且以喜樂且以永日永引也

宛其死矣他人入室

疏 子有至永日○正義曰責昭公言子既有酒食矣何不日日鼓瑟。有飲食之且得以喜樂己身且可以永長此日何故弗為乎言永日者人而無事則長日難度若飲食作樂則忘憂愁可以永長此日白駒云以永今朝意亦與此同也○傳君子至於側○正義曰曲禮下云君無故玉不去身大夫無故不徹縣士無故不徹琴瑟注云憂樂不相干也故謂災患喪病彼量其所有節級立文此言君子總謂大夫士以上也以經云日鼓瑟則是日日用之故言不離於其側定本云君子琴瑟不離於側少無故二字恐非也

山有樞三章章八句

揚之水刺晉昭公也昭公分國以封沃沃盛強。昭公微弱國人將叛而歸沃焉封沃者封叔父桓叔于沃也沃曲沃晉之邑也○沃烏毒反

疏 揚之水三章二章章六句一章四句至沃焉○正義曰作揚之水詩者刺晉昭公也昭公

分其國地以封沃國謂封叔父桓叔於曲沃之邑也桓叔有德沃是大都沃國日以盛強昭公國既削小身又無德其國日以微弱故晉國之人皆將叛而歸於沃國焉昭公分國封沃已爲不可國人將叛又不能撫之也故刺之此刺昭公經皆陳桓叔之德者由昭公無德而微弱桓叔有德而盛強國人叛從桓叔昭公之國危矣而昭公不知故陳桓叔有德民樂從之所以刺昭公也○箋封沃至之邑○正義曰封沃者使專有之別爲沃國不復屬晉故云以封沃也桓二年左傳云初晉穆侯之夫人姜氏以條之役生太子命之曰仇其弟以千畝之戰生命曰成師師服曰異哉君之名子也嘉耦曰妃怨耦曰仇古之命也今君命太子曰仇弟曰成師始兆亂矣兄其替乎惠之二十四年晉始亂故封桓叔於曲沃師服曰吾聞國家之立也本大而末小是以能固故天子建國諸侯立家今晉甸侯也而建國本既弱矣其能久乎惠之三十年晉潘父弒昭侯而納桓叔不克是封桓叔於沃之事也此邑本名曲沃序單言沃則既封之後謂之沃國故云沃曲沃也地理志云河東聞喜縣故曲沃也武帝元鼎六年行過更名應劭曰武帝於此聞南越破改曰聞喜

揚之水白石鑿鑿

興也鑿鑿然鮮明貌箋云激揚之水。激流湍疾洗去垢濁使白石鑿鑿然興者喻桓叔盛彊除民所惡民得以有禮義也○鑿子洛反激經歷反湍吐端反洗蘇禮反又蘇典反去羌呂反垢古口反惡烏路反又如字

素衣朱襮從子于沃

襮領也諸侯繡黼丹朱中衣沃曲沃也箋云繡當爲綃綃黼丹朱中衣中衣以綃黼爲領丹朱爲純也國人欲進此服去從桓叔○襮音博字林方沃反繡音秀衆家申毛並依字下文同鄭改爲綃黼音甫綃音消本作綃純眞允反又眞順反

既見君子云何不樂

箋云君子謂桓叔○樂音洛

疏揚之水至不樂○正義曰言激揚之水波流湍疾行於石上洗去石之垢穢使白石鑿鑿然而鮮明以興桓叔之德政教寬明行於民上除去民之疾惡使沃國之民皆得有禮義也桓叔既有善政其國日以盛彊晉國之民皆欲叛而從之以素爲衣丹朱爲緣綃黼爲領此諸侯之中衣也國人欲得造制此素衣朱襮之服進之以從子桓叔于沃國也國人惟欲

歸于沃惟恐不見桓叔皆云我既得見此君子桓叔則云何乎而得不樂言其寶樂也沃桓叔之得民心如是民將叛而從之而昭公不知故刺之○傳襮領至其曲沃○正義曰釋器云黼領謂之襮孫炎曰繡刺黼文以褗領是襮爲領也郊特牲云繡黼丹朱中衣大夫之僭禮也大夫服之則爲僭知諸侯當服之也中衣者朝服祭服之裏衣也其制如深衣故禮記深衣目錄云深衣連衣裳而純之以綵者有表則謂之中衣大夫以上祭服中衣用素詩云素衣朱襮玉藻云以帛裏布非禮也士祭以朝服中衣以布明矣是言中衣之制與深衣同也其異者中衣之袖小長耳玉藻云中衣繼揜尺注云中衣繼袂揜一尺深衣緣而已是中衣之袖長也言大夫祭服中衣用素者謂自祭耳其助祭則士服爵弁之服以絲爲衣則士以上助祭之服中衣皆用素也少牢饋食之禮是大夫自祭家廟其服用朝服朝服以布爲之則中衣亦用布矣而深衣目錄云大夫祭服中衣用素者謂大國之孤也雜記云大夫冕而祭於公弁而祭於己注云弁而祭於己唯孤耳弁謂爵弁爵弁是絲衣明中衣亦用素用素則同不必以繡黼爲領繡黼唯諸侯乃得服之耳晉封桓叔於沃別爲諸侯之國故晉人欲以諸侯之服往從之桓叔雖受封於晉正是晉自封之非天子之命天子不賜以爵晉是諸侯不得以爵賜諸侯桓叔莊伯皆以字配諡蓋雖君其國未有爵命左傳每云曲沃伯或可自稱伯也傳不注序故於此解沃爲曲沃也○箋繡當至桓叔○正義曰傳之所言郊特牲文彼注云繡黼丹朱以爲中衣領緣也繡讀爲綃綃繒名也詩云素衣朱綃彼注此箋皆破繡爲綃者以其黼之與繡共作中衣之領案考工記云白與黑謂之黼五色備謂之繡若五色聚居則白黑共爲繡文不得別爲黼稱繡黼不得同處明知非繡字也故破繡爲綃綃是繒名士昏禮注引詩云素衣朱綃魯詩以綃爲綺屬然則綃是繒綺別名於此綃上刺爲繡文故謂之綃黼也綃上刺黼以爲衣領然後名之爲襮故爾雅黼領謂之襮襮爲領之別名也案此下章作素衣朱繡而郊特牲及士昏禮二注引詩皆作素衣朱綃者箋破此傳繡當爲綃下章繡字亦破爲綃箋不言者從此而略之耳此已破爲綃禮記注從破引之猶月令云鮮羔開冰注云鮮當爲獻

七月引之徑作獻羔開冰與此同也此則鄭之說耳案下章傳曰繡黼也則是以繡爲義未必如鄭爲綃也如傳意繡得爲黼者繢是畫繡是刺之雖五色備具乃成爲繡初刺一色卽是作繡之法故繡爲刺名傳言繡黼者謂於繒之上繡刺以爲黼非訓繡爲黼也孫炎注爾雅云繡刺黼文以褶領是取毛繡黼爲義其意不與箋同不破繡字義亦通也箋以素衣朱襮之下卽云從子于沃故言晉國之人欲進此服去從桓叔言民愛之欲以衣往耳國君之衣非民爲之也

揚之水白石皓皓。皓皓潔白也○皓胡老反 素衣朱繡從子于鵠 繡黼也鵠曲沃邑也○鵠戶毒反 疏傳鵠曲沃邑○正義曰晉封桓叔於曲沃非獨一邑而已其都在曲沃其傍更有邑故云鵠曲沃邑也 既見君子云何其憂 言無憂也

揚之水白石粼粼。粼粼清澈也○粼刊新反本又作磷同澈直列反或作徹誤 我聞有命不敢以告人 聞曲沃有善政命不敢以告人箋云不敢以告人而去者畏昭公謂己動民心

揚之水三章二章章六句一章四句

椒聊刺晉昭公也君子見沃之盛彊能脩其政知其蕃衍盛大子孫將有晉國焉○椒聊椒木名聊辭也蕃音煩衍延善反 疏椒聊二章章六句至國焉○正義曰作椒聊詩者刺晉昭公也君子之人見沃國之盛彊桓叔能脩其政教知其後世稍復蕃衍盛大子孫將并有晉國焉昭公不知故刺之此序序其見刺之由經二章皆陳桓叔有美德子孫蕃衍之事

椒聊之實蕃衍盈升 興也椒聊椒也箋云椒之性芬香而少實今一梂之實蕃衍滿升非其常也興者喻桓叔晉君之支別耳今其子孫衆多將日以盛也○梂音求又其菊反何音掬沈居局反 彼其之子碩大無朋。 朋比也箋云之子是子也謂桓叔也碩謂壯貌佼好也大謂德美廣博也無朋平均

不朋黨○比王肅孫毓申毛必履反謂無比例也一音必二反申毛作毗至反彼古卯反**椒聊且遠條且**條長也箋云椒之氣日益遠長似桓叔之德彌廣博○且子餘反下同【疏】椒聊至條且○正義曰椒之性芬香而少實今椒聊之一捄之實乃蕃衍滿於一升甚多非其常以興桓叔晉君之支別今子孫衆多亦非其常也桓叔子孫既多又有美德彼己是子謂桓叔其人形貌盛壯得美廣大無朋黨阿比之惡行也椒之香氣日益長遠以興桓叔之德彌益廣博桓叔子孫既多德益廣博必將并有晉國而昭公不知故刺之聊且皆助語也○傳椒聊椒○正義曰釋木云檓大椒郭璞曰今椒樹叢生實大者名爲檓陸機疏曰椒聊聊語助也椒樹似茱萸有針刺葉堅而滑澤蜀人作茶吳人作茗皆合煮其葉以爲香今成皐諸山間有椒謂之竹葉椒其樹亦如蜀椒少毒熱不中合藥也可著飲食中又用烝雞豚最佳香東海諸島亦有椒樹枝葉皆相似子長而不圓甚香其味似橘皮島上獐鹿食此椒葉其肉自然作椒橘香○箋椒之性至以盛○正義曰言性一芬香喻美德故下句椒之氣日益長遠喻桓叔德彌廣博是取香氣爲喻也言一捄之實者捄謂椒之房裹實者也釋木云椒檓醜茦李巡曰檓茱萸也椒茱萸皆有房故曰捄捄實也郭璞曰茦萸子聚生成房是椒之房裹名爲捄也知蕃衍滿升謂一捄之實者若論一樹則不啻一升纔據一實又不足滿升且詩取蕃多爲喻不言一實之大故知謂一捄之實也驗今椒實一裹之內唯有一實時有二實者少耳今言一捄滿升假多爲喻非實事也王肅云種一實蕃衍滿一升若種一實則成一樹非徒一升而已不得以種一實爲喻也○傳朋比○正義曰朋黨也比謂阿比朋亦比之義故以朋爲比也○箋之子至朋黨○正義曰以碩下有大不宜復訓爲大故以碩爲壯佼貌大謂大德無朋者無朋比之行故知謂平均無其朋黨也孫毓云桓叔阻邑不臣以孽傾宗與潘父比至殺昭公而求入爲能均平而不朋黨乎斯不然矣此言桓叔能修國政撫民平均望桓叔之美刺昭公之惡耳不得以傾宗阻邑爲桓叔罪也卽如毓言桓叔罪多矣詩人何得稱其碩大且篤能修其政乎自桓叔別封於沃自是鄰國相陵安得責其不臣○傳條長

○正義曰尙書稱厥木惟條謂木枝長故以條爲長也椒聊之實蕃衍盈匊兩手曰匊○匊本又作掬九六反彼其之子碩大且篤篤厚也【疏】傳篤厚○正義曰釋詁文椒聊且遠條且言聲之遠聞也

椒聊二章章六句

附釋音毛詩注疏卷第六（六之一）

毛詩注疏校勘記（六之一）

阮元撰盧宣旬摘錄

唐譜

以此封君 閩本明監本毛本同案浦鏜云若誤君是也

是也南有晉水 閩本明監本毛本同案也當作地壞去土傍耳

恆山在故縣上曲陽西北 閩本明監本毛本同案縣當作郡

湯湯洪水方害 閩本明監本毛本同案此不誤浦鏜云割誤害非也此不與今尚書同耳古害割同字思文正義引作割或後人改之○按此以詁訓字代其本字非所見尚書有異本也

既稷播奏庶艱食鮮食 閩本明監本毛本同案浦鏜云曁誤既是也

王命虢父伐曲沃 閩本明監本毛本同案盧文弨云左氏父作公是也鴇羽正義引正作公此誤

頃父之子嘉父 閩本明監本毛本頃誤須

○蟋蟀

以禮自娛樂也 閩本明監本毛本同案序作虞正義作娛虞娛古今字易而說之也例見前考文古本於出其東門經改娛爲虞采此

君之好義閩本明監本毛本同小字本相臺本義作樂考文古本同案樂字是也

黑語曰補毛本黑作里案里字是也

○山有樞

山有樞唐石經小字本相臺本同案釋文云樞本或作蓲烏侯反茎也爾雅釋木藲茎釋文藲烏侯反詩云山有樞是也本或作蓲同考漢石經魯詩殘碑作蓲說文艸部蓲下云草也不以為藲茎字是毛氏詩作樞也爾雅加艸於首所以別戶樞字耳漢書地理志山樞亦然其實毛詩不作蓲釋文或作本非也亦不作藲故說文艸部木部皆無藲字也

華如練而細閩本明監本毛本同案此不誤浦鏜云棟誤練非也練即棟字耳○按疏家不用假借字作棟是

蘂正白蓋樹閩本明監本毛本同案此不誤浦鏜云蓋下脫此字非也蓋樹二字為一句言華之盛多揜蓋其樹也

弗洒弗埽唐石經小字本相臺本同閩本同明監本毛本埽作掃案埽字是也

弗鼓弗考唐石經小字本相臺本同案正義云今定本云弗鼓弗考注云考擊也無亦字義並通也釋文云弗鼓如字本或作擊非正義本與或作本同

考擊也小字本相臺本同案此定本也正義本考下有亦字亦者亦經弗擊也見上標起止云傳洒灑考擊當脫亦字或後人誤去之也

何不日日鼓瑟有飲食之閩本明監本毛本有作而案所改非也有當作自形近之譌

○揚之水

沃盛強閩本明監本毛本同唐石經小字本相臺本強作彊案彊字是也彊雖可通用強而正義本用彊字今正義中閒有強字者寫書人省而亂之耳餘同此

激流湍疾小字本同閩本明監本毛本同相臺本激作波考文古本同案波字是也正義云激揚之水波流湍疾是其證

於此綃上刺爲繡文閩本明監本毛本同案繡當作黼

白石皓皓小字本相臺本同唐石經初刻同後磨改作晧案晧字是也說文白部無皓字是晧字本從日也廣韻三十二晧亦無皓字釋文當本作晧今誤見後考證

白石粼粼唐石經小字本相臺本同閩本明監本毛本粼誤粼案今釋文亦有誤者詳後考證

○椒聊

碩謂壯貌佼好也小字本相臺本同閩本明監本毛本同案段玉裁云正義云故以碩爲壯佼貌是正義本作壯佼貌壯佼二字疑鄭本用月令文而後人亂之壯佼又見萇楚箋

條長也小字本相臺本同案正義云尙書稱厥木惟條謂木枝長故以條爲長也其說非也此傳以長訓條乃謂條爲脩之假借古字條脩相通如漢書脩侯之比考箋云椒之氣日益遠長是此經遠條二字皆以氣言之不以枝言之也下章同考文古本改經二條字皆作脩乃依長也之訓而爲

之耳非有所本此經自正義及唐石經以下各本皆作條也

彼已是子謂桓叔閩本明監本毛本已誤其案此正義以已說其耳故與經字不同考文古本經其作已采此而誤又謂衍字也彼已是子桓叔六字爲一句正義文例如此猶日月正義云今乃如是人莊公之類

得美廣大閩本同明監本毛本得作德案所改是也

郭璞曰茮萸子閩本明監本毛本茮誤茱案浦鏜云莍誤萸從爾雅音義挍莍所留反是也

碩大且篤唐石經小字本相臺本同閩本明監本毛本碩誤實

言聲之遠聞也小字本相臺本同案段玉裁云聲當作馨此欲以馨訓條也今考此章條與上章同皆訓長爲脩字之假借非有異也不宜更爲之訓此傳言聲之遠聞也乃篇末總發一篇之傳謂此椒聊詩乃言桓叔聲之遠聞也篇末總發傳毛氏每有此例如采蘋木瓜之屬是矣此傳毛當有所案據自作正義時已無文以言之後遂專繫諸第二章遠條且一句而疑其有所不可通也○按說文云馨香之遠聞也正與此合蓋上章作脩此章作條後人亂之耳條取芬芳條暢之義

毛詩國風 鄭氏箋 孔穎達疏

綢繆刺晉亂也國亂則婚姻不得其時焉○不得其時謂不及仲春之月綢繆上直留反下亡侯反

疏綢繆三章章六句至時焉○正義曰毛以爲不得初冬冬末開春之時故陳婚姻之正時以刺之鄭以爲不得仲春之正時四月五月乃成婚故直舉失時之事以刺之毛以爲婚之月自季秋盡於孟春皆可以成婚三十之男二十之女乃得以仲春行嫁自是以外餘月皆不得爲婚也今此晉國之亂婚姻失於正時三章皆舉婚姻正時以刺之三星者參也首章言在天謂始見東方十月之時故王肅述毛云三星在天謂十月也在天既據十月二章在隅謂在東南隅又在十月之後也謂十一月十二月也卒章在戶言參星正中直戶謂正月中也故月令孟春之月昏參中是參星直戶在正月中也此三章者皆婚姻之正時晉國婚姻失此三者之時故三章各舉一時以刺之毛以季秋之月亦是爲婚之時今此篇不陳季秋之月者以不得其時謂失於過晚作者據其失晚追陳正時故近舉十月已來不復遠言季秋也鄭以爲婚姻之禮必在仲春過涉後月則爲不可今晉國之亂婚姻皆後於仲春之月賢者見其失時指天候以責娶者三星者心也一名火星凡嫁娶者以二月之昏火星未見之時爲之首章言在天謂昏而火星始見東方三月之末四月之中也二章言在隅又晚於在天謂四月之末五月之中也卒章言在戶又晚於在隅謂五月之末六月之中故月令季夏之月昏火中是六月之中心星直戶也此三者皆晚矣失仲春之月三章歷言其失以刺之

綢繆束薪三星在天興也綢繆猶纏綿也三星參也在天謂始見東方也男女待禮而成若薪芻待人事而後束也三星在天可以嫁娶矣箋云三星謂心星也心有尊卑夫婦父子之象又爲二月之合宿故嫁娶者以爲候焉昏而火星不見嫁娶之時也今我束薪於野乃

見其在天則三月之末四月之中見於東方矣故云不得其時○參所金反見賢遍反下不見見於東同芻楚俱反說文云芻刈草也象苞束草之形宿音秀

今夕何夕見此良人良人美室也箋云今夕何夕者言此夕何月之夕乎而女以見良人言非其時

疏綢繆至良人○毛以爲綢繆猶纏綿束薪之貌言薪在田野之中必纏綿束之乃得成爲家用以興女在父母之家必以禮娶之乃得成爲室家薪芻待人事而束猶室家待禮而成也室家既須以禮當及善時爲婚三星在天始見東方於禮可以婚矣以時晉國大亂婚姻失時故無妻之男思詠嫁娶之夕而欲見此美室言今此三星在天之夕是何月之夕而得見此良人美其時之善思得其時也思而不得乃自咨嗟言子兮子兮當如此良人何如何猶奈何言三星在天之月不得見此良人當奈之何乎言不可奈何矣○鄭以爲嫁娶者當用仲春之月心星未見之時今晉國大亂婚姻皆不得其月賢者見而責之賢者言己纏綿束薪於野及夜而歸見三星見於東方已在天矣至家而見初爲婚者因責之云今夕是何月之夕而見汝見此良人言晚矣失其時不可以爲婚也子兮子兮汝當如此良人何言娶者後陰陽交會之月失婚姻爲禮之時是損良人之善當如之何乎言其損良人不可奈何也由晉國之亂今失正時故舉其事而刺之○傳綢繆至嫁娶矣○正義曰以綢繆自束薪之狀故云猶纏綿也參有三星故言三星參也漢書天文志云參白虎宿三星是也二章在隅卒章在戶是從始見爲說逆而推之故知在天謂始見東方也詩言婚姻之事先舉束薪之狀故知以人事喻禮也毛以秋冬爲婚時故云三星在天可以嫁娶王肅云謂十月也○箋三星待至其時○正義曰孝經援神契云心三星中獨明是心亦三星也天文志云心爲明堂也大星天王前後星子屬然則心之三星星有大小大者爲天王小者爲子屬則大者尊小者卑大者象夫父小者象子婦故云心有尊卑夫婦父子之象也二月日體在戌而斗柄建卯初昏之時心星在於卯上二月之昏合於本位故稱合宿心星又是二月之合宿故嫁娶者以爲候焉謂候其將出之時行此嫁娶之禮也昏而火星不見嫁娶之時謂仲春之月嫁娶之正時也箋以

下經四句是賢者責人之辭故知綢繆束薪爲賢者自東其薪不爲興也今我束薪於野乃見其在天謂負薪至家之時見在天未必束薪之時已在天也因以束薪而歸故言之也昭十七年左傳曰火出於夏爲三月於商爲四月於周爲五月小星箋云心在東方三月時則心星始見在三月矣此箋云三月之末四月之中者正以三月至於六月則有四月此詩唯有三章而卒章言在戶謂正中直戶必是六月昏也逆而差之則二章當五月首章當四月四月火見已久不得謂之始見以詩人始作總舉天象不必章舉一月鄭差次之使四月共當三章故每章之箋皆舉兩月也成婚之時當以火星未見今已見在天是不得其時也凡取星辰爲候多取昏旦中爲義此獨取心星未出爲候者以火者天之大辰星有夫婦之象此星若見則爲失時故取將見爲候夏官司爟云季春出火民咸從之季秋納火民亦如之鄭司農云三月昏時心星見於辰上使民出火九月黄昏心星伏於戌上使民納火又哀十二年左傳云火伏而後蟄者畢此取將見爲候彼取已伏爲候其意同也此篇三章與摽有梅三章箋據時節其理大同彼文王之化有故不以仲春者至夏尚使行嫁所以蕃育人民故歌而美之此則晉國之亂不能及時至於常月故陳而刺之本意不同美刺有異也○傳良人美室○正義曰小戎云厭厭良人妻謂夫爲良人知此美室者以下云見此粲者粲是三女故知良人爲美室良訓爲善故稱美也傳以三星在天爲昏之正時則此二句是國人不得及時思詠善時得見良人之辭也王肅云婚姻不得其時故思詠嫁娶之夕而欲見此美室也○箋今夕至其時○正義曰箋以仲春爲婚月三星在天後於仲春故以此二句爲責娶者之辭也說苑稱鄂君與越人同舟越人擁楫而歌曰今夕何夕兮得與搴舟水流今日何日兮得與王子同舟如彼歌意則嘉美此夕與箋意異者彼意或出於此但引詩斷章不必如本也

子兮子兮如此良人何

子兮者嗟茲也箋云子兮子兮者斥嫁取者子取後陰陽交會之月當如此良人何○後戶豆反

疏傳子兮者嗟茲也○正義曰傳意以上句爲思詠嫁娶之夕欲得見良人則此句嗟歎己身不得見良人也子兮子兮自嗟歎也茲

此也嗟歎此身不得見良人言己無奈此良人何○箋子兮至人何○正義曰箋以此句亦是責娶者之辭故云子兮子兮爲斥娶者以其良人爲妻當以良時迎之今子之娶後於陰陽交會之月則損良人之善故云當如此良人何責其損良人也

綢繆束芻三星在隅隅東南隅也箋云心星在隅謂四月之末五月之中

今夕何夕見此邂逅邂逅解說之貌○邂本亦作解戶懈反一音戶佳反覯本又作逅同胡豆反一音戶覯反邂覯解說也韓詩云邂覯不固之貌解音蟹說音悅

子兮子兮如此邂逅何綢繆束楚三星在戶參星正月中直戶也箋云心星在戶謂之五月之末六月之中○直音值又如字

今夕何夕見此粲者三女爲粲大夫一妻二妾○粲采旦反字林作粲

疏傳三女至二妾○正義曰周語云密康公遊於涇有三女奔之其母曰必致之王女三爲粲粲美物也汝則小醜何以堪之然粲者衆女之美稱也曲禮下云大夫不名姪娣大夫有妻有妾有一妻二妾也此刺婚姻失時當是民之婚姻而以大夫之法爲辭者此時貴者亦婚姻失時故王肅云言在位者亦不能及禮也

子兮子兮如此粲者何

綢繆三章章六句

杕杜刺時也君不能親其宗族骨肉離散獨居而無兄弟將爲沃所幷爾○杕杜徒細反本或作夷狄字非也下篇同幷必政反

疏杕杜二章章九句至幷爾○正義曰不親宗族者章首二句是也獨居而無兄弟者次三句是也下四句戒異姓之人令輔君爲治亦是不親宗族之言故序略之

有杕之杜其葉湑湑興也杕。特皃杜赤棠也湑湑枝葉不相。比也○湑私敘反比毗志反下文及注同

獨行踽踽豈無他人不如我同父踽踽無所親也箋云他人謂異姓也言昭公遠其宗族獨行於

國中踽踽然此豈無異姓之臣乎顧恩不如同姓親親也○踽俱乎反遠于萬反

嗟行之人胡不比焉 箋云君所與行之人謂異姓卿大夫也比輔也此人女何不輔君為政令

人無兄弟胡不佽焉 佽助也箋云異姓卿大夫女見君無兄弟之親親者何不相推佽而助之○佽七利反

【疏】有杕至佽焉○正義曰言有杕然特生之杜其葉湑湑然而盛但柯條稀疏不相比次以與晉君疏其宗族不與相親猶似杜之枝葉不相比次然也君既不與兄弟相親至使骨肉離散君乃獨行於國內踽踽然無所親暱者也豈無他人異姓之臣乎顧其恩親不如我同父之人耳君既不親同姓之人與之為治則異姓之臣又不肯盡忠輔君將為沃國所并故又戒之云嗟乎汝君所與共行之人謂異姓卿大夫之等汝何不輔君為政令焉又謂異姓之臣汝既見人無兄弟之親何不推佽而助之焉同姓之臣既已見疏不得輔君猶冀他人輔之得使不滅故戒異姓之人使助君也○傳杕特至相比○正義曰釋木云杜赤棠白者棠樊光云赤者為杜白者為棠陸機疏云赤棠與白棠同耳但子有赤白美惡子白色為白棠甘棠也少酢滑美赤棠子澀而酢無味俗語云澀如杜是也赤棠木理韌亦可以作弓幹是也裳裳者華亦云其葉湑湑則湑湑與菁菁皆茂盛之貌傳於此云湑湑枝葉不相比下章言菁菁葉盛互相明耳言葉雖茂盛而枝條稀疏以喻宗族雖彊不相親暱也箋以此刺不親宗族不宜以盛為喻故下章易傳以菁菁為稀少之貌此章直取不相比次為喻不取葉盛為喻菁菁實是茂盛而得為稀少貌者以葉密則同為一色由稀少故見其枝以菁菁者莪菁菁為莪之茂貌則知鄭意亦以菁菁湑湑為茂貌但不取葉為興耳○箋君所至政令○正義曰言嗟行之人是嗟歎此所行之人也君既疏其宗族宗族不與君行故知君所與行之人謂異姓卿大夫也比輔釋詁文彼輔作俌亦是輔之義也○傳佽助○正義曰佽古次字欲使相推以次第助之耳非訓佽為助也○

有杕之杜其葉菁菁 菁菁葉盛也箋云菁菁希少之貌○菁本又作青同子零反

獨行睘睘豈無他人不如我同姓 睘睘無所依也同姓

同祖也○睘本亦作煢又作焭求營反【疏】傳睘睘至同祖○正義曰睘睘踽踽皆與獨行共文故知是無所依無所親睘之貌上言親此言依義亦同變其文耳以上云同父故知同姓為同祖也嗟行之人胡不比焉人無兄弟胡不佽焉

杕杜二章章九句

羔裘刺時也晉人刺其在位不恤其民也恤憂也○卹本亦作恤荀律反【疏】羔裘二章章四句至其民○正義曰刺其在位不恤其民者謂刺朝廷卿大夫也以在位之臣輔君為政當助君憂民而懷惡於民不憂其民不與相親比故刺之經二章皆刺在位懷惡不恤下民之辭俗本或其下有君衍字定本無君字是也

羔裘豹袪自我人居居袪袂也本末不同在位與民異心自用也居居懷惡不相親比之貌箋云羔裘豹袪在位卿大夫之服也其役使我之民人其意居居然有悖惡之心不恤我之困苦○袪起居反又丘據反袂末也居如字又音據比毗志反悖補對反豈無他人維子之故箋云此民卿大夫采邑之民也故云豈無他人可歸往者乎我不去者乃念子故舊之人【疏】羔裘至之故○正義曰在位之臣服羔裘豹袪晉人因其服舉以為喻言以羔皮為裘豹皮為袪裘袪異皮本末不同以興民欲在上憂己在上疾惡其民是上下之意亦不同也在位之心既與民異其用使我之衆人居居然有悖惡之色不與我民相親不憂我之困苦也卿大夫於民如此民見君子無憂民今欲去之言我豈無他人賢者可歸往之乎維子之故舊恩好不忍去耳作者是卿大夫采邑之民故言己與在位故舊恩好○傳袪袪至之貌○正義曰玉藻說深衣之制云袂可以回肘注云二尺二寸之節又曰。袂尺二寸注云袂口也然則袂與袪別此以袪袂為一者袂是袖之大名袪是袖頭之小稱其通皆為袂以深衣云袂之長短反屈之及肘是通袪皆為袂故以為袪袂也以裘身為本裘袂為末其皮既異是本末不同喻在位與民異心也直以裘之本末喻在位

一珍倣宋版印

與民耳不以在位與民爲本末也此解直云祛袪定本云祛袪末與禮合釋詁云由用也自由也展轉相訓是自爲用也釋訓云居居究究惡也李巡曰居居不狎習之惡孫炎曰究究窮極人之惡此言懷惡而不與民相親是不狎習也用民力而不憂其困是窮極人也○箋羔裘至困苦○正義曰鄭風羔裘言古之君子以風其朝焉經稱羔裘豹飾孔武有力是知在位之臣服此豹袖之羔裘也傳。亦解興喻之義箋又解所以用裘興意以在位身服此裘故取其裘爲興召南羔裘亦以大夫身服此羔裘即言其人有羔羊之德與此同也有悖惡之色不恤我之困苦申明傳懷惡不比之意○箋此民至之人○正義曰箋以民與大夫尊卑縣隔不應得有故。亂舊恩好而此云維子之好故解之是此卿大夫采邑之民以卿大夫世食采邑在位者幼少未仕之時與此民相親相愛故稱好也作詩者雖是采邑之民所恨乃是一國之事何則采邑之民與故舊尚不存恤其餘非其故舊不恤明矣序云在位不恤其民謂在位之臣莫不盡然非獨食采邑之主偏苦其邑豈無他人可歸往者指謂他國可往非欲去此采邑適彼采邑也故王肅云我豈無他國可歸乎維念子與我有故舊也與鄭同

羔裘豹褎自我人究究褎猶祛也究究猶居居也○褎徐究反本又作褏同究九又反爾雅云居居究究惡也豈無他人維子之好箋云我不去而歸往他人者乃念子而愛好之也民之厚如此亦唐之遺風○好呼報反注同【疏】箋我不至遺風○正義曰北風刺虐則云攜手同行碩鼠刺貪則云適彼樂國皆欲奮飛而去無顧戀之心此則念其恩好不忍歸他人之國其情篤厚如此亦是唐之遺風言猶有帝堯遺化故風俗淳也

羔裘二章章四句

鴇羽刺時也昭公之後大亂五世君子下從征役不得養其父母而作是詩也

大亂五世者昭公孝侯鄂侯哀侯小子侯○鴇音保似鴈而大無後指政役音征篇內注同養羊亮反鄂五各反【疏】鴇羽二章章七句至是詩○正義曰

言下從征役者君子之人當居平安之處不有征役之勞今乃退與無知之人共從征役故言下也定本作下從征役經三章皆上二句言君子從征役之苦

下五句恨不得供養父母之辭○箋大亂至子侯○正義曰案左傳桓二年稱魯惠公三十年晉潘父弒昭侯而納桓叔不克晉人立孝侯惠之四十五年曲

沃莊伯伐翼弒孝侯翼人立其弟鄂侯鄂侯隱五年傳稱曲沃莊伯伐翼翼侯奔隨秋王命虢公伐曲沃而立哀侯于翼隱六年傳稱翼人逆晉侯于隨納諸鄂晉

人謂之鄂侯桓二年傳鄂侯生哀侯哀侯侵陘庭之田陘庭南鄙啓曲沃伐翼桓三年曲沃武公伐翼逐翼侯于汾隰夜獲之桓七年傳冬曲沃伯誘晉小子

侯殺之八年春滅翼是大亂五世之事案桓八年傳云冬王命虢仲立晉哀侯之弟緡于晉則小子侯之後復有緡為晉君此大亂五世不數緡者以此言昭

公之後則是昭公之詩自昭公數之至小子而滿五故數不及緡也此言大亂五世則亂後始作但亂從昭起追刺昭公故為昭公詩也

肅肅鴇羽集于苞栩興也肅肅鴇羽聲也集止苞稹栩杼也鴇之性不樹止箋云興者喻君子當居安平之處今下從征役其為危苦如鴇之樹止然稹者根

相迫迮梱致也○苞補交反栩況羽反稹本又作縝之忍反何之人反沈音田又音振廣雅云概也杼食汝反徐治與反處昌慮反迮側百反梱口本反致直

置反下同王事靡盬不能蓺稷黍父母何怙盬不攻緻也怙恃也箋云蓺樹也我迫王事無不攻致故盡力焉既則罷倦不

能播種五穀今我父母將何怙乎○盬音古蓺魚世反怙音戶罷音皮悠悠蒼天曷其有所箋云曷何也何時我得其所哉【疏】肅肅

至有所○正義曰言肅肅之為聲者是鴇鳥之羽飛而集于苞栩之上以興君子之人乃下從於征役之事然鴇之性不樹止今乃集于苞栩之上極為危苦

喻君子之人當居平安之處今乃下從征役亦甚為危苦君子之人既從王事此王家之事無不攻緻故盡力為之既則罷倦雖得還家不復能種蓺黍稷既

無黍稷我之父母當爲何所依怙乎乃告於天云悠悠乎遠者蒼蒼之上天何時乎使我得其所免此征役復平常人乎人窮則反本困則告天此時征役未止故訴天告怨也○傳肅肅至樹止○正義曰苞稹釋言文孫炎曰物叢生曰苞齊人名曰稹郭璞曰今人呼物叢緻者爲稹箋云稹者根相迫迮梱緻貌亦謂叢生也栩杼釋木文郭璞曰柞樹也陸機疏云今柞櫟也徐州人謂櫟爲杼或謂之爲栩其子爲皁或言皁斗其殼爲汁可以染皁今京洛及河內多言杼汁謂櫟爲杼五方通語也鴇鳥連蹄性不樹止樹止則爲苦故以喻君子從征役爲危苦也○傳盬不至怙恃○正義曰盬與蠱字異義同昭元年左傳云於文皿蟲爲蠱穀之飛亦爲蠱杜預云皿器受蟲害者爲蠱穀久積則變爲飛蟲名曰蠱然則蟲害器敗穀者皆謂之蠱是盬爲不攻牢不堅緻之意也此云盬不攻緻四牡傳云盬不堅固其義同也定本緻皆作致蓼莪云無父何怙無母何恃怙恃義同言父母當何恃食故下言何食何嘗與此相接成也○箋蓺樹至怙乎○正義曰何知不爲身在役所不得營農而云王事盡力雖歸既則罷倦不能播種者以經不云不得而云不能明是筋力疲極雖歸而不能也

肅肅鴇翼集于苞棘王事靡盬不能蓺黍稷父母何食悠悠蒼天曷其有極箋云極已也

肅肅鴇行集于苞桑行翮也○行戶郎反注同翮戶革反爾雅云羽本謂之翮疏傳行翮也○正義曰以上言羽翼明行亦羽翼以爲翮之毛有行列故稱行也王事靡盬不能蓺稻粱父母何嘗悠悠蒼天曷其有常

鴇羽三章章七句

無衣刺晉武公也武公始幷晉國其大夫爲之請命乎天子之使而作是詩也天子之使是時使來者○幷卑政反下注同爲于僞反使所吏反注同疏無衣二章章三句至是詩○正義曰作無衣詩者美晉武公也所以美之者晉

昭公封叔父成師於曲沃號爲桓叔桓叔生莊伯莊伯生武公繼世爲曲沃之君常與晉之正適戰爭不息及今武公始滅晉而有之其大夫爲之請王賜命於天子之使而作是無衣之詩以美之其大夫者武公之下大夫也曲沃之大夫美其能幷晉國故爲之請命此序其請命之事經二章皆請命之辭○箋天子至來者○正義曰不言請命於天子而云請命於天子之使故云是時使來使以他事適晉大夫就使求之欲得此使告王令王賜以命服也案左傳桓八年王使立緡於晉至莊十六年乃云王使虢公命曲沃伯爲晉侯不言滅晉之事晉世家云哀侯二年曲沃莊伯卒晉侯緡立二十八年曲沃武公伐晉侯緡滅之盡以其寶器賂周僖王僖王命曲沃武公爲晉君列爲諸侯於是盡幷晉地而有之曲沃武公已卽位三十七年矣計緡以桓八年立至莊十六年乃得二十八年然則虢公命晉侯之年始幷晉也虢公未命晉之前有使適晉晉大夫就之請命其使名號書傳無文也或以爲使卽虢公當來賜命之時大夫就之請命斯不然矣傳稱王使虢公命曲沃伯爲晉侯則虢公適晉之時齎命服來賜大夫不假請之豈虢奉使適晉藏其命服待請而與之哉若虢公於賜命之前別來適晉則非所知耳若當時以命賜之卽命晉之時不須請也故箋直言使來不知何使

豈曰無衣七兮侯伯之禮七命冕服七章箋云我豈無是七章之衣乎晉舊有之非新命之服

不如子之衣安且吉兮諸侯不命於天子則不成爲君箋云武公初幷晉國心未自安故以得命服爲安

疏豈曰至吉兮○正義曰此皆請命之辭晉大夫美武公能幷晉國而未得命服故爲之請於天子之使曰我晉國之中豈曰無此衣之七章兮晉舊有之矣但不如天子之衣我若得之則心安而且又吉兮天子命諸侯必賜之以服故請其衣就天子之使請天子之衣故云子之衣也諸侯不命於天子則不成爲國君武公幷晉心不自安故得王命服則安且吉兮○傳侯伯至七章○正義曰此解指言七兮之意晉唐叔之封爵稱侯侯伯之禮冕服七章故請七章之衣春官典命云侯伯七命其國家宮室車旗衣服禮儀皆以七爲節秋官大行人云諸侯之禮執信圭七寸冕服七章是七命七

章之衣案春官巾車云金路鉤樊纓九就建大旂以賓同姓以封注云同姓以封謂王子母弟率以功德出封雖爲侯伯其衣服猶如上公若魯衞之屬然則唐叔是王之母弟車服猶如上公上公之服九章此大夫不請九章之服而請七章者王子母弟車服得如上公無正文正以周之建國唯二王之後稱公其餘雖大皆侯伯也彼云同姓以封必是封爲侯伯侯伯以七爲節而金路樊纓九就則知王子母弟初出封者車服猶如上公故得以九爲節如上公者唯王子母弟一身若唐叔耳其後世子孫自依爵命之數故請七章之衣也○傳諸侯至爲君○正義曰此解得衣乃安之意諸侯者天子之所建不受命於天子則不成爲君故不得衣則不安也必請衣者文元年天王使毛伯來錫公命公羊傳曰錫者何賜也命者何加我服也是王命諸侯必皆以衣賜之故請衣也案大宗伯云王命諸侯則儐莊元年穀梁傳云禮有受命無來錫命錫命非正也然則諸侯當往就天子受命此在國請之者天子賜諸侯之命其禮亡案春秋之世魯文公成公晉惠公齊靈公皆是天子遣使賜命左傳不譏之則王賜諸侯之命有召而賜之者有遣使賜之者穀梁之言非禮意也此武公以篡奪宗故心不自安得命乃安也及世家稱武公厚賂周僖王僖王乃賜之命是於法武公不當賜之美之者其臣之意美之耳

豈曰無衣六兮

天子之卿六命車旗衣服以六爲節箋云變七言六者謙也不敢必當侯伯得受六命之服列於天子之卿猶愈乎不

疏傳天至爲節○正義曰典命云王之三公八命其卿六命其國家宮室車旗衣服禮儀亦如之是毛所據之文也云車旗者蓋謂卿從車六乘旌旗六旒衣服者指謂冠弁也飾則六玉冠則六辟積夏官射人云三公執璧與子男同也則其服亦毳冕矣三公既毳冕則孤卿服絺冕大夫服玄冕則司服注云絺冕衣一章裳二章玄冕衣無文裳刺黻而已然則絺冕之服止有三章而此云六爲節不得爲卿六章之衣故毛鄭並不云章或者司服之注自說天子之服隆殺之差其臣自當依命數也○箋變七至愈乎不○正義曰傳正解六兮爲天子之卿服不解晉人請六章之服意故箋申之今晉實侯爵之國非天子之卿所以請六章衣者謙不敢必當侯

伯之禮故求得受六命之服次列於天子之卿猶愈乎不愈猶勝也言己若得六章之衣猶勝不也上箋解七章之衣言晉舊有之此不言晉舊有之者晉國舊無此衣不得言舊有也檢晉之先君見經傳者變父事康王文侯輔平王有爲天子卿者但侯伯入爲卿士依其本國之命不服六章之衣故鄭答趙商云諸侯入爲卿大夫與在朝仕者異各依本國如其命數是其不降本國不服六章也鄭知然者以大車陳古之天子大夫行決男女之訟經云毳衣如菼則是子男入爲大夫得服毳冕故知入仕王朝者各依本國之命晉之先世不得有六章之衣實無六章之衣而云豈曰無衣六者從上章之文飾辭以請命耳非實有也

不如子之衣安且燠兮燠煖也○奧本又作燠於六反煖奴緩反疏傳燠煖也○正義曰釋言文

無衣二章章三句

有杕之杜刺晉武也武公寡特兼其宗族而不求賢以自輔焉○宗族本亦作宗矣疏有杕之杜二章章六句至輔焉○正義曰言寡特者言武公專任己身不與賢人圖事孤寡特立也兼其宗族者昭侯以下爲君於晉國者是武公之宗族武公兼有之也武公初兼宗國宜須求賢而不求賢者故刺之經二章皆責君不求賢人之事也

有杕之杜生于道左興也道左之陽人所宜休息也箋云道左道東也日之熱恆在日中之後道東之杜人所宜休息也今人不休息者以其特生陰寡也興者喻武公初兼其宗族不求賢者與之在位君子不歸似乎特生之杜然○陰於鳩反又如字本亦作蔭同

彼君子兮噬肯適我噬逮也箋云肯可適之也彼君子之人至於此國皆可求之我君所君子之人義之與比其不來者君不求之○噬市世反韓詩作逝逝及也比毗志反

中心好之曷飲食之箋云曷何也言中心誠好之何但飲食之當盡禮極歡以待之○好呼報反下同飲於鴆反下文同食音嗣下同疏有杕至食之○正義曰言有杕然特生之杜生於道

路之左人所宜休息今日所以人不休息者由其孤特獨生陰涼寡薄故也以興武公一國之君人所宜往仕今日所以人不往仕者由其孤特爲君不求賢者故也因教武公求賢之法彼君子之人兮但能來適於我國者皆可使之適我君之所何則君子之人義之與比故求則得之今不求者由君之不求之耳君欲求之當如之何君當。忠心誠實好之何但飲食而已當盡禮極歡以待之則賢者自至矣○箋道左至杜然○正義曰王制云道路男子由右婦人由左言左右據南鄉西鄉爲正在陰爲右在陽爲左故傳言道左之陽箋以爲道東也物積而後始極既極而後方衰從旦積煖故日中之後乃極熱從昏積涼故半夜之後始極寒計一歲之日分乃爲陰陽當以仲冬極寒仲夏極暑而六月始大暑季冬乃大寒亦此意○傳噬逮○正義曰釋言文逮又別訓爲至故箋云君子之人至於此國訓此逮爲至也○箋肯可適之○正義曰肯可釋言文釋詁云之適往也故適得爲之

有杕之杜生于道周周曲也○周韓詩作右疏傳周曲○正義曰言道周遠之故爲曲也彼君子兮噬肯來遊遊觀也○觀古亂反中心好之曷飲食之

有杕之杜二章章六句

葛生刺晉獻公也好攻戰則國人多喪矣喪棄亡也夫從征役棄亡不反則其妻居家而怨思○好呼報反攻音貢又如字喪息浪反注同又如字思息嗣反或如字疏葛生五章章四句至喪矣○正義曰數攻他國數與敵戰其國人或死行陳或見囚虜是以國人多喪其妻獨處於室故陳妻怨之辭以刺君也經五章皆妻怨之辭獻公以莊十八年立僖九年卒案左傳莊二十八年傳稱晉伐驪戎驪戎男女以驪姬閔元年傳曰晉侯作二軍以滅耿滅霍滅魏二年傳云晉侯使太子申生伐東山皐落氏僖二年晉師滅下陽五年傳曰八月晉侯圍上陽冬滅虢又執虞公八年

傳稱晉里克敗狄于采桑見於傳者已如此是其好攻戰也葛生蒙楚蘞蔓于野興也葛生延而蒙楚蘞生蔓於野喻婦人外成於他家○蘞音廉又力恬反又力儉反徐又力劍反草木疏云似栝樓葉盛而細子正黑如燕薁不可食予美亡此誰與獨處箋云予我亡無也言我所美之人無於此謂其君子也吾誰與居乎獨處家耳從軍未還未知死生其今無於此疏葛生至獨處○正義曰此二句互文而同與葛言生則蘞亦生蘞言蔓則葛亦蔓葛言蒙則蘞亦蒙蘞言于野則葛亦當言于野言葛生於此延蔓而蒙於楚木蘞亦生於此延蔓而蒙於野中以與婦人生於父母當外成於夫家既外成於夫家則當與夫偕老今我所美之人身無於此我誰與居乎獨處家耳由獻公好戰令其夫亡故婦人怨之也○傳葛生至他家○正義曰此二者皆是蔓草發此蒙彼故以喻婦人外成他家也陸機疏云蘞似栝樓葉盛而細其子正黑如燕薁不可食也幽州人謂之烏服其莖葉煑以哺牛除熱葛生蒙棘蘞蔓于域域。營域也予美亡此誰與獨息息止也角枕粲兮錦衾爛兮齊則角枕錦衾禮夫不在斂枕篋衾席韣而藏之箋云夫雖不在不失其祭也攝主主婦猶自齊而行事○齊側皆反本亦作斉下同篋口牒反韣本亦作獨又作櫝徒木反予美亡此誰與獨旦箋云旦明也我君子無於此吾誰與齊乎獨自潔明疏角枕至獨旦○正義曰婦人夫既不在獨齊而行祭當齊之時出夫之衾枕覩物思夫言此角枕粲然而鮮明兮錦衾爛然而色美兮雖有枕衾無人服用故怨言我所美之人身無於此當與誰齊乎獨自取潔明耳○傳齊則至藏之○正義曰傳以婦人怨夫不在而言角枕錦衾則是夫之衾枕也夫之衾枕非妻得服用且若得服用則終常見之又不得見其衾枕始恨獨旦知此衾枕是有故乃設非常服也家人之大事不過祭祀故知枕衾齊乃用之故云齊則角枕錦衾夫在之時用此以齊今夫既不在妻將攝祭其身既齊因出夫之齊服故覩之而思夫也傳又自明己意以禮夫不在斂枕篋衾席韣而藏之此無故不出夫衾枕明是齊時所用是以齊則出角枕錦衾也內則云夫不在斂枕篋簟席韣而藏之此傳引彼變簟爲衾順經衾文○箋夫雖至行事○正義曰祭統云夫祭也者必夫婦親之是祭祀之禮必夫妻共奉其事箋嫌夫不在則妻不祭故辨之云夫雖不在其祭也使人攝代爲主雖他人代夫爲主主婦猶自齊而行事是故因己之齊出夫之衾枕非用夫衾枕以自齊也故王肅云見夫齊物感以增思是也

夏之日冬之夜言長也箋云思者於晝夜之長時尤甚故。極之以盡情百歲之後歸于其居箋云居墳墓也言此者婦人專一義之至情之盡○墳扶云反冬之夜夏之日百歲之後歸于其室室猶居也箋云室猶冢壙○壙音曠

葛生五章章四句

采苓刺晉獻公也獻公好聽讒焉○苓力丁反卽甘草葉似地黃好呼報反疏采苓三章章八句至讒焉○正義曰以獻公好聽用讒之言或見貶退賢者或進用惡人故刺之經三章皆上二句刺君用讒下六句教君止讒皆是好聽讒之事

采苓采苓首陽之巔興也苓大苦也首陽山名也采苓細事也首陽幽辟也細事喻小行也幽辟喻無徵也箋云采苓采苓者言采苓之人衆多非一也皆云采此苓於首陽山之上首陽山之上信有苓矣然而今之采者未必於此山然而人必信之興者喻事有似而非○辟匹亦反下同行下孟反人之爲言苟亦無信舍旃舍旃苟亦無然苟誠也箋云苟且也。爲言謂。爲人。爲善言以稱薦之欲使見進用也旃之言焉也舍之焉舍之焉謂謗訕人欲使見貶退也此二者且無信受之且無答然○爲言于僞反或如字下文皆同本或作僞字非舍音捨下同旃之然反爲言謂爲人並于僞反若經文依字讀則此上爲字亦依字訕所諫反人之爲言胡得焉箋云人以此言來不信受之不答然之從後察之或時見罪何所得疏采苓至得

焉○毛以爲言人采苓采苓於何處采之於首陽之巔采之以與獻公問細小之行於何處求之於小人之身求之采苓者細小之事以喻君求細小之行也首陽者幽辟之山喻小人是無徵驗之人也言獻公多問小行於小人言語無徵之人故所以讒言與也因教君止讒之法人之詐僞之言有妄相稱薦欲令君進用之者君誠亦勿得信之若有言人罪過令君舍之舍之者誠亦無得苟然君但能如此不受僞言則人之僞言者復何所得焉既無所得自然讒止也人之僞言與舍旃舍旃文互相見上云人之僞言則舍旃舍旃者亦是人之僞言也舍旃者謂謗訕人欲使見貶退則人之僞言謂稱薦人欲使見進用是互相明王肅諸本皆作爲言定本作僞言○鄭以采苓采苓者皆言我采此苓於首陽之巔然首陽之巔信有苓矣然而今人采之者未必於首陽而人必信之以其事有似也事雖似而實非以與天下之事亦有似之而實非者君何得聞人之讒而輒信之乎下六句唯以苟爲且餘同○傳苓大至無徵○正義曰苓大苦釋草文首陽之山在河東蒲坂縣南采苓者取草而已故爲細事首陽在河曲之內故爲幽辟細事喻小行謂小小之事幽辟喻無徵謂言無徵驗幽隱辟側非顯見之處故以喻小人言無徵驗也讒言之起由君暱近小人故責君數問小事於小人所以致讒言也箋易之者鄭荅張逸云篇義云好聽讒當似是而非者故易之

采苦采苦首陽之下苦苦菜也【疏】傳苦苦菜○正義曰此荼也陸機云苦菜生山田及澤中得霜恬脆而美所謂堇荼如飴內則云濡豚包苦用苦菜是也人之爲言苟亦無與舍旃舍旃苟亦無然無與勿用也人之爲言胡得焉采葑采葑首陽之東葑菜名也○葑孚容反人之爲言苟亦無從舍旃舍旃苟亦無然人之爲言胡得焉

采苓三章章八句

唐國十二篇三十三章二百三句

附釋音毛詩注疏卷第六（六之二）

珍倣宋版印

毛詩注疏校勘記〔六之二〕

阮元撰盧宣旬摘錄

○綢繆

若薪蒭待人事 小字本相臺本蒭作芻閩本明監本毛本亦同案芻字是也釋文正義皆可證唯十行本作蒭乃沿經注本俗體字耳

季夏之日 闕日當作月

斥嫁取者 小字本相臺本同案嫁衍字也此但刺取者不刺嫁者故下文云子取後陰陽交會之月也正義亦可證

謂之五月之末 閩本明監本毛本同小字本相臺本謂下無之字考文古本同案無者是也

○杕杜

有杕之杜 唐石經小字本相臺本同案釋文云杕本或作夷狄字非也考此六朝時河北本也其江南本木傍施大不誤見顏氏家訓

杕特貌 閩本明監本毛本同小字本相臺本特下有生字案此十行本無皆是也釋文杕杜注云特貌顏氏家訓引江南本傳亦無生字正義云言有杕然特生之杜者是自爲文取下有杕之杜篇箋文爲說耳非此傳有生字也考彼箋乃本彼經生于道左而言之則此傳不應有明矣考文古本有采正義○按說文杕木特貌正本毛傳

湑湑枝葉不相比也 小字本相臺本同閩本明監本毛本亦同案比下當有次字此傳比次即取經胡不比焉胡不佽焉之文也釋文湑湑下云不相比次也是其本有次字正義云傳於此云湑湑枝葉不相比標起止云至相比或因經注本無次字而誤去之耳其餘仍多言比次也

考文古本次字采釋文

以菁菁爲稀少之貌閩本明監本毛本同案下箋作希此正義作稀希稀古今字易而說之也例見前

○羔裘

袪袂也小字本相臺本同案釋文袪下云袂末也正義云此解直云袪袂定本云袪袂末與禮合釋文本與定本同下傳云本末不同正義云以褎身爲本褎袂爲末是也無取於袂爲本袪爲袂末當以正義本爲長見段玉裁毛詩詁訓傳注

又曰袂尺二寸閩本明監本毛本同案浦鏜云袪誤袂是也又下袂口也不誤浦幷改之則非

傳亦解與喻之義補案亦當作已

不應得有故亂舊恩好閩本明監本毛本同案浦鏜云亂疑衍字是也上文兩言故舊恩好可證

○鴇羽

君子下從征役唐石經小字本相臺本同案正義云言下從征役者又云定本作下從征役如其所言不爲有異當有異也釋文云政役音征本篇內注同或定本作政字也考周禮小宰聽政役以比居注云政謂賦也凡其字或作正或作征以多言宜從征征如孟子交征利云此序字與彼同考文古本作政采釋文

稹者根相迫迮梱致也小字本同閩本明監本毛本同相臺本梱作捆案捆字非也梱者稛字之借又釋文云致直置反下同正

義云定本綴皆作致是正義本此箋及下傳箋攻致皆作綴也考說文糸部
本無綴字徐氏新附字有之鄭考工記注云緻致也亦不從糸當以釋文定
本爲長下傳攻致閩本以下作緻依正義改耳以後致字同此

其殼爲汁 閩本明監本毛本同案浦鏜云斗誤汁是也下多言杅汁誤同

曷其有常 唐石經以下各本同唯相臺原刻各有其誤

○無衣

刺晉武公也 閩本明監本毛本同唐石經小字本相臺本刺作美考文古本同案正義云美晉武公也所以美之者又云而作是無衣之詩以美之又云美其能并晉國作美者是也上文譜正義云無衣有杕之杜則皆刺武公者誤

豈號奉使適晉 閩本明監本毛本號下有公字案所補是也

心未自安 小字本相臺本同閩本明監本同考文古本同毛本未作不案心未自安者承上箋謂七章之衣晉舊有之矣但未自安耳正義云心不自安乃自爲之不當依以改箋

安且燠兮 唐石經小字本相臺本同案釋文云奧本又作燠正義標起止云傳燠煖也是正義本作燠小明經作奧經中用字不畫一之例考文古本作奧采釋文

○有杕之杜

皆可求之我君所閩本明監本毛本同小字本相臺本求作來案來字是也正義云皆可使之適我君之所此來之之義也

君當忠心誠實好之閩本明監本毛本忠作中案所改是也

○葛生

域營域也閩本明監本毛本同小字本相臺本營作塋案此十行本營字是也營卽塋之借字耳

故極之以盡情小字本相臺本極下有言字閩本明監本毛本同考文古本無極字案此十行本無言字者是也小大雅譜云要於極賢聖之情是其證

○采苓

人之爲言唐石經小字本相臺本同案此釋文本也正義云人之詐僞之言又下文盡作僞言是其證又云王肅諸本作爲言定本作僞言此引定本以證其同也釋文云爲言于僞反或如字下文皆同本或作僞字非考沔水民之訛言箋云訛僞也言時不令小人好詐僞爲交易之言正月人之訛言箋云訛僞也人以僞言相陷入其一訛言卽此經之爲言也古爲僞訛三字皆聲類所近用作假借用作詁訓其理一也作爲則當讀作僞耳箋不云讀作者其於假借例有如此者也正義本定本乃依正字釋文讀于僞反及如字又云本或作僞字非其說皆未諦考文古本作僞下文注同皆采正義○按鄭箋云謂爲人爲善言上爲字去聲下爲字平聲讀之然則經文爲字不當作僞爲者作也造也王風傳云造爲也

爲言謂爲人爲善言小字本相臺本同案釋文云爲言謂爲人並于僞反若經文依字讀則此上爲字亦依字正義本經作僞言此

箋當亦作僞言下二爲字雖無明文但以經推之當是作爲人僞善言其爲人讀于僞反僞善言卽複舉經字也

珍倣宋版印

附釋音毛詩注疏卷第六（六之三）

〔廿二〕

秦車鄰詁訓傳第十一　陸曰秦者隴西谷名也在雍州鳥鼠山之東北昔臯陶之子伯翳佐禹治水有功舜命作虞賜姓曰嬴其末孫非子爲周孝王養馬於汧渭之間封爲附庸邑于秦谷及非子之曾孫秦仲周宣王又命爲大夫仲之孫襄公討西戎救周周室東遷以岐豐之地賜之始列爲諸侯春秋時稱秦伯崔云秦在虞夏商爲諸侯至周爲附庸

毛詩國風　鄭氏箋　孔穎達疏

秦譜　秦者隴西谷名於禹貢近雍州鳥鼠之山○正義曰漢書地理志云秦今隴西秦亭秦谷是也於禹貢鳥鼠之山在雍州也鳥鼠與秦今俱在隴西故云近鳥鼠之山也爾雅云鳥鼠同穴其鳥爲鵌其鼠爲鼵是鳥鼠共處一山以爲名既有鳥鼠之山又別有同穴之山禹貢王肅注云鳥鼠同穴皆山名是也○堯時有伯翳者實臯陶之子佐禹治水水土既平舜命作虞官掌上下草木鳥獸賜姓曰嬴○正義曰鄭語云嬴伯翳之後地理志云嬴伯益之後則伯翳伯益聲轉字異猶一人也地理志又云秦之先曰伯益助禹治水爲舜虞官養草木鳥獸賜姓嬴氏秦本紀云秦之先帝顓頊之苗裔孫曰女脩女脩織玄鳥隕卵女脩吞之生子大業大業娶少典之子曰女華女華生太費太費與禹平水土又佐舜調馴鳥獸鳥獸多馴服是爲伯翳舜賜姓嬴氏是治水賜姓之事也如本紀之言則益又名太費太費之父名大業列女傳曰臯子生五歲而佐禹曹大家注云臯子臯陶之子伯益也然則臯陶大業一人也且秦是伯益之後而中候苗興云臯陶之苗爲秦秦出伯益明是臯陶之子也先言伯翳然後上本臯陶者以舜賜伯翳爲嬴姓不賜臯陶秦爲嬴姓始自伯翳故以伯翳爲首也虞書稱舜曰疇若予上下草木鳥獸。僉曰益哉帝曰俞益汝作朕虞是舜命作虞官也歷夏商興衰亦世有人焉○正義曰本紀又云太費生子二人一曰太廉實鳥。谷氏二曰若木實費氏其玄孫曰費昌子孫或在中國或在夷狄費昌當夏桀之時去夏歸商爲湯御以敗桀太廉玄孫曰孟戲中衍帝大戊使爲御而妻之自大戊以下中衍之後遂世有功以佐殷國故嬴姓名顯遂爲諸侯其玄孫曰中潏在西戎保西垂生蜚廉蜚廉生惡來惡來有力蜚廉善走父子俱以材力事紂是世有人焉○周孝王使其末孫非子養馬於汧渭之間孝王爲伯翳能知禽獸之言子孫不絕故封非子爲附庸邑之於秦谷○正義曰本紀又云惡來有子曰女妨女妨生旁皐旁皐生大几大几生大駱大駱生非子非子居犬丘好馬及畜善養息之犬丘人言之周孝王孝王召使主馬于汧渭之間馬大蕃息孝王欲以爲大駱適嗣申侯之女爲大駱之妻生子成爲適於是孝王曰昔伯翳爲舜主畜畜多息故有土今其後世亦爲朕息馬朕其分土爲附庸邑之秦使復續嬴氏祀號曰秦嬴亦不廢申侯之女子爲大駱適者是孝王使養馬封之事也言將以非子爲大駱之嗣則從中潏以來世保西垂常有國土非子分其國地別爲附庸也本紀直云伯翳爲舜主畜不云能知禽獸之言地理志稱孝王云昔伯益知禽獸是知其言語也僖二十九年左傳說介葛盧聞牛鳴而知其音賈逵云伯益曉是術蔡雍云伯翳綜聲於語鳥葛盧辯音於鳴牛是伯翳知禽獸之言也○至曾孫秦仲宣王又命作大夫始有車馬禮樂侍御之好國人美之。翳之變風始作○正義曰本紀又云秦嬴生秦侯立十年卒生公伯公伯立三年卒生秦仲是仲爲非子曾孫也又云秦仲立三年周厲王無道西戎滅犬丘大駱之族周宣王即位乃以秦仲爲大夫誅西戎是宣王又命作大夫也王制云子男五十里不能五十里者附於諸侯曰附庸周禮男國百里則附庸又無百里矣邾滕紀莒之等以其國小蔑而不錄其詩而錄秦仲附庸之風者鄭語云桓公問於史伯曰姜嬴其孰興對曰國大而有德者近興秦仲齊侯姜嬴之儁也且大其將興乎言秦仲國大將興是其土地廣寬雖未得爵命而大於邾莒詩者緣政而作故附庸而得有詩也且秦於襄公之後國大而錄其詩因秦仲先已有詩故并錄之耳案年表秦仲以宣王六年卒計桓公問史伯之時乃在幽王九年所以仍言秦仲者秦仲之後遂爲大國以秦仲有德故繫而言之秦仲以字配國者附庸未得爵命無謚可稱春秋附庸君例稱名褒之則書字秦仲又作宣王大夫史策之文正當書字故稱字褒國以美之也○秦仲之孫襄公平王之初興兵討西戎以救周平王東遷王城乃以岐豐之地賜之始列爲諸侯○正義曰本紀稱秦仲生莊公莊公生襄公又云犬戎殺幽王襄公將兵救周戰甚有功周避戎難東徙洛邑襄公以兵送周平王平王。討襄公爲諸侯賜之岐山以西之地封爵之襄公於是始國與諸侯通使聘享之禮是平王之初救周賜地之事也襄公始爲諸侯莊公已稱公者蓋追謚之也○遂橫有周西都宗周畿內八百里之地○正義曰地理志初洛邑與宗周通封畿東西長而南北短短長相覆爲千里則周之二都相接爲畿其地東西橫長西都方八百里也本紀云賜襄公岐以西之地襄公生文公於是文公遂收周餘民有之地至岐岐以東獻之周如本紀之言則襄公所得自岐以西如鄭言橫有西都八百里之地則是全得西畿言與本紀異者案終南之山在岐之東南大夫之戒襄公已引終南爲喻則襄公亦得岐東非唯自岐以西也即如本紀之言文公收周餘民又獻岐東於周則秦之東境終不過岐而春秋之時秦境東至於河襄公已後更無功德之君復是何世得之也明襄公救周即得之矣本紀之言不可信也○其封域東至迆山在荊岐終南惇物之野○正義曰迆謂靡迆境界廣被之意於禹貢無迆山鄭據時山之名案秦境所及而言之禹貢雍州云荊岐既旅終南惇物則此山皆屬雍州秦居其傍故云之野也不言西至獨言東至者以秦居隴西東拓土境上已云近鳥鼠之山不須。便言其西故直言東至而已鄭既云變風作而又言此者以襄公之時又能取周地與秦仲時異故復說其得地之由境界所在○至玄孫德公又徙於雍云○正義曰案本紀襄公生文公文公生靖公靖公生寧公寧公生武公武公卒立其弟德公是德公爲襄公玄孫也本紀又言秦仲自中潏已後世保西垂至大雒生非子非子別居於犬丘厲王時西戎滅大雒之族秦仲之子莊公伐西戎破之并得大雒之地爲西垂大夫文公元年居西垂宮三年冬獵至汧渭之會曰昔周邑我先秦嬴於此後卒爲諸侯乃卜居之占曰吉即營邑之寧公二年徙居平陽德公元年初居雍城徐廣云犬丘今槐里縣也平陽今郿縣平陽亭是也雍今扶風雍縣也如本紀之言則大雒之族世居西垂非子封爲附庸別居槐里及莊公伐戎幷得大雒之地即就大雒舊居西垂也至文公還居非子舊墟在汧渭之間即槐里是也寧公徙平陽至德公乃徙雍鄭獨言德公徙雍者以德公之後常居雍故特言之僖十三年左傳云秦輸粟于晉自雍及絳昭元年左傳云秦后子享晉侯自雍及絳是秦自德公已後常雍也本或作穆公徙雍者誤耳何則穆公者德公之子於襄公爲玄孫之子非玄孫也又中侯覬期注秦本在隴西襄公玄孫德公始徙雍是鄭依本紀以爲德公徙雍非穆公也本紀又云德公立二年卒子宣公立十二年卒弟成公立四年卒弟穆公任好立三十九年卒子罃代立是爲康公此其君次也其詩則車鄰美秦仲爲秦仲詩也駟驖小戎蒹葭終南序皆云襄公是襄公詩也黃鳥刺繆公是繆公詩也晨風渭陽權輿序皆云康公是康公詩也無衣在其中明亦康公詩矣故鄭於左方中皆以此而知也襄二十九年左傳季札見歌秦曰美哉此之謂夏聲服虔云秦仲始有車馬禮樂之好侍御之臣戎車四牡田狩之事其孫襄公列爲秦伯故蒹葭蒼蒼之歌終南之詩追錄先人車鄰駟驖小戎之歌與諸夏同風故曰夏聲如服之意以駟驖小戎爲秦仲之詩與序正違其言非也言夏聲者杜預云秦本在西戎汧隴之西秦仲始有車馬禮樂去戎狄之音而有諸夏之聲故謂之夏聲耳不由在諸夏追錄故稱夏也

車鄰

美秦仲也秦仲始大有車馬禮樂侍御之好焉〇鄰本亦作隣又作轔栗人反始大絕句或連下句非

疏車鄰三章一章四句二章章六句至好焉〇正義曰作車鄰詩者美秦仲也秦仲之國始大又有車馬禮樂侍御之好焉故美之也言秦仲始大者秦自非子以來世爲附庸其國仍小至今秦仲而國土大矣由國始大而得有此車馬禮樂故言始大以冠之有車馬者首章上二句是也侍御者下二句是也二章卒章言鼓瑟鼓簧並論樂事用樂必有禮是禮樂也經先寺人後鼓瑟序先禮樂後侍御者經以車馬行於道路國人最先見之故先言車馬欲見秦仲先令寺

人故次言寺人既見秦仲始見其禮樂故後言鼓瑟二章傳曰又見其禮樂是從外而入以次見之序以車馬附於身經又在先故先陳之禮樂又重於侍御故先禮樂而後侍御此三者皆是君之容好故云之好爲必知斷始大爲句者以駟鐵序云始命謂始命爲諸侯也鄭知此始大謂國土始大也若連下爲文卽車馬禮樂多少有度不得言大有也王肅云秦爲附庸世處西戎秦仲脩德爲宣王大夫遂誅西戎是以始大鄭語云秦仲齊侯姜嬴之雋且大其將與乎韋昭注引詩序曰秦仲始大是先儒斷始大爲句

有車鄰鄰有馬白顛鄰鄰眾車聲也白顛的顙也○顛都田反的丁歷反顙桑黨反

未見君子寺人之令寺人內小臣也箋云欲見國君者必先令寺人使傳告之時秦仲又始有此臣○寺如字又音侍本亦作侍字寺人奄人令力呈反注同又力政反沈力丁反韓詩作伶云使伶傳直專反

疏有車至之令○正義曰此美。秦初有車馬侍御之好言秦仲有車眾多其聲鄰鄰然有馬眾多其中有白顛之馬車馬既多又有侍御之臣未見君子秦仲之時若欲見之必先有寺人之官令請之使寺人傳告秦仲然後人得見之○傳鄰鄰至的顙○正義曰車有副貳明非一車故以鄰鄰爲眾車之聲車既眾多則馬亦多矣故於馬見其毛色而已不復言眾多也釋畜云馬的顙白顛舍人曰的白也顙額也額有白毛今之戴星馬也○傳寺人至小臣○正義曰天官序官云內小臣奄上士四人寺人王之正內五人則天子之官內小臣與寺人別官也燕禮諸侯之禮也經云獻左右正與內小臣是諸侯之官有內小臣也左傳齊有寺人貂晉有寺人披是諸侯之官有寺人也然則寺人與內小臣別官矣此云寺人內小臣者解寺人官之尊卑及所掌之意言寺人是在內細小之臣非謂寺人卽是內小臣之官也內小臣之官與寺人之官猶自別矣若然巷伯箋云巷伯內小臣奄官上士四人與寺人之官相近彼言巷伯內小臣巷伯卽是內小臣之官此傳言寺人內小臣而知寺人非內小臣之官者毛鄭異人言非一概正以天子諸侯之官內小臣與寺人皆別明傳意不以寺人爲內小臣之官也巷伯所以知卽是內小臣者以寺人作詩而篇名巷伯明巷伯非寺人序言巷伯奄官則巷伯與寺人之官同掌內事相近明矣巷者宮中道名也伯者長也主宮巷之官最長者唯有內小臣耳故知巷伯即是內小臣之官也○箋欲見至此臣○正義曰附庸雖未爵命自君其國猶若諸侯故言欲見國君使寺人傳告之舉寺人以美秦仲者明仲又始有此臣也案夏官小臣掌王之命天官寺人掌王之內人及女宮之戒令然則天子之官自有小臣主王命寺人主內令不主王命矣燕禮云小臣戒與者則諸侯之官有小臣亦應小臣傳君命此說國君之禮使寺人傳命者天子備官故外內異職諸侯兼官外內共掌之也僖五年左傳說晉獻公使寺人披伐公子重耳於蒲昭十年傳說宋平公之喪使寺人柳熾炭于位則諸侯寺人傳達君命是禮之常也

阪有漆隰有栗 興也陂者曰阪下溼曰隰箋云興者喻秦仲之君臣所有各得其宜○阪音反又扶板反陂彼寄反又普羅反又彼皮反

既見君子並坐鼓瑟 又見其禮樂焉箋云既見既見秦仲也並坐鼓瑟君臣以閒暇燕飲相安樂也○閑音閑樂音洛下文並同

今者不樂逝者其耋 耋老也八十曰耋箋云今者不於此君之朝自樂謂仕焉而去仕他國其徒自使老言將後寵祿也○耋田結反一音天節反朝直遙反後胡豆反又如字

【疏】阪有至其耋○正義曰言阪上有漆木隰中有栗木各得其宜以興秦仲之朝上有賢君下有賢臣上下各得其宜既見此君子秦仲其君臣閒暇無爲燕飲相樂並坐而鼓瑟也既見其善政則願仕焉我今者不於此君之朝仕而自樂若更之他國者其徒自使老言將後於寵祿無有得樂之時矣秦仲之賢故人皆欲願仕也○傳陂者至曰隰○正義曰釋地云下溼曰隰李巡曰下溼謂土地窊下常沮洳名爲隰也又云陂者曰阪下者曰隰李巡曰陂者謂高峯山陂下者謂下溼之地隰溼也○箋既見至安樂○正義曰由其君明臣賢政清事閒故皆並坐而觀鼓瑟作樂必飲酒故云燕飲相安樂檀弓稱工尹商陽止其御曰朝不坐燕不與注云朝燕於寢大夫坐於上士立於下彼言正法耳秦仲君臣安樂或士亦與焉故作者美之而願仕也○傳耋老也八十曰耋○正義曰耋老釋言文孫炎曰耋者色如生鐵易離卦

云大耋之嗟注云年踰七十僖九年左傳曰伯舅耋老服虔云七十曰耋此言八十曰耋者耋有七十八十無正文也以仕者七十致事仕者慮己之耋欲得早致事故以爲八十也○箋今者至寵祿○正義曰作者羨其閑暇欲得自樂故知樂者謂仕焉逝訓爲往故知逝者謂去仕他國今得明君之朝不仕而去是其徒自使老言將後寵祿謂年歲晚莫不堪仕進在寵祿之後也

阪有桑隰有楊既見君子並坐鼓簧簧笙也○簧音黃

今者不樂逝者其亡亡喪棄也

車鄰三章一章四句二章章六句

駟驖。美襄公也。始命有田狩之事園囿之樂焉始命命爲諸侯也。秦。始附庸也○驖田結反又吐結反驖驪馬也始命絕句囿音又沈又尤菊反樂音洛

疏駟。驖三章章四句至樂焉○正義曰作駟。驖詩者美襄公也秦自非子以來世爲附庸未得王命今襄公始受王命爲諸侯有遊田狩獵之事園囿之樂焉故美之也諸侯之君乃得順時遊田治兵習武取禽祭廟附庸未成諸侯其禮則闕故今襄公始命爲諸侯乃得有此田狩之事故云始命也田狩之事三章皆是也言園囿之樂者還是田狩之事。於園。於囿皆有此樂故云園囿之樂焉獵則就於囿中上二章囿中事也調習則在園中下章園中事也有蕃曰園有牆曰囿園囿大同蕃牆異耳囿者域養禽獸之處其制諸侯四十里處在於郊靈臺云王在靈囿鄭駁異義引之云三靈辟雍在郊明矣孟子對齊宣王云臣聞郊關之內有囿焉方四十里是在郊也園者種菜殖果之處因在其內調習車馬言遊於北園蓋近在國北地官載師云以場圃任園地明其去國近也○箋始命至附庸○正義曰本紀云平王封襄公爲諸侯賜之岐西之地然則始命之爲諸侯謂平王之世又解言始命之意秦始爲附庸謂非子至於襄公莊公常爲附庸今始得命故言始也本或秦下有仲衍字定本直云秦始附庸也

駟驖孔阜六轡

在手驖驪阜大也箋云四馬六轡六轡在手言馬之良也〇阜符有反驪力知反

公之媚子從公于狩能以道媚於上下者冬獵曰狩箋云媚於上下謂使君臣和合也此人從公往狩言襄公親賢也〇媚眉冀反

【疏】駟驖至于狩〇正義曰言襄公乘一乘駟馬驖色之馬甚肥大也馬既肥大而又良善御人執其六轡在手而已不須控制之也公乘此良馬與賢人共獵公之臣有能媚於上下之子從公而往田狩公又能親賢如是故國人美之〇傳驖驪阜大〇正義曰檀弓云夏后氏尙黑戎事乘驪則驪黑色〇驖者言其色黑如驖故爲驪也說馬之壯大而云孔阜故知阜爲大也〇箋四馬至之良〇正義曰每馬有二轡四馬當八轡矣諸文皆言六轡者以驂馬內轡納之於觖故在手者唯六轡耳聘禮云賓覿總乘馬注云總八轡牽之贊者謂步牽馬故八轡皆在手也大叔于田言六轡如手謂馬之進退如御者之手故爲御之良此言六轡在手謂在手而已不假控制故爲馬之良也〇傳能以至曰狩〇正義曰媚訓愛也能使君愛臣令上媚下又使臣愛君令下媚上能以己道愛於上下故箋申之云謂使君臣上下和合言此一人之身能使他人上下和合也卷阿云媚于天子媚于庶人謂吉士之身媚上媚下知此亦不是己身能上媚下媚者以其特言公之媚子從公于狩明是大賢之人能和合他人使之相愛非徒己身能愛人而已文王四友予曰有疏附能使疏者親附是其和合他人則其爲賢也謂之媚子者王肅云卿大夫稱子冬獵曰狩釋言文

奉時辰牡辰牡孔碩時是辰時也冬獻狼夏獻麋春秋獻鹿豕羣獸箋云奉是時牡者謂虞人也時牡甚肥大言禽獸得其所〇麋亡悲反

公曰左之舍拔則獲拔矢末也箋云左之者從禽之左射之也拔括也舍拔則獲言公善射〇舍音捨拔蒲末反射食亦反括苦活反善射音社

【疏】奉時至則獲〇正義曰言襄公田獵之時虞人奉是時節之牡獸謂驅以待公射之此時節之牡獸甚肥大矣公戒御者曰從左而逐之公乃親自射之舍放矢括則獲得其獸言公之善射〇傳時是至羣獸〇正義曰時是釋詁文釋訓云不辰不時也是辰爲時也冬獻狼以下皆天官獸人文所異

者彼言獸物此言羣獸耳彼注云狼膏聚麋膏散聚則溫散則涼以救時之苦也獸物凡獸物皆可獻及狐狸也然則獸之供食各有時節故謂之時牡○箋奉是至其所○正義曰地官山虞云若大田獵則萊山田之野及弊田植虞旗于中以致禽然則田獵是虞人所掌必是虞人驅禽故知奉是時牡謂虞人也案獸人所獻之獸以供膳傳引獸人所獻以證虞人奉之者以下句言舍拔則獲此是獵時之事故知是虞人奉之也獸人獻時節之獸以供膳故虞人亦驅時節之獸以待射虞人無奉獸之文故引獸人之文以解時牡耳○傳拔矢末○正義曰言舍拔則獲是放矢得獸故以拔爲矢末以鏃爲首故拔爲末○箋左之至善射○正義曰王制云佐車止則百姓田獵注云佐車驅逆之車得不以從左驅禽謂之佐車者彼驅逆之車依周禮田僕所設非君所乘此公曰左之是公命御者從禽之左逐之欲從禽之左而射之也此是君所乘田車非彼驅逆之車也逐禽由左禮之常法必言公曰左之者公見獸乃命逐之故言公曰傳以拔爲矢末不辯爲拔之處故申之云拔括也家語孔子與子路論矢之事云括而羽之鏃而礪之其入之不益深乎是謂矢末爲括也既言公曰則是公自舍之故云公善射也

遊于北園四馬既閑

閑習也箋云公所以田則克獲者乃遊于北園之時時則已習其四種之馬○種章勇反

輶車鸞鑣載獫歇驕

輶輕也獫歇驕田犬也長喙曰獫短喙曰歇驕箋云輕車驅逆之車也置鸞於鑣異於乘車也載始也始田犬者謂達其摶噬始成之也此皆遊於北園時所爲也○輶由九反又音由鸞盧端反鑣彼驕反獫力驗反說文音力劒反歇本又作猲許謁反說文音火遏反驕本又作獢同許喬反輕遣政反又如字下同喙況廢反驅丘遇反或丘于反乘繩證反摶音博舊音付

【疏】遊于至歇驕○正義曰此則倒本末獵之前調習車馬之事言公遊于北園之時四種之馬既已閑習之矣於是之時調試輕車置鸞於鑣以試之既調和矣又始試習獫與歇驕之犬皆曉達摶噬之事遊于北園已試調習故今狩於圃中多所獲得也○傳閑習○正義曰釋詁文○箋公所至之馬○正義曰夏官校人辨六馬之屬種馬戎馬齊馬道馬田馬駑馬天

子馬六種諸侯四種鄭以隆殺差之諸侯之馬無種戎也此說獵事止應調習田馬而已而云四種之馬皆調之者以其田獵所以教戰諸馬皆須調習故作者因田馬調和廣言四種皆習也○傳輶輕至歇驕○正義曰輶輕釋言文此說獵事故知獫與歇驕皆田犬非守犬也故辨之長喙獫短喙歇驕釋畜文李巡曰分別犬喙長短之名○箋輕車至所為○正義曰夏官田僕掌設驅逆之車注云驅驅禽使前趍獲逆御還之使不出圍然則田僕掌田而設驅逆之車故知輕車卽驅逆之車也若君所乘者則謂之田車不宜以輶輕為名且下句說犬明是車驅之而犬獲之故知是驅逆之車非君車也冬官考工記云乘車之輪崇六尺有六寸注云乘車玉路金路象路也言置鸞於鑣異於乘車謂異於彼玉金象也夏官大馭及玉藻經解之注皆云鸞在衡和在軾謂乘車之鸞也此云鸞鑣則鸞在於鑣故異於乘車也鸞和所在經無正文經解注引韓詩內傳曰鸞在衡和在軾又大戴禮保傅篇文與韓詩說同故鄭依用之蓼蕭傳曰在軾曰和在鑣曰鸞箋不易之異義戴禮戴毛氏二說謹案云經無明文且殷周或異故鄭亦不駁商頌烈祖箋云鸞在鑣以無明文且殷周或異故鄭為兩解釋詁云哉始也哉載義同故亦為始釋訓云暴虎徒搏也則搏者殺獸之名哀十二年左傳曰國狗之瘈無不噬也則噬謂瘈也此小犬初成始解搏噬故云始成之也章首云遊于北園知此遊北園時習也

駟驖三章章四句

小戎美襄公也備其兵甲以討西戎西戎方彊而征伐不休國人則矜其車甲婦人能閔其君子焉 矜夸大也國人夸大其車甲之盛有樂之意也婦人閔其君子恩義之至也作者敘外內之志所以美君政教之功

○小戎王云駕兩馬者矜居澄反夸苦花反樂音洛又音岳 疏 小戎三章章十句至君子○正義曰作小戎詩者美襄公也襄公能備具其兵甲以征討

西方之戎於是之時西戎方漸強盛而襄公征伐不休國人應苦其勞婦人應多怨曠襄公能說以使之國人忘其軍旅之苦則矜夸其車甲之盛婦人無怨曠之志則能閔念其君子皆襄公使之得所故序外內之情以美之三章皆上六句是矜其車甲下四句是閔其君子○箋矜夸大○正義曰僖九年公羊傳曰葵丘之會桓公震而矜之叛者九國矜者何猶曰莫若我也班固云矜夸宮室是矜為夸大之義也

小戎俴收五楘梁輈

小戎兵車也俴淺收軫也五五束也楘歷錄也梁輈輈上句衡也一輈五束束有歷錄箋云此羣臣之兵車故曰小戎○俴錢淺反收如字楘音木本又作鞪革歷錄也曲轅上束也輈陟留反軫之忍反歷錄一本作歷禄句古侯反

游環脅驅陰靷鋈續

游環靷環也游在背上所以禦出也脅驅慎駕具所以止入也陰揜軌也靷所以引也鋈白金也續續靷也箋云游環在背上無常處貫驂之外轡以禁其出脅驅者著服馬之外脅以止驂之入揜軌在軾前垂輈上鋈續白金飾續靷之環○驅本亦作駈起俱反靷音胤鋈音沃舊音惡續義如字徐辭屨反靳環居覲反本又作靷沈云舊本皆作靳靳者言無常處游在驂馬背上以驂馬外轡貫之以止驂之出左傳云如驂之有靳居覲反無取於靷也禦魚呂反慎或作順義亦兩通揜於檢反處昌慮反著直略反又丁略反軾音式本亦作式

文茵暢轂駕我騏馵

文茵虎皮也暢轂長轂也騏騏文也左足白曰馵箋云此上六句者國人所矜○茵音因文茵以虎皮為茵茵車席也暢勑亮反轂音谷騏音其馵之樹反

言念君子溫其如玉

箋云言我也念君子之在性溫然如玉玉有五德

在其板屋亂我心曲

西戎板屋箋云心曲心之委曲也憂則心亂也此上四句者婦人所用閔其君子

疏 小戎至心曲○正義曰國人夸兵車之善云我襄公羣臣卑小之戎車既淺短其軫矣又五節束縛歷錄此梁輈使有文章矣貫驂馬之外轡則有游環以止驂馬之外出自衡至軫當服馬之外脅則有脅驅以止驂馬之內入陰板之前又有皮靷以白金飾其相續之處車上又有虎皮文章之茵蓐其車又是長轂之戎車又駕我之騏馬與馵馬

車馬備具如是以此伐戎何有不克者乎又言婦人閔其君子云我念君子之德行其心性温然其如玉無有瑕惡之處也今乃遠在其西戎板屋之中終我思而不得見之亂我心中委曲之事也○傳小戎至歷錄○正義曰兵車兵戎之車小大應同而謂之小戎者六月云元戎十乘以先啓行元大也先啓行之車謂之大戎從後行者謂之小戎故箋申之云此羣臣之兵車故曰小戎言羣臣在元戎之後故也俴淺釋言文收軫者相傳爲然無正訓也軫者上之前後兩端之橫木也蓋以爲此軫者所以收斂所載故名收焉輈者轅也言五楘梁輈五楘是轅上。之飾故以五爲五束言以皮革五處束之楘歷錄者謂所束之處因以爲文章歷錄然歷錄蓋文章之貌也梁輈輈上曲句衡衡者軛也轅從軫以前稍曲而上至衡則居衡之上而嚮下句之衡則橫居輈下如屋之梁然故謂之梁輈也考工記云國馬之輈深四尺有七寸注云馬高八尺兵車乘車軹崇三尺有三寸加軫與轐七寸又幷此輈深衡高八尺七寸也除馬之高則餘七寸爲衡頸之間也是輈在衡上故頸間七寸也又解五是五道束之楘則歷錄之稱而謂之五楘者以一輈之上有五束每束皆有文章歷錄故謂之五楘也此言俴收下言暢轂皆謂兵車也兵車言淺軫長轂者對大車平地載任之車爲淺爲長也考工記云兵車之輪崇六尺有六寸樗其漆內而中詘之以爲之轂長注云六尺六寸之輪漆內六尺四寸是爲轂長三尺二寸鄭司農云樗者度兩漆之內相距之尺寸是兵車之轂長三尺三寸也考工記又說車人爲車柯長三尺轂長半柯是大車之轂長尺半也兵車之轂比之爲長故謂之長轂考工記又云輿人爲車輪崇車廣衡長參如一參分車廣去一以爲隧注云兵車之隧四尺四寸鄭司農云隧謂車輿深也則兵車當輿之內從前軫至後軫唯深四尺四寸也車人云大車牝服二柯有參分柯之二注云大車平地載任之車牝服長八尺謂較也則大車之用內前軫至後軫其深八尺兵車之軫比之爲淺故謂之淺軫也人之升車也自後登之入於車內故以深淺言之名之曰隧隧者深也鄭司農云隧謂車輿深玄謂讀如邃宇之邃是軫有深淺之義故此言淺軫也○傳游環至續靷○正義曰游環者以環貫靷游在背上故謂之靷環也貫兩驂馬之外轡引轡爲環所束驂馬欲出此環牽之故所以禦出也定本作靷環脅驅者以一條皮上繫於衡後繫於軫當服馬之脅愛慎乘駕之具也驂馬欲入則此皮約之所以止入也陰揜軌者謂輿下三面材以板木横側車前所以陰映此軌故云揜。軌也靷者以皮爲之繫於陰板之上。今驂馬。之。引何則此車衡之長唯六尺六寸止容二服而已驂馬頸不當衡別爲二靷以引車故云所以引也大叔于田云兩服齊首兩驂鴈行明驂馬之首不與服馬齊也襄十四年左傳稱庾公差追衞獻公射兩軥而還服虔云軥車軛也兩。軛。又馬頸者是一衡之下唯有服馬二頸也哀二年左傳稱郵無恤說己之御云兩靷將絶吾能止之駕而乘材兩靷皆絶是横。軏之前別有驂馬二靷也釋器云白金謂之銀其美者謂之鐐然則白金不名鋈言鋈白金者鋈非白金之名謂鍍此白金以沃灌靷環非訓鋈爲白金也金銀銅鐵總名爲金此說兵車之飾或是白銅白鐵未必皆白銀也劉熙釋名云游環在服馬背上驂馬之外轡貫之游移前却無定處也脅驅當服馬脅也陰蔭也横側車前所以蔭。笭也靷所以引車也鋈沃也。治白金以沃灌靷環也續續靷端也○箋游環至陰揜之環○正義曰此經所陳皆爲驂馬設之故箋申明毛禦出止入之意言所以禁止驂馬也靷在軌前横木映軌故知垂輈上謂陰板垂輈上也靷言鋈續則是作環相接故云白金飾續靷之環○傳文茵至曰馵○正義曰茵者車上之褥用皮爲之言文茵則皮有文采故知虎皮也劉熙釋名云文茵車中所坐也用虎皮有文采是也暢訓爲長故爲長轂言長於大車之轂也色之青黑者名爲綦馬名爲騏知其色作綦文釋畜云馬後右足白驤左白馵樊光云後右足白曰驤。左。足白曰馵然則左足白者謂後左足也釋畜又云膝上皆白惟馵郭璞曰馬膝上皆白爲惟馵後左脚白者直名馵意亦同也○箋言我至五德○正義曰言我釋詁文聘義云君子比德於玉焉溫潤而澤仁也縝密以栗知也廉而不劌義也垂之如墜禮也孚尹旁達信也即引詩云言念君子溫其如玉有五德也。沈文又云叩之其聲清越以長其終詘然樂也瑕不揜瑜瑜不揜瑕忠也氣如白虹天也精神見于山川地也圭璋特達德也凡十德唯言五德者以仁義禮智信五者人之常故舉五常之德言之耳○傳西戎板屋○正義曰地理志云天水隴西山多林木民以板爲屋故秦詩云在其板屋然則秦之西垂民亦板屋言西戎板屋者此言亂我心曲則是君子伐戎其妻在家思之故知板屋謂西戎板屋念想君子伐得而居之也

四牡孔阜六轡在手騏駵是中騧驪是驂黃馬黑喙曰騧箋云赤身黑鬣曰駵中中服也驂兩騑也○駵音留騧古花反鬣本又作鬛力輒反騑芳非反龍盾之合鋈以觼軜龍盾畫龍其盾也合合而載之軜驂內轡也箋云鋈以觼軜軜之觼以白金爲飾也軜繫於軾前○盾順允反徐又音允觼古穴反軜音納內也言念君子溫其在邑在敵邑也方何爲期胡然我念之箋云方今以何時爲還期乎何以然了不來言望之也

疏四牡至念之○正義曰此國人夸馬之善云我君之兵車所駕四牡之馬甚肥大也馬既肥大而又良善御人執其六轡在手而已不假控制之也此四牡之馬何等毛色騏馬駵馬是其中謂爲中服也騧馬驪馬是其驂謂爲外驂也其車上所載攻戰之具則有龍盾之合畫龍於盾合而載之以蔽車也其驂馬內轡之未鋈金以爲觼軜之於軾前車馬備具如是以此伐戎豈有不克者乎又云婦人閔其君子云我念君子其體性溫然其在敵人之邑方欲以何時爲還期乎何爲了然不來而使我念之也○傳黃馬黑喙曰騧○正義曰釋畜云馬黑喙騧不言身黃傳以爲黃馬者蓋相傳爲然故郭璞云今之淺黃色者爲騧馬○箋赤身至兩騑○正義曰爾雅有駵白駁駵馬白腹騵則駵是色名說者皆以駵爲赤色若身鬣俱赤則爲騂馬故爲赤身黑鬣今人猶謂此爲駵馬也車駕四馬在內兩馬謂之服在外兩馬謂之騑故云中中服驂兩騑也春秋時鄭有公子騑字子駟是有騑乃成駟也○傳龍盾至內轡○正義曰盾以木爲之而謂之龍盾明是畫龍於盾也此說車馬之事盾則載於車上故云合而載之王肅云合而載之以爲車蔽也言鋈以觼軜謂白金飾皮爲觼以納物也四馬八轡而經傳皆言六轡明有二轡當繫之馬之有轡者所以制馬之左右令之隨逐人意驂馬欲入則偪於脅驅

內轡不須牽挽故知納者納驂內轡繫於軾前其繫之處以白金為觼也

俴駟孔群厹矛鋈錞蒙伐有苑俴駟四介馬也孔甚也厹三隅矛也錞鐏也蒙討羽也伐中干也苑文貌箋云俴淺也謂以薄金為介之札介甲也甚羣者言和調也蒙。厖也討雜也畫雜羽之文於伐故曰厖伐○俴駟韓詩云駟馬不著甲曰俴駟厹音求錞徒對反鐓徒猥反一音敦說文云矛戟下銅鐏伐如字本或作瞂音同中干也介音界甲也鐏徂寸反又子遜反札側八反厖莫江反

虎韔鏤膺交韔二弓竹閉緄縢虎虎皮也韔弓室也膺馬帶也交韔交二弓於韔中也閉紲緄繩縢約也箋云鏤膺有刻金飾也○韔勑亮反下同本亦作暢鏤魯豆反膺於澄反閉悲位反鄭注周禮云弓檠曰柲弛則縛於弓裏備頓傷也以竹為之柲音悲位反徐邊惠反一音必結反緄古本反縢直登反紲息列反

言念君子載寢載興厭厭良人秩秩德音厭厭安靜也秩秩有知也箋云此既閔其君子寢起之勞又思其性與德○厭於鹽反秩陳乙反知音智本亦作智

【疏】俴駟至德音○正義曰此國人夸兵甲之善言我有淺薄金甲以被四馬甚調和矣三隅之厹矛以白金為其錞矣繪畫雜羽所飾之盾其文章有苑然而美矣其弓則有虎皮之韔其馬則有金鏤之膺其未用之時備其折壞交韔二弓於韔之中以竹為閉置於弓隈然後以繩約之然則兵甲矛盾備具如是以此伐戎豈有不克者乎又言婦人閔其君子云我念我之君子則有寢則有興之勞我此君子體性厭厭然安靜之善人秩秩然有哲知其德音遠聞如此善人今乃又供軍役故閔念之○傳俴駟至文貌○正義曰俴訓為淺駟是四馬是用淺薄之金以為駟馬之中故知淺駟四介馬也成二年左傳說齊侯與晉戰云不介馬而馳之是戰馬皆披甲也孔甚釋言文厹矛三隅矛刃有三角蓋相傳為然也曲禮曰進戈者前其鐏後其刃進矛戟者前其鐓是矛之下端當有鐓也彼注云銳底曰鐏取其鐏。地平底曰鐓取其鐓地則鐓鐏異物言鐓鐏者取類相明非訓為鐏也上言龍盾是畫龍於盾則知蒙伐是畫物於伐故以蒙為討羽謂畫雜鳥之羽以為盾飾也夏官司兵

掌五盾各辨其等以待軍事注云五盾干櫓之屬其名未盡聞也言辨其等則
盾有大小襄十年左傳說狄虒彌建大車之輪而蒙之以甲以爲櫓櫓是大盾
故以伐爲中干干伐皆盾之别名也蒙爲雜色知苑是文貌○箋俴淺至厖伐
○正義曰箋申明俴駟爲四介馬之意以馬無深淺之量而謂之俴駟正謂以
淺薄之金爲甲之札金厚則重知其薄也金甲堅剛則苦其不和故美其能甚
羣言和調也物不和則不得羣聚故以和爲羣也左傳及旄丘言狐裘蒙茸皆
厖蒙同音周禮牲用尨玉言尨者皆謂雜色故轉蒙爲厖明厖是雜羽畫雜羽
之文於伐故曰厖伐傳以蒙爲討箋轉討爲厖皆以義言之無正訓也○傳虎韔
虎至縢約○正義曰下句云交韔二弓則虎韔是盛弓之物故知虎是虎皮韔
爲弓室也弟子職曰執箕膺揭則膺是胷也鏤膺謂膺上有鏤明是以金飾帶
故知膺是馬帶若今之婁胷也春官巾車說五路之飾皆有樊纓注云樊讀如
鞶帶之鞶謂今馬大帶也彼謂在腹之帶與膺異也交二弓於韔中謂顛倒安
置之既夕記說明器之弓云有柲注云柲弓檠也弛則縛之於弓裏備損傷也
以竹爲之引詩云竹閉緄縢然則竹閉一名柲也言閉紲者說文云紲繫也謂
置弓柲裏以繩紲之因名柲爲紲考工記弓人注云紲弓柲也角長則送矢不
疾若見紲於柲矣是紲爲繫名也所紲之事則緄縢是也故云緄繩縢約謂以
繩約弓然後內之韔中也○箋鏤膺有刻金飾○正義曰釋器說治器之名云
金謂之鏤故知鏤膺有刻金之飾巾車云金路樊纓九就同姓以封則其車尊
矣此謂兵車之飾得有金飾膺者周禮玉路金路者以金玉飾車故以金玉爲
名不由膺以金玉飾也故彼注云玉路金路象路其樊及纓皆以五采罽飾之
革路樊纓以條絲飾之不言馬帶用金玉象爲飾也此兵車馬帶用力尤多故
用金爲膺飾取其堅牢金者銅鐵皆是不必要黃金也且詩言金路皆云鉤膺
不作鏤膺知此鏤膺非金路也○傳厭厭至
有知○正義曰釋訓云厭厭安也秩秩知也

小戎三章章十句

附釋音毛詩注疏卷第六（六之三）

毛詩注疏校勘記(六之三)　阮元撰盧宣旬摘錄

秦譜

僉曰益哉 毛本僉誤禽閩本明監本不誤段玉裁云禽乃禹之誤古文尚書作禹詳見尚書撰異

實鳥谷氏 閩本明監本毛本同案此不誤浦鏜云俗誤谷非也當是正義所見秦本紀如此

有子曰女妨 閩本明監本毛本同案此不誤浦鏜云防誤妨非也漢書人表作女妨當是正義所見秦本紀亦如此

大几生大雒 閩本明監本毛本同案此不誤浦鏜云駱誤雒非也人表作大雒當是正義所見秦本紀亦如此

驂之變風始作 閩本明監本毛本同案此不誤浦鏜云秦誤驂非也案譜於其餘每稱國於此易秦言驂者以其言秦則嫌似秦之政衰而變風始作也衛譜云衛國政衰變風始作餘國從上而同可知也唯鄭首緇衣亦不易其文者對上檜而言又作故耳

平王討襄公爲諸侯 補毛本討作封案封字是也

不須便言其西 閩本明監本毛本便作復案皆非也此更字之誤

車鄰駟驖小戎之歌 閩本明監本毛本驖作鐵案鐵字是也餘同此詳本篇山井鼎云上文駟鐵同今本非也者誤

○車鄰

此美秦初有車馬侍御之好 閩本明監本毛本秦下有仲字案所補是也

○駟驖

駟驖美襄公也　小字本相臺本同唐石經初刻鐵後改驖經駟驖孔阜同案釋文云駟驖田結反又吐結反驖驪馬也考說文驖馬赤黑色从馬戴聲詩曰四驖孔阜是毛氏詩作驖釋文本與許合也正義本當是鐵字鐵爲驖之借如搗爲擣之借而石經初刻依之上譜正義及騶虞車攻吉日等正義多引作鐵是其證此篇經注正義十行本盡作驖必合併時人以經注改正義字故即正義所云鐵者言其色黑如鐵者亦盡改爲驖而不可通矣閩本明監本與十行本同毛本依譜正義改爲鐵

秦始附庸也　小字本相臺本同案正義云本或秦下有仲衍字定本直云秦始附庸也考文一本作秦仲始爲附庸也采正義而又有誤

於園於囿皆有此樂　毛本二於字誤于閩本明監本不誤案凡正義所有于字或順經順注及引他書而順彼文也其自爲文則例用於字互相錯亂者皆非餘同此

冬獵曰狩釋言文　閩本明監本毛本同案浦鏜云天誤言是也

異義戴禮戴毛氏二說　閩本明監本毛本同案浦鏜云上戴字當載字之誤是也

國狗之齧　閩本明監本毛本同案浦鏜云瘈誤齧是也

○小戎

本又作䅳革　補釋文校勘通志堂本盧本鞪作鞪小字本所附同是鞪當作鞪䅳革二字又鞪字之譌

游環靷環也小字本相臺本同案此正義本也正義云游環者以環貫靷游在背上故謂之靷環也釋文云靳環居覲反本又作靷沈云舊本皆作靳靳者言無常處游在驂馬背上以驂馬外轡貫之以止驂之出左傳云如驂之有靳居覲反無取於靷也戴震段玉裁皆以釋文本爲長正義本誤與下箋靷之環字相亂非也又云定本作靷環如其所言不爲有異當是定本作靳環

陰揜軌也小字本同相臺本軌作軌閩本明監本毛本作軌案軌字是也

騏騏文也小字本相臺本同案當作騏綦文也正義云色之青黑者名爲綦馬名爲騏知其色作綦文考此則正義本作騏綦文也以綦解騏詁訓之法也釋文云騏馬騏文也以曹鳲鳩釋文訂之當亦綦之誤○段玉裁云騏文也尸鳩傳同騏傳亦曰蒼騏曰騏此皆以騏釋騏下騏卽綦字綦者蒼艾色見出其東門傳矣說文所本也而此等字皆不作綦者毛時習用騏字謂蒼艾色爲綦色故尙書騏弁曹風其弁伊騏皆謂蒼艾色也此等傳以騏釋騏正如北風傳以虛釋虛葛屨傳以要釋要正是一例謂此馬名騏者以其騏文也詁訓之學必於古今字求之縞衣綦巾周人古字騏文騏弁漢人今字鄭風作綦曹風作騏字不必畫一也

五楘是轅上之飾閩本明監本毛本同案十行本上之飾剜添者一字是誤衍之字也

今驂馬之引閩本明監本毛本同案當作令驂馬引之此正義以引說靷也

兩軶又馬頸者閩本明監本毛本同案浦鏜云邊又誤軶又以左傳釋文正義所引考之浦挍是也

所以蔭荃也閩本明監本毛本同案浦鏜云笭誤荃以釋名考之浦挍是也

鋈沃也治白金 閩本明監本同毛本治作冶案所改是也

左足白曰馵 閩本明監本毛本左誤右案十行本足白曰剜添者一字是誤衍足字也

沈文又云 閩本明監本毛本同案沈當作彼形近之譌

何以然了不來 小字本相臺本同考文古本同閩本明監本同毛本然了二字倒案倒者非也讀當於何以然斷句正義云何爲了然不來乃誤耳明監本毛本又依之改也段玉裁云明馬應龍刊經注本亦作然了

駵馬白腹騵 閩本明監本毛本騵上衍曰字案此無曰字亦與爾雅合也而山井鼎未載

蒙厖也 小字本同閩本明監本毛本同相臺本厖作尨案尨字誤改也正義標起止云至厖伐釋文厖伐莫江反○按依說文則尨者正字厖者假借字相臺本不誤

取其鐏地 閩本明監本毛本同案此不誤下取其鐓地同浦鏜云也字並誤地非也正義所引曲禮注自如此今本作也誤耳山井鼎禮記考文可證

弟子職曰執箕膺揭 明監本毛本箕誤其閩本不誤案山井鼎云揭恐擖誤當與曲禮疏併考是也今考管子作揲鄭注曲禮引此文正義本作擖釋文本作葉又少儀云執箕膺擖士冠禮面葉注古文葉爲擖士昏禮同是揲葉擖三字古通用也揭字誤儀禮注亦有誤作揭者○按段玉裁云揭乃擖之誤擖乃攕之誤攕乃攕之誤凡箕之底柶之盛物者皆曰葉或作楪譌作揲葉亦謂之攕古字韱聲與葛聲相互亦

鬣或作鬣臘或作臈之類也

讀如盤帶之鞶　補案盤當作鞶

毛詩國風　　鄭氏箋　　孔穎達疏

蒹葭刺襄公也未能用周禮將無以固其國焉秦處周之舊土其人被周之德教日久矣今襄公新爲諸侯未習周之禮法故國人未服焉○蒹葭上古恬反下音加被皮寄反疏蒹葭三章章八句至國焉○正義曰作蒹葭詩者刺襄公也襄公新得周地其民被周之德教日久今襄公未能用周禮以教之禮者爲國之本未能用周禮將無以固其國焉故刺之也經三章皆言治國須禮之事

蒹葭蒼蒼白露爲霜興也蒹薕葭蘆也蒼蒼盛也白露凝戾爲霜然後歲事成國家待禮然後興箋云蒹葭在衆草之中蒼蒼然彊盛至白露凝戾爲霜則成而黄興者喻衆民之不從襄公政令者得周禮以教之則服○薕音廉所謂伊人在水一方伊維也一方難至矣箋云伊當作繄繄猶是也所謂是知周禮之賢人乃在大水之一邊假喻以言遠○繄於奚反遡洄從之道阻且長逆流而上曰遡洄逆禮則莫能以至也箋云此言不以敬順往求之則不能得見○遡蘇路反洄音回上時掌反遡游從之宛在水中央順流而涉曰遡游順禮求濟道來迎之箋云宛坐見貌以敬順求之則近耳易得見也○宛紆阮反本亦作苑易以豉反疏蒹葭至中央○毛以爲蒹葭之草蒼蒼然雖盛未堪家用必待白露凝戾爲霜然後堅實中用歲事得成以興秦國之民雖衆而未順德教必待周禮以教之然後服從上命國乃得興今襄公未能用周禮其國未得興也由未能用周禮故未得人服也所謂維是得人之道乃遠在大水一邊大水喻禮樂言得人之道乃在禮樂之一邊既以水喻禮樂禮樂之傍有得人之道因從水內求之若逆流遡洄而往從之則道險阻且長遠不可得至言逆禮以治國則無得人道終不可至若順流遡游而往從之則宛然在於水之中央言順禮治國則

得人之道自來迎己正近在禮樂之內然則非禮必不得人得人必能固國君何以不求用周禮乎○鄭以爲蒹葭在衆草之中蒼蒼然彊盛雖似不可雕傷至白露凝戾爲霜則成而爲黃矣以興衆民之彊者不從襄公教令雖似不可屈服若得周禮以教則衆民自然服矣欲求周禮當得知周禮之人所謂是知周禮之人在於何處在大水之一邊假喻以言遠既言此人在水一邊因以水行爲喻若遡洄逆流而從之則道阻且長終不可見言不以敬順往求之則此人不可得之若遡游順流而從之則此人宛然在水中央易得見言以敬順求之則此人易得何則賢者難進而易退故不以敬順求之則不可得欲令襄公敬順求知禮之賢人以教其國也○傳蒹葭至後興○正義曰蒹葭蘆釋草文郭璞曰蒹似萑而細高數尺蘆葦也陸機疏云蒹水草也堅實牛食之令牛肥彊青徐州人謂之蒹兗州遼東通語也祭義說養蠶之法云風戾以食之注云使露氣燥乃食蠶然則戾爲燥之義下章未晞謂露未乾爲霜然則露凝爲霜亦如乾燥然故云凝戾爲霜探下章之意以爲說也八月白露節秋分八月中九月寒露節霜降九月中白露凝戾爲霜然後歲事成謂八月九月葭成葦可以爲曲。薄充歲事也七月云八月萑葦則八月葦已成此云白露爲霜然後歲事成者以其霜降草乃成舉霜爲言耳其實白露初降已任用矣此以霜降物成喻得禮則國興下章未晞未已言其未爲霜則物不成喻未得禮則國不興此詩主刺未能用周禮故先言得禮則興後言無禮不興所以倒也○箋蒹葭至則服○正義曰箋以序云未能用周禮將無以固其國當謂民未服從國未能固故易傳用周禮教民則服○傳伊維至難至○正義曰伊維釋詁文傳以詩刺未能用周禮則未得人心則所謂維是得人之道也下傳以遡洄喻逆禮遡游喻順禮言水內有得人之道在大水一方喻其遠而難至言得人之道在禮樂之傍須用禮樂以求之故下句言從水內以求所求之物喻用禮以求得人之道故王肅云維得人之道乃在水之一方一方難至矣水以喻禮樂能用禮則至於道也○箋伊當至言遠○正義曰箋以上句言用周禮教民則民服此經當是勸君求賢人使之。周禮故易傳以所謂伊人所謂是知周禮之賢人在大水一邊假喻以言遠故下句逆流順流喻敬順。皆述求賢之事一邊水傍下云在湄在涘是其居水傍也○傳逆流至以至○正義曰釋水云逆流而上曰遡洄順流而下曰遡游孫炎曰逆渡者逆流也順渡者順流也然則逆順流皆謂渡水有逆順故下傳曰順流而涉見其是人渡水也此謂得人之道在於水邊逆流則道阻且長言其不可得至故喻逆禮則莫能以至言不得人之道不可至上言得人之道在水一方下句言水中央則是行未渡水禮自來水內故言順禮未濟道來迎之未濟謂未渡水也以其用水爲喻故以未濟言之箋以伊人爲知禮之人故易傳以爲求賢之事○傳順禮未濟道來迎之○正義曰定本未濟作求濟義亦通也

蒹葭萋萋。白露未晞萋萋猶蒼蒼也晞乾也箋云未晞未爲霜○淒本亦作萋七奚反晞音希【疏】傳晞乾○正義曰湛露云匪陽不晞言見日則乾故知晞爲乾也彼言露晞謂露盡乾此篇上章言白露爲霜則此言未晞謂未乾爲霜與彼異故箋云未晞未爲霜也

所謂伊人在水之湄湄水隒也○湄音眉隒魚檢反又音檢【疏】傳湄水隒○正義曰釋水云水草交爲湄謂水草交際之處水之岸也釋山云重甗隒是山岸湄是水岸故云水隒

遡洄從之道阻且躋躋升也箋云升者言其難至如升阪○躋本又作隮子西反

遡游從之宛在水中坻坻小渚也○坻直尸反【疏】傳坻小渚○正義曰釋水云小洲曰渚小渚曰沚小沚曰坻然則坻是小沚言小渚者渚沚皆水中之地小大異也以渚易知故繫渚言之

蒹葭采采白露未已采采猶萋萋也未已猶未止也

所謂伊人在水之涘涘厓也○涘音俟

遡洄從之道阻且右右出其右也箋云右者言其迂迴也○迂音于【疏】傳右出其右○正義曰此說道路艱難而云且右故知右謂出其右也若正與相當行則易到今乃出其右廂是難至也箋云右言其迂迴出其左亦迂迴言右取其與涘沚爲韻

遡游從之宛在水中沚小渚曰沚○沚音止

蒹葭三章章八句

終南戒襄公也能取周地始爲諸侯受顯服大夫美之故作是詩以戒勸之。疏

終南二章章六句至勸之○正義曰美之者美以功德受顯服戒勸之者戒令
脩德無倦勸其務立功業也既見受得顯服恐其惰於爲政故戒之而美之戒
勸之者章首二句是也美之者下四句是也常武美宣王有常德因以爲戒彼
先美後戒此先戒後美者常武美宣王因以爲戒此主戒襄公因戒言其美主
意不同故
序異也

終南何有有條有梅

興也終南周之名山中南也條槄梅柟也宜以
戒不宜也箋云問何有者意以爲名山高大宜
有茂木也興者喻人君有盛德乃宜有顯服猶山之木有大小也此之謂戒勸
○條本又作樤音同槄吐刀反山榎也柟如鹽反沈云孫炎稱荊州曰。柟揚州
曰。梅重實揚州
人不聞名柟

君子至止錦衣狐裘

錦衣采。色也狐裘朝廷之服箋云至止者
受命服於天子而來也諸侯狐裘錦衣以
裼之○朝直遙
反裼星歷反

顏如渥丹其君也哉

箋云渥。厚漬也顏色如厚漬之丹言赤而
澤也其君也哉儀貌尊嚴也○渥於角反
淳漬丹如字韓詩作沰音撻各反沰赭也疏終南至也哉○正義曰彼終南大
淳之純反又如字本亦作厚字漬辭賜反山之上何所有乎乃有條有梅之
木以興彼盛德人君之身何所有乎乃宜有榮顯之服然山以高大之故宜有
茂木人君以盛德之故。有顯服若無盛德則不宜矣君當務崇明德無使不宜
言其宜以戒其不宜也既戒令脩德又陳其美。之勸誘之君子襄公自王朝至
止之時何所得乎受得錦衣狐裘而來既受得顯服德亦稱之其顏色容貌赫
然如厚漬之丹其儀貌尊嚴如是其得人君之度也哉○傳終南至周地○
正義曰地理志稱扶風武功縣東有大。山古文以爲終南其山高大是爲周地
之名山也昭四年左傳曰荊山中南九州之險是此一名中南也釋木云槄山
榎李巡曰山榎一名槄也孫炎曰詩云有條有梅條槄也郭璞曰今之山楸也

梅柟釋木。云孫炎曰荊州曰梅揚州曰柟郭璞曰似杏實酢陸機疏云柟今山楸也亦如下田楸耳皮葉白色亦白材理好宜爲車板能濕又可爲棺木宜陽共北山多有之梅樹皮葉似豫樟。豫。樟葉大如牛耳一頭尖赤心華赤黃子青不可食柟葉大可三四葉一藂木理細緻於豫樟子赤者材堅子白者材脆江南及新城上庸蜀皆多樟柟終南山與上庸新城通故亦有柟也○傳錦衣至之服○正義曰錦者雜采爲文故云采衣也狐裘朝廷之服謂狐白裘也白狐皮爲裘其上加錦衣以爲裼其上又加皮弁服也玉藻云君衣狐白裘錦衣以裼之注云君衣狐白毛之裘則以素錦爲衣覆之使可裼也袒而有衣曰裼必覆之者裘褻也詩云衣錦褧衣裳錦褧裳然則錦衣復有上衣明矣天子狐白之上衣皮弁服與凡裼衣象裘色也是鄭以錦衣之上有皮弁服也正以錦文大著上有衣衣象裘裘是狐白則上服亦白皮弁服以白布爲之衣衣之白者唯皮弁服耳故言天子狐白之上衣皮弁服與明諸侯狐白亦皮弁服以無止文故言與爲疑之辭也玉藻又云錦衣狐裘諸侯之服也此箋云諸侯狐裘錦衣以裼之引玉藻爲說以明爲裘之裼衣非裼上之正服也若然鄭於。方記注云在朝君臣同服士冠禮注云諸侯與其臣皮弁以視朔朝服以日視朝論語云素衣麑裘云素衣諸侯視朔之服聘禮云公側授宰玉裼降立注引論語曰素衣麑裘皮弁時或素衣其裘同可知也然則諸侯在國視朔及受鄰國之聘其皮弁服皆服麑裘不服狐白此言狐裘爲朝廷之服者謂諸侯在天子之朝廷服此服耳其歸在國則不服之曾子問云孔子曰天子賜諸侯冕弁服於太廟歸設奠服賜服然則諸侯受天子之賜歸則服之以告廟而已於後不復服之知視朔受聘服麑裘此美其受賜而歸故言錦衣狐裘耳

終南何有有紀有堂。紀基也堂畢道。平如堂也箋云。畢也堂也亦高大之山所宜有也畢終南山之道名邊如堂之牆然○紀如字本亦作屺沈音起

【疏】傳紀基至如堂○正義曰案集注本作屺定本作紀以下文有堂故以爲基謂山基也釋丘云畢堂牆李巡曰堂牆名崖似堂牆曰畢郭璞曰今終南山道名畢其邊若堂之牆以終南之山見有此堂知是畢道之側其崖如堂也定

本又云畢道平如堂據經文有基有堂便是二物今箋唯云畢也堂也止釋經之有堂一事者以基亦是堂因解傳畢道如堂遂不復云基 君子至止黻衣繡裳 黑與青謂之黻五色備謂之繡○黻音弗 疏 傳黑與至之繡○正義曰考工記繢人文也鄭於周禮之注差次章色黻皆在裳言黻衣者衣大名與繡裳異其文耳 偑玉將將壽考不亡 ○將七羊反

終南二章章六句

黃鳥哀三良也國人刺穆公以人從死而作是詩也 三良三善臣也謂奄息仲行鍼虎也從死自殺以從死○行戶郎反下皆同鍼其廉反徐又音針從從死上才容反 疏 黃鳥三章章十二句○箋三良至從死○正義曰文六年左傳云秦伯任好卒以子車氏之三子奄息仲行鍼虎爲殉皆秦之良也國人哀之爲之賦黃鳥服虔云子車秦大夫氏也殺人以葬琁環其左右曰殉又秦本紀云穆公卒葬於雍從死者百七十人然則死者多矣主傷善人故言哀三良也殺人以殉葬當是後。有爲之此不刺康公而刺穆公者是穆公命從己死此臣自殺從之非後主之過故箋辯之云從死自殺以從死

交交黃鳥止于棘 興也交交小貌黃鳥以時往來得其所人以壽命終亦得其所箋云黃鳥止于棘以求安己也此棘若不安則移興者喻臣之事君亦然今穆公使臣從死刺其不得黃鳥止于棘之本意 誰從穆公子車奄息 子車氏奄息名 箋云言誰從穆公者傷之 維此奄息百夫之特 乃特百夫之德箋云百夫之中最雄俊也 臨其穴惴惴其慄。慄。慄懼也 箋云穴謂塚壙中也秦人哀傷此奄息之死臨視其壙皆爲之悼慄○惴之瑞反慄音栗壙苦晃反 彼蒼者天殲我良人 殲盡良善也箋云言彼蒼者天愬之○殲子廉反徐又息廉反愬蘇路反 如可贖兮人百其身 箋云如此奄息之死可以他人贖之者人皆百其身謂一

身百死猶爲之惜善人之甚○贖食燭反又音樹
疏交交至其身○毛以爲交交然而小者是黃鳥也黃鳥飛而往來止於棘木之上得其所以與人以
壽命終亦得其所今穆公使良臣從死是不得其所也有誰從穆公死乎有子車氏名奄息者從穆公死也此奄息何等人哉乃是百夫之中特立雄俊者也
今從穆公而死秦人悉哀傷之臨其壙穴之上皆惴惴然恐懼而其心悼慄乃愬之於天彼蒼蒼者是在上之天今穆公盡殺我善人也如使此人可以他人
贖代之兮我國人皆百死其身以贖之愛惜良臣寧一人百死代之○鄭以爲交交然之黃鳥止於棘木以求安棘若不安則移去以與臣仕於君以求行道
若不行則移去言臣有去留之道不得生死從君今穆公以臣從死失仕於君之本意餘同○傳交交至其所○正義曰黃鳥小鳥也故以交交爲小貌桑扈
箋云交交猶佼佼飛而往來貌則此亦當然故云往來得其所是交交爲往來狀也以此哀三良不得其所故以鳥止得所喻人命終得所○箋黃鳥至本意
○正義曰箋以鳥之集木似臣之仕君故易傳也以爲止木喻臣仕君故言不得黃鳥止於棘之本意正謂不得臣仕於君之本意也言其若得鳥止之意知
有去留之道則不當使之從死○傳子車氏奄息名○正義曰左傳作子與輿車字異義同傳以奄息爲名仲行亦爲名箋以仲行爲字者以伯仲叔季爲字
之常故知仲行是字也然則鍼虎亦名矣或名或字取其韻耳○傳乃特百夫之德○正義曰言百夫之德莫及此人此人在百夫之中乃孤特秀立故箋中
之云百夫之中最雄俊也○傳惴惴懼○正義曰釋訓文
交交黃鳥止于桑誰從穆公子車仲行箋云仲行字也維此仲行百夫之防防比也箋云防猶當也言此一人當百夫○防徐云毛音方鄭音房臨其穴惴惴其慄彼蒼者天殲我良人如可贖兮人百其身
交交黃鳥止于楚誰從穆公子車鍼虎維此鍼虎百夫之禦禦當也○禦魚呂反注同臨其穴惴惴其慄彼蒼者天殲我良人如可贖兮

人百其身

黃鳥三章章十二句

晨風刺康公也忘穆公之業始棄其賢臣焉○鴥。彼晨風鬱彼北林興也鴥疾飛貌晨風鸇也鬱積也北林林名也先君招賢人賢人往之。駛疾如晨風之飛入北林箋云先君謂穆公○鴪說文作鴥尹橘反疾飛貌字林于叔反鸇字又作鸇之然反草木疏云似鷂青色說文止仙反字林尸先反駛所吏反未見君子憂心欽欽思望之心中欽欽然箋云言穆公始未見賢者之時思望而憂之如何如何忘我實多今則忘之矣箋云此以穆公之意責康公如何如何乎女忘我之事實多【疏】鴥疾至實多○正義曰鴥然而疾飛者彼晨風之鳥也鬱積而茂盛者彼北林之木也北林由鬱茂之故故晨風飛疾而入之以興疾歸於秦朝者是彼賢人能招者是彼穆公穆公由能招賢之故故賢者疾往而歸之本穆公招賢人之時如何乎穆公未見君子之時思望之其憂在心欽欽然唯恐不見故賢者樂往今康公乃棄其賢臣故以穆公之意責之云汝康公如何乎忘我之功業實大多也○傳鴥疾至北林○正義曰。鴥者鳥飛之狀故爲疾貌晨風鸇釋鳥文舍人曰晨風一名鸇鸇摯鳥也郭璞曰鷂屬陸機疏云鸇似鷂青黃色燕頷勾喙嚮風搖翅乃因風飛急疾擊鳩鴿燕雀食之鬱者林木積聚之貌故云鬱積也北林者據作者所見有此林也以下句說思賢之狀故此喻賢人從穆公也山有苞櫟隰有六駮櫟木也駮如馬倨牙食虎豹箋云山之櫟隰之駮皆其所宜有也以言賢者亦國家所宜有之○櫟盧狄反駮邦角反獸名草木疏云駮馬木名梓榆也倨音據【疏】傳櫟木至虎豹○正義曰釋木云櫟其實梂孫炎曰櫟實橡也有梂彙自裹也陸機疏云秦人謂柞櫟爲櫟河內人謂木蓼爲櫟椒榝之屬也其子房生爲梂木蓼子亦房生故說者或曰柞櫟或曰木蓼機以爲此秦詩也宜從其方土之言柞櫟是也釋畜云駮如馬倨牙食虎豹郭璞引山海經云有獸名駮如白馬黑尾倨牙音如鼓食虎豹然則此獸名駮而已言六駮者王肅云言六據所見而言也倨牙者蓋謂其牙倨曲也言山有木隰有獸喻國君宜有賢也陸機疏云駮馬梓榆也其樹皮青白駮犖遙視似駮馬故謂之駮馬下章云山有苞棣隰有樹檖皆山隰之木相配不宜云獸此言非無理也但箋傳不然

未見君子憂心靡樂如何如何忘我實多○樂音洛

山有苞棣隰有樹檖棣唐棣也檖赤羅也○棣音悌檖音遂或作遂

疏傳棣唐至赤羅○正義曰釋木有唐棣常棣傳必以爲唐棣未詳聞也釋木云檖赤羅郭璞云今楊檖也實似梨而小酢可食陸機疏云檖一名赤羅一名山梨今人謂之楊檖實如梨但小耳一名鹿梨一名鼠梨今人亦種之極有脆美者亦如梨之美者

未見君子憂心如醉如何如何忘我實多

晨風三章章六句

無衣刺用兵也秦人刺其君好攻戰亟用兵而不與民同欲焉○好呼報反下注同攻古弄反又如字下注同亟欺冀反

疏無衣三章章五句至欲焉○正義曰康公以文七年立十八年卒案春秋文七年晉人秦人戰于令狐十年秦伯伐晉十二年晉人秦人戰于河曲十六年楚人秦人滅庸見於經傳者已如是是其好攻戰也葛生刺好攻戰序云刺獻公此亦刺好攻戰不云刺康公而云刺用兵者葛生以君好戰故國人多喪指刺獻公然後追本其事此指刺用兵序順經意故云刺用兵也不與民同欲章首二句是也好攻戰者下三句是也經序倒者經刺君不與民同欲與民同怨故先言不同欲而後言好攻戰序本其怨之所由由好攻戰而不與民同欲故民怨各自爲次所以倒也

豈曰無衣與子同袍興也袍襺也上與百姓同欲則百姓樂致其死箋云此責康公之言也君豈嘗曰女無衣我與女共袍乎言不與民同欲○袍抱毛反襺

古顯反本亦作繭

王于興師脩我戈矛與子同仇

戈長六尺六寸矛長二丈天下有道則禮樂征伐自天子出仇匹也箋云于於也怨耦曰仇君不與我同欲而於王興師則云脩我戈矛與子同仇往伐之刺其好攻戰○仇音求長直亮反又如字下同

疏豈曰至同仇○毛以爲古之朋友相謂云我豈曰子無衣乎我冀欲與子同袍朋友同欲如是故朋友成其恩好以與明君能與百姓同欲百姓樂致其死至於王家於是興師之時百姓皆自相謂脩我戈矛與子同爲仇匹而往征之由上與百姓同欲故百姓樂從征伐今康公不與百姓同欲非王興師而自好攻戰故百姓怨也○鄭以爲康公平常之時豈肯言曰汝百姓無衣乎吾與子同袍終不肯言此也及於王法於是興師之時則曰脩治我之戈矛與子百姓同往伐此怨耦之仇敵不與百姓同欲而唯同怨故刺之○傳袍繭至其死○正義曰袍繭釋言文玉藻云纊爲繭縕爲袍注云衣有著之異名也縕謂今纊及舊絮也然則純著新緜名爲繭雜用舊絮名爲袍雖著有異名其制度是一故云袍繭也傳既以此爲興又言上與百姓同欲則百姓樂致其死則此經所言朋友相與同袍以興上與百姓同欲故王肅云豈謂子無衣乎樂有是袍與子爲朋友同共弊之以興上與百姓同欲則百姓樂致其死如朋友樂同衣袍也○箋此責至同欲○正義曰易傳者以此刺康公不與民同欲而經言子我是述康公之意謂民自稱爲我然則士卒衆矣人君不可皆與同衣而責君不與己共袍者以仁者在上恤民飢寒知其有無救其困乏故假同袍以爲辭耳非百姓皆欲望君與之共袍也○傳戈長至仇匹○正義曰戈長六尺六寸考工記廬人文也記又云酋矛常有四尺注云八尺曰尋倍尋曰常常有四尺是矛長二丈也矛長二丈謂酋矛也夷矛則三尋長二丈四尺矣記又云攻國之兵用短守國之兵用長此言興師以伐人國知用二丈之矛非夷矛也又解稱王于興師之意天下有道禮樂征伐自天子出諸侯不得專輒用兵疾君不由王命自好攻戰故言王也王肅云征疾其好攻戰不由王命故思王興師是也仇匹釋詁文○箋于至攻戰○正義曰于於釋詁文怨耦曰仇桓二年左傳文易傳者以上二句假爲康公之言則

此亦康公之言陳其號令之辭刺其好攻戰也案此時當周頃王匡王天子之命不行於諸侯檢左傳於時天子未嘗出師又不見康公從王征伐且從王出征乃是爲臣之義而刺其好攻戰者箋言王於興師謂於王法興師今是康公自興之王不與師也以出師征伐是王者之法故以王爲言耳猶北門言王事敦我鴇羽云王事靡盬皆非天子之事亦稱王事

豈曰無衣與子同澤澤潤澤也箋云。襗褻衣近汚垢○澤如字說文作襗云袴也褻音仙列反近附近之近汚音烏又汙穢之汙垢古口反【疏】傳澤潤澤○正義曰衣服之煖於身猶甘雨之潤於物故言與子同澤正謂同袍裳是共潤澤也箋以上袍下裳則此亦衣名故易傳爲襗說文云襗袴也是其褻衣近汙垢也襗是袍類故論語注云褻衣袍襗也王于興師脩我矛戟與子偕作作起也箋云戟車戟常也【疏】箋戟車戟常○正義曰車戟常考工記廬人文常長丈六豈曰無衣與子同裳王于興師脩我甲兵與子偕行行往也

無衣三章章五句

渭陽康公念母也康公之母晉獻公之女文公遭麗姬之難未反而秦姬卒穆公納文公康公時爲大子贈送文公于渭之陽念母之不見也我見舅氏如母存焉及其卽位思而作是詩也○渭陽音謂水名水北曰陽麗本又作驪同力馳反難乃旦反大音泰【疏】渭陽二章章四句至是詩○正義曰作渭陽詩者言康公念母也康公思其母自作此詩秦康公之母是晉獻公之女文公者獻公之子康公之舅獻公嬖麗姬譖文公獻公欲殺之文公遭此麗姬之難奔未得反國而康公母秦姬已卒及穆公納文公爲晉君於是康公爲太子贈送文公至于渭水之陽思念母之不見舅歸也康

公見其舅氏如似母之存焉於是之時思慕深極及其即位爲君思本送舅時事而作是渭陽之詩述己送舅念母之事也案左傳莊二十八年傳晉獻公烝於齊姜生秦穆夫人及太子申生又娶二女於戎大戎狐姬生重耳小戎子生夷吾是康公之母爲文公異母姊也僖四年傳稱驪姬譖申生申生自殺又譖二公子曰皆知之重耳奔蒲夷吾奔屈僖五年傳稱晉侯使寺人披伐蒲重耳奔翟是文公遭驪姬之難也僖十五年秦穆公獲晉侯以歸尙有夫人爲之請至二十四年穆公納文公然則秦姬之卒在僖十五年之後二十四年以前未知何年卒也以秦國夫人而其姓爲姬故謂之秦姬案齊姜驪姬皆以姓繫所生之國此秦姬以姓繫於所嫁之國者外國者婦人不以名行以姓爲字故或繫於父或繫於夫事得兩施也秦姬生存之時欲使文公反國康公見舅得反憶母宿心故念母之不見見舅如母存也謂舅爲氏者以舅之與甥氏姓必異故書傳通謂爲舅氏秦康公以文七年即位文公時亦卒矣追念送時之事作此詩耳經二章皆陳贈送舅氏之事悠悠我思念母也因送舅氏而念母爲念母而作詩故序主言念母也

我送舅氏曰至渭陽母之昆弟曰舅箋云渭水名也秦是時都雝至渭陽者蓋東行送舅氏於咸陽之地○雝於用反縣名今屬扶風

何以贈之路車乘黃贈送也乘黃四馬也○乘繩證反注同疏傳母之昆弟曰舅○正義曰釋親文孫炎曰舅之言舊尊長之稱○箋渭水至之地○正義曰雍在渭南水北曰陽晉在秦東行必渡渭今言至於渭陽故云蓋東行送舅氏於咸陽之地地理志云右扶風渭城縣故咸陽也其地在渭水之北

我送舅氏悠悠我思何以贈之瓊瑰玉佩瓊瑰石而次玉○思息嗣反瑰古回反疏傳瓊瑰至次玉○正義曰瓊者玉之美名非玉名也瑰是美石之名也以佩玉之制唯天子用純諸侯以下則玉石雜用此贈晉侯故知瓊瑰是美石次玉成十七年左傳稱聲伯夢涉洹或與己瓊瑰食之泣而爲瓊瑰盈其懷懼不敢占後三年而言言之至莫而卒服虔云聲伯惡瓊瑰贈死之物故畏而不言然則瓊瑰是贈死之玉康公以贈舅者玉之所用無生死之異

喪禮飯含用玉聲伯惡見食之故惡之耳

渭陽二章章四句

權輿刺康公也忘先君之舊臣與賢者有始而無終也○權輿音餘權輿始也 疏 權輿二章章五句至無終○正義曰作權輿詩者刺康公也康公遺忘其先君穆公之舊臣不加禮餼與賢者交接有始而無終初時殷勤後則疏薄故刺之經二章皆言禮待賢者有始無終之事

於我乎夏屋渠渠夏大也箋云屋具也渠渠猶勤勤也言君始於我厚設禮食大具以食我其意勤勤然○夏胡雅反屋如字具也食我音嗣注篇內同今也每食無餘箋云此言君今遇薄其食我纔足耳于嗟乎不承權輿承繼也權輿始也 疏 於我至權輿○正義曰此述賢人之意責康公之辭言康公始者於我賢人乎重設饌食禮物大具其意勤勤然於我甚厚也至於今日也禮意疏薄設饌校少使我每食纔足無復盈餘也于嗟乎此君之行不能承繼其始以其行無終始故于嗟歎之○傳夏大○正義曰釋詁文○箋屋具至勤勤然正義曰屋具釋言文渠渠猶勤勤言設食既具意又勤勤也案崔駰七依說宮室之美云夏屋渠渠王肅云屋則立之於先君食則受之於今君故居大屋而食無餘義似可通鄭不然者詩刺有始無終上言於我乎謂始時也下言今也謂其終時也始則大具今終則無餘猶下章始則四簋今則不飽皆說飲食之事不得言屋宅也若先君為立大屋今君每食無餘則康公本自無始何責其無終也且爾雅屋具正訓以此故知謂禮物大具○傳承繼也權輿始○正義曰承其後是繼嗣故以承為繼權輿始釋詁文

於我乎每食四簋四簋黍稷稻粱○簋音軌內方外圓曰簋以盛黍稷外方內圓曰簋用貯稻粱皆容一斗二升 疏 傳四簋至稻粱○正義曰考工記云旊人為簋其實一觳豆實三而成觳昭三年左傳云四升為豆然則簋是瓦器容斗

二升也易損卦二簋可用享注云離爲日日體圓巽爲木木器圓簋象則簋亦以木爲之也地官舍人注云方曰簠圓曰簋則簠簋之制其形異也案公食大夫禮云宰夫設黍稷六簋又云宰夫授公粱公設之宰夫膳稻于粱西注云膳猶進也進稻粱者以簠秋官掌客注云簠稻粱器也簋黍稷器也然則稻粱當在簠而云四簋黍稷稻粱者以詩言每食四簋稱君禮物大具則宜每器一物不應以黍稷二物分爲四簋以公食大夫禮有稻有粱知此四簋之內兼有稻粱公食大夫之禮是主國之君與聘客禮食備設器物故稻粱在簠此言每食則是平常燕食器物不具故稻粱在簋公食大夫黍稷六簋猶有稻粱此唯四簋者亦燕食今也每食不飽于嗟乎不承權輿差於禮食也

權輿二章章五句

秦國十篇二十七章百八十一句

附釋音毛詩注疏卷第六（六之四）

毛詩注疏校勘記〔六之四〕

阮元撰盧宣旬摘錄

○蒹葭

順禮求濟也　小字本相臺本同案此定本也正義云定本未濟作求濟義亦通也標起止云傳順禮未濟又上文皆可證

可以爲曲簿　毛本同閩本明監本簿作薄案薄字是也簿見廣韻宋時或用此字其說文方言廣雅等皆用薄字今廣雅亦誤簿此當與同

使之周禮　明監本毛本之誤知閩本不誤案周當作用形近之譌

故下句逆流順流喻敬順　明監本毛本順下更有不敬順三字閩本剜入案所補非也此隱栝箋意故略去不敬順耳不必加三字以分配逆流也

蒹葭萋萋　閩本明監本毛本同唐石經小字本相臺本萋萋作淒淒案釋文云萋萋本亦作淒正義本今無可考

未已猶未止也　小字本相臺本同案段玉裁云此猶字衍

○終南

以戒勸之　小字本相臺本同唐石經初刻之下有也字後磨去閩本明監本毛本亦無

錦衣采色也　小字本相臺本同案正義云錦者雜采爲文故云采衣也是正義本色當作衣考文古本作衣乃采正義耳

渥厚漬也小字本相臺本同案此正義本也正義云赫然如厚漬之丹釋文渥丹下云淳漬也又云淳之純反又如字本或作厚是正義本與或作同考文古本作淳采釋文

孫炎稱荆州曰柟楊州曰梅補釋文校勘云影宋本缺通志堂本盧本如此案段玉裁云疏引孫炎曰荆州曰梅楊州曰柟當依之乙是也爾雅疏亦可證

人君以威德之故有顯服閩本明監本毛本故下有宜字案所補是也

又陳其美之補毛本之作以案所改是也

有大山古文以爲終南閩本明監本毛本同案大下浦鏜云脫壹字是也

梅柟釋木云閩本明監本毛本同案浦鏜云文誤云是也

梅樹皮葉似豫樟豫樟葉大如牛耳閩本明監本毛本同案盧文弨云豫樟不應複爾雅疏無其說誤也陸疏自此下皆說豫樟因毛詩更無豫樟故就梅下說之至柟葉大可三四葉一藁以下乃更說梅也爾雅疏誤

鄭於方記注云閩本明監本毛本同案浦鏜云坊誤方是也

有紀有堂唐石經缺小字本相臺本同案釋文紀字云本亦作屺正義云集注本作屺定本作紀標起止云傳紀基是正義本與定本同屺是山有草木字集注當誤

堂畢道平如堂也小字本相臺本同案此定本也正義云定本又云畢道平如堂下文云因解傳畢道如堂是正義本此傳當無平字段玉裁云定本非也此自兩崖言之故爾雅云畢堂牆若平如堂則自道言之矣

箋云畢也堂也小字本相臺本同案段玉裁云畢也當作基也考正義云今箋唯云畢也堂也止釋經之有堂一事者云云是正義本已誤遂爲之遷就其說也

○黃鳥

當是後有爲之閩本同明監本毛本有作主案所改非也有當作君形近之譌

慄慄懼也閩本明監本毛本同小字本相臺本慄慄作惴惴考文古本同案惴惴是也

以求行道若不行閩本明監本毛本重道字案所補是也

○晨風

鴥彼晨風閩本明監本毛本同小字本相臺本鴥作鴪唐石經作鴥案鴥字是也釋文尹橘反采芑經同沔水經不誤

鴥疾如晨風之飛入北林閩本明監本毛本同相臺本鴥作鴥小字本作鴥案鴥字是也考此字說文在新附中而廣雅已有之皆作鴥玉篇廣韻皆作鴥釋文此及二子乘舟同乃失去一畫耳

○無衣

我與女共袍乎閩本明監本毛本同小字本相臺本共作同考文古本同案同字是也

以與明君能與百姓樂致其死閩本明監本毛本百姓下更有同欲故百姓五字案所補是也

襗褻衣近汙垢相臺本同閩本明監本毛本同小字本襗作澤案澤字是也釋文云澤如字毛澤潤澤也鄭褻衣也說文作襗云袴也可作毛鄭義異而經字則同之證正義云故易傳爲襗乃依鄭義易字以曉人非謂經傳字作澤箋字作襗也相臺本依之改箋者誤

○渭陽

外國者婦人不以名行是也閩本明監本毛本同案浦鏜云外國者三字疑衍

聲伯惡見食之補毛本惡作夢

附釋音毛詩注疏卷第七（七之一）

〔廿三〕

陳宛丘詁訓傳第十二

陸曰陳者胡公嬀滿之所封也其先虞舜之胄有虞遏父者爲周陶正武王賴其器用與其神明之後故妻以元女其子滿乃封於陳以備三恪其地宓犧之墟在古豫州之界宛丘之側

毛詩國風　鄭氏箋　孔穎達疏

陳譜陳者大皞虙戲氏之墟〇正義曰昭十七年左傳梓慎曰陳者大皞之墟也漢書地理志云淮陽古陳國舜後胡公所封也大皞又號虙戲故連言之虙戲卽伏犧字異音義同也〇帝舜之胄有虞閼父者爲周武王陶正武王賴其利器用與其神明之後封其子嬀滿於陳都於宛丘之側是曰陳胡公以備三恪妻以元女太姬〇正義曰襄二十五年左傳稱子產曰昔虞閼父爲周陶正以服事我先王我先王賴其利器用與其神明之後庸以元女大姬配胡公而封諸陳以備三恪是鄭所據之文也傳言爲周陶正知武王者樂記云武王克殷未及下車封帝舜之後於陳則胡公是武王封之大姬又武王之女故知是武王也世家云陳胡公滿者虞舜之後也昔舜爲庶人居嬀汭其後因姓嬀氏舜既傳禹天下舜子商均爲封國夏后氏之時或失或續至周武王克殷乃復求舜後得嬀滿封之於陳以奉舜祀是爲胡公是胡公姓嬀名滿也昭八年左傳史趙云胡公不淫故周賜之姓使祀虞帝則胡公姓嬀武王所賜陳世家以爲胡公之前已姓嬀者非也哀元年左傳稱夏后氏少康逃奔有虞虞思於是妻之以二姚虞思在胡公之前仍爲姚姓明是胡公始姓嬀耳何知胡公非閼父之身而知是其子者以傳言虞閼父以虞爲號不爲陳也以元女大姬配胡公不言配閼父明胡公非閼父也故杜預亦云胡公閼父之子不封閼父而封其子者蓋當時閼父已喪故也恪者敬也王者敬先代封其後鄭駮異義云三恪尊於諸侯卑於二王之後則杞宋以外別有三恪謂黃帝堯舜之後也

唯杜預云周封夏殷二王後又封舜後謂之恪并二王之後為三國其禮轉降示敬而已故三恪以為陳與杞宋共為三案樂記云武王未及下車封黃帝之後於薊封帝堯之後於祝封帝舜之後於陳下車乃封夏后氏之後於杞投殷之後於宋明陳與薊祝共為三恪杞宋別為二王之後矣○其封域在禹貢豫州之東其地廣平無名山大澤西望外方東不及明。音。孟猪○正義曰禹貢豫州云導菏澤被盟猪又曰熊耳外方至于陪尾注云屬豫州然則外方明猪皆豫州之地案地理志外方即嵩高山也明猪在梁國睢陽縣東北檢鄭居檜地在外方。屬鄭宋都睢陽在明猪西南明猪屬宋也故檜譜云在豫州外方之北商譜稱宋西及豫州明猪之野是陳境不及外方明猪故無名山大澤明猪猶屬豫州陳在明猪之西則是豫州境內明豬尙書作盟豬即左傳稱孟諸之麋爾雅云宋有孟諸是也但聲訛字變耳○大姬無子好巫覡禱祈鬼神歌舞之樂民俗化而為之○正義曰地理志云周武王封嬀滿于陳是為胡公妻以元女大姬婦人尊貴好祭祀用巫故其俗好巫鬼者也詩稱擊鼓於宛丘之上婆娑於枌栩之下是有大姬歌舞之遺風也志又云婦人尊貴好祭祀不言無子鄭知無子者以其好巫好祭明為無子禱求故言無子若大姬無子而左傳子產云我周之自出杜預曰陳周之出者蓋大姬於後生子以禱而得子故彌信巫覡也楚語云在女曰巫在男曰覡巫是總名故漢書唯言好巫○五世至幽公當厲王時政衰大夫淫荒所為無度國人傷而刺之陳之變風作矣○正義曰世家云胡公卒子申公犀侯立卒弟相公皋羊立卒申公子突立是為孝公卒子慎公圉戎立卒子幽公寧立除相公一及餘父子相生為五世也世家又云幽公十二年周厲王奔于彘是當周厲王時也宛丘刺幽公淫荒昏亂是政衰也東門之枌云子仲之子婆娑其下傳曰子仲陳大夫氏是大夫淫荒也此二篇皆刺幽公故云國人傷而刺之也世家又云幽公卒子僖公孝立。卒子武公靈立卒子夷。公說立卒弟平公。燮立卒子文公圉立卒長子桓公鮑立三十八年卒弟佗其母蔡女故蔡人為佗殺五父及桓公大子免而立佗是為厲公厲公娶蔡女數如蔡淫七年大子免之三弟長者名躍中曰林少曰杵臼共令蔡人誘厲公以好女與蔡人共殺厲公而立躍是爲利公利公者桓公子也利公立五月卒立中弟林是爲莊公七年卒立少弟杵臼是爲宣公四十五年卒子款立是爲穆公十六年卒子共公朔立十八年卒子靈公平國立此世家所言君次也案春秋桓五年春正月甲戌己丑陳侯鮑卒左傳曰再赴也於是陳亂文公子佗殺大子免而代之則是佗自殺免非蔡人爲佗殺免也桓六年經云蔡人殺陳佗莊二十二年傳曰陳厲公蔡出也故蔡人殺五父而立之經云蔡人殺陳佗傳言蔡人殺五父則五父與佗一人不得云爲佗殺五父也六年殺佗十二年陳侯躍卒則厲公卽是躍躍既爲厲公則無復利公矣馬遷既誤以佗爲厲公又妄稱躍爲利公檢春秋世次不得有利公也遷蓋見公羊傳云陳佗淫於蔡蔡人殺之因傳會爲說云誘以好女而殺之案蔡人殺佗在桓六年世家言佗死而躍立五月而卒然則躍亦以桓六年卒矣而春秋之經躍卒在桓十二年距佗之死非徒五月皆史記之謬也其詩宛丘東門之枌序云幽公爲幽公詩矣衡門云誘僖公東門之池東門之楊從上明之亦僖公詩也墓門刺陳佗陳佗詩也防有鵲巢云宣公月出亦從上明之亦爲宣公詩也株林澤陂序云靈公爲靈公詩也鄭於左方中皆以此而知也

宛丘刺幽公也淫荒昏亂游蕩無度焉○宛丘怨阮反爾雅云宛中宛丘郭云中央隆高 疏 宛丘三章章四句至無度焉○正義曰淫荒謂耽於女色昏亂謂廢其政事游蕩無度謂出入不時聲樂不倦游戲放蕩無復節度也游蕩自是翶翔戲樂非獨淫於婦人但好好色俱是荒廢故以淫荒總之毛以此序所言是幽公之惡經之所陳是大夫之事由君身爲此惡化之使然故舉大夫之惡以刺君鄭以經之所陳卽是幽公之惡經序相符也首章言其信有淫情威儀無法是淫荒也下二章言其擊鼓持羽冬夏不息是無度無度者謂無復時節度量賓之初筵序云飲酒無度與此同

子之湯兮宛丘之上兮子大夫也湯蕩也四方高中央下曰宛丘箋云子者斥幽公也游蕩無所不爲○湯他郎反舊他浪

反

洵有情兮而無望兮洵信也箋云此君信有淫荒之情其威儀無可觀望而則傚○洵音荀傚戶教反疏子之至望兮○毛以爲子大夫之游蕩兮在於彼宛丘之上兮此人信有淫荒之情兮其威儀無可觀望兮大夫當朝夕恪勤助君治國而游蕩高丘荒廢政事此由幽公化之使然故舉之以刺幽公也○鄭以爲子者斥幽公爲異其義則同○傳子大至宛丘○正義曰傳以下篇說大夫淫亂此與相類則亦是大夫但大夫稱子是其常稱故以子爲大夫序云游蕩經言湯兮故知湯爲蕩也釋丘云宛中宛丘言其中央宛宛然是爲四方高中央下也郭璞曰宛丘謂中央隆峻狀如一丘矣爲丘之宛中中央高峻與此傳正反案爾雅上文備說丘形有左高右高前高後高若此宛丘中央隆峻言中央高矣何以變言宛中明毛傳是也故李巡孫炎皆云中央下取此傳爲說○箋子者至不爲○正義曰箋以下篇刺大夫淫荒序云疾亂此序主刺幽公則經之所陳皆幽公之事不宜以爲大夫隱四年公羊傳公子翬謟隱公曰百姓安子諸侯說子則諸侯之臣亦呼君曰子山有樞云子有衣裳子有車馬子者斥昭公明此子止斥幽公故易傳也云無所不爲言其戲樂之事幽公事事皆爲也○傳洵信○正義曰釋詁文

坎其擊鼓宛丘之下坎坎擊鼓聲○坎苦感反無冬無夏值其鷺羽值持也鷺鳥之羽可以爲翳箋云翳舞者所持以指麾疏坎其至鷺羽○毛以爲坎坎然爲擊者其是大夫擊鼓之聲在於宛丘之下無問冬無問夏常持其鷺鳥羽翳身而舞也鼓舞戲樂當有時節今幽公化之大夫游蕩無復節度故舉以刺公也○鄭以刺幽公爲異其文義同○傳值持至爲翳○正義曰鷺羽執持之物故以值爲持鷺鳥之羽可以爲舞者之翳故持之也釋鳥云鷺舂鉏郭璞曰白鷺也頭翅背上皆有長翰毛今江東人取以爲睫攡名之曰白鷺縗陸機云鷺水鳥也好而潔白故謂之白鳥齊魯之間謂之舂鉏遼東樂浪吳揚人皆謂之白鷺青脚高尺七八寸尾如鷹尾喙長三寸頭上有毛十數枚長尺餘毿毿然與衆毛異好欲取魚時則弭之今吳人亦養焉楚威王時有朱鷺合沓飛翔而來舞則復有赤者舊鼓吹朱鷺曲是也然

則鳥名白鷺赤者少耳此舞所持持其白羽也坎其擊缶宛丘之道盎謂之缶○缶方有反盎本亦作瓮烏浪反疏傳盎謂之缶○正義曰釋器文孫炎曰缶瓦器郭璞曰盎盆也此云擊缶則缶是樂器易離卦九三不鼓缶而歌則大耋之嗟注云艮爻也位近丑丑上值弁星弁星似缶詩云坎其擊缶則樂器亦有缶又史記藺相如使秦王鼓缶是樂器為缶也案坎卦六四樽酒簋貳用缶注云爻辰在丑丑上值斗可以斟之象斗上有建星建星之形似簋貳副也建星上有弁星弁星之形又如缶天子大臣以王命出會諸侯主國尊。於簋副設玄酒以缶則缶又是酒器也比卦初六爻有孚盈缶注云爻辰在未上值東井井之水人所汲用缶缶汲器襄九年宋災左傳曰具綆缶備水器則缶是汲水之器然則缶是瓦器可以節樂若今擊甌又可以盛水盛酒即今之瓦盆也無冬無夏值其鷺翿翿翳也○翿音導又音陶疏傳翿翳○正義曰釋言文郭璞曰舞者所以自蔽翳彼翿作纛音義同

宛丘三章章四句

東門之枌疾亂也幽公淫荒風化之所行男女棄其舊業亟會於道路歌舞於市井爾○枌符云反亟欺冀反疏東門之枌三章章四句至井爾○正義曰男棄其業子仲之子是也女棄其業不績其麻是也會於道路者首章上二句是也歌舞於市井者婆娑是也經先言歌舞之處然後責其棄業序以棄業而後歌游故先言棄業所以經序倒也此實歌舞於市而謂之市井者白虎通云因井為市故曰市井應劭。通。俗云市恃也養贍老少恃以不匱也俗說市井謂至市者當於井上洗濯其物香潔及自嚴飾乃到市也謹案古者二十畝為一井因為市交易故稱市井然則由本井田之中交易為市故國都之市亦因名市井案禮制九夫為井應劭二十畝為井者劭依漢書食貨志一井

八家家有私田百畝公田十畝餘二十畝以爲井竈廬舍據其交易之處在廬舍故言二十畝耳因井爲市或如劭言三章皆述淫亂之事首章獨言男婆娑於枌栩之下下二章上二句言女子候善明之日從男子於會處下二句陳男女相說之辭明歌舞之處皆男女相從故男女互見之

東門之枌宛丘之栩枌白楡也栩杼也國之交會男女之所聚○栩況浦反杼常與反說文丈與反疏傳枌白至所聚○正義曰釋木云楡白枌孫炎曰楡白者名枌郭璞曰枌楡先生葉卻著莢皮色白是枌爲白楡也栩杼釋木文序云亟會於道路知此二木是國之道路交會男女所聚之處也

子仲之子婆娑其下子仲陳大夫氏婆娑舞也箋云之子男子也○婆步波反說文作媻音同娑桑何反疏傳子仲至舞也○正義曰知子仲是陳大夫氏者以其風俗之敗自上行之今此所刺宜刺在位之人若是庶人不足顯其名氏此云子仲之子猶云彼留之子此舉氏姓言之明子仲是大夫之氏姓也禮孫以王父字爲氏此人上祖必有字子仲者故氏子仲也云婆娑舞也釋訓文李巡曰婆娑盤辟舞也孫炎曰舞者之容婆娑然○箋之子男子○正義曰序云男。子棄業則經之所陳有男有女下云績麻是女知此之子是男子也定本云之子是子也

穀旦于差南方之原穀善也原大夫氏箋云旦明于曰差擇也朝日善明曰相擇矣以南方原氏之女可以爲上處○旦鄭音旦本亦作且王七也反苟且也徐子餘反差鄭初佳反王音嗟韓詩作嗟徐七何反沈云毛意不作嗟案毛無改字宜從鄭讀曰相音越下曰往。往矣同

不績其麻市也婆娑箋云績麻者婦人之事也疾其今不爲疏穀旦至婆娑○正義曰言陳國男女棄其事業候良辰美景而歌舞淫泆見朝日善明無陰雲風雨則曰可以相擇而行樂矣彼南方之原氏有美女國中之最上處可以從之也男既如是彼原氏之女郞不復績麻於市也與男子聚會婆娑而舞是其可疾之甚○傳穀善也原大夫氏○正義曰穀善釋詁文也。○春秋莊二十七年季友如陳葬原仲是陳有大夫姓原氏也○箋旦明至上處○正義曰旦謂早朝故爲明也釋詁云于曰於也故于得爲曰

差擇釋詁文佚游戲樂不宜風昏故見朝日善明乃云相擇刺其以美景廢業故舉之也發意相擇則是男子擇女故知南方原氏之女可以為上處上處者言是一國最上之處也

穀旦于逝越以鬷邁逝往鬷數邁行也箋云越於鬷總也朝。旦善明曰往矣謂之所會處也於是以總行欲男女合行○鬷子公反處昌慮反

視爾如荍貽我握椒。荍芘芣也椒芬香也箋云男女交會而相說曰我視女之顏色美如芘芣之華然女乃遺我一握之椒交。情好也此本淫亂之所由○荍祁饒反郭云荊葵也芘音毗又芳耳反芣音浮又芳九反說音悅遺唯季反好呼報反

【疏】穀旦至握

椒○毛以為陳之女人見美景而說曰朝日善明曰可以往之所會之處矣女人即棄其事業假有績者於是以麻總而行至於會所要見男子男子乃陳往日相好之事語女人云我往者語汝云我視汝顏色之美如荍之華然見我說汝則遺我以一握之椒棄其事業作如此淫荒故疾之也○鄭唯以鬷為總言於是男女總集合行為此淫亂餘同○傳逝往至邁行○正義曰逝往釋詁文邁行釋言文鬷謂麻縷每數一升而用繩紀之故鬷為數○王肅云鬷數績麻之縷也○箋越於至合行○正義曰越於釋詁文商頌稱鬷假無言為總集之意則此亦當然故以鬷為總謂男女總集而合行也上章于差謂男言擇女此言于逝謂女往從男故云曰往矣謂之所會之處謂女適與男期會之處也○傳荍芘芣椒芬香○正義曰荍芘芣釋草文舍人曰荍一名蚍衃郭璞曰今荊葵也似葵紫色謝氏云小草多華少葉葉又翹起陸機疏云芘芣一名荊葵似蕪菁華紫綠色可食微苦是也椒之實芬香故以相遺也定本云椒芳物○箋男女至所由○正義曰言相說者男說女而言其色美女說男而遺之以椒交相說愛故言相也知此二句皆是男辭者言我視爾顏色之美如芘芣之華若是女辭不得言男子色美如華也思其往日相愛今復會為淫亂詩人言此者本其淫亂化之所由耳

東門之枌三章章四句

衡門誘僖公也愿而無立志故作是詩以誘掖其君也誘進也。掖扶。持也。○衡門如字衡橫也沈云此古文橫字誘音酉愿音願謹也掖音亦【疏】衡門三章章四句至其君○正義曰作衡門詩者誘僖公也以僖公愨愿而無自立之志故國人作是衡門之詩以誘導扶持其君誘使自強行道令與國致理也經三章皆誘之辭○箋誘進也掖扶持○正義曰誘進釋詁文。云掖。臂也僖二十五年左傳云二禮從國子巡城。持以赴外殺之謂持其臂而投之城外也此言誘掖者誘謂在前導之掖謂在傍扶之故以掖爲扶持也定本作扶持

衡門之下可以棲遲衡門橫木爲門言淺陋也棲遲遊息也箋云賢者不以衡門之淺陋則不遊息於其下以喻人君不可以國小則不興治致政化泌之洋洋可以樂。飢泌泉水也洋洋廣大也樂飢可以樂道忘飢箋云飢者不足於食也泌水之流洋洋然飢者見之可飲以。𤻲飢以喻人君愨愿任用賢臣則政教成亦猶是也○泌悲位反洋音羊樂本又作𤻲毛音洛鄭力召反沈云舊皆作樂字晚詩本有作广下樂以形聲言之殊非其義𤻲字當從广下作尞案說文云𤻲治也療或𤻲字也則毛止作樂鄭本作𤻲𤻲下注放此愨苦角反【疏】衡門至樂飢○毛以爲雖淺陋衡門之下猶可以棲遲遊息以與雖地狹小國之中猶可以興治致政然賢者不以衡門之淺陋則不遊息於其下以喻人君不可以國小則不興治致政君何以不興治致政乎觀泌水之流洋洋廣大君可以樂道忘飢何則泌者泉水涓流不已乃至廣大況人君寧不進德積小成大樂道忘飢乎此是誘掖之辭○鄭以下二句言泌水之流廣大洋洋然飢者可飲之以𤻲飢以與有大德賢者人君可任之以成德教誘君以任賢臣餘同○傳衡門至遊息○正義曰考工記玉人注云衡古文橫假借字也然則衡橫義同故知衡門橫木爲門門之深者有阿塾堂宇此唯橫木爲之言其淺也釋詁云棲遲息也舍人曰棲遲行步之息也○傳泌泉至忘飢○正義曰邶國有毖彼泉水知泌爲泉水王肅云洋洋泌水可以樂道忘飢巍巍南面可以樂治忘亂孫毓難肅云既巍巍矣又安得亂此言臨水歎逝可以樂道忘

飢是感激立志慷慨之喻猶孔子曰發憤忘食不知老之將至云爾案此傳云泌者泉水又云洋洋廣大則不可以逝川喻年老故今爲別解案今定本作樂飢觀此傳亦作樂則毛讀與鄭異○箋飢者至猶是○正義曰箋以經言泌之洋洋可以藥飢則是以水治飢不宜視水爲義且下章勸君用賢故易傳以爲喻任用賢臣則政教成也飲水可以藥渴耳而云藥飢者飢久則爲渴得水則亦小藥故言飢以爲韻

豈其食魚必河之魴豈其取女必齊之姜 箋云此言何必河之魴然後可食取其。口。美而已何必大國之女然後可妻亦取貞順而已以喻君任臣何必聖人亦取忠孝而已齊姜姓○魴音房取音娶下文同

豈其食魚必河之鯉豈其取妻必宋之子 箋云宋子姓

疏 箋齊姜姓宋子姓○正義曰齊者伯夷之後伯夷主四岳之職周語。作四岳賜姓曰姜宋者殷之苗裔契之後也殷本紀云舜封契於商賜姓曰子是齊姜姓宋子姓也

衡門三章章四句

東門之池刺時也疾其君之淫昏而思賢女以配君子也 ○孔安國云停水曰池

疏 東門之池三章章四句至君子○正義曰此實刺君而云刺時者由君所化使時世皆淫故言刺時以廣之欲以配君而謂之君子者妻謂夫爲君子上下通稱據賢女爲文故稱以配君子經三章皆思得賢女之事疾其君之淫昏序其思賢女之意耳於經無所當也

東門之池可以漚麻 興也池城池也漚柔也箋云於池中柔麻使可緝績作衣服興者喻賢女能柔順君子成其德教○漚烏豆反緝七立反西州人謂績爲緝

彼美淑。姬可與晤歌 晤遇也箋云晤猶對也言淑姬賢女君子宜與對歌相切化也○叔音淑本亦作淑善也晤五故反

疏 東門至晤歌○正義曰東門之外有池水此水可以漚柔麻草使可緝績以作衣服以興貞賢之善女此女可以柔順君子使可脩政以成德教既已思得賢女又述彼之賢女言彼美善之賢姬實可

與君對偶而歌也以君淫昏故思得賢女配之與之對偶而歌冀其切化使君爲善○傳池城池漚柔○正義曰以池繫門言之則此池近在門外諸詩言東門皆是城門故以池爲城池考工記㡛氏以涚水漚其絲注云漚漸也楚人曰漚齊人曰涹。烏禾反。然則漚是漸漬之名此云漚柔者謂漸漬使之柔韌也○傳晤遇○正義曰釋言云遇偶也然則傳以晤爲遇亦爲對偶之義故王肅云可以與相遇歌樂室家之事意亦與鄭同○箋晤猶至切化○正義曰所以欲使對歌者以歌詩陳善惡之事以感戒人君君子得此賢女宜與之對歌相感切相風化以爲善故思之美女而謂之姬者以黃帝姓姬炎帝姓姜二姓之後子孫昌盛其家之女美者尤多遂以姬姜爲婦人之美稱成九年左傳引逸詩云雖有姬姜無棄憔悴是以姬姜爲婦人美稱也

東門之池可以漚紵彼美淑姬可與晤語○紵直呂反字又作苧 疏 漚紵○正義曰陸機疏云紵亦麻也科生數十莖宿根在地中至春自生不歲種也荆楊之間一歲三收今官園種之歲再刈刈便生剝之以鐵若竹挾之表厚皮自脫但得其裏韌如筋者謂之徽紵今南越紵布皆用此麻

東門之池可以漚菅彼美淑姬可與晤言言道也○菅古顏反茅已漚爲菅 疏 漚菅○正義曰釋草云白華野菅郭璞曰茅屬白華箋云人刈白華於野已漚之名之爲菅然則菅者已漚之名未漚則但名爲茅也陸機疏云菅似茅而滑澤無毛根下五寸中有白粉者柔韌宜爲索漚乃尤善矣

東門之池三章章四句

東門之楊刺時也昏姻失時男女多違親迎女猶有不至者也○迎魚敬反下注同 疏 東門之楊二章章四句至至者○正義曰毛以昏姻失時者失秋冬之時鄭以爲失仲春之時言親迎女猶不至明不親迎者相違衆矣故舉不至者以刺當時之

淫亂也言相違者正謂女違男使昏姻之禮不成是男女之意相違耳非謂男亦違女也經二章皆上二句言昏姻失時下二句言親迎而女不至也

東門之楊其葉牂牂興也牂牂然盛貌言男女失時不逮秋冬○箋云楊葉牂牂三月中也興者喻時晚也失仲春之月○牂子桑反

昏以爲期明星煌煌期而不至也箋云親迎之禮以昏時女留他色不肯時行乃至大星煌煌然○煌音皇

疏東門至煌煌○毛以爲作者以楊葉初生興昏之正時楊葉長大興晚於正時故言東門之楊其葉已牂牂然而大矣楊葉已大不復見其初生之時以興歲之時月已至於春夏矣時節已晚不復及其秋冬之時又復淫風大行女留他色不從男子親迎者用昏時以爲期今女不肯時行至於明星煌煌然而夜已極深而竟不至禮當及時配合女當隨夫而行至使昏姻失時男女相違如是故舉以刺時也○鄭以失時謂在仲春之後爲異其義則同○傳牂牂至秋冬○正義曰此刺昏姻失時而舉楊葉爲喻則是以楊葉初生喻正時楊葉已盛喻過時毛以秋冬爲昏之正時故云男女失時不逮秋冬也秋冬爲昏無正文也邶風云士如歸妻迨冰未泮知迎妻之禮當在冰泮之前荀卿書云霜降逆女冰泮殺止霜降九月也冰泮二月也然則荀卿之意自九月至於正月於禮皆可爲昏荀在焚書之前必當有所憑據毛公親事荀卿故亦以爲秋冬家語云羣生閉藏爲陰而爲化育之始故聖人以合男女窮天數也霜降而婦功成嫁娶者行焉冰泮而農業起昏禮殺於此又云冬合男女春頒爵位家語出自孔家毛氏或見其事故依用焉地官媒氏云仲春之月令會男女於是時也奔者不禁唯謂三十之男二十之女所以蕃育人民特令以仲春會耳其男未三十女未二十者皆用秋冬不得用仲春也○箋楊葉至之月○正義曰箋亦以楊葉之盛興晚失正時也鄭言楊葉牂牂三月中者自言葉盛之月不以楊葉爲記時也董仲舒曰聖人以男女陰陽其道同類歎天道嚮秋冬而陰氣來嚮春夏而陰氣去故古人霜降始逆女冰泮而殺止與陰俱近而陽遠也鄭以昏姻之月唯在仲春故以喻晚失仲春之月鄭不見家語不信荀卿以周禮指言仲春之月令會男女故以仲春

爲昏月其邶風所云自謂及氷泮行請期禮耳非以氷之未泮已親迎也毛鄭別自憑據以爲定解詩內諸言昏月皆各從其家○傳期而不至○正義曰序言親迎而女猶有不至者則是終竟不至非夜深乃至也言明星煌煌者男子待女至此時不至然後始罷故作者舉其待女不得之時非謂此時至也傳嫌此時女至故辨之云期而不至言期以昏時至此時猶不至也○箋親迎至煌煌然○正義曰士昏禮執燭前馬是親迎之禮以昏也用昏者取陽往陰來之義女不從夫必爲異人之色故云女留他色不肯時行乃至大星煌煌然亦言至此時不至

東門之楊其葉肺肺肺肺猶牂牂也○肺普貝反又蒲貝反昏以爲期明星晢晢晢晢猶煌煌也○晢之世反

東門之楊二章章四句

墓門刺陳佗也陳佗無良師傅以至於不義惡加於萬民焉不義者謂弒君而自立○宅本亦作佗同徒多反五父也史記以爲厲公殺音試本又作弒同【疏】墓門二章章六句至民焉○正義曰陳佗身行不義惡加萬民定本直云民無萬字由其師傅不良故至於此既立爲君此師傅猶在陳佗乃用其言必將至誅絕故作此詩以刺佗欲其去惡傅而就良師也經二章皆是戒佗令去其惡師之辭○箋不義至自立○正義曰不義之大莫大弒君也春秋桓五年正月甲戌己丑陳侯鮑卒左傳云再赴也於是陳亂文公子佗殺大子免而代之公疾病而亂作國人分散故再赴是陳佗弒君自立之事也如傳文則陳佗所殺大子免而謂之弒君者以免爲大子其父卒免當代父爲君陳佗殺之而取國故以弒君言之序言無良師傅以至於不義則佗於弒君之前先有此惡師也經云夫也不良國人知之知而不已誰昔然矣欲令佗誅退惡師則弒君之後惡師仍在何則詩者民之歌詠必惡加於民民始怨刺陳佗未立爲君則身爲公子爵止大夫雖則惡師非民所恨今作詩刺之明是自立之後也戒之令去惡師明是惡師

未去也墓門有棘斧以斯之興也墓門墓道之門斯析也幽閒希行用生此棘薪維斧可以開析之箋云興者喻陳佗由不覩賢師良傅之訓道至陷於誅絕之罪○斯所宜反又如字又音梳鄭注尚書云斯析也爾雅云斯侈離也孫炎云斯析之離讀者如字析星歷反閒音閑睹都魯反又作覩夫也不良國人知之夫傅相也箋云良善也陳佗之師傅不善羣臣皆知之言其罪惡著也○相息亮反知而不已誰昔然矣昔久也箋云已猶去也誰昔昔也國人皆知其有罪惡而不誅退終致禍難自古昔之時常然○去羌呂反難乃旦反

【疏】墓門至然矣○正義曰言墓道之門幽閒由希覩人行之跡故有此棘此棘既生必得斧乃可以開析而去之以興陳佗之身不明由希覩良師之教故有此惡此惡既成必得明師乃可以訓道而善之非得明師惡終不改必至誅絕故又戒之云汝之師傅不善國內之人皆知之矣何以不退去之乎欲其退惡傳就良師也○傳墓門至析之○正義曰春官墓大夫職注云墓冢塋之地孝子所思慕之處然則塋域謂之墓墓入有門故云墓門墓道之門釋言云斯離也孫炎曰斯析之離是斯為析義也○箋興者至之罪○正義曰箋以傳釋經文不解興意故述興意以申傳也弑君之賊於法當誅其身絕其祀故云陷於誅絕之罪○傳夫傅相○正義曰序云無良師傅故知夫也不良正謂師傅不良也郊特牲云夫也者以知帥人者也注云夫之言丈夫也夫或為傅言或為傅者正謂此訓夫為傅也師傅當以輔相人君故云傅相○傳昔久○正義曰傳稱古曰在昔昔是久遠之事故為久也○箋已猶至常然○正義曰誰昔昔也釋訓文郭璞曰誰發語辭與傳昔久同也今定本為誰昔昔也合爾雅俗為誰疑辭也

墓門有梅有鴞萃止梅柟也鴞惡聲之鳥也萃集也箋云梅之樹善惡自有徒以鴞集其上而鳴人則惡之性因惡矣以喻陳佗之性本未必惡師傅惡而陳佗從之而惡○鴞戶驕反萃徂醉反柟冉鹽反則惡烏路反夫也不良歌以訊之訊告也箋云歌謂作此詩也既作又使工歌之是謂訊之告○訊又作誶音信徐息悴反告也韓詩訊諫也訊予

不顧顛倒思予箋云予我也歌以告之汝不顧念我言至於破滅顛倒之急乃思我之言言其晚也【疏】墓門至思予○正義曰言墓道之門有此梅樹此梅善惡自耳本未必惡徒有鴞鳥來集於其上而鳴此鴞聲惡梅亦從而惡矣以興陳佗之身有此體性此性善惡自然本未必惡正由有惡師來教之此師既惡陳佗亦從而惡也佗師既惡而不能退去故又戒之汝之師傅也不善故我歌是詩以告之我既告汝汝得我言而不顧念之至於顛倒之急然後乃思我之言耳至急乃思則無及於事今何以不用我言乎○傳梅柟至萃集○正義曰梅柟釋木文鴞惡聲之鳥一名鵩與。梟一名鴟瞻卬云爲梟爲鴟是也俗說以爲鴞即土梟非也陸機疏云鴞大如班鳩綠色惡聲之鳥也入人家凶賈誼所賦鵩鳥是也其肉甚美可爲羹臛又可爲炙漢供御物各隨其時唯鴞冬夏。尚施之以其美故也○傳訊告也○正義曰釋詁文箋以歌告之有口告之嫌。故辨之云歌謂作此詩使工歌之以告君是謂之告

墓門二章章六句

防有鵲巢憂讒賊也宣公多信讒君子憂懼焉【疏】防有鵲巢二章章四句至懼焉○正義曰憂讒賊者謂作者憂讒人謂爲讒以賊害於人也經二章皆上二句言宣公致讒之由下二句言己憂讒之事

防有鵲巢邛有旨苕興也防邑也邛丘也苕草也箋云防之有鵲巢邛之有美苕處勢自然興者喻宣公信多言之人故致此讒人○邛其恭反苕徒彫反誰侜予美心焉忉忉侜張誑也箋云誰誰讒人也女衆讒人誰侜張誑欺我所美之人乎使我心忉忉然所美謂宣公也○侜陟留反說文云有廱蔽也予美韓詩作娓音尾娓美也忉都勞反憂也誑九況反【疏】防有至忉忉○正義曰言防邑之中有鵲鳥之巢邛丘之上有美苕之草處勢自然以興宣公之朝有讒言之人亦處勢自然何則防多樹木故鵲鳥往巢焉邛丘地美故旨苕生焉以言宣公信讒故讒人集焉公既信此讒言君子懼己得罪告語衆讒人輩汝等是誰誑欺我所

美之人宣公乎而使我心忉忉然而憂之○傳防邑邛丘苕草○正義曰以鵲之爲鳥畏人而近人非邑有樹木則鵲不應巢焉故知防是邑也土之高處草生尤美故邛爲丘邶鄘風稱旄丘有葛鄘風稱阿丘有蝱是美草多生於高丘也苕之華傳云苕陵苕此直云苕草彼陵苕之草好生下溼此則生於高丘與彼異也陸機疏云苕苕饒也幽州人謂之翹饒蔓生莖如勞豆而細葉似蒺藜而青其莖葉綠色可生食如小豆藿也○傳侜張誑○正義曰釋訓文郭璞曰幻惑欺誑人者○箋誰讒至宣公○正義曰言誰侜予美者是就衆讒人之內告問是誰爲之故云誰誰讒人也臣之事君欲君美好不欲使讒人誑之故謂君爲所美之人

中唐有甓邛有旨鷊中中庭也唐堂塗也甓瓴甋也鷊綬草也○甓蒲歷反鷊五歷反令音零字書作瓴適都歷反字書作甋綬音受疏傳中中至綬草○正義曰以唐是門內之路故知中是中庭釋宮云廟中路謂之唐堂塗謂之陳李巡曰唐廟中路名孫炎引詩云中唐有甓堂塗堂下至門之徑也然則唐之與陳廟庭之異名耳其實一也故云唐堂塗也釋宮又云瓴甋謂之甓李巡曰瓴甋一名甓郭璞曰甎甎也今江東呼爲瓴甓鷊綬釋草文郭璞曰小草有雜色似綬也陸機疏云鷊五色作綬文故曰綬草

誰侜予美心焉惕惕惕惕猶忉忉也

防有鵲巢二章章四句

月出刺好色也在位不好德而說美色焉○好呼報反序同說音悅澤陂詩同疏月出三章章四句至色焉○正義曰人於德色不得並時好之心既好色則不復好德故經之所陳唯言好色而已序言不好德者以見作詩之意耳於經無所當也經三章皆言在位好色之事

月出皎兮興也皎月光也箋云興者喻婦人有美色之白皙○皦故了反本又作皎皙星歷反**佼人僚兮舒窈糾兮**僚好貌舒遲也窈糾舒之姿也○佼字又作姣古卯反方言云自關而東河濟之間凡好謂之姣僚本亦作嫽同音了窈烏了反又于表反糾其趙反又其小反

音其了反說文音已小反又居酉反勞心悄兮悄憂也箋云思而不見則憂○悄七小反疏月出至悄兮○正義曰言月之初出其光皎然而白兮以與婦人白晳其色亦皎然而白兮非徒面色白晳又是佼好之人其形貌僚然而好兮行止舒遲姿容又窈糾然而美兮思之既甚而不能見之勤勞我心悄然而憂悶兮在位如是故陳其事以刺之○傳皎月光○正義曰大車云有如皦日則皦亦日光言月光者皦是日光之名耳以其與月出共文故為月光○傳僚好至之姿○正義曰皎兮喻面色皎然謂其形貌僚為好貌謂其形貌好言色美身復美也舒者遲緩之言婦人行步貴在舒緩言舒時窈糾兮故知窈糾是舒遲之姿容○傳悄憂正義曰釋訓云悄悄慍也故為憂

月出皓。兮佼人懰兮舒懮受兮勞心慅兮月出照兮佼人燎兮舒夭紹兮勞心慘。兮○皓胡老反劉本又作懰力久反好貌埤蒼作懰。懰妖也懮於久反舒貌慅七老反憂也燎力召反又力弔反夭於表反慘七感反憂也

月出三章章四句

株林刺靈公也淫乎夏姬驅馳而往朝夕不休息焉夏姬陳大夫妻夏徵舒之母鄭女也徵舒字子南夫字御叔○株林陟朱反株林夏氏邑也夏戶雅反注下同御魚呂反又如字疏株林二章章四句至息焉○正義曰作株林詩者刺靈公也以靈公淫於夏氏之母姬姓之女疾驅其車馬馳走而往或早朝而至或嚮夕而至不見其休息之時故刺之也經二章皆言靈公往淫夏姬朝夕不息之事說于株野是夕至也朝食于株是朝至也○箋夏姬至御叔○正義曰宣九年左傳稱陳靈公與孔寧儀行父通於夏姬十年經云陳夏徵舒弒其君平國傳曰陳靈公與孔寧儀行父飲酒於夏氏公謂行父。曰徵舒似汝對曰亦似君徵舒病之公出自其廏射而殺之昭二十八年左傳叔向之母論夏姬云是鄭穆公少妃姚子

之子子貉之妹也子貉早死而天鍾美於是楚語云昔陳公子夏為御叔娶於鄭穆公女生子南子南之母亂陳而亡之是言夏姬所出及夫子名字胡為乎株林從夏南。株林夏氏邑也夏南夏徵舒也箋云陳人責靈公君何為之株林從夏氏子南之母為淫泆之行○泆音逸行下孟反匪適株林從夏南箋云匪非也言我非之株林從夏氏子南之母為淫泆之行自之他耳觝拒之辭○觝都禮反疏胡為至夏南○正義曰株林者夏氏之邑靈公數往彼邑淫於夏姬國人責之云君何為於彼株林之邑從夏氏子南之母為淫泆兮靈公為人所責觝拒之云我非是適彼株林之邑從夏氏子南之母兮我別自適之他處耳一國之君如此淫泆故刺之定本無兮字○傳株林至徵舒○正義曰靈公適彼株林從夏南故知株林是夏氏之邑邑在國外夏姬在邑故適邑而從夏姬也徵舒祖字子夏故為夏氏徵舒字子南以氏配字謂之夏南楚殺徵舒左傳謂之戮夏南是知夏南即徵舒也實從夏南之母言從夏南者婦人夫死從子夏南為其家主故以夏南言之○箋匪非至之辭○正義曰以文辭反覆若似對答前人故假為觝拒之辭非是面爭王肅云言非欲適株林從夏南之母反覆言之疾之也孫毓以王為長駕我乘馬說于株野乘我乘駒。朝食于株大夫乘駒箋云我國人我君也君親乘君乘馬乘君乘駒變易車乘以至株林或說舍焉或朝食焉又責之也馬六尺以下曰駒疏駕我至于株○正義曰此又責君數往株邑言君何為駕我君之一乘之馬嚮夕而說舍於株林之野何故得乘我君之一乘之駒早朝而食於株林之邑乎言公朝夕往來淫泆不息可惡之甚故刺之也○傳大夫乘駒○正義曰皇皇者華說大夫出使經云我馬維駒是大夫之制禮當乘駒也此傳質略王肅云陳大夫孔寧儀行父與君淫於夏氏然則王意以為乘我駒者謂孔儀從君適株故作者并舉以惡君也傳意或當然

株林二章章四句

澤陂刺時也言靈公君臣淫於其國男女相說憂思感傷焉君臣淫於國謂與孔寧儀行父也感傷謂涕泗滂沱○陂彼皮反思息嗣反父音甫涕他弟反自目曰涕自鼻曰泗滂普光反沱徒何反下文同

疏 澤陂三章章六句至傷焉○正義曰作澤陂詩者刺時也由靈公與孔寧儀行父等君臣並淫於其國之內共通夏姬國人效之男女遞相悅愛為此淫泆毛以為男女相悅為此無禮故君子惡之憂思感傷焉憂思時世之淫亂感傷女人之無禮也男女相悅者章首上二句是也感傷者次二句是也憂思者下二句是也言靈公君臣淫於其國者本其男女相悅之由由化效君上故言之耳於經無所當也經先感傷序先憂思者經以章首二句既言男女之美好因傷女而為惡行傷而不已故至於憂思事之次也序以感傷憂思為事既同取其語便故先言憂思也鄭以為由靈公君臣淫於其國故國人淫泆男女相悅聚會則共相悅愛別離則憂思感傷言其相思之極也男女相悅者章首上二句是也憂思者次二句是也感傷者下二句是也毛於傷如之何下傳曰傷無禮則是君子傷此有美一人之無禮也傷如之何既傷有美一人之無禮寤寐無為二句又在其下是為憂思感傷時世之淫亂也此君子所傷傷此有美一人而有美一人又承蒲荷之下則蒲荷二物共喻一女上二句皆是男悅女之辭也經文止舉其男悅女明女亦悅男不然則不得共為淫矣故序言男女相悅以明之三章大意皆同首章言荷指芙蕖之莖卒章言菡萏指芙蕖之華二者皆取華之美以喻女色但變文以取韻耳二章言蘭者蘭是芬香之草喻女有善聞此淫泆之女必無善聲聞但悅者之意言其善耳鄭以為首章上二句同姓之中有男悅女女悅男是其男女相悅也次二句言離別之後不能相見念之而為憂思也既憂不能相見故下二句感傷而淚下首章言荷喻女之容體二章言蓮喻女之言信卒章言菡萏以喻女之色美

彼澤之陂有蒲與荷興也陂澤障也荷芙蕖也箋云蒲柔滑之物芙蕖之莖曰荷生而佼大興者蒲以喻所說男之性荷以喻所說女之容體也正以陂中二物興者喻淫風由同姓生○荷音荷障章

亮反夫音符本亦作芙下同渠其居反本亦作蕖莖幸耕反佼古卯反有美一人傷如之何傷無禮也箋云傷思也我思此美人當如之何而得見之寤寐無爲涕泗滂沱自目曰涕自鼻曰泗箋云寤覺也○覺音教

疏彼澤至滂沱○毛以爲彼澤之陂障之中有蒲與荷之二草蒲之爲草甚柔弱荷之爲葉極美好以與陳國之中有男悅女云汝體之柔弱如蒲然顏色之美如荷然男女淫泆相悅如此君子見其淫亂乃感傷之彼男所悅者有美好之一人美好如是不能自防以禮不以禮可傷乎知可如之何既不可奈何乃憂思時世之淫亂寤寐之中更無所爲念此風俗傷毀目涕鼻泗一時俱下滂沱然也鄭以爲彼澤之陂障之中有蒲與荷之二草以喻同姓之中有男與女之二人蒲之草甚柔滑荷之莖極佼好女悅男云汝之體性滑利如蒲然男悅女云汝之形容佼大如荷然聚會之時相悅如是及其分離則憂思相憶男憶女云有美好之一人我思之而不能見當如之何乎既不能見益復感傷覺寢之中更無所爲念此美女涕泗滂沱然淫風如此故舉以刺時也○傳陂澤障荷芙蕖○正義曰澤障謂澤畔障水之岸以陂內有此二物故舉陂畔言之二物非生於陂上也釋草云荷芙蕖其莖茄其葉蕸其本蔤其華菡萏其實蓮其根藕其中的的中薏李巡曰皆分別蓮莖葉華實之名菡萏蓮華也的蓮實也薏中心也郭璞曰蔤莖下白蒻在泥中者今江東人呼荷華爲芙蓉北方人便以藕爲荷亦以蓮爲荷蜀人以藕爲茄或用其母爲華名或用根子爲母葉號此皆名相錯習俗傳誤失其正體者也陸機疏云蓮青皮裏白子爲的的中有青爲薏味甚苦故里語云苦如薏是也傳正解荷爲芙蕖不言與意以下傳云傷無禮者傷有美一人則此有蒲與荷共喻美人之貌蒲草柔滑荷有紅華喻必以象當以蒲喻女之容體以華喻女之顏色當如下章言菡萏而此云荷者以荷是此草大名故取荷爲韻○箋蒲柔至姓生○正義曰如爾雅則芙蕖之莖曰茄此言荷者意欲取莖爲喻亦以荷爲大名故言荷耳樊光注爾雅引詩有蒲與茄然則詩本有作茄字者也箋以序云男女相悅則經中當有相悅之言以蒲喻所悅男之性女悅男言男之心性和柔

似蒲也荷以喻所悅女之容體男悅。女之形體佼大如荷也正以陂中二物與者淫風由同姓生二物共在一波猶男女同在一姓〇箋傷思至見之〇正義曰傷思釋。言文以溱洧桑中亦刺淫泆舉其事而惡自見其文皆無哀傷之言此何獨傷其無禮至於涕泗滂沱輾轉伏枕也故易傳以爲思美人不得見之而憂傷也孫毓以箋義爲長。〇正義曰經傳言隕涕出涕皆謂淚出於目泗旣非涕亦涕之類明其泗出於鼻也

彼澤之陂有蒲與蕑 蕑蘭也箋云蕑當作蓮蓮芙蕖實也蓮以喻女之言信〇蕑毛古顏反鄭改作蓮練田反 疏 傳蕑蘭〇正義曰以溱洧秉蕑爲執蘭則知此蕑亦爲蘭也蘭是芬香之草蓋喻女有聲聞〇箋蕑當至言信〇正義曰以上下皆言蒲荷則此章亦當爲荷不宜別據他草且蘭是陸草非澤中之物故知蘭當作蓮蓮是荷實故喻女言信實 有美一人碩大且卷 卷好貌〇卷本又作。䐴同其員反 寤寐無爲中心悁悁 悁悁猶悒悒也〇悁烏玄反 疏 傳悁悁猶悒悒〇正義曰俗本多無之〇正 彼澤之陂有蒲菡萏 菡萏荷華也箋云華以喻女之顏色〇菡本又作莟又作歁戸感反萏本又作[艹歁]大感反 有美一人碩大且儼 儼矜莊貌 寤寐無爲輾轉伏枕 〇輾張輦反本又作展

澤陂三章章六句

陳國十篇二十六章百二十四句

毛詩注疏校勘記（七之一）　阮元撰盧宣旬摘錄

陳譜

東不及明音孟豬閩本明監本毛本同案此正義自爲音旁行細書之未誤入正文者以此推之而倒可知矣○按未可以一例百且在句中者容或有此例如此音孟及遵大路之山音反是也在句末者則文理可讀亦不盡同此例

在外方屬鄭閩本明監本毛本同案此當作在外方之北外方屬鄭因外方複出而脫去四字下引檜譜云在豫州外方之北其證也

卒子武公靈立卒子夷公說立閩本明監本毛本同案十行本上卒至下公剜添者二字

弟平公彘立閩本明監本毛本同案此不誤浦鏜云燮誤彘非也正義所引世家自如此

○宛丘

中英隆高補毛本英作央案央字是也

狀如一丘矣閩本明監本毛本同案依爾雅注一上當有負字

今江東人取以爲睫攡也閩本明監本毛本同案此不誤浦鏜云攡誤攡非也爾雅注本作攡今釋文誤爲攡耳廣韻十一暮鷺字下引亦作睫攡可證又五支接攡白帽接攡即睫攡

注云艮爻也位近丑閩本明監本毛本同案此不誤浦鏜改位近丑作爻辰在丑非也王伯厚輯鄭易郎采此正同

主國尊於籩閩本明監本毛本同案此不誤浦鏜云籩誤於從玉海校非也禮器正義引亦作於玉海作㭊者當是誤涉禮器下文

○東門之枌

應劭通俗云閩本明監本毛本同案通俗浦鏜云當作風俗通是也

序云男子棄業閩本明監本毛本同案浦鏜云女誤子是也

下曰往往矣同補案往字不當重

釋詁文也○春秋莊二十七年補案○當衍

朝旦善明曰往矣閩本明監本毛本同小字本相臺本旦作日考文一本同案日字是也上章箋及正義中皆可證

貽我握椒明監本握誤椳各本皆不誤

交情好也相臺本同閩本明監本毛本同小字本情作博案小字本誤也釋文以情好作音可證○按交博好猶云互相討好博字必古本之

留遺者舊校非

○衡門

掖扶持也小字本相臺本同案正義標起止云掖扶持下云故以夜爲扶持也定本作扶持如其所言不爲異本當有誤今無可考釋文掖下云持扶也與正義本同

云掖臂也 闔本明監本毛本同案云上浦鏜云脫說文又掖下浦鏜云脫持是也

持以赴外殺之 閩本明監本毛本同案浦鏜云掖誤持考左傳是也

可以樂飢 小字本相臺本同唐石經初刻同後加疒作𤻲案唐石經考異云用鄭義也考釋文云樂本又作𤻲毛音洛鄭力召反沈云舊皆作樂字晚詩本有作疒下樂以形聲言之殊非其義𤻲字當從疒下尞案說文云𤻲治也療或𤻲字也則毛本止作樂鄭本作𤻲注放此正義云案今定本作樂飢觀此傳亦作樂則毛讀與鄭異是正義本即作𤻲也標起止云至樂飢或後改沈云舊皆作樂字是也陸意不從沈而不云檢舊本不如沈言則作樂審矣釋文又作本正義唐石經後刻作𤻲皆沈所謂晚本也沈但當如正義所云觀此傳亦作樂以證毛氏詩是樂字不當誤論形聲以致陸駁然陸云毛本作樂鄭本作𤻲斯不然矣鄭非於毛外別有本但可易傳義耳不容經字先已異也鄭本亦必作樂陸欲調停晚本失之考文古本作𤻲采正義釋文也釋文晚字或誤今正

可飲以𤻲飢 閩本明監本毛本同小字本相臺本𤻲作療考文古本同案正義本作𤻲療𤻲一字見上此箋不云樂讀爲𤻲者以樂爲𤻲之假借而於訓釋中改其字以顯之也晚本乃因此改經耳唯傳中樂道字不容改近盧文弨遂以樂飢可以樂道忘飢一句屬之王肅而議刪之矣其誤實由於晚本惑之且不得鄭箋改字之例故也

取其口美而已 小字本同閩本明監本毛本同相臺本口美倒案美口是也

周語作四岳 閩本明監本毛本同案浦鏜云祚誤作是也

○東門之池

以配君子也閩本明監本毛本下有注小字本相臺本無考文古本無案山井鼎云此亦釋文混入注也是也

彼美淑姬唐石經小字本相臺本同案釋文云叔姬音叔本亦作淑善也正義云言彼美善之賢姬是正義本作淑釋文音叔或誤今正

考工記慌氏閩本明監本毛本慌誤⿰木荒案山井鼎云作㡆爲是是也凡巾傍之字寫者多以小旁亂之

齊人曰涹烏禾反閩本明監本毛本同案烏禾反三字當傍行細書正義於自爲音者例如此也○按不然

可以漚菅小字本相臺本同唐石經初刻與後改以案初刻誤也

○東門之楊

羣生閉藏爲陰閩本明監本毛本同案浦鏜云乎誤爲考家語浦校是也

歎天道嚮秋冬而陰氣來閩本明監本毛本同案歎當作觀形近之譌浦鏜云歎字衍文見繁露循天之道篇非也爲校繁露者所去耳

與陰俱近而陽遠也閩本明監本毛本同案此不誤浦鏜云原文作內與陰居近而陽遠也非也居即俱字誤上文云冰泮而殺止故傍記內字爲止字之異耳後遂誤入正文也當依此正之

○墓門

陳佗乃用其言閩本明監本毛本乃作仍案所改是也

昔久也小字本相臺本同案正義云昔是久遠之事故爲久也段玉裁云夕誤作久誰夕猶今人言不記是何日也記云疇昔之夜疇誰正同

誰昔昔也小字本相臺本同案正義云釋訓文又云今定本爲誰昔昔也合爾雅俗爲誰疑辭也正義本定本同是也俗誤

善惡自有閩本明監本毛本同小字本相臺本有作耳案有字誤也正義云此梅善惡自耳可證但與下此性善惡自然爲對文依義當作爾考文古本作爾一本作耳二字混也

性因惡矣閩本明監本毛本同小字本相臺本性作樹考文古本同案樹字是也正義云梅亦從而惡矣可證

歌以訊之唐石經小字本相臺本同案正義標起止云傳訊告也釋文云訊本又作誶音信徐息悴反告也詩經小學云誶訊義別誶多譌作訊如爾雅誶告也釋文云本作訊音信說文引國語誶申胥今國語作訊詩歌以誶止誶于不顧傳誶告也莫肯用誶箋誶告也正用釋詁文而釋文誤作訊以音信爲正王逸楚詞注引誶予不顧廣韻六至誶下引歌以誶止可正其誤毛鄭詩考正云止譌作之

訊諫也[補]釋文校勘記通志堂本盧本同案六經正誤云訊諫也作諫誤說文諫數諫也从言从束七賜反諫促也从言从約束之束音速依此是宋監本釋文作訊諫也从言从束中有一小畫卽束字唐人例如此毛居正以爲束字非是小字本所附作諫誤多一畫當由不識諫者誤改耳

與梟一名鴟閩本明監本毛本同案此當作與梟異梟一名鴟因複出梟字而脫也爾雅梟鴟疏卽取此誤改爲一名梟一名鴟當是所見本已脫而未察此正義之旨也

唯鴉冬夏尙施之 閩本明監本毛本同案浦鏜云常誤尙考爾雅疏是也

○防有鵲巢

箋誰讒至宣公 閩本明監本毛本同案讒當作誰

甓瓴甋也 相臺本同閩本明監本毛本同小字本瓴甋作令適案小字本是也釋文云令字書作瓴適字書作甋又甓下云令適也爾雅釋文云詩傳作令適是其證也正義本當亦作令適引爾雅乃順彼文作瓴甋耳相臺本及此依以改傳者誤

○月出

月出皓兮 小字本相臺本同唐石經皓作晧案晧字是也

勞心慘兮 唐石經小字本相臺本同案釋文慘七感反此無正義其本未有明文以白華溂之當亦作慘毛鄭詩考正云蓋懆字轉寫譌爲慘耳毛晃陳第顧炎武諸人論之詳矣

埤蒼作懰懰妖也 【補】釋文校勘通志堂本盧本同小字本所附亦是懰字考原本作嬼嬼妖二字連文相如賦所謂妖冶嫺都也

○株林

公謂行父曰 閩本明監本毛本同案十行本行父曰剜添者一字是本無曰字後依左傳加而衍也

從夏南 小字本相臺本同唐石經南下有旁添姬字下句同案惠棟云南與林協韻不容闌入姬字依疏當云從夏南兮今考正義云定本無兮字

乘我乘駒 唐石經小字本相臺本同案此正義本也正義云何故得乘我君之一乘之駒又標起止云傳大夫乘駒釋文云乘驕音駒沈云或作駒字是後人改之皇皇者華篇內同考汝墳傳云五尺以上曰駒正義云五尺以上卽六尺以下故株林箋云六尺以下曰駒也毛於此及皇皇者華皆更不爲驕字作傳當皆是駒字未必後人改之說文驕下引我馬爲驕凡說文所引不同多不可強合〇按沈重說是也其詳見段玉裁說文解字注

〇澤陂

男悅女之形體 閩本明監本毛本悅下有女言二字案所補是也

傷思釋言文 閩本明監本毛本同案浦鏜云詁誤言是也

孫毓以箋義爲長〇正義曰 閩本明監本毛本同案〇下浦鏜云當脫傳自目至曰泗六字及〇是也

卷本又作睠 閩釋文校勘通志堂盧本睠作婘小字本所附亦是睠字考睠字非也博雅云婘好也本此詩

檜羔裘詁訓傳第十三○陸曰檜本又作鄶古外反檜者高辛氏之火正祝融之後妘姓之國也其封域在古豫州外方之北滎波之南居溱洧之間祝融之故墟是子男之國後爲鄭武所幷焉王云周武王封之於濟洛河潁之間爲檜子

毛詩國風　鄭氏箋　孔穎達疏

檜譜 檜者古高辛氏火正祝融之墟○正義曰昭十七年左傳梓慎云鄭祝融之墟也鄭滅檜而處之故知檜是祝融之墟楚世家云高陽生稱稱生卷章卷章生重黎爲高辛氏之火正能光融天下帝嚳命曰祝融爲高辛氏火正也若然楚語稱顓頊命南正重司天以屬神命火正黎司地以屬民則黎爲火正高陽時也言高辛者以重黎是顓頊命之歷及高辛仍爲此職故二文不同也黎實祝融重爲南正而楚世家同以重黎爲祝融馬遷謬也尙書鄭志答趙商云火當爲北則黎爲北正也章昭亦以火當爲北北陰位以五行官有一火正祝融則火官之號若天地之官據陰陽之位對南正爲文則爲北正是黎一人居二官也鄭順外傳之文故云火正耳。檜國在禹貢豫州外方之北滎波之南居溱洧之間○正義曰禹貢云熊耳外方注云屬豫州檜鄭地外方在鄭之南界故檜居其北也禹貢豫州云滎波既豬注云沇水溢出所爲澤也今塞爲平地滎陽民猶謂其處爲滎澤在。汴縣東滎澤滎波一澤名也滎澤近在河側檜國遠在河南杜預云檜城在滎陽密縣東北是在滎陽之南也鄭處檜地而國有溱洧是檜居溱洧之間○祝融氏名黎其後八姓唯妘姓檜者處其地焉○正義曰鄭語云祝融其後八姓己姓昆吾蘇顧溫莒也董姓鬷夷豢龍也彭姓彭祖豕韋諸稽也秃姓舟人也妘姓鄔檜路偪陽也曹姓鄒莒也斟姓無後也通楚爲芊姓是八姓也姓雖同出祝融皆不處其墟唯妘姓檜者處其地焉以妘姓之中又有鄔路偪陽故指檜以別之楚世家云共工氏作亂帝嚳使重黎誅之而不盡帝乃以庚寅日誅重黎而以其弟吳回爲重黎後復居火正爲祝融吳回生陸終陸終生子六人四曰會人案世本會人卽檜之祖也故韋昭服虔皆云檜是陸終第四子求言後然則八姓乃是黎弟吳回之後鄭語云以八姓爲黎後者以吳回繼黎黎之後復居黎職故本之黎也且黎有大功後世當興故伯據黎言耳楚世家言以吳回爲重黎似是官號而云名黎者昭二十九年左傳云少皡氏有子曰重顓頊氏有子曰黎重黎皆是其名而史記以重黎爲一人又言以吳回爲重黎皆是謬耳鄭以檜是祝融之後復居祝融之墟故具言出其後處其地之事○周夷王厲王之時檜公不務政事而好絜衣服大夫去之於是檜之變風始作○正義曰案鄭語史伯於幽王之世爲桓公謀滅虢檜至平王之初武公滅之則幽王以前檜國仍在史伯云檜仲特險則仲是檜君之字檜之世家既絶作序者不言檜仲則羔裘之作在檜仲之前不知其幾世也幽王上有宣王宣王任賢使能周室中興不得有周道滅而令匪風思周道也故知檜風之作非宣王之時也宣王之前有夷厲二王是衰亂之王考其時事理得相當故爲周王夷厲之時檜無世家詩止四篇事頗相類或在一君時作故鄭於左方中不復分之襄二十九年左傳魯爲季札歌詩云自檜以下無譏焉言季札聞此二國之歌不復譏論以其國小故也季札不譏風俗無以言焉故鄭不言檜之風俗○其國北鄰於虢○正義曰地。理志河南滎陽縣應劭云故虢國也然則虢在滎陽檜在密縣北是其國北鄰於虢也地理志河南有成皐縣故虎牢也一曰制隱元年左傳曰制巖邑也虢叔死焉然則虢國當在成皐而又以滎陽爲虢國者傳言虢叔特制與滎陽相近在虢之境內故特之耳不言其都在制也譜於諸國皆不言。北鄰此獨言北鄰於虢者以鄭滅虢檜而處之先譜檜而接說鄭故特著此句爲史伯之言張本也此與檜鄰者謂東虢耳猶自別於西虢杜預云西虢在弘農陝縣東南東虢今滎陽其東虢鄭武公滅之西虢則晉獻公滅之

羔裘大夫以道去其君也國小而迫君不用道好絜其衣服逍遙遊燕而不能

自強於政治故作是詩也以道去其君者三諫不從待放於郊得玦乃去○好呼報反下注同治直吏反下注同玦古穴反

【疏】羔裘三章章四句至是詩○正義曰作羔裘詩者言大夫以道去其君也謂之大夫見君有不可之行乃盡忠以諫諫而不從即待放於郊得玦乃去此是檜以道理去君也由檜既小而迫於大國君不能用人君之道以理其國家而徒好脩絜其衣服逍遙遊戲而燕樂而不能用心自強於政治之事大夫見其如是故諫之而不從故去之臣之將去待放於郊當待放之時思君之惡而作是羔裘之詩言己去君之意也序言以道去其君既已舍君而去經云豈不汝思其意猶尚思君明己棄君而去待放未絕之時作此詩也大夫去君必是諫而不從詩之所陳即諫君之意首章二章上二句言君變易衣服以翱翔逍遙卒章上二句言其裘色之美是其好絜遊宴不強政治也三章下二句皆言思君失道爲之憂悼是以道去君之事也以詩爲去君而作故序先言以道去君也○箋以道至乃去○正義曰言以道去君則大夫正法有去君之道春秋莊二十四年戎侵曹曹羈出奔陳公羊傳曰曹無大夫何以書賢也何賢乎曹羈戎將侵曹曹羈諫曰戎衆而無義請君勿自敵也曹伯曰不可三諫不從遂去之故君子以爲得君臣之義也曲禮下云爲人臣之禮不顯諫三諫不聽。於禮得去也喪服齊衰三月章曰爲舊君傳曰大夫以道去君而猶未絕春秋宣元年晉放其大夫胥甲父于衞公羊傳曰近正也其爲近正奈何古者大夫已去三年待放君放之非也大夫待放正也是三諫不從有待放之禮宣二年穀梁傳稱趙盾諫靈公公不聽出亡至於郊也趙盾三諫之出至郊而舍明大夫待放在於郊也得玦乃去者謂君與之決別任其去然後去也荀卿書云聘士以圭。復士以璧召人以瑗絕人以玦反絕以環范甯穀梁注君賜之環則還賜之玦則往用荀卿之言以爲說則君與之決別之時或當賜之以玦也曲禮云大夫去國踰境爲壇位鄉國而哭三月而復服此箋云待放於郊禮記言踰境公羊傳言待放三年禮記言三月者禮記所言謂既得玦之後行此禮而後去非待放時也首章言狐裘以朝謂視路門外之朝也二章云狐裘在堂謂在路寢之堂也視朝之服卽服之於路寢不更易服玉藻云君朝服以日視朝於內朝退適路寢聽政聽政服視朝之服是在朝在堂同服羔裘今檜君變易衣服用狐裘在朝因用狐裘在堂故首章言在朝二章言在堂上二章唯言變易常禮未言好絜之事故卒章言羔裘之美如脂膏之色羔裘旣美則狐裘亦美可知故不復說狐裘之美

羔裘逍遙狐裘以朝羔裘以遊燕狐裘以適朝箋云諸侯之朝服緇衣羔裘大蜡而息民則有黃衣狐裘今以朝服燕祭服朝是其好絜衣服也先言燕後言朝見君之志不能自強於政治○朝直遙反注同下篇注亦同蜡仕詐反祭名也見賢遍反豈不爾思勞心忉忉國無政令使我心勞箋云爾女也三諫不從待放而去思君如是心忉忉然○忉音刀

疏羔裘至忉忉○正義曰言檜君好絜衣服不脩政事羔裘是適朝之常服今服之以逍遙狐裘是息民之祭服今服之以在朝言其志好鮮絜變易常服也好絜如是大夫諫而不聽待放於郊思君之惡言我豈不於爾思乎我誠思之君之惡如是使我心忉忉然而憂也逍遙遊燕之事輕視朝聽政之事重今先言燕後言朝者見君不能自強於政治唯好逍遙忽於聽政故後言朝也○箋諸侯至政治○正義曰玉藻云諸侯朝服以日視朝於內朝是諸侯視朝之服名曰朝服也士冠禮云主人玄冠朝服緇帶素韠注云玄冠委貌朝服者十五升布衣而素裳不言色者衣與冠同色是朝服衣色玄玄卽緇色之小別論語說孔子之服云緇衣羔裘玉藻亦云羔裘緇衣以裼之是羔裘裼用緇衣明其上正服亦緇色也論語又曰羔裘玄冠不以弔是羔裘之所用配玄冠羔裘之上必用緇布衣爲裼裼衣之上正服亦是緇色又與玄冠相配明是朝服可知故云諸侯之朝服緇衣羔裘也人君以歲事成就搜索羣神而報祭之謂之大蜡又臘祭先祖五祀因令民得大飲農事休息謂之息民於大蜡之後作息民之祭其時則有黃衣狐裘也大蜡之祭與息民異也息民用黃衣狐裘大蜡則皮弁素服二者不同矣以其大蜡之後始作息民之祭息民大蜡同月其事相次故連言之耳知者郊特牲云蜡也者索也歲十二月合聚萬物而索饗之也皮弁素服而祭素服以送終也葛帶榛杖喪殺也是

大蜡之祭用素服也郊特牲旣說蜡祭其下又云黄衣黄冠而祭息田夫也注云祭謂旣蜡臘先祖五祀也於是勞農以休息之是息民之祭用黄衣也論語說孔子之服云黄衣狐裘玉藻云狐裘黄衣以裼之以此知大蜡息民則有黄衣狐裘也案玉藻云君衣狐白裘錦衣以裼之又曰錦衣狐裘諸侯之服然則諸侯有狐白裘矣又曰君子狐青裘豹褎玄綃衣以裼之則禮又有狐青裘矣此經直云狐裘何知非狐白狐青而必知是黄衣狐裘者以諸侯之服狐白裘唯在天子之朝耳在國視朝之服則素衣麑裘無狐白裘矣若檜君用狐白以朝則違禮僭上非徒好絜而已序不應直云好絜以此知非狐白也玉藻言君子狐青裘者注云君子大夫士也天官司裘云季秋獻功裘以待頒賜注云功裘人功微麤謂狐青麑裘之屬然則狐青乃是人功麤惡之裘檜君好絜必不服之矣孔子仕魯朝論語說孔子之服緇衣羔裘與黄衣狐裘其文相對明此羔裘狐裘亦是緇衣黄衣之裘故知羔裘是視朝之服狐裘是息民祭服也檜君志在遊燕祭服尊於朝服旣用祭服以朝又用朝服以燕是其好絜衣服也逍遙翱翔是遊戲燕樂故言燕耳非謂行燕禮與羣臣燕也禮記云燕朝服於寢若依法設燕則服羔裘可矣今用以遊燕故大夫刺之遊燕之服於禮無文不過用玄端深衣而已必不得用朝服故刺其服羔裘也事有大小今朝事重燕事輕作者先言燕後言朝見君之志不能自強於政治故也○箋爾女至忉忉然○正義曰序云以道去其君則此臣已棄君去若其已得玦之後則於君臣義絕不應復思故知此是三諫不從待放而去之時思君而心勞也

羔裘翺翔狐裘在堂堂公堂也箋云翺翔猶逍遙也豈不爾思我心憂傷

疏傳堂公堂○正義曰七月云躋彼公堂謂飲酒於學故傳以公堂爲學校此云公堂與彼異也何則此刺不能自強於政治則在朝在堂皆是政治之事上言以朝謂日出視朝此云在堂謂正寢之堂人君日出視朝乃退適路寢以聽大夫所治之政二者於禮同服羔裘今檜君皆用狐裘故二章各舉其一

羔裘如膏日出有曜日出照曜然後見其如膏○膏古報反曜羊照反豈不爾思中心

是悼悼動也箋云悼猶哀傷也疏羔裘至是悼○正義曰上言變易衣裘此言裘色鮮美檜君所服羔裘衣色潤澤如脂膏然日出有光照曜之時觀其裘色如脂膏也君既好絜如是大夫諫而不用將欲去之乃言豈不於爾思乎我誠思之思君之惡如是中心於是悼傷之○傳悼動○正義曰哀悼者心神震動故為動也與箋哀傷同

羔裘三章章四句

素冠刺不能三年也喪禮子為父父卒為母皆三年時人恩薄禮廢不能行也○為于偽反下同疏素冠三章章三句○箋喪禮至能行○正義曰喪服子為父斬衰三年父卒為母齊衰三年此言不能三年不言齊斬之異故兩舉以充之喪禮諸侯為天子父為長子妻為夫妾為君皆三年此箋獨言父母者以詩人所責當責其尊親至極而不能從禮耳故知主為父母父母尚不能三年其餘亦不能三年可知矣首章傳曰素冠練冠禮三年之喪十三月而練則此練冠是十三月而練服也二章傳曰素冠故素衣則素衣與冠同時亦既練之衣是上二章同思既練之人卒章庶見素韠案喪服斬衰有衰裳絰帶而已不言其韠檀弓說既練之服云練衣黃裏縓緣要絰繩屨角瑱鹿裘亦不言有韠則喪服始終皆無韠矣禮大祥祭服朝服縞冠朝服之制緇衣素裳禮韠從裳色素韠是大祥祭服之韠然則毛意亦以卒章思大祥之人也作者以時人皆不能行三年之喪故從初鄉末而思之有不到大祥者故上二章思既練之人皆不能三年故卒章思祥祭之人事之次也鄭以首章思見既祥之後素縞之冠下二章思見祥祭之服素。冠。於韠以時人不能行三年之喪先思長遠之服故先思祥後卻思祥時也

庶見素冠兮棘人欒欒兮庶幸也素冠練冠也棘急也欒欒瘠貌箋云喪禮既祥祭而縞冠素紕時人皆解緩無三年之恩於其父母而廢其喪禮故覬幸一見素冠急於哀感之人形貌欒欒然。瘦。瘠也○欒力端反瘠情昔反縞古老反

紕婢移反解佳賣反覬音冀腴本亦作瘦所救反勞心慱慱兮慱慱憂勞也箋云勞心者憂不得見○慱徒端反疏庶見至慱慱兮○毛以為時人不能行三年之喪亦有練後即除服者故君子言己幸望得見服既練之素冠兮用情急於哀感之人其形貌欒欒然腴瘠者兮今無此人可見使我勤勞其心慱慱然而憂之兮○○鄭以素冠為既祥素紕之冠思見既祥之人其文義則同○傳庶幸至瘠貌○正義曰庶幸釋言文傳以刺不行喪禮而思見素冠則素冠是喪服之冠也若練前已無此冠則是本不為服不得云不能三年若在大祥之後則三年已終於禮自除非所當刺今作者思見素冠則知此素冠者是既練之後大祥之前冠也素白也此冠練。在使熟其色益白是以謂之素焉實是祥前之冠而謂之練冠者以喪禮至朞而練至祥乃除練後常服此冠故為練冠也棘急也釋言文彼棘作悈音義同身服喪服情急哀感者其人必腴故以欒欒為腴瘠之貌定本毛無腴字○箋喪禮至腴瘠○正義曰鄭以練冠者練布為之而經傳之言素者皆謂白絹未有以布為素者則知素冠非練也且時人不行三年之喪當先思長遠之服何得先思其近乃思其遠又不能三年者當謂三年將終少月日耳若全不見練冠便是朞即釋服三年之喪纔行其半違禮甚矣何止刺於不能行三年也故易傳以素冠為既祥之冠玉藻曰縞冠素紕既祥之冠也注云紕緣邊也既祥祭而服之也是喪禮既祥而縞冠素紕也閒傳注云黑經白緯曰縞其冠用縞以素為紕故謂之素冠也時人皆解惰舒緩廢於喪禮故作者覬幸見此素冠哀感之人形貌腴瘠王肅亦以素冠為大祥之冠孫毓以箋說為長○傳慱慱憂勞○正義曰釋訓文

庶見素衣兮素冠故素衣也箋云除成喪者其祭也朝服縞冠朝服緇衣素裳然則此言素衣者謂素裳也我心傷悲兮聊與子同歸兮願見有禮之人與之同歸箋云聊猶且也且與子同歸欲之其家觀其居處疏庶見至歸兮○毛以為作者言己幸得見既練之素衣兮今無可見使我心傷悲兮若得見之願與子同歸於家兮言欲與共歸己家○鄭以為幸得見祥祭之素衣兮今無可見使我心傷悲兮若得見之且欲

與子同歸於子之家兮以其身既能得禮則居處亦應有法故欲與歸彼家而觀其居處○傳素冠故素衣○正義曰以冠衣當上下相稱冠既練則衣亦練
故云素冠故素衣謂既練之後服此白布喪服○箋除成至素裳○正義曰箋亦以素非布故以易傳也除成喪者其祭也朝服縞冠喪服小記文彼注云成
成人也縞冠未純吉是祥祭當服朝服士冠禮云主人玄冠朝服緇帶素韠韠從裳色故大祥之祭其服以素爲裳此言素衣者謂素裳也裳而言衣衣是大
名曲禮云兩手摳衣謂摳裳緝也是裳得稱衣故取衣爲韻喪服小記唯據諸侯若天子除喪則無文亦當服皮弁服○傳願見至同歸○正義曰傳訓聊爲
願同歸謂同歸己家然則下章言與子如一欲與之爲行如一亦與鄭異○箋聊猶至居處○正義曰箋以庶見其人則是欲觀彼行不宜共歸己家故易傳
以爲同歸彼人之家觀其居處

庶見素韠兮箋云祥祭朝服素韠者韠從裳色○韠音畢

我心蘊。結兮聊與子如一兮

子夏三年之喪畢見於夫子援琴而絃衎衎而樂作而曰先王制禮不敢不及夫子曰君子也閔子騫三年之喪畢見於夫子援琴而絃切切而哀作而曰先王制禮不敢過也夫子曰君子也子路曰敢問何謂也夫子曰子夏哀已盡能引而致之於禮故曰君子也閔子騫哀未盡能自割以禮故曰君子也夫三年之喪賢者之所輕不肖者之所勉箋云聊與子如一且欲與之居處觀其行也○蘊紆粉反夏戶雅反下同見賢遍反下同援音袁下同衎苦旦反樂音洛夫三音符其行下孟反

疏庶見至一兮○毛以爲作者言己幸望見祥祭之素韠兮今無可見使我心憂愁如蘊結兮若有此人我則願與子行如一兮愛其人欲同其行也○鄭唯下一句言且與子共處如一兮欲與之聚居而觀其所行餘同○傳子夏至所勉○正義曰傳以此篇既終三章之義舉此二人之行者言三年之喪是聖人中制使賢與不肖共爲此行時不能三年故刺之肖似也不有所似謂愚人也檀弓云子夏既除喪而見夫子予之琴和之而不和彈之而不成聲作而曰哀未忘也先王制禮而弗敢過彼說子夏之行與此正反一人不得並爲此行二者必有一誤或當父母異時鄭以毛公當有所

憑據故不正其是非○箋聊與至其行○正義曰箋以作詩之人莫非賢者不須羨彼有禮願與如一故以為且欲與之居處如一觀其行也

素冠三章章三句

隰有萇楚疾恣也國人疾其君之淫恣而思無情慾者也恣謂狡獪淫戲不以禮也○萇楚丈羊反萇楚銚弋也本草云一名羊腸一名羊桃恣姿利反狡古卯反獪古快反本亦作獪古外反疏隰有萇楚三章章四句至慾者○正義曰作隰有萇楚詩者主疾恣也檜國之人疾其君之淫邪恣極其情意而不為君人之度故思樂見無情慾者定本直云疾其君之恣無淫字經三章皆是思其無情慾之事

隰有萇楚猗儺其枝興也萇楚銚弋也猗儺柔順也箋云銚弋之性始生正直及其長大則其枝猗儺而柔順不妄尋蔓草木興者喻人少而端慤則長大無情慾○猗於可反儺乃可反銚音遙長張丈反下同蔓音萬少詩照反下同夭之沃沃樂子之無知夭少也沃沃壯佼也箋云知匹也疾君之恣故於人年少沃沃之時樂其無妃匹之意○夭於驕反沃烏毒反樂音洛注下皆同妃音配疏隰有至無知○正義曰此國人疾君淫恣情慾思得無情慾之人言隰中有萇楚之草始生正直及其長大其猗儺然枝條柔弱不妄尋蔓草木以興人於少小之時能正直端慤雖長大亦不妄淫恣情慾故我今日於人夭夭然少壯沃沃壯佼之時樂子之無配匹之意若少小無配匹之意則長大不恣其情慾疾君淫恣故思此人○傳萇楚銚弋○正義曰釋草文舍人曰萇楚一名銚弋本草云銚弋名羊桃郭璞曰今羊桃也或曰鬼桃葉似桃華白子如小麥亦似桃陸機疏云今羊桃是也葉長而狹華紫赤色其枝莖弱過一尺引蔓于草上今人以為汲灌重而善沒不如楊柳也近下根刀切其皮著熱灰中脫之可韜筆管○箋銚弋至情慾○正義曰妄者謂非理相加蔓在傍之草木是為妄也不妄者謂不尋蔓之也言銚弋從小至長不妄尋蔓草木少而端慤則長大無情慾者此謂十五六

之時也巳有所知性頗可識無情慾者則猶端正謹慤則雖至長大亦無情慾知此少而端慤非初生時者幼小之時則凡人皆無情慾論語云人之生也直注云始生之性皆正直謂初生幼小之時悉皆正直人性皆同無可羨樂以此故知年少者謂十五六時也○傳夭少沃沃壯佼○正義曰桃之夭夭謂桃之少則知此夭謂人之少故云夭少也言其少壯而佼好也○箋知匹至之意○正義曰知匹釋詁文下云無家無室故知此宜爲匹也

隰有萇楚猗儺其華夭之沃沃樂子之無家箋云無家謂無夫婦室家之道疏箋無家至之道○正義曰桓十八年左傳曰男有室女有家謂男處妻之室女安夫之家夫婦二人共爲家室故謂夫婦家室之道爲室家也

隰有萇楚猗儺其實夭之沃沃樂子之無室

隰有萇楚三章章四句

匪風思周道也國小政亂憂及禍難而思周道焉疏匪風三章章四句至道焉○正義曰作匪風詩者言思周道也以其檜國既小政教又亂君子之人憂其將及禍難而思周道焉若使周道明盛必無喪亡之憂故思之上二章言周道之滅念之而怛傷下章思得賢人輔周興道皆是思周道之事

匪風發兮匪車偈兮發發飄風非有道之風偈偈疾驅非有道之車○偈起竭反疾也驅丘遇反又如字顧瞻周道中心怛兮怛傷也下國之亂周道滅也箋云周道周之政令也迴首曰顧○怛兮都達反慘怛也疏匪風至怛兮○正義曰此詩周道既滅風爲之變俗爲之改言今日之風非有道之風發發兮大暴疾今日之車非有道之車偈偈然大輕嘌由周道廢滅故風車失常此周道在於前世既巳往過今迴顧視此周道見其廢滅使我心中怛然而傷之兮此風車失常非獨檜國但檜人傷之而作此詩耳○傳發發至之車○正義曰

蓼莪云飄風發發下云匪風飄兮知發發爲飄風偈偈輕舉之貌故爲疾驅傷周道之滅而云匪車匪風故知非有道之風非有道之車車者人所乘駕也時世無道人無節度可得隨時改易風乃天地之氣亦爲無道變者尚書洪範咎徵言政教之失能感動上天十月之交稱爗爗震電爲不善之徵是世無道則風雷變易○傳怛傷至道滅○正義曰怛者驚痛之言故爲傷也言顧瞻周道則周道已過迴首顧之故知於時下國之亂而周道滅下國謂諸侯對天子爲下國周道周之政令棄而不行是廢滅也定本無怛傷之訓

匪風飄兮匪車嘌兮

迴風爲飄嘌嘌無節度也○飄符遙反又必遙反嘌本又作票匹遙反

顧瞻周道中心弔兮

弔傷也

疏傳迴風至節度○正義曰迴風爲飄釋天文李巡曰迴風旋風也一曰飄風別二名此章言風名上章言發發謂飄風行疾是一風也上章言疾車此言無節度車之遲速當有驚和之節由疾故無節亦與上同

誰能亨魚溉之釜鬵

溉滌也鬵釜屬亨魚煩則碎治民煩則散知亨魚則知治民矣箋云誰能者言人偶能割亨者○亨普耕反注同煑也溉本又作摡古愛反釜符甫反鬵音尋又音岑說文云大釜也一曰鼎大上小下若甑曰鬵音才今反滌徒歷反

誰將西歸懷之好音

周道在乎西懷歸也箋云誰將者亦言人偶能輔周道治民者也檜在周之東故言西歸有能西仕於周者我則懷之以好音謂周之舊政令

疏誰能至好音○正義曰此見周道既滅思得有人輔之言誰能亨魚者乎有能亨魚者我則溉滌而與之釜鬵以與誰能西歸輔周治民者乎有能輔周治民者我則歸之以周舊政令之好音恨當時之人無輔周者亨魚煩則碎治民煩則散亨魚類於治民故以亨魚爲喻溉者滌器之名溉之釜鬵欲歸與亨者之意歸之好音欲備具好音之意釜鬵言溉亦歸與之。而好音言歸亦備具之。而互相曉○傳溉滌至治民○正義曰大宗伯云祀大神則視滌濯少牢禮祭之日雍人溉鼎廩人溉甑是溉滌皆洗器之名故云溉滌也釋器云䰝謂之鬵鬵鉹也孫炎曰關東謂甑爲鬵涼州謂甑爲鉹郭璞引詩云溉之釜鬵然則鬵是甑非釜類亨魚用釜不用甑雙舉者以其俱是食器故連言耳亨魚治民俱不欲煩知亨魚之道則知治民之道言治民貴安靜○箋誰能至亨者○正義曰人偶者謂以人。思尊偶之也論語注人偶同位人偶之辭禮注云人偶相與爲禮儀皆同也亨魚小伎誰或不能而云誰能者人偶此能割亨者尊貴之若言人皆不能故云誰能也○傳周道至懷歸○正義曰此詩謂思周道欲得有人西歸則是將歸於周解其言西之意於時檜在滎陽周都豐鎬周在於西故言西也釋言云懷來也來亦歸之義故得爲歸也○箋誰將至政令○正義曰上以亨魚爲喻故知西歸者欲令人之輔周治民也若能仕周則當自知政令詩人欲歸之以好音者愛其人欲贈之耳非謂彼不知也

匪風三章章四句

檜國四篇十二章四十五句

附釋音毛詩注疏卷第七（七之二）

毛詩注疏校勘記（七之二）　阮元撰盧宣旬摘錄

檜譜

檜國在禹貢豫州閩本明監本毛本同案此不誤浦鏜云檜衍字非也嫌國是祝融國故複舉檜而言之○補案檜上當有○

在汴縣東閩本明監本毛本同案浦鏜云其誤汴是也

昆吾蘇顧溫莒也閩本明監本毛本同案依國語莒作董

妘姓鄢閩本明監本毛本同案此不誤浦鏜云鄢國語作鄔非也今國語誤耳潛夫論亦作鄢可證

地理志毛本理誤里閩本明監本不誤下同

皆不言北鄰閩本明監本毛本同案北當作其形近之譌

○羔裘

三諫不聽於禮得去也閩本明監本毛本同案不聽下浦鏜云當有則去之是三諫不聽是也此不聽復出而脫

復士以璧閩本明監本毛本同案此不誤浦鏜云間誤復見荀子大略篇非也此不與楊倞注本同耳

在國視朝之服則素衣麑裘閩本明監本毛本同案朝當作朔

○素冠

素冠於韡閩本明監本毛本同案浦鏜云冠於疑棠與誤是也

形貌欒欒然腴瘠也相臺本同閩本明監本毛本同小字本腴瘠作瘠瘦案小字本誤倒也釋文腴本亦作瘦正義作腴

此冠練在使熱閩本明監本毛本同案浦鏜云布誤在是也

我心蘊結兮小字本相臺本同唐石經初刻蘊後改蘊案說文蘊積也从艸温聲正義釋文作蘊者即薀之俗字耳

○隰有萇楚

國人疾其君之淫恣唐石經缺小字本相臺本同案此正義本也定本無淫字唐石經計其字亦當有

於人夭夭然少壯沃沃壯佼之時閩本明監本毛本同案上壯字衍沃沃下脫然字此讀於少字略逗

隰有萇楚三章小字本相臺本同唐石經無隰有二字案有者是也序可證

○匪風

怛傷也小字本相臺本同案此正義本也正義云定本無怛傷之訓考釋文怛兮下云慘怛也是釋文本亦無此傳

偈偈然大輕憬閩本明監本毛本同案然當作兮上文發發兮大暴疾與此對文皆經中兮字也

亦歸與之而閩本明監本毛本同案此不誤下亦備具之而同浦鏜云兩而字當衍文非也讀以而字斷句而詞也浦誤於之字斷句耳

謂以人思尊偶之也閩本明監本毛本同案思當作意聘禮疏以人意相存偶也尊偶存偶與中庸正義之相親偶表記正義之相愛偶碩人正義之答偶皆一也下文云尊貴之

珍倣宋版印

附釋音毛詩注疏卷第七（七之三）

〔廿五〕

曹蜉蝣詁訓傳第十四○陸曰曹者武王之弟叔振鐸所封之國也爵為伯其封域在兗州陶丘之北菏澤之野今濟陰定陶是也

毛詩國風　鄭氏箋　孔穎達疏

曹譜 曹者禹貢兗州陶丘之北地名○正義曰禹貢云濟河惟兗州王肅云東南據濟西北距河不言距濟而云據者則州境東南踰濟水也禹貢又云導沇水東流為濟入于河溢為滎東出于陶丘北漢書地理志云濟陰定陶縣故曹國周武王弟叔振鐸所封禹貢陶丘在西南陶丘亭是也言丘在曹之西南則曹在丘之東北止言北者舉其大望所在耳雖在濟南猶屬兗州故言兗州地名也○周武王既定天下封弟叔振鐸於曹今曰濟陰定陶是也○正義曰曹世家云曹叔振鐸者周武王母弟也武王克殷封叔振鐸於曹地理志云濟陰定陶詩風曹國是鄭所引之文也曹都雖在濟陰其地則踰濟北春秋傳三十一年取濟西田左傳曰濟西田分曹地也案禹貢濟自陶丘之北又東至于菏又東北會于汶曹在汶南濟東據魯而言是濟西是曹地在濟北也其封域在雷夏菏澤之野○正義曰禹貢兗州云雷夏既澤又云導菏澤被孟猪案地理志雷夏澤在濟陰成陽縣西北菏澤在濟陰定陶縣東二澤同屬濟陰濟陰曹都所在是曹之封域在二澤○昔堯嘗遊成陽死而葬焉舜漁於雷澤民俗始化其遺風重厚多君子務稼穡薄衣食以致畜積○正義曰此皆地理志文志又云濟陰成陽縣有堯冢既有堯冢是死而葬焉由堯舜二帝嘗經遊處故民俗化而效之其遺風多君子也將言後世驕侈故先云其民俗畜積也○夾於魯衛之間又寡於患難末時富而無教乃更驕侈○正義曰魯在其東南衛在其西北魯衛雖大於曹非如齊秦晉楚自專征伐畏懼霸主不敢侵曹由此所以寡於患難又言其改變堯舜之化而驕侈無復重厚之風也蜉蝣序云刺奢也昭公無法以自守好奢而任小人是富而無教驕侈之事也言末時者

正謂周王惠襄之間作詩之時鄭國非獨魯衛而已舉魯衛以協句略餘國而不言也。曹之後世雖爲宋所滅宋亦不數伐曹故得寡於患。雖十一世當周惠王時政衰昭公好奢而任小人曹之變風始作○正義曰曹世家云叔振鐸卒子太伯脾立卒子仲君平立卒子宮伯侯立卒子孝伯雲立卒子夷伯喜立卒弟幽伯彊立九年弟蘇殺幽伯代立是爲戴伯三十年卒子惠伯兕立三十六年卒子碩甫立其弟武攻之代立是爲繆公三年卒子桓公終生立五十五年卒子莊公射姑立三十一年卒子釐公夷立九年卒子昭公班立九年卒子共公襄立此其君次也自叔振鐸至昭公凡十五君以碩甫不成爲君幽伯戴伯二。人又不數叔振鐸始封之君故十一世昭公以魯閔公元年卽位僖七年卒周惠王以莊十八年卽位僖八年崩是當周惠王時也其詩蜉蝣序云昭公昭公詩也候人下泉序云共公鳲鳩在其間亦共公詩也鄭於左方中皆以此而知

蜉蝣刺奢也昭公國小而迫無法以自守好奢而任小人將無所依焉 ○蜉蝣上音浮下音由渠略也國小一本作昭公國小而迫案鄭譜云昭公好奢而任小人曹之變風始作此詩箋云喻昭公之朝是蜉蝣爲昭公詩也譜又云蜉蝣至下泉四篇共公時作今諸本此序多無昭公字崔集注本有未詳其正也 疏 蜉蝣三章章四句至依焉○正義曰作蜉蝣詩者刺奢也昭公之國既小而迫脅於大國之間又無治國之法以自保守好爲奢侈而任用小人國家危亡無日君將無所依焉故君子憂而刺之也好奢而任小人者三章上二句是也將無所依下二句是也三章皆刺好奢又互相見首章言衣裳楚楚見其鮮明二章言采采見其衆多卒章言麻衣見其衣體卒章麻衣是諸侯夕時所服則首章是朝時所服及其餘衣服也二章言衆多見其上下之服皆衆多也首章言蜉蝣之羽二章言之翼言有羽翼而已不言其美卒章乃言其色美亦互以爲興也

蜉蝣之羽衣裳楚楚 興也蜉蝣渠略也朝生夕死猶有羽翼以自脩飾楚楚鮮明貌箋云興者喻昭公之朝其羣臣皆小人也徒整飾其

衣裳不知國之將迫脅君臣死亡無日如渠略然○楚楚如字說文作𪓰𪓰云會五綵鮮色也渠本或作蟝音同其居反略本或作蜛音同沈云二字並不施虫是也朝直遙反下皆同一讀下朝夕字張遙反

心之憂矣於我歸處

箋云歸依歸君當於何依歸乎言有危亡之難將無所就往○難乃旦反

【疏】蜉蝣至歸處○正義曰言蜉蝣之蟲有此羽翼以興昭公君臣有此衣裳楚楚也蜉蝣之小蟲朝生夕死不知己之性命死亡在近有此羽翼以自脩飾以興昭公之朝廷皆小人不知國將迫脅死亡無日猶整飾此衣裳以自修絜君任小人又奢如是故將滅亡詩人之言我心緒為之憂矣此國若亡於我君之身當何所歸處乎○傳蜉蝣至明貌○正義曰釋蟲云蜉蝣渠略舍人曰蜉蝣一名渠略南陽以東曰蜉蝣梁宋之間曰渠略孫炎曰夏小正云蜉蝣渠略也朝生而暮死郭璞曰似蛣蜣身狹而長有角黃黑色叢生糞土中朝生暮死猪好噉之陸機疏云蜉蝣方土語也通謂之渠略似甲蟲有角大如指長三四寸甲下有翅能飛夏月陰雨時地中出今人燒炙噉之美如蟬也樊光謂之糞中蝎蟲隨陰雨時為之朝生而夕死定本亦云渠略俗本作渠螻者誤也○箋興者至渠略○正義曰以序云任小人故云其羣臣皆小人耳其實此言衣裳楚楚亦刺昭公之身非獨刺小人也何則卒章麻衣謂諸侯之身夕服深衣則知此章衣裳亦有君之衣裳以蜉蝣朝生夕死故知喻國將迫脅死亡無日

蜉蝣之翼采采衣服

采采衆多也

【疏】傳采采衆多○正義曰以卷耳芣苢言采采者衆多非一之辭知此采采亦為衆多楚楚於衣裳之下是為衣裳之貌今采采在衣服之上故知言多有衣服非衣裳之貌也

心之憂矣於我歸息

息止也

蜉蝣掘閱麻衣如雪

箋云掘閱容閱也如雪言鮮絜掘閱掘地解。謂其始生時也以解閱喻君臣朝夕變易衣服也麻衣深衣諸侯之朝朝服朝夕則深衣也○掘求勿反閱音悅解音蟹下同

心之憂矣於我歸說

箋云說猶舍息也○說音稅協韻如字

【疏】蜉蝣至歸說○正義曰蜉蝣之蟲初掘地而出皆。鮮閱以興昭公羣臣皆麻衣鮮絜如雪也蜉蜉之蟲朝

生夕死掘地而出甚。鮮閱後又生其羽翼爲此脩飾以興昭公君臣不知死亡無日亦朝夕變易衣服而爲脩飾也君既任小人又好奢如是故君子憂之言我心爲之憂矣此國若亡於我君之身當何所歸依而說舍乎言小人不足依恃也○傳掘閱至鮮絜○正義曰此蟲土裏化生閱者悅懌之意掘閱者言其掘地而出形容鮮閱也麻衣者白布衣如雪言甚鮮絜也○箋掘地至深衣○正義曰定本云掘地解閱謂開解而容閱義亦通也上言羽翼謂其成蟲之後此掘閱舉其始生之時蟲以朝夕容貌不同故知喻君臣朝夕變易衣服也言麻衣則此衣純用布也衣裳即布而色白如雪者謂深衣爲然故知麻衣是深衣也鄭又自明己意所以知麻是布深衣者以諸侯之朝夕則深衣故也玉藻說諸侯之禮云夕深衣祭牢肉是諸侯之服夕深衣也深衣布衣升數無文也雜記云朝服十五升然則深衣之布亦十五升矣故閒傳云大祥素縞麻衣注云麻衣十五升布深衣也純用布無采飾是鄭以深衣之布爲十五升也彼是大祥之服故云無采飾耳而禮記深衣之篇說深衣之制云孤子衣純以素非孤子者皆不用素純此諸侯夕服當用十五升布深衣而純以采也以其衣用布故稱麻耳案喪服記公子爲其母麻衣縓緣注云麻衣者小功布深衣引詩云麻衣如雪若深衣用十五升布爲而彼注以麻衣爲小功布者以大功章云公之庶昆弟爲其母言公之昆弟則父卒矣父卒爲母大功父在之時雖不在五服之例其縷麤細宜降大功一等用小功布深衣引此者證麻衣是布深衣耳不謂此言麻衣其縷亦如小功布也

蜉蝣三章章四句

候人刺近小人也共公遠君子而好近小人焉○候人官名近附近之近下同共音恭下篇同遠于萬反下注同好呼報反

疏候人四章章四句至人焉○正義曰首章上二句言其遠君子以下皆近小人也此詩主刺君近小人以君子宜用而被遠小人應疏而

卻近故經先言遠君子也彼候人兮何戈與祋候人道路送。賓客者何揭祋殳也言賢者之官不過候人箋云是謂遠君子也○何何可反又音何祋都外反又都律反揭音竭又其謁反殳市朱反彼其之子三百赤芾彼曹朝也芾韠也一命緼芾黝珩再命赤芾黝珩三命赤芾葱珩大夫以上赤芾乘軒箋云之子是子也佩赤芾者三百人○其音記下皆同芾音弗祭服謂之芾沈又甫味反朝直遙反下在朝同緼音溫何爲本反赤黃之色黝於糾反黑色珩音衡以上時掌反

疏彼候至赤芾○正義曰言共公疏遠君子曹之於道路之上言賢者之官不過候人是遠君子也又親近小人彼曹朝上之子三百人皆服赤芾是其近小人也諸侯之制大夫五人今有三百赤芾愛小人過度也○傳候人至候人○正義曰夏官序云候人上士六人下士十有二人史六人徒百有二十人注云候人迎賓客之來者彼天子之官候人是上士下士則諸侯之候人亦應是士此說賢者爲候人乃身荷戈祋謂作候人之徒屬非候人之官長也天子候人之徒百二十人諸侯候人之徒數必少於天子賢者之身充此徒中之一員耳其職云候人各掌其方之道治與其禁令以設候人注云禁令備姦寇也以設候人者選士卒以爲之引此詩云彼候人兮何戈與祋言以設候人是其徒亦名爲候人也鄭言選士卒爲之卽引此詩明知此詩所陳是彼候人之士卒者若居候人之職則是官爲上士不宜身荷戈祋不得刺遠君子以此知賢者所爲非候人之官長也其職又云若有方治則帥而致于朝及歸送之于境注云方治其方來治國事者也春秋傳曰晉欒盈過周王使候人出諸轘轅是其送之也官以候迎爲名有四方來者則致之於朝歸則送之於境以是知候人是道路送迎賓客者案秋官環人掌送迎邦國之賓客以路節達諸四方又掌訝掌待賓客有賓客至逆於境爲前驅而入及歸送亦如之若候人主送迎賓客而環人掌訝又掌送迎賓客者環人掌執節導引使門關無禁掌訝以禮送迎詔贊進止候人則荷戈兵防衛奸寇雖復同是送迎而職掌不同故異官也戈祋須人擔揭故以荷爲揭也考工記廬人云戈柲

六尺有六寸殳長尋有四尺戈殳俱是短兵相類故也且殺字從殳故知殺為殳也說文云殺殳長殳也。不刺遠君子而舉候人是作者之意言賢者之官不過候人出賢者所作候人乃是候人之士卒言官者以賢人宜為大官今在官任使唯為候人故以官言之○傳彼彼至乘軒○正義曰桓二年左傳云袞冕黻珽則芾是配冕之服易困卦九五困于赤芾知用享祀則芾服祭祀所用也士冠禮陳服皮弁素韠玄端爵韠則韠之所用不施於祭服矣玉藻說韠之制云下廣二尺上廣一尺長三尺其頸五寸肩革帶博二寸書傳更不見芾之別制明芾之形制亦同於韠但尊祭服異其名耳言芾韠者以其形制大同故舉類以曉人其禮別言之則祭服謂之芾他服謂之韠二者不同也一命縕芾黝珩再命赤芾黝珩三命赤芾葱珩皆玉藻文彼注云玄冕爵弁服之韠尊祭服異其名耳韍之言蔽也縕赤黃之間色所謂。韍也珩佩玉之珩也黑謂之黝青謂之葱周禮公侯伯之卿三命。下大夫再命。上士一命然則曹爲伯爵大夫再命是大夫以上皆服赤芾於法又得乘軒故連言之定十三年左傳云齊侯斂諸大夫之軒哀十五年傳稱衞太子謂渾良夫曰苟使我入國服冕乘軒是大夫乘軒也閔二年傳稱齊桓公。遣衞夫人以魚軒以夫人乘軒則諸侯亦乘軒故云大夫以上也傳因赤芾遂言乘軒者僖。十八年左傳稱晉文公入曹數之以其不用僖負羈而乘軒者三百人也且曰獻狀杜預云軒大夫之車也言其無德而居位者多故責其功狀彼正當共公之時與此三百文同故傳因言乘軒以爲共公近小人之狀

維鵜在梁不濡其翼鵜洿澤鳥也梁水中之梁鵜在梁可謂不濡其翼乎箋云鵜在梁當濡其翼而不濡者非其常也以喻小人在朝亦非其常○鵜徒低反洿音烏一音火故反○**彼其之子不稱其服**箋云不稱者言德薄而服尊○稱尺證反注同

[疏]維鵜至其服○毛以爲維鵜鳥在梁可謂不濡其翼乎言必濡其翼以興小人之在朝可謂不亂其政乎言必亂其政彼其曹朝之子謂卿大夫等其人無德不能稱其尊服言其終必亂國也鄭上二句別義具箋○傳鵜洿至翼乎○正義曰鵜洿澤釋鳥文舍人曰鵜一名洿澤郭朴曰今之鵜鶘也好羣飛入水食

魚故名洿澤俗呼之爲淘河陸機疏云鵜水鳥形如鶚而極大喙長尺餘直而廣口中正赤頷下胡大如數升囊若小澤中有魚便羣共杼水滿其胡而棄之令水竭盡魚陸地乃共食之故曰淘河以鵜是食魚之鳥故知梁是水中之梁謂魚梁也○箋鵜在至其常○正義曰箋以經言不濡其翼是怪其不濡故知言非其常以喻小人在朝亦非其常

維鵜在梁不濡其咮 咮喙也○喙陟救反徐又都豆反喙虛穢反又尺稅反又陟角反爲口也

彼其之子不遂其媾 媾厚也箋云遂猶久也不久其厚言終將薄於君也○媾古豆反

疏 傳媾厚○正義曰重昏媾者以情必深厚故媾爲厚也

薈兮蔚兮南山朝隮 薈蔚雲興貌南山曹南山也隮升雲也箋云薈蔚之小雲朝升於南山不能爲大雨以喻小人雖見任於君終不能成其德教

婉兮孌兮季女斯飢 婉少貌孌好貌季人之少子也女民之弱者○箋云天無大雨則歲不熟而幼弱者飢猶國之無政令則下民困病矣

疏 薈兮至斯飢○正義曰薈兮蔚兮之小雲在南山而朝升不能興爲大雨以興小人在上位而見任不能成其德教此接勢爲喻天者無大雨則歲穀不熟婉兮而少孌兮而好季子少女幼弱者斯必飢矣以喻德教不成國無政令則其民將困病矣刺君近小人而病下民也○傳薈蔚至升雲○正義曰言南山朝隮則有物從山上升也必是雲矣故知薈兮蔚兮皆是雲興之貌詩人之作自歌土風故云南山曹南山也隮升釋詁文定本及集注皆云隮升雲也○箋薈蔚至德教○正義曰以經唯言雲興不言雨降故知薈蔚雲興若是小雲之興也○傳婉少至弱者○正義曰以季女謂少女幼子故以婉爲少貌孌爲好貌齊甫田亦云婉兮孌兮而下句云總角丱兮丱是幼稚故傳以婉孌並爲少好貌野有蔓草云清揚婉兮思以爲妻則非復幼稚故以婉爲美貌采蘋云有齊季女謂大夫之妻車舝云思孌季女逝兮欲取以配王皆不得有男在其間故以季女爲少女此言斯飢當謂幼者並飢非獨少女而已故以季女爲人之少子女子皆觀經爲訓故不同也伯仲叔季則季處其少女比於男則男強女弱不堪久飢故詩言少女耳定本云季人之少子

女民之弱者○箋天無至困病○正義曰箋以此經輒言斯飢文無致飢之狀而上句取不雨爲喻是因不雨爲輿故知此言歲穀不熟則幼弱者飢國無政令則民困病今定本直云歲不熟無穀字

候人四章章四句

鳲鳩刺不壹也在位無君子用心之不壹也○鳲音尸本亦作尸疏鳲鳩四章章六句至不壹○正義曰經云正是四國正是國人皆謂諸侯之身能爲人長則知此云在位無君子者正謂在人君之位無君子之人也在位之人旣用心不壹故經四章皆美用心均壹之人舉善以駁時惡首章其子七兮言生子之數下章云在梅在棘言其所在之樹見鳲鳩均壹養之得長大而處他木也鳲鳩常言在桑其子每章異木言子自飛去母常不移也

鳲鳩在桑其子七兮興也鳲鳩秸鞠也鳲鳩之養其子朝從上下莫從下上平均如一箋云興者喻人君之德當均一於下也以刺今在位之人不如鳲鳩○秸居八反又音吉鞠居六反莫音暮下上時掌反淑人君子其儀一兮箋云淑善儀義也善人君子其執義當如一也其儀一兮心如結兮言執義一則用心固疏鳲鳩至結兮○正義曰言有鳲鳩之鳥在於桑木之上爲巢而其子有七兮鳲鳩養之能平均用心如壹以與人君之德養其國人亦當平均如壹彼善人君子在民上其執義均平用心如壹旣如壹兮其心堅固不變如褁結之兮言善人君子能如此均壹刺曹君用心不均也○傳鳲鳩至如一○正義曰鳲鳩秸鞠釋鳥文鳲鳩之養七子也旦從上而下莫從下而上其於子也平均如壹蓋相傳爲然無正文○箋淑善至如一○正義曰淑善釋詁文此美其用心均壹在心不在威儀以儀義理通故轉儀爲義言善人君子執公義之心均平如壹○傳言執義一則用心固○正義曰如結者謂如不以散如物之褁結故言執義壹則用心固也素冠云我心蘊結又爲憂愁不散

如褎結與此同鳲鳩在桑其子在梅飛在梅也淑人君子其帶伊絲其帶伊絲其弁伊騏。騏騏

文也弁皮弁也箋云其帶伊絲謂大帶也大帶用素絲有雜色飾焉騏當作璂以玉爲之言此帶弁者刺不稱其服○弁皮彥反騏音其綦文也說文作璂云

弁飾也往往置玉也或亦作璂音其稱尺證反【疏】鳲鳩至伊騏○毛以爲言鳲鳩之鳥在桑其子飛去在梅以其平均養之故得長大而飛去以與人君之

德亦能均壹養民養民得成就而安樂彼善人君子執義如壹者其帶維是絲爲之其弁維作騏之文也舉其帶弁言德稱其服故民愛之刺曹君不稱其服

使民惡之○鄭唯其弁伊騏言皮。爲之璂以玉爲之餘同○傳騏騏文弁皮弁○正義曰馬之青黑色者謂之騏此字從馬則謂弁色如騏馬之文也春官司

服凡兵事韋弁服視朝皮弁服凡田冠弁服凡弔事弁經服則弁類多矣知此是皮弁者以其韋弁以即戎冠弁以從禽弁經又是弔凶之事非諸侯常服也

且不得與絲帶相配唯皮弁是諸侯視朝之常服又朝天子亦服之作者美其德能養民舉其常服知是皮弁○箋其帶至其服○正義曰玉藻說大帶之制

云天子素帶朱裏終辟諸侯素帶終辟大夫素帶辟垂士練帶率下辟是大夫以上大帶用素故知其帶伊絲謂大帶用素絲故言絲也玉藻又云雜帶君朱

綠大夫玄華士緇辟是其有雜色飾焉夏官弁師云王之皮弁會五采玉璂注云會。逢中也璂結也皮弁之。逢中每貫結五采玉以爲飾謂之綦引此詩云其

弁伊綦又云諸侯及孤卿大夫之皮弁各以其等爲之注云皮弁侯伯綦飾七子男綦飾五玉用采如彼周禮之文諸侯皮弁有綦玉之飾此云其弁伊騏知

騏當作璂以玉爲之以此故易傳也孫毓云皮弁之飾有玉璂而無綦文綦文非所以作飾弁箋義爲長若然顧命云四人騏弁執戈注云青黑曰騏不破騏字

爲玉綦者以顧命之文於四人騏弁之下每云一人冕身服冕則是大夫也於四人騏弁之上云二人爵弁執惠身服爵弁則是士也於爵弁之下次云騏弁

明亦是士弁師之文上云孤卿大夫之皮弁各以其等爲之不言士之皮弁則士之皮弁無璂飾矣故弁師注云士之皮弁之會無結飾以士之皮弁無玉綦

飾故知顧命士之騏弁正是弁作青黑色非綦玉之皮弁矣禮無騏色之弁而顧命有之者以新王即位特設此服使士服此騏弁執兵衛王。綦常服也此言諸侯常服故知騏當作。綦說善人君子而言帶弁者以善人能稱其服刺今不稱其服也此鳲鳩在桑其子在棘淑人君子其儀不忒忒疑也○忒他得反【疏】傳忒疑○正義曰釋言文執義如一無疑貳之心其儀不忒正是四國正。是也箋云執義不疑則可爲四國之長言任爲侯伯○長張丈反下同任音壬【疏】箋執義至侯伯○正義曰傳言正長釋訓文非爲州牧不得爲四國之長故任爲侯伯也僖元年左傳曰凡侯伯救患分災。其。非禮也是諸侯之長侯伯也鳲鳩在桑其子在榛淑人君子正是國人正是國人胡不萬年箋云正長也能長人則人欲其壽考○榛側巾反木名也又仕巾反字林云木叢生也字林榛木之字從辛木云似梓實如小栗音壯巾反

鳲鳩四章章六句

下泉思治也曹人疾共公侵刻下民不得其所憂而思明王賢伯也○思治直吏反刻音克【疏】下泉四章章四句至賢伯○正義曰此謂思上世明王賢伯治平之時若有明王賢伯則能督察諸侯共公不敢暴虐故思之也上三章皆上二句疾共公侵刻下民下二句言思古明王卒章思古賢伯上三章說共公侵刻而思古明王能紀理諸侯使之不得侵刻卒章言賢伯勞來諸侯則明王亦能勞來諸侯。互相見洌彼下泉浸彼苞稂興也洌寒也下泉泉下流也苞本也稂童粱非漑草得水而病也箋云興者喻共公之施政教徒困病其民稂當作涼涼草蕭蓍之屬○洌音列稂本作浸子鴆反稂音郎徐又音良漑古愛反蓍音尸愾我寤嘆念彼周京箋云愾嘆息之

意寤覺也念周京者思其先王之明者○愾苦愛反嘆息也說文云大息也音火既反覺音教 疏 洌彼至周京○正義曰洌然而寒者彼下流之泉浸彼苞稂之草稂非灌溉之草得水則病以喻共公之政教甚酷虐於民下民不堪侵刻遭之亦困病民既困病思古明王愾然我寢寐之中覺而嘆息念彼周室京師之明王言時有明王則無此困病也○鄭唯稂草有異其文義則同○傳洌寒至而病○正義曰七月云二之日栗洌字從冫水是遇寒之意故為寒也釋水云沃泉縣出縣出下出也李巡曰水泉從上溜下出此言下泉謂泉下流是爾雅之沃泉也易稱繫於苞桑謂桑本也泉之所浸必浸其根本故以苞為本根童梁釋草文舍人曰稂一名童梁郭朴曰莠類也陸機疏云禾秀為穗而不成崱嶷然謂之童梁今人謂之宿田翁或謂宿田也甫田云不稂不莠外傳曰馬不過稂莠皆是也此稂是禾之秀而不實者故非灌溉之草得水而病○箋興者至之屬○正義曰以序云侵刻下民故喻困病下民也箋以苞稂則是童梁為禾中別物作者當言浸禾不應獨舉浸稂且下章蕭蓍皆是野草此不宜獨為禾中之草故易傳以為稂當作涼涼草蕭蓍之屬釋草不見草名涼者未知鄭何所據○箋愾嘆至明者○正義曰祭義說祭之事云周旋出戶愾然而聞乎嘆息之聲是愾為嘆息之意也序云思明王故知念周京是思先王之明者周京與京師一也因異章而變文耳周京者周室所居之京師也京周者京師所治之周室也桓九年公羊傳云京師者何天子之居也京者何大也師者何衆也天子之居必以大衆言之是說天子之都名為京師也

洌彼下泉浸彼苞蕭蕭蒿也○蒿好刀反愾我寤嘆念彼京周

洌彼下泉浸彼苞蓍蓍草也愾我寤嘆念彼京師芃芃黍苗陰雨膏之芃芃美貌○芃薄工反又薄雄反膏古報反

四國有王郇伯勞之郇伯郇侯也諸侯有事二伯述職箋云有王謂朝聘於天子也郇侯文王之子為州伯有治諸侯之功 疏 芃芃至勞之○正義曰言芃芃然盛者黍之苗也此苗所以得盛者由上天以陰雨膏澤之故也以興四方之國有從王之事

所以得治者由有郇國之侯為伯以恩德勞來之故也今無賢伯致曹國之不治故思之○鄭唯說伯有異其文義則同○傳郇伯至述職○正義曰以經言郇伯嫌是伯爵故言郇伯郇侯也知郇為侯爵者定四年左傳祝鮀說文王之子唯言曹為伯明自曹以外其爵皆尊於伯故知爵為侯也諸侯有事二伯述職謂東西大伯分主一方各自述省其所職之諸侯者昭五年左傳云小有述職大有巡功服虔云諸侯適天子曰述職謂六年一會王官之伯命事考績述職之事也○箋有王至之功○正義曰莊二十三年左傳曰諸侯有王王有巡守巡守是天子巡省諸侯則知有王是諸侯朝聘天子思古明王賢伯也言諸侯朝聘天子者若上有明王下有賢伯則諸侯以時朝聘善惡則有黜陟之義大司馬掌九伐之法正邦國賊賢害民則伐之爾時諸侯必不敢暴虐今由無明王賢伯不復朝聘共公侵刻下民無所畏憚故思治世有朝聘之時也僖二十四年左傳說富辰稱畢原酆郇文之昭也知郇伯是文王之子也時為州伯有治諸侯之功謂為牧下二伯治其當州諸侯也易傳者以經傳考之武王成王之時東西大伯唯有周公召公大公畢公為之無郇侯者知為牧下二伯也

下泉四章章四句

曹國四篇十五章六十八句

附釋音毛詩注疏卷第七（七之三）

　阮元撰盧宣旬摘錄

曹譜

被孟豬　閩本明監本毛本同案孟當作盟陳譜作明豬正義云明豬尚書作盟豬卽左傳稱孟諸之麋爾雅云宋有孟諸是也但聲訛字變耳是正義所引尚書作盟之證

曹之後世　閩本明監本毛本曹上誤衍一○案毛鄭詩考正亦誤以此下共卄一字爲鄭君語

十一世當周惠王時　閩本明監本毛本同案浦鏜云上脫○是也

子官伯侯立　閩本明監本毛本同案浦鏜云宮誤官是也

幽伯戴伯二人又不數　閩本明監本毛本同案盧文弨云前陳譜疏云除相公一及此人字亦當作及父子曰世兄弟曰及是也考邶鄘衛譜正義云又不數及商頌譜正義云除二及皆可證

○蜉蝣

昭公國小而迫　唐石經小字本相臺本同案釋文云國小而迫一本作昭公國小而迫案鄭譜云昭公好奢而任小人曹之變風始作此詩箋云喻昭公之朝是蜉蝣爲昭公詩也譜又云蜉蝣至下泉四篇共公時作今諸本此序多無昭公字崔集注本有未詳其正也今考集注是也譜正義云蜉蝣序云昭公昭公詩也侯人下泉序云共公鳲鳩在其閒亦共公詩也鄭於左方中皆以此而知是正義所見鄭譜左方中不云蜉蝣至下泉四篇共公時作釋

文所見乃誤本因是而去此序昭公字耳

掘閱掘地解小字本相臺本解下有閱字閩本明監本毛本亦有案十行本脫也又此定本也正義云初掘地而出皆解閱又云定本云掘地解閱釋文解閱音蟹下同與定本同也

掘地而出皆鮮閱補毛本同案鮮當作解下鮮閱並同

蜉蝣三章章四句補各本皆另提一行此誤在疏下

○候人

而好近小人焉小字本相臺本同唐石經初刻無好字後改有案釋文以而好作音是其本有好字正義云以下皆近小人也此詩主刺君近小人當是其本無好字初刻出於此

候人道路送賓客者小字本相臺本同考文一本同閩本明監本毛本送下有迎字案正義云以是知候人是道路送迎賓客者依正義當有此字

荷揭戈與祋閩本明監本毛本同案經注作何正義作荷何荷古今字易而說之也例見前考文古本經作荷誤采所易之今字釋文何戈何可反又音河

不刺遠君子而舉候人閩本明監本毛本同案不當作本形近之譌

知用享祀閩本明監本毛本同案此不誤浦鏜云利誤知祭誤享非也正義所引易自如此祭祀本或作享祀見易釋文

所謂韍也閩本明監本毛本同案浦鏜云韎誤韍以玉藻注考之浦校是也

下大夫再命上士一命閩本明監本毛本同案此不誤浦鏜云二其字一譌下一譌上非也盧文弨云不必拘本文是也

遣衞夫人以魚軒閩本明監本毛本同案浦鏜云遺誤遣是也

僖十八年左傳閩本明監本毛本同案十上浦鏜云脫二字是也

形如鶚而極大閩本明監本毛本鶚誤鶚案此因十行本別體俗字作鶚而然

季人之少子也女民之弱者小字本相臺本同案正義云定本云季人之少子女民之弱者其正義本未有明文今無可考正義云伯仲叔季則季處其少女比於男則男彊女弱又標起止云至弱者其自爲文者不可據意必求之當云季少子女弱者又季少子見陟岵傳也

則下民困病矣閩本明監本毛本同小字本相臺本無矣字案無者是也標起止云至困病可證

天者無大雨閩本明監本毛本同案者當作若因剜改而與下互譌也

故知薈蔚雲興若閩本明監本毛本同案若當作者因剜改而與上互譌

○鳲鳩

其儀一兮唐石經小字本相臺本同案此一字是壹之假借騶虞經壹發五豝又以壹字爲一之假借此序中不壹字凡二見唐石經以下各本同

用正字也序用字不與經同如采薇之昆雲漢之㦲皆可見傳箋亦作一標起止可證正義易而說之乃皆用壹字

言執義一則用心固 小字本相臺本同案段玉裁云上箋儀義也善人君子其執義當如一也下箋執義不疑此言執義一文句相承上當脫箋云二字今考標起止作傳是正義本已誤

用心如壹既如壹兮其心堅固不變 閩本明監本毛本同案十行本用心至其心剜添者三字此當作用心既如壹兮其堅固不變剜添如壹及心字皆誤

刺曹君用心不均也 閩本明監本毛本刺誤既知二字案此十行本始剜者譌一字爲二字山井鼎云宋板作刺最是彼所見刺字重剜而又正之也十行本屢經剜改者如此

謂如不以散 閩本明監本毛本同案當作謂固不可散

騏騏文也 小字本相臺本同案當作騏綦文也釋文伊騏下云騏綦文也正義云馬之青黑色者謂之騏此字從馬則謂弁色如騏馬之文也此與小戎正義詳略互見耳如者如騏馬之綦文也又正義下引孫毓云皮弁之飾有玉璂而無綦文綦文非所以飾弁箋義爲長是此傳釋文正義孫毓評皆是騏綦文也今各本皆誤標起止傳騏騏文亦當是後改釋文綦字舊或誤綦今正詳後考證○按說詳小戎

騏當作璂 小字本相臺本同案釋文云作璂音其是釋文本字如此段玉裁云周禮作璂鄭易爲綦鄭箋詩孔疏詩皆依綦字今考正義本箋亦是璂字見下與釋文本同當是用此字以别於傳綦文也其引周禮而說之用彼注作綦

言皮爲之璂閩本明監本毛本同案爲當作弁

會逢中也閩本明監本毛本同案浦鏜云縫誤逢下同是也

玉用采閩本明監本毛本同案用下浦鏜云脫三字是也

綦常服也閩本明監本毛本同案綦上當有玉字因上句末王字形近而脫去也

故知騏當作綦閩本明監本毛本同案綦當作璂上文云鄭唯其帶伊騏言皮弁之璂又云知騏當作璂此二璂字據箋言之可證也

正是也閩本明監本毛本同小字本相臺本是作長考文古本同案長字是也釋文正義皆可證

傳言正長釋訓文閩本明監本毛本同案訓當作詁

其非禮也閩本明監本毛本同案浦鏜云討誤其非是也鴻鴈正義引作討罪魯頌譜正義引同

○下泉

洌彼下泉唐石經小字本同相臺本洌作冽閩本明監本毛本同案釋文洌音列寒也唐石經本此正義云字從冰相臺本所據改也東京賦李善注引此作洌詩經小學云字從仌列聲又見大東

稂童梁小字本相臺本梁作粱閩本明監本毛本同案粱字誤也爾雅作粱此釋文及大田亦或誤見六經正誤

洌彼至周京閩本明監本毛本洌作冽下同案所改是也

浸彼苞稂之草明監本毛本草下衍也字閩本剜入

字從水閩本明監本毛本水作冰案所改是也大東正義可證

必浸其稂本閩本明監本毛本同案稂當作根形近之譌

甫田云不稂不莠閩本明監本毛本同案浦鏜云大誤甫是也爾雅正義𨚗取此正作大

附釋音毛詩注疏卷第八〔八之一〕

〔廿六〕

豳七月詁訓傳第十五○陸曰豳者戎狄之地名也夏道衰后稷之曾孫公劉自部而出居焉其封域在雍州岐山之北原隰之野於漢屬右扶風郇邑周公遭流言之難居東都思公劉大王為豳公憂勞民事以此敘己志而作七月鴟鴞之詩成王悟而迎之以致太平故大師述其詩為豳國之風焉

毛詩國風

鄭氏箋

孔穎達疏

豳譜豳者后稷之曾孫。也公劉者自部而出所徙戎狄之地名今屬右扶風栒邑○正義曰周本紀云后稷卒子不窋立卒子鞠陶立卒子公劉立是公劉為后稷之曾孫也生民云卽有部家室本紀云舜封后稷于部公劉因封不改故知公劉自部而出也公劉之篇說公劉為狄迫逐而徙居經云度其夕陽豳居允荒本紀稱公劉在戎狄閒知豳是戎狄之地名也漢書地理志云右扶風郇邑縣有豳鄉詩公劉所邑是漢時屬扶風郇邑也言自部而出者杜預云豳在新平漆縣東北部今始平武功縣所治釐城是也部近而豳遠從內出外故言出○公劉以夏后大康時失其官守竄於此地猶脩后稷之業勤恤愛民民咸歸之而國成焉○正義曰國語云昔我先世后稷以服事虞夏及夏之衰棄稷弗務我先王不窋用失其官而自竄於戎狄之閒韋昭云豳西近戎北近狄周本紀亦云不窋奔戎狄之閒此云公劉竄於此地者案此公劉之篇說公劉遷豳事皆群悉自部徙豳必從公劉始矣蓋不窋之時已竄豳地尙往來部國至公劉而盡以部民遷之也本紀云公劉卒子慶節立國於豳是也定國於豳自公劉始也韋昭注國語以為不窋當大康之時公劉乃不窋之孫不應亦當大康之世而此云公劉以大康時失官守者周語止云夏之衰也不言始衰之主書序云大康失邦則夏后之衰自大康為始故繫大康言之其實公劉適豳不當大康之世鄭據外傳之文取不窋之事以爲說耳本紀云公劉雖在戎狄間復修后稷之業民賴其慶百姓懷之周道之興自此始也又公劉之篇具述公劉居豳愛民之事是民歸之而成國也其封域在禹貢雍州岐山之北原隰之野○正義曰禹貢雍州云荆岐既旅原隰厎績是岐山原隰屬雍州也大王始入居岐之陽明豳在岐山之北公劉之篇說公劉居豳度其原隰以治田是豳居原隰之野○至商之末世大王又避戎狄之難而入處於岐陽民又歸之○正義曰詩綿傳及書傳略說皆有其事○○公劉之出大王之入雖有其異由有事難之故皆能守后稷之教不失其德○○正義曰本紀云公劉復修后稷之業古公復修后稷公劉之業是皆能守后稷之教不失其德也旱麓序云周之先祖世修后稷公劉之業而鄭獨言公劉大王者以周公之作七月主意於此二人故特言之○成王之時周公避流言之難出居東都二年○正義曰金縢云武王旣喪管叔及其羣弟流言於國曰公將不利於孺子周公乃告二公曰我之弗辟無以告我先王周公居東二年則罪人斯得是周公避流言之難出居東都二年也金縢直云居東不言東都周公避居固當不出畿內自然在東都於時實未爲都而云都據後營洛而言之耳周公在東實出入三年言二年順金縢之成文思公劉大王居豳之職憂念民事至苦之功以比序己志○正義曰此釋作七月之意也以公劉遭夏人之亂大王有戎狄之難或出或入其居豳之時教民以農爲務使衣食充足憂念民事有至苦之功由其積德勤民子孫卒成王業周公既出居東都恐王業毀壞亦憂念民事庶成周道其意與公劉大王之志同不得自言己身憂國之心矣無以發明己志故作七月之詩仰陳公劉大王以比己身序己志知周公之作七月其意必如此者以序云周公遭變故陳先公風化之所由致王業之艱難言遭變是遭流言乃作也襄二十九年左傳季札見歌豳曰美哉樂而不淫其周公之東乎明在東都作之也七月之詩非刺成王非美成王無故說先公之風化陳王業之艱難則是思念先公用以比序己志也本詩周公所作大師題之曰豳明其然矣而先公在豳凡經十世知唯念公劉大王者以公劉初居豳之主大王終去豳之君俱

是先公之。後皆有事難之故周公身遭事難追念處豳先君明是念其。後者故知周公所念念此二人若然大王既遭事難能守后稷之教乃在居岐之後周公思居豳之事知其亦念大王者緜篇說大王之德云民之初生自土沮漆言居豳之時得民之意民戀其德故與俱遷明知思念豳事其意亦及大王也鄭於上句言周公居東二年此句說其作詩之意欲明七月之作在此二年之中因尚書有二年之文故言之耳非謂居東二年始作七月也何則序云周公遭變卽作不應坐度二年方始爲詩七月之作當是初出之年也○後成王迎之反之攝政致大平其出入也一德不回純似於公劉大王之所爲大師大述其志。主意於豳公之事故別其詩以爲豳國變風焉○正義曰金縢云惟朕小子其新逆是成王迎而反之代成王治國政而致大平其出居東都也其入攝王政也常守專一之德不有回邪純似公劉大王之所爲也周公作詩之時有自比二人之意及其終得攝王政其事又純似之此詩用於樂官當立題目太師於是大述周公之志以此七月詩。主意於豳公之事故別其詩不合在周之風雅而以爲豳國之變風焉此乃遠論豳公爲諸侯之政周公陳之欲以比序己志不美王業之本不得入周召之正風也又非刺美成王不得入成王之正雅周公王朝卿士不得專名一國進退既無所繫因其上陳豳公故爲豳之變風若所陳本非豳事無由得繫於豳周公事若不似於理亦不可繫此詩追述豳公事又相似故繫之爲宜也春官籥章云吹籥以歌豳詩則周制之前已繫豳矣謂之變者以其變風變雅各述時之善惡七月陳豳公之政東山以下主述周公之德正是變詩美者故亦謂之變風公劉亦陳豳事不繫豳者召康公陳公劉以戒成王猶召穆公陳文王以傷大壞主者意爲雅不得列爲風也鴟鴞以下不陳豳事亦繫豳者以七月是周公之事既爲豳風鴟鴞以下亦是周公之事尊周公使專一國故幷爲豳風故鄭志張逸問豳七月專詠周公之德宜在雅今在風何答曰以周公專爲一國上冠先公之業亦爲優矣所以在風下次於雅前在於雅分周公不得專之逸言詠周公之德者據鴟鴞以下發問也鄭言上冠先公之業謂以七月冠諸篇也以先公之業冠周公之詩故周公之德繫先公之業於是周公爲優矣次之風後雅前者言周公德高於諸侯事同於王政處諸國之後不與諸國爲倫次之小雅之前言其近堪爲雅使周公事有此善也此豳詩七篇七月鴟鴞是出居時作其餘多在入攝政後鄭以爲周公避居之初是武王崩後三年成王年十三也居東二年罪人斯得成王年十四也迎周公反而居攝成王年十五也七年致政成王年二十一也故金縢注云文王十五生武王九十七而終終時武王八十三矣於文王受命爲七年後六年伐紂後二年有疾疾瘳後二年崩崩時年九十三矣周公以武王崩後三年出五年秋反而居攝四年作康誥五年作召誥七年作洛誥伐紂至此十六年也作康誥時成王年十八洛誥時年二十一也即政時年二十二也然則成王以文王終明年生也是鄭辨武王崩及周公出入之事知然者案大戴禮文王世子篇云文王十三生伯邑考十五生武王則武王之年少於文王十四歲文王世子云文王九十七而終武王九十三而終武王既少文王十四歲文王九十七而崩知武王於時年八十三也書傳云文王受命七年而崩是文王崩時受命七年尚書序云十有。一年武王伐殷作泰誓案經泰誓上篇說武王觀兵時事是受命十一年泰誓下篇云還歸二年而後伐紂是伐紂之時受命十三年也文王崩至十三年始伐紂是崩後六年也金縢云武王既克商二年王有疾弗豫是伐紂後二年有疾從文王之崩至武王有疾積八年矣文王崩時武王已八十三矣至此則九十一也武王九十三而崩故知瘳後二年崩也知周公以武王崩後三年出者禮君薨百官總己而聽政於冢宰三年定四年左氏云周公爲太宰以右王室周公既爲太宰武王初崩總攝王政自是常事管蔡不應流言成王不應致疑明是三年喪畢周公不授王政故流言耳按周書武王以十二月崩則崩後一年十二月朞而練二年十二月祥而祭除崩後三年管蔡乃流言也金縢云管叔及其羣弟乃流言於國周公乃告二公曰我之不辟無以告我先王是周公於流言之年避位而出是武王崩後三年也金縢又云周公居東二年罪人斯得注云罪人周公之屬與知攝者周公出皆奔二年盡爲成王所得言三年者幷數出年是崩後四年也又曰於後公乃爲詩注云於二年後也上既言二年又別言於後明是二年之後也又曰秋大熟未穫注云秋謂周公出二年之後明年秋也此秋文承於後之下於後既是二年之後明此秋是二年之後謂居東二年武王崩後五年也金縢云秋大熟未穫之下即云惟朕小子其新逆是周公即以其年反也周公將攝出避流言今成王自新迎之明其反即居攝武王崩後五年即是攝政之元年書傳稱周公攝政四年建侯衞五年營成周七年致政成王言建侯衞是封衞侯康誥論封衞之事是四年作康誥也召誥論營洛邑成周之事是五年作召誥也洛誥論致政成王之事是七年作洛誥也鄭言作康誥時成王年十八作洛誥時二十一然則成王以文王終明年生所以知者書傳略說云天子太子年十八曰孟侯孟侯者於四方諸。來朝迎於郊注云孟迎也按康誥經云王若曰孟侯則封康叔之時成王年十八書傳言周公攝政四年建侯衞據孟侯之文知攝政四年成王年十八又攝政七年成王年二十一也逆而推之則知成王於攝政元年年十五周公出年年十三武王崩年年十歲計文王崩後十年武王始崩自然文王崩之明年生成王也由此而驗之故知成王年十三之時周公初出居東二年十四之時罪人斯得十五年之時反而居攝也此譜言居東二年思公劉太王以比序己志則七月之作在出居二年之中不知其作之在何年當在鴟鴞之前鴟鴞之作則在居東三年金縢云居東二年罪人斯得于後公乃爲詩以貽王名之曰鴟鴞既言二年別言於後既與罪人斯得別年則上文居東二年并初出之年爲二年作詩之時爲三年是周公居東三年成王十五年之時作鴟鴞也伐柯序云刺朝廷之不知言刺朝廷則是刺羣臣不刺成王宜在雷雨大風之後啓金縢之前知者若在雷風之前則王與羣臣悉皆未悟不得獨刺羣臣若啓金縢之後則羣臣亦悟無所復刺故伐柯箋云成王既得雷雨大風之變。故迎周公而朝廷羣臣猶惑於管蔡之言不知周公之聖德疑於成王迎之是以刺之是鄭以伐柯爲既得雷雨之後金縢之前作也九罭序與伐柯序同刺朝廷之不知首章言王欲迎周公二章以下說迎之事當是周公既反而作也書傳稱周公居攝一年救亂二年克殷三年踐奄多方云惟五月丁亥王來自奄注云奄國在淮夷之傍周公居攝之時亦叛王與周公征之三年滅之自此而來歸然則周公之歸在攝政三年東山勞歸士之時經云自我不見于今三年明周公以秋反而居攝其年則東征三年而後歸既歸乃大夫美之作東山也若然周公以秋反而即東征必是秋冬遣兵而東山經云倉庚于飛熠燿其羽箋云倉庚仲春而鳴嫁娶之候也歸士始行之時新合昏禮秋冬行而云新合昏者周公悅勞歸士言其新昏也非是六軍之。事皆新昏設令發兵之前一二年爲昏猶是新昏不必以起兵之月始爲昏也破斧經稱東征則是征時之事其作必是東山之前未知定是何年狼跋序云美周公也美不失其聖經云公孫碩膚言周公遜遁去位避成功也案書序云召公爲保周公爲師相成王爲左右周公致政之後留爲大師是狼跋之作在致政之後也計此七篇之作七月在先鴟鴞次之今鴟鴞次於七月得其序矣伐柯九罭與鴟鴞同年東山之作在破斧之後當於鴟鴞之下次伐柯九罭破斧東山然後終以狼跋今皆顛倒不次者張融以爲簡札誤編或者次詩不以作之先後鄭所不說未可明言毛氏之意傳訓不明唯鴟鴞傳曰寧亡二子不可毀我周室二子謂管蔡以爲鴟鴞之詩爲管蔡而作然則毛解金縢之文其意皆異於鄭金縢云武王既喪管叔及其羣弟流言於國周公乃告二公曰我之不辟無以告我先王周公居東二年罪人斯得於後公乃爲詩以貽王名之曰鴟鴞毛以鴟鴞爲管蔡而作則罪人斯得爲得管蔡周公居東爲東征也居東二年既爲征伐則我之不辟當訓辟爲法謂以法誅之如是則毛氏之說周公無避居之事矣但不知毛意以周公攝政爲是喪中卽攝爲在除喪之後此不明耳王肅之說祖述毛氏傳意或如肅言王肅金縢注云文王十五而生武王九十七而終時受命九年武王八十三矣十三年伐紂明年有疾時年八十八矣九十三而崩以冬十二月其明年稱元年周公攝政遭流言作大誥而東征二年克殷殺管蔡三年而歸制禮作樂出入四年至六年而成七年營洛邑作康誥召誥洛誥致政成王然則文王崩之年成王已三歲武王八十而後有成王武王崩時成王已十三周公攝政七年致政成王年二十肅意所以然者以家語武王崩時成王年十三又古文尚書武成篇云我文考文王克成厥勳誕膺天命以撫方夏惟九年大統未集孔安國據此文以爲文王受命九年而崩其後劉歆班固賈逵皆亦同之肅雖不見古文以其先儒之言必有所出本從先儒以爲文王受命九年而崩依大戴禮武王之年少文王十四歲故亦同鄭爲文王崩時武王年八十三也受命九年武王八十三故至十三年伐紂武王八十七也金縢云武王既克殷二年有疾者并數伐紂之年與疾年共爲二年故云伐紂明年有疾時武王八十八也禮記云武王九十三而終是爲伐紂後六年而崩也金縢云武王既喪即云管蔡流言周公居東則是武王崩之後管蔡即流言周公即東征也又書序云武王崩三監及淮夷叛周公相成王將黜殷命作大誥言武王崩三監叛明武王崩後即叛周公即征可知故以爲武王崩之明年稱元年周公攝政遭流言作大誥而東征也金縢云居東二年罪人斯得故知二年而克殷殺管叔也東山序云周公東征三年而歸明堂位稱周公踐天子之位六年制禮作樂故知三年歸制禮作樂至六年而成也東征實三年金縢言二年者王肅於彼注云或曰詩序三年而歸此言居東二年其錯何也曰書言其罪人斯得之年詩言其歸之年也知營洛邑之作康誥召誥皆在七年者以召誥說洛邑之事洛誥說致政成王治於新邑之事明此二篇同是致政之年作也康誥經云惟三月哉生魄周公初基作新大邑於東國洛亦言洛邑之事明與召誥同時故知三月篇皆七年作也肅又云然則文王崩之年成王已三歲致政時年二十所以知者以周公居攝七年而致政明是二十成人故致之耳致政之時成王年二十逆而推之攝政元年年十四武王崩年十三文王先武王十年而崩是文王崩之年成王已三歲也由此而驗之則武王崩之明年成王年十四其年周公攝政管蔡流言周公東征之作七月也所以作七月者王肅之意以爲周公以公劉太王能憂念民事成此王業今管蔡流言將絕王室故陳豳公之德言己攝政之意必是攝政元年作此七月左傳季札見歌豳曰其周公之東乎則至東居乃作也居東二年既得管蔡乃作鴟鴞三年而歸大夫美之而作東山也大夫既美周公來歸喜見天下平定又追惡四國之破毀禮義

追刺成王之不迎周公而作破斧伐柯九罭也伐柯序云刺朝廷之不知王肅云朝廷斥成王也肅又云或曰東山既歸之詩而朝廷不知猶在下何曰同時之作破斧惡四國而其辭曰周公東征四國是皇猶追而刺之所以極美周公是肅意以破斧伐柯九罭作在東山之後故編東山於前也狼跋美周公遠則四國流言近則成王不知進退有難而不失其聖當是三年歸後天下太平然後美其不失其聖耳最在後作故以爲終此則王肅義耳未知傳意必然以否其纖緯史傳言文王受命七年而崩又言周公攝政四年建侯衛五年營成周及大子十八稱孟侯此等皆肅所不信

七月陳王業也周公遭變故陳后稷先公風化之所由致王業之艱難也周公遭變者管蔡流言辟居東都○王業于況反又如字下同

疏 七月八章章十一句至艱難○正義曰作七月詩者陳先公之風化是王家之基業也毛以爲周公遭管蔡流言之變舉兵而東伐之憂此王業之將壞故陳后稷及居豳地之先公其風化之所由緣致此王業之艱難之事先公遭難乃能勤行風化己今遭難亦欲勤修德教所以陳此先公之事將以比序己志經八章皆陳先公風化之事此詩主意於豳之事則所陳者處豳地之先公公劉大王之等耳不陳后稷之教今輒言后稷者以先公脩行后稷之教故以后稷冠之艱亦難也但古人之語字重耳無逸亦云不知稼穡之艱難與此同也鄭以爲周公遭流言之變避居東都非征伐耳其文義則同○箋周公至東都○正義曰變者改常之名周公欲攝管蔡毀之是於攝事變改也金縢云管叔及其羣弟流言於國曰公將不利於孺子周公乃告二公曰我之不辟我無以告我先王卽云居東二年是其避流言居東都也流謂水流造作虛語使人傳之如水之流然故謂之流言彼注云管國名叔字封於管羣弟蔡叔霍叔武王崩周公免喪服意欲攝政小人不知天命而非之故流公將不利於孺子之言於京師孺子成王也我今不避孺子而去我先王以謙謙爲德我反有欲位之謗無以怨於我先王言愧無辭也居東者出處東國待罪以須君之察己是說避居之意也周公避居東

都史傳更無其事古者避辟。扶。亦。反。譬辟皆同作辟字而借聲爲義鄭讀辟爲辟此八爲避故爲此說案鴟鴞之傳言寧亡二子則毛無避居之義故毛讀辟爲辟此八章皆是周公陳先公在豳教民周備使衣食充足寒暑及時民奉上教知其早晚各自勸勉以勸事業故同我婦子饁彼南畝及嗟我婦子曰爲改歲此述民人之志非序先公號令之辭首章陳人以衣食爲急餘章廣而成之計民之所用食急於衣宜先陳耕田之事但耕種收斂終年始畢每事及時然後能穫則禦一年之飢非時日之用衣則不然唯是寒月所須又當及時營作故蠶月條桑八月載績若此月不作則寒時無衣事之濟否在此一月偏急於衣故首章上六句先陳人以衣褐爲急三之日以下五句陳人以穀食爲急故陳人耕饁之事人之爲衣絲帛爲先故二章言女功之始養蠶之事一章之中而再言春日者此章先言執筐養蠶因論女心傷悲感物但傷悲在蠶生之初陳之於求桑之下顛倒不順故更本春日采繁記傷悲之節所以再言春日也衣之所用非絲即麻春既養蠶秋當緝績絲帛染爲玄黃乃堪衣用故三章又陳女功自始至成也三章既言絲麻衣服女功之正故四章陳女功助取皮爲裘以助布帛冬月衣裳雖具又當入室避寒故五章言將寒有漸閉塞宮室女功衣服之事既終矣乃說男女飲食之事黍稷麻麥男功之正故六章先陳男功之助七章言男功之正首章已言耕田之事故此章唯說收斂之事所以成首章也衣食已具卒章乃言備暑藏冰飲酒相樂皆是先公憂民之風教周公陳之以比序己志言己之憂民憂國心亦然也民之大命在溫與飽八章所陳皆論衣服飲食首章爲其總要餘章廣而成之首章上六句言寒當須衣故二章三章說養蠶緝績衣服之事以充之首章下五句言耕稼飲食之始故七章說治場納穀稼穡終事以充之論衣則舉須衣之時論食不言須食之時者衣必寒時所須故可舉寒爲戒食則無一日而不須不可言須食之時諸。衣。言裳避寒之事則引物記候言飲食耕田之事則不記時候皆此意也卒章說饗飲之禮獨言九月肅霜者饗飲之禮必農隙乃爲故言肅霜滌場以見農功之畢若其餘飲食則不得記時故六章七章無記時之事絲麻布帛衣服之常故蠶績爲女功之正皮裘則其助四章箋云時寒宜助女功言取皮為裘助女絲麻之功也黍稷菽麥飲食之常故禾稼為男功之正菜果則其助六章箋以鬱薁及葵棗助男功又云瓜瓠之畜助養農夫言取瓜瓠葵棗助男稼穡之功也女功之助在四章男功之助在六章者二章三章是女功之正故四章為女功之助七章是男功之正故六章為男功之助欲令男女之功正助各自相近者也女功之正及秋而止其助在成。一一。冬之•月事在正後故在正後也男功之正冬初乃止男功之助在於夏秋事在正前故在正前也又養蠶時節易過恐失其時殷勤言之故二章三章皆言養蠶之事耕稼者一年之事非時月之功民必趨時不假深戒首章已言其始七章略言其終不復說其芟耨耘耕之事故男功之正少女功之正多也絲麻之外唯有皮裘可衣者少黍稷以外果瓜之屬可食者多故男功之助多女功之助少也女功助在正後故五章女功助下言女功畢男功正在助後故七章男功正下言男功畢男功正後猶有茅索之事女功正後不言有事孟子稱冬至之後女子相從夜績則冬亦有績麻但言不備耳先公之教急於衣食四章之末說田獵習戎卒章之初說藏冰禦暑非衣食之事而言之者廣述先公禮教具備也閑於政事然後饗燕卒章說飲酒之事得其次也毛鄭注雖小有異文意則同

七月流火九月授衣火大火也流下也九月霜始降婦功成可以授冬衣矣箋云大火者寒暑之候也火星中而寒暑退故將言寒先著火所在

一之日觱發二之曰栗。烈。無衣無褐何以卒歲一之日十之餘也一之日周正月也觱發風寒也二之日殷正月也栗烈寒氣也箋云褐毛布也卒終也此二正之月人之貴者無衣賤者無褐將何以終歲乎是故八月則當績也〇觱音必說文作畢發音如字栗烈並如字說文作颲颲褐音曷

三之日于耜四之日舉趾同我婦子饁彼南畝田畯至喜三之日夏正月也豳土晚寒于耜始脩耒耜也四之日周四月也民無不舉足而耕矣饁饋也田畯田大夫也箋云同猶俱也喜讀為饎饎酒食也耕者之婦子俱以饟來至於南畝之中其見田大夫又為設酒

食焉言勸其事又愛其吏也此章陳人以衣食爲急餘章廣而成之○耜音似饁炎輒反野饋也字林于劫反畯音俊喜王申毛如字鄭作饎尺志反下同夏戶雅反下染夏夏小正同晚寒如字謂晚節而氣寒也饋其愧反饟式亮反又爲于僞反【疏】七月至至喜○毛以爲周公云先公教民周備民奉上命於七月之中有西流者是火之星也知是將寒之漸至九月之中云可以相授以冬衣矣九月之中若不授冬衣則一之日有觱發之寒風二之日有栗烈之寒氣此二日者大寒之時人之貴者無衣賤者無褐何以終其歲乎故至八月則當績也又豳人從君之教三之日於是始脩耒耜四之日悉皆舉足而耕俱時我耕者之婦子奉饋食餉彼南畝之中耕作者田畯來至見其勸農事則歡喜也豳公憂念民事教之若此周公言己憂民亦與之同故陳之也○鄭唯田畯至喜言田畯來至農夫爲設酒食爲異餘同○傳火大火至冬衣矣○正義曰春秋昭十七年有星孛於大辰公羊傳曰大辰者何大火也哀十一年左傳曰火伏而後蟄者畢今火猶西流司歷過也謂火下爲流故云流下言六月昏見而中則流下也可以授冬衣者謂衣成而授之○箋大火至所在○正義曰昭三年左傳張趯曰火星中而寒暑退服虔云火大火心也季冬十二月平旦正中在南方大。寒季夏六月黃昏火星中大暑退是火爲寒暑之候事也知此兩月昏旦火星中者月令季夏昏火星中六月既昏中以衡反之故十二月旦而中也若然六月之昏火星始中堯典云日永星火以正仲夏注云司馬之職治南岳之事得則夏氣和夏至之氣昏火星中所以五月得火星中者。吳志孫皓問月令季夏火星中前受東方之。體盡以爲火星季夏中心也不知夏至中星名答曰日永星火此謂大火也大火次名東方之次有壽星大火析木三者大火爲中故尚書云舉中以言焉又每三十度有奇非特一宿者也季夏中火猶謂指心火也如此言中則日永星火謂大火之次非心星也堯典四時言中星者春夏交舉其次言星鳥星火秋冬舉其宿言星虛星昴故注云星鳥鶉火之方星火大火之屬虛玄武中虛宿也昴白虎中宿也其東方南方皆三次鶉火大火居其中西方北方俱七宿虛星昴星居其中每時總舉一方故指中宿與次而互言之耳其實仲夏之月大火之次亦未中也是鄭以日永星火大火之次與此火之心星別○傳一之至寒氣○正義曰一之日二之日猶言一月之日二月之日故傳辨之言一之日者乃是十分之餘謂數從一起而終於十更有餘月還以一二紀之也既解一二之意又復指斥其一之。日周之正月謂建子之月也二之日者殷之正月謂建丑之月也下傳曰三之日夏之正月謂建寅之月也正朔三而改之既言三正事終更復從周為說故言四之日周之四月卽是夏之二月建卯之月也此篇。說文自立一體從夏之十一月至夏之二月皆以數配日而言之從夏之四月至於十月皆以數配月而稱之唯夏之三月特異常例下云春日遲遲蠶月條桑皆是建辰之月或日或月不以數配參差不同者蓋以日月相對日陽月陰陽則生物陰則成物建子之月純陰已過陽氣初動物以牙蘖將生故以日稱之建巳之月純陽用事陰氣已萌物有秀實成者故以月稱之夏之三月當陰陽之中處生成之際物生已極不可以同前不得言五之日物既未成不可以類後不得稱三月故日月並言而不以數配見其異於上下四章箋云物成自秀葽始明以物成故稱月也稱月者由其物成知稱日由其物生也若然一之日二之日言十之餘則可矣而三之日四之日者乃是正月二月十數之初始不以為一二而謂之三四者作者理有不通辭無所寄若云一月二月則羣生物未成更言一之二之則與前無別以其俱是陽月物皆未成故因乘上數謂之三四明其氣相類也春秋元命包曰周人以十一月為正殷人以十二月為正夏人以十三月為正建寅之月乃是十月之初亦乘上以為十三與此同也四月云冬日烈烈飄風發發以發是風故知烈是氣故以觱發為寒風栗烈為寒氣仲冬之月待風乃寒季冬之月無風亦寒故異其文○箋褐毛至當績○正義曰毛布用毛為布今夷狄作褐皆織毛為之賤者所服卒終釋詁文言此二正之月大寒之時無衣無褐不可終歲是故八月則當績。衣絲蠶為重箋不云蠶月則當蠶而言八月則當績者以此章先言流火則是已見火流於時蠶事已過唯績可以當之且下章蠶事別言流火故不以蠶事屬此○傳三之日至大夫○正義曰于訓於三之日於是始脩耒耜月令季冬命農計耦耕事脩耒耜具田器孟春天子躬耕帝籍然則脩治耒耜。當季冬之月舉足而耕當以孟春之月者今言豳人以正月脩耒耜二
月始耕故云豳土晚寒鄭志答張逸云晚溫亦晚寒是寒晚溫亦晚故脩耒耜始耕皆校中國一月也易鼎卦注云無事曰趾陳設曰足對文則為小異散則
趾足通名訓趾為足耕以足推故云無不舉足而耕無不者言其人人皆然也饁饋釋詁文孫炎曰饁野之餉釋言云畯農夫也孫炎曰農夫田官也郭璞曰
今之嗇夫是也然則此官選俊人主田謂之田畯典農之大夫謂之農夫以王者尤重農事知其爵為大夫也案鄭注周禮載師云六遂餘地自三。百以外天
子使大夫治之或於田農之時特命之主其田農之事以周禮無田畯正職故直云田。畯大夫春官籥章掌擊土鼓以樂田畯鄭司農云田畯古之先教田之
官者但彼說祈年之祭知其祭先教者傳不解至喜之義但毛無破字之理不得以為酒食當謂田畯來至見勤勞故喜樂耳○箋喜讀至成之○正義曰箋
以田畯至喜文承饁彼之下若是喜樂其事便是喜其餉食非復悅其勤勞何當於饁彼之下而說田畯喜乎饁既是食明喜亦是食故知喜讀為饎饎酒食
釋訓文李巡曰得酒食則喜歡也孫毓云小民耕農妻子相饁雖有冀缺如賓之敬大夫嚴然銜命巡司何為辱身就耕民田嫗壟畝草間共飲食乎鄙亦甚
矣而改易經字殆非作者之本旨斯不然矣飲食之事禮之所重大夫之勸迎周公籩豆有踐鄭人之愛國君欲授之以飧何獨田畯之尊不可為之設食也
說其為設酒食言民愛其吏耳何必大夫皆仰田間食乎

七月流火九月授衣箋云將言女功之始故又本。作此春日載陽

有鳴倉庚女執懿筐遵彼微行爰求柔桑倉庚離黃也懿筐深筐也微行牆下徑也五畝之宅樹之以桑箋云載之

言則也陽溫也溫而倉庚又鳴可蠶之候也柔桑穉桑也蠶始生宜穉桑○離本又作鸝同力知反穉直吏反本亦作稚

春日遲遲采蘩祁祁女心傷悲殆及公子同歸遲遲舒緩也蘩白蒿也所以生蠶祁祁衆多也傷悲感事苦也春女悲秋士悲感其物化也殆始

始及與也豳公子躬率其民同時出同時歸也箋云春女感陽氣而思男秋士感陰氣而思女是其物化所以悲也悲則始有與公子同歸之志欲嫁焉女感事苦而生此志是謂豳風○祁巨之反一音上之反殆音待

疏七月至同歸○毛以爲七月之中有流下者火星也民知將寒之候九月之中則可以授冬衣矣又本其趨時養蠶春日則以温矣又有鳴者是倉庚之鳥也於此之時女人執持深筐循彼微細之徑道於是求柔稺之桑以養新生之蠶因言養蠶之時女有傷悲之志更本之言春日遲遲然而舒緩采蘩以生蠶者祁祁然而衆多於是之時女子之心感蠶事之勞苦又感時物之變化皆傷悲思男有欲嫁之志時豳公之子躬率其民共適田野此女人等始與此公子同時而來歸於家○鄭唯下句異言始與豳公之子同有歸嫁之志餘同○傳倉庚至以桑○正義曰倉庚一名離黃即葛覃黃鳥是也懿者深邃之言故知懿筐深筐行訓爲道也步道謂之徑微行爲牆下徑五畝之宅樹之以桑孟子文引之者自明牆下之意○傳遲遲至時歸○正義曰遲遲者日長而暄之意故爲舒緩計春秋漏刻多少正等而秋言淒淒春言遲遲者陰陽之氣感人不同張衡西京賦云人在陽則舒在陰則慘然則人遇春暄則四體舒泰春覺晝景之稍長謂日行遲緩故以遲遲言之及遇秋景四體褊躁不見日行急促唯覺寒氣襲人謂故以淒淒言之淒淒是涼遲遲非暄二者觀文似同本意實異也釋草云蘩皤蒿孫炎曰白蒿也傳於采蘩云皤蒿也此云白蒿變文以曉人也今定本云皤蒿也白蒿所以生蠶今人猶用之傷悲感事苦感養蠶之事苦既感事苦又感陽氣故傳明其二感之意春則女悲秋則士悲感其萬物之化故所以悲也因有女悲遂解男悲言男女之志同而傷悲之節異也釋詁云胎始也說者皆以爲生始然則胎殆義同故爲始也及與釋詁文諸侯之子稱公子言與公子同歸則公子時亦適野故豳公之子身率其民也王肅云豳君既脩其政又親使公子躬率其民同時歸也○箋春女至豳風○正義曰箋又申傳傷悲之意女是陰也男是陽也秋冬爲陰春物得陽而生女則有陰而無陽春女感陽氣而思男春夏爲陽秋物得陰而成男則有陽而無陰故秋士感陰氣而思女是由

其萬物變化故所以思見之而悲也婦人謂嫁爲歸經於傷悲之下卽言與公子同歸是說女之思嫁不得爲公子率民故易傳以言悲則始有與公子同歸之志欲得嫁爲雖貴賤有異感氣則同故與公子同有歸嫁之意雖感陽氣使然亦是感蠶事之苦而生此志申傳感二事之意也莊元年公羊傳說築王姬之館云於羣公子之舍則以卑矣是諸侯之女稱公子也此章所言是謂豳國之風詩也此言是豳風六章云是謂豳雅卒章云是謂豳頌者春官籥章云仲春晝擊土鼓吹豳詩以迎暑仲秋夜迎寒氣亦如之凡國祈年於田祖吹豳雅擊土鼓以樂田畯國祭蜡則吹豳頌以息老物以周禮用爲樂章詩中必有其事此詩題曰豳風明此篇之中當具有風雅頌也別言豳雅豳頌則豳詩者是豳風可知故籥章注云此風也而言詩詩總名也是有豳風也且七月爲國風之詩自然豳詩是風矣既知此篇兼有雅頌則當以類辨之風者諸侯之政教凡繫水土之風氣故謂之風此章女心傷悲乃是民之風俗故知是謂豳風也雅者正也王者設教以正民作酒養老是人君之美政故知穫稻爲酒是豳雅也頌者美盛德之形容成功之事男女之功俱畢無復飢寒之憂置酒稱壽是功成之事故知朋酒斯饗萬壽無疆是謂豳頌也籥章之注與此小殊彼注云豳詩謂七月也七月言寒暑之事迎氣歌之歌其類言寒暑之事則首章流火饗發之類是也又云豳雅者亦七月也七月又有于耜舉趾饁彼南畝之事是亦歌其類也則亦以首章爲豳雅也又云豳頌者亦七月也七月又有穫稻釀酒躋彼公堂稱彼兕觥萬壽無疆之事是亦歌其類也兼以穫稻釀酒亦爲豳頌皆與此異者彼又觀籥章之文而爲說也以其歌豳詩以迎寒迎暑故取寒暑之事以當之吹豳雅以樂田畯故取耕田之事以當之吹豳頌以息老物故取養老之事以當之就彼爲說故作兩解也諸詩未有一篇之內備有風雅頌而此篇獨有三體者周召陳王化之基未有雅頌成功故爲風也鹿鳴陳燕勞伐事之事文王陳祖考天命之美雖是天子之政未得功成道洽故爲雅天下太平成功告神然後謂之爲頌然則始爲風中爲雅成爲頌言其自始至成別故爲三體周公陳豳公之教亦自始至成述其政教之始則爲豳風述其政教

之中則爲豳雅述其政教之成則爲豳頌故今一篇之內備有風雅頌也言此豳公之教能使王業成功故也

七月流火八月萑葦。薍爲萑葭爲葦豫畜萑葦可以爲曲也箋云將言女功自始至成故亦又本於此○萑戶官反葦韋鬼反薍五患反葭音加畜本又作蓄同勑六反下同

蠶月條桑取彼斧斨以伐遠揚猗。彼女桑斨方銎也遠枝遠也揚條揚也角而束之曰猗女桑荑桑也箋云條桑枝。落采其葉也女桑少枝長條不枝落者束而采之○條徒彫反注條桑同又如字沈暢遙反斨七羊反猗於綺反徐於宜反銎曲容反說文云斧空也荑徒兮反

七月鳴鵙。八月載績載玄載黃我朱孔陽爲公子裳鵙伯勞也載績絲事畢而麻事起矣玄黑而有赤也朱深纁也陽明也祭服玄衣纁裳箋云伯勞鳴將寒之候也五月則鳴豳地晚寒鳥物之候從其氣焉凡染者春暴練夏纁玄秋染夏爲公子裳厚於其所貴者說也○鵙圭覓反字林工役反纁許云反暴蒲卜反染如琰反

【疏】七月至子裳○正義曰言七月流下者火星也民知將寒之候八月萑葦既成豫畜之以擬蠶用於養蠶之月條其桑而采之謂斬條於地就地采之也猗束彼女桑而采之謂柔稺之桑不枝落者以繩猗束而采之也言民受先公之教能勤蠶事也蠶事既畢又須績麻七月中有鳴者是鵙之鳥也是將寒之候八月之中民始績麻民又染繒則染爲玄則染爲黃云我朱之色甚明好矣以此朱爲公子之裳也績麻爲布民自衣之玄黃之色施於祭服朱則爲公子裳皆是衣服之事雜互言之也○傳薍爲至爲曲○正義曰釋草云菼薍樊光云菼初生蒠息理反騂色海濱曰薍郭璞曰似葦而小又云葭。華舍人曰葭一名。華樊光引詩云彼茁者葭郭璞曰即今蘆也又云葭蘆郭璞曰葦也然則此二草初生者爲菼長大爲薍成則名爲萑初生爲葭長大爲蘆成則名爲葦小大之異名故云薍爲萑葭爲葦此對文耳散則通矣蒹葭云白露爲霜。之時猶名葭行葦云敦彼行葦夏時已名葦也月令季春說養蠶之事云具曲植。筐。筥注云曲薄也植槌也薄用萑葦爲之下句言蠶事則萑葦爲蠶之用故云豫畜萑葦可以爲曲

也○箋將言至於此○正義曰養蠶女功之始衣服女功之成上章止言蠶生
之事故箋云女功之始此章幷說爲裳故云自始至成也○傳斨方至黃桑○
正義曰破斧傳云隋銎曰斧方銎曰斨然則斨即斧也唯銎孔異耳故云斨方
銎也此蓋相傳爲然無正文也劉熙釋名曰斨戕也所伐皆戕毀也言遠枝遠
者謂長枝去人遠也揚條揚者也謂長條揚起者皆手所不及故枝落之而采
取其葉襄十四年左傳云譬如捕鹿晉人角之諸戎掎之然掎角皆遮截束縛
之名也故云角而束之曰掎女是人之弱者故知女桑柔桑桑言柔弱之桑其條
雖長不假枝落故束縛而采也集注及定本皆云女桑。柔桑取周易枯楊生荑
之義荑是葉之新生者○傳鵙伯至纁裳○正義曰鵙伯勞釋鳥文李巡曰伯
勞一名鵙樊光曰春秋云少皞氏以鳥名官伯趙氏司至伯趙鵙也以夏至來
冬至去郭璞曰似鶷鶡而大陳思王惡鳥論云伯勞以五月鳴應陰氣之動陽
氣爲仁養陰爲殺殘賊伯勞蓋賊害之鳥也其聲鵙鵙故以其音名云陳風云
不績其麻績緝麻之名八月絲事畢而麻事起故始績也玄黑而有赤謂色有
赤黑雜者考工記鍾氏說染法云三入爲纁五入爲緅七入爲緇注云染纁者
三入而成又再染以黑則爲緅緅今禮記作爵言如爵弁色也又復再染以黑
乃成緇矣凡玄色者在緅緇之閒其六入者與染法互入數禮無明文故鄭約
之以爲六入謂三入赤三入黑是黑而有赤也士冠禮云爵弁服纁裳注云凡
染絳一入謂之縓再入謂之赬三入謂之纁朱則四入矣以上染朱入數書傳
無文故約之以爲四入也三則爲纁四入乃成朱色深於纁故云朱深纁也陰
陽相對則陰闇而陽明矣朱色無陰陽之義故以陽爲明謂朱爲光明也易下
繫云黃帝堯舜垂衣裳蓋取諸乾坤注云乾爲天坤爲地天色玄地色黃故玄
以爲衣黃以爲裳象天在上地在下土記位於南方南方故云用纁是祭服用
玄衣纁裳之義染色多矣而特舉玄黃故傳解其意由祭服尊故也○箋伯勞
至者說○正義曰五月陰氣動而伯勞鳴是將寒之候也月令仲夏鵙始鳴是
中國正氣五月則鳴今豳地晚寒鳥初鳴之候從其鄉土之氣焉故至七月鵙
始鳴也此篇箋傳三云晚寒上言于耜舉趾下云載纘武功唯校中國一月此

獨校兩月者豳處西北遠於諸華寒氣之來大率晚耳未必皆與中國常校一月何則蠶月條桑八月其穫七月食瓜八月剝棗九月肅霜十月滌場如此之類皆與中國同也旣云同於中國不得齊校一月自然有大晚者得校兩月也王肅云蟬及鵙皆以五月始鳴今云七月其義不通也古五字如七肅之此說理亦可通但不知經文實誤不耳豳地大率晚寒箋傳略舉三事又以月令校之豳地之寒晚於中國者非徒此三事而已月令仲春之月倉庚鳴此云蠶月始鳴月令季秋草木黃落此云十月隕蘀月令季秋令民云寒氣總至其皆入室此云曰爲改歲入此室處月令季秋天子嘗稻此云十月穫稻月令仲秋云天子嘗麻此云九月叔苴月令季冬命取冰此云三之日納于凌陰皆是晚寒所致箋傳不說者已舉三事其餘。後可知也上云三之日于耜言晚寒者猶寒氣晚至故耕田晚也七月鳴鵙言晚寒者謂溫氣晚則鵙鳴晚也上傳言晚寒則此箋當言晚溫而亦言晚寒者鄭答張逸云晚寒亦晚溫其意言寒來旣晚故順上傳舉晚寒以明晚溫耳孫毓以爲寒鄉率早寒北方是也熱鄉乃晚寒南方是也毛傳言晚寒者豳土寒多雖晚猶寒非謂寒來晚也毓之此言似欲有理但案經上下言九月肅霜與中國氣同穫稻乃晚於中國非是寒來早也明是寒來晚故溫亦晚也凡染春暴練夏纁玄秋染夏天官染人文彼注云暴練練其素而暴之纁玄者可以染此色玄纁者天地之色以爲祭服石染當及盛暑。熱潤浸湛硏之三月而後可用考工記鍾氏則染纁術也染玄則史傳闕矣染夏者染五色謂之夏者其色以夏翟爲飾夏翟毛羽五色皆備成章染者擬以爲深淺之度是以放而取名引此者證經載玄載黃謂以夏日染之。四八月染也實在夏而文承八月之下者以養蠶績麻是造衣之始故先言之染色作裳是爲衣之終故後言之言蠶績所得民亦自衣而特言公子裳厚重於其貴者故特說之以下于貉不言爲民之裘而狐狸云爲公子裘亦是厚於貴者與此同

四月秀葽五月鳴蜩八月其穫十月隕蘀。不榮而實曰秀葽葽草也蜩螗也穫禾可穫也隕墜蘀落也箋云夏小正四月王萯秀葽其是乎秀葽也鳴蜩也穫禾也隕蘀也四者皆物成

而將寒之候物成自秀葽始○葽於遙反蜩徒彫反穫戶郭反下同隕於敏反蘀音託螗音唐墜直類反萯音婦

一之日于貉取彼狐貍爲公子裘于貉謂取狐貍皮也狐貉之厚以居孟冬天子始裘箋云于貉往搏貉以自爲裘也狐貍以共尊者言此者時寒宜助女功○貉戶各反貉獸名貍力之反獸名搏音博舊音付自爲于僞反

二之日其同載纘武功言私其豵獻豜于公纘繼功事也豕一歲曰豵三歲曰豜大獸公之小獸私之箋云其同者君臣及民因習兵俱出田也不用仲冬亦豳地晚寒也豕生三曰豵○纘子管反豵子公反豜古牽反又音牽

疏四月至于公○正義曰四月秀者葽之草也五月鳴者蜩之蟲也八月其禾可穫刈也十月木葉皆隕落也此四物漸而成終落則將寒之候時既漸寒至大寒之月當取皮爲裘以助女功一之日往捕貉取皮庶人自以爲裘又取狐與貍之皮爲公子之裘絲麻不足以禦寒故爲皮裘以助之既言捕貉取狐因說田獵之事至二之日之時君臣及其民俱出田獵則繼續武事年常習之使不忘戰也我在軍之士私取小豵獻大豜於公戰鬭不可以不習四時而習之兵事不可以空設田獵蒐狩以閑之故因習兵而俱出田獵也美先公禮教備矣○傳不榮至蘀落○正義曰釋草云華榮也木謂之華草謂之榮不榮而實者謂之秀榮而不實者謂之英李巡曰分別異名以曉人則彼以英秀對文故以英爲不實秀爲不榮出車云黍稷方華生民說黍稷云實發實秀是黍稷有華亦稱秀也言其秀實知葽是草也釋蟲云蜩蜋蜩螗蜩舍人云皆蟬方言曰楚謂蟬爲蜩宋衞謂之螗蜩陳鄭謂之蜋蜩秦晉謂之蟬是蜩蟬一物方俗異名耳釋蟲又云蜺寒蜩郭璞曰寒螿也似蟬而小青赤引月令云寒蟬鳴與此鳴蜩不同者夏小正云五月蜩鳴七月寒蟬鳴是其異也八月其穫者唯有禾耳故知其穫謂禾可穫也隕墜釋詁文○箋小正至葽始○正義曰夏小正者大戴禮之篇名也葽之爲草書傳無文四月已秀物之鮮矣故疑王萯正與葽爲一言葽其是乎爲疑之辭也月令孟夏王瓜生注云今曰王萯生夏小正云王萯秀未聞孰是鄭以四月生者自是王瓜今月令與夏

小正皆作王萯而生秀字異必有誤者故云未知孰是本草云萯生田中葉青刺人有實七月采陰乾云七月采之又非四月已秀是萋以否未能審之物之成熟莫先萋草故云物成自秀萋始微見言月之意由有物成故也○傳于貉至始裘○正義曰于謂往也于貉言往不言取狐貍言取不言往皆是往捕之而取其皮故傳言于貉謂取狐貍皮幷明取之意也狐貉之厚以居論語文言其毛厚服之居於家也孟冬天子始裘月令文言自此之後臣民亦服裘也引二文者證取皮為裘之義孟冬已裘而仲冬始捕獸者為來年用之天官掌皮秋斂皮冬斂革春獻之注云皮革踰歲乾。冬乃可用獻之以入司裘是其事也孟冬始裘而司裘仲秋獻良裘季秋獻功裘者豫獻之以待王時服用頒賜故也○箋于貉至女功○正義曰以經狐貍以下為公子裘耳明于貉是民自用為裘也禮無貉裘之文唯孔子服狐貉以居明貉裘賤故也定九年左傳稱齊大夫東郭書衣貍製服虔云貍製貍裘也禮言狐裘多矣知狐貍以供尊者言此時寒宜助女功以布帛為正女功皮裘為助女功非謂男助女也○傳纘繼至私之○正義曰纘繼功事皆釋詁文豵大私豜入公則豜大豵小言其一歲三歲蓋相傳為然無正文也大獸公之小獸私之大司馬職文彼云小禽私之禽獸得通因經言獸故言獸也○箋其同至曰豵○正義曰大司馬云仲春教振旅遂以蒐田仲夏教茇舍遂以苗田仲秋教治兵遂以獮田仲冬教大閱遂以狩田是皆因習兵而田獵也禮云仲冬此言二之日卽是季冬也不用仲冬者豳地晚寒故習兵晚也四時皆習兵而獨說冬獵者以取皮在冬且大閱禮備故也豕生三曰豵釋獸文箋旣易傳不以豵為一歲之名則豜亦非三歲之稱釋獸釋鹿與麕皆云絕有力豜箋意蓋以豜為鹿麕有力者也

五月斯螽動股六月莎雞振羽七月在野八月在宇九月在戶十月蟋蟀入我牀下斯螽蚣蝑也莎雞羽成而振訊之箋云自七月在野至十月入我牀下皆謂蟋蟀也言此三物之如此著將寒有漸非卒來也○螽音終莎音沙徐又素和反沈云舊多作莎今作沙音素何反宇屋四垂為宇韓詩云宇屋霤也蟋音悉蟀

所律反蚣相容反又相工反蝑相魚反又相呂反訊音信本又作迅同卒寸忽反穹窒熏鼠塞向墐戶穹窮窒塞也向北出牖也墐塗

也庶人蓽戶箋云爲此四者以備寒○穹起弓反窒珍悉反徐得悉反熏許云反塞向如字北出牖也韓詩云北向窗也墐音覲牖音酉蓽音必嗟我

婦子曰爲改歲入此室處箋云曰爲改歲者歲終而一之日觱發二之日栗烈當避寒氣而入所穹窒墐戶之室而居之至此而女

功止○曰爲上音越下音于僞反一讀上而寶反下如字漢書作聿爲疏五月至室處○正義曰言五月之時斯螽之蟲搖動其股六月之中莎雞之蟲

振訊其羽蟋蟀之蟲六月居壁中至七月則在野田之中八月在堂宇之下九月則在室戶之內至於十月則蟋蟀之蟲入於我之牀下此皆將寒漸故三蟲

應節而變蟲既近人大寒將至故穹塞其室之孔穴熏鼠令出其窟塞北出之牖墐塗荊竹所織之戶使令室無隙孔寒氣不入豳人又告妻子言己穹窒墐

戶之意嗟乎我之婦與子我所以爲此者曰爲改歲之後觱發栗烈大寒之時當入此室而居處以避寒故爲此也○傳斯螽至訊之○正義曰斯螽蚣蝑釋

蟲文又云翰天雞樊光曰謂小蟲黑身赤頭一名莎雞李巡曰一名酸雞郭璞曰一名莎雞又曰樗雞陸機疏曰莎雞如蝗而班色毛翅數重其翅正赤或謂

之天雞六月中飛而振羽索索作聲幽州人謂之蒲錯是也○箋七月至卒來○正義曰以入我牀下是自外而入在野在宇在戶從遠而至於近故知皆謂

蟋蟀也退蟋蟀之文在十月之下者以人之牀下非蟲所當入故以蟲名附十月之下所以婉其文也戶宇言在牀下言入者以牀在其上故變稱入也月令

季夏云蟋蟀居壁是從壁內出在野○傳穹窮至蓽戶○正義曰窒塞釋言文以窒是塞故穹爲窮言窮盡塞其窟穴也士虞禮云祝啓牖鄉注云鄉牖一名

也明堂位注云鄉牖屬此爲寒之備不塞南窗故云北出牖也備寒而云墐戶明是用泥塗之故以墐爲塗也所以須塗者庶人蓽戶儒行注云蓽戶以荊竹

織門以其荊竹通風故泥之也○箋曰爲至功止○正義曰月令云孟冬命有司閉塞而成冬此經穹窒墐戶文在十月之下亦當以十月塞塗之矣云曰爲

改歲者以仲冬陽氣始萌可以爲年之始故改正朔者以建子爲正歲亦莫止謂十月爲莫是過十月則改歲乃大寒故言改歲之後方始入室若總言一歲之事則寒暑一周乃爲終歲寒氣未過是爲未終故上言無衣無褐不得終歲謂度寒至春二者意小異也言入室者夏秋以來亦在此室欲言避寒之意故云入此室耳非是别有室也從養蠶而至此時一歲之女功止故告婦子令之入室避寒也

六月食鬱及薁七月亨葵及菽八月剝棗十月穫稻爲此春酒以介眉壽

鬱棣屬薁蘡薁也剝擊也春酒凍醪也眉壽豪眉也箋云介助也既以鬱下及棗助男功又穫稻而釀酒以助其養老之具是謂豳雅○薁於六反亨普庚反菽音叔本亦作叔藿也剝普卜反注同介音界棣大計反蘡於盈反或於耕反凍丁貢反醪老刀反釀女亮反

七月食瓜八月斷壺九月叔苴采荼薪樗食我農夫

壺瓠也叔拾也苴麻子也樗惡木也箋云瓜瓠之畜麻實之糝乾荼之菜惡木之薪亦所以助男養農夫之具○瓜古花反字或加艸非苴七餘反荼音徒樗勑書反又他胡反食音嗣瓠戶故反拾音十糝素感反

【疏】六月至農夫○正義曰此鬱薁言食則葵菽及棗皆食之也但鬱薁生可食故以食言之葵菽當亨煑乃食棗當剝擊取之各從所宜而言之其實皆是食也穫稻作酒云以介眉壽主爲助養老人則農夫不得飲之其鬱薁葵棗瓜瓠農夫老人皆得食之其荼樗云食我農夫則老人不食之矣○傳鬱棣至豪眉○正義曰鬱棣屬者是唐棣之類屬也劉稹毛詩義問云其樹高五六尺其實大如李正赤食之甜本草云鬱一名雀李一名車下李一名棣生高山川谷或平田中五月時實言一名棣則與棣相類故云棣屬薁蘡者亦是鬱類而小别耳晉宮閣銘云華林園中有車下李三百一十四株薁李一株車下李即鬱薁李即薁二者相類而同時熟故言鬱薁也棗須樹擊之所以剝爲擊也春酒凍醪者醪是酒之别名此酒凍時醸之故稱凍醪天官酒正辨三酒之物云一曰事酒二曰昔酒三曰清酒注云事酒今之醳酒也昔酒今之酋久白酒所謂舊醳者也清酒今之中山冬釀接夏

而成者然則春酒卽彼三酒之中清酒也人年老者必有豪毛秀出者故知眉謂豪眉也○箋介助至壽雅○正義曰釋詁云介右也右助也展轉相訓是介爲助也鬱下及棗總助男功穫稻爲酒唯助養老故辨之以黍稷菽麥爲正男功果實菜茹爲助男功非是女助男也○箋壺瓠至惡木○正義曰以壺與食瓜連文則是可食之物故知壺爲瓠謂甘瓠可食就蔓斷取而食之說文云叔拾也亦爲叔伯之字喪服注云苴麻之有實者然則叔苴謂拾取麻實以供食也樗唯堪爲薪故云惡木此經食瓜則斷瓠拾麻亦食之也茶以爲菜樗以爲薪各從所宜而立文耳下章納穀有麻在男功之正此說男功之助言叔苴者以麻九月初熟拾取以供羹菜其在田收穫者猶納倉以供常食也

九月築場圃 春夏爲圃秋冬爲場箋云場圃同地。自物生之時耕治之以種菜茹至物盡成熟築堅以爲場○場直羊反下同本又作塲場依字失陽反今亦宜直羊反圃布古反一音布茹如豫反 十月納禾稼黍稷重穋禾麻菽麥 後熟曰重先熟曰穋箋云納內也治於場而內之囷倉也○重直容反注同先種後熟曰重又作種音同說文云禾邊作重是重穋之字禾邊作童是種蓺之字今人亂之已久穋音六本又作稑音同說文云稑或從翏後種先熟曰稑囷丘倫反 嗟我農夫我稼既同上入執宮功 入爲上出爲下箋云既同言已聚也可以上入都邑之宅治宮中之事矣於是時男之野功畢○上時掌反注同 晝爾于茅宵爾索綯 宵夜綯絞也箋云爾女也女當晝日往取茅歸夜作絞索以待時用○索素落反綯徒刀反絞古卯反 亟其乘屋其始播百穀 乘升也箋云亟急乘治也。七月定星將中急當治野廬之屋其始播百穀謂祈來年百穀于公社○亟紀力反定都佞反 疏 九月至百穀○毛以爲此章說農夫作事之終故言九月之時築場於圃之中以治穀也十月之中納禾稼之所收穫者黍稷重穋禾麻菽麥之等納之於囷倉之中粟既納倉則農事畢了民嗟乎我農夫之等我之稼穡既已積聚矣野中無事可以上入都邑之宅執治於宮中之事宮中所治當是何事卽相謂云晝日爾當往取茅草夜中爾當作索綯以待明年蠶用也汝又當急其升上野廬之屋而脩治之以待耘耔之時所以止息𪧐公又其始爲民播種百穀之故而祈祭社稷田事不久故豫脩廬舍矣農人趨時也○鄭唯以乘爲治謂急治野屋爲異餘同○傳春夏至爲場○正義曰地官載師云場圃。在園地注云圃樹果蓏之屬季秋於中爲場樊圃謂之園然則園者外畔藩離之名其內之地種樹菜果則謂之圃蹂踐禾稼則謂之場故春夏爲圃秋冬爲場場東山云町。疃鹿場是謂蹂踐之名箋云種菜茹者烝民云柔亦不茹茹者咀嚼之名以爲菜之別稱故書傳謂菜爲茹○傳後熟至曰穋○正義曰後熟者先種之先熟者後種之故天官內宰鄭司農云先種後熟謂之重後種先熟謂之穋相傳爲然無正文也○箋納內至困倉○正義曰宅在都田在野上言場此言納故知納是治於場而內於倉也苗生既秀謂之禾種殖諸穀名爲稼禾稼者苗幹之名此言納禾稼謂納於場但既言治於場遂內於倉下句唯言既同不見納倉之事故箋連言之耳禾稼禾麻再言禾者以禾是大名也徒黍稷重穋四種而已其餘稻秫苽粱之輩皆名爲禾麻與菽麥則無禾稱故於麻麥之上更言禾字以總諸禾也此文所不見者明其皆納之也○箋既同至功畢○正義曰既納囷倉已是聚矣言治宮中之事則是訓。功爲事經當云執於宮公本或公在宮上誤耳今定本云執宮功不爲公字於是男之野功畢宮內之事則未畢故入之執於宮。功○傳綯絞○正義曰釋言文李巡曰綯繩之絞也○傳乘升○正義曰乘車是升其上其乘屋亦升其上故爲升也○箋亟急至公社○正義曰亟急釋言文以民治屋不應直言升上而已故易傳以乘爲治下句言其始播百穀則乘屋亦爲田事且上云塞向墐戸是都邑之屋故知此所治屋者民治野廬之屋也播種百穀乃是明年之事今於十月之中則是預有所營與播種者爲始與穀爲始不過祈祭社稷故知其始播百穀祈來年百穀於公社治屋者民自治之祭社者則公爲之。祭。非祭也所以二句得相成者以民所以治屋者見公家祭社爲祈來年播種百穀故民亦治屋爲來年鋤耘而止舍月令孟冬天子乃祈來年於天宗大割牲祀于公社及門閭臘先祖五祀注云此周禮所謂蜡也天宗謂日月星辰大割大殺羣牲割之臘謂以田獵所得禽祭五祀門戶中霤竈行或言祈年或言大割或言臘互文是十月之時爲民祈來年百穀也月令天子之事故云祈於天宗此陳豳公之政指言公社以諸侯之事不得祭天故也

二之日鑿冰沖沖三之日納于凌陰四之日其蚤獻羔祭韭冰盛水腹則命取冰於山林沖沖鑿冰之意凌陰冰室也箋云古者日在北陸而藏冰西陸朝覿而出之祭。司寒而藏之獻羔而啓之其出之也朝之祿位賓食喪祭於是乎用之月令仲春天子乃獻羔開冰先薦寢廟周禮凌人之職夏頒冰掌事秋刷上章備寒故此章備暑后稷先公禮教備也○鑿在洛反沖直弓反聲也凌力證反又音陵說文作滕音凌蚤音早韭音九字或加艸非覆音福覿徒歷反祭司寒本或作祭寒朝之直遙反刷所劣反爾雅云清也三蒼云埽也

九月肅霜十月滌場朋酒斯饗曰殺羔羊肅縮也霜降而收縮萬物。滌埽也場功畢入也兩樽曰朋饗者鄉。人以狗大夫加以羔羊箋云十月民事男女俱畢無飢寒之憂國君閒於政事而饗羣臣○滌直歷反埽也曰音越或人實反非縮所六反閒音閑

躋彼公堂稱彼兕觥萬壽無疆公堂學校也觥所以誓衆也故因時而誓焉飲酒既樂欲大壽無竟是謂豳頌○躋子兮反升也兕徐履反本或作兕觥號彭反本亦作觵疆居良反或音注爲境非校戶教反樂音洛

【疏】二之日至無疆○毛以爲豳公教民二之日之時使人鑿冰沖沖然三之日之時納于凌陰之中四之日其早朝獻黑羔於神祭用韭菜而開之所以禦暑言先公之教寒暑有備也又九月之時收縮万物者是露爲霜也十月之中埽其場上粟麥盡皆畢矣於是設兩樽之朋酒斯爲飲酒之饗禮其牲用犬若有大夫來至則相命曰當殺羔羊尊大夫故特爲殺羊乃升彼公堂序學之上舉彼兕觥之爵以誓告衆人使無違於禮於是民慶豳公使得萬年之壽無有疆境之時美先公禮教周備爲民所慶賀也鄭以爲朋酒斯饗民事畢國君閑暇設朋酒之尊酒斯饗勞羣臣作大飲之禮曰殺羔羊以爲殽羞羣臣皆升彼

公堂之上有司乃舉彼兕觥以誓羣臣使無犯禮者羣臣於是慶君使君萬壽無疆餘同○傳冰盛至冰室○正義曰月令季冬冰方盛水澤腹堅命取而藏之注云腹堅厚也此月日在北陸冰堅厚之時昭四年左傳說藏冰之事云深山窮谷於是乎取之是於冰厚之時命取冰也左傳言取冰於山耳此兼言林者以山木曰林故連言之冲冲非貌非聲故云鑿冰之意納於凌陰是藏冰之處故知爲冰室也案天官凌人云正歲十有二月令斬冰三其凌注云凌冰室也三之者爲消釋度也杜子春云三其凌者三倍其冰此言凌陰始得爲凌室彼直言凌。此亦得爲凌室者凌冰一物既云斬冰而又云三其凌則是斬冰三倍多於凌室之所容故知三其凌者謂凌室不然單言凌者止得爲冰體不得爲冰室也凌人十二月斬冰卽以其月納之此言三之日納于凌陰四之日卽出之藏之既晚出之又早者鄭答孫皓云豳土晚寒故可夏正月納冰夏二月仲春大簇用事陽氣出始溫故禮應開冰先薦寢廟言由寒晚得晚納冰依禮須早開故也月令孟春律中大簇二月律中夾鍾言二月大簇用事者以大簇爲律夾鍾爲呂呂者助律宣氣律統其功故雖至二月猶云大簇用事○箋古者至教備○正義曰自於是乎用之以上皆昭四年左傳文彼說藏冰之事其末云七月之卒章藏冰之道與此同故具引之釋天云北陸虛也西陸昴也孫炎曰陸中也北方之宿虛爲中也西方之宿昴爲中然則日在北陸謂日體在北方之中宿是建丑之月夏之十二月也劉歆三統歷術十二月小寒節日在女八度大寒中日在危一度是大寒前一日日猶在虛於此之時可藏冰也西陸朝覿而出之謂日行已過於昴星在日之後早朝出現也三統術四月立夏節日在畢十二度星去日半次然後見是立夏之日日去昴星之界已十二度昴星得朝見也於此之時可出冰也祭司寒而藏之還謂建丑之月祭主寒之神而藏此冰也獻羔而啓之謂建卯之月獻羔以祭主寒之神開此冰也二月開冰公始用之末賜臣也至於夏初其出之也朝之祿位賓食喪祭於是乎普用之乃是頒賜臣下也服虔云祿位謂大夫以上賓客食。喪。育。祭祭祀是其普用之事也服虔以西陸朝覿而出之謂二月日在婁四度春分之中奎始晨見東方蟄蟲出矣故以是時出之給賓。客喪祭之用服說如此知鄭不與同者以鄭答孫皓云西陸朝覿謂四月立夏之時周禮曰夏班冰是也是鄭以西陸朝覿謂四月與服異也鄭意所以然者以西陸為昴爾雅正文西陸朝覿當為昴星朝見不得為奎星見也故知出之為四月賜非二月初開也傳下句別言祭司寒而藏之獻羔而啓之乃謂十二月始藏之二月初開之耳傳言祭寒而藏之不言司寒箋引彼文加司字者彼文上句云以享司寒下句重述其事略其司字箋以經有藏冰獻羔二事故略引下句以當之不引上句故取上句之意加司字以足之服虔云司寒司陰之神玄冥也將藏冰致寒氣故祀其神鄭意或亦然也箋又引其出之以下者解此藏冰之意言為此頒冰故藏之也傳文其出之也在司寒之上此引之。到者以其不證經文故退令在下月令仲春天子乃獻羔開冰先薦寢廟月令文也彼作鮮羔注云鮮當為獻此已破引之證經獻羔之事在二月也祭韭者蓋以時韭新出故用之王制云庶人春薦韭亦以新物故薦之也周禮凌人之職夏班冰掌事秋刷天官凌人文彼注云暑氣盛王以冰頒賜則主為之刷清也秋涼冰不用可以清除其室也案傳以啓之下云火出而畢賦又云火出於夏為三月則是三月頒冰周禮言夏頒冰者凡言時事總舉天象不可必以其月也以三月火始見四月則立夏時相接連冰以暑乃賜之故當在於四月是火出之後故傳以火出言之上章蠶績裳裘是備寒之事故此章又說藏冰是備暑之事言后稷先公禮教備也以序言后稷故兼言也○傳肅縮至羔羊○正義曰肅音近縮故肅為縮也霜降收縮萬物言物乾而縮聚也月令季春行冬令則草木皆肅注云肅謂枝葉縮栗亦謂縮縮聚乾燥之意也洗器謂之滌則是淨義故為埽也在場之功畢已入倉故滌埽其場朋者輩類之言此言朋酒則酒有兩樽故言兩樽曰朋埽場是農人之事則斯饗是民自飲酒故言饗禮者鄉人飲酒以狗為牲大夫與焉則加以羔羊言曰殺羔羊是鄉人見大夫而始發此言故稱曰也鄉人飲酒而謂之饗者鄉飲酒禮尊事重故以饗言之譜說用樂之事云饗賓或上取鄉飲酒注云鄉飲酒升歌小雅禮盛者進取是鄉飲酒之禮得稱饗也此鄉人用狗殺羊謂黨正飲酒地官黨正職曰國索鬼神而祭祀以禮屬民而飲酒於序以正齒位一命齒於鄉里再命齒於父族三命不齒注云正齒位者爲民三時務農將闕於禮
至此農隙而教之尊長養老見孝悌之道也鄉人雖爲。鄉大夫必來觀禮是鄉人飲酒有大夫與之也鄉飲酒禮自是三年賓賢能之禮而黨正飲酒之禮亦
與之同鄉飲酒經云尊兩壺於房戶之間有玄酒是用兩樽也記云其牲狗注云狗取擇人是鄉人以狗也王制云大夫無故不殺羊是行禮飲酒有故得用
羊故云大夫加以羔羊也此賓黨正飲酒正有一黨之人傳言鄉人者以黨正飲酒亦名鄉飲酒故也鄉飲酒義注云黨正飲酒而謂之鄉者州黨鄉之屬或
則鄉之所居州黨鄉大夫親爲主人是解黨正飲酒得稱鄉人之意也○箋十月至羣臣○正義曰箋以下云躋彼公堂是升君之堂萬壽無疆是慶君之辭
又鄉飲酒之禮用狗不用羊故易傳以爲斯饗謂國君閒於政事而饗羣臣也月令孟冬云是月也大飲烝注云十月農功畢天子諸侯與羣臣飲酒於大學
以正齒位謂之大飲別之於燕其禮。云烝謂。特牲體。謂爲俎引此詩十月滌場以下云是豳頌大飲之詩是鄭以天子諸侯自有大饗羣臣之禮故不爲鄉飲
酒也言別於燕禮。小於大飲燕禮上設六樽此言朋酒者設尊之法每兩尊並設故云朋耳非謂國君大飲唯兩尊也燕禮云司宮尊於東楹之西兩方壺公
尊瓦大。夫尊兩圜壺是尊者兩兩對設之也案燕禮記云其牲狗此大飲大於燕禮故用羊也○傳公堂至疆竟○正義曰傳以朋酒斯饗爲黨正飲酒之禮
案黨正屬民而飲酒于序則公堂學校謂黨之序學也謂之公堂者以公法爲學故稱公耳天官酒正云凡爲公酒者注云謂鄉射飲酒以公事作酒者是鄉
人之事得稱公也兕觥者罰爵此無過可罰而云稱彼故知舉之以誓戒衆人使之不違禮疆是境之別名言年壽長遠無疆畔也定本竟作境○箋於饗至
豳頌○正義曰箋以斯饗爲國君大飲之禮以正齒位故因是時而誓焉使羣臣知長幼之序令之不犯禮也月令注云天子諸侯與羣臣飲酒於大學以正
齒位謂之大飲則此公堂謂之大學也知在大學亦正齒位者以國君大飲與黨正飲酒皆農隙而爲俱教孝悌之道黨之於序學知國君於大學黨正飲酒

爲正齒位知國君飲酒亦正齒位也

七月八章章十一句

附釋音毛詩注疏卷第八（八之一）

〔廿六〕

阮元撰盧宣旬摘錄

豳譜

以此敘己志 補 案此當作比正義以比序己志又以比己身序己志皆可證

后稷之曾孫也公劉者 閩本明監本毛本同案浦鏜云曰誤也是也

由其積德勤民 閩本明監本勤誤愛毛本作直誤山井鼎云乃改之互換其處是也

俱是先公之俊 閩本明監本毛本俊誤後下明是念其俊者同閩本監本毛本俱改則

後成王迎之反之 閩本明監本毛本同案上之字浦鏜云而誤是也正義云是成王迎而反之可證

主意於豳公之事 毛本主誤王閩本明監本不誤案山井鼎云王當作主物觀補遺不載據宋板皆失之

主意於豳公之事 閩本明監本毛本同案十行本損以字計之應少一字改刻補損而誤也

十有一年武王伐殷 閩本明監本毛本一作三案文王正義作一可證此改刻補損而誤

於四方諸來朝 明監本毛本諸下有侯字閩本無案有者是也采菽正義引有

故迎周公 閩本明監本毛本同案浦鏜云欲誤故是也

非是六軍之事 補 毛本事作士按士字是也

必然以否明監本毛本以誤與閩本不誤案以否正義中常語而不知乃改之

○七月

無怨於我先王補閩本明監本毛本同案怨於當作以告

古者避辟扶亦反譬僻閩本明監本毛本同案扶亦反三字當旁行細書正義自爲音例如此考此正義所言知釆芩正義必當易辟爲僻今盡作辟者後人依注改也此類多矣○按自爲音未必雙行小字

故毛讀辟爲辟明監本毛本下辟字誤避閩本不誤案此卽上扶亦反字

諸衣言裳避寒之事補案衣言二字當倒

其助在成一冬之月閩本明監本毛本同案此當作其助在成冬一之日冬一字誤倒日誤月

二之日栗烈唐石經小字本相臺本同案此釋文本也釋文云栗烈並如字下泉大東正義皆引作二之日栗冽云字從冰此正義云有栗冽之寒氣以下皆作烈猶引白旆英英而本詩作央央也又五經文字仌部有凓字是栗亦有從仌者今考毛氏詩多假借字當以釋文云如字者爲長四月箋云烈烈猶栗烈也亦其證○按詩經小學全書考栗烈當爲凓冽其說甚詳今坊間所行乃刪本耳

觱發風寒也小字本相臺本同案正義云有觱發之寒風又云故以觱發爲寒風考說文云滭風寒也用此傳正義下云仲冬之月待風乃寒則作風寒者是也有觱發之寒風自爲文而倒之也其故以觱發爲風寒不當倒乃後來所改也釋文觱發下云寒也有誤詳後考證考文古本作寒

風采正義而誤

正中在南方大寒 明監本毛本寒下有退字閩本剜入案所補是也

吳志孫皓問 閩本明監本毛本同案吳當作鄭困學紀聞嘗正其誤是當時本已作吳矣

前受東方之體也 閩本明監本毛本同案體當作禮形近之譌禮鄭謂月令

又復指斥其一之日 閩本明監本毛本日下有者字案所補是也

此篇說文 閩本明監本毛本同案浦鏜云說當設字誤是也

衣絲蠶爲重 補 閩本明監本毛本衣下有事字案十行本損今以字計之應少一字改刻補損而誤也

當季冬之月 閩本明監本毛本當下有以字閩本剜入案所補是也

當以孟春之月者 閩本明監本毛本同案浦鏜云者當衍字是也

自三百以外 閩本明監本毛本百下有里字毛本三作二案所補所改皆是也

故直云田畯大夫 閩本明監本毛本畯下有田字案所補是也釋文畯下云田大夫也

故又本作此 閩本明監本毛本同小字本相臺本作作於考文古本於字亦同案於字是也

鹿鳴陳燕勞伐事之事 閩本明監本毛本伐事作羣臣案此誤改也伐事當作戍士伐戍形近之譌十行本士事不別出通

鹿鳴以下言之不專指鹿鳴一篇下文王亦然

八月萑葦小字本相臺本同唐石經初刻雚後改萑案萑字是也五經文字云萑戶官反從卄下隹今經或相承隸省草作萑正謂此也釋文萑戶官反○按說文有萑有雚雚者葦之類也从艸萑聲萑者鳥名从卝从隹今人萑葦字蓋用萑雀字爲叚借非用萑艸字也萑艸字从艸隹聲音追

猗彼女桑唐石經小字本相臺本同案釋文云猗彼於綺反徐於宜反正義云襄十四年左傳云譬如捕鹿晉人角之諸戎掎之然掎角皆遮截束縛之名也故云角而束之曰掎考此是說傳角字之義又以爲猗之言掎也故弁說之非正義本經傳皆作掎也末曰掎仍當作曰猗乃不知者改之耳或因正義中字譌遂弁疑此經當作掎者非也正義上文云猗束彼女桑而采之又云以繩猗束而采之也皆作猗不作掎掎字在小弁經正義不引亦其證

條桑枝落采其葉也閩本明監本同毛本落下剜添之字小字本相臺本有考文古本同案有者是也釋文條下云枝落也不備取耳與葛覃濩煮也正同

七月鳴鵙小字本相臺本同明監本毛本同唐石經鵙作鶪案唐石經是也五經文字云鶪伯勞也與說文合可證也

又云葭華舍人曰葭一名華閩本明監本毛本同案二華字皆當作葦今爾雅自石經以下各本皆作華者字之誤也此正義所引本不誤故下文云成則名爲葦也不知者乃改之文選注引亦不誤

白露爲霜之時猶名葭閩本明監本毛本同案盧文弨云白露爲霜當重非也讀以霜字斷句之時二字下屬之時者是時也

具曲植筐筥　閩本明監本毛本同案浦鏜云筥筐字誤倒是也

傳蘄方至蘪桑　閩本明監本毛本同案蘪當作柔

集注及定本皆云女桑柔桑　閩本明監本毛本同案柔當作蘪

言如爵弁色也　閩本明監本毛本同案弁當作頭

士記位於南方　閩本明監本記作寄毛本剜改記案皆誤也當作託周禮染人疏可證

其餘後可知也　閩本明監本毛本同案浦鏜云後當從字誤是也

當及盛暑熟潤　閩本明監本毛本同案浦鏜云熱誤熟是也

四八月染也　補案四當作非

十月隕蘀　小字本相臺本同唐石經初刻殞後改隕案初刻誤也

于貉往搏貉　小字本相臺本同案此釋文本也釋文云搏音博舊音付篤公劉釋文同又無羊釋文云搏音博亦作捕音步考正義云一之日往捕貉取皮又云皆是往捕之而取其皮是正義本作捕字都人士正義引于貉往捕貉亦其證如周禮小司徒注伺捕小司寇注司搏也○按搏捕古今字此正箋作搏正義易字而說之也

釋蟲又云蜆寒蚰　閩本明監本蚰作蜩毛本誤作蟬案山井鼎云爾雅作蜩是也

皮革踰歲乾冬乃可用 閩本明監本毛本同案浦鏜云久誤冬考掌皮注浦校是也

箋七月至卒來 閩本明監本毛本箋下有自字案所補是也

既以鬱下及棗 小字本相臺本同考文古本同閩本明監本毛本下作薁案下者謂薁蘡薁也改作薁者誤正義云鬱下及棗總助男功可證

劉稹毛詩義問云 閩本明監本毛本同案惠棟云劉公幹毛詩義問十卷稹當作楨

晉宮閣銘云華林薗中 閩本明監本毛本薗作園案所改非也薗卽園字當是正義依彼文引之也不得以字書不載而改去

棗須樹擊之 閩本明監本毛本樹上有就字案此誤補也樹當作捯捯卽擣字見集韻又列女傳手自捯卽漢書之手自擣也今本亦有誤爲樹者皆因不識此字〇按此殊附會剝棗卽今之撲棗也剝讀爲撲觀釋文自明撲者扑之俗扑者攴之變正義樹字當是撲之誤

必有豪毛秀出者 毛本豪誤毫閩本明監本不誤案考文古本因此并改箋作毫失之甚矣

埸圃同地自物生之時 小字本同閩本明監本毛本同相臺本自作耳考文古本同案耳字是也上屬斷句

上入執宮功 小字本相臺本同唐石經執下有傍添於字案旁添誤也又此定本也正義云經當云執於宮公本或公在宮上誤耳今定本云執宮功不爲公字考此傳箋皆無公字之訓箋云執宮中之事與上載纘武功傳功事也相承當以定本爲長正義於字是自爲文傍添者誤取之

七月定星將中　閩本明監本毛本同小字本相臺本七作十考文古本同案十字是也

場圃在園地　閩本明監本毛本同案浦鏜云任誤在是也

東山云町畽鹿場　明監本毛本畽誤疃閩本不誤案彼經唐石經以下皆作畽

則是訓功爲事　閩本明監本毛本同案功當作公下故入之執於宮功同

祭非祭也　閩本明監本毛本非下有民字案皆誤也當作非民祭也十行本衍上祭字脫民字閩本以下補仍衍上祭字

冰盛水腹　相臺本同閩本明監本毛本同小字本腹作複案釋文云複音福正義云月令季冬冰方盛水澤腹堅腹厚也爾雅文鄭彼注用之正義本當是腹字月令釋文云腹本又作複此釋文或作腹詳後考證考文一本作複采自月令釋文耳

祭司寒而藏之　小字本相臺本同案釋文云祭司寒本或作祭寒正義云加司字以足之其所說最得左傳及此箋之意或作本誤依傳删失之矣

滌場功畢入也　閩本明監本毛本同小字本相臺本滌下有埽也二字考文古本同案有者是也釋文正義皆可證

饗者鄉人以狗　小字本相臺本同案盧文弨云饗者下脫鄉人飲酒正義有說文同今考正義中所云飲酒皆推傳意如此非正義本傳中有鄉人飲酒四字而今脫去也正義云傳以朋酒斯饗爲黨正飲酒之禮又云箋以斯饗爲國君大飲之禮二者皆推其意傳之無飲酒猶箋之無大飲其明證矣說文自解饗字從鄉之義非取此傳成文也不當補〇按鈕玉裁云細讀正義知本作饗者鄉人飲酒也鄉人以狗大夫加以羔羊因兩鄉

人複而奪落數字古書類然且如上文傳埽也既依正義補入矣何此正義確可據者獨不可依乎若云箋中無大飲字豈正義文不得略有參差乎段云是也

疆竟也小字本相臺本同案釋文疆下云竟也或音注爲境非正義云疆是境之別名即釋文所云音竟爲境者故上文易爲境字而說之云無有疆境之時也又云定本竟作境考楚茨及甫田箋意當以正義音境爲長考文古本作境采正義

此亦得爲凌室者閩本明監本毛本同案此當作而

賓客食喪有祭祭祀閩本明監本毛本同案此當作賓客食享喪浴祭祀每二字爲一句所以解賓食喪祭四事也

給賓客喪祭之用閩本明監本毛本同案客當作食此字之誤耳考文古本因此改箋食亦作客失之矣

此引之到者閩本明監本毛本到作倒案所改是也正義俱用倒字此壞耳

鄉人雖爲鄉大夫閩本明監本毛本同案盧文弨云鄉當作卿是也

其禮云閩本明監本毛本同案云字當作亡形近之譌也今月令注不誤山井鼎依彼文是也

烝謂特牲體謂爲俎閩本明監本毛本同案此當作烝謂折牲體升爲俎折字升字譌而不可讀今月令注烝作蒸特作有無體下謂亦皆誤耳山井鼎依彼文非也又云宋板特作有其實不然當是剟也

言別於燕禮小於大飲閩本明監本毛本同案盧文弨云燕禮當重是也

公尊瓦大夫尊兩圜壺閩本明監本毛本同案浦鏜云士誤夫以儀禮考之是也大字斷句

毛詩國風　　鄭氏箋　　孔穎達疏

鴟鴞周公救亂也成王未知周公之志公乃爲詩以遺王名之曰鴟鴞焉未知周公之志者未知其欲攝政之意○鴟鴞上尺之反下吁驕反鴟鴞鳥也遺唯季反本亦作貽此從尚書本也【疏】鴟鴞四章章五句至鴟鴞焉○正義曰此鴟鴞詩者周公所以救亂也毛以爲武王既崩周公攝政管蔡流言以毀周公又導武庚與淮夷叛而作亂將危周室周公東征而滅之以救周室之亂也於是之時成王仍惑管蔡之言未知周公之志疑其將篡心益不悅故公乃作詩言不得不誅管蔡之意以貽遺成王名之曰鴟鴞焉經四章皆言不得不誅管蔡之意鄭以爲武王崩後三年周公將欲攝政管蔡流言周公乃避之出居於東都周公之屬黨與知將攝政者見公之出亦皆奔亡至明年乃爲成王所得此臣無罪而成王罪之罰殺無辜是爲國之亂政故周公作詩救止成王之亂於時成王未知周公有攝政成周道之志多罪其屬黨故公乃爲詩言諸臣先祖有功不宜誅絶之意以怡悅王心名之曰鴟鴞焉四章皆言不宜誅殺屬臣之意定本貽作遺字則不得爲怡悅也○箋未知至之意○正義曰金縢云武王既喪管叔及其羣弟乃流言於國曰公將不利於孺子周公乃告二公曰我之弗辟無以告我先王周公居東二年罪人斯得於後公乃爲詩以貽王名之曰鴟鴞注云罪人周公之屬黨與知居攝者周公出皆奔今二年盡爲成王所得怡悅也周公傷其屬黨無罪將死恐其刑濫又破其家而不◦敢正言故作鴟鴞之詩以貽王今豳風鴟鴞也鄭讀辟爲避以居東爲避居於時周公未攝故以未知周公之志者謂未知其欲攝政之意訓怡爲悅言周公作此詩欲以救諸臣悅王意也毛雖不注此序不解尚書而首章傳云寧亡二子不可毀我周室則此詩爲誅管蔡而作之此詩爲誅管蔡則罪人斯得謂得管蔡也周公居東爲

出征我之不辟欲以法誅管蔡既誅管蔡然後作詩不得復名爲。貽悅王心當
訓貽爲遺謂作此詩遺成王也公劉序云而獻是詩此云遺者獻者臣奉於尊
之辭遺者流傳致達之稱彼召公作詩奉以戒成王此
周公自述己意欲使遺傳至王非奉獻之故與彼異也鴟鴞鴟鴞既取我子無

毀我室興也鴟鴞鸋鴂也無能毀我室者攻堅之故也寧亡二子不可以毀我
周室箋云重言鴟鴞者將述其意之所欲言丁寧之也室猶巢也鴟鴞
言已取我子者幸無毀我巢我巢積日累功作之甚苦故愛惜之也時周公竟
武王之喪欲攝政成周道致大平之功管叔蔡叔等流言云公將不利於孺子
成王不知其意而多罪其屬黨興者喻此諸臣乃世臣之子孫其父祖以勤勞
有此官位土地今若誅殺之無絕其。位奪其土地王意欲誚公此之由然○鸋
乃丁反郭音寧鴂音決鸋鴂似黃雀而小俗呼之巧婦
重直用反大平音泰孺本又作孺如注反誚在笑反恩斯勤斯鬻子之閔斯

恩愛鬻稚閔病也稚子成王也箋云鴟鴞之意殷勤於此稚子當哀閔之此取
鴟鴞子者。言稚子也以喻諸臣之先臣亦殷勤於此成王亦宜哀閔之○鬻由
六反徐居六反【疏】鴟鴞至閔斯○毛以爲周公既誅管蔡王意不悅故作詩以遺
反一云賣也正王假言人取鴟鴞子者言鴟鴞鴟鴞其意如何乎其言人已取
我子我意寧亡此子無能留此子以毀我巢室以其巢室積日累功作之攻堅
故也以與周公之意如何乎其意言寧亡管蔡無能留管蔡以毀我周室以其
周室自后稷以來世脩德教有此王基篤厚堅固故也又言管蔡罪重不得不
誅之意周公言已甚愛此甚惜此二子但爲我稚子成王之病以此之故不得
不誅之也鄭以爲成王將誅周公之屬臣周公爲之詩言鴟鴞之意如何乎言
人既取我子幸無毀我室以其積日累功作之甚苦故愛惜之不欲見其毀損
以喻成王若誅此諸臣幸無絕其官位奪其土地以其父祖勤勞乃得有此故
愛惜之不欲見其絕奪又言當此幼稚之子來取我子之時其鴟鴞之意殷勤
於此稚子稚子當哀閔之不欲毀其巢以喻言屬臣之先臣亦殷勤於此成王
成王亦宜哀閔之不欲絕其官位土地此周公之意實請屬臣之身但不敢正

言其事故以官位土地為辭耳閔下斯字箋傳皆為辭耳○傳鴟鴞至周室○正義曰鴟鴞鸋鴂釋鳥文舍人曰鴟鴞一名鸋鴂也方言云自關而東謂桑飛曰鸋鴂陸機疏云鴟鴞似黃雀而小其喙尖如錐取茅莠為窠以麻紩之如刺襪然縣著樹枝或房或二房幽州人謂之鸋鴂或曰巧婦或曰女匠關東謂之工雀或謂之過蠃關西謂之桑飛或謂之襪雀或曰巧女無能毀我室者謂鴟鴞之意唯能亡此子無能留此子以毀我室此鴟鴞非不愛子正謂重其巢室也傳以此詩為管蔡而作故云寧亡二子不可以毀我周室於時殺管叔而放蔡叔故言寧亡二子○箋重言至由然○正義曰人居謂之室鳥居謂之巢故云室猶巢也周公竟武王之喪謂崩後三年除喪服也成王不知其意多罪其屬黨即金縢云罪人斯得是也此實無罪謂之罪人者金縢注云謂之罪人史書成王意也罪其屬黨言將罪之箋又言若誅殺之明時實未加罪也以與為取象鴟鴞之子宜喻屬臣之身故以室喻官位土地也金縢於名之曰鴟鴞之下云王亦未敢誚公是有誚公之意但未敢言耳故云王意欲誚公此之由然其言由此詩也金縢注云成王非周公意未解今又為罪人言欲讓之推其恩親故未敢欲誚公之意作此詩欲以怡悅王心致使王意欲誚公乃是更益王忿而言以怡王者成王謂公將篡故以罪其屬臣公若實有篡心不敢為臣請今作詩與王言其屬臣無罪則知公不為害事亦可明未悟故欲誚公既悟自當喜悅冀王之悟故作此詩是公意欲以怡悅王也王肅云案經傳內外周公之黨具存成王無所誅殺橫造此言其一非也設有所誅不救其無罪之死而請其官位土地緩其大而急其細其非二也設已有誅不得云無罪其非三也馬昭云公黨已誅請之無及故但言請子孫土地斯不然矣案鄭注金縢云傷於屬臣無罪將死箋云若誅殺之則鄭意以屬臣雖為王得罪猶未加刑馬昭之言非鄭旨也公以王怒猶盛未敢正言假以官位土地為辭實欲冀存其人非是緩大急細棄人求土鄭之此意亦何過也○傳恩愛至成王○正義曰有恩必相愛故以恩為愛釋言云鬻稚也郭璞曰鞠一作毓是鬻為稚也閔病釋詁文言鬻子之病則謂管蔡作亂病此鬻子故知鬻子成王也王肅云勤惜

也周公非不愛惜此二子以其病此成王則傳意亦當以勤爲惜○箋鴟鴞至閔之○正義曰箋亦以此經爲興恩之言殷也以鴟鴞之意殷勤於稚子喻諸臣之先臣亦殷勤於成王假言鴟鴞之意愛惜巢室亦假言諸臣之先臣愛惜土地皆假爲之辭非實有言也箋云。言取鴟鴞子者。惜稚子也則稚子謂巢下之民金縢注云鸒子斥成王斥者經解喻尊猶言昊天斥王也

迨天之未陰雨徹彼桑土綢繆牖戶迨及徹剝也桑土桑根也箋云綢繆猶纏綿也此鴟鴞自說作巢至苦如是以喻諸臣之先臣亦及文武未定天下積日累功以固定此官位與土地○迨音待徐又勑改反土音杜注同小雅同韓詩作杜義同方言云東齊謂根曰杜字林作敫桑皮也音同綢繆上直留反下莫侯反

今女下民或敢侮予箋云我至苦矣今女我巢下之民寧有敢侮慢欲毁之者乎意欲恚怒之以喻諸臣之先臣固定此官位土地亦不欲見其絶奪○恚於季反

【疏】迨天至侮予○毛以爲自說作巢至苦言己及天之未陰雨之時剝彼桑根以纏綿其牖戶乃得成此室巢以喻先公先王亦世脩其德積其勤勞乃得成其王業致此王功甚難若是今汝下民管蔡之屬何由或敢侮慢我周室而作亂乎故不得不誅之○鄭以爲鴟鴞及天之未陰雨之時剝彼桑根以纏綿其牖戶乃得有此室巢以喻諸臣之先臣及文武未定天下之時亦積日累功乃得定此官位土地鴟鴞以勤勞之故惜此室巢今巢下之民寧或敢侮慢我欲毁我巢室乎不欲見其毁損意欲恚怒之以喻諸臣之先臣甚惜此官位土地汝成王。意何得絶我官位奪我土地乎不欲見其絶奪意欲怨恨之言鴟鴞之惜室巢猶先臣之惜官位土地鴟鴞欲恚怒巢下之人喻先臣亦有恨於成王王勿得誅絶之也○傳迨及至桑根○正義曰迨及釋言文徹卽剝脫之義故爲剝也取彼桑土用爲爲巢明是桑根根在土剝取其皮故知桑土卽桑根也王肅云鴟鴞及天之未陰雨剝取彼桑根以纏綿其戶牖以興周室積累之艱苦也下經無傳但毛以此詩爲管蔡而作必不得同鄭爲興王肅下經注云今者今周公時言先王致此大功至艱難而其下民敢侵侮我周道謂管蔡之屬不可不遏絶以全周室傳

意或然○箋我至至絕奪○正義曰箋以此為諸臣設請故亦為興巢下之民將毀其室故竟欲恚怒之此是臣請於君而欲恚怒者鴟鴞之恚怒喻先臣之怨恨耳非恚怒王也

予手拮据，予所捋荼，予所蓄租。予口卒瘏，

拮据撠挶也荼萑苕也租為瘏病也手病口病故能免乎大鳥之難箋云此言作之至苦故能攻堅人不得取其子○拮音吉又音結据音居韓詩云口足為事曰拮据捋力活反荼音徒畜勑六反本亦作蓄租子胡反又作租如字韓詩云積也屠本又作瘏音徒撠京劇反本亦作戟挶俱局反說文云持也萑音丸苕音條難乃旦反

曰予未有室家。

謂我未有室家箋云我作之至苦如是者曰我未有室家之故

[疏]予手至室家○毛以為鴟鴞言己作巢之苦予手撠挶其草予所捋者是荼之草也其室巢所用者皆是予之所蓄為予手口盡病乃得成此室巢用免大鳥之難喻周之先王亦勤勞經營乃得成此王業用免侵毀之患我先王為此室家勤苦若是管蔡之輩無道之人輕侮稚子弱寡王室乃為言曰我此稚子未有室家欲侵毀之故不可不誅殺也○鄭以為鴟鴞手口盡病以勤勞之故攻堅之故人不得取其子假有取其子仍不得毀其室巢以喻諸臣之先臣以勤勞之故經營之故王不得殺其子孫假使殺其子孫仍不得奪其官位土地鴟鴞又言己所以勤勞為此室巢者曰予未有室家故勞力為此是以今甚惜之喻屬臣之先臣所以勤勞為此功業者亦由未有官位土地故勤力得此是以今甚惜之王若殺此諸臣不得奪其官位土地也○傳拮据至之難○正義曰說文云撠持撠挶謂以手爪挶持草也七月傳云薍為萑此為萑苕謂薍之秀穗也出其東門箋云荼茅秀然則茅薍之秀其物相類故皆名荼也租訓始也物之初始必有為之故云租為也瘏病釋詁文經言予口卒瘏直是口病而已而傳兼言手病者以經予手拮据言手予所捋荼不言手則是用口也予所蓄租文承二者之下則手口並兼之上既言手而口文未見故又言予口卒瘏言口病明手亦病也且卒瘏謂盡病若唯口病不得言盡故知手口俱病鴟鴞小鳥為巢以自防故知求免大鳥之難也○傳謂我未有室家○正義曰傳以曰者稱它人

言曰則此句說彼作亂之意曰予未有室家管蔡意謂我稚子未有室家之道故輕侮之上章疾其輕侮故此章言其輕侮之意也曰者陳其管蔡之言予者還周公自我也王肅云我爲室家之道至勤苦而道之人弱我稚子易我王室謂我未有室家之道無

予羽譙譙予尾翛翛譙譙殺也翛翛敝也箋云手口既病羽尾又殺敝言己勞苦甚○譙本或作燋同在消反翛素彫反注同殺色界反又所例反下同

予室翹翹風雨所漂搖予維音嘵嘵翹翹危也嘵嘵懼也箋云巢之翹翹而危以其所託枝條弱也以喻今我子孫不肯故使我家道危也風雨喻成王也音嘵嘵然恐懼告愬之意○翹祁消反漂匹遙反嘵呼堯反愬音素

【疏】予羽至嘵嘵○毛以爲鴟鴞言作巢之苦予羽譙譙然而殺予尾消消而敝手口既病羽尾殺敝乃有此室巢以喻先王勤脩德業勞神竭力得成此王業鴟鴞又言室巢雖成以所託枝條弱故予室今翹翹然而危又爲風雨之所漂搖此巢將毀予是以維音之嘵嘵然而恐懼以喻王業雖成今成王幼弱而爲凶人所振蕩周室將毀故周公言己亦嘵嘵然而危懼由管蔡作亂使憂懼若此故不得不誅之意也○鄭殺。弊盡同但所喻者別喻屬臣勤勞有此官位土地今子孫不肯使我家道危也又爲成王所漂搖將誅絕之我先臣是以恐懼而告急也予維音嘵嘵嘵嘵喻告訴之意也○傳譙譙殺消消敝○正義曰此無正文也以此言鳥之羽尾疲勞之狀故知爲殺敝也定本消消作。翛。翛翛也○傳翹翹危嘵嘵懼○正義曰皆釋訓文王肅云言盡力勞病以成攻堅之巢而爲風雨所漂搖則鳴音嘵嘵然而懼以言我周累世積德以成篤固之國而爲凶人所振蕩則己亦嘵嘵而懼

鴟鴞四章章五句

東山周公東征也周公東征三年而歸勞歸士大夫美之故作是詩也一章言

其完也二章言其思也三章言其室家之望女也四章樂男女之得及時也君子之於人序其情而閔其勞所以說也說以使民民忘其死其唯東山乎成王既得金縢之書親迎周公周公歸攝政三監及淮夷叛周公乃東伐之三年而後歸耳分別章意者周公於是志伸美而詳之○歸勞力報反思息嗣反女音汝樂音洛說音悅下同縢徒登反別彼列反伸音身

【疏】東山四章章十二句至東山乎○正義曰作東山詩者言周公東征也周公攝政元年東征三監淮夷之等於三年而歸勞此征歸之士莫不喜悅大夫美之而作是東山之詩經四章雖皆是勞辭而每章分別意異又歷序之一章言其完也謂歸士不與敵戰身體完全經云勿士行枚言無戰陳之事是其完也二章言其思也謂歸士在外妻思之也經說果蠃等乃令人憂思是其思也三章言其室家之望汝也謂歸士未反室家思望經說洒掃穹窒以待征人是室家之望也四章樂男女得以及時也謂歸士將行新合昏禮經言倉庚于飛說其成。歸之事是得其及時也周公之勞歸士所以殷勤如此者君子之於人謂役使人民序其民之情意而閔其勞苦之役所以喜悅此民也民有勞苦唯恐民上不知今序其情閔其勤勞則民皆喜悅忘其勞苦古人所謂悅以使民民忘其死者其唯此東山之詩乎言唯此東山之詩可以當忘其死之言也三年而歸雖出於經此三年之文而總序四章非獨序彼一句也序所歷言不序章首四句皆同不得於一章說之序其情而閔其勞其意足以兼之矣歸士者從軍士卒周公親征與將來同苦以士卒微賤勞意尤深故意主美勞歸士不言勞將率也悅以使民民忘其死是周易兌卦彖辭文古之舊語此東山堪當之故云其唯東山乎○箋成王至詳之○正義曰金縢云天大雷電以風王與大夫盡弁以啓金縢之書王執書以泣曰今天動威以彰周公之德惟朕小子其。新。迎注云新。迎改先時之心更自新以迎周公於東與之歸尊任之言自新而迎明是成王親迎之書序云武王崩三監及淮夷叛周公相成王將黜殷命作大誥注云三監管叔蔡叔霍叔三人為武。庚監於殷國者也前流言於國公將不利於成王周公還攝政懼誅因遂其惡開道淮夷與之俱叛此以居攝二年之時繫之武王崩者其惡之
初自崩始也是三監淮夷叛周公東伐之事也攝政元年即東征至三年而歸耳書序注云其攝二年時者謂叛時在二年非三年始東征也時實周公獨行
言相成王者彼注云誅之者周公意也而言相成王者自迎周公而來敵已解矣意以成王敵解故言相成王耳非與成王俱來也破斧云周公東征四國是
皇傳曰四國管蔡商奄也。此。言商奄者據書序之成文耳此序獨分別章意者周公於是志意伸本勞歸士之情丁寧委曲子夏美之而詳其事故分別章意
而序之也 我徂東山慆慆不歸我來自東零雨其濛 慆慆言久也濛雨貌箋云此四句者序歸士之情也我往之東
山既久勞矣歸又道遇雨濛濛然是尤苦也○慆徒刀反又吐刀反濛莫紅反 我東曰歸我心西悲 公族有辟公親素服不舉樂為之變
如其倫之喪箋云我在東山常曰歸也我心則念西而悲○為于偽反 制彼裳衣勿士行。枚 士事枚微也箋云勿猶無也女制彼裳衣
而來謂兵服也亦初無行陳銜枚之事言前定也春秋傳曰善用兵者不陳○士行毛音衡鄭音銜王戶剛反枚莫杯反鄭注周禮云枚如。著横銜之於口為
繣。絜於項中無行戶剛反陳直覲反又下同 蜎蜎者蠋烝在桑野 蜎蜎蠋貌。桑蟲也烝。寘也箋云蠋蜎蜎然特行久處桑野有似勞苦
者古者聲寘塡塵同也○蜎烏玄反蠋音蜀烝之承反寘音田又音珍一音陳字書云塞也大千反從穴下真寘塡塵依字皆是田音又音珍亦音塵鄭云古
聲同案陳完奔齊以國為氏而史記謂之田氏是古田陳聲同 敦彼獨宿亦在車下 箋云敦敦然獨宿於車下此誠有勞苦之心○敦都
回反注同【疏】我徂至車下○毛以為周公言我往之東山征伐四國慆慆然久不得歸既得歸矣我來自東方之時道上。乃遇零落之雨其濛濛然汝在軍
之士久不得歸歸又遇雨落勞苦之甚周公既序歸士之情又復自言己意我在東方言曰歸歸之時我心則念西而悲何則管蔡有罪不得不誅誅殺兄弟慚

見父母之廟故心念西而益悲傷又言歸士久勞在外幸得完全汝雖制彼兵服裳衣而來得無事而歸久勞在軍無事於行陳銜枚言敵皆前定未嘗銜枚與戰也又言雖無戰陳實甚勞苦蜎蜎然者桑中之蠋蟲常久在桑野之中似有勞苦以與敦敦然彼獨宿之軍士亦常在車下而宿甚爲勞苦述其勤勞閔念之定本云勿士行枚無銜字箋云初無行陳銜枚之事定本是也○鄭唯我東曰歸二句言我軍士在東久不得歸常言曰歸而不得歸我心則念西而悲言歸士思家而悲餘同○箋此四至尤苦○正義曰此篇皆言序歸士之情而獨云此四句者以此四句意皆同故特言之卒章之箋又云凡先著此四句皆爲序歸士之情者以序分別章意嫌此四句意不同故言凡先著此四句明四章意皆同也○傳公族至之喪○正義曰。幾法也謂以法得死罪文王世子云公族有死罪則磬於甸人公素服不舉樂爲之變如其倫之喪無服親哭之注云不於市朝者隱之也甸人掌田野之官縣而縊殺之曰磬素服於凶事爲吉於吉事爲凶非喪服也倫謂親疏之比也不往弔爲位哭之而已是其事也傳言此者解周公西悲之意以公族雖有死罪猶是骨肉之親非徒已心自悲先神亦將悲之是將欲言歸則念西而悲也○箋我在至而悲○正義曰箋以此爲勞歸士之辭不宜言己意故易傳以爲此二句亦序歸士之情我軍士在東山常曰歸言三年之內常思歸也軍士家室在西故知念西而悲孫毓云殺管叔在二年臨刑之時素服不舉至於歸時踰年已久無緣西行而後始悲箋說爲長○傳枚微○正義曰枚微者其物微細也大司馬陳大閱之禮教戰法云遂鼓行銜枚而進注云枚如箸銜之有繣結項中軍法止語爲相疑惑是枚爲細物也○箋勿猶至不陳○正義曰此言東征之事故知制彼裳衣謂兵服也初無猶本○無害雖是征伐本無行陳銜枚之事言豫前自定不假戰鬪而服之也若前敵自定當應速耳而三年始歸者以其叛國既多須圍守以服之故引春秋傳者莊八年穀梁傳曰善爲國者不師善師者不陳善陳者不戰善戰者不死此箋言善用兵者不陳常武箋云善戰者不陳皆與彼異蓋鄭以義言之○傳蜎蜎至烝窴○正義曰釋蟲云蚅烏蠋樊光引此詩郭璞曰大蟲如指似蠶韓子云。虫似蠋言在桑野知是桑蟲烝寘釋言文彼作塵○箋蠋至塵同○正義曰蠋在桑野是其常處實非勞苦故云似有勞苦軍士獨宿車下則實有勞苦故下箋云誠有勞苦以不實喻實者取其在桑野在車下其事相類故也傳訓烝爲寘也故轉寘爲久而釋詁云塵久也乃作塵字故箋辨之古者寘塡塵三字音同可假借而用之故也

我徂東山慆慆不歸我來自東零雨其濛果蠃之實亦施于宇伊威在室蠨蛸在戶町畽鹿場熠燿宵行

果蠃。栝。樓也伊威委黍也蠨蛸長踦也町畽鹿迹也熠燿燐也燐。螢火也箋云此五物者家無人則然令人感思○蠃力果反施羊豉反伊威如字或傍加虫者後人增耳室本或作堂誤也蠨音蕭說文作蠨音夙蛸所交反郭音蕭町他典反或他頂反字又作圢音同畽本又作疃他短反字又作壥以勅反燿以照反栝古活反沈委音於爲反委黍鼠婦也本或並作虫邊踦起宜反今詩義長踦長脚蜘蛛又巨綺反又其宜反居綺反燐洛刃反字又作䗲螢惠丁反令力呈反思息嗣反

不可畏也伊可懷也

箋云伊當作緊緊猶是也懷思也室中久無人故有此五物是不足可畏乃可爲憂思○翳於奚反又作緊

疏傳果蠃至螢火○正義曰釋草云果蠃之實栝樓李巡曰栝樓子名也孫炎曰齊人謂之天瓜本草云栝樓如瓜葉形兩兩拒値蔓延青黑色六月華七月實如瓜。瓣是也伊威委黍蠨蛸長踦釋蟲文舍人曰伊威名委黍蠨蛸名長踦郭璞曰舊說伊威鼠婦之別名長踦小蜘蛛長脚者俗呼爲喜子說文云委黍鼠婦也陸機疏云伊威一名委黍一名鼠婦在壁根下甕底土中生似白魚者是也蠨蛸長踦一名長脚荊州河內人謂之喜母此蟲來著人衣當有親客至有喜也幽州人謂之親客亦如蜘蛛爲羅網居之是也鹿場者場是踐地之處故知町畽是鹿之跡也熠燿者螢火之蟲飛而有光之貌故云熠燿燐也又解燐體云燐螢火也釋蟲云螢火卽炤舍人云螢火卽夜飛有火蟲也本草螢火一名夜光一名熠燿案諸文皆不言螢火爲燐淮南子云久血爲燐許愼云謂兵死之血爲鬼火然則燐者鬼火之名非螢火也陳思

王螢火論曰詩云熠燿宵行章句以爲鬼火或謂之燐未爲得也天陰沈數雨在於秋日螢火夜飛之時也故云宵行然腐草木得溼而光亦有明驗衆說並爲螢火近得實矣然則毛以螢火爲燐非也

我徂東山慆慆不歸我來自東零雨其濛鸛鳴于垤婦歎于室洒埽穹窒我征聿至垤蟻冢也將陰雨則穴處先知之矣鸛好水長鳴而喜也箋云鸛水鳥也將陰雨則鳴行者於陰雨尤苦婦念之則歎於室也穹窮窒塞洒灑埽拚也穹窒鼠穴也而我君子行役述其日月今且至矣言婦望也○鸛本又作雚古玩反垤田節反洒所懈反沈所寄反埽素報反蟻本亦作蛾又作蟻魚綺反好呼報反拚甫問反

有敦瓜苦烝在栗薪敦猶專專也烝衆也言我心苦事又苦也箋云此又言婦人思其君子之居處專專如瓜之繫綴焉瓜之。辨有苦者以喻其心苦也烝塵栗析也言君子又久見使析薪於事尤苦也古者聲栗裂同也○敦徒丹反注同栗毛如字鄭音列韓詩作蓼力菊反衆薪也專徒端反下同綴張衛反辨盧遍反又白莧反說文云瓜中實也沈薄閑反

自我不見于今三年【疏正】鸛鳴至三年○毛以爲上四句說歸士之情次四句說其妻思望之也思而不至閔其勞苦言有專專然繫綴於蔓者瓜也而其。辨甚苦既繫苦於蔓似如勞苦而其。辨又苦以喻君子繫屬於軍是事苦也又憂軍事是心又苦也其苦如何衆軍士皆在析薪之役是其苦也君子既有此苦己久不得見之自我不見君子以來於今三年矣所以思之甚也鄭以烝爲久言君子久在析薪之役餘同○傳垤蟻至而喜○正義曰釋蟲云蚍蜉大蟻小者蟻舍人曰蚍蜉即大蟻也小者即名蟻也然則蟻是小蚍蜉也此蟲穴處輂土爲冢以避溼鸛鳥鳴於其上故知垤是蟻冢也將欲陰雨水泉上潤故穴處者先知之是蟻避溼而上冢鸛是好水之鳥知天將雨故長鳴而喜也陸機疏云鸛鸛雀也似鴻而大長頸赤喙白身黑尾翅樹上作巢大如車輪卵如三升杯望見人按其子令伏徑舍去一名負釜一名黑尻一名背竈一名皁裙又。尼其巢一傍爲池含水滿之取魚置池中稍稍以食其雛若殺其子則一村致旱

災〇傳敦猶至又苦〇正義曰敦是瓜之繫蔓之貌故轉爲專言瓜繫於蔓專專然也烝衆釋詁文以瓜之苦喻君子心內苦繫於蔓又似苦以喻君子繫於軍是事苦故言心苦事又苦卽析薪是也〇箋此又至裂同〇正義曰此申傳心苦事又苦之意也以軍之苦在久不在衆故易傳以烝爲塵訓之爲久析薪是分裂之義不應作栗故辨之云古者聲栗裂同故得借栗爲裂不是字誤故不云誤也

我徂東山慆慆不歸我來自東零雨其濛

箋云凡先著此四句者皆爲序歸士之情〇爲于僞反

倉庚于飛熠燿其羽

箋云倉庚仲春而鳴嫁取之候也熠燿其羽羽鮮明也歸士始行之時新合昏禮今還故極序其情以樂之〇樂音洛下同

之子于歸皇駁其馬

黃白曰皇騂白曰駁箋云之子于歸謂始嫁時也皇駁其馬車服盛也〇駁邦角反

親結其縭九十其儀

縭婦人之褘也母戒女施衿結帨九十其儀言多儀也箋云女嫁父母既戒之庶母又申之九十其儀喻丁寧之多〇褘許韋反衿繫佩帶之其鴆反帨始銳反

其新孔嘉其舊如之何

言久長之道也箋云嘉善也其新來時甚善至今則久矣不知其如何也又極序其情樂而戲之

疏倉庚至之何〇毛以爲歸士始行之時新合昏禮序其男女及時以戲樂之言倉庚之鳥往飛之時熠燿其羽甚鮮明也以興歸士之妻初昏之時其衣服甚鮮明也是子往往歸嫁之時所乘者皇其馬駁其馬言其車服盛也其母親自結其衣之縭九種十種其威儀多也言其嫁既及時而又威儀具足本其新來時則甚善矣但不知其久時復如之何言本時甚好不知在後當然以否所以戲樂歸士之情也〇鄭以倉庚爲記時言歸士之妻於倉庚于飛熠燿其羽之時而是子往歸嫁其新孔嘉謂本初日其新來之時則甚善不見已三年今其久矣不知今日如之何序其自東來歸未到家之時言以戲樂之餘同〇箋倉庚至樂之〇正義曰鄭以仲春爲昏月月令仲春倉。庚以序云樂男女得以及時故知作者以倉庚鳴爲嫁娶之候歸士始行之時以仲春新合昏禮也毛以秋冬爲昏禮義必異於鄭宜以倉庚爲興王肅云倉庚羽翼鮮明以喻嫁者之威飾是也然則不言及時者舉其嫁之得禮明亦及時可知也○傳黃白至曰駁○正義曰釋畜文舍人曰騵赤色名曰駁也黃白色名曰皇也孫炎引此詩餘皆不解騵白之義案黃白曰皇謂馬色有黃處有白處則騵白曰駁謂馬色有騵處有白處舍人言騵馬名白。馬非也孫炎曰騵赤色也○傳縭婦至多儀○正義曰釋器云婦人之褘謂之縭縭綏也孫炎曰褘帨巾也郭璞曰即今之香纓也褘邪交絡帶繫於體因名之爲褘綏繫也此女子既嫁之所著示繫屬於人義見禮記詩云親結其縭謂母送女重結其所繫著以申。解之說者以褘爲帨巾失之也母戒女禮施衿結帨士昏禮文彼注云帨佩巾也不解衿之形象內則云婦事舅姑衿纓綦屨注云衿猶結也婦人有衿纓示有繫屬也然則衿謂纓也衿先不在身故言施帨則先以佩說故結之而已傳引結帨證此結縭則如孫炎之說亦以縭爲帨巾其意異於郭也內則云男女未冠笄者總角衿纓皆佩容臭郭以縭爲香纓云義見禮記謂此也案昏禮言結帨此言結縭則縭當是帨非香纓也且未冠笄。者佩容臭又不是示繫屬也郭言非矣數從一則而縭至於十則數之小成舉九與十言其多威儀也○箋女嫁至之多○正義曰士昏禮云父送女命之曰戒之敬之夙夜無違命母施衿結帨曰勉之敬之夙夜無違宮事庶母及門內申之以父母之命命之曰敬恭聽宗爾父母之言夙夜無愆是戒之申之之事也引此者解母必親結之意言九又言十者喻其威儀丁寧之多也斯干傳曰婦人質無威儀此言多威儀者婦人無男子之禮揖讓周旋之儀耳其舉動威儀則多也○傳言久長之道○正義曰舊訓爲久也言久長之道理未知善惡所以戲之○箋嘉善至戲之○正義曰箋以此序歸士之情當樂以當時之事不宜言久長之道故易傳以爲新來時甚善至今則久矣不知其如何以戲樂此歸士也

東山四章章十二句

附釋音毛詩注疏卷第八（八之二）

毛詩注疏校勘記(八之二)

阮元撰盧宣旬摘錄

○鴟鴞

公乃爲詩以遺王 唐石經小字本相臺本同案釋文云遺唯季反本亦作貽此從尙書本也正義云定本貽作遺字則不得爲怡悅也考正義引金縢注怡悅也是鄭讀尙書貽爲怡也此序注義旣與彼同則貽字亦不爲有異當以正義本爲長

而不取正言 閩本明監本毛本取作敢案所改是也首章正義云但不敢正言其事可證

不得復名爲貽悅王心 閩本明監本毛本同案貽當作怡上文可證

無絶其位 小字本相臺本同考文古本同閩本明監本毛本位上有官字案無者是也當是蒙上而省

此取鴟鴞子者言稚子也 小字本同閩本明監本毛本同相臺本言作指案指字是也

或謂之過羸 閩本明監本毛本同案盧文弨改羸爲鸁依方言廣雅耳非也羸卽鸁字爾雅疏卽取此正作羸

欲誚公之意作此詩 明監本毛本欲上有是字閩本剜入案此誤補也欲誚當作鄭謂

罪猶未加刑 閩本明監本毛本同案罪當作實

釋言云鬻稚也 閩本明監本毛本同案浦鏜云鞠誤鬻是也

箋云言取鴟鴞子者 閩本明監本毛本同案言當作此

惜稚子也闔本明監本毛本同案惜當作指

汝成王意何得絕我官位闔本明監本毛本同案意當作竟與下互誤也

故竟欲恚怒之毛本竟誤以闔本明監本作意案意是也此作竟乃與上互誤也

予所蓄租唐石經小字本相臺本同案釋文云租子胡反本又作祖如字爲也正義云祖訓始也物之初始必有爲之故云祖爲也段玉裁云正義正同又作本也今釋文正義祖皆譌租當正釋文見後考證

予尾翛翛小字本相臺本同唐石經翛翛作脩脩案釋文翛翛素彫反注同考此經相傳有作脩作翛二本也沿革例云監蜀越本皆作脩脩以疏爲據與國本及建寧諸本皆作翛翛以釋文爲據也又引疏云定本作脩脩今正義誤見下又正義云予尾消消而敝乃正義所易之字如易令令爲鈴鈴易遂遂爲璲璲非其本經傳作消消也以定本作脩脩推之正義本當作翛翛矣標起止當是後改段玉裁云集韻光堯石經作脩脩

鄭殺弊盡同闔本明監本毛本弊作敝案此誤改也正義是弊字與緇衣敝笱正同此唯一字尚存其舊而上下多作敝矣闔本以下又幷改之凡正義所易之字往往改去今有不可追而正之者

作翛翛也闔本明監本毛本同案翛翛當作脩脩見沿革例

○東山

說其成婦之事闔本明監本毛本婦作昬案婦當作婚

惟朕小子其新迎注云新迎 毛本上新字誤親閩本明監本不誤案二迎字皆當作逆譜正義引作逆可證

爲武夷監於殷國者也 補 案夷當作庚形近之譌

此言商奄者耳 明監本毛本此下有不字閩本剜入案所補非也言當作無

勿士行枚 唐石經小字本相臺本同案釋文云勿士行毛音衡鄭音衘王戸剛反正義云定本云勿士行枚無衘字箋云初無行陳衘枚之事定本是也考釋文云鄭音衘者謂箋之衘枚卽經之行枚鄭以行爲衘之假借下云讀爲直於訓釋中改其字以顯之箋例每如此釋文得之其箋之行陳是說衘枚所用非經中之行如殷其靁傳箋之此非經中之斯晉晉者我傳箋之載非經中之載其比也故釋文云無行戸剛反明非經中之行也正義定本讀經讀箋皆爾絕無異說正義所云定本勿士行枚無衘字者必當時或本經於勿士行枚之閒更有衘字故也若但爲行衘二字互異止得云不作衘字不得云無衘字箋云以下乃正義自引箋以證謂箋中衘枚卽經中行枚其閒更無衘字如雞鳴正義在定本下自引箋以證予字也非箋云以下載定本之箋經義雜記欲改此經作衘及去箋行陳字皆於釋文正義未得其理又釋文云王戸剛反乃雖箋衘字於箋行陳則迴不相涉也太平御覽引作衘以破引之也〇按舊校本殊誤鄭箋行陣衘枚之事以釋經之行枚猶傳以樂道忘飢釋經之忘飢也此何容疑惑而必云鄭讀行爲衘乎行古音如杭衘从行金聲絕不在古人讀如讀若讀爲讀曰之例蓋必古音相近而後得有讀如讀若讀爲讀曰也此釋文云鄭音衘者自是陸氏之誤

枚如著 補 案周禮著作箸此著字誤也明監本毛本不誤

爲纑絜於項中 補 明監本毛本絜作結按周禮亦是結字絜字誤也

蜎蜎蠋貌桑蟲也 閩本明監本毛本同小字本相臺本桑上有蠋字考文古本同案有者是也

烝窴也 相臺本同閩本同考文一本同小字本窴作寘明監本毛本同案窴字是也釋文云從穴下真餘同此

道上乃遇零落之雨 閩本明監本毛本同案物觀云宋板乃作又其實不然當是誤舉下一行字也

正義曰幾法也 閩本明監本毛本同案山井鼎云幾恐辟字是也

韓子云虫似蠋 閩本明監本毛本虫作蟲案虫當作蠶因別體俗字蠶作蚕蟲作虫而轉輾致誤也

果蠃栝樓也 相臺本同閩本明監本毛本同小字本栝作括案括字是也釋文果蠃下云栝樓又栝樓古活反十行本正義中皆作括樓可證閩本以下正義中亦誤爾雅作栝樓說文作苦蔞皆不與此同考文古本作括樓采說文而幷改樓從艹非

燐螢火也 小字本相臺本同案釋文螢火惠丁反正義云案諸文皆不言螢火為燐又云然則毛以螢火為燐非也段玉裁云螢火與列子天瑞淮南氾論說林二訓說文博物志皆合謂鬼火熒熒然者也淺人誤以釋蟲之熒火即炤當之又改其字從虫其誤蓋始於陳思王也思王引韓詩章句鬼火或謂之燐然則毛韓無異其說是也陳思王螢火論載正義此不更具錄

故知町疃是鹿之跡也 閩本明監本毛本疃作畽案畽字是也見上

瓜之辨有苦者 小字本相臺本辨作瓣閩本明監本毛本同案瓣字是也釋文瓣下引說文云瓜中實也可證十行本正義中亦作辨明監本毛本作瓣所改是也

又尼其巢一傍爲池 閩本明監本毛本同案尼當作穴形近之譌山井鼎云尼宋板作泥其實不然當是窻也○按巢中何得作穴作泥是也

月令仲春倉庚 閩本明監本毛本同案庚下浦鏜云脫鳴字是也

騂赤色名曰駁也 閩本明監本毛本同案曰當作白舍人讀爾雅以騂字斷句也

舍人言騂馬名白馬非也 閩本明監本毛本同案白馬當作白駁舍人讀爾雅白駁二字爲一句也此正義譌舛不可讀今訂正

以申解之也 閩本明監本毛本同案浦鏜云戒誤解以爾雅疏考之浦校是也

且未冠笄者佩容臭 明監本毛本者下衍未冠笄者四字閩本不誤案此上脫下衍乃寫書人自覺其誤而未及改正者山井鼎物觀不載失之矣

毛詩國風　鄭氏箋　孔穎達疏

破斧美周公也周大夫以惡四國焉惡四國者惡其流言毀周公也○惡烏路反注同疏破斧三章章六句至國焉○正義曰三章上二句惡四國下四句美周公經序倒者經以由四國之惡而周公征之故先言四國之惡後言周公之德序以此詩之作主美周公故先言美周公也○箋惡四至周公○正義曰案金縢流言者管叔及其羣弟耳今并言惡四國流言毀周公者書傳曰武王殺紂繼公子祿父及管蔡流言奄君薄姑謂祿父曰武王已死成王幼周公見疑矣此百世之時也請舉事然後祿父及三監叛管蔡流言商奄即叛是同毀周公故并言之地理志云成王時薄姑氏與四國作亂則薄姑非奄君之名而云奄君薄姑者彼注云玄疑薄姑齊地名非奄君名是鄭不從也

既破我斧又缺我斨隋銎曰斧斧斨民之用也禮義國家之用也箋云四國流言既破毀我周公又損傷我成王以此二者爲大罪○斨七羊反說文云方銎斧也隋徒禾反何湯果反孔形狹而長也銎曲容反周公東征四國是皇四國管蔡商奄也皇匡也箋云周公既反攝政東伐此四國誅其君罪正其民人而已哀我人斯亦孔之將將大也箋云此言周公之哀我民人其德亦甚大也疏既破至之將○毛以爲斧斨者生民之所用以喻禮義者亦國家之所用有人既破我家之斧又缺我家之斨損其斧斨是廢其家用其人是爲大罪以喻四國之君廢其禮義壞其國用其君是爲大罪不得不誅故周公於是東征之周公所以東征者是止誅其四國之君正是四國之民主爲四國之民被誘作亂周公不以爲罪而正之此周公哀矜於我之民人其德亦甚大故美之○鄭以爲有人既破我之斧又缺我之斨此二者是爲大罪以興四國流言既破毀我周公之道又損傷我成王此二者亦是爲大罪故周公東征之

餘同○傳隋銎至之用○正義曰如傳此言則以破缺斧斨喻四國破毀禮義故王肅云今四國乃盡破其用故孫毓云猶甘誓說言毀壞其三正耳然則經言我斧我斨乃是家之斧斨爲他所破此四國自破禮義與他破斧斨不類而云我者此禮義天子所制此四國破天子禮義故云我孫毓云王者立制其諸侯受制於天子故言我傳意或然也○箋四國至大罪○正義曰箋以此詩美周公惡四國則是惡毀周公耳不宜遠言其人破毀禮義故易傳以爲破毀周公損傷成王孫毓云周公不失其聖成王本爲賢君四國叛逆安能破周公損成王乎斯不然矣當管蔡流言之後商奄叛逆之初王與周公莫之相信於時周室迫近危亡其爲毀損莫此之大何謂不能毀損若不能毀損自可不須征之誅此四國復何爲也且詩人疾其惡心故言缺破豈待殺害王身然後爲損傷也○傳四國至皇匡○正義曰書序云成王既黜殷命成王既伐淮夷遂踐奄皆東征時事故四國是管蔡商奄知不數淮夷者以淮夷是淮水之上東方之夷耳此言四國謂諸夏之國故知不數之也書序皆云成王伐之此言周公東征者鄭以書序注凡此伐諸叛國皆周公謀之成王臨事乃往事畢則歸後至時復行然鄭意以爲伐時成王在焉故稱成王鄭以爲一周公避居東都成王迎而反之攝政然後東征於時成王已信周公故可每事一往毛無避居之義則東征之時成王猶有疑心不親詣周公而書序言成王者以周公攝政耳成王則爲主君統臣功故言成王此則專美周公據論實事故言周公東征也釋言云皇匡正也傳以皇爲匡箋又轉爲正○箋周公至而已○正義曰此四國之君據書傳祿父管叔皆見殺蔡叔以車七乘徒七十人止言徒之多少不知放之何處書序云成王既踐奄將遷其君於薄姑注云踐讀曰翦翦滅也奄既滅矣其君佞人不可復故欲徙之於齊地使服於大國是奄君遷於齊也書傳云遂踐奄踐之者籍之也籍之謂殺其身執其家瀦其宮如此則言奄君見殺與序不同書傳非也

既破我斧又缺我錡 鑿屬曰錡○錡巨宜反字或作奇音同鑿屬也韓詩云木屬 周公東征四國是吪 吪化也○訛五戈反又作吪 哀我人斯亦孔之

嘉箋云嘉善也疏傳鑿屬曰錡○正義曰此與下傳云木屬曰銶皆未見其文亦不審其狀也○傳吪化。也正義曰釋言文既破我斧又缺我銶木屬曰銶○銶音求徐又音虯韓詩云鑿屬也一解云今之獨頭斧周公東征四國是遒遒固也箋云遒歛也○遒在羞反徐又在幽反哀我人斯亦孔之休休美也○休虛虯反疏傳遒固○正義曰遒訓爲聚亦堅固之義故爲固也言使四國之民心堅固也箋以爲。之不安故易之釋詁云遒歛聚也彼遒作揫音義同是遒得爲歛言四國之民於是歛聚不流散也

破斧三章章六句

伐柯美周公也周大夫刺朝廷之不知也成王既得雷雨大風之變欲迎周公而朝廷羣臣猶惑於管蔡之言不知周公之聖德疑於王迎之禮是以刺之○柯古何反朝直遙反注及下篇同疏伐柯二章章四句至不知○正義曰作伐柯詩者美周公也毛以爲周公攝政東征四國既定仍在東土已作鴟鴞之後未得雷風之前羣臣皆知周公有成就周道之志而成王猶未知之故周大夫作詩美周公以刺朝廷之不知即經二章皆刺成王不知周公之辭鄭以爲周公避居東都三年之秋得雷風之後啓金縢之前王意稍悟欲迎周公而朝廷大夫猶有不知周公之志故周大夫作此詩以美周公刺彼朝廷大夫之不知也經二章皆言王當以禮迎周公刺彼羣臣不知之也○箋成王至刺之○正義曰箋知此篇之作在得雷風之後者若在雷風之前則王亦未悟若有所刺當刺於王何以獨刺朝廷若啓金縢之後則羣臣盡悟無所可刺故知是既得雷雨大風之變欲迎周公而朝廷猶有疑志所以刺之也論語云其在朝廷祭義言孝悌達於朝廷皆斥君朝謂之朝廷則知此言朝廷亦是成王之朝所刺必有其人故知刺朝廷羣臣之中有不知周公之聖者也毛氏雖不注序推鴟鴞之傳必無避居之事周公初即攝政羣臣無有不知必不得同鄭刺羣臣也羣臣皆信周公唯有成王疑耳

狼跋序云近則王不知此刺朝廷不知當亦刺成王不知王肅云朝廷斥成王孫毓云疑周公者成王也明周公者羣臣也書曰史與百執事對曰信噫公命我勿敢言二公下至百執事皆明周公如此復誰刺乎且夫朝廷人君所專未有稱羣臣為朝廷者漢魏稱人主或云國家或言朝廷古今同也曷以不言刺成王刺成王當在雅此詩主美周公故在豳風是以略言刺朝廷傳意或然雖刺成王與箋意異其所刺者亦在作鴟鴞之後得雷風之前何則作鴟鴞之時周公親自喻王王猶不悟大夫故應刺之若得雷風之後王意已漸開悟大夫不當刺王明所刺亦在雷風之前王肅以為既作東山又追作此詩以刺王不知毛意然否

伐柯如何匪斧不克柯斧柄也禮義者亦治國之柄箋云克能也伐柯之道唯斧乃能之此以類求其類也以喻成王欲迎周公當使賢者先往○柄彼病反

取妻如何匪媒不得媒所以用禮也治國不能用禮則不安箋云媒者能通二姓之言定人室家之道以喻王欲迎周公當先使曉王與周公之意者。又先往○取七喻反本亦作娶

疏伐柯至不得○毛以為柯者為家之器用禮者治國之所用言欲伐柯以為家用當如何乎非斧則不能以與欲取禮以治國者當如之何乎非周公則不能言斧能伐柯得柯以為家用喻周公能行禮得禮以治國能執治國之禮者唯周公耳又言取妻如之何非媒則不得以與治國如之何非禮則不安以媒氏能用禮故使媒則得妻以喻周公能用禮故任周公則國治刺王不知周公而不任之也○鄭以為伐柯之道非斧則不能唯斧乃能之言以類求其類喻王欲迎周公非賢不可往當使賢者先往亦以類求其類取妻如之何非媒不得以媒能通二姓之言定人室家之道故使媒則得之以喻王欲迎周公當使曉王與周公之意者先往以其能通二人之意故宜先使之言王當迎周公以刺朝廷之不知也○傳柯斧至之柄○正義曰考工記車人云柯長三尺博三寸厚一寸有半五分其長以其一為之首注云首六寸謂闕頭斧也柯其柄也是斧柄大小之度斧喻周公柄喻禮義斧能伐得柯喻周公能得禮柯所以供家用猶禮可以供國用故云禮義者治國之柄是以柯喻禮則知斧喻

周公雖以斧喻周公斧不能自伐得柯必人執之是人與斧共喻周公也人能執斧能伐柯既伐得柯人又執柯以營家用喻周公能得禮既能得禮周公又能執禮以治國以此美周公也王肅云能執治國家之斧柄其唯周公乎是喻周公能執禮也○箋克能至先往○正義曰克能釋言文箋以下云我覯之子謂得見周公則二章皆勸迎周公之事故易傳言以類求其類喻使賢者先往也○傳媒所至不安○正義曰傳以下文籩豆有踐籩豆禮器則此亦禮事故傳以上經與此皆喻禮也正以媒爲與者媒所以用禮喻周公能用禮取妻不以媒則不能得妻喻治國不用禮則不能安國言周公能用禮以安而王不知故刺之○箋媒者至先往○正義曰箋以媒者通傳二姓之言勸迎周公而以媒爲喻故易傳言當使曉王與周公之意者先往孫毓云周公之思歸患成王之未悟耳王出郊而天雨反風禾則盡起精誠感天而況於人乎何須賢者之先往也周公至聖見。能未形非如讎敵尚相阻疑何須。問人重相曉喻乎鄭爲此說者以爲此詩之作在雷風之後王實未迎周公致使朝臣尚惑假言迎意刺彼未知言王以周公之聖欲其速反尚使賢者先行令人傳通其意說周公宜還見疑者可刺耳非謂周公有疑須相曉喻也

伐柯伐柯其則不遠以其所願乎上交乎下以其所願乎下事乎上不遠求也箋云則法也伐柯者必用柯其大小長短近取法於柯所謂不遠求也王欲迎周公使還其道亦不遠人心足以知之

我覯之子籩豆有踐踐行列貌箋云覯見也之子是子也斥周公也王欲迎周公當以饗燕之饌行至則歡樂以說之○覯古豆反踐賤淺反行戶郎反饌士戀反樂音洛說音悅

【疏】伐柯至有踐○毛以爲伐柯之法其則不遠喻治國之法其道亦不遠何者執柯以伐柯比而視之舊柯短則如其短舊柯長則如其長其法不在遠也以喻交接之法願於上交於下願於下事於上其道亦不遠也言有禮君子恕以治國近取諸己不須遠求能如是者唯周公耳我若得見是子周公觀其以禮治國則復。籩禮器有踐然行列而次序矣禮事弘多不可偏舉言其籩豆有列見禮法大行也○鄭以爲伐柯伐柯者其法則不遠舊柯足以法之以喻王欲迎

周公使還其道亦不遠人心足以知之言衆人之心皆知公須還也我王欲見是子周公當以饗燕之饌籩豆有踐然行列以待之言王宜厚待周公刺彼不知者也○傳以其至遠求○正義曰此伐柯之不遠求還近取法於柯以喻交人之道不遠求還近取法於己故解不遠求之義以其所願於上接己則以所願之事交於在己下者以其所願於下之事己則以所願之事事於己之上者此皆近取諸己所謂不遠求詩意言此者以有禮君子能以身恕物言周公能爲此也王肅云言有禮君子恕施而行所以治人則不遠○箋柯至知之○正義曰箋以爲勸迎周公之辭故易傳言不遠者人心足以知之中庸引此二句乃云執柯以伐柯睨而視之猶以爲遠詩言其則不遠彼言猶以爲遠者以作者言其不遠明有嫌遠之意故言猶以爲遠○傳踐行列貌○正義曰以籩豆之器必行列陳之故以踐爲行列貌毛以爲此詩刺王不知周公皆不言王迎之事必不得如鄭以籩豆之饌迎周公也上句說恕以行禮則此當爲任用有禮之人則得禮事陳設籩豆是行禮之器言籩豆有踐謂見其行禮也故王肅云我所見之子能以禮治國踐行列之貌籩豆行禮之物也傳意或然○箋覯見至說之○正義曰覯見釋詁文飲食之事聖人以之爲禮今勸迎周公而言陳列籩豆是令王以此籩豆與周公饗燕

伐柯二章章四句

九罭美周公也周大夫刺朝廷之不知也○罭本亦作罭于逼反【疏】九罭四章首章四句下三章章三句至不知○正義曰作九罭詩者美周公也周大夫以刺朝廷之不知也此序與伐柯盡同則毛亦以爲刺成王也周公既攝政而東征至三年罪人盡得但成王惑於流言不悅周公所爲周公且止東方以待成王之召成王未悟不欲迎之故周大夫作此詩以刺王經四章皆言周公不宜在東是刺王之事鄭以爲周公避居東都三年成王既得雷雨大風之變欲迎周公而朝廷羣臣猶有惑於管蔡之言不知周公之志者及啓金縢之書成王親迎周公反而居攝周大夫乃

作此詩美周公追刺往前朝廷羣臣之不知也此詩當作在歸攝政之後首章言周公不宜居東王當以袞衣禮迎之所陳是未迎時事也二章三章陳往迎周公之時告曉東人之辭卒章陳東都之人欲留周公是公反後之事既反之後朝廷无容不知序云美周公者則四章皆是也其言刺朝廷之不知者唯首章耳

九罭之魚鱒魴興也九罭緵罟小魚之網也鱒。魴大魚也箋云設九罭之罟乃後得鱒魴之魚言取物各有器也興者喻王欲迎周公之來當有其禮○鱒才損反沈又音撰魴音房緵子弄反又子公反字又作總罟音古今江南呼緵罟為百囊網也

我覯之子袞衣繡裳所以見周公也袞衣卷龍也箋云王迎周公當以上公之服往見之○袞古本反六冕之第二。者也畫為九章天子畫升龍於衣上公但畫降龍字或作卷音同卷卷冕也

疏九罭至繡裳○毛以為九罭之中魚乃是鱒也魴也鱒魴是大魚處九罭之小網非其宜以興周公是聖人處東方之小邑亦非其宜王何以不早迎之乎我成王若見是子周公當以袞衣繡裳往見之刺王不知欲使王重禮見之鄭以為設九罭之網得鱒魴之魚言取物各有其器以喻用尊重之大禮迎周公之大人是疑人各有其倫尊重之禮正謂上公之服王若見是子周公當以袞衣繡裳往迎之○傳九罭至大魚○正義曰釋器云緵罟謂之九罭九罭魚網也孫炎曰九罭謂魚之所入有九囊也郭朴曰緵今之百囊網也釋魚有。鱒。魴樊光引此詩郭朴曰鱒似鯶子赤眼者江東人呼魴魚為鯿陸機。注云鱒似鯶而鱗細於鯶赤眼然則百囊之網非小網而言得小魚之罟者以其緵促網目能得小魚不謂網身小也驗今鱒魴非是大魚言大魚者以其雖非九罭密網此魚亦將不漏故言大耳非大於餘魚也傳以為大者欲取大小為喻王肅云以此興下土小國不宜久留聖人傳意或然○箋設九至其禮○正義曰箋解網之與魚大小不異於傳但不取大小為喻耳以下句袞衣繡裳是禮之上服知此句當喻以禮往迎故易傳以取物各有其器喻迎周公當有禮○傳所以至卷龍○正義曰傳解詩言袞衣繡裳者是所以見公之服也畫龍於衣謂之袞故云袞衣卷龍

鴻飛遵渚鴻不宜循渚也箋云

鴻大鳥也不宜與鳧鷖之屬飛而循渚以喻周公今與凡人處東都之邑失其所也○鳧音符鷖烏兮反又作鷖

公歸無所於女信處

周公未得禮也再宿曰信箋云信誠也時東都之人欲周公留不去故曉之云公西歸而無所居則可就女誠處是東都也今公當歸復其位不得留也

疏鴻飛至信處○毛以鴻者大鳥飛而循渚非其宜以喻周公聖人久留東方亦非其宜王何以不迎之乎又告東方之人云我周公未得王迎之禮歸則無其住所故於汝東方信宿而處耳終不久留於此告東方之人云公不久留刺王不早迎○鄭以爲鴻者大鳥不宜與鳧鷖之屬飛而循渚以喻周公聖人不宜與凡人之輩共處東都及成王既悟親迎周公而東都之人欲周公卽留於此故曉之曰公西歸若無所居則可於汝之所誠處耳今公歸則復位汝不得留之美周公所在見愛知東人願留之○傳鴻不宜循渚○正義曰言不宜循渚者喻周公不宜處東毛無避居之義則是東征四國之後留住於東方不知其住所也王肅云以其周公大聖有定命之功不宜久處下土而不見禮迎箋爲喻亦同但以爲辟居處東故云與凡人耳○傳周公至曰信○正義曰言周公未得王迎之禮也再宿曰信莊三年左傳文公未有所歸之時故於汝信處處汝下國周公居東歷年而曰信信者言聖人不宜失其所也再宿於外猶以爲久故以近辭言之也○箋信誠至得留○正義曰釋詁云誠信也是信得爲誠也以卒章言無以公西歸是東人留之辭故知此是告曉之辭既以告曉東人公既西歸不得遙信故易傳以信爲誠言公西歸而無所居則誠處是東都也此章已陳告曉東人之辭卒章始陳東人留公之辭此詩美周公不宜處東既言不宜處東因論告曉東人之事既言告曉東人須見東人之意故卒章乃陳東人之辭

鴻飛遵陸

陸非鴻所宜止

公歸不復於女信宿

宿猶處也

疏公歸不復○正義曰箋以爲避居則不復當謂不得復位毛以此章東征則周公攝位久矣不得以不復位爲言也當訓復爲反王肅云未得所以反之道傳意或然

是以有袞衣兮無以我公歸兮

無與公歸之道也箋云是是東都也東都之人欲周公留

之。為君故云是以有衮衣謂成王所齎來衮衣願其封周公於此以衮衣命留之無以公西歸

無使我心。悲兮箋云周公西歸而東都之人心悲恩德之愛至深也疏是以至心悲兮○毛以為首章言王見周公當以衮衣見之此章言王有衮衣而不迎周公故大夫刺之言王是以有此衮衣兮但無以我公歸之道兮○王意不悟故云無以歸道又言王當早迎周公無使我羣臣念周公而心悲兮○鄭以為此是東都之人欲留周公之辭言王是以有此衮衣兮王今齎來願即封周公於此無以我公西歸兮若以公歸我則思之王無使我思公而心悲兮○傳無與公歸之道○正義曰周公在東必待王迎乃歸成王未肯迎之故無與我公歸之道謂成王不與歸也○箋是。東至西歸○正義曰箋以為王欲迎周公而羣臣或有不知周公之志者故刺之雖臣不知而王必迎公不得言無與公歸之道故易傳以為東都之人欲留周公之辭首章云迎周公當以上公之服往見之於時成王實以上公服往故東都之人即願以此衣封周公也○箋周公至至深○正義曰東都之人言己將悲故知是心悲念公也傳以為刺王不知則心悲謂羣臣悲故王肅云公久不歸則我心悲是大夫作者言己悲也此經直言心悲本或心下有西衍字與東山相涉而誤耳定本無西字

九罭四章。一章四句三章章三句

狼跋美周公也周公攝政遠則四國流言近則王不知周大夫美其不失其聖也不失其聖者聞流言不惑王不知不怨終立其志成周之王功致大平復成王之位又為之大師終始無愆聖德著焉○狼跋省郎獸名也跋音卜末反又蒲末反字或作拔同王功于況反大平音泰下大師大平同愆起然反疏狼跋二章章四句至其聖○正義曰作成狼跋詩者美周公也毛以為周公攝政之時其遠則四國流言謗毀周公言將不利於孺子其近則成王不知其心謂周公實欲篡奪己位周公進退有難如此卒誅除四國成就周道使天下大平

而聖著明故周大夫作此詩美進退有難而能不失其聖也經二章皆言進退
有難之事美其不失聖者本其美周公之意耳於經無所當也鄭以周公將攝
政時遠則四國流言而周公不惑不息攝政之心近則成王不知而周公不怨
不生忿懟之意卒得遂其心志成就周道是進有難也及致政成王之後欲老
而自退成王又留爲大師令輔弼左右是退有難也如此進退有難而聖德著
明終無愆過故周大夫美其不失其聖也經二章皆云進退有難之事德音不
瑕是不失聖也序稱流言與王不知唯說進有難也不言退有難者不失其聖
之中可以兼之矣○箋不失至著爲○正義曰序言不失其聖是總美周公之
言故箋具述周公進退有難能使聖德著明之意以充之箋以流言與王不知
是一時之事不宜分爲進退經云公孫碩膚則是遜位之後故以流言與王不知
知爲進有難也既遜而留爲大師是退有難也以此二者皆違周公之志是故
俱名爲難進退有難爲終始無愆所以美其不失其聖也毛不注序必知異於
鄭者傳以公孫爲成王則此經所陳無周公遜位之事不得以留爲大師當退
有難也傳言進退有難須兩事充之明四國流言爲進有難王不知爲退有難
能誅除四國攝政成
功正是不失聖也

狼跋其胡載疐其尾

興也跋躐疐跲也老狼有胡進則躐
其胡退則跲其尾進退有難然而不
失其猛箋云興者喻周公進則躐其胡猶始欲攝政四國流言辟之而居東都
也退則跲其尾謂後復成王之位而老成王又留之其如是聖德無玷缺○疐
本又作疐丁四反又陟值反躐力輒反跲
其劫反又居業反難乃旦反玷丁簟反

公孫碩膚赤舃几几

公孫成王也豳
公之孫也碩大
膚美也赤舃人君之盛屨也几几絇貌箋云公周公也孫讀當如公孫于齊之
孫孫之言孫遁也周公攝政七年致大平復成王之位孫遁辟此成功之大美
欲老成王又留之以爲大師履赤舃几几然○孫毛
如字鄭音遜舃音昔屨俱具反絇其俱反遁徒遜反
疏
狼跋至几几○毛以爲
狼之老者則頷下垂胡
狼進前則躐其胡卻退則跲其尾是進退有難然猶不失其猛能殺傷禽獸以
喻周公攝政之時遠則四國流言近則王不知其志進退有難然猶不失其聖

能成就周道所以進退有難而攝此政者欲待公孫成王長大有大美之德能復赤舄几几然盛服以行禮然後授之政也○鄭以爲老狼進則躐其胡退則跲其尾進退有難不失其猛喻周公將欲攝政遭四國流言歸政成王王復留爲大師進退有難能不失其聖又美周公不失其聖之事言周公既致大平乃遜遁避此成功之大美復留在王朝爲大師之官履其赤舄其舄之飾几几然美其聖德故說其衣服也○傳跋躐其猛○正義曰跋躐蹇跲釋言文李巡曰跋前行曰躐跲卻頓曰蹇也說文云跋蹎丁千反跲蹎竹二反蹎卽蹇也然則跋與蹇皆是顚倒之類以跋爲躐者謂跋其胡而倒蹎耳老狼有胡謂頷垂胡進則躐其胡謂躐胡而前倒也退則跲其尾謂卻頓而倒於尾上也跋胡言狼蹇尾亦是狼也文不可重故以蹇代之跲下章倒其文明跋上宜有載所以互相見也序言周公遠近有難不失聖德故知此經說狼進退有難而不失猛○箋與者至玷缺○正義曰箋下言公孫則遜位之後故以進則躐胡喻將欲攝政退則跲其尾喻成王留之耳周公人臣以臣攝爲進致政爲退取象爲安故易傳也○傳公孫至約貌○正義曰傳以雅稱曾孫皆是成王以其是豳公之孫也碩大釋詁文膚美小雅廣訓文天官屨人掌王之服屨爲赤舄黑舄注云王吉服有九舄有三等赤舄爲上冕服之舄下有白舄黑舄然則赤舄是舄之最上故云人君之盛屨也屨人注云服屨者著服各有屨也複下曰舄單下曰屨古之人言屨以通於複今世言屨以通於單俗易語反然則屨舄對文有異散則相通故傳以屨言之士冠禮云玄端黑屨青約繶純爵弁纁屨黑約繶純純博寸注云約之言拘以爲行戒狀如刃衣鼻在屨頭繶縫中紃也屨順裳色爵弁之屨以黑爲飾爵弁尊其屨飾以繢次云几几約貌謂舄頭飾之貌以爵弁祭服之尊飾之如繢次屨色纁而約用黑則冕服之舄必如繢次舄色赤則約赤黑也王肅云言周公所以進退有難者以俟王之長大有美之德能服盛服以行禮也○箋周公至几几然○正義曰箋以上言公歸皆謂周公故以此公爲周公古之遜遜字借孫爲之春秋昭二十五年經言公孫於齊春秋之例內諱奔謂之遜言昭公遜遁而去位此周公亦遜遁去位故讀如彼文遜遁釋言文孫

炎曰逭逃去也周公攝政七年遜逭避成功之大美尙書洛誥有其事書序云召公爲保周公爲師相成王爲左右召公不悅周公作君奭是成王留之爲大師也上公九命得服袞冕故履赤舃孫毓云詩書名例未有稱天子爲公孫者成王之去豳公又已遠矣又此篇美周公不美成王何言成王之大美乎公宜爲周公義爲長

箋 狼疐其尾載跋其胡公孫碩膚德音不瑕 瑕過也箋云不瑕言不可疵瑕也〇疵才斯反

疏 傳瑕過〇正義曰瑕者玉之病玉之有瑕猶人之有過故以瑕爲過箋言無可疵瑕者亦是玉病言周公終始皆善爲無疵瑕也

狼跋二章章四句

豳國七篇二十七章二百三句

附釋音毛詩注疏卷第八（八之三）

毛詩注疏校勘記（八之三）　阮元撰盧宣旬摘錄

○破斧

隋銎曰斧　小字本相臺本同案考文古本下有方銎曰斨四字非也此與七月傳斨方銎也互文見義七月正義云破斧傳云隋銎曰斧方銎曰斨然則斨即斧也各本皆同其實誤也當作然則方銎曰斨斨即斧也因方銎曰斨與所引破斧傳云隋銎曰斧有似對文乃誤屬然則二字於斨即斧也之首耳此經又缺我斨釋文斨下云說文云方銎斧也浦鏜校彼正義以爲觀音義則傳本無此四字非脫也其說當矣特未悟彼正義亦本不引此傳方銎曰斨也考文古本正采彼正義而致誤

傳吪化也正義曰　閩本明監本毛本正上有○案所補非也也當作○耳

箋以爲之不安　閩本明監本毛本同案浦鏜云之疑衍是也

○伐柯

當先使曉王與周公之意者又先往　小字本相臺本同案又者又上箋先往也正義云當使曉王與周公之意者先往乃檃栝箋文非箋如此明刻單注別本有改又爲以者誤甚

見能未形　閩本明監本毛本同案浦鏜云見能字當誤倒是也

何須問人　閩本明監本毛本同案問當作用形近之譌

則復籩禮器閩本明監本毛本籩下有豆字案復籩當作籩豆

以其所願於上接己補案下文接已上當有之字

箋柯至知之補柯上當有伐字

○九罭

鱒魴大魚也小字本相臺本同案釋文鱒下云大魚也正義云傳以爲大者欲取大小爲喻王肅云以與下土小國不宜久留聖人傳意或然今考此傳當本無大字或加之以駁鄭與微苟同魴亦衍字也釋文獨於鱒下云大魚也是其本無魴字

六罭之第二者也補釋文校勘盧本者作章案云今改正所改是也

釋魚有鱒魴閩本明監本毛本同案鱒魴盧文弨云當作鮅鱒是也

陸機注云閩本明監本毛本同案浦鏜云疏誤注是也

欲周公留之爲君閩本明監本毛本同小字本相臺本之爲作爲之考文一本同案爲之是也

無使我心悲兮唐石經小字本相臺本同案正義云本或心下有西衍字與東山相涉而誤耳定本無西字考文古本有采正義

箋是東至西歸閩本同明監本毛本東作以案皆誤也當作是

九罭四章明監本毛本章誤句唐石經以下各本不誤

○狼跋

乃遜遁避此成功之大美　閩本明監本毛本同案經注作孫正義作遜孫遜古今字易而說之也例見前正義云古之遜字借孫爲之則固自言其例矣考文古本箋作遜誤采正義也避亦易字見汝墳

說文云跋蹎丁千反跲躓竹二反　閩本明監本毛本同案丁千反竹二反六字當旁行細書正義於自爲音者例如此○按即自爲音不定有此例況丁千反竹二反乃引說文音隱乎唐人所引說文反語皆本音隱

故以疐代之　【補】案疐當作載下文明跋上宜有載可證

爵弁纁黑絇繶純　閩本明監本毛本同案纁下浦鏜云脫屨字考士冠禮浦校是也

狀如刃衣　閩本明監本毛本同案浦鏜云刀誤刃考士冠禮注浦校是也

則絇赤黑也　閩本明監本毛本同案盧文弨云赤當作亦是也

故屨赤舄　閩本明監本毛本同案浦鏜云履誤屨是也

鹿鳴之什詁訓傳第十六○陸曰什音十什者若五等之君有詩各繫其國舉周南卽題關雎至於王者施教統有四海歌詠之作非止一人篇數既多故以十篇編爲一卷名之爲什

毛詩小雅○陸曰從鹿鳴至菁菁者莪凡二十二篇皆正小雅六篇亡今唯十六篇從此至魚麗十篇是文武之小雅先其文王以治內後其武王以治外宴勞嘉賓親睦九族事非隆重故爲小雅皆聖人之迹故謂之正

鄭氏箋　孔穎達疏

小大雅譜小雅大雅者周室居西都豐鎬之時詩也○正義曰以此二雅正有文武成變有厲宣幽六王皆居在鎬豐之地故曰豐鎬之時詩也知者文王有聲云作邑於豐是文王居豐也又曰考卜維王宅是鎬京維龜正之武王成之是武王居鎬也太史公曰成王卜居洛邑定九鼎焉而周復都豐鎬外傳曰杜伯射宣王於鎬魚藻序云王居鎬京是幽王以上皆居鎬也世本云懿王徙於犬丘地里志云京兆槐里縣周曰犬丘懿王都之京兆郡故長安縣也皇甫謐云鎬在長安南二十里然則犬丘與鎬相近有離宮在焉懿王所居之非遷都也鄭必須言周室居豐鎬者以國風皆題諸國之名知其國土所在雅亦須顯其號幷知天子所居之處也采薇出車以天子之命命將率則文王時未稱王也則二雅各有未稱王時作者未稱王時則在岐周矣而繫之豐者以其爲雅詩者卽述天子之政文王居豐乃稱王縱使在岐周時作亦繫之於豐也厲王流于彘王爵仍存鎬京尙在故亦總云豐鎬焉雅題不曰周者以雅與國風絕殊又無異代相涉故不言周也○始祖后稷由神氣而生有播種之功於民公劉至于大王王季歷及千載越異代而別世載其功業爲天下所歸○正義曰案周本紀云公劉后稷之曾孫大王公劉九世之孫后稷在唐虞之時公劉當夏太康之時此至大王王季歷夏商之世漢書律歷志云夏凡四百

四十年殷凡六百二十九年則餘一千矣故曰歷千載越異代也言后稷至於大王則公劉在其間矣而別言公劉者以周之先公皆能修后稷之業公劉大王其中賢俊者故歷言之所以追說后稷公劉大王者言周德積基所由也○文王受命武王遂定天下盛德之隆大雅之初起自文王至于文王有聲據盛隆而推原天命上述祖考之美○正義曰自文王至文王有聲凡十篇文王大明緜棫樸思齊皇矣靈臺七篇序皆云文王旱麓一篇居中從可知凡八篇文王大雅也下武文王有聲二篇序皆言武王則武王大雅也以文武道同故鄭連言之雅有小大二體而體亦由事而定故文王以受命爲盛大雅以盛爲。主故其篇先盛隆文王言受命作周大明言天復命武王是盛隆之事故以文王爲首大明次之也文王所以得受天命由祖考之業故又次緜也言文王之興本由大王也文王既因祖業得四臣之力即是能官其人故次棫樸也既言任臣之力又述受祖之美故次旱麓也旱麓直論樂易於民施化而已非盛事故在棫樸之下既言受祖之業又述其母之賢而得成爲聖故次思齊也文王既聖世脩其德天使之代殷故次皇矣既聖能代德及鳥獸故次靈臺緜與旱麓皇矣皆述大王王季之德是上述祖考者鄭以文王據受命盛隆逆而本之於祖父取編篇之意故其餘不盡論也其武王之詩下武序云繼文也明以上文王事下武則武王繼之既能繼其伐功故次文王有聲序云繼伐也言文王伐崇武王繼之以伐紂也案大明文王之詩而經陳武王之事文王有聲武王之詩而經陳文王之事其勢正同而詩主相反者由作者之意殊也文王經云王之藎臣無念爾祖以戒成王也大明云篤生武王言武王之諡則二篇成王時作也緜云文王蹶厥生思齊云文王之母皇矣上帝謂文王三篇皆言文王之諡則皆文王崩後作之棫樸云濟濟辟王靈臺云王在靈沼皆言王則稱王之後作也唯旱麓不言諡又不言王或未稱王之前作也但經無諡者或當其生存之時或在其崩後不可定也下武不言武王之諡。成王時作文王有聲云武王烝哉言其諡則其崩後作也○小雅自鹿鳴至於魚麗先其文所以治內後其武所以治外○正義曰此又解小雅。此篇之意采薇云文王之時西有昆夷

之患北有玁狁之難以天子之命命將率歌采薇以遣之出車以勞還杕杜以
勤歸則采薇等篇皆文王之詩天保以上自然是文王詩也魚麗序文武竝言
則魚麗武王詩也鹿鳴至天保六篇言燕勞羣臣朋友是文事也采薇三篇言
命將出征皆是武事故魚麗序曰文武以天保以上治內采薇以下治外既以
治內爲先君爲元首臣爲股肱君能懇誠以樂下臣能盡忠以事上此爲政之
尤急故以鹿鳴燕羣臣嘉賓之事爲首也羣臣在國則燕之使還則勞之故次
四牡勞使臣之來也使臣還則君勞之去當送之故次皇皇者華言遣使臣也
使臣之聘出卽遣之反乃勞之則遣先勞後矣此所以先勞後遣者人之勞役
苦於上所不知則已勞而怨有勞而見知則雖勞而不怨其事重故先之也且
使臣往反固非其一四牡所勞不必是皇皇者華所遣之使二篇之作又不必
一人故以輕重爲先後也君臣既洽鄰國又睦乃可以和燕宗族故次常棣燕
兄弟也兄弟既和又及朋友故次伐木燕朋友故舊也君既能燕勞臣下臣亦
歸美以報之故次天保言下報上也內事既治則當命將征伐以禦夷狄之患
故次采薇遣戍役遣則欲其同心還則別其貴賤先出車以勞將率後杕杜以
勞還役也文王之詩既終可王之事繼之以文王治內外有成功故武王因之
得萬物盛多所以次魚麗也萬物既多人得養其父母故次南陔孝子相戒以
養也孝子非徒能養其親身又清潔故次白華言孝子之潔白也萬物盛多人
民忠孝則致時和年豐故次華黍歲豐宜黍稷也思齊說文王之教先兄弟後
家邦此詩之次先羣臣後兄弟者彼說施法之事先齊其家後化於外自近及
遠之義此卽爲國之政固當先國事後族人故使燕羣臣在先也又鹿鳴等三
篇皆燕勞臣子爲政之大務後世常歌之故鄉飲酒燕禮皆歌此三篇四牡傳
曰文王率諸侯撫叛國而朝聘於紂故歌文王之道爲後世法是其事重可法
故樂常歌之推此則樂歌周南召南及大雅皆歌其首三篇書傳多云升歌清
廟是事重爲常歌故以爲諸篇之首也此文王小雅其事多在稱王之前案書
傳文王受命四年伐昆夷采薇爲伐昆夷而作事在受命四年也出車杕杜役
反而勞之出車經曰春日遲遲薄言還歸在受命五年而反也則采薇三篇事

在稱王前矣鹿鳴燕羣臣嘉賓嘉賓之文容有鄰國之聘客也明亦未稱王也四牡云周道倭遲傳曰岐周之道尚在岐周未遷亦是未稱王也皇皇者華君遣使臣是聘問鄰國也若稱王之後與諸侯禮異不得爲鄰國相聘之法則亦未稱王也此三篇之事或在采薇之前其作之時節次第不可得而知也稱王之前作亦可矣伐木云陳饋八簋爲天子制天保云禴祠烝嘗于公先王追王改祭之禮定是稱王之後無文王之謚或當時即作或崩後爲之未可定也檢文武大雅經每言文武之謚多在武王成王時作也小雅唯有稱王後事曾無言其謚者又所論多稱王以前之事知不先作爲小雅後作爲大雅者以六詩之作各有其體詠由歌政而與體亦因政而異王政有巨細詩有大小不在其作之先後也此篇尙不以作之先後爲次況小大反以作之先後爲異乎且就檢其事亦不然矣緜有伐昆夷之事而在大雅采薇亦伐昆夷之事而在小雅緜云虞芮質厥成事在稱王之初天保云禴祠烝嘗事在稱王之後天保在小雅緜在大雅明不以作之先後分屬二雅可知也但作者各有所擬述大政爲大雅之體述小政爲小雅之體體以政興名以體定體既不同雅有大小大師審其所述察其異體然後分而別之自王澤竭而詩息暴秦起而樂亡去聖久遠無所傳授雖髣髴其大校不可以言宣也詩次先小雅此鄭先論大雅者詩見事漸故先小後大鄭以大雅述盛隆之事故先言焉○此二雅逆順之次要於極賢聖之情著天道之助如此而已矣○正義曰由祖考積基之美致令受命而王今大雅先陳受命後述祖考從下而上是逆也爲政之法當以近及遠今小雅先內後外是順也二雅逆順雖異其致一也皆要在於極盡先祖賢聖之情著明天道符命之助而已矣公劉大王王季是賢也即緜與旱麓等詩是也文王武王聖也即述文武詩是也天道助者即周雖舊邦其命維新之屬是也。又大雅生民。及卷阿小雅南有嘉魚下及菁菁者莪周公成王之時詩也○正義曰知大雅自生民者以生民序云文武之功起於后稷故推以配天焉明是文武後人見文武功之所起故推以配天也文武後人唯周公成王耳孝阿云昔者周公郊祀后稷以配天故知生民爲周公成王之詩生民既然至卷經皆是可知知小雅自南有嘉魚者以六月序廣陳小雅之廢自華黍以上皆言缺由庚以下不言缺明其詩異主也魚麗之序云文武華黍言與上同明以上武王詩由庚以下周公成王詩也南有嘉魚云太平蓼蕭云澤及四海語其時事爲周公成王明矣序者蓋亦以其事著明故不言其號謚焉由庚既爲周公成王之詩則南有嘉魚至菁菁者莪從可知也故云下及菁菁者莪皆周公成王之時詩也以周公攝王事政統於成王故並舉之也由庚在嘉魚前矣不云自由庚者據見在而言之鄭所以不數亡者以毛公下由庚以就崇丘若言自由庚則不包南有嘉魚故不得言也既不得以由庚爲成王詩首則華黍不得爲武王詩末故上說文武之詩不言至華黍也其比篇如此次者大雅之次以后稷祖考之先文武功之所起人本於祖故生民爲先言尊祖也既后稷有功世篤忠厚故次行葦言忠厚也既能忠厚化以及物令天下醉飽故次既醉言太平也既得太平又能久持不失故次鳧鷖言能持盈守成也鳧鷖止言祭神無持盈之事而序以承太平之後因言太平之君子能持盈守成則神祇祖考安樂之矣是傅會其事以爲篇次之意也推此明其餘皆有次比之義既能持盈不失事可嘉美故次假樂嘉成王也既嘉之又恐其怠慢故公劉洞酌卷阿戒成王也召公以成王初涖政恐不留意於治民之事故先言公劉厚於民以戒之既戒以民事欲其忠信故次洞酌也既有忠信須求賢自輔故次卷阿也詩人之作自有次第故其卒章曰矢詩不多維以遂歌是也小雅之次以承文武政平之後繼體之君調陰陽育萬物由庚萬物得由其道南有嘉魚樂與賢也崇丘萬物得極其高大也南山有臺樂得賢者由儀萬物之所生各得其宜此五篇樂。與萬物得所更相互見明得賢所以養物也既萬物得宜又能周及海外故次蓼蕭也言萬物得所四海蒙澤天下無事可以飲燕諸侯褒賜有功故次湛露彤弓也既見因饗燕而賜之故先燕後賜也既有功蒙賞唯才是用爲天下之所歌樂故次菁菁者莪也其次如此其作之時節則難明也生民云推后稷配天是周公制禮之時則攝政六年後作也行葦云曾孫維主周公攝政之時成王爲孺子養老之事周公所爲行葦言成王爲主則在即政之後也既醉告太平鳧鷖守成周公攝政三年則致太平既已太平則有成功可守作必在攝政三年之後不可定指其時也假樂嘉成王有顯顯令德官人安民則亦即政之後矣公劉泂酌卷阿同是召公之戒公劉云成王將涖政則歌在行蓋假樂之前也既醉鳧鷖指論太平守成亦不廢在生民之前也大雅之作既有先後則小雅亦當然也小雅之中皆無成王之言又無即政之事其作多在攝政之時不可定其年月也襄二十九年左傳為吳季札歌小雅服虔云自鹿鳴至菁菁者莪道文武脩小政定大亂致太平樂且有儀是為正小雅皇甫謐亦云詩人歌武王之德今小雅自魚麗至菁菁者莪七篇是也則服虔與皇甫謐以小雅無成王之詩也左傳又曰為之歌大雅服虔云陳文王之德武王之功自文王以下至鳧鷖是為正大雅則服虔又以生民行葦既醉鳧鷖為武王詩也案武王伐紂未幾而崩不得有天下太平澤及四海之事蓼蕭既醉之華皆言太平之事安得為武王詩乎即小雅皆武王之詩六月之序何當廢缺異文也生民推后稷配天行葦曾孫維主書傳配天皆謂周公之詩曾孫皆斥成王不得為武王詩矣華黍由庚本相連比毛氏分序致其篇端使華黍就上由庚退下則毛意亦以由庚以下為成王之詩也不然亡詩六篇自可聚在一處何須分之也服虔之謬違詩之文失毛之旨故鄭所以不然也○傳曰文王基之武王鑿之周公內之謂其道同終始相成比而合之故大雅十八篇小雅十六為正經○正義曰此傳以作室為喻也言周國之興。譬如為室文王始造其基武王鑿其榱桷周公內而架之乃成為室猶言文王受命武王因之得伐紂定天下周公致太平制禮作樂以成之故中候曰昌受命發行誅旦弘道是其終始相成比合其詩大雅十八篇小雅十六篇為正經凡書非正經者謂之傳未知此傳在何書也○其用於樂國君以小雅天子以大雅然而饗賓或上取燕或下就○正義曰以詩者樂章既說二雅為之正經因言用樂之事變者雖亦播於樂或無算之節所用或隨事類而歌又在制禮之後樂不常用故鄉於變雅下不言所用焉知國君以小雅天子以大雅者以鄉飲酒云乃合樂關雎鵲巢則不言鄉樂燕禮云遂歌鄉樂周南關雎召南鵲巢蘩諸侯之禮謂周南召南爲鄉樂鄉飲酒大夫之禮直云合樂大夫稱鄉得不以用之鄉飲酒是鄉可知故不云鄉也由此言之則知風爲鄉樂矣左傳晉爲穆叔文王鹿鳴別歌之大雅爲一等小雅爲一等風既定爲鄉樂差次之而上明小雅爲諸侯之樂大雅爲天子之樂矣且鄉飲酒鄉大夫賓賢能之禮也言賓用敵禮是平等之事合已樂而上歌小雅爲用諸侯樂然則諸侯以小雅爲己樂而穆叔云文王兩君相見之樂歌則兩君亦敵明歌大雅爲用天子樂故知諸侯以小雅天子以大雅矣鄉射之禮云乃合樂周南召南等注云不歌不笙不間志在射略於樂不略合樂者風鄉樂也不可略其正大射諸侯之禮所歌者明亦諸侯之正樂也其經曰乃歌鹿鳴三終乃下管新宮三終亦不笙不間又不言合明亦略樂不略其正是小雅爲諸侯之樂於是明矣自然大雅爲天子之樂可知若然小雅之爲天子之政所以諸侯得用之者以詩本緣政而作臣無慶賞威刑之政故不得有詩而詩爲樂章善惡所以爲勸戒尤美者可以爲典法故雖無詩者今得進而用之所以風化天下故曰用之鄉人焉用之邦國焉因其節文使之有等風爲夫婦之道生民之本王政所重欲天下偏化之故風爲鄉樂風本諸侯之詩鄉人所用故諸侯進用小雅諸侯既用小雅自然天子用大雅矣故鄉飲酒燕禮注云鄉樂者風也小雅爲諸侯之樂大雅頌爲天子之樂是也彼注頌亦爲天子之樂此不言頌者此因風與二雅爲尊卑等級以見其差降故其言不及頌耳國君以小雅天子以大雅舉其正所當用者然而至於饗賓或上取燕或下就天子不純以大雅諸侯不純以小雅故下鄉分別說之何者天子饗元侯歌肆夏合文王諸侯歌文王合鹿鳴諸侯於鄰國之君與天子於諸侯同○正義曰鄭既言有上取下就之義因自問而釋之故云何者以發端也知歌合如此者左傳曰穆叔如晉晉侯饗之金奏肆夏之三不拜工歌文王之三又不拜歌鹿鳴之三三拜韓獻子使行人子員問之對曰肆夏天子所以饗元侯也使臣弗敢與聞文王兩君相見之樂也使臣不敢及鹿鳴君所以嘉寡君也敢不拜嘉又魯語曰金奏肆夏繁遏渠天子所以饗元侯也工歌文王大明緜則兩君相見之樂也臣以爲肄業及之故不敢拜今伶簫詠歌及鹿鳴

之三君之所以既使臣敢不拜既由此二傳論之天子。食元侯歌肆夏也則非
元侯者不得歌之肆夏頌之族類頌下唯有大雅故知於諸侯歌文王已傳文
又言文王兩君相見之樂是諸侯於鄰國之君亦歌文王與天子於諸侯同也
鄉飲酒燕禮合樂皆降於升歌歌鹿鳴合鄉樂則知歌文王者當合鹿鳴歌肆
夏者當合文王也故鄭於此差約而知之傳言金奏肆夏此云歌者凡樂之初
作皆擊金奏之春官鐘師以鐘鼓奏九夏論語云始作翕如也鄭云始作謂金
奏晉爲穆叔發初歌肆夏故云金奏也言金奏者始作。未必先擊鐘以奏之左
傳曰歌鐘二肆是歌必以金奏之言金奏肆夏亦歌之文王鹿鳴因上有金奏
之文不須復云金奏故直云歌其實文王鹿鳴亦金奏肆夏亦工歌互言之故
知歌肆夏也此歌在堂上故郊特牲曰歌者在上貴人聲也其合樂則在堂下
故儀禮注云合樂謂歌樂與衆聲俱作明在堂下衆聲也由在堂下輕故降升
歌一等元侯者元長也謂諸侯之長杜預云元侯牧伯也牧伯與上公則爲大
國故儀禮注云天子與大國之君燕升歌頌合大雅以肆夏頌之族類故以頌
言之牧伯爲元侯則其餘侯伯爲次國子男爲小國非元侯也故總謂之諸侯
故用樂與兩君相見之樂同儀禮注云兩君相見歌大雅合小雅天子與次國
小國之君燕亦如之於次國與小國與此諸侯同也此先陳天子於諸侯以諸
侯於鄰國亦如之彼據傳之正文先言兩君相見以天子於次國小國亦如之
故與此倒也天子於諸侯總次國小國爲一等諸侯相於與天子於諸侯文同
則亦總次國小國爲一等則次國相於。小國於次國於小國皆是諸侯於鄰國
之君同歌文王合鹿鳴也仲尼燕居云大饗有四焉兩君相見升歌清廟下管
象彼兩君元侯相於法也天子於元侯與諸侯不同則元侯相於與諸侯亦異
也諸侯相於與天子於諸侯同則元侯相。見亦與天子於元侯同不歌四夏避
天子也以此明之則言諸侯於鄰國之君無元侯可知也其元侯於次國小國
亦當與諸侯於鄰國同也天子以大雅而饗元侯歌四夏國君以小雅於鄰國
歌文王是饗賓或上取也○天子諸侯燕羣臣。乃聘問之賓皆歌鹿鳴合鄉樂
○正義曰燕禮者諸侯燕其羣臣及聘問之賓之禮也經曰若與四方之賓燕

言若以辨異則以燕己羣臣爲文而兼四方之賓也其禮歌鹿鳴合鄉樂也諸侯以小雅取燕羣臣及聘問之賓而合鄉樂天子以大雅取燕羣臣及聘問之賓歌小雅合鄉樂是皆爲下就也推此則天子於諸侯合鹿鳴亦在下就之中矣若然前云饗賓或上取上既言天子饗元侯歌四夏於元侯。雖則下之諸侯於鄉國之君與天子於諸侯同歌文王者皆謂饗矣饗賓當上取而言有下就者以饗賓之中天子於元侯歌四夏諸侯相於歌文王皆爲上取據多言之故鄭屬上取於饗其實饗中以兼下就合鹿鳴是也言或上取者天子於元侯合文王於諸侯歌文王諸侯於鄉國合鹿鳴皆是已樂非上取故言或見其下盡上取也言燕或下就者諸侯燕羣臣及聘問之賓歌鹿鳴是已樂非下就故亦言或案儀禮注云頌爲天子之樂則天子自當用頌矣而謂饗元侯爲天子上取者詩爲樂王者盡用之但鄭從風爲鄉樂以上差之使大雅爲天子之樂耳故不得不以四夏爲上取也此鄭直以差等爲說耳不可以己所得用則爲己樂也何者元侯相饗歌頌與天子於元侯同諸侯相於與天子於諸侯同諸侯燕羣臣及聘問之賓。文與天子燕羣臣及聘問之賓同則風雅頌皆爲諸侯所用矣豈得皆謂之爲諸侯之樂乎明鄭以等差言之可知矣既以等差定之使天子定用大雅諸侯定用小雅非此者皆謂之上取下就儀禮之注盡論詩爲樂章之意既以風爲鄉樂小雅爲諸侯之樂而大雅之後仍有頌在故因言大雅頌爲天子之樂欲明雅頌盡爲樂章所以與此異也必知天子亦有上取者以此譜文先定言國君天子之用樂即云有上取下就之事明上取下就亦宜同矣燕禮注云合鄉樂者禮輕者逺下諸侯燕臣子合鄉樂爲下就明天子於諸侯合鹿鳴者亦是下就也諸侯於鄉國之君歌大雅爲上取則知天子於元侯歌四夏亦上取也若然天子諸侯皆有上取下就自由尊。用之差而云饗或上取燕或下就似上取下就以饗燕爲別者以穆叔曰肆夏天子所以饗元侯禮記曰大饗有四爲兩君相見之禮儀禮燕禮是諸侯燕羣臣賓客之禮因此成文故天子諸侯於國君皆云饗於臣皆云燕所以見尊卑之禮異臣與國君別其等使上取以饗爲文其實國君與臣饗燕皆有何者周禮掌客職曰上公三饗三燕是天子於諸侯饗燕俱有也鹿鳴天子小雅而序曰燕羣臣嘉賓也既飲食之箋云飲之而有幣酬卽饗所用是天子於羣臣饗燕皆有也左傳曰晉侯使士會平王室定王饗之又曰晉士文伯如周王與文伯燕是天子於聘問之賓饗燕俱有也秋官司儀職曰凡諸公相爲賓致饗食左傳曰公與晉侯燕於河上是諸侯相於饗燕俱有也左傳曰穆叔如晉晉侯饗之聘禮曰公於賓再饗一燕是諸侯於聘問之賓饗燕俱有也左傳曰季文子如宋致女復命公饗之燕禮燕己之臣子是諸侯自於羣臣饗燕俱有也國君與臣並有饗燕而鄉異其文見尊卑之禮殊爲上取下就之例耳此因尊卑異其文則其用樂也由尊卑爲差不由饗燕爲異此饗燕之文互見耳則饗燕用樂同也且燕禮燕鄉國聘問之賓歌鹿鳴晉侯饗穆叔歌鹿鳴之三三拜是其用樂同文也故儀禮注引穆叔之辭乃云然則諸侯相與燕升歌大雅合小雅天子與次國小國之君燕亦如之與大國之君燕升歌頌合大雅所言用樂與此饗同是天子諸侯於國君饗燕同樂之事也若然用樂自以尊卑爲差等不由事有輕重而升降鄉飲酒燕禮並注云鄉飲酒升歌小雅禮盛者可以進取燕合鄉樂禮輕者可以逮下似爲禮有輕重故上取下就與此不同者彼以燕禮諸侯之禮鄉飲酒大夫之禮工歌鹿鳴合鄉樂故鄉解其尊卑不同用樂得同之意因言由禮盛可以進取禮輕可以逮下所以用樂得同彼言解燕禮與鄉飲酒禮異樂同之意其實不由饗燕有輕重也此用樂之差謂升歌合樂爲例其舞則燕禮云若舞則酌是諸侯於臣得用頌與此異也又郊特牲曰大夫之奏肆夏自趙文子始注云僭諸侯明諸侯得奏肆夏故郊特牲又曰賓入門而奏肆夏示易以敬注云賓朝聘者也又大射燕禮納賓皆云及庭奏肆夏及周禮注杜子春云賓來奏納夏之等皆謂賓始入及庭未行禮之時與升歌合樂別也此其著略大校見在書籍禮樂崩壞不可得詳○正義曰饗燕用樂皆推禮傳而知事不詳悉是其著明質略其大校見在於書籍也其餘笙閒管舞之詩無以言焉由禮樂崩壞不可得詳審也故儀禮注天子約諸侯於國君燕用樂之下云其笙閒之篇未詳聞是也案鄉飲酒及燕禮升歌小雅其笙閒之篇亦小雅則此笙

閒之篇宜與所用升歌同而云未詳閒者以其雖知同在小雅大雅仍不知是何篇故曰笙閒之篇未得詳聞也大雅民勞小雅六月之後皆謂之變雅美惡各以其時亦顯善懲過正之次也○正義曰民勞六月之後其詩皆王道衰乃作非制禮所用故謂之變雅也其詩兼有美刺皆當其時善者美之惡者刺之故云美惡各以其時也又以正詩錄善事所以垂法後代變既美惡不純亦兼采之者爲善則顯之令自强不息爲惡則刺之使懲惡而不爲亦足以勸戒是正經之次故錄之也大雅言民勞小雅言六月之後則大雅盡召旻小雅盡何草不黃皆爲變也其中則有厲宣幽三王之詩皆當王號諡自顯唯厲王小雅諡號不明故鄭於下別論之如是則大雅民勞至桑柔五篇序皆云厲王通小雅十月之交雨無正小旻小宛四篇皆厲王時詩也又大雅雲漢至常武六篇小雅自六月盡無羊十四篇序皆言宣王則宣王詩也又大雅瞻卬召旻二篇序言幽王小雅自節南山下盡何草不黃去十月之交等四篇餘四十篇唯何人斯大東無將大車小明都人士緜蠻六篇不言幽王在幽王詩中皆幽王詩也本紀曰厲王卽位三十年好利近榮夷公大夫芮良夫諫厲王不聽卒以榮公爲卿士使用事焉王行暴虐國人謗王召公諫曰民不堪命王怒得衞巫使監謗者以告則殺之三十四年王益嚴虐國人不敢言道路以目王告召公曰吾能弭謗矣召公又諫不聽於是國人不敢出言三年乃相與叛襲厲王厲王出奔于彘周召二相行政號曰共和十四年厲王崩於彘如還此言厲王積惡有漸三十年而甚三十四年益虐又三年而出奔三十七年乃流彘也板曰善人載尸箋云厲王虐而弭謗蕩箋云厲王弭謗穆公不敢斥言王之惡則流彘前事也桑柔芮良夫所作云貪人敗類則與所諫云榮夷公專利事同三十年後事雨無正云周宗既滅靡所止戾則是流彘之後此其可驗者也楚語云衞武公九十五矣作懿以自儆韋昭云懿今抑詩則作在平王之時然檢抑詩經皆指刺王荒耽仍未失政又言哲人之愚亦維斯戾則其事在流彘之前弭謗時也韋昭之言未必可信也民勞召穆公諫王命息京師之民十月之交言后黨專權有權可專有民可役則事在流彘前也小旻戒王無淪胥以敗小宛誨

王無忝爾所生皆教王爲善以導民其事亦在流彘前矣則厲王小雅雨無正一篇事在。大。雅之後其餘不可詳矣厲王大雅事類大同所次之意蓋以王者所以牧民今反勞苦故先民勞民之所以勞者由王政反常綱紀廢。次故次板蕩王惡甚焉而抑刺王之荒耽桑柔貴貪人敗善皆爲惡之次故又次爲小雅十月之交以譴自上天小人事恣惡莫甚焉故以爲先由惡之甚致覆滅宗周無所安定故次雨無正也小旻刺王謀之不臧小宛傷天命之將去論。怨。嗟小故爲次焉小旻箋云所刺列於十月之交雨無正爲小故曰小旻此鄭解篇次之意也前檢小宛謂事在雨無正之先今而處流彘之後者以詩之大體雖事有在先或作在後故大雅文武之詩多在成王時作論功頌德之詩可列於後追述其美則刺過譏失之篇亦後世尙刺其惡本紀又曰宣王即位二相輔之脩政法文武成康之遺風諸侯復歸宗周三十九年戰于千畝王師敗績於。羌氏之戎四十六年宣王崩如遷此言則宣王自三十九年以前無他過惡唯敗於千畝爲始衰耳而小雅有箴規誨刺其事有漸矣則王衰亦有漸矣皇甫謐云三十年伐魯諸侯從此而不睦蓋周衰自此而漸也大局宣王之美詩多是三十年前事箴規之篇當在三十年之後王德漸衰亦容美刺並作不可以限斷也其大雅六篇小雅自六月至鴻鴈及斯干無羊七篇皆宣王德盛時作其事多在初年以王承衰亂之弊百事草創任賢使能征伐安集初則當然亦不可定其年月也自庭燎盡我行其野是王德衰乃作多在三十九年之後而三十九年以前諸侯不睦各不朝宗沔水之等或亦作也而三十九年之後則王政大衰刺詩爲常故宜多也祈父傳曰宣王之末司馬職廢。羌戎爲敗推此則其餘亦多敗後事也其詩之次大雅以宣王承亂遇災而懼憂民之本故先雲漢也王既憂百姓天下復平五嶽生佐故次嵩高也神生賢哲王能任用又錫命之故次烝民韓奕也既能錫命賢哲任用其力可以征討不服以立武事故次江漢常武也此則先憂百姓次用臣以征伐爲後而小雅與之反以蠻荆玁狁南北交侵急須出兵以匡中國故先六月采芑也雖俱征伐以六月見侵之急又先采芑以夷狄既平當脩車甲大會諸侯因蒐狩故次車攻吉日以田獵征伐之類故使次焉以田獵選車徒會諸侯又威於從禽接下故又使車攻先吉日也是以車攻序曰宣王能內脩政事外攘夷狄復文武之境土脩車馬備器械復會諸侯於東都言非徒外攘夷狄又復會諸侯於東都是序此篇之意也既言征伐事終外無兵寇可以安集萬民故次鴻鴈也然宣王承衰亂之後民先逃散豈得不早安集而待田獵之暇也明初即安集之得其力用乃平四方耳詩不以事之先後爲次也宣王中興賢君末而德衰衰有其漸故次庭燎美其能勤因以箴之箴之不改則規正之規而不變則教誨之誨而不從則刺責之故次沔水鶴鳴祈父也以爲王惡漸大故責正稍深此沔水鶴鳴其作不刺必在祈父之前但次之以見其漸耳王既廢其官則賢人逃去故次白駒此賢人既去則知禮教不行則室家相棄故次黃鳥我行其野也宣王中興之君不能終始皆善錄者雖兼惡以示戒勸亦貴成人之美故終以斯干考室無羊考牧若言終始之善見仁者之過亦不甚也斯干說造立宮室寢廟生男女明其始時之事無羊類之當爲同時可知今反在箴刺之下見宣王終始之善明矣本紀又曰幽王三年嬖褒姒生子伯服竟廢后及子而以褒姒爲后伯服爲太子國人皆怨故申侯與繒西夷犬戎共攻幽王殺王驪山之下遷止言竟廢后去太子不言廢去之年月皇甫謐云三年褒人以褒姒自贖之時即與號石父比而譖申后太子尹氏及祭公導王爲非八年竟以石父之譖廢申后逐太子九年王廢高明而近讒慝使號公專任於外褒姒固寵於內王室始騷謐言與遷事相終始則幽王之惡自三年之後爲漸八年九年則其極故鄭語云九年王室始騷十一年而被殺也幽王大雅瞻卬曰哲婦傾城褒姒亂政之事也召旻云蹙國百里王道衰弱之極也序皆云大壞當在八年之後也正月云赫赫宗周褒姒滅之車舝序云褒姒嫉妒小弁言太子之放逐白華言申后之廢黜魚藻箋云幽王惑於褒姒萬物失其性此五篇經注皆有惑褒姒黜申后之事則多在八年之後也其餘則無文可明大局是惡感之時八年之後者蓋多矣大雅之次先瞻卬後召旻者武王數紂之罪云牝雞之晨惟家之索而瞻卬疾婦有長舌維厲之階故處先也王婦言是用政事荒亂致朝無賢臣土境日蹙故

召旻以閔天下無如召公之臣也其小雅節南山以下至何草不黃其次篇之義蓋以類相聚故楚茨信南山甫田大田皆陳古以刺今其餘次義既無明文不可臆說此三王變雅善者不純爲大雅惡者不純爲小雅則雅詩自有體之大小不在於善惡多少也關雎序曰雅者正也政有小大故有小雅焉有大雅焉此爲隨政善惡爲美刺之形容以正物也所正之形容有小大所以爲二雅矣故上以盛隆爲大雅政治爲小雅是其形容各有區域而善者之體大略既殊惡者之中非無別矣詳觀其歎美審察其譏刺大雅則宏遠而疏朗弘大體以明責小雅則躁急而局促多憂傷而怨誹司馬遷以良史之才所坐非罪及其刊述墳典辭多慷慨班固曰迹其所以自傷悼小雅巷伯之倫也夫唯大雅既明且哲以保其身難矣哉又淮南子曰國風好色而不淫小雅怨誹而不亂是古之道又以二雅爲異區也幽王小雅四十四而大雅惟二自大體者少也厲王大雅有五而小雅惟四自小體者少是小大不相由也推此而論則二雅擬諸其形容象其物宜作者之初自定其體作既有體唯達者識之則容得有小雅無大雅有大雅無小雅者矣諸儒以厲王無小雅準此故也但文武成王正經也厲宣幽王變雅也小大之體時俱有作故采者並存以示二體本自小大異區非徒以意中分也或說變雅美詩則政大入大雅政小入小雅刺詩則惡大入小雅惡小入大雅考之經文殊無其驗何則小旻小宛正責厲王謀猶回遹不用善道其惡固小於板云下民卒癉善人載尸蕩云斂怨以爲德綱紀之大壞也瞻卬云亂生婦人罪罟不收召旻云實靖夷我邦日蹙國百里其惡固當大於鼓鐘作樂不與德比采綠婦人思夫怨曠也又宣王安集天下之民征禦四夷之寇其功豈徒比於封一元舅之申伯賜一朝覲之韓侯哉此類多矣略舉一二足明不以善惡之大小矣○問者曰常棣閔管蔡之失道何故列於文王之詩曰閔之閔之者閔其失兄弟相承順之道至於被誅若在成王周公之詩則是彰其罪非閔之故爲隱推而上之因文王有親兄弟之義○正義曰此鄭自問而釋之也周公雖內傷管蔡之不睦而作親兄弟之詩外若自然須親不欲顯管蔡之有罪緣周公此志有隱忍之情若在成王詩中則學者之

知由管蔡而作是彰明其罪非爲閔之由此故爲隱推進而上之文王之詩不因以見文王有親兄弟之義也若云文王能親兄弟與之燕飲而作此詩似本由於管蔡然也周公聖人大義滅親言爲隱者亦因此以示聖人之法何者以管蔡之罪不得不誅偪於大義而誅之耳以同氣之親實懷閔傷由此而爲之隱也而序云閔管蔡之失道者以其周公之情欲爲之隱故編次者進而上之是以隱其事序者敍其作之所由不得不言也武王之詩又無論燕之事若常棣閒之則上下非類而文王之詩上有鹿鳴燕羣臣下有伐木燕朋友故舊於其閒則與之爲類因以爲文王燕兄弟之詩言文王有親兄弟之義以爲樂歌非謂文王獨能親兄弟其餘聖人不能也如此譜說則鄭定以常棣之作在武王既崩爲周公成王時作王肅亦以爲然故魚麗序下王傳曰常棣之作在武王既崩周公誅管蔡之後而在文武治內之篇何也夫刑于寡妻至于兄弟以御于家邦此文王之行也閔管蔡之失道陳兄弟之恩義故內之於文武之正雅以成燕羣臣燕兄弟燕朋友之樂歌焉是與鄭同也鄭志之說則異於此者答趙商云於文武時兄弟失道有不和協之意故作詩以感切之至成王之時二叔流言作亂罪乃當誅悔將何及未可定此篇爲成王時作趙商據魚麗之序而發問則於時鄭未爲譜故說不定也言未可定此篇爲成王時則意欲從之而未決後爲此譜則決定其說爲成王時也○又問曰小雅之臣何也獨無刺厲王曰有焉十月之交雨無正小旻小宛之詩是也漢興之初師移其第耳○正義曰詩皆臣下所作故云小雅之臣也知漢興始移者若孔子所移當顯而示義不應改厲爲幽此既厲王之詩錄而序焉而處不依次明爲序之後乃移之故云漢興之初也十月之交箋云詁訓傳時移其篇第因改之耳則所云師者即毛公也自孔子以至漢興傳詩者衆矣獨言毛公移之者以其毛公之前未有篇句詁訓無緣輒得移改也毛既作詁訓刊定先後事必由之故獨云毛公也師所以然者六月之詩自說多陳小雅正經廢缺之事而下句言小雅盡廢則四夷交侵中國微矣則謂六月者宣王北伐之詩當承菁菁者莪後故下此四篇使次正月之詩也亂甚焉既移文改其目義順上下刺幽王亦過矣

○正義曰言亂甚者謂正月幽王之時禍亂甚極其四篇詩亦厲王亂惡故次正月之下以惡相從也言刺幽王亦過矣者謂寄四篇於幽王詩中又改厲爲幽有言幽王亦有厲王過惡故也六月之序所以多陳正經廢缺者以聖賢垂法因事寄意厲王暴虐傾覆宗周廢先生之典刑致四夷之侵削今。先王起衰亂討四夷序者意其然所以詳其事若云厲王廢小雅之道以致交侵宣王脩小雅之道以興中國見然用舍存於政興。廢於人也若然序者示法其意深矣毛公必移之者以宣王征伐四夷興復小雅而不繼小雅正經之後頗爲不次故移之見小雅廢而更興中國衰而復盛亦大儒所以示法也據此六月之序若其上本無厲王四篇之詩則六月自承正經之美無爲陳其廢缺矣明於其中躡衰亂之王故也是以鄭於十月之交箋檢而屬焉○爲鹿鳴之什○正義曰周禮小司徒職云五人爲伍五人謂之伍則十人謂之什也故左傳曰以什共車必克然則什伍者部別聚居之名風及商魯頌以當國爲別詩少可以同卷而雅頌篇數既多不可混併故分其積篇每十爲卷即以卷首之篇爲什長卷中之篇皆統焉言鹿鳴至魚麗凡十篇其總名之是鹿鳴之什者宛辭言四牡之篇等皆鹿鳴之什中也故樂師注云徹者歌雍雍在周頌臣工之什言雍篇在臣工之什中是卷首之篇爲什長以統餘篇之目也南陔下箋云毛公推改什首遂通耳此下非孔子之舊則什首之目孔子所定也以孔子論詩雅頌各得其所明於時有所刊定篇卷之目是孔子可知故鄭云以下非孔子之舊則以上是孔子舊矣知以非者以南陔等六篇子夏爲序當孔子之時未亡宜次在什中今亡詩之下乃云有其義而亡其辭置之什外不在數中明非孔子之舊矣本十月之交等四篇在六月之上則孔子什首南陔復爲第二彤弓爲第三鴻鴈爲第四節南山爲第五北山爲第六桑扈爲第七都人士爲第八以下適十篇通及大雅與頌皆其舊也蕩及閔予小子皆十一篇者以本取十篇爲卷一篇不足爲別首故附於下卷之末亦歸餘於終之義毛公推改什首魚藻十四篇亦同爲卷取法於大雅與頌也若然則鴻鴈之什乃仍孔子之舊言非者以毛公闕其亡者以見在爲數志在推改而鴻鴈偶與舊合非毛意故存之也必知今之什首毛公推改者以毛公前世大儒自作詁訓篇端之序毛所分置十月之交毛所移第故知什首亦毛所推改也言以下非孔子之舊則似之什始自孔子所爲然孔子以前詩篇之數更多於今。古者無紙皆用簡。札必不可數十之篇共爲一卷明亦分別可知既分爲卷固當以十爲別已有之什也但孔子論詩省去煩重更以在者爲什故云孔子之舊不必孔子以前無無之什也爲此之什者以其篇數積多故分每十爲卷則不滿十者無之什矣今魯頌四篇商頌五篇皆不滿十無之什也或有者承此雅頌之什之後而誤耳何者商魯非周詩猶國風之類以國爲別假令過十以上亦不合分況不滿十篇明無所用於之什也

附釋音毛詩注疏卷第九（九之一）

毛詩注疏校勘記（九之二）

阮元撰盧宣旬摘錄

小大雅譜

而別世載其功業　閩本明監本毛本同案別當作列形近之譌

大雅以戚爲王　閩本明監本毛本同案浦鏜云王疑主字誤是也

不言武王之謚成王時作　閩本明監本毛本同案成當作武形近之譌

此又解小雅比篇之意　閩本明監本毛本比誤此下比篇尙不以作之先後爲次同

可王之事繼之　閩本明監本毛本同案浦鏜云可當武字誤是也

又大雅生民及卷阿　閩本明監本同毛本及上剜添下字案所補是也

此五篇樂與萬物得所　閩本明監本毛本同案樂與下當脫賢與二字

小雅十六爲正經　閩本明監本毛本六下有篇字案所補非也

警如爲室　〔補〕毛本警作譬

天子食元侯　閩本明監本毛本同案浦鏜云食當饗字譌是也

言金奏者始作未　閩本明監本毛本同案浦鏜云未當樂字譌是也

小國於次國於小國 閩本明監本毛本同案盧文弨讀小國上屬其下改小國相於次國非也此當八字一句謂小國之於次國及小國之於小國也小國在次國下故不得言相於若倒小國相於在上則無以說次國矣

則元侯相見 閩本明監本毛本同案見當作於上下文可證

燕羣臣乃聘問之賓 閩本明監本毛本同案山井鼎云乃恐及誤是也

於元侯雖 閩本明監本毛本同案雖當作饗讀四字一句

文與天子燕羣臣 閩本明監本毛本同案浦鏜云又誤文是也

自由尊用之差 閩本明監本毛本同案浦鏜云卑誤用是也

箋云飲之而有幣酬卽饗所用 閩本明監本毛本同案此不誤酬下浦鏜依彼箋添十二字非也饗專係飲彼正義有明文不得兼引食

禮者可以逮下 閩本明監本毛本禮下有輕字案所補是也

鄉飲酒大夫之禮 閩本明監本毛本同案十行本鄉至大剜添者一字

作懿以自晢 閩本明監本毛本晢作警案山井鼎云國語作儆作晢爲非是也抑正義引作儆

事在大雅之後 閩本明監本毛本同案大雅當作流彘上下文可證

綱紀廢次補毛本次作缺按缺字是也形近之譌

論怨嗟小閩本明監本毛本同案浦鏜云怨嗟當惡差之誤是也

王師敗績於羌氏之戎閩本明監本毛本羌作姜案所改是也下羌戎爲敗亦當作姜

是序此篇之意也閩本明監本毛本同案此當作比形近之譌

何也獨無刺厲王閩本明監本毛本同案浦鏜云以誤也是也

今先王起衰亂閩本明監本毛本同案先當作宣下文可證

與廢於人也閩本明監本毛本廢下有存字案所補是也

咨者無紙閩本明監本毛本同案山井鼎云咨恐昔字非也咨當作古出車正義云古者無紙可證

皆用簡札閩本明監本毛本札誤禮案因十行本以礼爲禮之別體而誤改也

珍倣宋版印

附釋音毛詩注疏卷第九（九之二）　〔三十〕

毛詩小雅　鄭氏箋　孔穎達疏

鹿鳴燕羣臣嘉賓也既飲食之又實幣帛筐篚以將其厚意然後忠臣嘉賓得盡其心矣飲之而有幣酬幣也食之而有幣侑幣也○飲於鴆反注同食音嗣注同筐丘房反篚音匪侑音又【疏】鹿鳴三章章八句至心矣○正義曰作鹿鳴詩者燕羣臣嘉賓也言人君之於羣臣嘉賓既設饗以飲之陳饌以食之又實幣帛於筐篚而酬侑之以行其厚意然後忠臣嘉賓佩荷恩德皆得盡其忠誠之心以事上焉明上隆下報君臣盡誠所以爲政之美也言羣臣嘉賓者羣臣君所饗燕則謂之賓序發首云燕羣臣則此詩爲燕羣臣而作經無羣臣之文然則序之羣臣則經之嘉賓一矣故羣臣嘉賓並言之明羣臣亦爲嘉賓也案燕禮云大夫爲賓則賓唯一人而已而云羣臣皆爲嘉賓者燕禮於客之內立一人爲賓使宰夫爲主與之對行禮耳其實君設酒殽羣臣皆在君爲之主羣臣總爲賓也燕禮云若與四方之賓燕則迎之于大門內四方之賓唯迎之爲異其燕皆與臣同則此嘉賓之中容四方之賓矣故鄉飲酒燕禮注云鹿鳴者君與臣下及四方之賓燕講道修。德之樂歌是也知序之嘉賓不唯指四方之賓者以此詩爲燕羣臣而作經序同云嘉賓不得不爲羣臣則序之嘉賓亦爲羣臣明矣且序云盡心傳曰竭力是己之臣子可知燕禮者使反有功與羣臣樂之之禮文王之與臣也本自隆恩不必由使出有功乃燕之也言既飲食之則饗食並有獨言燕羣臣者以食禮無酒樂饗以訓恭儉非於臣子忻樂之義經言式燕以敖和樂且耽此詩主於忻樂故敘以燕。因之而後兼言饗食也既飲食之章首二句是也實幣帛筐篚以將其厚意承筐是將是也忠臣嘉賓得盡其心者序者因言君有恩惠可以得臣之心總美燕樂之事於經無所當也序上言羣臣後言忠臣者見臣蒙燕賜乃能盡忠故變文以見義

○箋飲之至侑幣○正義曰此解飲食而有幣帛之意言飲有酬賓送酒之幣食有侑賓勸飽之幣故皆有幣也飲食必酬侑之者案公食大夫禮賓三飯之後云公受宰夫束帛以侑注云束帛十端帛也侑猶勸也主國君以爲食賓殷勤之意未至復發幣以勸之欲其深安賓也是禮食用幣之意也饗禮云準此亦爲安賓而酬之焉案聘禮云若不親食使大夫朝服致之以侑幣注云君不親食謂有疾病及他故必致之者不廢其禮又曰致饗以酬幣亦如之是親食有侑幣不親食則以侑幣致之然則不親饗以酬幣致之明親饗有酬幣矣故知飲之而有幣謂酬幣也鄭必知飲爲饗者以飲食連文若飲食爲一則食禮不主於飲若飲爲燕禮不宜文在食上且饗食相對之物有食不宜無饗郊特牲云飲養陽氣故饗禘有樂是饗有飲故知此飲謂饗也彤弓箋云大飲賓曰饗大行人注云饗謂設盛禮以飲賓聘禮注云饗謂亨大牢以飲賓皆以飲爲饗禮也其幣所用公食大夫用束帛以侑其酬幣則無文故聘禮注云酬幣饗禮酬賓勸酒之幣所用未聞也禮幣用束帛乘馬亦不是過是饗所用幣無正文也禮幣用束帛乘馬謂聘享之幣聘享止用束帛乘馬而已侑幣又用束帛故云亦不是過言諸侯於大夫酬幣不過是也其天子酬諸侯及諸侯自相酬仍不必用束帛乘馬故聘禮注又引禮器曰琥璜爵蓋天子酬諸侯也必疑琥璜爲天子酬諸侯之幣者以琥璜非爵名而云爵明以送爵也食禮無爵可送則琥璜饗酬所用也謂饗時酬賓以琥璜將幣耳小行人合六幣琥以繡璜以黼則天子酬諸侯以黼繡而琥璜將之既天子饗諸侯之酬幣與諸侯異則食禮天子侑諸侯其幣不必束帛無文以言之此唯言饗食之幣不言燕幣燕禮亦當有焉但今燕禮唯有好貨無幣故文不顯言之

呦呦鹿鳴食野之苹興也苹萍也鹿得萍呦呦然鳴而相呼懇誠發乎中以與嘉樂賓客當有懇誠相招呼以成禮也箋云苹藾蕭○呦音幽苹音平萍本又作蓱薄丁反江東謂之薸薸音瓢扶遙反懇苦很反樂音岳又音洛藾音賴○

我有嘉賓鼓瑟吹笙吹笙鼓簧承筐是將簧笙也吹笙而鼓簧矣筐篚屬所以行幣帛也箋云承猶奉也書曰篚厥玄黃

○簧音黃**人之好我示我周行**周至行道也箋云示當作寘寘置也周行周之列位也好猶善也人有以德善我者我則置之於周之列位言己維賢是用○好呼報反注同示毛如字鄭作寘之豉反行毛如字鄭胡郎反【疏】呦呦至周行○毛以為呦呦然為聲者乃是鹿鳴○所以為此聲者鳴而相呼食野中之苹草言鹿既得苹草有懇篤誠實之心發於中相呼而共食以興文王既有酒食亦有懇篤誠實之心發於中召其臣下而共行饗燕之禮以致之王既有懇誠以召臣下臣下被召莫不皆來我有嘉善之賓則為之鼓其瑟而吹其笙吹笙之時鼓其笙中之簧以樂之又奉筐篚盛幣帛於是而行與之由此燕食以享之瑟琴以樂之幣帛以將之故嘉賓皆愛好我以敬賓如是乃輸誠矣示我以先王至美之道也鄭唯下二句為異言己所以召臣燕食琴瑟笙幣帛愛厚之者由己臣下之賢所宜燕饗所以然者以本己用官之法要須人之以德善我者我則置之於我周之列位非善不用維賢是與故臣下皆賢己由是當享食之○傳鹿得至成禮也○正義曰懇誠發乎中者以鹿無外貌矯飾之情得草相呼出自中心是其懇誠也必取懇誠為興者人君富有一國位絕羣下禮有饗燕之道公法不得不設忠誠嘉樂賓為至少故取懇誠以為喻言嘉樂賓客當有懇誠相招呼以得成禮言人君嘉善愛樂其賓客而為設酒食亦當如鹿有懇誠自相招呼其臣子以成饗食燕飲之禮焉以鹿呼同類猶君呼臣子也定本成禮作盛禮也或以為兩鹿相呼喻兩臣相招謂羣臣相呼以成君禮斯不然矣此詩主美君懇誠於臣非美臣相於懇誠也若君有酒食臣自相呼財非己費何懇誠之有故鄭駮異義解此詩之意云君有酒食欲與羣臣嘉賓燕樂之如鹿得苹草以為美食呦呦然鳴相呼以款誠之意盡於此耳據此是君召臣明矣○箋苹藾蕭○正義曰釋草文郭璞曰今藾蒿也初生亦可食陸機疏云葉青白色莖似箸而輕脆始生香可生食又可烝食是也易傳者爾雅云苹蓱其大者為蘋是水中之草召南采蘋云于以采蘋南澗之濱者也非鹿所食故不從之○傳筐篚至幣帛○正義曰序云以將其厚意則將為行也厚意此云行幣帛與賓即主人行厚意於賓之意也○箋書曰厥篚

玄黃○正義曰箋以篚篚得威幣帛之意也今禹貢止有厥篚玄纁之文而鄭禹貢注引胤征曰篚厥玄黃則此所引亦爲胤征文鄭誤也當在古文武成篇矣鄭不見古文而引張霸尙書故不同耳○傳周至行道○正義曰王肅述毛云謂羣臣嘉賓也夫飲食以享之。琴笙以樂之幣帛以將之則能好愛我好愛我則示我以至美之道矣○箋示當至是用○正義曰中庸云治國其如示諸掌注云示讀如寘之河干之寘寘置也是示寘聲相近故誤爲示也言以德善我者謂賢人有德以德能輔君使之遷善是以德施善於我我則置之於周之列位言己維賢是用不問其親疏朝無不賢之臣故所饗燕而樂之也易傳者以其上下皆曰嘉賓此獨言人明有異也又大東卷耳並有周行之文皆爲周之列位此不得異且下云視民不恌乃作視字此則爲示明其不同古者寘示同讀故改從寘也且此篇聖君賢臣講道之樂觀其垂法道教弘深非直燕曰詁言而已明是據今嘉賓本其賢德由其先有善德置之於官緣此皆賢所以燕饗此章本其賢二章言其法上下相副於義爲長故易傳也

呦呦鹿鳴食野之蒿蒿菣也○蒿呼毛反菣去刃反字又作藍同本或作牡菣牡衍字耳

我有嘉賓德音孔昭視民不恌君子是則是傚恌。愉也是則是傚言可法傚也箋云德音先王道德之教也孔甚昭明也視古示字也飲酒之禮於旅也語嘉賓之語先王德教甚明可以示天下之民使之不愉於禮義是乃君子所法傚言其賢也○視音示恌他彫反傚胡教反愉他侯反又音踰

我有旨酒嘉賓式燕以敖敖遊也

疏我有至以敖○正義曰言文王有酒殽以召臣下臣下既來我有嘉賓既共燕樂至於旅酬之時語先王道德之音甚明以此嘉賓所語示民民皆象之不愉薄於禮義又此賓之德音不但可示民而已是乃君子於是法則之於是傚傚之嘉賓之賢如是故我有旨美之酒與此嘉賓用之燕飲以敖遊也○傳蒿菣○正義曰釋草文孫炎曰荊楚之間謂蒿爲菣郭璞曰今人呼。爲青蒿香中炙啖者爲菣陸機云蒿青蒿也荊豫之間汝南汝陰皆云菣也本或云牡菣者牡衍字牡菣乃是蔚非蒿也與蓼莪傳相涉

而誤耳○箋視古至甚明○正義曰古之字以目示物以物示人同作視字後世而作字異目視物。與示傍見示人物作單示字由是經傳之中視與示字多相雜亂此云視民不恌謂以先王之德音示下民當作小示字而作視字是其與古今字異義殊故鄭辨之視古示字也言古作示字正作此視辨古字之異於今也禮記云幼子常視無誑注云視今之示字也言古視字之義正與今之示字同言今之字異於古也士昏禮曰視諸衿鞶注云示之以衿鞶者皆託戒使識之也視乃正字今文作示俗誤行之言示之以衿鞶亦宜作示而古文儀禮作視字於今文視作示字鄭以見示字合於今世示人物之字恐人以爲示是視非故辨之云視乃正字而今文視作示者俗所誤行俗以見今世示人物爲此示字因改視爲示而非古之正文故云誤也飲酒之禮於旅也語者鄉射記曰古者於旅也語注云言禮成樂備乃可以言語先王禮樂之道疾今人慢於禮樂之盛言語無節是飲酒之禮至旅酬之禮而語先王之道也言嘉賓於旅之節語先王之德教甚明可以示天下之民使不愉薄禮義愉音臾說文。酬爲薄也昭十年左傳引此詩服虔亦云示民不愉薄是也定本作愉者然鄉飲酒禮注皆云嘉賓既來示我以善道又樂嘉賓有孔昭之明德可則傚也以德音自賓之明德非先王之德教及示我善道不與上箋同者以注禮時未爲詩箋故同舊說以周行爲至道至注詩後更爲別解其德音孔昭據此論燕宜爲旅時語古也故爲先王道德之音其賓能語先王之德音即是賓有孔昭之明德何者非孔昭之明德者不能語先王德教使之甚明也

呦呦鹿鳴食野之芩芩草也○芩其今反○說文云蒿也又其炎反○我有嘉賓鼓瑟鼓琴鼓瑟鼓琴和樂且湛湛樂之久○和樂音洛注下皆同湛都南反字又作耽○我有旨酒以燕樂嘉賓之心燕安也夫不能致其樂則不能得其志不能得其志則嘉賓不能竭其力○夫不音符○

疏傳芩草○正義曰陸機云莖如釵股葉如竹蔓生澤中下地鹹處爲草貞實牛馬亦喜食之

鹿鳴三章章八句

四牡勞使臣之來也有功而見知則說矣文王為西伯之時三分天下有其二以服事殷使臣以王事往來於其職於其來也陳其功苦以歌樂之○四牡茂后反勞力報反篇末注同使所吏反注皆同說音悅樂音洛【疏】四牡三章章五句至說矣○正義曰作四牡詩者謂文王為西伯之時令其臣以王事出使於其所職之國事畢來歸而王勞來之也言凡臣之出使唯恐其君不知己功耳今臣使反有功而為王所見知則其臣忻悅矣故文王所述其功苦以勞之而悅其心焉此經五章皆勞辭也其有功見知則悅矣總述勞意於經無所當也

四牡騑騑周道倭遲騑騑行不止之貌周道岐周之道也倭遲歷遠之貌○文王率諸侯撫叛國而朝聘乎紂故周公作樂以歌文王之道為後世法○騑芳非反倭本又作委於危反遲韓詩作倭夷朝直遙反○豈不懷歸王事靡盬我心傷悲盬不堅固也思歸者私恩也靡盬者公義也傷悲者情思也箋云無私恩非孝子也無公義非忠臣也君子不以私害公不以家事辭王事○盬音古思息嗣反○【疏】四牡至傷悲○正義曰此使臣既還文王勞之言汝使臣本乘四牡之馬騑騑然行而不止在於岐周之道倭遲然歷此長遠之路甚疲勞矣使臣當爾之時其言曰我豈不思歸乎以王家之事無不堅固我當從役以堅固之故義不得廢我心念思父母而傷悲言我知汝之如是也○傳騑騑至世法○正義曰以此勞使臣之辭明愍其勞苦故以騑騑為行不止之貌少儀曰車馬之容騑騑翼翼雖行不止不廢其容騑騑也又二章傳曰嘽嘽喘息之貌卒章傳曰駸駸驟貌皆稱其疲苦以勞之故傳曰馬勞則喘息是也知周道為岐周之道者以時未稱王仍在於岐故也又解文王所以使臣者文王率諸侯撫叛國而使之朝聘於紂是故使臣於諸侯也言使臣於諸侯者正所以率撫之也左傳曰文王率殷之叛國以事紂是率諸侯使朝聘之事也文王率諸侯使朝聘耳非謂令此使臣自聘紂或以經云王事謂此使

臣聘紂而反知不然者以此經序無聘紂之事傳言率諸侯朝聘於紂不言自遣人聘也若其自遣人聘安得連朝言之豈勞使臣之聘而言身自朝也又序下箋云使臣以王事往來於其職是使臣行於所職之國非適天子之都也言王事者以行役使出是王者常事卽非適王畿也故鴇羽杕杜皆言王事靡盬非聘天子之事不得以王事之文便謂天子矣言周公作樂歌文王之道爲後世法者謂今鄉飲酒燕禮皆歌鹿鳴四牡皇皇者華此禮是周公所制之法後世常歌是爲歌文王之道爲後世法定本云作樂以文王之道無周公歌三字然鹿鳴皇皇者華皆歌之獨於此言者舉中以明上下○傳思歸至王事○正義曰傳以靡盬爲公義故以思歸爲私恩以我心傷悲出自其情故曰情思情思卽私恩主謂念憶父母下章云不遑啓處將父母是也箋以傳言未備故實之云無私恩非孝子無公義非忠臣故鄭鄉飲酒燕禮注皆云采其勤苦王事念將父母懷歸傷悲忠孝之至是也思歸而不歸者以君子不以私害公故又引公羊傳不以家事辭王事以證之焉集注及定本皆無箋云兩字又定本思恩作私恩○

四牡騑騑嘽嘽駱馬嘽嘽喘息之貌馬勞則喘息白馬黑鬣曰駱○嘽他丹反駱音洛喘川究反鬣本又作鬛力輒反本又作鬣音毛○

豈不懷歸王事靡盬不遑啓處遑暇啓跪處居也臣受命舍幣于禰乃行○跪求毀反郭巨几反沈堪彼反舍音釋禰乃禮反

疏傳臣受至乃行○正義曰案聘禮云命使者使者辭君不許乃退厥明賓朝服釋幣于禰注云告爲君使也又曰釋幣於行遂受命遂行注引曲禮曰凡爲君使己受命君言不宿於家是臣出使舍幣乃行之事也如聘禮既釋幣於禰於行乃云遂受命在釋幣之後此云臣受命舍幣于禰似受命在釋幣前者此云受命謂聘禮命使者使者辭君不許受此被遣將使之命其事在釋幣前也聘禮又云遂受命者謂受君言語聘彼之意與此臣受命者別也引此者證不遑啓處言臣受命卽行是不遑啓處也

翩翩者鵻載飛載下集于苞栩鵻夫不也箋云夫不鳥之慤謹者人皆愛之可以不勞猶則飛則下止於栩木喻人雖無事其可獲安乎感厲之○翩音

篇離音佳本又作佳栩況甫反夫方于反字又作鳺同不方浮反又如字字又作。鳩同草木疏云夫不一名浮鳩慤起角反○王事靡盬不遑

將父將養也○養以尚反下注同一音如字○疏翩翩至將父○正義曰文王以使臣勞苦因勸厲之言翩翩然者離之鳥也此鳥其性慤謹人皆愛之可以不勞猶則飛而後則下始得集於苞栩之木言先飛而後獲所集以喻人亦當先勞而後得所安汝使臣雖則勞苦得奉使成功名揚身達亦先勞而後息寧可辭乎汝從勞役其言曰王家之事無不堅固我堅固王事所以不暇在家以養父母○傳離夫不○正義曰釋鳥云離其夫不舍人曰離名。其夫不李巡曰夫不一名離今楚鳩也某氏引春秋云祝鳩氏司徒祝鳩離夫不。者故為司徒郭璞曰今。鶉鳩也○箋夫不至栩木○正義曰言慤謹者郎宜不勞是也故人愛之言可以不勞者以惡鳥勞苦固是其常慤謹之鳥宜不為勞尚則飛而乃有所集是無不勞而安者故曰人雖無事其可獲安乎鳥飛自然之性言勞者喻取一邊耳

翩翩者離載飛載止集于苞杞杞枸檵也○杞音起枸音苟本亦作苟同檵音計○王事靡盬

不遑將母駕彼四駱載驟駸駸駸駸驟貌○驟助救反又仕救反○駸楚金反字林云馬行疾也七林反○豈不懷歸

是用作歌將母來諗諗念也父兼尊親之道母至親而尊不至箋云諗告也君勞使臣述。時其情女曰我豈不思歸乎誠思歸也故作此詩之歌以養父母之志來告於君也人之思恆思親者再言將母亦其情也○諗音審○疏豈不至來諗○毛以為汝使臣在塗之時其情皆曰我豈不思歸乎我由汝誠有思歸是用作此詩之歌以勞汝知汝以養母之志而來念猶言念來養母故王述曰是用作歌以勞汝乃來念養母也○鄭以箋備○傳諗念至不至○正義曰諗念釋言文孝經曰資於事父以事君而敬同資於事父以事母而愛同兼之者父也敬為尊愛為親是父兼尊親之道又曰母取其愛表記曰母親而不尊是母至親而尊不至也稱此者解再言將母意以父雖至親猶兼至尊則恩不至故表記曰父尊而不親母以尊少則恩意偏多故再言

之○箋諗告至其情○正義曰左傳辛伯諗周桓公是以言告周桓公故知諗爲告也言故作此詩之歌以養母之志來告於君者言使臣勞苦思親謂君不諗知欲陳此言來告君使知也實欲陳言云是用作此詩之歌者以此實意所欲言君勞而述之後遂爲歌據今詩歌以本之故謂其所欲言爲作歌也凡詩所述序人言以爲歌詩本其言皆曰歌下云歌采薇以遣之此序箋云陳其功苦以歌樂之皆當時直言非歌也後爲詩人歌故云歌耳又申傳尊親之意言人之思恆思親者母之慈恩實親多於父文王述使臣之意再言將母亦其臣情之所欲故再言之也易傳者首章云豈不懷歸王事靡盬我心傷悲文連我心是述使臣之辭矣類此而推則是用作歌將母來諗亦序使臣之意既序使臣之意明是用作歌爲使臣作此詩之歌其來諗不得不爲告也猶君子作歌維以告哀是作歌所以來告不得爲念也然臣有勞苦患上不知今君勞使臣言汝曰豈不思歸作歌來告是明已知其功探情以勞之所以爲悅序曰有功而見知則悅矣此之謂也

四牡五章章五句

皇皇者華君遣使臣也送之以禮樂言遠而有光華也言臣出使能揚君之美延其譽於四方則爲不辱命也○使所吏反注下並同不辱命一本作不辱君命【疏】皇皇者華五章章四句至光華○正義曰作皇皇者華詩者言君遣使臣也君遣使臣之時送之以禮樂教以若將不及驅馳而行於忠信之人咨訪於五善言臣出使當揚君之美使遠而有光華焉送之以禮樂即首章下二句盡卒章是也此謙虛訪善直爲禮耳而并言樂者以禮樂相將既能有禮敏達則能心和樂易故兼言焉言遠而有光華即首章上二句是也經序倒者經以君遣使臣主勑使有光華所以得光華者當驅馳訪善故爲此次也序以君本送之以禮樂欲使之遠有光華爲文之勢故與經不同也知遠而有光華亦是君所戒辭者以首曰皇

皇者華而云君遣使臣則知此辭亦君所勑遣也且一篇之詩獨二句非君遣之辭於文不體也文王之臣非不能奉命有光華但此聖君之詩垂示典法君能戒遣使臣所以臣無辱命主美君遣明是君之所勑非說臣之自能矣

皇皇者華于彼原隰皇皇猶煌煌也高平曰原下濕曰隰忠臣奉使能光君命無遠無近如華不以高下易其色箋云無遠無近維所之則然○煌音皇又音晃

駪駪征夫每懷靡及駪駪衆多之貌征夫行人也每雖懷和也箋云春秋外傳曰懷私爲每懷也和當爲私衆行夫既受君命當速行每人懷其私相稽留則於事將無所及○駪所巾反

[疏]皇皇至靡及○正義曰此述文王勑使臣之辭言煌煌然而光明者是草木之華於彼原之與隰皆煌煌而光明不以高下易其色也以言臣之出使當光顯其君常不辱命於彼遐之與邇皆使光揚不以遠近而易其志也汝駪駪衆多之行夫受命當速行每人懷其私以相稽留則於事無所及矣既不稽留恐無所及故當速行驅馳訪善也○傳皇皇猶煌煌○正義曰東門之楊曰明星煌煌此猶彼也以華色煌煌爲宜故猶之○傳每雖懷和○正義曰本皆如此此既以每爲雖懷爲和而章傳云雖有中和當自謂無所及王肅以爲下傳所言覆說此也故述毛云使臣之行必有上介衆介雖多內懷中和之道猶自以無所及是以驅馳而咨諏之○箋春秋至所及○正義曰鄭之此說亦述毛也但其意與王肅異耳案魯語穆叔云皇皇者華君教使臣曰每懷靡及臣聞之曰懷私爲每懷是外傳以爲懷私故鄭引其文因正其誤云和當爲私爲和誤也鄭必當爲私者晉語姜氏勸重耳之辭曰駪駪征夫每懷靡及夙夜征行不遑啓處猶懼不及況其縱欲懷安將何及乎西方之書有之云懷與安實病大事鄭詩曰仲可懷也鄭詩之旨吾從之矣觀此晉語之文及鄭詩之意皆以懷爲私懷之義明魯語所亦當爲懷私不得爲和也鄭所以引外傳而破之者以毛傳云懷和是用外傳爲義故引而破之言毛氏亦爲私也如鄭此意則傳本無每雖二字若每爲雖縱使變和爲私亦不得與毛同也此既改傳和當爲私下復解傳中和爲忠信爲之終始立說明其不得異毛也蓋鄭所據者本無每雖

後人以下傳有雖有中和之言下篇每有良朋之下有每雖之訓因而加之也定本亦有每雖又傳以駪駪爲衆多征夫爲行人故箋中之言衆行夫既受命當須速行若每人各懷其私意以相稽留則於事將無所及言其將廢一失君命後於事機也此實使臣謂之行夫者猶春秋以使者爲行人也君遣使一人而已而云衆行夫者使與上介衆介總戒勑之非一故言衆也案聘禮謂使者受命於君唯上介立於其左接聞命衆介則不與此得總勑之者彼受命者所聘之意或國之密事唯使與上介受之故衆介不與聞命至君遣使臣臨塗戒勑雖衆介亦在也如是則烝民亦云征夫捷捷每懷靡及箋爲仲山甫戒之與此不同者彼非君遣使臣之歌述美仲山甫之德觀其文勢故與此異耳

我馬維駒。六轡如濡○箋云如濡言鮮澤也駒音俱本亦作驕濡如朱反

載馳載驅周爰咨諏忠信爲周訪問於善爲咨咨事爲諏箋云爰於也大夫出使馳驅而行見忠信之賢人則於是訪問求善道也○咨本亦作諮諏子須反爾雅云謀也說文云聚謀也

疏我馬至咨諏○正義曰此文王教使臣曰我使臣出使所乘之馬維是駒矣所御六轡如汗物之被洗濯濡溼甚鮮澤矣汝當乘是車飾自謂無及則驅馳速行求忠信之賢人咨訪其諏事焉○傳忠信至爲諏○正義曰三章傳云咨事之難易爲謀四章傳曰咨禮義所宜爲度卒章傳曰親戚之謀爲詢此皆出於外傳也左傳曰訪問於善爲咨杜預曰問善道也咨親爲詢杜預曰問親戚之義也咨禮爲度杜預曰問禮宜也咨事爲諏杜預曰問政事也咨難爲謀杜預曰問患難也唯難一事杜爲患難毛爲難易不同然患難之事亦須訪其難易理亦不異餘皆與傳同毛據彼傳因以義增而明之其忠信爲周一句魯語文也魯語無訪問於善一句又云咨才爲諏咨事爲謀與左傳異韋昭以爲字誤改從左傳曰才當爲事又曰事當爲難是也餘與左傳同此四者諏謀度詢俱訪於周而必爲此次者以咨是訪名所訪者事故先咨諏事有難易故次咨謀既有難易當訪禮法所宜故次咨度所宜之內當有親疏故次咨詢因此附會其文爲先後耳

我馬維騏六轡如絲言調忍也○騏音其忍音刃

載馳載驅周爰咨謀咨事之難易爲謀○易以豉反我馬維駱六轡沃若載馳載驅周爰咨度咨禮義所宜爲度○沃烏毒反沈又於縛反度待洛反注同我馬維駰六轡既均陰白雜毛曰駰均調也○駰音因載馳載驅周爰咨詢親戚之謀爲詢兼此五者雖有中和當自謂無所及成於六德也箋云中和謂忠信也五者咨也諏也謀也度也詢也雖得此於忠信之賢人猶當云己將無所及於事則成六德言慎其事○詢音荀諮親爲詢

疏傳兼此至六德○正義曰左傳云臣獲五善是也魯語曰重之以六德是傳之所據○箋中和至其事○正義曰此箋以毛傳不明贊成其說經云周傳言中和中和周之訓也諏謀度皆咨周而得之則周之中和爲己之有故言雖有中和當自謂無所及者即上每懷靡及是也以君勑使臣云若每人懷私則於事無所及故當自謂無所及也以此篇終故傳於是結之然而外傳云忠信爲周不言中和故鄭申言之傳云中和正謂忠信也然則毛傳不言忠信而云中和者中庸曰喜怒哀樂之未發謂之中發而皆中節謂之和則中和者秉心塞淵出言允當之謂也然於文中心爲忠人言爲信是忠信中和事理相類故毛以忠信爲中和鄭據成文轉之爲忠信也知五者咨也諏也謀也度也詢也者以左傳穆叔先解此五事乃曰臣獲五善故知此爲五者也言雖得此於忠信之人者皆於周咨焉故云得之咨出於己非出於彼同云得者由遇彼賢所以得訪故亦爲得之於忠信也雖得此五者猶當云己無所及於事則成六德言慎其事也韋昭云六德謂諏也謀也度也詢也咨也周也案周者彼賢之質不當以周備數也傳云自謂無所及成於六德箋申傳說言猶當云己將無所及於事則成六德然則箋傳之意以自謂無所及於事是謙虛謹慎以之爲一通彼五者爲六德不與韋昭同也鄭之此說贊成毛義故鄭志張逸問此箋云中和謂忠信每懷靡及箋云懷私爲每懷和當爲私而此言忠信愚意似乖也答曰非也此周之忠信也己有五德復問忠信之賢人問意以傳言雖有中和自謂無所及謂出於每懷靡及而來箋。以破和爲私則無復有中和之事今又言中和故怪而問之鄭答曰非也謂此中和非上每懷也此自是周忠信也言中和者義出於周不出於每懷也由此言之則張逸亦不知箋轉和以中毛意謂鄭破和而非傳故有此問鄭答曰非是鄭不易毛也但毛傳質略事之久遠未知鄭之此說上當毛意以否要以觀其答意及箋意必當然也王肅以毛傳云雖有中和者即上每雖懷和是也孫毓亦以爲然故其評曰按此篇毛傳上下說自相申成下章傳云雖有中和當自謂無所及即是上章謂每懷靡及每雖懷和之義也箋既易之於前爲說於下云中和謂忠信自是周之訓也何得以釋中和乎上下錯戾不可得通傳義爲長徧檢書傳不見訓懷爲和假使訓懷爲和中字猶無所出外傳言懷者上下文勢皆作私懷之義則鄭氏之言實有所據而今詩本皆有每雖則王肅之說又非無理鄭王並是大儒俱云述傳未知誰得其旨故兼載申說之焉

皇皇者華五章章四句

常棣燕兄弟也閔管蔡之失道故作常棣焉周公弔二叔之不咸而使兄弟之恩疏召公爲作此詩而歌之以親之○常棣大計反字林大內反召上照反爲作于僞反【疏】常棣八章章四句至棣焉○正義曰作常棣詩者言燕兄弟也謂主者以兄弟至親宜加恩惠以時燕而樂之周公述其事而作此詩焉兄弟者共父之親推而廣之同姓宗族皆是也故經云兄弟既具和樂且孺則遠及九族宗親非獨燕同懷兄弟也序又說所以作此燕兄弟之詩者周公閔傷管叔蔡叔失兄弟相承順之道不能和睦以亂王室至於被誅使己兄弟之恩疏恐天下見在上既然皆疏兄弟故作此常棣之詩言兄弟不可不親以敦天下之俗焉此序序其由管蔡而作詩意直言兄弟至親須加燕飫以示王者之法不論管蔡之事以管蔡已缺不須論之且所以爲隱也此經八章上四句言兄弟光顯急難相須五章言安寧之日始求朋友以明兄弟之重至此上論兄弟由親所以燕之六章始說燕飫

即充此云燕兄弟也燕飫禮異飫以非常事燕主歡心故言燕以兼飫卒章言室家相宜由於燕好取其首尾相成也○箋周公至親之○正義曰此解所以作常棣之意咸和也言周公閔傷此管蔡二叔之不和睦而流言作亂用兵誅之致令兄弟之恩疏恐其天下見其如此亦疏兄弟故作此詩以燕兄弟取其相親也此常棣是取兄弟相親之詩至厲王之時棄其宗族又使兄弟之恩疏召穆公爲是之故又重述此詩而歌以親之外傳云周文公之詩曰兄弟鬩於牆外禦其侮則此詩自是成王之時周公所作以親兄弟也但召穆公見厲王之時兄弟恩疏重歌此周公所作之詩以親之耳故鄭答趙商云凡賦詩者或造篇或誦古所云誦古指此召穆公所作誦古之篇非造之也此自周公之事鄭輒言召穆公事因左氏所論而引之也左傳曰王怒將以狄伐鄭富辰諫曰不可臣聞大上以德撫民其次親親以相及也昔周公弔二叔之不咸故封建親戚以藩屏周召穆公思周德之不類故糾合宗族於成周而作詩曰常棣之華鄂不韡韡凡今之人莫如兄弟周之有懿德如是猶曰莫如兄弟故封建之其懷柔天下也猶懼有外侮捍禦侮莫如親親故以親屏周召穆公亦云是周公弔二叔之不咸召公作詩之事也檢左傳止言周公弔二叔之不咸而封建親戚不言爲恩疏作常棣下云召穆公思周德之不類糾合宗族於成周而作常棣則周公本作常棣亦爲糾合宗族可知但傳文欲詳之於後故於封建之下不言周公作常棣耳末言召穆公亦云明本常棣是周公之辭故杜預云周公作詩召公歌之故言亦云是也此序言閔管蔡之失道左傳言弔二叔之不咸言雖異其意同弔傷也二叔即管蔡也不咸即失道也實是一事故鄭引之先儒說左傳者鄭衆賈逵以二叔爲管蔡馬融以爲夏殷之叔世故鄭志張逸問此箋云周仲文以左氏論之三辟之興皆在叔世謂三代之末即二叔宜爲夏殷末也答曰此注左氏者亦云管蔡耳又此序子夏所爲親受聖人足自明矣問者以昭六年左傳曰夏有亂政而作禹刑商有亂政而作湯刑周有亂政而作九刑三辟之興皆叔世也彼叔世者謂三代之末世也則言二叔者亦宜爲夏殷之末世故言有周仲文蓋漢世儒者也以爲二叔宜爲夏之末不得爲

管蔡故問之鄭答注左氏者亦云管蔡謂鄭賈之説也又左傳論周公弔二叔之不咸而作常棣此序言閔管蔡之失道故作常棣之意則此云管蔡卽傳言云二叔可知故云此序子夏所作親受聖人自足明矣

常棣之華鄂。不韡韡興也常棣棣也鄂猶鄂鄂然言外發也韡韡光明也箋云承華者曰鄂不當作拊拊鄂足也鄂足得華之光明則韡韡然盛興者喻弟以敬事兄兄以榮覆弟恩義之顯亦韡韡然古聲不拊同○鄂五各反不毛如字鄭改作拊方于反韡韋鬼反常棣棣也本或作常棣栘栘音以支反又是兮反按爾雅云唐棣栘常棣棣作栘者非不拊不音如字又芳浮反二聲相近也拊亦作跗前注同一云不亦方于反

凡今之人莫如兄弟聞常棣之言爲今也箋云聞常棣之言始聞常棣華鄂之説也如此則人之恩親無如兄弟之最厚

疏常棣至兄弟○毛以爲常棣之木華鄂鄂然外發之時豈不韡韡而光明乎以衆華俱發實韡韡而光明以興兄弟衆多而相和睦豈不強盛而有光暉乎言兄弟和睦實強盛而有光暉也兄弟和睦則強盛如是然則凡今時天下之人欲致此韡韡之盛莫如兄弟之相親言兄弟相親則致榮顯也○鄭以爲華下有鄂鄂下有拊言常棣之華與鄂拊韡韡然甚光明也由華以覆鄂鄂以承華華鄂相承覆故得韡韡然而光明也華鄂相覆而光明猶兄弟相順而榮顯然則凡今時之人恩親無如兄弟之最厚也○傳常棣至光明○正義曰常棣棣釋木文也舍人曰常棣一名棣郭璞曰今關西有棣樹子如櫻桃可食是也。與。此唐棣異木故爾雅別釋鄂猶鄂鄂者以一華之狀宜言鄂故重言之言外發也謂華聚而發於外也韡韡華之貌華非一色故云光明靜女云彤管有煒文與彤連故云煒赤貌王述之曰不韡韡言韡韡也以興兄弟能內睦外禦則強盛而有光燿若常棣之華發也○箋承華至拊同○正義曰以鄂文承華下故爲承華曰鄂也又古聲不拊同不在鄂下宜爲鄂足故知當作拊拊爲鄂足也以鄂足比於弟華比於兄鄂既承華文與拊連則鄂拊同比弟也言鄂足得華之光明是弟得兄榮也又曰恩義之顯亦韡韡然則兄亦得弟之助兄弟之相佐猶華鄂之相承覆也易傳者以華之外發取衆多爲義

未若取相承覆爲喻辭理切近故不從毛也○傳聞常棣之言爲今○正義曰傳以凡今者多對古之稱故辨之既聞常棣之說則知兄弟宜相親故以聞常
棣之言爲今謂從今以去宜相親也王述之曰管蔡之事以次而爲常棣之歌爲來今是也
死喪之威兄弟孔懷威畏懷思也箋云死喪可畏怖之事維兄弟之親甚相思念○怖普布反
原隰裒矣兄弟求矣裒聚也求矣言求兄弟也箋云原也隰也以相與聚居之故故能定高下之名猶兄弟相求故能立榮顯之名○裒薄侯反
【疏】死喪至求矣○正義曰言兄弟人恩至厚有死喪可畏怖之事維兄弟之親甚相思念餘人則不能也兄弟相念如是則當求以相耽不得疏也原與隰同聚矣猶兄弟相求矣原隰以聚居之故故能定高下之名兄弟以相求之故故能立榮顯之譬所以相半矣
脊令在原兄弟急難脊令雝渠也飛則鳴行則搖不能自舍耳急難言兄弟之相救於急難箋云雝渠水鳥而今在原失其常處則飛則鳴求其類天性也猶兄弟之於急難○脊井益反亦作鶺又作鶺皆同令音零本亦作鴒同雝如字又乃旦反注同搖音遙又餘照反處昌慮反
每有良朋況也永歎況茲永長也箋云每有雖也良善也當急難之時雖有善同門來茲對之長歎而已○況或作兄非也歎吐丹反又吐旦反以協上韻
【疏】脊令至永歎○正義曰脊令者水鳥當居於水今乃在於高原之上失其常處以喻人當居平安之世今在於急難之中亦失其常處也然脊令既失其常處飛則鳴行則搖不能自舍此則天之性以喻兄弟既在急難而相救亦不能自舍亦天之性於此急難之時雖有善同門來茲對也唯長歎而已不能相救言朋友之情甚而不如兄弟是宜相親也○傳脊令至急難○正義曰脊令雝渠釋鳥文也郭璞曰雀屬也陸機云大如鷃雀長脚長尾尖喙背上青灰色腹下白頸下黑如連錢故杜陽人謂之連錢是也小宛篇曰題彼脊令載飛載鳴是脊令飛則鳴也脊令既失其常處飛則鳴行則搖動其身不能自舍以喻兄弟相救於急難亦不能自舍然而此經直云在原與急難何知不正以在原喻在急難而已而必知急難謂救於急難者正以上

章孔懷下章禦侮是相助之事以此類之故知爲相救於急難也但脊令不能
自舍之貌猶可言故云飛則鳴行則搖兄弟相救之貌不可言故直云相救耳
兄弟鬩于牆外禦其務鬩很也箋云禦禁務侮也兄弟雖內鬩而外禦侮也○
鬩許歷反牆本或作廧在良反禦魚呂反務如字爾雅
云侮也讀者又音侮此從左
傳及外傳之文很戶懇反每有良朋烝也無戎烝塡戎相也箋云當急難之
時雖有善同門來久也猶無
相助己者古聲塡寘塵同○烝之承反塡依字音田與寘同又依古
聲音塵塵久也故箋申之云古聲塡寘塵同相如字又息亮反下同疏兄弟至
無戎○
正義曰兄弟之親不能相遠言兄弟或有自不相得可鬩很於牆內若有他人
來侵侮之則同心合意外禦他人之侵侮於此他人侵侮之時雖有善同門來
見之雖久也終無相助之事唯兄弟相助耳言兄弟之恩過於朋友也云良朋
者以大名言之其實同志之友故下章曰不如友生也論語云有朋自遠方來亦
其朋者也散文朋友通也定本經御作禦訓爲禁集注亦然俗本以傳禦爲御
爾雅無訓疑俗本誤也○傳鬩很○正義曰很者忿爭之名故曲禮曰很毋求
勝是
也喪亂既平既安且寧雖有兄弟不如友生兄弟尚恩怡怡然朋友以義切
切然箋云平猶正也安寧之時
以禮義相琢磨則友生急○切切
然定本作切切偲偲然琢陟角反疏傳兄弟至切切然○正義曰室家安寧身
無急難則當與朋友交切磋琢磨學問脩身
飾以立身成名兄弟之多則尚恩其聚集則熙熙然不能相勵以道朋友之交
則以義其聚集切切節節然相勸競以道德相勉勵以立身使其日有所得故
兄弟不如友生也切切節節者相切磋勉勵之貌論語云朋友切切偲偲兄弟
怡怡注云切切勸競貌怡怡謙順貌此熙熙當彼怡怡節節當彼偲偲也定本
熙熙作怡怡節節作偲
偲依論語則俗本誤儐爾籩豆飲酒之飫儐陳飫私也不脫屨升堂謂之飫
箋云私者圖非常之事若議大疑
於堂則有飫禮焉聽朝爲公○
儐賓胤反飫於慮反朝直遙反兄弟既具和樂且孺九族會曰和孺屬也王與
親戚燕則尚毛箋云九族

從己上至高祖下及玄孫之親也屬者以昭穆相次序○樂音洛下皆同孺本亦作孺如具反疏儐爾至且孺○正義曰上章已來說兄弟宜相親故此章言王者親宗族也王有大疑非常之事與宗族私議而圖之其時則陳列爾王之籩豆為飲酒之飫禮以聚兄弟宗族為好焉為此飫及燕禮之時兄弟既已具樂矣九族會聚和而甚忻樂且復骨肉相親屬也言由王親宗族故宗族亦自相親也○傳飫私至之飫○正義曰飫私釋言文孫炎曰飫非公朝私。飫飲酒也周語。有。王。公立飫又曰立成禮烝而已飫既為私不在公朝在露門內也酒肉所陳不宜在庭則在堂矣燕禮云皆脫屨乃升堂少儀云堂上無跣燕則有之是燕由坐而脫屨明飫立則不脫矣故云不脫屨升堂謂之飫○箋私者至為公○正義曰此解飫為私之意也以私在露寢堂上故謂之私若聽朝則為公事對公故言私也知飫禮為圖非常議大疑者以周語云王公之有飫禮將以講事成禮建大德昭大物言講事昭物是有所謀矣明圖非常議大疑而為飫禮也周語曰王公立飫則有房烝親戚燕饗則有殽烝又曰飫以顯物大燕以合好則飫燕禮異序曰燕兄弟此陳飫者圖非常議大疑乃有飫禮則飫大於燕燕亦是王於族親之禮故陳之示親親也飫禮議其大疑則婦人不與立以成禮則不必和樂下章云妻子合好此傳曰王與族人燕則尙毛以此詩飫燕雜陳故下箋云王與族人燕則宗婦內宗之屬亦從后於房中是此章之中兼燕禮矣上二句為飫下二句為燕飫陳籩豆燕言兄弟互以相兼也○傳孺屬至尙毛○正義曰孺屬釋言文李巡曰孺骨肉相親屬也中庸曰燕毛所以序齒文王世子曰公與族人燕則以齒而孝悌之道達矣王與宗族之人燕以毛髮年齒為次第也司儀曰王燕則諸侯毛亦謂同姓諸侯也故彼注云謂以髮鬢為坐朝事尊尊尙爵燕則親親親尙齒云親親是燕同姓明矣

妻子好合如鼓瑟琴箋云好合。至意合也合者如鼓瑟琴之聲相應和也王與族人燕則宗婦內宗之屬亦從后於房中○好呼報反應對之應和胡卧反

兄弟既翕和樂且湛翕合也○翕許急反湛答南反又作耽韓詩云樂之甚也疏妻子至且湛○正義曰上章並陳飫燕之

禮此又論內外之歡也王與族人燕於堂上則后與宗婦燕於房中王之族人見王燕其宗族知王親之皆傚王親親與其妻子自相和好志意合和如鼓瑟琴相應和於時兄弟既會聚矣其族人非直內和妻子又九族和好忻樂而且湛又以盡歡也〇箋王與至房中〇正義曰此解天子自燕宗族兄弟所以得致妻子好合之意以其王與族人燕則宗婦內宗之屬亦從后於房中而燕故有妻子也宗婦者謂同宗卿大夫之妻也內宗者同宗之內女嫁於卿大夫者春秋莊二十四年夫人姜氏入大夫宗婦覿用幣謂之宗婦明是宗族之婦也故賈杜皆云宗婦同姓大夫之婦襄二年傳曰葬齊姜齊侯使諸姜宗婦來會葬諸姜謂齊同姓之女宗婦謂齊同姓之婦是同姓大夫之婦名爲宗婦也周禮春官序官云內宗凡內女之有爵者注云內女王同姓之女謂之內宗有爵其嫁於大夫及士者是王同姓之女名爲內宗也天子燕宗族之禮亡所以知王與族人燕則宗婦內宗從后者湛露曰厭厭夜飲不醉無歸傳曰夜飲私燕也宗子將有事族人皆入侍不醉而出是不親也醉而不出是渫宗也箋云天子燕諸侯之禮亡此假宗子與族人燕爲說耳然則天子燕同姓諸侯之禮猶宗子燕族人則天子燕宗族兄弟爲朝廷臣者如宗子於族人可知案特牲饋食禮祭末乃曰徹庶羞設於西序下注云爲將餕去之庶羞主人爲尸非神饌也尚書傳曰宗室有事族人皆侍終日大宗已侍於賓奠然後燕私燕私者何也已而與族人飲也此徹庶羞置西序下者爲將以燕飲與然則自尸祝至於兄弟之庶羞宗子與族人燕飲於堂內賓宗婦之庶羞主婦以燕飲於房也鄭以彼特牲是宗子之祭禮族人及族婦皆助故經云宗婦執兩籩宗婦贊豆是宗婦及族人俱助宗子之祭及至末族人既爲宗子所燕明宗婦亦主婦燕之可知也且上文庶羞尸祝兄弟之等男子有庶羞宗婦及內賓婦人亦有庶羞今直云徹庶羞明二者俱徹二者俱燕也故云祝至於兄弟之庶羞宗子以與族人燕飲於堂內賓宗婦之庶羞主婦以與燕飲於房中也曲禮曰男女不雜坐謂男子在堂上女子在房故族人在堂室婦在房也宗婦得與於燕明內宗亦與其中可知宗子之禮既然故知天子燕族人之禮亦然故云王與族人燕則

宗婦內宗之屬亦從后於房中此證妻子止當言宗婦幷言內宗者內宗宗婦之類因言之此后燕及妻而連言子者此說族人室家和好其子長者從王在堂孩稚或從母亦在兼言焉

宜爾家室。樂爾妻帑。帑子也箋云族人和則得保樂其家中之大小○帑依字吐蕩反經典通爲妻孥字今讀音孥也

是究是圖亶其然乎究深圖謀亶信也箋云女深謀之信其如是○亶都但反

疏宜爾至然乎○正義曰王親宗族而與之燕族人化王莫不和睦則宗族同心人無侵侮然後宜汝之室家保樂汝之妻子矣若族人不和忿鬩自起外見侵侮內不相救則不能保其大小家室危焉汝於是深思之於是善謀之信其然者否乎既宗族須和若是不可不親焉王所以燕之也○傳孥子○正義曰上云妻子好合子即此帑也左傳曰秦伯歸其帑書曰予則帑戮汝皆是子也

常棣八章章四句

附釋音毛詩注疏卷第九（九之二）

毛詩注疏校勘記（九之二）

阮元撰盧宣旬摘錄

○鹿鳴

講道脩德之樂歌是也　閩本明監本毛本同案浦鏜云政譌德以儀禮注考之是也

故敘以燕因之　閩本明監本毛本同案盧文弨云因疑目是也

饗謂享大牢以飲賓　閩本明監本毛本同案浦鏜云亨誤享考儀禮注是也伐木正義引作亨

吹笙而鼓簧矣　閩本明監本毛本同案段玉裁云宋書樂志引吹笙則簧鼓矣君子陽陽疏言吹笙則鼓簧今考此引者以意言之耳傳本是而字考文古本無而字誤

書曰篚厥元黃　小字本相臺本同案篚厥二字當倒毛居正六經正誤云篚厥元黃作厥篚元黃誤與國及建本皆作篚厥其說非也正義標起止云箋書曰厥篚元黃是正義本如此也故下文云今禹貢止有厥篚元纁之文而鄭禹貢注引允征曰篚厥元黃則此所引亦爲允征文正因此箋作厥篚與禹貢相涉故言今止有以明黃字之非彼文也若作篚厥但當引彼注不煩言此矣

示當作窴　小字本相臺本窴作寘閩本明監本毛本同案釋文示下云鄭作寘六經正誤所載作窴十行本正義中皆作寘考此寘字從宀者在說文新附卷耳伐檀經各本皆作寘段玉裁曰卽窴之譌文是也而自唐時卽有分別從宀者訓置從穴者爲東山常棣箋字訓久者矣

瑟琴以樂之也　閩本明監本毛本琴作笙案所改是也此正義用王肅述毛見下

琴瑟笙幣帛愛厚之者 閩本明監本毛本無琴字案所删是也

琴笙以樂之 閩本明監本毛本琴作瑟案所改是也

恌愉也 小字本相臺本同案釋文云愉他侯反又音踰正義云愉音臾說文訓爲薄也又云定本作愉如其所言不爲有異應是定本作偷依爾雅改耳當以釋文正義本爲長

今人呼爲青蒿香中炙啖者爲菣 閩本明監本毛本同案呼下爲字衍也今爾雅注無此讀以上十二字爲一句

目視物與示傍見而 閩本明監本毛本同案與當作爲因別體俗字與作与致譌也

說文酬爲薄也 閩本明監本毛本同案浦鏜云訓誤酬是也

定本作愉者然 閩本明監本毛本同案愉當作偷見上者當作若屬然字別爲句

○四牡

箋云無私恩 小字本相臺本同案正義云集注及定本皆無箋云兩字是自此盡辭王事並屬傳也段玉裁云是也

又定本思恩作私恩 閩本明監本毛本同案此當云又定本私恩作思恩誤互易其字也正義本作私恩上文可證

字又作鳺【補】毛本鳺作鵻

鵻名其夫不 閩本明監本毛本同案山井鼎云爾雅疏無其字今考彼疏引云鵻一名夫不

祝鳩雛夫不者故爲司徒 閩本明監本毛本同案者當作孝爾雅疏即采此正作孝而今本亦誤爲者

今鶉鳩也 閩本明監本毛本同案浦鏜云鶉誤鵓是也釋文引草木疏云夫不一名浮鳩浮即鵓字也

述時其情 小字本相臺本時作序閩本明監本毛本作敘案序字是也

後爲詩人歌故云歌耳 閩本明監本毛本同案人當作入形近之譌

○皇皇者華

每雖懷和也 小字本相臺本同案正義云本皆如此又云如鄭此意則傳本無每雖二字又云蓋鄭所據者本無每雖後人以下傳有雖有中和之言下篇每有良朋之下有每雖之訓因而加之也定本亦有每雖又云而今詩本皆有每雖則王肅之說又非無理云云經義雜記以爲王肅私加是也○按舊挍非也毛於此云每雖懷和也末章傳曰雖有中和當自謂無所及即蒙此傳而言以釋經文每懷靡及也傳自作和箋乃易和爲私字未可牽合句云每雖二字爲後人所加非也鄭云中和謂忠信也是鄭謂中和即經之用絕非毛意毛以用也咨也諏也謀也度也詢也爲六德皆在雖有中和之外

懷私爲每懷也 小字本相臺本同案此引國語私當如彼文作和韋昭云後鄭司農云和當爲私即據下箋也正義云故鄭引其文因正其誤云和當爲私爲和誤也考此則正其誤在下此當仍作和矣正義中臣聞之曰懷私爲每懷是外傳以爲懷私末章正義中箋云懷私爲每懷皆和字之誤亦見經義雜記

明魯語所亦當爲懷私　閩本明監本毛本所下有云字案所補是也

我馬維駒　唐石經小字本相臺本同案釋文云駒音俱本亦作驕正義云維是駒矣是其本作駒與株林同已見彼下

則於是訪問　閩本明監本毛本同小字本相臺本是作之案之字是也

箋以破和爲私　閩本明監本毛本同案浦鏜云以疑已字誤是也

○常棣

上四句言兄弟光顯　閩本明監本毛本同案浦鏜云章誤句是也

以爲二叔宜爲夏之末　明監本毛本之上有殷字閩本剜入案所補是也

卽傳言云二叔可知　閩本明監本毛本同案言字當衍

鄂不韡韡　唐石經小字本相臺本同案釋文云鄂五各反詩經小學云鄂字從卪今考唐石經以下各本及釋文皆從阝作地名之鄂疑此經乃依聲託事也說文卪部無鄂韡下引此詩作萼出後人所改艸部亦無萼字李善長笛賦注引字林鄂直言也鄂字當始於漢而周禮禮記注用之○按古或有从卪之鄂說文或有遺漏之字

不當作拊　小字本相臺本同閩本明監本毛本亦同案釋文不下云鄭改作附又不拊同下云拊本亦作跗前注同考說文木部云柎闌足也山海經員葉而白柎集韻十虞亦作柎皆從木而羣經音辨載此字在手部則當時釋文字已從手也

與此唐棣異木閩本明監本毛本同案浦鏜云與此當誤倒是也

管蔡之事以次毛本同閩本明監本次誤是案皆非也以次當作已缺以已多相亂者次缺形近之譌序下正義云以管蔡已缺卽用此述毛語也當據彼正之

言兄弟人恩至厚注閩本明監本毛本人作之案所改非也人恩見鄭表記

則當求以相耽閩本明監本毛本同案耽當作助形近之譌

況也永歎閩本明監本毛本同小字本相臺本歎作嘆唐石經亦作嘆案釋文作歎十行本依之改也又唐石經況字後改案釋文云況也或作兄非也段玉裁云此桑柔召旻及今文尚書毋兄曰則兄曰正同作兄是作況非

每有雖也小字本同閩本明監本毛本同相臺本無有字案相臺本誤也每有雖也箋用釋訓文皇皇者華正義云下篇每有良朋之下有每雖之訓乃檃栝此箋不當據之刪也下箋云雖有善同門來雖卽每有也雖下之有非經中之有亦殷其靁傳箋此字之比考文古本作每有雖有也更誤○按舊挍非也無有字爲是箋正用皇皇者華傳

茲對也唯長嘆而已閩本明監本毛本同案此不誤浦鏜云之誤也非也凡正義於說經必順其文此順經云況也耳下經烝也正義云雖久也亦順經可證○按對字非經中所有則舊說亦非浦云也當作之爲是正義用箋語耳

外禦其務唐石經小字本相臺本同案此定本也釋文外禦魚呂反與定本同正義云定本經御作禦訓爲禁集注亦然是正義本經作御字

箋云禦禁　小字本相臺本同案禦禁定本也見上正義云俗本以傳禦爲御爾雅無訓疑俗本誤也此正義當有誤詳下段玉裁云此傳御禦務侮也兄弟雖內鬩而外禦侮也本國語爾雅各本誤衍箋云非也定本改御禦爲禦禁不知御禦見於谷風傳矣正義疑爾雅有禦禁而無御禦不知爾雅御禦禁三字互訓

亦有朋者也　閩本明監本毛本同案朋者當作同志形近之譌耳

俗本以傳禦爲御　閩本明監本毛本同案此當作俗本以傳爲御禦誤倒禦字於爲字上也

兄弟尚恩怡怡然　小字本相臺本同案此定本也正義云兄弟之多則尚恩其聚集則熙熙然正義本作熙熙也詳下

朋友以義切切然　小字本相臺本同案此釋文本也釋文云切切然定本作切切偲偲然正義云朋友之交則以義其聚集切切節節然又云論語云朋友切切偲偲兄弟怡怡注云切切勸競貌怡怡謙順貌此熙熙當彼怡怡節節當彼偲偲定本熙熙作怡怡節節作偲偲依論語則俗本誤考此當是毛所據論語自作熙熙節節耳定本乃改之以合於其時行世之論語非也切切節節然又見伐木正義

飫非公朝私飫飲酒也　閩本明監本毛本同案浦鏜云下飫字衍從爾雅疏校是也此誤衍耳見下

周語有王公立飫　閩本明監本毛本同案十行本語至立剜添者一字考此當是因上句衍飫而脫去一字後就而補之仍未去其衍字也

至意合也　閩本明監本毛本同小字本相臺本至作志案志字是也

族人者入侍 閩本明監本毛本同案者當作皆形近之譌

族人皆侍終日也 閩本明監本毛本同案浦鏜云日誤曰以特牲注考之是

燕私者何也已而與族人飲也 閩本明監本毛本同案此不誤已上浦鏜云脫祭字又云衍下也字從儀禮經傳通解挍非也通解多以意增刪不可據也

故族人在堂室婦在房也 閩本明監本毛本同案浦鏜云宗誤室是也

宜爾家室 小字本相臺本同考文古本同唐石經家室作室家閩本明監本毛本同案作室家者是也禮記引同以家帑圖乎為韻唐石經可據也正義云然後宜汝之室家亦其證

今讀音拏也 補釋文挍勘記云通志堂本盧本奴子二字幷作孥云孥字舊誤分為奴子兩字今改正案所改謬甚音奴者對上吐蕩反而言也子也者載傳也奴字句絕子也別為句今注疏本幷作拏尤誤小字本相臺本所附皆但云帑音奴二本之例傳箋文不複出然則其讀釋文尚未失句逗也

〔三二〕

毛詩小雅　　鄭氏箋　　孔穎達疏

伐木燕朋友故舊也自天子至于庶人未有不須友以成者親親以睦友賢不棄不遺故舊則民德歸厚矣

疏 伐木六章章六句至厚矣○正義曰作伐木詩者燕朋友故舊也又言所燕之由自天子至於庶人未有不須友以成者王者既能內親其親以使和睦又能外友其賢而不棄不遺忘久故之恩舊而燕樂之以此化民於上民則效之於下則民德皆歸於惇厚不澆薄矣朋是同門之稱友爲同志之名故舊卽昔之朋友也然則朋友新故通名故舊唯施久遠此云朋友可以兼故舊而並言之者此說文王新故皆燕故異其文友賢不棄燕朋友也不遺故舊是燕故舊也舊則不可更釋新交則非賢不友故變朋友云友賢也燕故舊卽二章卒章上二句是也燕朋友卽二章諸父諸舅卒章兄弟無遠是也經序倒者經以主美文王不遺故舊爲重故先言之而後言父舅。先兄弟見父舅亦有故舊也序以經雖主燕故舊而故舊亦朋友故先言朋友以見總名而又別言故舊以明其爲二事天子至于庶人未有不須友以成者卽序首章之事因文王求友而廣言貴賤也經以由須朋友而燕之故先論求友之由序則以詩本主燕所以倒也二章卒章所陳皆爲燕食說王不得不召父舅又於兄弟陳王之恩皆是燕朋友故舊也經兼陳食禮而序不言亦舉其歡心足以兼之其親親以下因說王者立法且明次篇之義親親以睦指上常棣燕兄弟也友賢不棄不遺故舊卽此篇是也常棣雖周公作既內之於治內之篇故爲此次以示法是。此篇皆有義意

伐木丁丁鳥鳴嚶嚶 興也丁丁伐木聲也嚶嚶驚懼也箋云丁丁嚶嚶相切直也言昔日未居位在農之時與友生於山巖伐木爲勤苦之事猶以道德相切正也嚶嚶兩鳥聲也其鳴之志似於有友道然故連言之○丁

丁陟耕反嚶於耕反**出自幽谷遷于喬木**幽深喬高也箋云遷徙也謂鄉時之鳥出從深谷今移處高木○喬其驕反鄉本又作曏同許亮反

嚶其鳴矣求其友聲君子雖遷於高位不可以忘其朋友箋云嚶其鳴矣遷處高木者求其友聲求其尚在深谷者其相得則復鳴嚶嚶然○復扶又反

相彼鳥矣猶求友聲矧伊人矣不求友生矧況也箋云相視也鳥尚知居高木呼其友況是人乎可不求之○相息亮反矧尸忍反

神之聽之終和且平箋云以可否相增減曰和平齊等也此言心誠求之神若聽之使得如志則友終相與和而齊功也

疏 伐木至且平○毛以為有人伐木於山阪之中丁丁然為聲鳥聞之嚶嚶然而驚懼以與朋友二人相切磋設言辭以規其友切切節節然其友聞之亦自勉勵猶鳥聞伐木之聲然也鳥既驚懼乃飛出從深谷之中遷於高木之上以喻朋友既自勉勵乃得遷升於高位之上鳥既遷高木之上又嚶嚶然其為鳴矣作求其友之聲以喻君子雖遷高位而亦求其故友所以求之者視彼鳥之無知猶尚作求其友之聲況人之有知矣焉得不求其友生乎君子為此而求友也既居高位而不忘故友若神明之所聽祐之則朋友終久必志意和且功業平鄭以為此章遠本文王幼少之時結友之事言文王昔日未居位之時與友生伐木於山阪丁丁然為聲也於時雖處勤勞猶以道德相切直時有兩鳥在傍嚶嚶然而鳴此鳥之鳴似朋友之相切故連言之此鳥乃出從深谷之中遷於高木之上又復嚶嚶然為其鳴矣作求其友之聲然視彼鳥矣猶作其求友之聲況是人何得不求其友生乎故文王所以求友生也大意與毛同唯不與為異耳○傳丁丁至驚懼○正義曰此丁丁文連伐木故知伐木聲下云出自幽谷遷于喬木則木是其鳥驚懼而飛遷矣故知嚶嚶然驚懼言此鳥為驚懼而鳴耳嚶嚶非驚懼之聲也故下云嚶其鳴矣不復驚懼鳴亦嚶是也然釋訓云丁丁嚶嚶相切直也傳意以此伐木鳥鳴喻相切直之事今傳解詩經之文耳爾雅徑訓與喻之義釋訓云顒顒卬卬君之德也藹藹萋萋臣盡力也皆徑釋其義不釋詩文王肅亦云鳥聞伐木驚而相命嚶

嚶然故曰丁丁嚶嚶相切直以與朋友切切節節其言得傳旨也言相切直者謂切磋相正直也○箋丁丁至連言之○正義曰箋全引釋訓之文。具解丁丁嚶嚶之義與傳同也故下卽云嚶嚶兩鳥聲丁丁亦是伐木聲也故郭璞曰丁丁斫木聲嚶嚶兩鳥鳴但正伐木鳥鳴時有此相切直之義故總言丁丁嚶嚶爲相切直言未居位謂未居諸侯之位在於農畝時山巖者以下云伐木于阪故知山傍巖崖之處故云山巖也箋必以爲文王身與友生伐木者以爾雅云丁丁嚶嚶相切直自此以下陳鳥鳴求友無相切直之義則伐木之時相切直也而下二章釃酒文連伐木是酒爲伐木而設卽伐木之人是朋友矣朋友旣親伐木明文王與之俱行故知親在農禮記注士之子食祿不免農則大夫以上子免農矣時文王爲諸侯世子而在農者案史記周本紀太王曰我世當有興者其在昌乎則文王在太王之時年已長大是諸侯世子之子耳太王初遷於岐民稀國小地又隘險而多樹木或當親自伐木所以勸率下民不可以禮論也言嚶嚶兩鳥者以相切直若一鳥不得有相切故郭璞曰嚶嚶兩鳥鳴以喻朋友切磋相正是以義勢便爲兩鳥其實一鳥之鳴亦嚶嚶也故知嚶其鳴矣是一鳥也又解鳥鳴與伐木文連之意以文王相切直之時此兩鳥共鳴亦似朋友之相切磋及其遷處高木嚶鳴相求又似朋友之相求故下觀之以爲喻此鳴之志似於有朋友之道故連言之葛覃因以黃鳥爲興亦此類也

伐木許許。釃酒有藇許許。栜貌以筐曰釃以藪曰湑藇美貌箋云此言。許者伐木許許之人今則有酒而釃之本其故也○許沈呼古反釃徐所宜反又所餘反葛洪所奇反謂以筐盝酒盝音鹿藇音敘又羊汝反栜孚廢反又側几反藪素口反曰湑思敘反

旣有肥羜以速諸父羜未成羊也天子謂同姓諸侯諸侯謂同姓大夫皆曰父異姓則稱舅國君友其賢臣大夫士友其宗族之仁者箋云速召也有酒有羜今以召族。之飲酒○羜直呂反

寧適不來微我弗顧微無也箋云寧召之適自不來無使言我不顧念也

於粲洒埽陳饋八簋粲鮮明貌圓曰簋天子八簋箋云粲然已灑埽矣陳其黍稷矣謂爲食禮○於如字沓音

為粲采旦反洒所懈反徐所寄反掃素報反饋其位反簋居偉反灑所蟹反又所懈反撲本又作拚甫問反食音嗣既有肥牡以速諸舅寧適不來微我有咎也咎過【疏】伐木至有咎○毛以爲伐木其柿許許然故鳥驚而飛去以喩朋友之相勵故德進而業修也此所與切磋之故舊今以筐釃其酒有藇然而美與之燕飲焉一王非直燕其故舊又既有肥羜之羊以召朋友諸父而燕之俱有羊酒各舉其一也王意又殷勤諸父兄弟必盡召之王言曰寧召之適自不來則已無得不召之使言我不顧念之而懷怨也於是粲然洒掃其室庭陳飲食之饋黍稷之等有八簋也既有肥羜之牡以召諸舅而食之寧召之適自不來則止無使懷怨令我有咎過焉言王厚其朋友故舊爲設燕食兼有焉○鄭以衞時與文王伐木許許之人文王有酒而飲之本其昔日之丁丁之事也餘同○傳許許至曰滑○正義曰以許許之狀故爲柿貌上言丁丁之聲下言于阪之處互以相通明在阪伐之爲聲而有柿也以筐曰釃以藪曰滑者筐竹器也藪草也漉酒者或用筐或用草於今猶然毛氏以蓋相傳爲說因釃言滑逆解下文用草者用茅也傳僖四年左傳曰爾貢苞茅不入王祭不供無以縮酒是也○傳羜未至仁者○正義曰釋畜云未成羊曰羜郭璞曰今俗呼五月羔爲羜是也傳以經稱諸父諸舅序云燕朋友故舊則此父舅是文王之朋友也禮天子謂同姓諸侯諸侯謂同姓大夫皆曰父異姓則稱舅故曰諸父諸舅也禮記注云稱之以父與舅親親之辭也覲禮曰說天子呼諸侯之義曰同姓大國則曰伯父其異姓則曰伯舅同姓小國則曰叔父異姓則曰叔舅是天子稱諸侯也左傳隱公謂臧僖伯曰叔父有憾於寡人鄭厲公謂原繁曰願與伯父圖之禮記衞孔悝之鼎銘云公曰叔舅是諸侯稱大夫父舅之文也諸侯則國有大小之殊大夫唯以長幼爲異故服虔左傳注云諸侯稱同姓大夫長曰伯父少曰叔父是也然則諸侯謂異姓大夫長者亦當爲伯舅但經傳無其事耳公羊傳曰王者之後稱公大國稱侯皆千乘小國稱伯子男左傳曰在禮卿不會公侯會伯子男可也分五等爲二節皆以公侯爲上等伯子男爲下等明大邦謂公侯小邦謂伯子男其稱牧伯則異曲禮

曰五官之長曰伯是職方天子同姓謂之伯父異姓謂之伯舅東西二。伯又曰九州之長入天子之國曰牧天子同姓謂之叔父異姓謂之叔舅。禮。記注云牧尊於大國之君而謂之叔父避二伯也亦以此為尊禮或損之而益謂此類也言由避二伯故稱叔因以別異大邦之君亦以損其稱而更益其尊故云損之而益也齊太公為王官之伯左傳云王使劉定公賜齊侯命曰昔伯舅太公。佐我先王是稱太公為伯舅也及齊桓公與霸功王又以二伯之禮命之僖九年傳曰王使宰孔賜齊侯胙曰王使孔賜伯舅胙是也周公亦是分陝之伯而魯頌云王曰叔父者以其實成王叔父以本親言之也其晉文公亦有霸功而王策命辭云王曰叔父者齊桓晉文雖俱有霸功天子賜命皆本其祖太公受二伯命故還以二伯之禮賜桓公唐叔本受州牧之命故還以州牧之禮命文公故唐叔文公但稱叔父左傳周景王謂籍談曰叔父唐叔是唐叔亦受州牧之禮而稱叔父也僖二十四年傳王出適鄭使來告難曰敢告叔父謂魯為叔父成二年傳王告鞏朔曰今叔父克遂有功于齊謂晉為叔父也昭七年王使追命衛襄公曰叔父陟恪在我先王之左右是謂衛為叔父也是晉與魯衛王皆呼之為叔父昭九年王使詹桓伯辭於晉曰伯父惠公歸自秦又謂晉侯為伯父由此觀之魯衛為大國而稱叔父晉國之中伯叔俱稱不同者以魯雖周公之後周公位冢宰為東伯而周公。之國故。擊繫伯禽左傳曰燮父禽父王孫牟並事康王三國俱以令德作王卿明兼州牧矣燮父唐叔之子王孫牟康叔之子康叔稱叔父是為州牧尚書酒誥命康叔之辭曰明大命於妹邦鄭云康叔為連屬之監則康叔後或為州牧燮父王孫牟或各繼其父為州牧也伯禽作費誓專征徐戎為方伯可知三國並為大國王室之親又皆二伯之後尊而異之所以皆稱叔父焉晉又稱伯父者以晉既大國世作盟主故變稱伯父耳尚書文侯之命王曰父。義和平王得文侯夾輔周之勳尤親之而直稱父也天子稱朝廷公卿則無文蓋有爵者自依諸侯之例無爵者亦應以此長幼稱伯父叔父大夫以下位卑其稱父舅以否無文以明之此傳以及下經父舅兼有解天子所呼父舅之文以諸侯於大夫猶天子於諸侯同有父舅之名故連釋之焉既此篇燕朋友而呼父舅是父舅爲天子朋友事自明矣因天子有交友之義已釋諸侯亦有父舅故亦因解國君友其賢臣幷及大夫友其宗族之仁者云此仁賢者明尊卑之交非賢不友故也定本無宗字○箋有酒至飲酒○正義曰以賓也今此唯肥羜而已是非饗禮明矣今燕禮者是諸侯燕其羣臣及賓客之禮禮記云其牲狗不用羊豕此云有肥羜者天子之禮異於諸侯也宣十六年左傳曰王饗有體薦燕有折俎公當饗卿當燕王室之禮是天子燕饗之禮異於諸侯牲亦不同也○箋陳其至食禮○正義曰儀禮特牲少牢聘禮公食之等皆以簋盛黍稷則八簋是黍稷之器也故云陳其黍稷謂爲食禮案周官掌客職五等諸侯簋皆十二又公食大夫禮上大夫。六簋此天子云八簋者據待族人設食之禮其掌客所云謂飧饔餼之大禮公食大夫是諸侯食大夫之禮若曰食特牲者二簋少牢者四簋故玉藻云少牢五俎四簋然則太牢者六簋上肥羜釃酒爲燕禮此是食禮互陳之也知是食禮者燕禮主於飲酒無飯食則此簋盛黍稷是食禮可知周禮地官舂人云凡饗供食米則饗禮有黍稷矣但饗主於飲不主於食此經不言酒殽獨陳八簋假令與上釃酒幷爲一事亦不得爲饗禮何者饗亨太牢以飲賓不得用未成羊羜也但於肥羜之下既言以速諸父又別言於粲洒埽以速諸舅明二者又爲一禮上句爲燕下句爲食燕言諸父食言諸舅互文以相通也推此明以兼有饗矣但文不見饗耳

伐木于阪釃酒有衍 衍美貌箋云此言伐木于阪亦本之也 籩豆有踐兄弟無遠 箋云踐陳列貌兄弟父之黨母之黨

民之失德乾餱以愆 餱食也箋云失德謂見謗訕也民尚以乾餱之食獲愆過於人况天子之饌反可以恨兄弟乎故不當遠之○餱音侯爾雅云餱食也愆起虔反訕於諫反饌士戀反遠于萬反亦如字

有酒湑我無酒酤我 湑茜之也酤一宿酒也箋云酤買也此族人陳王之恩也王有酒則泲茜之王無酒酤買之要欲厚於族人○湑本又作醑思敘反酤毛音戶說文同鄭音顧又音沽茜所六反與左傳縮酒同義謂以

茅泲之而去其糟也字從艸泲子禮反

坎坎鼓我蹲蹲舞我

蹲蹲舞貌箋云為我擊鼓坎坎然為我興舞蹲蹲然謂以樂樂己○坎坎如字說文作竷音同云舞曲也蹲七旬反本或作壿同爾雅云喜也說文云士舞也從士尊為于僞反下同樂樂上音岳下音洛

迨我暇矣飲此湑矣

箋云迨及也此又述王意也王曰及我今之閒暇共飲此湑酒欲其無不醉之意○迨音待閒音閑

【疏】伐木至湑矣○毛以為伐木於阪以鷩鳥喻朋友切磋以成道也由朋友相成如此故今以饎醲其酒衍然而美以燕之既有酒矣又籩豆有踐然行列而陳之矣兄弟親戚無有疏遠皆使召之而與之燕也王又自言己不可不召族人之意下民之失德見謗訕者以何故乎正由乾餱之食不分於人以獲愆過乾餱之食尚以獲愆況天子之饌可不召親戚令之恨乎故盡召而燕之族人陳王之恩言王有酒則湑泲之以飲我王無酒則卒造一宿之酤酒以與我於時坎坎然擊鼓以娛我蹲蹲然興舞以樂我是王恩甚厚矣王又謂族人曰汝族人今日正及我閒暇矣共汝飲此湑酒矣言己卒有閒暇而為此飲其意欲令族人以不醉是王之恩厚也○鄭以伐木於阪亦本之酤買為異餘同○箋兄弟父至母之黨○正義曰以上言諸父為父黨則諸舅為母黨此言兄弟父舅二文故知父黨母黨也禮有同姓異姓庶姓同姓。總。上王之同宗是父之黨也異姓王舅之親庶姓與王無親者天子於諸侯非同姓皆曰舅不由有親無親則舅文又以兼庶姓矣其中容有舅甥之親故通言母之黨也父黨母黨得同曰兄弟者兄弟是相親之辭因推而廣之異姓亦得言之故釋親云父之黨為宗族母與妻之黨為兄弟是母黨為兄弟之文也此不言妻黨者以舅是母黨之稱故特言母耳其實妻黨亦曰兄弟釋親又曰妻之父為婚兄弟婿之父為姻兄弟是也兄弟必兼言母黨者以甥舅之親與同姓等故頍弁諸公刺王不能燕樂同姓而經曰豈伊異人兄弟甥舅是也若然兄弟總辭而下箋獨言族人陳王之恩者以兄弟雖父黨兼言母黨而父黨為正故下特云族人也此燕朋友故舊非燕族人據族人為朋友者互說耳舉族可以兼異姓及庶姓矣○箋反可以恨兄弟乎○正義曰。定恨作限恐非也○傳酤一宿酒○正義曰毛以爲言無酒明是卒爲之故云一宿酒蓋於時有之箋以經傳無名一宿酒爲酤者旣有一宿之酒不得謂之無酒論語云酤酒市脯不食是古買酒爲酤酒故易之爲酤買也○箋爲我至樂已○正義曰兄弟陳王之厚己使人爲之鼓舞言爲我者以樂由己而故作也禮記天子食三老五更於大學冕而總干親在舞位知此非王自舞者食三老五更重禮示敬故王親舞之此與故舊燕樂不當王親舞也若言王身親舞豈亦親擊鼓乎以此知使人爲之

伐木六章章六句

天保下報上也君能下下以成其政臣能歸美以報其上焉下下謂鹿鳴至伐木皆君所以下臣也臣亦宜歸美於王以崇君之尊而福祿之以答其歌○下下俱戶嫁反注下及下臣同【疏】天保六章章六句至上焉○正義曰作天保詩者言下報上也謂臣下作詩歌君之美言天保神祐福祿所鍾君雖實然由臣所詠是臣下歸美以報其上序又申之言君能下其臣下燕饗遣勞謂鹿鳴至伐木之歌以成其國之政教故臣亦宜歸美於君作天保之歌以報答其上焉然詩者志也各自吟詠六篇之作非是一人而已此爲答上篇之歌者但聖人示法義取相成此鹿鳴至伐木於前此篇繼之於後以著義非此故答上篇也何則上五篇非一人所作又作彼者不與此計議何相報之有鄭云亦宜者示法耳非故報也此篇六章皆言王受多福是歸美之事

天保定爾亦孔之固固堅也箋云保安爾女也女王也天之安定女亦甚堅固俾爾單厚何福不除俾使單信也或曰單厚也除開也箋云單盡也天使女盡厚天下之民何福而不開皆開出以予之○俾必以反單毛都但反鄭音丹除治慮反注同俾爾多益以莫不庶庶衆也箋云莫無也使女每物益多以是故無不衆也【疏】天保至不庶○毛於單字自作

兩解以爲作者見時人物得所。生業日隆歌而稱之以告王言天之安定汝王位亦甚堅固矣何者天使汝誠信愛厚天下臣民卽知何等福不開出。與之汝天又使汝天下每物皆多有所益以是之故物無不衆多也每物衆多是安定汝王位甚堅固也毛又云單厚者天使汝以厚德厚天下耳○鄭以爲盡厚大下爲異餘同言亦孔之固亦語辭猶不亦宜乎○箋云使至予之○正義曰此章言福謂王得福也下章乃言臣民受天祿耳王能愛厚下民德當天意然後天降之福但王能布德亦天爲之故云天使汝盡厚天下之民何福而不開言何廣辭故云皆開出予之言開者若有閉藏畜積今開出之然此云開出予之據天授與王下言受天百祿據臣受天祿亦相通也

天保定爾俾爾戩穀罄無不宜受天百祿戩福穀祿罄盡也箋云天使女所福祿之人謂羣臣也其舉事盡得其宜受天之多祿○戩子淺反

降爾遐福維日不足箋云遐遠也天又下予女以廣遠之福使天下溥蒙之汲汲然如日且不足也○汲已及反

【疏】天保至不足○正義曰言天安定汝之王位故使汝所福祿之人朝廷羣臣等盡無有不宜其舉事皆得其所而受天百祿羣臣之外天又下與汝廣遠之福及天下之民汲汲而欲下之維恐日日不足言天之使汝臣民俱受天福是安定汝也羣臣受王爵位故謂之羣臣爲汝所授福祿之人

天保定爾以莫不興箋云興盛也無不盛者使萬物皆盛草木暢茂禽獸碩大**如山如阜如岡如陵**言廣厚也高平曰陸大。陸曰阜大阜曰陵箋云此言其福祿委積高大也**如川之方至以莫不增**箋云川之方至謂其水縱長之時也萬物之收皆增多也○縱足用反長張丈反

【疏】傳高平至曰陵○正義曰釋地文李巡曰高平謂土地豐正名爲陸土地獨高大名曰阜最大名爲陵○箋此言至高大○正義曰言所委聚所累積而高大也地官遺人注云少曰委多曰積。積者以遺人當米粟者有限言三十里有委五十里有積對例故爲少多耳此則無例也

吉蠲爲饎是用孝享吉善蠲絜也饎酒食也享獻也箋云謂將祭祀也○蠲古玄反饎音

饎尺志反享許丈反禴祠烝嘗于公先王春曰祠夏曰禴秋曰嘗冬曰烝公事也箋云公先公謂后稷至諸盩○禴本又作礿餘若反祠嗣絲反烝之丞反盩直留反周大王父名君曰卜爾萬壽無疆君先君也尸所以象神卜予也箋云君曰卜爾者尸嘏主人傳神辭也○疆居良反嘏古雅反傳直專反

【疏】吉蠲至無疆○毛以王既為天安定民事已成乃善絜為酒食之饎是用致孝敬之心而獻之所獻者將以為禴祠烝嘗之祭往事其先王由王齊敬絜誠神歆降福先君之尸嘏予主人曰予爾萬年之壽無有疆畔境界言民神相悅所以能受多福也○鄭以公為先公言為此禴祠烝嘗之祭於先公先王之廟也餘同○箋謂將祭祀○正義曰以下文始云禴祠烝嘗故知將祭祀致其意○傳春曰至曰烝○正義曰釋天文孫炎曰祠之言食礿新菜可汋嘗嘗新穀烝進品物也若以四時當云祠禴嘗烝詩以便文故不依先後此皆周禮文自殷以上則禴禘嘗烝王制文也至周公則去夏禘之名以春禴當之更名春曰祠故禘祫志云王制記先王之法度宗廟之祭春曰禴夏曰禘秋曰嘗冬曰烝祫為大祭於夏於秋於冬周公制禮乃改夏為禴禘又為大祭祭義注云周以禘為殷祭更名春曰祠是祠禴嘗烝之名周公制禮之所改也若然文王之詩所以已得有制禮所改之名者然王者因革與世而遷事雖制禮大定要以所改有漸易曰不如西鄰之禴祭○鄭注為夏祭之名則文王時已改言周公者據制禮大定言之耳公事釋詁文○箋公先至諸盩○正義曰毛以上雖言獻之未是祭時故以公為事舉先王公從可知也鄭以孝享以致其意文王之祭實及先公故以為先公也經於公上不言先者以先王在公後王尚言先則公為先可知故省文以宛句也先公謂后稷至諸盩俗本皆然定本云諸盩至不窋疑定本誤中庸注云先公組紺以上至后稷也司服注云先公不窋至諸盩天作箋云諸盩至不窋所以同是先公而注異者以周之所追太王以下其太王之前皆為先公而后稷周之始祖其為先公書傳分明故或通數之或不數之此箋后稷至諸盩中庸注組紺以上至后稷也組紺即諸盩大王父也一上一下同數后稷也司服注不窋至諸盩天

珍倣宋版印

作箋諸盩至不窋亦一上一下不數后稷皆取便通無義例也何者以此及天作俱為祭詩同有先王先公義同而注異無例明矣此歌文王之事又別時祭之名文王時祭所及先公不過組紺亞圉后稷而已言后稷至諸盩者傳以公為事箋易之為先公因廣舉先公之數以明易傳之意不謂時祭盡及先公也○傳先君至象神○正義曰以經陳祭事故君為先君也言曰卜爾是語辭故知尸也而稱君者尸所以象神由象先君之神傳先君之意以致福故箋申之云君曰卜爾者尸嘏主人傳神辭也卽少牢云皇尸命工祝承致多福無疆于汝孝孫之等是傳神辭嘏主人也尸神象郊特牲文

神之弔矣詒爾多福弔至詒遺也箋云神至者宗廟致敬鬼神著矣此之謂也○弔都歷反詒以之反遺唯季反民之質矣日用飲食質成也箋云成平也民事平以禮飲食相燕樂而已○燕樂音洛羣黎百姓徧為爾德百姓百官族姓也箋云黎衆也羣衆百姓徧為女之德言則而象之○徧音遍【疏】神之至爾德○正義曰此承上厚人事神之後反而本之言王已致神之來至矣遺汝王以多福又使民之事平矣日用相與飲食為樂其羣衆百姓之臣徧皆為汝之德言法效之汝既人定事治羣下樂德是為天安定王業使君聖臣賢上下皆善也

如月之恆。如日之升恆弦升出也言俱進也箋云月上弦而就盈日始出而就明○恆本亦作縆同古鄧反沈古恆反如南山之壽不騫不崩騫虧也○騫起虔反如松柏之茂無不爾或承箋云或之言有也如松柏之枝葉常茂盛青青相承無衰落也【疏】如月至或承○正義曰上章天安王位此章說堅固之狀言王德位日隆有進無退如。日月之上弦稍就盈滿如日之。出稍益明盛王既德位如是天定其基業長久且又堅固如南山之壽不騫虧不崩壞故常得隆盛如松柏之木枝葉恆茂無不於爾有承如松柏之葉新故相承代常無彫落猶王子孫世嗣相承恆無衰也○箋月上至就明○正義曰弦有上下知上弦者以對如日之升是益進之義故知上弦矣日月在朔交會俱右行於天日遲月疾從朔而分至三日月去日已當

○二次始死魄而出漸漸遠日而月光稍長八日九日大率月體正半昏而中似弓之張而弦直謂上弦也後漸進至十五十六日月體滿與日正相當謂之望云體滿而相望也從此後漸虧至二十三日二十四日亦正半在謂之下弦於後亦漸虧至晦而盡也以取漸進之義故言上弦不云望集。本定本經字作恆

天保六章章六句

采薇遣戍役也文王之時西有昆夷之患北有玁狁之難以天子之命命將率遣戍役以守衛中國故歌采薇以遣之出車以勞還杕杜以勤歸也文王為西伯服事殷之時也昆夷西戎也天子殷王也戍守也西伯以殷王之命命其屬為將率將戍役禦西戎及北狄之難歌采薇以遣之杕杜勤歸者以其勤勞之故於其歸歌杕杜以休息之○薇音微昆本又作混古門反玁本或作獫音險狁音允本亦作允難乃旦反注皆同將率子亮反下所類反本亦作帥同注及後篇將率皆同勞力報反後篇勞還皆同杕大計反

疏 采薇六章章。六句至勤歸○正義曰作采薇詩者遣戍役也戍守也謂遣守衛中國之役人文王之時西方有昆夷之患北方有玁狁之難來侵犯中國文王乃以天子殷王之命命其屬為將率遣屯戍之役人北禦玁狁西伐西戎以防守扞衛中國故歌此采薇以遣之及其還也歌出車以勞將。帥之還歌杕杜以勤戍役之歸是故作此三篇之詩也昆夷言患玁狁言難患難一也變其文耳患難者謂與中國為難非獨周也故即變云守衛中國明中國皆被其患不獨守衛周國而已此與出車五言玁狁唯一云西戎序先言昆夷者以昆夷侵周為患之切故先言之玁狁大於西戎出師主伐玁狁故戒勑戍役以玁狁為主而略於西戎也言命將帥遣戍役者將無常人臨事命卿士為之故云命也其戍役則召民而遣之不待加命故云遣也命將帥所以率戍役而序言遣戍役者以將帥者與君共同憂務其戍役則身處卑賤非有憂國之情不免君命而行耳文王為。愧之情深殷勤於

戍役簡略將帥故此篇之作遣戍役爲主上三章遣戍役之辭四章五章以論將帥之行爲率領戍役而言也卒章總序往反六章皆爲遣戍役也以主遣以戍役故經先戍役後言將帥其實將帥尊故序先言命將帥後言遣戍役言歌采薇以遣之者正謂述其所遣之辭以作詩後人歌因謂本所遣之辭爲歌也出車以勞還杕杜以勤歸不言歌者蒙上歌文也勤勞一也勞者陳其功勞勤者陳其勤苦但變文耳還與歸一也還謂自役而反歸據鄉家之辭但所從言之異耳出車序云勞還帥杕杜序云勞還役一俱言還並云勞明還歸義同勤勞不異也此序幷言出車杕杜者以三篇同是一事共相首尾故因其遣而言其歸所以省文也○箋文王至息之○正義曰西方曰戎夷是總名此序云昆夷之患出車云薄伐西戎明其一也故知昆夷西戎也文王於時事殷王也若非其屬無由命之故知以文王之命命其屬爲將帥其屬謂南仲出車經稱赫赫南仲玁狁于襄又曰赫赫南仲薄伐西戎則南仲一出幷禦西戎及北狄之難也皇甫謐帝王世紀曰文王受命四年周正月丙子昆夷氏侵周一日三至周之東門文王閉門修德而不與戰昆夷進來不與戰明退即伐之也尙書傳四年伐犬夷注云犬夷昆夷也四年伐之南仲一行幷平二寇下箋云玁狁人故以爲始以爲終以書傳不言四年伐玁狁而言伐犬夷作者之意偶言耳以天子之命命將帥則伐犬夷者紂命之矣書序云殷始咎周注云紂聞文王斷虞芮之訟又三伐皆勝始畏惡之拘於羑里紂命之使伐勝而惡之者紂以戎狄交侵須加防禦文王請伐便即命之但往克敵功德益高人望將移故畏惡之耳上三章同遣戍役以薇爲行期而言作止柔止剛止三者不同則行非一輩故首章箋云先輩可以行言先對後之辭則二章爲中輩三章爲後輩矣一章傳曰柔始生也兵若一輩而遣則不得剛柔別章若異輩而行不應以三章爲二輩則毛意柔亦中輩言始生者對剛爲生之久柔謂初生耳若對作止之柔在作後矣與鄭脆脆同也莊二十九年左傳曰凡馬日中而出謂春分也出車曰我出我車于彼牧矣出車就馬於牧地則是春分後也中氣所在雖無常定大抵在月中旬也中旬之後始出車就馬則首章二月下旬遣二章三月上旬

遣三章三月中旬遣矣故卒章言昔我往矣楊柳依依是爲二月之末三月之中事也

采薇采薇薇亦作止

薇菜作生也箋云西伯將遣戍役先與之期以采薇之時今薇生矣先輩可以行也重言采薇者丁寧行期也○重直用反下重敘同

曰歸曰歸歲亦莫止

箋云莫晚也曰女何時歸乎亦歲晚之時乃得歸也又丁寧歸期定其心也○莫音暮本或作暮協韻武博反

靡室靡家玁狁之故不遑啓居玁狁之故

玁狁北狄也箋云北狄今匈奴也靡無遑暇啓跪也古者師出不踰時今薇菜生而行歲晚乃得歸使女無室家夫婦之道不暇跪居者有玁狁之難故曉之也

【疏】采薇至之故○正義曰文王將以出伐豫戒戍役期云采薇之時兵當出也王至期時乃遣戍役而告之曰我本期以采薇之時今薇亦生止是本期已至汝先輩可以行矣既遣其行告之歸期曰何時歸曰何時歸必至歲亦莫止之時乃得歸言歸必將晚所以使汝無室無家不得夫婦之道聚居止者正由玁狁之故又不得閑暇而跪處者亦由玁狁之故序其中情告之是故使之懷恩而怒寇也○箋西伯至行期○正義曰知先與之期者以此辭遣時之言也以薇亦作止報采薇采薇是先有此言也故知先與之期重言采薇者是丁寧行期也必先言期者以道遠敵強還歸必晚故豫告行期令之裝束也月令云仲春之月無作大事孟秋乃命將帥不待孟秋而仲春遣兵者以患難既偪不暇待秋故也○箋莫晚至其心○正義曰集本定本著作莫古字通用也必告以歲晚之時乃得歸者緣行者欲知之且古者師出不踰時今從仲春涉冬若不豫告恐一時望還故丁寧歸期定其心也既師出不踰時而文王過之者聖人觀敵強弱臨事制宜撫巡以道雖久不困高宗之伐鬼方周公之征四國皆三年乃歸文王之於此行歲暮始反人無怨言故載以爲法然若出車曰春日遲遲薄言旋歸則此戍役以明年之春始得歸矣期云歲暮暮實未歸文王若實不知則無以爲聖知而不告則無以爲信且將帥受命而行不容違犯法度安得棄君之戒致令淹久者玁狁昆夷二方大敵將使一勞久逸暫費永久寧文王知事未卒平役不早反故致此遠期

息彼近望歲暮言歸已期久矣焉可更延期約復至後年但寇既未平不可守玆小謀將帥亦當請命而留非是故違期限聖人者窮理盡神顯仁藏用若使

將來之事豫以告人則日者卜祝之流安得謂之聖也 采薇采薇薇亦柔止 柔始生也箋云柔謂脆脕之時○脆七歲反脕音問或作

早晚字非也 曰歸曰歸心亦憂止 箋云憂止者其歸期將晚 憂心烈烈載飢載渴 箋云烈烈憂貌則飢則渴

言其苦也 我戍未定靡使歸聘 聘問也箋云定止也我方守於北狄未得止息無所使歸問言所以憂○靡使如字本又作靡所

【疏】采薇至歸聘○正義曰王遣戍役戒之云我本期以采薇之時遣汝今薇亦始生柔脆矣汝中輩可以行矣曰歸曰歸汝所歸期會至歲暮汝心亦憂其晚矣

然始得歸汝所以憂心烈烈然者以道路之中則有飢則有渴勞苦甚矣汝又言我方戍於北狄未得止定無人使歸問家安否所以憂也序其憂勞亦知其

意也○箋柔謂至脆脕之時○正義曰定本作脆脕之時○傳聘問○正義曰聘問俱是謂問安否之義散則通對則別故綿箋云小聘問以卿大夫殊其文

故爲大小耳 采薇采薇薇亦剛止 少而剛也箋云剛謂少堅忍時 曰歸曰歸歲亦陽止 陽歷陽月也箋云十月爲

陽時坤用事嫌於無陽故以名此月爲陽○坤本亦作巛困魂反 王事靡盬不遑啓處 箋云盬不堅固也處猶居也 憂心孔

疚我行不來 疚病來至也箋云我戍役自我也來猶反也據家曰來○疚久又反

【疏】傳陽歷陽月○正義曰毛以陽爲十月解名爲陽月之意

以十一月爲始陰消陽息復卦用事至四月純乾用事五月受之以姤陽消陰息至九月而剝仍一陽在至十月而陽盡爲坤則從十一月至九月凡十有一

月已經歷此有陽之月而至坤爲十月故云歷陽月以類上暮止則不得歷過十月明義爲然○箋十月至爲陽○正義曰鄭以傳言涉歷陽月不據十月故

從爾雅釋天云十月爲陽本所以名十月爲陽者時純坤用事而嫌於無陽故名此月爲陽也定本無爲陽二字直云故以名此月焉知爲嫌者君子愛陽而

惡陰故以陽名之實陰。陽而得陽名者以分陰分陽迭用柔剛十二月之消息見其用事耳其實陰陽恆有詩緯曰陽生酉仲陰生戌仲是十月中兼有陰陽也四月秀葽靡草死豈無陰乎明陰陽常兼有也易文言曰陰疑於陽必戰爲其嫌於無陽故稱陽焉鄭云嫌讀如羣公溓之溓古書篆作立心與水相近讀者失之故作溓溓雜也陰謂此上六也陽謂今消息用事乾也上六爲蛇得乾氣雜似龍知此不與彼說同者彼說坤卦自以上六爻辰在巳爲義巳至四月故消息爲乾非十月也且文言慊於無陽爲心邊兼鄭從水邊兼初無嫌字知與此異孫炎郎是鄭玄之徒其注爾雅與郭璞皆云嫌於無陽故名之爲陽是也

彼爾維何維常之華 爾華盛貌常常棣也箋云此言彼爾者乃常棣之華以興將率車馬服飾之盛○爾乃禮反注同說文作薾

彼路斯何君子之車 箋云斯此也君子謂將率

戎車既駕四牡業業 業業然壯也○業如字又魚及反或五盍反

豈敢定居一月三捷 捷勝也箋云定止也將率之志往至所征之地不敢止而居處自安也往則庶乎一月之中三有勝功謂侵也伐也戰也○三息暫反又如字

疏 彼爾至三捷○正義曰戍役之行隨從將帥故將帥之車言彼爾然而盛者何木之華乎維常棣之華以喻彼路車者斯何人之車乎維君子之車常棣之華色美以喻君子車飾盛也爾是華貌路是車名貌不可言故以車名爲華貌也君子既有此美盛之戎車駕之以行戎車既駕矣四牡之馬業業然而壯健將帥乘此以行至於所征之地豈敢安定其居乎庶幾於一月之中三有勝功是其所以勞也○箋君子謂將率○正義曰以其乘路車而稱君子故知謂將帥將帥則命卿南仲雖爲元帥時未稱王無三公亦不過命卿也卿車得稱路者左傳鄭子蟜卒赴于晉晉請王追賜之以大路以行禮也又叔孫豹聘于王王賜之大路是卿車得稱路也故鄭箴膏肓云卿以上所乘車皆曰大路詩云彼路斯何君子之車此大夫之車稱路也王制卿爲大夫是鄭以此詩將帥爲文王之命大夫故引王制以明之○箋三有至戰也○正義曰此侵伐戰三傳之說皆異左傳有鍾鼓曰伐無曰侵皆陳曰戰穀

梁拘人民驅牛馬曰侵斬樹木壞宮室曰伐公羊稱觕者侵精者伐是也周禮大司馬職曰賊賢害。仁則伐之負固不服則侵之注引春秋傳曰精者曰伐又曰有鍾鼓曰伐則伐者兵入其境鳴鍾鼓以往所以聲其罪侵者兵加其境而已用兵淺者然則鄭參用三傳之文也周禮九伐相對故侵爲用兵淺者其實侵名但無鍾鼓耳雖深入亦謂之侵故僖四年諸侯侵蔡蔡潰遂伐楚是深入名侵也伐名施於重入境雖淺亦名伐故經云莒人伐我東鄙及齊侯伐我北鄙纔伐界上是淺亦稱伐也侵伐則主國之師未起直入境而行之若主國出而禦之則曰戰故左傳皆陳曰戰此言庶乎一月之中三有勝功者謂侵伐戰於三事之內望有勝功非謂三者之中惟有一勝功耳此侵伐戰用師之大名故略舉之非如春秋用兵之例三者之外仍有。故取襲克圍滅。入之名

駕彼四牡四牡騤騤君子所依小人所腓騤騤彊也腓。辟也箋云腓當作芘此言戎車者將率之所依乘戍役之所芘倚○騤求龜反腓符非反鄭必寐反倚其綺反舊於蟻反

四牡翼翼象弭魚服翼翼閑也象弭弓反末也所以解紒也魚服魚皮也箋云弭弓反末彆者以象骨爲之以助御者解轡紒宜。滑也服矢服也○弭彌氏反紒音計又音結本又作紛芳云反彆說文方血反又邊之入聲埤蒼云弓末反戾也

豈不日。戒玁狁孔棘箋云戒警勑軍事也孔甚棘急也言君子小人豈不。日相警戒乎誠曰相警戒也玁狁之難甚急豫述其苦以勸之○日戒音越又人栗反警音景

【疏】駕彼至孔棘○毛以爲王遣戍役言其所從將帥駕彼四牡之馬以行其四牡之馬騤騤然甚壯健故將帥君子之所依乘戍役小人之所避患言小人倚此將帥戰車以避前敵來戰之患也往至所征之地則又習戰備其兵車所駕四牡之馬翼翼然閑習其弓則以象骨爲之弭其矢則以魚皮爲服軍既閑習器械又備於時君子小人豈不。日相警戒乎誠相警戒以玁狁之難甚急是故汝等勞苦豫述以勸之○鄭唯以戍車戍役之所庇倚爲異餘同○傳腓辟○正義曰傳文質略王述之云所以避患也鄭以君子所依依戎車也小人所腓亦當腓戎車安得更有避患義故易之

爲庇言戍役之所庇倚謂依廕也文七年左傳云公室者公室之所庇廕是也

○傳象弭至魚皮○正義曰釋器云弓有緣者謂之弓孫炎曰緣謂繁束而漆

之又曰無緣者謂之弭孫炎曰不以繁束骨飾兩頭者也然則弭者弓稍之名

以象骨爲之是弓之末弭弛之則反曲故云象弭爲弓反末也繩索有結用以

解之故曰所以解紒也紒與結義同魚服以魚皮爲矢服故云魚服魚皮左傳

曰歸夫人魚軒服虔云魚獸名則魚皮又可以飾車也陸機疏曰魚服魚獸之

皮也魚獸似猪東海有之其皮背上斑文腹下純青今以爲可弓鞬步义者也

其皮雖乾燥以爲弓鞬矢服經年海水潮及天將雨其毛皆起水潮還及天晴

其毛復如故雖在數千里外可以知海水之潮自相感也○箋弭弓至矢服○

正義曰此申說傳義也說文云彆方結反云弓戾也言象弭謂弓反末彆戾之

處以象骨爲之也傳云解紒不知解何繩之紒故申之助御者解轡紒也兵車

三人同載左人持弓中人御車各專其事尚書左不攻於左汝不能恭命御非

其馬之正汝不恭命是職司別矣而言助御解轡紒者御人自當佩角不專待

射者解結弭之用骨自是弓之所宜亦不爲解轡而設但巧者作器因物取用

以弓必須骨故用滑象若轡或有紒可以助解之耳非專爲代御者解紒設此

象弭也夏官司弓人職曰仲秋獻矢服注云服盛矢器也以獸皮爲之是矢器

謂之服也 昔我往矣楊柳依依今我來思雨雪霏霏 楊柳蒲柳也霏霏甚也箋云我來戍止而謂始反時也上三章

言戍役次二章言將率之行故此章重序其往反之時極言其苦以說之○昔韓詩云昔始也雨于付反霏芳菲反說音悅 行道遲遲載渴

載飢 遲遲長遠也箋云行反在於道路猶飢渴言至苦也 我心傷悲莫知我哀 君子能盡人之情故人忘其死 疏 昔我至我哀○

正義曰此遣戍役豫敘得還之日總述往反之辭汝戍守役等至歲暮還反之

時當云昔出家往矣之時楊柳依依然今我來思事得還返又遇雨雪霏霏然

既許歲晚而歸故豫言來將遇雨雪也於時行在長遠之道遲遲然則渴則有

飢得不云我心甚傷悲矣莫有知我之哀者述其勞苦言已知其情所以悅之

使民忘其勞也○箋我來戍役止而謂始反時○正義曰定本無役字其理是也

采薇六章章八句

附釋音毛詩注疏卷第九（九之三）

一珍倣宋版印

毛詩注疏挍勘記（九之三）　阮元撰盧宣旬摘錄

○伐木

而後言父舅先兄弟　閩本明監本毛本先誤及案此當重父舅二字別以父舅先兄弟五字爲一句

是此篇皆有義意　閩本明監本毛本同案此當作比形近之譌

傳意以此伐木鳥鳴　閩本明監本毛本同案傳當作彼彼者彼爾雅也

具解丁丁嚶嚶之義　閩本明監本毛本同案具當作其形近之譌

伐木許許　小字本相臺本同唐石經初刻滸滸後去水旁案正義云其柿許許然下文同釋文云許許呼古反是其本皆作許不從水後漢書朱穆傳顏氏家訓書證引作滸滸郎沈所云呼古反是也讀許爲滸遂破爲滸而引之凡羣書引詩文多不同者往往類此非毛氏詩別有作滸之本唐石經初刻誤所謂字體乖師法也

許許柹貌　閩本明監本毛本同小字本相臺本柹作柿案柿字是也五經文字云柿芳吠反見詩注謂此也說文柿削木札樸也從木朩聲十行本正義中皆作柿不誤閩本以下皆誤爲柹釋文云柿孚廢反又側几反上一音是也下一音卽宜從朿非也因又幷誤大字爲柹詳後考證

此言許者伐木許許之人　小字本同閩本明監本毛本同相臺本言下許字作前考文古本同案前字是也正義云鄭以儲時與文王伐木許許之人以儲時解前者也

今以召族之飲酒閩本明監本毛本同小字本相臺本之作人考文一本同案人字是也

以許許非聲之狀閩本明監本毛本同案之當作非七月正義云沖沖非聲之狀貌非聲是其比也

東西二伯閩本明監本毛本同案此不誤浦鏜云非記文疑衍非也正義說以上記文是東西二伯以下記文乃州牧之伯所以曉人也但伯下當脫是也二字因此脫而下文乃衍禮記二字矣

禮記注云牧尊於大國之君閩本明監本毛本同案浦鏜云禮記二字當衍是也

昔伯舅大公佐我先王閩本明監本毛本同案佐當作佑左傳作右

而周公之國故繫繫伯禽也閩本明監本毛本同案之上當脫不字繫衍字也凡一脫一衍多是寫書人自覺其誤而如此後遂忘更正耳山井鼎云繫作事當是剜也

王曰父義和閩本明監本毛本同案浦鏜云義誤義是也

上大夫六簋閩本明監本毛本同案浦鏜云八誤六是也

欲令族人以不醉閩本明監本毛本同案浦鏜云以當無字誤是也

此言兄弟父舅二文閩本明監本毛本同案浦鏜云兄弟下當脫總上二字是也

同姓總上王之同宗也閩本明監本毛本同案浦鏜云總上二字當衍文是

正義曰定恨作限 閩本明監本毛本同案定下當有本字

伐木六章章六句 唐石經小字本相臺本同閩本明監本毛本同案序下標起止云伐木六章章六句正義又云燕故舊卽二章卒章上二句是也燕朋友卽二章諸父諸舅卒章兄弟無遠是也與標起止不合當是正義本自作三章章十二句經注本作六章章六句者其誤始於唐石經也合併經注正義時又誤改標起止耳

○天保

此鹿鳴至伐木於前 閩本明監本毛本同案此當作比

生業曰隆 閩本明監本毛本生誤王

卽知何等福不開出與之 閩本明監本毛本同案箋作予正義作與予與古今字易而說之也例見前正義又云故云皆開出予之此云開出予之仍作予複舉箋而順其文不同此例考文古本改箋亦作與誤采此所易之今字

大陵曰阜 小字本相臺本陵作陸閩本明監本毛本同案陸字是也

多曰積積者 閩本明監本毛本同案下積字當作異謂此箋以委積皆爲多似與彼注分委積爲多少者異盧文弨云其上當有脫文浦鏜云積及下當粟米者有限凡七字疑衍皆非

先君之尸嘏予主人曰 閩本明監本毛本予誤于

要以所改有漸閩本明監本毛本同案浦鏜云亦誤以是也盧文弨云爾雅疏作亦

故省文以宛句也閩本明監本毛本同案宛當作婉

言法效之閩本明監本毛本效誤効案効即效訛俗字也餘同此

如月之恆唐石經小字本相臺本同案正義云集注定本絚作恆是正義本作絚字也釋文云恆本亦作絚恆絚字同考工記恆角而短注鄭司農云恆讀爲裻縆之縆絚縆亦同見廣韻考此經字說文二部引詩曰如月之恆當以集注定本爲長

如日月之上弦閩本明監本毛本同案浦鏜云日當衍字是也

如日之出閩本明監本毛本同案出上當有始字因上文衍日而此脫也

月去日已當二次閩本明監本毛本同案二當作一三十度十六分度之七爲一次月去日日十二度十九分度之七計三日去合朔二日月去日二十四度十四分近一次故曰已當一次

集本定本閩本明監本毛本同案浦鏜云集本當集注之誤後並同是也

章六句閩本明監本毛本同案浦鏜云八誤六是也

○采薇

歌出車以勞將帥之還閩本明監本毛本同案序作率正義作帥率帥古今字易而說之也例見前餘同此釋文云率本亦

作帥非正義本也正義上文複舉序云命其屬爲將率仍作率是其證○案舊挍非也

文王爲愧之情深　閩本明監本毛本愧作恤案所改是也

後人歌因謂本所遺之辭爲歌也　閩本明監本毛本同案人當作入

故知以文王之命　閩本同明監本毛本之命誤倒案十行本知以文剜添者一字是文字衍也序云以天子之命可證言王者順上云事殷王也

周正月丙子翹　閩本明監本毛本同案浦鏜云翹當朔字誤是也緜止義引無此字

歲亦莫止　唐石經小字本相臺本同案正義云集注定本莫作暮古字通用也釋文云莫本或作暮依此或東方未明蟋蟀小明雲漢經諸莫字正義本皆作暮但未有明文不可意必求之也

今薇菜生而行　閩本明監本毛本同小字本相臺本無菜字考文古本同案無者是也

歲亦莫止之時　閩本明監本毛本同案莫當作暮下標起止箋莫晚同

然若出車曰　閩本明監本毛本同案然若二字當倒

蹔費永久寧　閩本明監本毛本同案浦鏜云久字當衍是也

謂脆脕之時　毛本脕誤晚明監本以上皆不誤案釋文云脕音問或作早晚字非也毛本偶合其誤五經文字肉部云脆脕見詩注謂此也

內則注作娩又作免皆同正義云定本作脆腝之時當以正義釋文本爲長

靡使歸聘　唐石經小字本相臺本同案釋文云本又作靡所考正義云無人使歸問家安否是正義本作使字又作本因箋無所使歸問而誤耳

然始得歸汝所以憂心烈烈然者　閩本明監本毛本脫始得歸三字

故綿箋云小聘問也　閩本明監本毛本綿誤歸案問上浦鏜云當脫曰字是

故以名此月爲陽　小字本相臺本同案此正義本也正義云定本無爲陽二字直云故以名此月焉當以定本爲長

實陰陽而得陽名者　閩本明監本毛本同案上陽字當作月

爲其嫌於無陽　閩本明監本毛本同案嫌當作慊下正義云且文言慊於無陽爲心邊兼可證又無字當衍

故稱陽焉　閩本明監本同案陽當作龍

鄭云嫌讀如羣公慊之慊　閩本明監本毛本同案嫌當作慊二慊字皆當作溓下正義云鄭從水邊兼初無嫌字可證○按羣公溓卽今公羊傳之羣公廩也作廩者非古本

讀者失之故作溓　閩本明監本毛本同案溓當作慊

且文言慊於無陽　閩本明監本毛本同案無字當衍

故將帥之車言　閩本明監本毛本同案言字當在將字上錯在車下

賊賢害仁則伐之 閩本明監本毛本同案浦鏜云民誤仁是也祈父正義引作民

仍有故取襲克圍滅入之名 閩本同明監本毛本入誤人案山井鼎云故恐攻誤是也

腓辟也 小字本相臺本同案正義作避釋文腓下云毛云避也皆易字之例

所以解紒也 小字本相臺本同案正義云紒與結義同釋文云紒音計又音結本又作紛芳云反段玉裁云說文弭下作紒以紒為長

宜滑也 小字本相臺本同考文古本同閩本明監本毛本滑作骨十行本初刻滑剜改骨案滑字是也

豈不日戒 小字本相臺本同閩本明監本毛本同唐石經初刻曰後改日案釋文云曰音越又人栗反上一音是也下一音字即宜作日非也箋意是曰字

豈不日相警戒乎 小字本相臺本同閩本明監本毛本同案日當作曰正義中同

左傳云公室者 閩本明監本毛本同案山井鼎云室作族為是是也

今以為可弓韃步乂者也 閩本明監本毛本同案浦鏜云可衍字是也

說文云彆方結反云弓戾也 閩本明監本毛本同案十行本反云弓剜添者一字是云字衍也方結反三字旁行細書正義自為音例如此不知者以之入正文乃誤加云字○按此引說文音隱語非自為音

以弓必須骨故用滑象 閩本明監本毛本同案此當作以弓必須滑故用象骨誤倒錯之也

夏官司弓人職曰閩本明監本毛本同案浦鏜云矢誤人是也

戍止而謂始反時也小字本相臺本同案正義標起止作戍役止云定本無役字於理是也

事得還返閩本明監本毛本同案注作反此正義作返亦是易而說之以反返爲古今字也上正義多作反當是爲後人依注改耳

則渴則有飢閩本明監本毛本渴上有有字案所補是也

附釋音毛詩注疏卷第九〔九之四〕

毛詩小雅　　鄭氏箋　　孔穎達疏

出車勞還率也遣將率及戍役同歌同時欲其同心也反而勞之異歌異日殊尊之也禮記曰賜君子小人不同日此其義也○出車如字沈尺遂反勞力報反還音旋

疏出車六章章八句○正義曰作出車詩勞還帥也謂文王所遣伐玁狁西戎之將帥以四年春行五年春反於其反也述其行事之苦以慰勞之六章皆勞辭也○箋遣將至其義○正義曰箋解遣唯一篇而勞有二篇之意故曰遣將帥及戍役同歌同時欲其同心也同歌謂其共一歌采薇也同時謂將帥與戍役俱行雖三章三輩別行每行將帥同發也三輩各有將此獨言南仲者以元帥故歸功焉反而勞之異歌謂出車與杕杜之歌不一時是異歌異日也必異日者殊尊卑故也玉藻云賜君子與小人不同日與此協故曰此其義也此將帥有功而還本其初出以勞之首章言四年春將欲遣軍出車就馬命之爲將仍在國未行也二章言就馬於牧地設旐旄既已受命臨事而懼是二月三月之事也從是而行先伐玁狁三章言往朔方營築壘壁既以春末而行當以夏初到朔方也既至朔方將設經略五月猶尚停息六月乃始出壘四章言黍稷方華出伐玁狁玁狁既服因伐西戎至春凍始釋又從西戎而反於朔方慮有驚急復且停住也以六月出伐玁狁當至秋末始平乃移兵西戎五章言晚秋之時西方諸侯嚮望南仲也至於五年之春二方大定乃始還帥卒章言其迴歸其事次也唯四章因言自壘而出即說自西而反五章乃更述在西方之事爲小到耳

我出我車于彼牧矣出車就馬於牧地箋云上我我殷王也下我將率自謂也西伯以天子之命出我戎車於所牧之地將使我出征伐○牧音目自天子所謂我來矣箋云自從也有人從王所來謂我來矣謂以王命召已將使爲將帥也先出戎車乃召將率將率尊也召彼僕夫謂之載矣

王事多難維其棘矣僕夫御夫也箋云棘急也王命召己己卽召御夫使裝載物而往王之事多難其召我必急欲疾趨之此序其忠敬也○難乃旦反注及下皆同裝側良反本又作莊

【疏】我出至棘矣○正義曰文王述將帥之辭言汝將帥云王今既以我天子之命出我將帥之戎車于彼郊牧之地而就馬矣乃從天子之所以王命召己謂我來爲將帥矣我得王命卽自召彼僕御之夫謂之今使裝載而往矣所以不待受命卽使裝載者以王家之。士多危難其召我必急矣不可緩以待命欲疾趨之也以王命不辭。卽召僕夫忠也知自急難欲疾趨之敬也序其忠敬以慰勞之○傳出車至牧地○正義曰以言于彼牧矣故知出車就之下章云于彼郊矣則牧地在郊故地官載師職曰牧田任遠郊之地是也馬已在牧而得出車就之者雖大數在牧仍有在廄供用者故月令季春乃合累牛騰馬遊牝於牧注云累繫在廄者是也廄有馬可令引車以就牧不卽以在廄之馬駕戎車者以戎車自有戎馬齊力尚強在廄不必征馬故不用焉○箋上我至自謂○正義曰此本將帥之辭以勞之則我車馬爲將帥之所乘故知下我將帥自謂也以天子之命召己故知出車者亦天子之命故上我我殷王也時出車未命將帥云我車者以出車本爲將帥出車纔訖王卽命己爲將則將帥之車爲己所乘復從後本之故云我車也○傳僕夫御夫也○正義曰周禮戎僕掌御。戎車注云師出王乘以自將也御夫掌御式車從車注云式車象路之副從車戎路之副是僕夫與御夫別矣而言僕夫御夫者以此云。維。其載矣言裝載物是從車之事故爲御夫其實此僕夫亦有戎僕何者在牧戎車將帥所乘豈更有異人御之哉則戎僕也故下章僕夫況瘁箋云憂其馬之不正是正御亦在焉以戎車及副各自有御不得一人兼之則文當並有或。卿兼官其長者爲戎僕小者爲御夫矣我

出我車于彼郊矣設此旐矣建彼旄矣龜蛇曰旐旄干旄箋云設旐者屬之於干旄而建之戎車將。帥既受命行乃乘。馬牧地在遠郊○旐音兆旄音毛屬音燭致也

彼旟旐斯胡不旆旆鳥隼曰旟旆旆。旒垂貌○旟音餘旆蒲貝反隼息允反旒音留憂

心悄悄僕夫況瘁。箋云況茲也將率既受命行而憂臨事而懼也御夫則茲益憔悴憂其馬之。不。正○悄七小反瘁似醉反本亦作萃依注作悴音同憔慈遙反憂其馬之不。正一本作之不正也一本作馬之政【疏】我出至況瘁○正義曰王勞將帥本其所言云王本以我天子之命出我將帥之戎車於彼郊牧就馬矣既命我爲將帥我受命當行即就於郊牧之車設此旐而屬之於旄之上干矣以屬旐於旄乃建立彼旄於戎車之上矣旄在地已屬之於干旄言建旐則亦同建之也既建而後行在道之時彼旟旐斯隨車而行何有不旆旆者乎言皆旆旆然垂也時既受命行汝將帥則憂心悄悄然臨事而懼僕夫憂馬不正亦然。滋益憔悴矣言其勞苦示知其情也言此旐彼旄者凡兩事者一言彼一言此便文耳于彼新田于此菑畝皆此類也○傳龜蛇曰旐。○正義曰此及下傳云鳥隼曰旟交龍爲旂皆周禮司常文也雜互陳之則軍之諸帥有建之者矣大司馬序云凡制軍萬二千五百人爲軍軍將皆命卿二千五百人爲師師帥皆中大夫五百人爲旅旅帥皆下大夫百人爲卒卒長皆上士二十五人爲兩兩司馬皆中士五人爲伍伍皆有長此言勞還帥自伍長以上皆在焉鄭於大司馬職注云凡旌旗有軍衆者畫異物無者帛而已則伍長以上皆軍衆所建畫異物矣其職曰王載大常諸侯載旂軍吏載旗郊野載旐百官載旟注云軍吏諸軍帥也郊謂鄉遂之州長縣正以下野謂公邑大夫建旐者以其將羨卒百官卿大夫以其屬衞王彼據因田教戰王親在焉今南仲爲將專行若以文王承殷王之命則南仲比軍吏而已不過載熊虎之旗但時未制禮文王以諸侯而有王者之化此錄入雅當爲天子法則南仲一人或建旂下云旂旐央央旂蓋南仲所建也以下或載旐或載旟故此經所陳唯旂旐旟三物而已軍吏載旗則此行必有載旗者經所不陳文不具耳○傳旆旆旐垂貌○正義曰定本云旆旆旐垂貌多一旆字又箋云憂其馬之不正定本正作政又無不字義並通

王命南仲往城于方出車彭彭旂旐央央王殷王也南仲文王之屬方朔方近玁狁之國也彭彭四馬貌交龍爲旂央央鮮明也箋云王使南仲爲將率往築城于

朔方爲軍壘以禦北狄之難○央本亦作英同於京反又於良反近附近之近下近西戎同壘力軌反天子命我城彼朔方赫赫南仲玁狁于襄朔方北方也赫赫盛貌襄除也箋云此我我戍役也戍役築壘而美其將率自此出征也○襄如字本或作攘如羊反

【疏】王命至于襄○正義曰此又本而勞之言文王命以殷王之命命南仲往城築於彼朔方故南仲所以在朔方而築於也其往築之時出駕其車四馬彭彭然其所建旐鮮明央央然而至於朔方也南仲爲將帥得人歡心故稱戍役當築壘之時云天子命我城築軍壘於朔方之地欲令赫赫顯盛之南仲從此征玁狁於是而平除之能爲戍役所美所以可嘉也○傳朔方近玁狁之國○正義曰下云城彼朔方故知方是北方近玁狁之國朔方地名云國者以國表地非國名但北方大名皆言朔方堯典云宅朔方爾雅云朔北方也皆其廣號此直云方即朔方也○箋云往築至軍壘○正義曰知爲築壘者以軍之所處而城之唯有壘耳曲禮云四郊多壘注云壘軍壁也言城是築之別名春秋築都邑皆謂之城左傳曰邑曰築都曰城是也春秋別大小之例故城築異文散則城築通故此築軍壘亦謂之城也

昔我往矣黍稷方華今我來思雨雪載塗王事多難不遑啓居塗凍釋也箋云黍稷方華朔方之地六月時也以此時始出壘征伐玁狁因伐西戎至春凍始釋而來反其間非有休息○雨雪于付反又如字豈不懷歸畏此簡書簡書戒命也鄰國有急以簡書相告則奔命救之

【疏】昔我至簡書○正義曰此因築壘從壘敘將帥之辭言將帥云正月已還至壘乃云昔我從此壘出征伐玁狁矣時黍稷方欲生華六月之中也今我自西戎還到此壘時天降雨雪則爲塗泥正月之中也從六月以去至於今而來以王家之事多危難其間不得間暇跪處也雖則到此尚不得還我豈不思歸乎誠思歸也所以不得歸者畏此簡書奔命相救故不得還耳汝既如此誠爲勞苦○箋黍稷至休息○正義曰月令孟秋云農乃登穀則中國黍稷亦六月華矣言黍稷方華朔方之地六月時者明此爲朔方之地發言耳非

謂中國不然也知以此時出壘征伐玁狁者上云城彼朔方玁狁于襄此即云昔我往矣是出壘辭故知始出壘伐玁狁也既伐玁狁而下章言薄伐西戎故知因伐西戎也言雨雪載塗雪落而釋為塗泥是春凍始釋也卒章倉庚鳴卉木茂方始還歸則此時未歸而云今我來思故知來反朔方之壘也且云畏此簡書明是未歸之辭言不遑啓居故知其間非有休息也○傳簡書至救之○正義曰古者無紙有事書之於簡謂之簡書以相戒命之救急故云戒命知鄰國有難以簡書相告者閔元年左傳引此詩乃云簡書同惡相恤之謂也言同惡於彼共相憂念故奔命相救得彼告則奔赴其命救之成七年左傳曰子重奔命是也

喓喓草蟲趯趯阜螽箋云草蟲鳴阜螽躍而從之天性也喻近西戎之諸侯聞南仲既征玁狁將伐西戎之命則跳躍而鄉望之如阜螽之聞草蟲鳴焉草蟲鳴晚秋之時也此以其時所見而興之○喓於遙反趯吐歷反螽音終躍音藥鄉許亮反或作鄉音同興許應反未見君子憂心忡忡既見君子我心則降箋云君子斥南仲也降下也○忡勑中反降戶江反又如字注下皆同赫赫南仲薄伐西戎

疏喓喓至西戎○正義曰南仲以平玁狁將移伐西戎是晚秋之時也其近西戎之諸侯聞南仲之伐皆喜時有草蟲鳴故因興之焉言喓喓然為聲而鳴者草蟲也聞此草蟲之鳴趯趯然跳躍而從之者阜螽也以喻赫赫然有德而盛者南仲也聞其南仲之將往鄉望而美之者近西戎之諸侯也言阜螽之從草蟲天性然也西方諸侯之美南仲事勢然也故諸侯未見君子南仲之時憂心忡忡然以西戎為患恐王師不至故憂也既見君子南仲我心之憂則下矣因即美之此赫赫顯盛之南仲遂薄往伐西戎而平之○箋草蟲鳴晚秋之時○正義曰知者以凍釋而反朔方則以冬日平西戎也此南仲往之時為諸侯嚮望明在冬前矣黍稷方華始伐玁狁明以秋日平之既平玁狁方始伐西戎故知以晚秋之時因有草蟲而為興耳冬則蟲死不得過於晚秋也

春日遲遲卉木萋萋倉庚喈喈采蘩祁祁執訊獲醜薄言還歸卉草也訊

辭也箋云訊言醜衆也伐西戎以凍釋時反朔方之壘息戌役至此時而歸京師稱美時物以及其事喜而詳之也執其可言問所獲之衆以歸者當獻之也○卉許貴反萋七西反喈音皆蘩音煩祁巨移反訊音信

赫赫南仲玁狁于夷【夷平也箋云平者平之於王也此時亦伐西戎獨言平玁狁者玁狁大故以爲始以爲終】

[疏]【春日至于夷○正義曰此序其歸來之事陳戌役之辭言季春之日遲遲然陽氣舒緩之時草之與木已萋萋然茂美倉庚喈喈然和鳴其在野已有采蘩菜之人祁祁然衆多我將帥正以此時生執戎狄之囚可言問者及所獲之衆以此而來我薄言還歸於京師以獻之也說其事終又美其功大言赫赫顯盛之南仲伐玁狁而平之於王是將帥成功故勞之也○傳訊辭箋訊言至詳之○正義曰訊言釋言文傳云訊辭者謂其有所知識可與之爲言辭與箋同也但箋正取爾雅之文非易傳也上雨雪載塗到朔方之壘息戌役此言還歸自朔方而歸故至此時而歸京師時未稱王而言京師者以在雅天子之事故也言稱美時物及事喜而詳之者春日時也卉木倉庚物也采蘩事也并以四者記時是戌役喜其得歸詳之之時物也故言喜而詳之又云赫赫南仲則非將帥自言也薄言還歸則是序行者之辭非文王出意故此章陳戌役之辭也七月之篇言春日者檢上下爲三月采蘩爲蠶生所用則此時物及事皆三月也】

出車六章章八句

杕杜勞還役也【役戌役也】

有杕之杜有睆。其實【興也睆實貌杕杜猶得其時蕃滋役夫勞苦不得盡其天性】

王事靡盬繼嗣我日【箋云嗣續也王事無不堅固我行役續嗣其日言常勞苦無休息】

日月陽止女心傷止征夫遑止【箋云十月爲陽遑暇也婦人思望其君子陽月之時已憂傷矣征夫如今已閑暇且歸也而尚不得歸故序其男女之情以說之陽月而思望之者以初】

時云歲亦莫止○閑音閑說音悅莫音暮本亦作暮【疏】有杕至遑止○正義曰文王勞還役言汝等在外妻皆思汝言有杕然特生之杜猶得其時有睆然其實蕃滋得所我君子獨行役勞苦不得安於室家以盡天性而生子孫乃杕杜之不如所以然者由王之事理皆當無不攻緻使我君子行役繼續我所行之日朝行明去不得休息至于此日月陽止十月之時爾室家婦人之心憂傷矣以為征夫而今已閑暇且應歸矣而尚不歸所以憂傷

有杕之杜其葉萋萋王事靡盬我心傷悲箋云傷悲者念其君子於今勞苦卉木萋止女心悲止征夫歸止室家踰時則思○思息嗣反又如字○【疏】傳室家踰時則思○正義曰傳以卉木萋止則時未黃落猶憂愁也前期云歲亦暮止未至歸期而女心悲者以室家之情踰時則思也

陟彼北山言采其杞王事靡盬憂我父母箋云杞非常菜也而升北山采之託有事以望君子○杞音起

檀車幝幝四牡痯痯征夫不遠檀車役車也幝幝敝貌痯痯罷貌箋云不遠者言其來喻路近○檀徒丹反幝尺善反又勑丹反說文云車敝也從巾單韓詩作繟音同痯古緩反敝婢世反罷音皮【疏】陟彼至不遠○正義曰言汝戍役之妻思爾而不得故升彼北山之上我采其杞木之菜杞木本非食菜而升北山以采之者是託有事以望汝也以汝勞苦故言王事無不堅固以君子勞苦堅。故之由是使我憂之父母實夫也謂之父母。也己尊之又親之也又言我君子所乘檀木之役車今幝幝然弊所乘四牡之馬今痯痯然疲征夫之來不遠當應至也如何許時不至使己念之○箋杞非至君子○正義曰此類上下皆陳婦人思夫之事故為託采以望君子不與北山同也以下章期逝不至上章我心傷悲類則憂我父母謂夫為父母也日月云父兮母兮畜我不卒莊姜稱莊公為父母與此同也○傳檀車役車○正義曰此戍役之妻說君子所乘役車也以檀木為車伐檀曰坎坎伐檀兮又曰伐輪伐輻是檀可為車之輪輻又大明云檀車煌煌武王之戎車是檀之所施於車廣矣則役夫以從征之故其甲士三人所乘之車而備四馬故曰四牡非庶人尋常得乘四馬也匪載匪來憂心孔疚箋云匪非疚病也君子至期不裝載意不爲來我念之憂心甚病○疚居又反期逝不至而多爲恤逝往恤憂也遠行不必如期室家之情以期望之卜筮偕止會言近止征夫邇止卜之筮之會人占之邇近也箋云偕俱會合也或卜之或筮之俱占之合言於繇爲近征夫如今近耳○繇直又反【疏】匪載至邇止○毛以爲文王勞戍役言汝之室家云我君子歸期已至今非裝載乎其意非爲來乎何爲使我念之憂心以至於甚病所以然者汝室家言本與我期已往過矣於今由不來至由是而使我念之多爲憂以致病矣汝室家既憂或卜之或筮之其卜筮俱會聚人占之其言近止既占云近則征夫如今且近止應到不遠矣汝室家念汝如是也○鄭唯卜之筮之俱占之合言於繇爲異餘同○傳會人占之○正義曰傳以會之言是會聚人占之義郎與士冠禮筮日士喪禮筮宅旅占同故爲會人占之箋以上句言偕止者俱占之若不爲占則文皆空設偕既爲占則會當爲合故易之爲合言於繇謂合言於兆卦之繇也

杕杜四章章七句

魚麗美萬物盛多能備禮也文武以天保以上治內采薇以下治外始於憂勤終於逸樂故美萬物盛多可以告於神明矣內謂諸夏也外謂夷狄也告於神明者於祭祀而歌之○麗力馳反下同上時掌反逸本或作佚樂音洛夏戶雅反【疏】魚麗六章上三章章四句下三章章二句至神明矣○正義曰作魚麗詩者美當時萬物盛多能備禮也謂武王之時天下萬物草木盛多鳥獸五穀魚鱉皆得所盛大而衆多故能備禮也禮以財爲用須則有之是能備禮也又說所以得萬物盛多者文王武王以天保以上六篇燕樂之事以治內之諸夏以采薇以下三篇征伐之事治外之夷狄文王以此九篇治其內外是始於憂勤也今武王承於文王治平之後

珍倣宋版印

內外無事是終於逸樂由其逸樂萬物滋生故此篇承上九篇美萬物盛多可以告於神明也文武並。有者以此篇武王詩之始而武王因文王之業欲見文治內外而憂勤武承其後而逸樂由是萬物盛多能備禮也可以告於神明極美之言可致頌之意於經無所當也○箋內謂至歌之○正義曰以采薇等三篇征伐是治夷狄故云內謂諸夏外謂夷狄僖二十五年左傳云德以柔中國刑以威四夷詩亦見此法也言於祭祀歌之者言時已太平可以作頌頌者告神明之歌云可以告其成功之狀陳於祭祀之事歌作其詩以告神明也魚麗時雖太平猶非政洽頌聲未興未可以告神明但美而欲許之故云可以

魚麗于罶鱨鯊 麗歷也罶曲梁也寡婦之笱也鱨。楊也鯊鮀也太平而後微物衆多取之有時用之有道則物莫不多矣古者不風不暴不行火草木不折不。操。斧。斤不入山林豺祭獸然後殺獺祭魚然後漁鷹隼擊然後罻羅設是以天子不合圍諸侯不掩羣大夫不麛不卵士不。隱塞庶人不數罟罟必四寸然後入澤梁故山不童澤不竭鳥獸魚鱉皆得其所然○罶音柳鱨音常草木疏云今江東呼黃鱨魚尾微黃大者長尺七八寸許鯊音沙亦作魦今吹沙小魚也體圓而有黑點文舍人云鯊石鮀也鮀待何反大平音泰暴蒲卜反不操草刀反一本作不折不芟定本芟作操豺仕皆反獺勑鎋反又他末反漁音魚一本作𢿱同取魚也罻音畏麛亡兮反本或作麑同卵魯短反隱如字本又作偃亦如字塞蘇代反又新勒反數七欲反又所角反陳氏云數細也罟音古

君子有酒旨且多 箋云酒美而此魚又多也○有酒旨絕句且多此二字爲句後章放此異此讀則非 疏 魚麗至且多 正義曰言武王○之時萬物殷盛時捕魚者施笱於水中則魚麗歷於罶罶者是鱨鯊之大魚非直有此大魚又君子有酒矣其魚酒如何酒既旨美且魚復衆多魚酒多矣如是是萬物盛多能備禮也○傳罶曲至所然○正義曰釋訓云凡曲者爲罶是罶曲梁也釋器曰嫠婦之笱謂之罶是寡婦之笱也釋訓注郭璞引詩傳曰罶曲梁也凡以薄取魚者名爲罶也釋器注孫炎曰罶曲梁其功易故謂之寡婦之笱然則曲。薄也以。薄爲魚笱其功易故號之寡婦笱耳非寡婦所作也鱨楊者

魚有二名釋魚無文陸機疏云鱣一名黃頰魚是也似燕頭魚身形厚而長大頰骨正黃魚之大而有力解飛者徐州人謂之楊黃頰通語也鯊鮀釋魚文郭璞曰今吹沙也陸機疏云魚狹而小常張口吹沙故曰吹沙此寡婦笱而得鱨鯊之大魚是衆多也魚所以衆多傳因推而廣之云大平而後微物衆多見此詩舉魚多明此義也微物尙衆多況其著者微物所以衆多由取之以時用之有道不妄夭殺使得生養則物莫不多矣古者不風不暴不行火言風暴然後行火也風暴者謂氣寒其風疾其風疾卽北風謂之涼風北風箋云寒涼之風病害萬物是也北風冬風之總名自十月始則暴風謂十月也故王制云昆蟲未蟄不以火田羅氏云蜡則作羅襦鄭云謂建亥之月今俗放火張羅其遺教是十月也草木不折不芟斤斧不入山林言草木折芟斤斧乃入山林也草木折芟謂寒霜之勁暴風又甚草木枝折葉隕謂之折芟月令季秋草木黃落則十月風暴當折芟矣言芟者蓋葉落而盡似芟之定本芟作擽又云斧斤入山林無不誤字也然則十月而斤斧入山林月令季秋伐薪爲炭者炭以時用所伐者少耳故未芟折可伐之也豺祭獸然後殺者言豺殺獸聚而祭其先然後可田獵取獸也月令季秋豺祭獸而戮禽雖九月始十月猶祭也故夏小正云十月豺祭獸援神契云獸蟄伏豺食禽皆據十月是以羅氏注云建亥之月豺既祭獸可施羅網圍取禽獸是也獺祭魚然後漁亦謂獺聚其魚以祭先然後可捕魚耳援神契曰獸蟄伏獺祭魚亦十月也王制曰獺祭魚然後虞人入澤梁與此一也月令孟春獺祭魚則獺亦有二時祭魚此類上文爲孟冬矣鷹隼擊然後罻羅設鷹及隼行威擊殺衆鳥然後設羅以田也案夏小正五月鳩化爲鷹月令季夏鷹乃學習孟秋鷹乃祭鳥則一鷹也仲春化爲鳩其變從五月始至八月當全爲鷹與仲春相對故司裘云仲秋王乃行羽物注云此羽物小鳥鶉雀之屬鷹所擊者仲秋鳩化爲鷹順其始殺而大班賜羽物王制亦云鳩化爲鷹而罻羅設故據此似八月也但鳩化爲鷹得在八月言罻羅設則非八月之事鄭云順其始殺則鷹八月始擊十月乃甚又文與隼連共豺獺相對爲十月事也言罻羅設者說文云罻捕鳥網則是羅之別名蓋其細密者也自此

以上是取之以時也既言取之以時又說取之節度天子不合圍言天子雖田獵不得圍之使迊恐盡物也大司馬云仲春鼓遂圍禁則四時皆圍但不迊耳諸侯言不掩羣大夫言不麛不卵各舉其力之所能以禁之耳其實通皆不得故魯語云獸長麛夭鳥翼鷇卵王制直言不麛不卵不殺胎不殀夭示人禁取麛卵是尊卑皆禁也但急於春夏緩於秋冬差可爲恐盡物以長養之故也若時有所須如春薦韭卵秋膳犢麛之屬得取而用正不得故田獵以取之下曲禮云國君春田不圍澤大夫不掩羣士不麛不卵與此異者此自天子而下彼自諸侯而下各爲等級所以不同亦推此知各禁其所能耳國君直言春田不圍澤不言夏者以夏長養之時彌不得從可知也雖秋冬得圍之自然不得迊也士不隱塞者爲梁止可爲防於兩邊不得當中皆隱塞亦爲盡物也庶人不揔罟謂罟目不得揔之使小言使小魚不得過也集本揔作緵依爾雅定本作數義俱通也罟目必四寸然後始得入澤梁耳由其如此故山不童澤不竭童者若童子未冠者也山無草木若童子未冠然草木之屬不妄斬伐則山不童也萑蒲之類取之以道則澤不竭也如是則爲獸魚鱉各得其所然也是微物衆多然者語助此皆似有成文但典籍散亡不知其出耳○箋酒美至又多○正義曰言且多文承有酒之下三章則似酒多也而以爲魚多者以此篇下三章還覆上三章也首章言旨且多四章云物其多矣二章云多且旨五章云物其旨矣三章言旨且有卒章云物其有矣下章皆疊上章句末之字謂之爲物若酒則人之所爲非自然之物以此知且多且旨且有皆是魚也

魚麗于罶魴鱧鱧鮦也○鱧音禮鮦直冢反君子有酒多且旨箋云酒多而此魚又美也

疏傳鱧鮦○正義曰釋魚云鱧鯇舍人曰鱧名鯇郭璞曰鱧鮦偏檢諸本或作鱧鱷或作鱧鯇若作鮦似與郭璞止同若作鯇又與舍人不異或有本作鱧鱷者定本鱧鮦鮦與鱧音同

魚麗於罶鰋鯉鰋鮎也○鰋音偃郭云今偃額白魚鮎乃兼反江東呼鮎爲鮧鮧音啼又在私反毛及前儒皆以鮎釋鰋鱧爲鯇鱣爲鯉唯郭注爾雅是六魚之名今目驗毛解與世不協或恐古今名異逐世移耳君子有

酒旨且有箋云酒美而此魚又有【疏】傳鰋鮎○正義曰釋魚有鰋鮎郭璞曰鰋今鰋額白魚也鮎別名鯷孫炎以爲鰋鮎一魚鱧鯇一魚郭璞以爲鰋鮎鱧。鯇四者各爲一魚傳文質略未知從誰 物其多矣維其嘉矣箋云魚既多又善 物其旨矣維其偕矣箋云魚既美又齊等 物其有矣維其時矣箋云魚既有又得其時

魚麗六章三章章四句三章章二句

南陔孝子相戒以養也○陔古哀反養餘尙反 白華孝子之絜白也華黍時和歲豐宜黍稷也【疏】南陔至黍稷○正義曰此三篇既亡其辭其名曰南陔白華華黍之由必是詩有此字不可以意言也 有其義而亡其辭

此三篇者鄉飲酒燕禮用焉曰笙入立于縣中奏南陔白華華黍是也孔子論詩雅頌各得其所時俱在耳篇第當在於此遭戰國及秦之世而亡之其義則與衆篇之義合編故存至毛公爲詁訓傳乃分衆篇之義各置於其篇端云又闕其亡者以見在爲數故推改什首遂通耳而下非孔子之舊○此三篇蓋武王之時周公制禮用爲樂章吹笙以播其曲孔子刪定在三百一十一篇內遭戰國及秦而亡子夏序詩篇義合編故詩雖亡而義猶在也毛氏訓傳各引序冠其篇首故序存而詩亡縣音玄編必先反見賢遍反【疏】有其義而亡其辭○正義曰此二句毛氏著之也言有其詩篇之義而亡其詩辭故置其篇義於本次後別著此語記之焉○箋云三篇至之舊○正義曰鄭見三篇亡其詩辭乃迹其所用亡之早晚此三篇者鄉飲酒及燕禮二處皆用焉何者是用之也曰笙入立于縣中奏南陔白華華黍是用之也此雖總言鄉飲酒燕禮用焉其言笙入立于縣中直燕禮文耳鄉飲酒則云笙入堂下。鼓南北面歌南陔白華華黍是文不同也鄭據一而言之耳孔子歸魯論其詩今雅頌各得其所此三篇時俱在耳篇之次第當在於此知者以子夏得爲立序則時未亡以六月

序知次在此處也孔子之時尙在漢氏之初已亡故知戰國及秦之世而亡之也戰國謂六國韓魏燕趙齊楚用兵力戰故號戰國六國之滅皆秦之幷之始皇三十四年而燔詩書故以爲遭此而亡之又解。爲亡而義得存者其義則以衆篇之義合編故得存也至毛公爲詁訓傳乃分別衆篇之義各置於其篇。亡此三篇之序無詩可屬故連聚置於此也既言毛公分之則此詩未亡之時什當通數焉今在什外者毛公又闕其亡者以見在爲數推改什篇之首遂通盡小雅云耳是以亡者不在數中從此而下非孔子之舊矣言以下非則止鹿鳴一篇是也此云有其義而鄉飲酒。之禮注皆云今亡其義未聞鄭志答炅模云爲記注時就盧君耳先師亦然後乃得毛公傳既古書義又當然記注已行不復改之是注禮之時未見此序故云義未聞也彼注又云後世衰微幽厲尤甚禮樂之書。稍廢棄以爲孔子之前六篇已亡亦爲不見此序故也案儀禮鄭注解關雎鵲巢鹿鳴四牡之等皆取詩序爲義而云未見毛傳者注述大事更須研精得毛傳之後大誤者追而正之可知者不復改定故也據六月之序由庚本第在華黍之下其義不備論於此而與崇丘同處者以其是成王之詩故下從其類

鹿鳴之什十篇五十五章三百一十五句

附釋音毛詩注疏卷第九（九之四）

毛詩注疏校勘記（九之四） 阮元撰盧宣旬摘錄

○出車

作出車詩　閩本明監本毛本同案詩下浦鏜云脫者字是也

乃始還帥　閩本明監本毛本同案帥當作師形近之譌

爲小到耳　閩本同明監本毛本到作別案當作倒正義例用倒也

戎僕掌御戎車　閩本明監本毛本同案戎當作貳因別體字貳作弍形近而譌也

以此云維其載矣　閩本明監本毛本同案浦鏜云謂之誤維其是也

或卿兼官　閩本明監本毛本同案卿當作卽形近之譌

將帥既受命行乃乘馬　閩本明監本毛本同小字本相臺本帥作率馬作焉案率字焉字是也

旆旆旒垂貌　小字本相臺本同案此正義本也標起止云傳旆旆旒垂貌是其證正義下云定本旆旆旒垂貌如其所言不爲有異當作定本云旆旆旆旆旒垂貌上旆旆經文也下旆旒垂貌謂繼旐曰旆者也故下云多一旆字也釋文以旒垂作音或與正義本同與定本不同各本正義皆誤

僕夫況瘁　唐石經小字本相臺本同案正義標起止云至況瘁釋文云況瘁本亦作萃依注作悴考此當是經本作萃故於訓釋中竟改其字箋之倒也釋文云依注作悴似乎未晰也四月釋文盡瘁本又作萃下篇同亦其證

憂其馬之不正 小字本相臺本同案正義云憂其馬之不正定本正作政又無不字釋文云憂其馬之不正一本作之不正也一本作馬之政考憂其馬之政謂憂非其馬之政也段玉裁云用甘誓文是也當以定本爲長

滋益憔悴矣 閩本明監本毛本同案箋作茲正義作滋茲滋古今字易而說之也例見前

傳龜蛇曰旐○ 明監本毛本脫○閩本缺

故南仲所以在朔方而築於也 閩本明監本毛本於誤城案此築於者經之城于

其所建於旐 閩本明監本毛本同案浦鏜云旂誤於是也

欲今赫赫 閩毛本今作令案令字是也

○杕杜

有睆其實 唐石經相臺本同小字本睆作晥案釋文云字從日或作目邊又見大東經睆彼牽牛字同

女心傷止 唐石經小字本相臺本同閩本明監本女誤汝毛本初刻同後改女

有睍然其實 閩本明監本毛本睍作睆案所改是也

謂之父母也己尊之 閩本明監本毛本同案也當作由讀下屬

○魚麗

終於逸樂唐石經小字本相臺本同案正義云是終於逸樂釋文云逸本或作佚考文古本作佚采釋文

文武並有者補閩本明監本毛本同案有當言字之譌

鱨楊也小字本相臺本楊作揚閩本明監本毛本同案小字本十行本是也正義中同釋文鱨下云楊也

草木不折不操斧斤不入山林小字本相臺本同案各本皆誤正義云草木不折不芟斤斧不入山林下云定本芟作操又云斧斤入山林無不字釋文云一本作草木不折不芟定本芟作操考此則今誤合兩本爲一當是經注本始依定本作不操斧斤斤下無不字後不知者以正義本不字竄入遂不可通定本以不操下屬正義本以不芟上屬相臺本每四字爲一句亦非此當從正義本正義以定本爲誤者最得之也

士不隱塞小字本相臺本同案釋文云不隱如字本又作偃亦如字正義云士不隱塞者爲梁止可爲防於兩邊不得當中皆隱塞是正義本作隱其本又作偃者即今之堰字周禮𢿝人注水偃谷風正義引作水堰

庶人不數罟小字本相臺本同案此定本也正義云庶人不總罟者謂罟目不得總之使小又云集注總作緵依爾雅定本作數義俱通也釋文以不數作音與定本同考九罭傳作緵罟釋文云字又作總是緵總同字總又緫之別體當以正義本爲長

然則曲簿也以簿爲魚笱閩本明監本毛本二簿字皆作薄案上引爾雅注作薄簿字是也

無不誤字也閩本明監本毛本同案浦鏜云誤字二字當倒是也

然則十月而斤斧入山林閩本明監本毛本斤斧誤倒案正義本傳作斤斧十行本不誤不知者以定本改之非也

不得圍之使迺　閩本作迺俗字也明監本毛本作廼正字也

但不麑耳　麑閩本明監本毛本同案麑當作廼

獸長麑夭　閩本明監本毛本夭誤麌案夭即麌字之假借不知者以今國語改之○按改麌是也

鳥翼殼卵　閩本明監本毛本殼誤鷇案殼當是鷇之假借

三章則似酒多也　閩本明監本毛本似下衍酒美二字案三章二字亦衍涉下文而誤也

鱧鮦也　小字本相臺本同案釋文云鮦直冢反鱧下云鮦也正義云徧檢諸本或作鱧鯉或作鱧鯇又云或有本作鱧鰈者定本鱧鮦鮦與鯉音同考此正義引舍人曰鯉名鯇下正義引孫炎鱧鯇一魚釋文鮎下云毛及前儒鱧爲鯇是傳正取爾雅爲解注爾雅者舊無異說作鯇爲是作鮦者乃依郭注爾雅所改謂鱧鯇各爲一魚也作鰈者依說文鰈鱧也所改皆非傳意

又與舍人不異　閩本明監本毛本不誤有案爾雅疏卽取此正作不

郭璞以爲鰋鮎鱧鮦四者　閩本明監本毛本同案鮦當作鯇

○南陔白華華黍

鼓南北面　閩本明監本毛本同案浦鏜云磬誤鼓考鄉飲酒禮是也

又解爲士而義得存者　閩本明監本毛本同案爲當作篇形近之譌

各置於其篇亡閩本明監本毛本同案亡當作端卽複舉注文也

則止鹿鳴一篇是也閩本明監本毛本同案篇當作什

而鄉飲酒之禮注閩本明監本毛本同案浦鏜云之當燕字誤是也

禮樂之書稍廢棄閩本明監本毛本同案稍下浦鏜云脫一稍字以鄉飲酒燕禮二注考之浦校是也

附釋音毛詩注疏卷第十（十之一）

南有嘉魚之什詁訓傳第十七

陸曰自此至菁菁者莪六篇并亡篇三是成王周公之小雅成王有雅名公有雅德二人協佐以致太平故亦並爲正也（三三）

毛詩小雅　鄭氏箋　孔穎達疏

南有嘉魚樂與賢也太平。君子至誠樂與賢者共之也樂得賢者與共立於朝相燕樂也○樂與音洛又音樂徐五教反序文同太平音泰後太平皆同朝直遙反下註同燕樂音洛下註皆同疏南有嘉魚四章章四句至共之○正義曰作南有嘉魚之詩者言樂與賢也當周公成王太平之時君子之人已在位有職祿皆有至誠篤實之心樂與在野有賢德者共立於朝而有之願俱得祿位共相燕樂是樂與賢也經四章皆是樂與賢者之事

南有嘉魚烝然罩罩江漢之間魚所產也罩罩篧也箋云烝塵也塵然猶言久如也言南方水中有善魚人將久如而俱罩之遲之也喻天下有賢者在位之人將久如而並求致之於朝亦遲之也遲之者謂至誠也○烝之承反王衆也罩張教反徐又都學反字林竹卓反云捕魚器也篧助角反郭云捕魚籠也沈音穛又音護說其形非罩也遲直冀反下同

君子有酒嘉賓式燕以樂箋云君子斥時在位者也式用也用酒與賢者燕飲而樂也○樂音洛協句五教反得賢致酒歡情怡暢故樂疏南有至樂○正義曰言南方江漢之間有善魚人將久如俱往罩而罩此善魚者人之所欲已自將罩以求之則思遲此魚皆欲得之矣以與在野天下之處有賢者時在朝君子久如並各樂而求之有至誠之心思遲此賢者欲。置之於朝猶罩者之願魚也君子既至誠如此遂得賢者共立於朝君子之家有酒矣在野賢者嘉善之賓既至用此酒與之燕飲以

像歡樂耳心遲其來至即嘉樂是至誠樂與賢也○傳江漢至罾也○正義曰言南知江漢間者以言善魚南方魚之善者莫善於江漢之間且言善魚者謂大而衆多多大之魚必在大水南方大水唯江漢耳必取善魚者以喻賢者之有善德也此實興不云興也傳文略三章一云興也舉中明此上下足知魚雖皆興也釋器云罾謂之罩李巡曰罾編細竹以爲罩捕魚也孫炎曰今楚罾也郭璞曰今魚罩然則罩以竹爲之無竹則以荆故謂之楚罾重云罩罩者非一也○箋烝塵至至誠○正義曰烝塵釋言文釋詁云塵久也鄭欲烝爲久故言烝塵也又云塵然猶言久然爲如也不言烝爲衆者以此罩魚喻求賢久如欲往罩之是欲魚之甚以興君子久如欲求賢爲思遲之極若以爲衆上見求魚之多無關思遲之義則於至誠之事不顯故云遲之謂至誠也重言罩罩衆自明矣不假復言衆也故云人將俱往是衆可知喻天下有賢在位之人久如並求之斯即在朝之君子衆皆求賢其並與俱皆出經重罩而求也○箋君子斥時在位者○正義曰鳧鷖與此序皆云太平之君子彼注云君子謂成王與此不同者以彼序云能持盈守成則神祇祖考安樂之矣經陳祭天地宗廟是太平之君子爲百神之主非王不然故知君子謂成王此序云樂與賢者共之言與言共是等夷之稱非人君之辭故知斥在位者也且人君求賢至誠不足以爲美矣人臣事君多在專利以文仲之賢尚稱竊位知賢不妒自古所稀假有舉薦或事不獲已至誠者寡今太平君子至誠樂賢故所以爲美耳下章箋曰君子下其臣故賢者歸往之似斥成王者此言君子博關朝廷公卿孝經唯士言爭友大夫以上則有爭臣是公卿之於下民有臣之道且人之進賢唯善所在公叔文子升家臣以公所樂之賢或是己之私屬故箋言臣以通之王肅孫毓亦以爲在位朝廷之求賢則毛亦不斥成王明矣

南有嘉魚烝然汕汕

汕汕樔也箋云樔者今之撩罟也○汕所諫反樔也說文云魚遊水貌樔側交反字或作罺同撩力弔反又力條反沈旋力到反

疏傳汕汕樔○正義曰釋器云樔謂之汕李巡曰汕以薄魚也孫炎曰今之撩罟皆以今曉古

君子有酒嘉賓式燕以衎

衎樂也○衎若

旦反

南有樛木甘瓠纍之 興也纍蔓也箋云君子下其臣故賢者歸往也○樛居虬反瓠音護纍力追反本亦作虆同下遐嫁反

君子有酒嘉賓式燕綏之 箋云綏安也與嘉賓燕飲而安之鄉飲酒曰賓以我安

【疏】南有至綏之○正義曰言南方有樛然下垂之木甘瓠之草得上而纍蔓之以興在位有下下之君子故在野賢者得往而歸就之言君子之下下猶樛木之下垂賢者所以往矣又在位君子之家有酒矣在野賢者嘉善之賓既來則用此酒燕飲而安之○箋鄉飲酒曰賓以我安○正義曰案鄉飲酒燕飲而安之無以我安之文燕禮司正洗觶南面奠于中庭升東楹之東受命西階上北面命卿大夫君曰以我安卿大夫皆對曰諾敢不安則此文在燕禮矣言鄉飲酒者誤也定本亦誤以南陔與由庚之箋皆鄉飲酒燕禮連言之故學者加鄉飲酒於上後人知其不合兩引故略去燕禮焉今本猶有言燕禮者

翩翩者鵻烝然來思 鵻壹宿之鳥箋云壹宿者壹意於其所宿之木也喻賢者有專壹之意於我我將久如而來遲之也○翩音篇鵻音佳本亦作隹

君子有酒嘉賓式燕又思 箋云又復也以其壹意欲復與燕加厚之○復扶又反下同

【疏】翩翩至又思○正義曰上章云君子思遲賢人此章言賢者願往翩翩而飛者是鵻鳥也此鳥由壹意於其所宿之木故久如欲來所以翩翩而飛來集於木也以喻在野之賢者有專壹之意我君子亦久如願來今來在於我君子之朝言君子求之至故賢者意能專壹也在位君子之家有酒矣與此在野賢者嘉善之賓既來用此酒與之燕又燕也思皆爲辭燕又燕頻與之燕言親之甚也○箋云壹宿至遲之○正義曰毛言壹宿義微故申之云壹宿者一意於其所宿之木也夫擇木之鳥慤謹故將宿於木專壹其心故特以鵻鳥爲喻以爲之擇木喻賢者有專壹之意於我此我謂君子也將久如而來遲之者賢者遲君子物類相感所以相思遲之也定本式燕又思下有箋云又復也以其壹意欲復與燕加厚之也俗本多無此語

南有嘉魚四章章四句

南山有臺樂得賢也得賢則能爲邦家立太平之基矣人君得賢則其德廣大堅固如南山之有基趾○爲如字又于僞反

南山有臺北山有萊興也臺夫須也萊草也箋云興者山之有草木以自覆蓋成其高大喻人君有賢臣以自尊顯○萊音來夫音符樂只君子邦家之基樂只君子萬壽無期基本也箋云只之言是也人君既得賢者置之於位又尊敬以禮樂樂之則能爲國家之本得壽考之福○樂樂上音岳下音洛

疏南山至無期○正義曰言南山所以得高峻者以南山之上有臺北山之上有萊以有草木而自覆蓋故能成其高大以喻人君所以能令天下太平以人君所任之官有德所治之職有能以有賢臣各治其事故能致太平言山以草木高大君以賢臣尊顯賢德之人光益若是故我人君以禮樂樂是有德之君子置之於位而尊用之令人君得爲邦家太平之基以禮樂樂是有德君子又使我國家得萬壽之福無有期竟所以樂之也○傳臺夫須萊草○正義曰臺夫須釋草文舍人曰臺一名夫須陸機疏云舊說夫須莎草也可爲蓑笠都人士云臺笠緇撮傳云臺所以禦雨是也十月之交曰田卒汙萊又周禮云萊五十畝萊爲草之總名非有別草名之爲萊陸機疏云萊草名其葉可食今兗州人烝以爲茹謂之萊烝以上下類之皆指草木之名其義或當然矣此山有草木成其高大而車舝箋云析其柞薪爲蔽岡之高者以興喻者各有所取若欲覩其山形草木便爲蔽障之物若欲顯其高大草木則是裨益之言不一端矣

南山有桑北山有楊樂只君子邦家之光樂只君子萬壽無疆箋云光明也政教明有榮曜○疆居良反

南山有杞北山有李樂只君子民之父母樂只君子德音不已箋云已止也不止者言長見稱頌也○杞音起草木疏云其樹如樗一名狗骨

南山有

栲北山有杻栲山樗杻檍也○栲音考杻女九反樗勑居反檍音憶樂只君子遐不眉壽樂只君子德音是茂眉壽秀眉也箋云遐遠也遠不眉壽者言其近眉壽也茂盛也南山有枸北山有楰枸枳枸楰鼠梓○俱甫反楰音庾楸屬枳諸氏反【疏】傳枸枳至鼠梓○正義曰枸釋木無文宋玉賦曰枳枸來巢則枸木多枝而曲所以來巢也陸機疏云枸樹高大似白楊有子著枝端大如指長數寸噉之甘美如飴八月熟今官園種之謂之木蜜楰鼠梓釋木文李巡曰鼠梓一名楰郭璞曰楸屬也陸機疏曰其樹葉木理如楸山楸之異者今人謂之苦楸是也樂只君子遐不黃耉樂只君子保艾爾後黃黃髮也耉老艾養保安也○耉音苟壽也艾五蓋反沈音刈【疏】傳黃黃髮耉老○正義曰釋詁云黃髮耉老壽也舍人曰黃髮老人髮白復黃也孫炎曰耉面凍梨色如浮垢

南山有臺五章章六句

由庚萬物得由其道也崇丘萬物得極其高大也由儀萬物之生各得其宜也

有其義而亡其辭此三篇者鄉飲酒燕禮亦用焉曰乃閒歌魚麗笙由庚歌南有嘉魚笙崇丘歌南山有臺笙由儀亦遭世亂而亡之燕禮又有升歌鹿鳴下管新宮新宮亦詩篇名也辭義皆亡無以知其篇第之處○此三篇義與南陔等同依六月序由庚在南有嘉魚前崇丘在南山有臺前今同在此者以其俱亡使相從耳閒古莧反【疏】由庚萬物至其辭○正義曰有其義而亡其辭亦毛氏所著於後行別記之○箋此三篇至之處○正義曰此鄭亦本其所用所亡之事也此三篇鄉飲酒燕禮亦用焉亦者亦南陔等也即言其事之用曰乃閒歌魚麗笙由庚歌南有嘉魚笙崇丘歌南山有臺笙由儀鄉飲酒燕禮二篇俱有此辭也言閒歌者堂上與堂下遞歌不比篇而閒取之笙者在笙中吹之所以亡者亦遭亂而亡亦如南陔等遭戰國及秦之亂而失

之也因此亡詩事終更述燕禮又有升歌鹿鳴下管新宮亦詩篇名也以對鹿鳴而入管用故知詩篇名也辭義皆亡今無以知其篇第所在之意也篇第所在皆當言處云之意者以無意義可推尋而知故云意也案魚麗武王詩也而與嘉魚閒歌南陔等三篇亦武王詩也乃在堂下笙歌之是武王之詩得下管用之也新宮制禮所用必在禮前而作不知武王詩也成王詩也此箋因亡詩事終而言之耳不謂當在成王詩中故曰無以知其篇第之意也案禮射義諸侯以貍首爲節以彼類之當在召南但召南無亡詩之比故鄭於譜言辭義皆亡者對六篇有義無辭新宮并義亦無故言皆亡不謂已爲作序與經俱亡若子夏爲之作序何由辭及目篇并六月連序並無存者以此知孔子錄而不得子夏不爲之序也左傳昭二十五年宋公享昭子賦新宮計孔子時年三十餘矣所以錄不得者詩之逸亡必有積漸當孔子之時道衰樂廢自宋公賦新宮至孔子定詩三十餘年其閒足得亡之也聖人雖無所不知不得以意錄之也

蓼蕭澤及四海也九夷八狄七戎六蠻謂之四海國在九州之外雖有大者爵不過子虞書曰州十有二師外。薄四海咸建五長○蓼音六薄音博諸本作外數注音芳夫反四海海者晦也地險言其去中國險遠稟政教昏昧也長張丈反【疏】蓼蕭四章章六句至四海○正義曰作蓼蕭詩者謂時王者恩澤被及四海之國也使四海無侵伐之憂得風雨之節書傳稱越常氏之譯曰吾受命吾國黃老曰久矣天之無烈風淫雨意中國有聖人遠往朝之是澤及四海之事經四章皆上二句是澤及四海由其澤及故其君來朝王燕樂之亦是澤及之事故序總其目焉經所陳是四海君蒙其澤而序漫言四海者作者以四海諸侯朝王而得燕慶故本其在國蒙澤說其朝見光寵序以王者恩及其君不可遺其臣見其通及上下故直言四海以廣之○箋九夷至五長○正義曰九夷八狄七戎六蠻謂之四海釋地文李巡曰九夷在東方八狄在北方七戎在西方六蠻在南方孫炎曰海之言晦晦闇於禮儀也。雒師謀我應注皆與此同職方氏及布憲注亦引爾雅云九夷八蠻六戎五狄謂之四海數既不同而俱云爾雅則爾雅本有兩文今李巡所注謂之四海之下更三句云八蠻在南方六戎在西方五狄在北方此三句唯李巡有之孫炎郭璞諸本皆無也李巡與鄭同時鄭讀爾雅蓋與巡同故或取上文或取下文也爾雅本有二文者由王所服國數不同故異文耳亦不知九夷八狄七戎六蠻正據何時也此及中候直言四海不列其數故引上文解之職方列其國數唯五戎六狄與爾雅六戎五狄上下不同餘則相似故據下文也布憲則秋官承夏官之下故同於職方焉周禮注據爾雅下文八蠻六戎五狄當四海者以明堂位陳周公朝於明堂之時其數與之等是周時之驗故據之焉明堂位與職方不同者鄭志答趙商云戎狄之數或五或六兩文異耳爾雅雖有與周皆兩數耳無別國之名不甚明故不定之也是鄭疑兩文必有一誤但無國數可明故不敢定之耳四海之於王者世一見耳此經說四海來朝應是攝政六年時事當與明堂位同直以漫言四海故取爾雅上句謂之四海之文充之其實此當八蠻六戎五狄也國在九州之外者明四海不屬九州其州長所不領故周禮曰九州之外謂之蕃國世一見是也若然下文蠻荆謂荆州之蠻堯典曰流共工于幽州注云幽州北裔則四海亦有在九州之內者矣言外者以大凡化內非州牧所領則謂之四海之國其境所居不妨在九州之內禹貢萬里大界盡以九州目之故得有荆州之蠻及幽州為北裔也曲禮曰其在東夷北狄西戎南蠻雖大曰子是雖有大者爵不過子也大者曰子小者曰男而已左傳曰驪戎男是也若殷爵三等無子男則四夷之君為伯爵也而書序曰武王勝殷巢伯來朝注云巢伯南方諸侯世一見者以武王即位來朝是九州外為伯又虞書曰州有十二師外薄四海咸建五長明四海是九州之外也何者既言州十有二師是九州之內立師也又曰外薄四海咸建五長是四海在九州之外矣所引者臯陶謨文也檢鄭所注尚書經作外薄今定本作外敷恐非也彼注云九州州立十二人為諸侯之師以佐其牧外則五國立長使各守其職此建五長即下曲禮所謂子故彼注云子謂九州之外長也天子亦選其諸侯之賢者以為之子子猶牧是也案彼上云弼成五服至于五千鄭以為禹治水輔成五服土方萬里以七千里內為九州七七四十九千里者之方四十九以其一為畿

內餘四十八八州分之各得方千里者六計一州方百里之國二百七十里之國四百五十里之國八百計一州有一千四百國以二百國爲名山大川不封之地餘有一千二百國以百國立一師故州有十二師鄭又云八州九千六百國又四百國在畿內以子男備其數是鄭計充禹會諸侯于塗山執玉帛者萬國之文

蓼彼蕭斯零露湑兮 興也蓼長大貌蕭蒿也湑湑然蕭上露貌箋云興者蕭香物之微者喻四海之諸侯亦國君之賤者露者天所以潤萬物喻王者恩澤不爲遠國則不及也○湑息敘反長如字又張丈反爲于僞反 既見君子我心寫兮 輸寫其心也箋云既見君子者遠國之君朝見於天子也我心寫者舒其情意無留恨也 燕笑語兮是以有譽處兮 箋云天子與之燕而笑語則遠國之君各得其所是以稱揚德美使聲譽常處天子

疏 蓼彼至處兮○正義曰言蓼然長大者彼蕭斯也此蕭所以得長大者由天以善露潤之使其上露湑湑然感兮以故得其長大耳以與得所者彼四夷之君此四夷之君所以得所者由王以恩澤及之使其恩澤豐多故令其得所耳然此蕭是香物之微者天不以其微而不潤也喻四海諸侯乃國君之賤者王不以其賤而不及也遠國既蒙王澤乃來朝見自言己既得朝見君子之王者我心則舒寫盡兮無復留恨在國恐不得見今來得見則意盡也朝之後王又與之燕飲而笑語兮感王之恩皆稱揚王之德美是以使王得有聲譽又常處天子之位兮言爲天子所保不憂危亡也○傳蕭蒿至露貌○正義曰釋草云蕭荻也李巡曰荻一名蕭郭璞曰卽蒿也下章瀼瀼泥泥皆重言故此以爲湑湑也湑湑露在物之狀故爲蕭上露貌○箋蕭香至賤者○正義曰生民曰取蕭祭脂郊特牲曰蕭合馨香是蕭爲香物也雖香而是物之微者以喻四海諸侯亦是國君之賤者

蓼彼蕭斯零露瀼瀼 瀼瀼露蕃貌○瀼如羊反徐又乃剛反蕃音煩 既見君子爲龍爲光 龍寵也箋云爲寵爲光言天子恩澤光耀被及己也○被皮寄反 其德不爽壽考不忘 爽差也

疏 既見至不忘○正義曰言遠國之君蒙王恩澤今皆來朝既得

見君子之王者爲君所寵遇爲君所光榮得其恩意又燕見笑語使四海稱頌之不忘也蓼彼蕭斯零露泥泥泥泥霑濡也○泥乃禮反既見君子孔燕豈弟豈樂弟易也箋云孔甚燕安也○豈開在反本亦作愷下同後豈弟放此弟如字本亦作悌音同後皆放此樂音洛下篇同易夷豉反宜兄宜弟令德壽豈爲兄亦宜爲弟亦宜疏既見至壽豈○正義曰遠國之君既朝見君子爲君子所接遇故皆甚安而情又喜樂以怡易也君子既接遠國得所而又燕見以盡其歡是君子爲人之能宜爲人兄宜爲人弟隨其所爲皆得其宜故能有善德之譽壽凱樂之福也

蓼彼蕭斯零露濃濃濃濃厚貌○濃奴同反又女龍反既見君子鞗革忡忡。和鸞雝雝萬福攸同。鞗轡也革轡首也忡忡垂飾貌在軾曰和在鑣曰鸞箋云此說天子之車飾者諸侯燕見天子天子必乘車迎于門是以云然攸所也○鞗徒彫反忡直弓反徐音同又音勑弓反軾音式鑣彼苗反疏既見至攸同○正義曰言遠國之君既見君子之王者又蒙垂意燕見於己說其燕見之車飾君子所乘燕見之車鞗皮以爲轡首之革垂之沖沖然其在軾之和鈴與衡鑣之八鸞其聲雝雝然乘是車服屈己之尊降接卑賤恩遇若是是王爲主得所故宜爲萬福之所同皆得歸聚之○傳鞗轡也至曰鸞○正義曰釋器云轡首謂之革郭璞曰轡靶也然則馬轡所靶之外有餘而垂者謂之革鞗皮爲之故云鞗革轡首垂也鞗革即言沖沖故知垂飾貌在軾曰和和亦鈴也以其與鸞相應和故載見曰和鈴央央是也在鑣曰鸞謂鸞鈴置於馬之鑣郭璞曰鑣馬勒傍鐵也言置鈴於馬口之兩傍此無文也故鄭不從之禮記注云鸞在衡駟鐵箋云置鸞於鑣異於乘車是鄭以乘車之鸞不在鑣知此天子所乘以迎賓則亦乘車也鸞不當在鑣矣此箋不易之者以駟鐵已明之此從可知也○箋此說至然○正義曰既見君子即言鞗革沖沖和鸞雝雝是見君子車上有此飾故知說天子之車飾也解所以得見天子車飾者以諸侯燕見天子必以車迎於門是以云然此既見天子之言爲朝見之後則燕見之皆是見君子之事故蒙上既見之文也知燕見迎諸侯者以王唯覲禮不下堂而見諸侯耳其朝宗當迎之故秋官大行人說車迎之法賓主步數彼六服諸侯尙有車迎則四夷之君車迎可知燕主歡心不可不接既然迎接不得無車故燕禮云若四方之賓公迎之于大門內是燕有迎法也以唯首章言燕笑語兮是燕禮時事故知此見車飾亦是燕時事案大行人上公九命貳車九乘介九人禮九牢朝位賓主之間九十步立當車軹擯者五人侯伯以七爲節立當前。侯擯者四人子男以五爲節立當車衡擯者三人注云王立當軫又鄭注下曲禮以春夏受贄於朝受享於廟以生氣文也秋冬一受之於廟殺氣質也鄭又以覲禮不出迎諸侯則冬遇亦不迎然則秋冬燕見亦無出迎之法也

蓼蕭四章章六句

湛露天子燕諸侯也燕謂與之燕飲酒也諸侯朝覲會同天子與之燕所以示慈惠○湛直減反 疏 湛露至諸侯○正義曰作湛露詩者天子燕諸侯也諸侯來朝天子與之燕飲美其事而歌之經雖分別同姓庶姓二王之後皆是天子燕諸侯之事也蓼蕭。序云天子此及彤弓獨言天子者此及彤弓燕賜諸侯之身既言諸侯不得不言天子以對之蓼蕭序不言諸侯文無所對故不言天子也四章雖皆說天子燕諸侯之事而皆首章見天子於諸侯之義下三章見諸侯於天子之事首章言王燕諸侯雖至於夜留與飲燕無閒同姓異姓皆不醉不歸是天子恩厚之義也下三章乃分別說之二章言同姓則成夜飲之禮非同姓讓之則止三章言庶姓卒章言二王之後不得成其夜飲故云善德善儀言其不至於醉也首章直言湛湛露斯不指所在之物總下章云草木也故下章各言草木以充之以同姓一類故廣舉豐草庶姓非一族之人喻以異類之木二王之後同爲天子所尊譬之同類之木各取其所象也豐草杞棘言露在桐椅不言露在承上露在可知天子燕諸侯之義備於此矣不言異姓與三恪者兄弟甥舅禮不同要夜飲之義非宗不可則異姓

從庶姓禮也三恪卑於二代其亦在異姓中

湛湛露斯，匪陽不晞。興也。湛湛露茂盛貌。陽，日也。晞，乾也。露雖湛湛然見陽則乾。箋云：興者，露之在物湛湛然，使物柯葉低垂，喻諸侯受燕爵，其義有似醉之貌。諸侯旅酬之，則猶然唯天子賜爵則貌變肅敬承命，有似露見日而晞也。○晞音希。

厭厭夜飲，不醉無歸。厭厭，安也。夜飲，私燕也。宗子將有事則族人皆侍，不醉而出，是不親也。醉而不出，是渫宗也。箋云：天子燕諸侯之禮亡，此假宗子與族人燕為說爾。族人猶羣臣也，其醉不出，不醉出，猶諸侯之儀也。飲酒至夜，猶云不醉無歸，此天子於諸侯之儀。燕飲之禮，宵則兩階及庭門皆設大燭焉。○厭於鹽反。韓詩作愔愔，和悅之貌。渫息列反。

【疏】湛湛至無歸○正義曰：湛湛然在物上者，露斯也。此物得露而湛湛然，柯葉低垂，非見日之陽則不得乾而舒放也。以興諸侯受王燕飲而嵬峨然，威儀縱弛，非天子之賜爵則不承命而嚴肅也。是王燕諸侯恩厚，至於厭厭安閑之夜，尚與燕飲，其意殷勤以留賓客，言不至於醉不得歸也。○傳湛湛至陽日○正義曰：此在物而湛湛，是以盛也。興王隆厚於諸侯，故以盛為喻。以陽為乾物，故知日也。○箋露之至而晞○正義曰：露之所霑，必在草木。此言所在，以總下文，故箋亦順經直言在物。物正謂下章豐草杞棘也。柯謂枝也。露在於葉，則令柯亦低，故言柯葉低垂。草木通然，非木柯而草葉也。此燕諸侯之詩，露比王燕諸侯。物得露而低，猶諸侯得酒而醉，故喻諸侯受燕爵，其威儀有似醉之貌也。其醉必在燕末，諸侯旅酬則然，以舉行旅酬燕末之事，故以露見日而乾喻諸侯有承命之事。燕之天子有命，唯賜爵耳，故言唯天子賜爵則貌變肅敬承命，有似露見日而乾也。○傳夜飲至渫宗○正義曰：楚茨云「備言燕私」，傳曰「燕而盡其私恩」，明夜飲者亦君留而盡私恩之義，故言燕私也。解夜飲之意，言宗子將有事，族人皆入侍。宗子或與之圖事，則當飲之酒。若宗子不飲之酒，使不醉而出，是不親族人也。若族人飲宗子酒，至醉仍不出，是渫慢宗子也。言此者，明宗子之義，族人雖醉，尚留之飲；族人之義，雖不至醉，亦當辭出，不得盡宗子之意。是主法自當留賓，賓則可以辭主去。天子於諸侯，義亦當然。書傳曰：既侍其宗，然後得燕，燕私者何。而與族人飲飲而不醉是不親醉而不出是不敬與此傳同毛伏俱大儒當各有所據而言也○箋天子至大燭焉○正義曰申毛之意言傳所稱宗子
飲族人之事者以天子燕諸侯之禮亡此假宗子與族人燕爲說耳以天子比宗子族人比羣臣是假託之也族人至醉而有出有不出之二塗猶諸侯至醉
亦當辭出若不辭出是渫慢王也是以諸侯皆當辭出但王得其辭異姓則聽之出同姓則留之飲也又解燕飲當以晝所以淫飲至夜猶云不醉不歸者此
天子於諸侯之義言天子與諸侯爲主雖終日而未盡歡故留之夜飲使至於必醉也燕飲之禮宵則兩階及庭門皆設大燭是燕必至夜故欲留之夜飲也
燕禮曰宵則庶子執燭於阼階上甸人執大燭於庭閽人爲燭於門外是兩階門庭皆有燭也彼兩階與門言執燭唯庭言大燭此云皆設大燭者因彼有大
燭總而言之

湛湛露斯在彼豐草厭厭夜飲在宗載考豐茂也夜飲必於宗室箋云豐草喻同姓諸侯也載之言
則也考成也夜飲之禮在宗室同姓諸侯則成之於庶姓其讓之則止昔者陳敬仲飲桓公酒而樂桓公命以火繼之敬仲曰臣卜其晝未卜其夜於是。乃止
此之謂不成也○飲桓於鴆反【疏】湛湛至載考○正義曰湛湛然者彼露斯也此露在彼豐草之上豐草得露則湛湛然柯葉低垂以興王之燕飲於彼同
姓諸侯此同姓諸侯得王燕飲則威儀寬縱也王與歡酣至於厭厭安閑之夜留之私飲雖則辭讓以得其宗室之故則留之而成飲不許其讓以崇親厚焉○
箋夜飲至不成○正義曰鄭以經言載考言則成對有不成者既天子欲留之而有不成者明是賓讓之也故言夜飲之禮在宗室同姓諸侯則成之於庶姓
讓之則止也獨言庶姓除同姓者耳故以庶姓總之昔者陳敬仲飲桓公酒至於是止莊二十二年左傳有其事者引之以證異姓不得成夜飲之義故云此之
謂不成也飲桓公酒者桓公至敬仲之家而敬仲飲之酒也故鄭志答張逸云時桓公館敬仲若哀公館孔子之類杜預亦云桓公賢敬仲之故幸賢人之家
是也言卜晝不卜夜者服虔云臣享君必卜示敬慎也此燕諸侯王爲之主彼桓公飲酒敬仲爲主而得證此者君適其臣君爲主人其進退在君所裁敬仲

之辭與諸侯之讓同故得爲證也

湛湛露斯在彼杞棘顯允君子莫不令德

箋云杞也棘也異類喻庶姓諸侯也令善也無不善其德言飲酒不至於醉

疏 湛湛至令德○正義曰湛湛然者露斯此露在此杞棘之木此杞棘之木得露則湛湛然柯葉低垂以與王之燕飲在彼庶姓之諸侯此庶姓諸侯得王燕飲皆威儀寬縱也此庶姓明信之君子雖得王之燕禮飲酒不至於醉莫不皆善其德使之無過差

其桐其椅其實離離豈弟君子莫不令儀

離離垂也箋云桐也椅也同類而異名喻二王之後也其實離離喻其薦俎禮物多於諸侯也飲酒不至於醉徒善其威儀而已謂陔節也○椅於宜反木名也陔節古哀反字亦作裓音同戒也

疏 其桐至令儀○正義曰其桐也其椅也言二樹當秋成之時其子實離離然垂而蕃多以興其杞也其宋也二君於王燕之時其薦俎衆多而於王爲客加其厚恩故也此二王之後樂易之君子雖得王之燕禮飲酒不至於醉莫不善其威儀令可觀望也○箋其實至陔節○正義曰以此變言在其實當燕之時唯酒與薦俎酒則樽不屬賓賓所專者唯薦俎耳昭二十五年宋樂大心曰我於周爲客是二王之後其尊與諸侯殊絕故知薦俎禮物多於諸侯也此美天子之燕諸侯無不醉之理故燕飲賓醉乃出是燕未必醉也此與上章善威儀箋皆云不至醉者言其蘊藉自持不至醉亂內實困酒空善外儀故云徒善其威儀而已又言善儀早晚謂陔節當奏陔夏之節猶善威儀以其美人必舉其終故知當陔之節也燕禮賓醉北面坐取其薦脯以降奏陔夏取所執脯以賜鍾人於門內霤遂出是也天子燕諸侯之禮亡故據燕禮以況之二王之後燕罷而出不必奏陔夏

湛露四章章四句

彤弓天子錫有功諸侯也

諸侯敵王所愾而獻其功王饗禮之於是賜彤弓一彤矢百玈弓矢千凡諸侯賜弓矢然後專征伐○彤

徒冬反彤弓赤弓也愾苦愛反很也杜預云很怒也說文作鎎火既反云怒戰也玈音盧黑弓也本或作旅字訛

疏彤弓三章章六句至諸侯○正義曰作彤弓詩者天子賜有功諸侯諸侯有征伐之功王以弓矢賜之也經三章上二句言諸侯受王彤弓是賜之事下四句言王設樂饗醻而行饗亦是賜之事故云錫以兼之○箋諸侯至征伐○正義曰自諸侯敵王所愾盡玈弓矢千除饗禮一句以外皆文四年左傳甯武子辭也諸侯賜弓矢然後專征伐禮記王制文也引左傳者解有功賜之由王賜諸侯非唯弓矢而已獨言彤弓者以弓矢爲重故又引王制以明之言敵王所愾者敵者當也愾恨也謂夷狄戎蠻不用王命王心恨之命諸侯有德者使征之諸侯於是以王命興師以討王之所恨者爲讎敵而伐之既勝而獻其所獲之功於王王親受之又設饗禮禮之於是賜之弓矢也獻功者伐四夷而勝則獻之其伐中國雖勝不獻故莊三十一年左傳曰凡諸侯有四夷之功則獻於王以警於夷中國則否是中國之功不獻捷也其獻唯四夷之功乃獻之其賜有功則賜之不須要四夷之功始賜之也晉文侯夾輔周室平王東遷洛邑無伐四夷之功王亦賜之弓矢尚書文侯之命是其事也經先言受功後說享鄭先言享禮之乃言賜弓矢者襄二十六年左傳曰將賞則加膳加膳則飫賜將欲賞人尚加殺膳況弓矢之賜賞之大者焉得無其禮也爲賜以設饗而賜之故鄭先言饗也其饗之日先受弓矢之賜後受獻醻之禮也且王以賜弓爲重故經先言賜弓後言饗之事也若僖二十八年左傳說晉文公敗楚於城濮獻功於王王饗醴命晉侯宥下乃言策命晉侯爲侯伯賜之以弓矢似先饗後賜者彼饗醴命宥別行饗禮非賜日之饗也故丁未獻俘己酉設享是先饗禮以勞其功宅日乃賜之弓矢更加策命其賜之日別行饗禮則此經所云是與彼饗別也莊十八年虢公晉侯朝王王饗醴命之宥僖二十五年晉侯朝王王饗醴命之宥於時不賜特行饗醴以此知城濮之言饗禮者非賜日之饗賜之日實行饗禮而左傳甯武子云以覺報宴者杜預云歌彤弓者以明報功宴樂非謂賜時設饗禮甯武子所言及晉文侯文公所受皆幷有玈弓此詩獨言彤弓者以二文皆先彤後玈彤少玈多舉重

可以包輕故直言彤弓也有弓則有矢言弓則矢可知故亦不言矢也傳文直云旅弓矢千定本亦然故服虔云矢千則弓十則是本無十旅二字矣俗本有者
誤也首章爲總目下二章分而述之以相成也毛以藏之者爲藏之於其家以示子孫先櫜之乃載以歸後始藏於其家以藏爲重先言之藏於家受後之事
致其意而言之非受時也好之喜之由悅樂而賜之故貺之爲總也饗之是大禮之名右之醻之是饗時之事亦饗爲總也鄭亦首章爲總但藏載於車卽是
受時之事爲異耳

彤弓弨兮受言藏之

彤弓朱弓也以講德習射弨弛貌言我也箋云言者謂王策命也王賜朱弓必策其功以命之受出藏之乃反入也○弨尺昭反說文云弓反也字林充小反弛式氏反

我有嘉賓中心貺之

貺賜也箋云貺者欲加恩惠也王意殷勤於賓故歌序之

鐘鼓既設一朝饗之

箋云大飲賓曰饗一朝猶早朝○饗於鴆反

疏 彤弓至饗之○毛以爲諸侯受天子所賜彤赤之弓弨然而弛既天子以此賜我我則於王受之矣既受之我當於家藏之以示子孫不忘大功也於時王既賜諸侯以弓又饗禮禮之我有嘉善之賓中心至誠而貺賜之以鐘鼓既爲之設一旦早朝大設禮而饗之鄭以敘王之意言我彤赤之弓弨然弛兮以賜諸侯則受策命之言與此賜之弓出而藏之乃反之入也餘同○傳彤弓至言我○正義曰彤赤故言朱弓周禮無彤弓之名言講德習射則彤弓周禮當唐弓大弓也夏官司弓矢有六弓王弧夾庾唐大鄭云六者弓異體之名也往體寡來體多曰王弧往體多來體寡曰夾庾往體來體若一者曰唐大經曰唐弓以授學射者使勞者勞者鄭云學射者弓用中後習強弱則易也使者勞者弓亦用中遠近可也勞者勤勞王事若晉文侯文公受王弓矢之賜也如是則鄭以此彤弓及旅弓於周禮爲唐大故言勞者受得之後則以學射故云以講德習射也但唐大者是其體強弱之名此彤旅者爲弓色之異稱爲弓者皆漆之以桼後髹䰍漆之爲色赤之而已彤既是赤則知旅者爲黑也色以赤者周之所尙故賜弓赤一而黑十以赤爲重耳爲其體同異未聞正以有功者受彤弓○彤弓之賜周禮唐弓大弓以授勞者此傳言彤弓以講

德習射周禮唐弓大弓以授學射者此彤弓必當唐大二者之中有之耳其必當唐大亦未能審旅弓與彤弓俱賜勞者蓋亦當唐大乎服虔云旅弓以射甲

革椹質則以旅弓當周禮之弧。安。得賜旅弓多彤弓少則體不得過之而以彤爲學射當唐大合七成規旅弓爲王弧合九成規準之周禮非其差也周禮又

有八矢弓弩各四其弓之矢有枉殺矰恆而恆矢云用諸散射鄭云散射謂禮射及習射與此講德習射事同則彤矢旅矢當周禮恆矢也弨弛貌說文云弨

弓反謂弛之而體反也此言弨弛貌則受弓矢者皆定體之弓弛而賜之至於凡平敵體自出臨時之宜故曲禮有張弓尙筋弛弓尙角弓定體未定體之事

不與此同傳訓言爲我不解藏義王肅云我藏之以示子孫也○箋言者至反入○正義曰鄭以此歌本敘王意故云有嘉賓既敘王意不得諸侯言我受藏

之也晉文公受弓矢之賜傳稱王命尹氏及王子虎內史叔興父策命晉侯爲侯伯此與彼同宜有策命故知言者謂王命策也王賜朱弓必策其功以命之

左傳策命晉侯之文是其事也此直言藏之則受出藏之乃反○入者以傳說晉文公既從命云受策以出出入三覲故知之○則箋王意至序之○正義曰箋以

言王中心以既之是中心誠實非飾貌矯情是殷勤於賓也由王如此故復作詩歌而敘之解此彤弓之意以王中心之實故歌之以示法耳○箋大飲至早

朝○正義曰饗者烹大牢以飲賓是禮之大者故曰大飲賓曰饗謂以大禮飲賓獻如命數設牲俎豆盛於食燕周語曰王饗有體薦燕有折俎公當享卿當

燕是其禮盛也言一朝者言王殷勤於賓早朝而即行禮故云一朝猶早朝以燕如至夜饗則如其獻數禮成而罷故以朝言之昭元年左傳云云鄭饗趙孟禮

終乃燕是享不終日也

彤弓弨兮受言載之載以歸也箋云出載之車也我有嘉賓中心喜之喜樂也○樂音洛

鐘鼓既設一朝右之右勸也箋云右之者主人獻之賓受爵奠于薦右既祭俎乃席末坐卒爵之謂也○右毛音又鄭如字薦右也

卒遵律反本或作啐者誤也啐音七內反【疏】傳右勸○正義曰下章言醻醻賓之前止有獻賓初獻未得名爲勸則勸者非以酒勸賓謂設享禮勸其功也

故成二年左傳曰王親受而勞之所以懲不敬勸有功是也此勸既非勸酒故卒章醻亦不得醻酒傳醻報言爲享以報其功故左傳曰以覺報宴是也○箋右之至之謂○正義曰案燕禮云主人筵前獻賓賓西階上拜筵前受爵反位膳宰薦脯醢賓升筵膳宰設折俎賓坐左挩爵右祭脯醢奠爵於薦右興取肺坐絕祭。嚌之興加於俎坐挩手執爵遂祭酒於席末坐啐酒此鄭略其事故言之謂右之者卽此燕禮所言奠於薦右之謂也彼啐酒卽此卒爵爵卽酒也鄭以下言醻之爲醻賓故此右之爲當獻賓既獻賓賓受而奠之於薦右是。言之可以明主之獻賓故作者舉以表之

彤弓弨兮受言櫜之 櫜韜也○櫜古刀反韜本又作弢吐刀反弓衣也 我有嘉賓中心好之 好說也○好呼報反說音悅 鐘鼓既設一朝醻之 醻報也箋云飲酒之禮主人獻賓賓酢主人主人又飲而酌賓謂之醻醻猶厚也勸也○醻本又作酬市由反酢才洛反 疏 箋飲酒至厚勸○正義曰案燕禮賓既受獻西階上北面坐卒爵賓以虛爵降賓坐取觚奠於篚下盥洗卒盥揖升酌以酢主人於西階上主人北面拜受又曰遂卒爵是主人獻賓賓酢主人也又曰主人盥洗升媵觚於賓酌散西階上坐奠爵拜賓賓降筵北面答拜主人坐祭遂飲又曰主人酌膳賓西階上拜受爵於筵前反位主人拜送爵賓升席坐祭酒遂奠於薦東是主人又飲而酌賓曰醻也其鄉飲酒亦然彼注醻勸酒與此厚勸一也瓠葉傳曰醻導飲主人又飲以導賓而醻之此傳訓醻爲報是傳意醻之不施於飲酒明矣故王肅云醻報功也

彤弓三章章六句

菁菁者莪樂育材也君子能長育人材則天下喜樂之矣 樂育材者歌樂人君教學國人秀士選士俊士造士進士養之以漸至於官之○菁者莪上子丁反下五何反長張丈反下注並同樂音洛下並注同選雪戀反 疏 菁菁者莪四章章四句至樂之

矣○正義曰作菁菁者莪詩者樂育材也言君子之爲人君能教學而長育其
國人使有材而成秀進之士至於官爵之君能如此則爲天下喜樂矣故作詩
以美之經四章言長養成就賜之官爵皆是育材之事也南有嘉魚言樂與賢
也南山有臺云樂得賢者彼謂在位及人君於時樂求賢者本在上之心非下
人所樂此則下人所樂樂君之能育材與彼別又經言喜樂者謂被人君所育
者以被育有材得官爵而喜又序言喜樂之者他人見之如是而喜樂之非獨
被育者也作者述天下之情而作歌耳○箋樂育至官之○正義曰箋解樂育
材者樂養之以至於材故言教學之漸至於官爵也王制云與立小學大學乃
言若有循教者鄉人子弟卿大夫餘子皆入學九年大成名曰秀士又曰命鄉
論秀士升之司徒曰選。官司徒論選士之秀者升之於大學曰俊士升於司徒
者不征於鄉升於大學者不征於司徒曰造士又曰大樂正論造士之秀者以
告於王而升諸司馬曰進士注云進士可進受爵祿又曰司馬辨論官材論進
士之賢者以告於王而定其論論定然後官之任官然後爵之如是從鄉人中
教之爲秀士是教學之從秀士漸至於進士是養之以漸也進士論材任官而
又爵之是至於官爵之也其養成爲此五士是長育人材也進士是材之大成
故官爵以進士爲主但人材有限官有尊卑其進士以下學已大成超踰倫輩
亦可隨材任之不必要至進士始官之也卒章箋云文亦用武亦用於人之材無所廢是秀士以上皆可爲官也定本無進士二字誤也

菁菁者莪在彼中阿興也菁菁盛貌莪蘿蒿也中阿阿中也大陵曰阿君子能長育人材如阿之長莪菁菁然箋云長育之者既教學之又不征役也

既見君子樂且有儀箋云既見君子者官爵之而得見也見則心既喜樂又以禮儀見接

疏菁菁至有儀○正義曰言菁菁然茂盛者蘿蒿
也此蘿蒿。也。此。蘿。蒿所以得茂盛者由生在阿中得阿之長養故茂盛以興德
盛者是學士也此學士所以致德盛者由升在彼學中得君之長育故使德盛
人君既能長育人材教學之又能官而用之故此學士既見君子則心喜樂且
又有禮儀見接也又君子能養材與官又接之以禮故下所以歌之也言此養

莪者以沚則有水之潤阿陵有所居之勢草得於中而長遂故言長也○傳莪蘿蒿○正義曰釋草云莪蘿蒿也舍人曰莪一名蘿郭璞曰今莪蒿也陸機疏
云莪蒿也一名蘿蒿也生澤田漸洳之處葉似邪蒿而細科生三月中莖可生食又可蒸香美味頗似蔞蒿是也○箋官爵至見接○正義曰以下云賜我百
朋得祿之事故此樂者爲得官而樂也既樂爲官爵之又云且有儀且兼事之辭故爲君子以禮儀接己也 菁菁者莪在彼中沚中沚
沚中也沚音止○既見君子我心則喜喜樂也 菁菁者莪在彼中陵中陵陵中也 既見君子錫
我百朋箋云古者貨貝五貝爲朋錫我百朋得祿多言得意也【疏】箋古者至得意○正義曰言賜我是入己之辭故爲得祿也言古者貨貝言古
者寶此貝爲貨也五貝者漢書食貨志以爲大貝壯貝么貝小貝不成貝爲五也言爲朋者爲小貝以上四種各二貝爲一朋而不成者不爲朋鄭因經廣解
之言有五種之貝中以相與爲朋非總五貝爲一朋也故志曰大貝四寸八分以上直錢二百一十文二貝爲朋壯貝三寸六分以上直錢五十文二貝爲
朋么貝二寸四分以上直錢三十文二貝爲朋小貝一寸二分以上直錢一十文二貝爲朋不成貝寸二分漏度不得爲朋率枚直錢三文是也以志所言王
莽時事王莽多舉古事而行五貝故知古者貨貝焉 汎汎楊舟載沈載浮楊木爲舟載沈亦沈載浮亦浮箋云舟者沈物亦載浮物亦載
喻人君用士文亦用武亦用於人之材無所廢○汎汎方劍反 既見君子我心則休○箋云休者休休然休虛虯反美也【疏】汎汎至則
休○正義曰言汎汎然楊木之舟則載其沈物則載其浮物俱浮水上以興當時君子用其文者又用其武者俱致在朝言君子於人唯才是用故既見君子
而得官爵我心則休休然而美載飛載止及載震載育之類箋傳皆以載爲則然則此載亦爲則言則載沈物則載浮物也傳言載沈亦浮箋云沈物亦載則
以載解義非經中之載也

菁菁者莪四章章四句

附釋音毛詩注疏卷第十（十之二）

毛詩注疏校勘記（十之一）

阮元撰盧宣旬摘錄

○南有嘉魚

大平君子　閩本明監本毛本同唐石經小字本相臺本平下有之字考文古本同案有者是也下正義云鳧鷖與此序皆云大平之君子可證

欲置之於朝　閩本明監本毛本置作致案所改是也

又云塵然猶言久然爲如也　閩本明監本毛本同案久下當脫如塵爲久凡四字以久字複出而誤也

上見求魚之多　閩本明監本毛本上作止案所改是也

彼注云君子謂成王　閩本明監本毛本同案浦鏜云斥誤謂是也正義下云則毛亦不斥成王明矣是本引此作斥也

升家臣以公　閩本明監本毛本以作於案所改非也正義所引自如此

李巡曰汕以薄魚也　閩本明監本毛本魚也作汕魚案爾雅疏引作汕以薄汕魚也此當汕也並有各脫其一

鄉飲酒曰賓以我安　小字本相臺本同案正義云則此文當在燕禮矣言鄉飲酒者誤也定本亦誤以南陔與由庚之箋皆鄉飲酒燕禮連言之故學者加鄉飲酒於上後人知其不合兩引故略去燕禮焉今本猶有言燕禮者此正義據當時或本猶有鄉飲酒燕禮連言者而定其誤如此也今無其本矣

案鄉飲酒燕飲而安之　閩本明監本毛本同案浦鏜云下五字當衍文是也此寫者涉上文而誤

有專壹之意我君子閩本明監本毛本同案我上當有於字

夫擇木之鳥慤謹閩本明監本毛本同案此當作離夫不之鳥慤謹用四牡傳箋之文也

○南山有臺

保艾爾後唐石經小字本相臺本同案段玉裁云依傳艾養保安也似經文當作艾保今考釋文以保艾作音是釋文本與唐石經以下正同正義本未有明文今無可考

○由庚崇丘由儀

各得其宜也唐石經小字本相臺本同案九經古義云宜東晳補亡詩引作儀李善注云毛萇詩傳儀宜也此當作儀非也此序以宜說儀與由庚序以道說庚崇丘序以高說崇以大說丘爲倒正同東晳改作儀失序意矣李不當反據之也凡他書援引之異不可信者視諸此毛不注序無此傳明甚李善取烝民我義圖之之傳破而引之耳

無以知其篇第之處小字本相臺本同案正義云篇第所在皆當言處云之意者以無意義可推尋而知故云意也各本作處者皆誤段玉裁云正義作意是也

故鄭於譜言閩本明監本毛本同案譜當作此

○蓼蕭

外薄四海小字本相臺本同案釋文云外薄音博諸本作外敷注音芳夫反正義云檢鄭所注尚書經作外薄今定本作外敷恐非也

書傳稱越常氏之譯曰閩本明監本毛本常作裳案所改非也周頌譜及臣工二正義引皆作當依說文常是裳之正字

雒師謀我應注閩本明監本毛本雒誤維案文王正義引皆作雒

州有十二師閩本明監本毛本同案有十當作十有正義下云既言州十有二師可證下引注云州立十二人又云故州有十二師者皆非經成文也山井鼎云宋板作十有誤舉下行耳

舒其情意小字本相臺本同考文古本同閩本明監本毛本舒誤輸

彼四夷之君此四夷之君所以得所者閩本明監本毛本同案之至四十行本剜添者一字

我心則舒寫盡兮閩本明監本毛本舒作輸案所改非也此用箋

言爲天子所保閩本明監本毛本同案浦鏜云子疑下字誤是也

雖香而是物之微者閩本明監本毛本同案而至微十行本剜添者一字

豈樂弟易也小字本相臺本同案釋文以樂也作音當是其本較今各本皆每多也字考文古本有采釋文

鞗革忡忡相臺本同唐石經小字本作沖沖閩本明監本毛本同案沖沖是也十行本正義中字仍作沖沖釋文同皆可證

鞗轡也革轡首也小字本相臺本同案段玉裁云傳鞗轡首飾也革轡首也此謂革即勒字古文省攸革古金石文字皆作攸勒或作

鋚勒說文鋚轡首銅也然則鋚以飾轡首傳云垂飾貌正謂鋚也韓奕鞹以爲鞹淺以爲幦鋚以飾勒金以飾軛四事一例載見云鞗革有鶬鶬謂金飾采芑箋云鞗革轡首垂也皆可證各本作轡也係淺人刪首飾二字攸作鞗亦淺人爲之又詳詩經小學今考正義云鞗皮以爲轡標起止云傳鞗轡也釋文鞗下云轡也五經文字革部云鞗轡也見詩是唐時本已與今各本同

立當前侯 閩本明監本毛本同案此不誤浦鏜云疾誤侯非也周禮本是侯字唐石經以下皆譌爲疾唯此及論語鄉黨疏所引不誤詳見禮說九經古義周禮漢讀考

○湛露

蓼蕭序云天子 閩本明監本毛本同案序下浦鏜云脫不字是也

其義有似醉之貌 閩本明監本毛本同小字本相臺本義作儀案儀字是也正義云其威儀有似醉之貌也可證

夜飲私燕也 小字本相臺本同案正義云故言燕私也引楚茨尚書大傳燕私以說之是此誤倒常棣正義引此亦誤

猶諸侯之儀也 小字本相臺本同案儀當作義即正義所云族人之義也下箋此天子於諸侯之儀亦當作義即正義所謂宗子之義也皆無取於威儀又正義屢云天子於諸侯之義亦可證

燕私者何而與族人飲 閩本明監本毛本同案而上當有已字常棣正義引有

於是乃止 小字本相臺本同案正義云於是止是其本無乃字

以此變言在其實閩本明監本毛本同案言在二字盧文弨云當乙是也

○彤弓

自諸侯敵王所愾毛本愾誤餼閩本明監本不誤○按餼或鎎之誤說文引左傳作鎎

後說享閩本明監本毛本享作饗案所改是也下同

正以有功者受彤弓彤弓之賜玈閩本明監本毛本正誤王案下彤字當作

安得賜玈弓多彤弓少閩本明監本毛本同案安得當作案傳形近之譌

坐絕祭齊之閩本明監本毛本同案浦鏜云嚌誤齊是也

是言之可以明主之獻賓也閩本明監本毛本同案浦鏜云言當右字誤是

○菁菁者莪

升之司徒曰選官閩本明監本毛本同案山井鼎云官當作士是也物觀補遺云宋板官作士當是剜也

蘿蒿也此蘿蒿也此蘿蒿閩本明監本毛本不重也此蘿蒿四字案所改是也此複衍

莱似邪蒿而細閩本明監本毛本似誤以毛本莱作葉案葉字是也

不成貝寸二分閩本明監本毛本同案貝下當依漢志補不盈二字

載沈亦沈小字本相臺本同案下沈字當作浮正義云則載其沈物則載其浮物俱浮水上又云傳言載沈亦浮皆可證也考文古本作浮采

正義

附釋音毛詩注疏卷第十（十之二）　〔三四〕

毛詩小雅　鄭氏箋　孔穎達疏

六月宣王北伐也。從此至無羊十四篇是宣王之變小雅鹿鳴廢則和樂缺矣樂音洛篇末注同缺苦悅反四牡廢則君臣缺矣皇皇者華廢則忠信缺矣常棣廢則兄弟缺矣伐木廢則朋友缺矣天保廢則福祿缺矣采薇廢則征伐缺矣出車廢則功力缺矣杕杜廢則師衆缺矣魚麗廢則法度缺矣南陔廢則孝友缺矣白華廢則廉恥缺矣華黍廢則蓄積缺矣蓄勑六反由庚廢則陰陽失其道理矣南有嘉魚廢則賢者不安下不得其所矣崇丘廢則萬物不遂矣南山有臺廢則爲國之基隊矣。隊直類反由儀廢則萬物失其道理矣蓼蕭廢則恩澤乖矣湛露廢則萬國離矣彤弓廢則諸夏衰矣夏戶雅反菁菁者莪廢則無禮儀矣小雅盡廢則四夷交侵中國微矣。六月言周室微而復興美宣王之北伐也【疏】六月六章章八句。盡中國微矣○正義曰此經六章皆。在北伐之事序又廣之言宣王所以北伐者由於前厲王小雅盡廢致令四夷交侵以故汎敘所廢之事焉鹿鳴言和樂且耽故廢則和樂缺矣以下廢缺其義易明不復須釋由庚以下不言缺者敘者因文起義明與上詩別。王見缺者爲剛君父之義不言缺者爲柔臣子之義以文武道同故俱言缺周公成王則臣子也故變文焉由儀言萬物之生各得其宜故廢則萬物失其道理矣此與由庚言陰陽此言萬物者由庚言由陰陽得理萬物得其道由儀則指其萬物生得其宜本之於陰陽所以異也此二十二篇小雅之正經王者行之所以養中國而威四夷今盡廢事不行則王政衰壞中國不守四方夷狄來侵之中夏之國微弱矣言北狄所以來侵者爲廢小雅故也厲王廢之而微弱宣王能禦之而復興故博而詳之而因明小雅不可不崇以示法也此篇北伐下篇南征蠻狄之侵則有之矣其戎夷則小雅無其事厲王之末天下大壞明其四夷俱侵也江漢命召公平淮夷明是厲王之時淮夷亦侵也唯無戎侵之事蓋作者所以不言耳假使無戎侵亦得言四夷矣定本此序注云言周室微而復興美宣王之北伐也案集本及諸本並無此注首章傳曰日月爲常周禮王建太常二章傳曰出征以佐其爲天子是自於己之辭觀此則毛意此篇王自征也卒章傳曰使文武之臣征伐與孝友之臣處內言與似共留不去之辭者王肅云宣王親伐玁狁出鎬京而還使吉甫追伐追逐乃至於太原如肅意宣王先歸於京師吉甫還時王已處內故言與孝友之臣處內也肅以鎬爲鎬京未必是毛之意其言宣王先歸或得傳旨不然不得載常簡閱遣將獨行也則毛意上四章說王自親行下二章說王還之後遣吉甫行也故三章再言薄伐上謂王伐之下謂吉甫伐之也鄭以爲獨遣吉甫王不自行行王基即鄭之徒也云六月使吉甫采芑命方叔江漢命召公唯常武宣王親自征耳孔晁云王親自征耳孔晁王肅之徒也言六月王親行常武王不親行故常武曰王命卿士南仲太祖太師皇父非王親征也又曰王奮厥武王旅嘽嘽皆統於王師也又王曰還歸將士稱王命而歸耳非親征也案出車文王不親而經專美南仲此篇亦專美吉甫若將。師之從王而行則君統臣功安得言不及王經而專歸美於下若王自親征飲至大賞則從軍之士莫不在焉何由吉甫一人獨多受祉故鄭以此篇爲王不親行也常武言王旅容可統之於王經云赫赫業業有嚴天子說天子之容復何統乎又遣將誓師可稱王意經言王曰還歸事在既克之後事平理自當還在軍將所專制何當假稱王命始還師也以此知常武親征爲得其實孫毓亦以此篇王不自行鄭說爲長

六月

棲棲戎車既飭四牡騤騤載是常服棲棲簡閱貌飭正也日月爲常服戎服也箋云記六月者盛夏出兵明其急也戎車革輅之等也其等有五戎車之常服韋弁服也○棲音西飭音勑依字從力傍飾之字從巾不同也今人食邊作务以爲脩飾之字借作勑音非騤求龜反閱音悅玁狁孔熾我是用急。熾盛也箋云此序吉甫之意也北狄來侵甚熾故王以是急遣我○熾尺志反王于出征以匡王國箋云于曰匡正也王曰今女出征玁狁以正王國之封畿

疏六月至王國毛以爲正當盛夏六月之時王以北狄侵急乃自征而集之簡選閱擇其中車馬士衆棲棲然其所簡練戎車既皆飭正矣戎車所駕之四牡又騤騤然強盛王乃載是日月之常建之於車及兵戎之服以此而伐玁狁也王所以六月簡閱出兵者由玁狁之寇來侵甚熾我王是用之故須急行也王於是出行征伐以匡正王之國也鄭以爲吉甫受命六月北征即閱士衆棲棲然所簡戎車既齊正矣所乘四馬皆強壯騤騤然乃載是常從戎韋弁之服以出征也吉甫意云所以六月行者以北狄來侵甚盛我王是用遣我之急也王曰今女出征玁狁以正王國之封畿我故盛夏而行也○傳棲棲至戎服○正義曰以棲棲非六月之狀故爲簡閱貌也日月爲常春官司常文謂之王旌畫日月也以服戎服也即以韋弁服也但分爲二事故與鄭異○箋六月至服○正義曰以征伐之詩多矣未有顯言月者此獨言之故云記六月者盛夏出兵明其急也春官巾車掌王之五路革路以即戎故知戎車革路之等也春官車僕掌戎路之倅廣車之倅闕車之倅苹車之倅輕車之倅注云此五者皆兵車所。設五戎也戎路王在軍所乘廣車橫陳之車闕車所用補闕之車也苹車所用對敵自蔽隱之車也輕車所用馳敵致師之車也是其等有五也吉甫用所乘兵車亦革路在軍所乘與王同但不知備五戎以否鄭因事解之不必備五也言戎車之常服韋弁服者以上言戎車既飭即載是常服是則戎車載之故云戎車之常服也言載之者以戎服當戰陳之時乃服之在道未服之司服云凡兵事韋弁服注云韋弁以韎韋爲弁又以爲。衣春秋晉郤至衣韎韋之跗注是也周禮

云韋弁皮弁服皆素裳白舄又雜問志云韎韋之不注不讀如幅注屬也幅有屬者以淺赤韋爲弁又以爲衣而素裳白舄也知淺赤者以詩言韎韐有奭以
韎韐茅蒐染之而奭爲赤貌若不淺則絳故知淺赤也聘禮君使卿韋弁歸饔餼注云韋弁韎韐之弁其服蓋韎布以爲衣而素裳不韎皮爲衣者以卿之歸
饔餼當用皮弁以權事之宜而用韋弁故彼注云兵服也而服之者皮韋同類也取相近耳以皮弁衣故彼韋弁衣用赤布也以皮韋同類故孝經注曰田獵
戰伐冠皮弁援神契云皮弁素積軍旅也皆以皮弁統韋言之若分別言之戰伐用韋不用皮也此所載者據將帥服耳其餘軍士之服下章言既成我服是
也通皆韋皮故坊記注云唯在軍同服耳知者僖五年左傳曰均服振振取號之旂是同也禮在朝及齊祭君臣有同服多矣鄭獨言在軍者爲僕右。無也以
君各以時服僕右恆朝服至在軍則同故言唯耳不謂通於他事○箋于曰至封畿○正義曰鄭以王不自親征吉甫述王之辭故言其曰毛氏於詩言于者
多爲於爲往所以爲王自征耳言王國者以率土之濱莫非王臣要服之內是王國之封畿也 比物四驪閑之維則 物毛物也則法也言
先教戰然後用師○比毗志反齊同也 維此六月既成我服我服既成于三。十。里 師行三十里箋云王既成我戎
服將遣之戒之曰日行三十里可以舍息 王于出征以佐天子 出征以佐其爲天子也箋云王曰令女出征伐以佐助我天子之事禦北
狁也 疏 比物至天子○毛以爲宣王之征所簡車馬者乃比同力之物四驪之馬此四驪之馬先以閑習之維有法則矣所以今用之維此六月之時既成
我軍士之戎服我軍士戎服既成於是師行日三十里耳王於是出行征伐獫狁成己爲天子之大功也○鄭唯以吉甫獨行王于爲曰爲異餘同○傳物毛
至用師○正義曰夏官校人云凡大事祭祀朝覲會同毛馬而頒之凡軍事物馬而頒之注云毛馬齊其色物馬齊其力是毛物之文也傳以直言物則難解
故連言毛物以曉人也然則比物者比同力之物戎車齊力尚强不取同色而言四驪者雖以齊力爲主亦不厭其同色也故曰駟騵彭彭又曰乘其四騏田

獵齊足而曰四黃既駕是皆同色也無同色者乃取異毛耳騏駵是中騧驪是
驂是也以言閑之是以先閑習故知先教戰而後用師也書傳曰征伐必因蒐
狩以閑之閑之者何貫之貫之何習之是也○傳師行三十里○正義曰此述
宣王之征是師行之事美事明得禮故諸軍法皆以三十里爲限漢書律曆志
計武王之行亦準此也 四牡脩廣其大有顒 脩長廣大也顒大貌○顒玉容反說文云大頭也 薄伐玁狁以奏膚
公 奏爲膚大公功也 有嚴有翼共武之服 嚴威嚴也翼敬也箋云服事也言今師之羣帥有威嚴者有恭敬者而共典是兵事言文
武之人備○嚴如字共鄭如字注下同王徐音恭帥所類反下將帥同後篇放此 共武之服以定王國 箋云定安也 疏 四牡至王
國○毛以爲王所將戎車所駕之四牡形容脩長而又廣大其大之貌則有顒
然以此之強薄伐玁狁之國以爲天子之大功也非直車馬之強又有威嚴之
將恭敬之臣而共典掌是兵武之事其嚴者威厲衆敬者撫和上下既有此
文武之臣共掌兵事以此而往故當克勝而安定王國也鄭唯據吉甫爲異
玁狁匪茹整居焦穫侵鎬及方至于涇陽 焦穫周地接于玁狁者箋云匪非茹度也鎬也方也皆北方地名言玁狁
之來侵非其所當度爲也乃自整齊而處周之焦穫來侵至涇水之北言其大
恣也○茹如豫反徐音如穫音護爾雅十藪周有焦護鎬胡老反王云北京師度
徒洛反下同 織文鳥章白旆央央 鳥章錯革鳥爲章也白旆繼旐者也央央鮮明貌箋云織徽織也鳥章鳥隼之文章將帥以下衣皆
著焉○織音志又尺志反注同白茷本又作旆蒲貝反繼旐曰茷左傳云蒨茷
是也一曰旆與茷古今字殊央音英或於良反下篇同徽音輝將子亮反下大
將同後篇將帥放此著知略反 元戎十乘以先啓行 元大也夏后氏曰鉤車先正也殷曰寅車先疾也周曰元戎先良也箋云鉤鞶行曲
直有正也寅進也二者及元戎皆可以先前啓突敵陳之前行其制之同異未
聞○乘繩證反行戶郎反注前行同夏戶雅反鉤古侯反殷音古今經注作鞶

無股字以先蘇蕭反陳直覲反【疏】玁狁至啓行○毛以爲王師已行數狁之罪故陳其放恣言玁狁之所侵者非其意所當度乃整齊而處我周之焦穫之地又侵鎬及北方之地至於涇水之北侵及近地。石爲大甚故以當合征之而將帥以下皆有徽織之象其文有鳥隼之章以帛爲行。旆央央然鮮明皆有致死之備以行也又有戎車十乘以在軍先欲以啓突敵陳之前行由玁狁之恣而用伐之鄭唯據吉甫爲異○傳焦至玁狁○正義曰釋地云周有焦穫郭璞曰今扶風池陽縣瓠中是也其澤藪在瓠中而藪外猶焦穫所以接于玁狁也孫炎曰周岐周也以焦穫繼岐周言之則於鎬京爲西北矣以北狄言之故爲北方耳○箋匪非至大恣○正義曰以北狄所侵故知鎬也方也皆北方地名也整齊而處之者言其居周之地無所畏憚也鎬方雖在焦穫之下不必先焦穫乃侵鎬方據在北方在焦穫之東北若在焦穫之內不得爲長遠也水北曰陽故言涇水之北涇去京師爲近故言大恣毛不解鎬方之文而出車傳曰朔方近玁狁之國鎬方文連則傳意鎬亦北方地也王肅以爲鎬京故王基駮曰據下章云來歸自鎬我行永久言吉甫自鎬來歸猶春秋公至自晉公至自楚亦從晉楚歸來也故。知。獨。日千里之鎬猶以爲遠鎬去京師千里長安洛陽代爲帝都而濟陰有長安鄉。漢有洛。陽縣此皆與京師同名者也孫毓亦以箋義爲長○傳鳥章至旐者○正義曰釋天云錯革鳥曰旟孫炎曰錯置也革急也晝急疾之鳥於縿也鄭志荅張逸亦云晝急疾之鳥隼是也故箋云鳥隼之文章正知隼者以司常云鳥隼爲旟釋天云繼旐曰旆故云白茷繼旐者也茷與旆古今字也故定四年左傳曰蒨茷旃旌亦旆也以其繼旐垂之因以爲狀故曰胡不旆旆此旟而言旐者散則通名○箋織徽至著焉○正義曰言徽織者以其在軍爲徽號之織史記漢書謂之旗幟幟與織字雖異音實同也傳云革鳥爲解不明故云鳥隼之文章將帥以下衣皆著焉謂此織文鳥章白茷央央也以絳爲縿畫爲鳥隼又絳爲旐書名於末以爲徽織知者司常掌九旗之物名各有屬注云物名者所畫異物則異名也屬謂徽織也大傳謂之徽號今城門僕射所被及亭長著絳衣皆其舊象也又曰皆畫其象焉官府各象其事州里各象其名家各象其號注云事名號徽織所以顯別衆官樹之於位朝者各就焉覲禮曰公侯伯子男皆就其旂而立此其類也或謂之事或謂之名或謂之號異外內也三者旌旗之細士喪禮曰為銘各以其物亡則以緇長半幅赬末長終幅廣三寸書名於末此蓋其制也徽織之書則云某某之事某某之名某某之號今大閱禮象而為之兵凶事若有死事者亦當以相別也由此言之則徽織者其制亦如所建旌旗而畫之其象但小耳故鄭云旌旗之細以皆著於衣理不宜長以無長短之制故引士喪長半幅以證之士喪注云。半幅一尺。終幅二尺除去。終直是銘長三尺也故士喪禮竹杠長三尺置于宇西階上鄭云此蓋其制以死之銘旌卽生之徽織鄭引士喪禮以證自王以下旌旐雖有等差其徽織疑同長三尺以同著於衣不宜差降則此徽織亦縿長一尺畫鳥隼旐長二尺書名於末九旗之物皆用絳則此亦絳也言白旆者謂絳帛猶通帛為旃亦是絳也言各畫其象者以其徽雖短之令小皆本之建旗故司常云大喪供銘旌注云王則太常也又引士喪禮為銘各以其物是自王以下徽織皆畫其所當建也此獨言鳥章者周禮軍行百官建旗以舉百官者所以統其餘也言將帥以下者大司馬曰仲夏教茇舍辨號名之用帥以門名注云號名者徽織所以相別也在國以表朝位在軍又象其制而為之被之以備死事帥謂軍將至。五長是將帥以下自。五長以上不見士卒其有無不明蓋亦各有之矣司常云官府各象其事謂百官以職從王者象其所建旌旗畫之謂之為事州里各象其名者謂州長至比長象其所建之旌旗謂之為名家各象其號者謂卿大夫采地之臣象其所建之旌旗謂之為號此唯有。王案大司馬仲夏辨號名之用帥以門名縣鄙各以其名家以號名鄉以州名野以邑名百官各象其事雖有六與司常事名號三者不殊但司馬細別言之耳帥以門名者帥謂六軍之將皆命卿營所治國門以在門所建之旌旗為徽織之此帥從伍長以上但以卿統名。焉事則司常官府各象其事是也縣鄙各以其名者謂六遂縣正以下至鄰長鄉以州名者謂州長至比長野以邑名者謂六遂以外公邑大夫此三者卽司常所云州里各象其名也家以號名者卽司常云家象其號也百官各象其事者卽司常云官府各象其事也○傳夏后至先良○正義曰夏后氏曰鉤車殷曰寅車周曰元戎司馬法文也先疾先良傳因名以解之○箋鉤鞶鞶至未聞○正義曰箋以毛因而增解遂解其名以明義春官巾車職曰金路鉤樊纓注云鉤讀如婁頷之鉤樊讀如鞶帶之鞶謂今馬大帶是也鉤鞶之文定本鉤鞶作鉤般此實在馬膺乃設之巾車以爲車飾故得車取名焉鄭兼言鞶者弁舉其類以曉人猶上傳云物毛物也周禮革路無鉤此特設鉤故以名車也此車備設鉤鞶其行曲直有正故云先正也或卽鄭云曲直有正蓋謂此車行鉤曲般旋曲直有正不必爲馬飾也寅進也此車能進取遠道故云先疾也其元戎者傳已訓元爲大故鄭不復解之言大車之善者故云先良也無文論其形故云同異。未。制閒

戎車既安如輊如軒四牡既佶既佶且閑輊摯佶正也箋云戎車之安從後視之如摯從前視之如軒然後適調也佶壯健之貌○輊竹二反佶其乙反又其吉反摯音至

薄伐玁狁至于大原言逐出之而已○大音泰

文武吉甫萬邦爲憲吉甫尹吉甫也有文有武憲法也箋云吉甫此時大將也

【疏】戎車至爲憲○毛以爲王征玁狁既出鎬方玁狁退王身還反而使吉甫逐之故此章更敘車馬之盛言兵戎之車既安正矣從後視之如輊從前視之如軒是適調矣其所駕四牡之馬既正大矣且須復閑習吉甫有以此薄伐玁狁敵不敢當遂追奔逐北至于大原之地王師所以得勝者以有文德武功之臣尹吉甫其才略可爲萬國之法受命逐狄王委任焉故北狄遠去也○鄭以爲元來吉甫獨行以佶爲壯健爲異餘同○傳言逐出之而已○正義曰不言與戰經云至于大原是宣王德盛兵強玁狁奔走不敢與戰吉甫直逐出之而已采芑出車皆言執訊獲醜此無其事明其不戰也莊三十年齊人伐山戎公羊傳曰此蓋戰也何以不言戰春秋敵者言戰桓公之與戎狄驅之耳何休曰時齊桓公力但可驅逐之而已義與此同

吉甫燕喜既多受祉祉福也箋云吉甫既伐玁狁而歸天子以燕禮樂之則歡喜矣又多受賞賜也

來歸自鎬我行永久飲御諸

友炰鼈膾鯉 御進也箋云御侍也王以吉甫遠從鎬地來又日月長久今飲之酒使其諸友恩舊者侍之又加其珍美之饌所以極勸也○飲於鴆反注同鼈卑滅反膾古外反鯉音里

侯誰在矣張仲孝友 侯維也張仲賢臣也善父母爲孝善兄弟爲友使文武之臣征伐與孝友之臣處內箋云張仲吉甫之友其性孝友

【疏】吉甫至孝友毛以爲吉甫逐出玁狁遠出中國有功而歸王以燕禮樂之則歡喜既多受賞賜之福也王所以燕賜之者以其來歸自鎬其處迥遠我吉甫之行日月長久矣故今王飲之酒進其宿在家諸同志之友與俱飲以盡其歡又加之以炰鼈膾鯉珍美之饌燕賜厚矣其所進諸友之中維復誰在其中間矣有張仲其性孝友在焉言吉甫之賢有此善友因顯所任得人外則使文武之臣征伐內則與孝友之臣處內亦所以爲美也○鄭唯吉甫元帥專征又以御爲侍言飲酒則有侍者諸友舊恩之人以此爲異餘同○箋御侍至勸之○正義曰鄭以諸友侍之爲尊崇之意其義勝進故易傳也言加珍美之饌者以燕禮其牲狗天子之燕不過有牢牲魚鼈非常膳故云加之○箋張仲至孝友○正義曰箋以侯誰在矣是問古甫諸友之辭故知張仲吉甫之友也爾雅李巡注云張姓仲字其人孝故稱孝友

六月六章章八句

采芑宣王南征也 芑音起徐又求己反

【疏】采芑四章章十二句至南征○正義曰謂宣王命方叔南征蠻荊之國上言伐此云征便辭耳無義例也言伐者以彼有罪伐而討之猶執斧以伐木言征者已伐而正其罪故或并言征伐其義一也

薄言采芑于彼新田于此菑畝 興也芑菜也田一歲曰菑二歲曰新田三歲曰畬宣王能新美天下之士然後用之箋云興者新美之喻和治其家養育其身也士軍士也○菑側其反郭云反草曰菑畬音餘

方叔涖止其車三千師干之試 方叔卿士也受命而爲將也涖臨師衆干扞試用也箋云方叔

臨視此戎車三千乘其士卒皆有佐師扞敵之用爾司馬法兵車一乘甲士三人步卒七十二人宣王承亂羨卒盡起○莅本又作涖音利又音類沈力二反扞胡旦反乘繩證反下一乘同卒子忽反下皆同羨延面反餘也又徐薦反

方叔率止乘其四騏四騏翼翼箋云率者率此戎車士卒而行也翼翼壯健貌

路車有奭簟茀魚服鉤膺鞗革奭赤貌鉤膺樊纓也箋云茀之言蔽也車之蔽飾象席文也魚服矢服也鞗革轡首垂也○奭許力反茀音弗鞗音條樊步干反馬大帶也

疏薄言至鞗革○正義言人須芑為菜我薄采此芑於何處乎當於彼新田於此菑畝之中以新田菑畝謂己和耕其用生長其芑必肥美可食故於此采之也以與須人為軍士我薄取人於何處乎當於彼蒙教於此被育之家以蒙教被育己和治其家養育其身士必勇武可用故於彼取之也既於新美被養處召得軍士而大將方叔臨視之其車衆之多中有三千乘矣其士皆有佐師扞敵之用是取之得人也大將方叔率之以行乃自乘其四騏之馬此四騏之馬翼翼然甚壯健矣又此所駕路車有奭然而赤其車以方文竹簟之席為之蔽飾其上所載有魚皮為矢服之器其馬婁頷有鉤在膺有樊纓之飾又以鞗皮為轡首之革而垂之方叔既率士衆乘是車馬往征之○傳采芑至用之○正義曰陸機疏云采芑似苦菜也莖青白色摘其葉白汁出肥可生食亦可蒸為茹青州人謂之芑西河雁門芑尤美胡人戀之不出塞是也一歲曰菑二歲曰新田三歲曰畬釋地文菑者災也畬和柔之意故孫炎曰菑始災殺其草木也新田新成柔田也畬和也田舒緩也郭璞曰今江東呼初耕地反草為菑是也臣工傳及易注皆與此同唯坊記注云二歲曰畬三歲曰新田坊記引易之文其注理不異當是轉寫誤也田耕二歲新成柔田采必於新田者新美其菜然後采之故以喻宣王新美天下之士然後用之也箋解菜之新田耕其田士所以得其新美者正謂和治其家救其飢乏養育其身不妄征役也二歲曰新田可言美菑始一歲亦言於此菑畝者菑對耒耕亦為新也且菑殺草之名雖二歲之後耕而殺草亦名為菑也鄭謂織菑南畝為耕田是柔田之耕亦為菑

也于此菑畝文在新田之下未必一歲之田也○箋宣王至盡起○正義曰天子六軍千乘今三千乘則十八軍矣所以然者宣王承厲王之亂荊蠻內侵衆少則不足以敵之故羨卒盡起而有此三千也地官小司徒職曰上地家七人可任者家三人中地家六人可任者二家五人下地家五人可任者家二人以其餘爲羨唯田與追寇竭作起軍之法家出一人故鄉爲一軍唯田獵與追寇皆盡行耳今以敵強與追寇無異故羨卒盡起羨餘也以一人爲正卒其餘爲羨卒也若然彼三等之家通而率之家有二人半耳縱令盡起唯二千五百乘所以得有三千者蓋出六遂以足之也且言家二人三人者舉其大率言耳人有死生數有改易六鄉之內不必常有千乘況羨卒豈能正滿二千五百乘當是於時出軍之數有三千耳或出於公邑不必皆鄉遂也○傳奭赤至樊纓正義曰瞻彼洛矣云韎韐有奭彼茅蒐染爲奭故知赤貌也言鉤膺樊纓者以此言鉤是金路故引金路之事以說之在膺之飾唯有樊纓故云鉤膺樊纓也巾車注云鉤婁頷之鉤也金路無錫有鉤亦以金爲之是鉤用金在頷之飾也彼注又曰樊讀如鞶帶之鞶謂今馬大帶纓今馬鞅金路其樊及纓以五采罽飾之而九成是帶鞅在膺故言膺以表之也巾車金路同姓以封也今方叔所乘者或方叔爲同姓也又下云方叔元老則方叔五官之長是上公也上公雖非同姓或亦得乘金路矣不乘革路者以革路臨戰所乘此時受命率車未至戰時故不言戎車也

薄言采芑于彼新田于此中鄉鄉所也箋云中鄉美地名方叔涖止其車三千旂旐央央箋云交龍爲旂龜蛇爲旐此言軍衆將帥之車皆備方叔率止約軝錯衡八鸞瑲瑲軝長轂之軝也朱而約之錯衡文衡也瑲瑲聲也○軝祁支反廣雅云轂篆錯如字沈七故反瑲本亦作鎗七羊反徐七羹反服其命服朱芾斯皇有瑲葱珩朱芾黃朱芾也皇猶煌煌也瑲珩聲也葱蒼也三命葱珩言周室之強車服之美也言其強美斯劣矣箋云命服者命爲將受王命之服也天子之服韋弁服朱衣裳也○芾本又作韍或作紱皆音弗下篇赤芾同創本又作瑲亦作鎗同

皆七羊反珩音衡煌音皇又音晃朱衣裳本或作朱衣纁裳纁衍也【疏】方叔至蔥珩〇正義曰言方叔爲將既率戎車將率而行乃乘金車以朱纏約其轂之軧錯置文。王於車之上衡車行動其四馬八鸞之聲瑲瑲然其身則服其受王命之服黃朱之芾於此煌煌然鮮美又有瑲瑲然之聲所佩蒼玉之珩以此車服之美而往征伐也〇傳軧長至文衡〇正義曰說文云軧長轂也則轂謂之軧考工記說兵車乘車其轂長於田車是爲長轂也言朱而約之謂以朱色纏束車轂以爲飾輪人云容轂必直陳篆必正注云容者治轂爲之形容也篆轂約也蓋以皮纏之而上加以朱漆也知約以朱者以上言鉤膺是陳金路之事也金路以金爲飾轂色宜與金同且言路車有奭奭是赤貌故知約必用朱也知錯衡必爲文衡者錯者雜也雜物在衡是有文飾其飾之物注無云焉不知何所用也〇傳朱芾至斯劣矣〇正義曰以言斯皇故知黃朱也斯干傳曰天子純朱諸侯黃朱皆朱芾據天子之服言之也於諸侯之服則謂之朱芾耳玉藻云一命縕韍黝珩再命赤韍黝珩三命赤韍蔥珩是據諸侯而言也。彼。云又累一命至三命而止而云蔥珩則三命以上皆蔥珩也故云三命蔥珩明至九命皆蔥珩非謂方叔唯三命也此上三章皆云其車三千言周室之強路車朱芾言車服之美也必言其強美者斯劣弱矣老子曰國家昏亂有忠臣六親不和有孝慈明名生於不足詩人所以威矜於強美者斯爲宣王承亂劣弱矣而言之也〇箋命服至衣裳〇正義曰鄭解服其命服之節言此命服者今方叔爲受王命之服也言受王命之時王以此服命之故方叔服之而受命也知者春官司服云凡兵事韋弁服注云韋弁以韎韋爲弁又。以爲衣。裳是朱之淺者故得以朱表之周禮志云韋韋弁素裳此連言朱裳者以經云朱芾芾從裳色故知裳亦朱也不用戎服素裳者以其命將非在軍不可純如之也亦變爲美故雜以祭服之飾焉此本或云天子之服韋弁服朱衣纁裳者誤定本亦無纁字

鴥彼飛隼其飛戾天亦集爰止戾至也箋云隼急疾之鳥也飛乃至天喻士卒勁勇能深攻入敵也爰於也亦集於其所止喻士卒須命乃行也〇鴥唯必反

方叔涖止其車三千

師干之試箋云三稱此者重師也

方叔率止鉦人伐鼓陳師鞫旅伐擊也鉦以靜之鼓以動之鞫告也箋云鉦也鼓也各有人焉言鉦人伐鼓互言爾二千五百人爲師五百人爲旅此言將戰之日陳列其師旅誓告之也陳師告旅亦互言之○鉦音征說文云鐃也又云鐲也鞫居六反將戰此如字餘並子匠反

顯允方叔伐鼓淵淵振旅闐闐淵淵鼓聲也入曰振旅復長幼也箋云伐鼓淵淵謂戰時進士衆也至戰止將歸又振旅伐鼓闐闐然振猶止也旅衆也春秋傳曰出曰治兵入曰振旅其禮一也

疏䡄彼至闐闐○正義曰䡄然而疾者彼飛隼之鳥也其飛乃高至天雖能高飛亦集其所止之處不妄飛以與彼勇武之衆其勇能深入於敵雖則勇勁亦稟於將帥之命不妄動也以此勁勇之征伐故方叔臨視之行其車之衆有三千乘皆有佐師扞敵之用方叔既臨視乃率之以行也未戰之前○則陳閱軍士則有鉦人擊鉦以靜之鼓人伐鼓以動之至於臨陳欲戰乃陳師陳旅誓而告之以賞罰使之用命明信之方叔既誓師衆當戰之時身自伐鼓率衆以作其氣淵淵然爲衆用力遂敗蠻荊及至戰止將歸又斂陳振旅伐鼓闐闐然由將能如此所以克勝也○箋隼急疾之鳥○正義曰釋鳥云鷹隼醜其飛也翬舍人曰謂隼鷂之屬翬翬其飛疾羽聲也郭璞云鼓翄翬翬然疾是急疾之鳥也說文曰隼鷙鳥也陸機疏云隼鷂屬也齊人謂之擊征或謂之題肩或謂之雀鷹春化爲布穀者是也定本士卒勁勇作至勇○傳鉦以至動之○正義曰周禮有錞鐲鐃鐸無鉦也說文云鉦鐃也似鈴柄中上下通然則鉦即鐃也鼓人云以金鐃止鼓大司馬云鳴鐃且卻聞鉦而止是鉦以靜之大司馬又曰鼓人三鼓車徒皆作聞鼓而起是鼓以動之也說文又曰鐲鉦也鐃也則鐲鐃相類俱得以鉦名之故鼓人注云鐲鉦也形如小鐘是鐲亦名鉦也鐲似小鐘鐃似鈴是有大小之異耳俱得名鉦但鐲以節鼓非靜之義故知鉦以靜之指謂鐃也凡軍進退皆鼓動鉦止非臨陳獨然依文在陳師鞠旅之上是未戰時事也○箋春秋至禮一○正義曰古者春教振旅秋教治兵以戎是大事又三年一教隱五年左傳曰三年而治兵入而振旅是也

征伐之時出軍至對陳用治兵禮戰止至還歸用振旅法名異而禮同也以此出當用之故以脩治兵事爲名入則休息故以整衆爲名其治兵振旅之名周禮左傳穀梁爾雅皆同唯公羊以治兵爲祠兵其禮治兵則幼賤在前振旅則尊老在前釋天云出爲治兵尚威武也入爲振旅反尊卑也孫炎曰出則幼賤在前貴勇力也入則尊老在前復常法也故此傳云入曰振旅復長幼是反爲尊卑也此引春秋傳者莊八年公羊文也公羊爲祠兵此言出曰治兵者諸文皆作治兵明彼爲誤故。經改其文而引之必引此文者取其禮一也以淵淵閴閴俱是鼓聲淵淵謂戰時衆進閴閴謂戰止將歸而伐鼓之上不言治兵振旅之下不言伐鼓是二句自相互也所以得互相發見正由其禮一也故引此傳以證之長幼出入先後不同而云禮一者謂擊鼓動衆坐作進退如一也

蠢爾蠻。荊。大邦爲讎 蠢動也蠻荊荊州之蠻也箋云大邦列國之大也○蠢尺允反爾雅不遜也 方叔元老克壯其猶 元大也五官之長出於諸侯曰天子之老壯大猶道也箋云猶謀也謀兵謀也 方叔率止執訊獲醜 箋云方叔率其士衆執。將可言問所獲敵人之衆以還歸也○訊音信 戎車嘽嘽嘽嘽焞焞如霆如雷 嘽嘽衆也焞焞盛也箋云言戎車既衆盛其威又如雷霆言雖久在外無罷勞也○嘽吐丹反徐音也焞吐雷反又他屯反本又作啍同霆音廷徐音挺又音定罷音皮 顯允方叔征伐玁狁蠻荊來威 箋云方叔先與吉甫征伐玁狁今特往伐蠻荊皆使來服於宣王之威美其功之多也

【疏】蠢爾至來威○正義曰上章未言所伐之國故於此本之言我所伐者乃蠢蠢爾不遜之蠻荊不遜王命侵伐鄰國動爲寇害與大邦爲讎怨列國之大尚到讎怨其傍小國侵害多矣故我方叔天子之大老能光大其軍謀之道以討之既得克勝方叔乃率其士衆執其可言問所獲敵人之衆以還歸也方叔士衆所乘戎車嘽嘽然衆焞焞然盛如霆之發如雷之聲可畏言方叔善於用衆雖久不勞也如此明信之方叔其功大矣昔日共吉甫已征玁狁之國今又特往征伐蠻荊皆使之來服於宣王之威言其每有

大功也毛爲猶道鄭以爲猶謀也軍之道亦謀也○○傳蠢動○正義曰釋詁文也釋訓云蠢不遜也郭璞曰蠢動爲惡不謙遜也○傳五官至之老○正義曰曲禮下文也引之者以證其稱老之意然則是時方叔爲五官之伯故稱上傳云方叔卿士元老。皆兼官也以軍將皆命卿故言卿士爲元帥故以上公兼之

采芑四章章十二句

附釋音毛詩注疏卷第十（十之二）

毛詩注疏校勘記(十之二)

阮元撰盧宣旬摘錄

○六月

宣王北伐也 閩本明監本毛本此下有注小字本相臺本無考文古本同案山井鼎云釋文混入注者是也

則爲國之基隊矣 小字本相臺本同閩本明監本毛本亦同唐石經隊作墜案釋文云隊直類反小字本以下之所出也考文古本作墜偶與唐石經合○按說文有隊無墜墜者隊之俗字也

六月言周室微而復興美宣王之北伐也 小字本相臺本同案此定本也正義本無又正義云案集注及諸本並無此注是當以正義本爲長各本皆沿定本之誤

盡中國微矣 閩本明監本盡誤至

皆在北伐之事 閩本明監本毛本在誤是

明與上詩別王 補 閩本明監本同案王當作主

此與由夷全同 閩本明監本毛本夷作儀案夷當作庚形近之譌

若將師之從王而行 閩本明監本毛本同案浦鏜云帥誤師是也

我是用急 唐石經小字本相臺本同案毛鄭詩考正云急字於韻不合段玉裁云鹽鐵論引急作戒謝靈運撰征賦用作棘皆協今作急者後人用

其義改其字耳詳詩經小學

所設五戎也閩本明監本毛本同案浦鏜云謂誤設以車僕注考之浦校是也

又以爲衣閩本明監本毛本同案此不誤衣下浦鏜云脫裳字非也兵事素裳下文引鄭志可證今周禮注衍裳字耳采芑正義引亦衍

周禮云韋弁皮弁服閩本明監本毛本同案云當作志采芑正義引周禮志云韋韋弁素裳是其證又引見周禮屨人疏

注云韋弁韎韐之弁也閩本明監本毛本同案浦鏜云韋誤韐考聘禮注是

爲僕右無也閩本明監本毛本同案無當作服

于三十里小字本相臺本同唐石經三十作卅案傳箋正義皆云三十詩經小學云唐石經卅維物終卅里皆同蓋唐人仍讀爲三十是也凡唐石經章句中廿字卅字皆同此

織文鳥章唐石經小字本相臺本同案釋文以徽織作音正義標起止云箋織徽下皆同詩經小學云毛無傳蓋讀與禹貢厥篚織文同鄭易爲徽識則當作識文今考此鄭以織爲識之假借仍用經字但於訓詁中顯之者也故亦不言讀爲例見前怨耦曰仇下周禮司常疏兩引作識所謂以破引之也

白旆央央唐石經小字本相臺本同案此釋文又作本也釋文本作白茷正義本作帛茷周禮司常疏及出其東門正義引作白與釋文本同也公羊宣十二年疏載孫炎爾雅注引作帛則正義本之所同也詩經小學云作帛爲善又央央孫炎注及出其東門正義皆引作英英考正義云央央然鮮明釋文云央央音英當是字作央讀從英也

織徽織也 小字本相臺本同閩本同明監本毛本徽作徽案徽字是也釋文正義皆作徽考左傳揚徽禮記徽號鄭司常注及此箋皆用徽字者假借也說文作徽者正字也明監本毛本所改非是正義中字同

箋云鉤鞶 閩本明監本毛本同小字本相臺本重鉤字考文古本同案重者是也正義標起止云箋鉤鉤鞶可證釋文本鞶作股云音古正義云定本鉤鞶作鉤般又云蓋謂此車行鉤曲般旋考箋云行曲直有正也乃取曲鉤直股爲義般與股形相近也爾雅釋文載李巡注鉤股云水曲如鉤折如人股孫炎郭璞本作般注云盤桓者誤當以釋文本爲長

石爲大甚 閩本明監本毛本石作實案所改非也石當作恣

以帛爲行旆 閩本明監本毛本同案經注作茷正義作旆易而說之也正義下文云古今字也例見前下同

故知嚮日千里之鎬 閩本明監本毛本同案知嚮日盧文弨云劉向曰是也此在漢書陳湯傳

漢有洛陽縣 閩本明監本毛本同案惠棟云漢下當有中字陽字衍是也

牢幅一尺絳幅二尺 閩本明監本毛本同案浦鏜云半誤牢終誤絳是也

除去絳直是銘長三尺也 閩本同明監本毛本絳作降案皆誤也當作縿

帥謂軍將至五長 補 閩本明監本毛本同案五當作伍下同

此唯有王 補 閩本明監本毛本同案王當作三

但以卿統名焉事 閩本明監本毛本同案焉當作爲形近之譌

箋鉤鉤鞶至未聞 閩本明監本毛本不重鉤字案此誤刪也

鉤讀如婁頷之鉤 閩本明監本毛本同案浦鏜云讀如二字衍是也采芑韓奕正義引無

是也鉤鞶之文 閩本明監本毛本同案當作是鉤鞶之文也誤倒

故云同異未制聞 閩本明監本毛本未制作制未案所改是也

所以極勸也 閩本明監本毛本同小字本相臺本勸下有之字案有者是也

○采芑

謂已和耕其用 補毛本同閩本明監本用作田案田字是也

箋解菜之新田 閩本明監本毛本同案浦鏜云采誤菜是也

約軧錯衡 閩本明監本毛本同唐石經小字本相臺本軧作軝案軝字是也釋文五經文字可證餘同此○按軝說文从車氏聲凡氏聲與氐聲古分別最嚴

有瑲葱珩 唐石經小字本相臺本同案釋文云有創本又作瑲亦作鎗同正義本是瑲字考文古本作創采釋文

錯置文王於車之上衡 閩本明監本毛本文王誤其文案山井鼎云宋板王作彩當是剜也彩字是韓奕正義作采

彼云又累一命 閩本明監本毛本同案彼云又當作又彼文

又以爲衣裳以誤似 閩本明監本毛本同案裳字衍也六月正義引無閩本監本

則陳閱軍士 閩本明監本毛本則作而案所改是也

故經改其文而引之 閩本明監本毛本同案經當作徑形近之譌

蠢爾蠻荊 唐石經小字本相臺本同案段玉裁云漢書韋賢傳引荊蠻來威案毛云荊州之蠻也然則毛詩固作荊蠻傳寫倒之也晉語後漢書李膺傳文選王仲宣誄皆可證見詩經小學今考正義云宣王承厲王之亂荊蠻內侵是正義本作荊蠻下文皆作蠻荊後人依經注本倒之而有未盡也

執將可言問 小字本相臺本同考文古本同閩本明監本毛本將作其案將字是也出車箋作其此不必與彼同正義亦作其乃自爲文不盡與注相應也

元老皆兼官也 閩本明監本毛本同案皆當作者形近之譌

〔三五〕

毛詩小雅　鄭氏箋　孔穎達疏

車攻宣王復古也宣王能內脩政事外攘夷狄復文武之境土脩車馬備器械復會諸侯於東都因田獵而選車徒焉東都王城也○攘如羊反除也却也竟音境械戶戒反三蒼云械總名也說文云無所盛曰械復會扶又反選宣兗反數也沈思戀反下同

疏 車攻八章章四句至車徒焉○正義曰以詩次有義故序者每乘上篇而詳之言內脩政事外攘夷狄者由內事脩治故能外平強寇卽上二篇南征北伐是也不言蠻言夷者總名也既攘去夷狄卽是復竟土是爲復古也案王制注云以爲武王因殷之地中國三千海隅五千至周公成王斥大九州之界乃中國七千海隅萬里彼注者據文而言耳其實武王與成王之時土境不甚相遠也何則武王崩後王室流言四國皆叛不暇外討三監既定卽爲大平制禮便云大界以此知其境土廣狹不得相懸也王制據其初伐紂言耳武王之末境應稍大言以復文武之境土以文武周之先王舉以言之此當復成康之時也何則文王未得天下其境與武王不同而配武言之明爲先王而言也成初武末土境略同故舉文武而言大界王制之法據禮爲正耳不然豈周公數年攝政能使三倍大於武王宣王攘去夷狄仍小成王三倍且宣王中興明君矣其復古比諸成康纔四分之一則展也大成徒虛言耳若宣王復古始廣三千則厲王之末富城壞壓境以文逆意理在不然故知復古復成康之時以文武先生舉而言之耳言脩車馬卽首章二章上二句是也言備器械攻戰之具三章建旐設旄之類是也復會諸侯於東都四章是也言復者對上篇爲復猶卷耳言又也因田獵卽六章七章是也而選車徒卽三章上二句是也經先言選徒序先言田獵者選徒然後東行故經先言之序以選徒本爲田獵故言因田獵選車徒也言因

者以會爲主因會而獵也王者能使諸侯朝會是事之美者故以會諸侯爲主焉上三章先致其意首章致會同之意二章三章致田獵之意故云駕言搏獸皆致意之辭未實行也四章言既至東都諸侯來會五章言田罷之後射餘獲之禽六章七章言田獵之事卒章總歎美之也班餘獲射在田獲之後而先田言之者以射是諸侯羣臣之事因上章諸侯來會而卽說之令臣事自相次也

我車既攻我馬既同

攻堅同齊也宗廟齊毫尚純也戎事齊力尚強也田獵齊足尚疾也○豪戶刀反依字作毫也

四牡龐龐駕言徂東

龐龐充實也東洛邑也○龐鹿同反徐扶公反

疏我車至徂東○正義曰宣王言我會同之戎車既堅緻矣我戎馬既齊力矣四牡之馬龐龐然充實矣當爲我駕我當乘之以往東都與諸侯行會同也○傳宗廟至尚疾○正義曰宗廟齊毫戎事齊力田獵齊足釋畜文也尚純尚強尚疾是毛以義增解之也齊其毫毛尚純色齊其馬力尚強壯齊其馬足尚迅疾也引之者證經既同爲齊力之義因連引宗廟田獵之全文李巡曰祭於宗廟當加謹敬取其同色也某氏曰戎事謂兵革戰伐之事當齊其力以載干戈之屬舍人曰田獵取牲於苑囿之中追飛逐走取其疾而已

田車既好四牡孔阜東有甫草駕言行狩

甫大也田者大芟草以爲防或舍其中褐纏旃以爲門裘纏質以爲槸間容握驅而入擊則不得入左者左右者之右然後焚而射焉天子發然後諸侯發諸侯發然後大夫士發天子發抗大綏諸侯發抗小綏獻禽於其下故戰不出頃田不出防不逐奔走古之道也箋云甫草者甫田之草也鄭有甫田○甫毛如字大也鄭音補謂圃田鄭數也艾魚廢反褐音曷槸魚列反何魚子反門中闑轚音計劉兆注穀梁云繼也本又作擊音同或古歷反之左者之左一本無上之字下句亦然射食弋反抗苦浪反舉也綏本亦作緌而佳反下同頃苦穎反甫田舊音補十數鄭有圃田下同毛依字甫大也

疏田車至行狩毛以爲宣王言我田獵之車既善好四牡之馬又甚盛大東都之界有廣大之草可以就而田獵焉當爲我駕此車馬我將乘之而往狩獵於彼言既會諸侯又與田也鄭唯以東有甫草

爲圍田之草爲異耳○傳甫大至之道○正義曰以田法芟草爲防是廣大之處故訓甫爲大也謂寬大之地有草可芟故言甫草也因而廣言田獵之法次在大草之意田獵者必大芟殺野草以爲防限作田獵之場擬殺圍之處或復止舍其中謂未田之前誓士戒衆故教示戰法當在其間止舍也其防之廣狹無文既爲防院當設周衞而立門焉乃以織毛褐布纏通帛旃之竿以爲門之兩傍其門蓋南開並爲二門用四旃四褐也又以裘纏椹質以爲門中之閫闑車軓之裏兩邊約車輪者其門之廣狹兩軸頭去旃竿之間各容一握握人四指爲四寸是門廣於軸八寸也入此門當馳走而入不得徐也以教戰試其能否故令驅焉若驅之其軸頭擊著門傍旃竿則不得入也所以罰不一也以天子六軍分爲左右雖同舍防內令三軍各在一方取左右相應其屬左者之左門屬右者之右門不得越離部位以此故有二門也此屬夏苗之田也周禮仲夏教芟舍鄭云芟舍草止也軍有草止之法此苗田即草止明芟草止其中焉或舍其中也以教戰即軍禮同故言軍有草止之法仲夏舉草舍之法田禮皆當然也故仲冬教大閱云前期羣吏戒衆庶脩戰法虞人萊所田之野爲表百步則一爲三表又五十步爲一表田之日司馬建旗于後表之中羣吏以旗物鼓鐸鐲鐃各帥其民而致質明弊旗誅後至者乃陳車徒如戰之陳注云萊芟除可陳之處表所以識正行列也四表積二百五十步左右之廣當容三軍步數未聞鄭云芟除可陳之處是芟草爲教戰之所傳言田者大芟草以爲防則芟草爲田獵之處明先獵以教戰合圍又在間焉二者同處也鄭以最南一表以北百步爲二表又北百步爲三表又北五十步爲四表謂之後表是四表一百五十步也以下有以旌爲左右和之門故言左右之廣當容三軍但步數未聞耳彼又曰以旌爲左右和之門羣吏各帥其車徒以敍和出左右注云軍門曰和今謂之壘門立兩旌以爲之敍和出用次第出和門也彼旌即此旃也彼言敍和出此言驅而入不同者此據質明時初入和門既入同在後表之中將以教戰也既誓從後表前至第二表一弊其旗車徒皆坐又從第二表至前第三又然又從前第三至最前退卻教振旅至後表禮畢當從是以出田故敍和

出左右與此終始各舉其一故不同也計立旌爲門當在教戰之前周禮以旌爲左右和之門文在教戰下者以教戰之時直言建旌後表之中不說入門之事故不言立門教畢以敘和出因其將出而言立門故文在下其實戰之前門已先設也教戰既畢士卒出和乃分地爲屯既陳車驅車卒奔驅禽內之於防然後焚燒此防草在其中而射之天子先發然後諸侯發然後大夫士發發謂發矢射之也其天子發則先抗舉其大綏諸侯發則舉其小綏必舉此綏爲表天子諸侯殺之時因獻其禽於其下也故戰不出所期之頃田不出所芟之防不逐奔走謂出於頃防者不逐之古之道也抗綏謂既射舉之因置虞旗於其中受而致禽焉受禽獵止則弊之故王制曰天子殺則下大綏諸侯殺則下小綏注云下謂弊之是殺禽已訖田止而弊綏也各舉終始之一故與此不同也此等似有成文未知其事所出昭八年穀梁傳曰芟蘭以爲防以葛覆質爲槷與此不同鄭志答張逸云戰有頃數不能盡其多少猶今戰場者不出其頃界田者不出其防也王制云昆蟲未蟄不以火田則用火田獵唯在冬耳此言焚而射之自焚所芟之草非放火田獵四時皆焚之也故地官山虞澤虞皆云大田萊山田之野言大田則天子四時之田皆然矣既萊其地明悉焚之此時王仍未至本都非正田之時毛因大草廣言獵法不謂此時即然也○箋甫草至甫田○正義曰以下云搏獸于敖敖地名則甫草亦是地名不宜爲大故易之爲圃田之草且東都之地自有圃田故引爾雅以證之鄭有圃田釋地文也郭璞曰今滎陽中牟縣西圃田澤是也職方曰河南曰豫州其澤藪曰圃田宣王之時未有鄭國圃田在東都畿內故宣王得往田焉

之子于苗選徒囂囂之子有司也夏獵曰苗囂囂聲也維數車徒者爲有聲也箋云于曰也○囂五刀反或許驕反數所主反建旐設旄搏獸于敖敖地名箋云獸田獵搏獸也敖鄭地今近滎陽○搏音博舊音付近附近之近

疏之子至于敖○毛言宣王欲嚮東都之時其是子羣吏之有司於是爲將夏田之苗選數車徒不爲讙嘩唯數者有聲囂囂然言時官人皆能其事也既選車徒王言當建立旐於車而設旄牛尾於旐之首與旄同建我當乘之

珍倣宋版印

往搏取禽獸於散地也○鄭以于爲曰則之子斥宣王爲異耳○傳之子至有聲○正義曰大司馬仲夏教茇舍如振旅之陳羣吏選車徒謂數擇之也此時事與彼同則有司謂羣吏有事者大司馬之屬矣傳以此子爲有司下文之子亦非王身當謂凡從王者非獨司馬官屬也夏獵曰苗則此時宣王爲夏田也上云駕言行狩者是獵之總名但冬獵大於三時故狩爲冬獵名耳非宣王發意獵東許歷冬夏也下云有聞無聲則在軍不得讙譁而云囂囂之聲故知唯數者爲有聲○箋于曰○正義曰傳之訓于爲於爲往無爲曰者箋以爲曰則與傳不同言之子曰曰則是命事之辭之子當斥宣王不得爲有司也下云之子于征亦謂宣王行也但不訓于字則于征當爲往征矣

駕彼四牡四牡奕奕言諸侯來會也赤芾金舃會同有繹諸侯赤芾金舃舃達屨也時見曰會殷。見曰同繹陳也箋云金舃黃朱色也○舃音昔繹音亦見賢遍反下同

疏駕彼至有繹○正義曰言宣王之至東都四方諸侯駕彼四牡之馬而來其四牡之馬則奕奕然閑習既朝見於王而服赤芾金舃之飾與王行會同之禮者有陳于會同之位言各以爵之尊卑陳列於其位次者○傳諸侯至曰同○正義曰書諸侯赤芾對天子當朱芾也言金舃達屨者天官屨人注云舃有三等赤舃爲上冕服之舃下有白舃黑舃此云金舃者卽禮之赤舃也故箋云金舃黃朱色加金爲飾故謂之金舃白舃黑舃猶有在其上者爲尊未達其。赤舃則所尊莫是過故云達屨言是屨之最上達者也此舃也而曰屨屨通名以舃是祭服尊卑異之耳故曰屨人兼掌屨舃是爲通名也時見曰會殷見曰同大宗伯文也定本云殷頫曰同誤也注云時見者無常期諸侯有不服者王將有征伐之事則既朝覲王爲壇於國外合諸侯而命事焉殷衆也十二歲王如不巡狩則六服盡朝朝禮既畢王爲壇合諸侯以命政焉如是則會同其禮各別不得並行之矣但此時王與諸侯會東都非十二年之事言同者以會同對文則別散則義通會者交會同者同聚理既是一故論語及此連言之

決拾既佽弓矢既調決鉤弦也拾遂也佽利也箋云佽謂手指相佽比也調謂弓強弱與矢輕重相得○夬本

又作決或作抉同古穴反佽音次說文子利反云便利也比毗志反射夫既同助我舉柴柴積也箋云既同已射同復將射之位也雖不射中必助中者舉積禽也○柴子智反又才寄反說文作𢺵士賣反中丁仲反下中者同

疏決拾至舉柴○正義曰此章言諸侯從王田罷賜射餘獲之事也言時諸侯所有決之與拾既與手指相比次而和利矣弓之與矢既強弱相得而調適矣既田畢王以餘獲之禽賜之則以此射而取之此射夫皆已射一番若中得禽者既同復將射之位欲更射以求禽也若以射之而不中者則又助我中者舉積禽此文承諸侯之下射夫卽諸侯也其大夫亦在獲射之中則此可以兼焉諸侯而謂之射夫者夫男子之總名○箋佽謂至相得○正義曰鄭以佽爲利其義不明故申而成之決著於右手大指所以鉤弦開體○遂著於左臂所以遂弦手指相比次而後射得和利故毛云佽利謂相次然後射利非訓佽爲利也言調謂弓強弱與矢輕重相得者弓體有強弱各其力之所便又弓矢之各有安危調之使相得○箋既同至積禽○正義曰田無射禮唯既田乃有班餘獲射在於澤宮言同復將射之位在澤宮之位也以言助我舉積是不得利者助他人也故射雖不中必助中者舉積禽矣鄉射禮云禮射不主皮不勝者降卽此是人也此謂士大夫以上有禮射者庶人則以主皮當禮射故鄉大夫以五物詢衆三曰主皮是也四黃既駕兩驂不猗言御者之良也○猗於寄反又於綺反不失其馳舍矢如破言習於射御法也箋云御者之良得舒疾之中射者之工矢發則中如椎破物也○舍音捨椎直追反

疏四黃至如破○正義曰王既會諸侯乃與之田言王乘四黃之馬既駕矣兩驂之馬不相依猗御者節御此馬令不失其馳騁之法故令射者舍放其矢則如椎破物能中而駃也言御良射善所以美之○箋言御者之良○正義曰駟鐵云六轡在手箋云言馬之良此云御良者雖馬御相須而設文有意彼云在手主說馬良不用御者之力故言在手而已此云驂不相猗乃御者使之然故云御良各觀其文而爲說也蕭蕭馬鳴悠悠旆旌言不讙譁也○讙音歡又音暄譁音花音徒御

不驚。大庖不盈徒輦也御御馬也不驚驚也不盈盈也一曰乾豆二曰賓客三曰充君之。庖故自左。膘而射之達于右。腢為上殺射右耳本次之射左髀達于右。䯚為下殺面傷不獻踐毛不獻不成禽不獻禽雖多擇取三十焉其餘以與大夫士以習射於澤宮田雖得禽射不中不得取禽田雖不得禽射中則得取禽古者以辭讓取不以勇力取箋云不驚驚也不盈盈也反其言美之也射右耳本射當為達三十者每禽三十也〇庖蒲茅反膘頻小反又扶了反三蒼云小腹兩邊肉也說文云脅後髀前肉也本亦作髀蒲禮反或又作䯚射食亦反下射左髀同腢本亦作髃音愚又五厚反謂肩前也說文同郭音偶謂肩前兩間骨何依注公羊自左膘射之達於右腢中心死疾鮮潔也又五回五公二反射右耳食亦反髀本又作髀方爾反又薄禮反謂股外䯚餘繞反又胡了反謂水膁也字書無此字一本作䯚音羊紹反又羊招反呂忱于小反本或作膘踐子淺反

【疏】蕭蕭至不盈〇正義曰言王之田獵非直射良御善又軍旅齊肅唯聞蕭蕭然馬鳴之聲見悠悠然旆旌之狀無敢有讙譁者徒行輓輦者與車上御馬者豈不警戒乎言以相警戒也君之大庖所獲之禽不充滿乎言充滿也〇傳徒輦至力取〇正義曰諸徒皆為徒行此獨以為輦者釋訓云徒御不驚輦者也爾雅特釋此文故依而為說地官鄉師云大軍旅會同治其輦注云輦人輓行所以載任器也止以為蕃營司馬法輦有一斧一斤一鑿一梩周輦加二板二築夏后氏二十人而輦殷十八人而輦周十五人而輦是會田獵人輓輦以徒行也徒既為輦者故御為御馬者也以此美宣王之歌故知不驚不盈聲而疊之故箋反其言美之此為美之深者也鄭於此申毛者。反。鄂不韡韡不從毛說以上未有此比故於是言之明以後此類皆然矣傳又因經大庖不盈廣言殺獸充庖之事一曰乾豆謂第一上殺者乾足以為豆實供宗廟也二曰賓客謂第二殺者別之以待賓客也三曰充君之庖謂第三下殺者取之以充實君之庖廚也君尊宗廟敬賓客故先人而後己取其下也又分別殺之三等故自左膘而射之達過於右肩腢為上殺以其貫心死疾肉最絜美故以為乾豆也射右耳本箋云射當為達亦自左射之達右耳本而

死者爲次殺以其遠心死稍遲肉已微惡故以爲賓客也不言自左者蒙上文可知射左股髀而達過於右脅髃爲下殺以其中脅死最遲肉又益惡充君之庖也凡射獸皆逐後從左廂而射之達於右髃言射左髀則上殺達於右腢當自左脅也次殺右耳本當自左肩腢也不言自左舉下殺之射左髀可推而知也王制及公羊穀梁皆云充君之庖無廚字鄭云庖今之廚則傳本亦無廚字廚衍字也定本亦無廚字箋知射當爲達者以射必自左不得從右而射且與上下不類故知當爲達也面傷不獻者謂當面射之。翦毛不獻謂在傍而逆射之二者皆爲逆射不獻者嫌誅降之義不成禽不獻者惡其害幼少此不能使獵者無之自君所不取以示教法耳禽雖多擇取三十焉鄭云三十者每禽三十以君之獵不宜諸種止取三十故以爲每禽焉則宗廟賓客君庖各十也其餘每禽三十之外以與卿大夫士習射澤宮所以班餘獲射也不言諸侯諸侯不常在卿大夫尙得與射諸侯在射可知也以大獸公之非復己物君賜使射故非中不取言嚮者田獵所取用勇力今射者禮樂所取用辭讓也此當有成文書傳穀梁傳與此略同

之子于征有聞無聲有善聞而無諠譁之聲箋云晉人伐鄭陳成子救之舍於柳舒之上去穀七里穀人不知可謂有聞無聲○聞音問注同本亦作問

允矣君子展也大成箋云允信展誠也大成謂致太平也

疏之子至大成○毛以爲是從王往行羣臣有善聞而率其所部無諠譁之聲王能使所從若是信矣君子宣王誠實也其功大成言太平也○鄭以之子斥宣王爲異耳○箋晉人至無聲○正義曰事在哀二十七年左傳曰晉荀瑤伐鄭次于桐曰鄭駟弘請救于齊陳成子救鄭及留舒違穀七里穀人不知是其事也留柳不同蓋所據書異穀本齊邑而引之者證無聲也

車攻八章章四句

吉日美宣王田也能愼微接下無不自盡以奉其上焉疏吉日四章章六句至其上焉○正義曰作

吉日詩者美宣王田獵也以宣王能慎於微事又以恩意接及羣下王之田獵能如是則羣下無不自盡誠心以奉事其君上焉由王如此故美之也慎微卽首章上二句是也接下卒章下二句是也四章皆論田獵言田足以總之。時述此慎微接下二事者以天子之務一日萬機尙留意於馬祖之神為之祈禱能謹慎於微細也人君遊田或意在適樂今王求禽獸唯以給賓是恩隆於羣下也二者人君之美事故。時言之也下無不自盡以奉其上述宣王接下之義於經無所當也

吉日維戊既伯既禱維戊順類乘牡也伯馬祖也重物慎微將用馬力必先為之禱其祖禱禱獲也箋云戊剛日也故乘牡為順類也○禱丁老反馬祭也說文作禂為之于僞反

田車既好四牡孔阜升彼大阜從其羣醜箋云醜衆也田而升大阜從禽獸之羣衆也

疏吉日至羣醜正義曰言王於先以吉善之日維戊也於馬祖之伯既祭之求禱矣以田獵當用馬力故為之禱祖求其馬之强健也田獵之車既善好四牡之馬甚盛大王乃乘之升彼大陵阜之上從逐其羣衆之禽獸言車牢馬健故得歷險從禽是由禱之故也○傳維戊至禱獲○正義曰馬國之大用王者重之故夏官校人春祭馬祖夏祭先牧秋祭馬社冬祭馬步注云馬祖天駟先牧始養馬者馬社始乘馬者馬步神為災害馬者既四時各有所為祭之馬祖祭之在春其常也而將用馬力則又用彼禮以禱之祭必用戊者日有剛柔猶馬有牝牡將乘牡馬故禱用剛日故云維戊順其剛之類而乘牡馬知伯馬祖者釋天云既伯既禱馬祭也為馬而祭故知馬祖謂之伯伯者長也馬祖始是長也鄭云馬祖天駟釋天云天駟房也孫炎曰龍為天馬故房四星謂之天駟鄭亦引孝經說曰房為龍馬是也言重物慎微者重其馬之為物慎其祭之微者將用馬力必先為之禱其祖是謹慎其微細也言禱獲者為田而禱馬祖求馬强健則能馳逐獸而獲之

吉日庚午既差我馬外事以剛日差擇也獸之所同麀鹿麌麌鹿牝曰麀麌麌衆多也箋云同猶聚也麕。牝曰麌麌復麌言多也○麀音憂麌愚甫反說文作噳云麌鹿羣口相聚也麕本又作麇俱倫反復扶又

反漆沮之從天子之所漆沮之水麀鹿所生也從漆沮驅禽而致天子之所○沮七徐反疏吉日至之所○毛以爲王以吉善之日庚午日也既差擇我田獵之馬擇取强者王乘以田也至於田所而又有禽獸其獸之所同聚者則麀鹿之與鹿麌麌然衆多遂以驅逆之車驅之於漆沮之傍從彼以至天子之所以獵有期處故驅禽從之也上言乘車升大阜下言獸在中原此云驅之漆沮皆見獸之所在驅逐之事以相發明也鄭唯以麌爲獸名爲異耳○傳外事至差擇○正義曰外事以剛日曲禮文也言此者上章順剛之類故言維戊擇馬不取順類亦用庚爲剛日故解之由擇馬是外事故也莊二十九年左傳曰凡馬日中而出日中而入則秋分以至春分馬在廐矣擇馬不必在廐得爲外事者馬雖在廐擇則調試善惡必在國外故也禮記注外事內事皆謂祭事此擇馬非祭而得引此文者彼雖主祭事其非祭事亦以內外而用剛柔故斷章引之也庚則用外必用午日者蓋於辰午爲馬故也差擇釋詁文○傳鹿牝至衆多○正義曰釋獸云鹿牡麚牝麀是鹿牝曰麀也麌麌衆多與韓奕同則傳本作麌字○箋麕牝至言多○正義曰釋獸云麕牡麌牝麜是麕牡曰麌也郭璞引詩曰麀鹿麌麌鄭康成解即謂此也但重言耳音義曰麕或作麏或作麇是爲麇牡曰麌也由麇之相類又承鹿牝之下本或作麌牝者誤也釋獸又云麋牡麔牝麎下箋云祁當作麎麎麋牝是也必易傳者以言獸之所同明獸類非一故知其所言者皆獸名下其祁孔有傳訓祁爲大直云其大甚有不言獸名不知大者何物且釋獸有麎之名故易傳而從爾雅也注爾雅者某氏亦引詩云瞻彼中原其麎孔有與鄭同下箋云祁當作麎此麎不破字則鄭本亦作麎也

瞻彼中原其祁孔有祁大也箋云祁當作麎麎麋牝也中原之野甚有之○祁毛巨私反又止之反鄭改作麎音辰郭音脤何止尸反沈市尸反麋亡悲反

儦儦俟俟或羣或友趨則儦儦行則俟俟獸三曰羣二曰友○儦本作麃又作爊表嬌反趨也廣雅云行也俟音士行也徐音矣

悉率左右以燕天子驅禽之左右以安待天子箋云率循也悉驅禽順其左右之宜以安待王

之射也○射食亦反疏瞻彼至天子○毛以爲視彼中原之野其諸禽獸大而甚有謂形大而多也故儦儦然有趨者俟俟然有行者其趨行或三三爲羣或二二爲友是其甚有也既而趨逆之車驅而至於彼防虞人乃悉驅之循其左右之宜以安待天子之射也○鄭以爲視彼中原之野其麌牝之獸甚有之言中原甚有麌餘同○傳趨則至二曰友○正義曰上言多有諸獸此宜說其行容獸行多疾當先言其趨故以趨則儦儦○行則俟俟周語曰獸三爲羣故二曰友友親於羣其數宜少易損卦六三云一人行則得其友獸亦當然故二曰友三曰羣謂自三以上皆稱羣不必要三也○傳驅禽至天子○正義曰此言安待天子謂已入防中乃虞人驅之故騶虞傳曰虞人翼五豝以待公之發騶識箋云奉是時牡謂虞人與此待同也言驅禽之左右者以禽必在左射之或令左驅令右皆使天子得其左廂之便以其未明故箋又申之云循其左右之宜以安待王之射

既張我弓既挾我矢發彼小豝殪此大兕殪壹發而死言能中微而制大也箋云豕牡曰豝○挾子洽反又子協反又戶頰反豝音巴殪於計反兕徐履反本又作兕中張仲反

以御賓客且以酌醴饗醴天子之飲酒也箋云御賓客者給賓客之御也賓客謂諸侯也酌醴酌而飲羣臣以爲俎實也疏既張至酌醴○正義曰虞人既驅禽待天子故言既已張我天子所射之弓既挾我天子所射發之矢發而中彼小豝亦又殪此大兕也既殺得羣獸以給御諸侯之賓客且以酌醴與羣臣飲時爲俎實也○傳殪壹至制大○正義曰釋詁云殪死也發矢射之即殪是壹發而死也又解小豝大兕俱是發矢殺之但小者射中必死苦於不能射中大者射則易中唯不能即死小豝云發言發則中之大兕言殪言射著即死異其文者言中微而制大○傳饗醴至飲酒○正義曰醴不可專飲天子之於羣臣不徒設醴而已此言酌醴者左傳天子饗諸侯每云饗醴命之宥是饗有醴者天子飲。酒。之故舉醴言之也○箋御賓至俎實○正義曰御者給與充用之辭故知御賓客者給賓客之御也知賓客謂諸侯者天子之所賓客者唯諸侯耳故周禮六服之內其君爲大賓其臣爲大客是也彼對文則君爲大賓故臣爲大客若散則賓亦客也故此賓客幷言之此箋舉尊言耳其臣來及從君則王亦以此給之也言酌而醴羣臣以爲俎實者以言且以酌醴是當時且用之辭則得禽卽與羣臣飲酒故知以爲俎實也若乾之爲脯漬之爲醢則在籩豆矣不得言俎實也

吉日四章章六句

南有嘉魚之什十篇四十六章二百七十二句

附釋音毛詩注疏卷第十〔十之三〕

　阮元撰盧宣旬摘錄

○車攻

案王制注云　閩本明監本毛本同案浦鏜云云當衍字是也

宗廟齊毫　小字本相臺本同考文古本同閩本明監本毛本毫作豪案釋文云依字作毫也考說文無毫卽豪字之俗耳正義作毫乃易字而說之當以釋文本作豪爲長

東有甫草　小字本相臺本同唐石經甫字上磨去案唐石經考異云甫先作莆後改是也考釋文正義皆作甫傳云甫大也此亦字體乖師法之一經義雜記以爲原刻作圃改從鄭箋者誤也又水經注王逸楚詞注引作圃乃韓詩後漢書注文選注皆云韓詩也

大芟草以爲防　閩本明監本毛本同小字本相臺本芟作艾案釋文本作艾音魚廢反正義本作芟考正義引大司馬注芟除穀梁傳芟蘭而說之芟字是也今穀梁亦作艾者誤

擊則不得入　小字本相臺本同考文古本同閩本明監本毛本擊作轚案釋文云轚音計本又作擊音同或古歷反正義本與釋文又作本同當是讀爲古歷反也

左者左右者之右　小字本相臺本作左者之左閩本明監本毛本同案有之字是也釋文云之左者之左一本無上之字下句亦然正義云其屬左者之左門屬右者之右門與一本同

鄭有甫田 小字本相臺本同閩本同明監本毛本甫作圃案釋文云甫草毛如字大也鄭音補謂圃田鄭數也又甫田舊音晡十數鄭有圃田下同下同者卽此甫田字正義云爲甫田之草乃易字而說之耳不當改箋明監本毛本誤大徐本說文數下豫州甫田今誤依小徐改爲圃田

既爲防院 閩本明監本毛本院作限案所改是也

以爲門之兩傍其門 閩本明監本毛本同案十行本門至門剜添者一字

闑車軓之裏 閩本明監本毛本軓作軏案皆誤也當作軌謂兩輪閒也

又北百步爲一表 閩本明監本毛本同案一當作三

又從前第三至最前退卻 閩本明監本毛本同案十行本第至卻剜添者一字

既陳車驅車卒奔 閩本明監本毛本同案浦鏜云驅下誤衍車字是也

非故火田獵 疏 閩本明監本毛本同案故當作放形近之譌

箋甫草至甫田 閩本明監本毛本下甫字誤圃案箋作甫正義作圃者以甫圃爲古今字易而說之也例見前此標起止不當易山井鼎云宋板作莆因宋板磨滅而足之者誤加艸耳

河南曰豫州其澤藪曰圃田 閩本明監本毛本同案十行本豫至曰剜添者一字

維數車徒 小字本相臺本同閩本明監本毛本同案釋文以唯數作音是其本維作唯

搏獸于敖　唐石經小字本相臺本同案九經古義云水經注引云薄狩于敖東京賦同段玉裁云薄狩後漢書安帝紀注及初學記所引皆可證薄辭也箋釋狩以搏獸者上文言苗毛謂夏獵則不當復舉冬獵之名且上章之行狩疏謂是獵之總名則此狩字當爲實事以別於上章亦見詩經小學

獸田獵搏獸也　小字本相臺本同案惠棟云上獸字亦當爲狩考文古本作狩因覺其不詞而改之耳

今近滎陽　小字本相臺本同閩本明監本毛本同案滎當作熒六經正誤云作熒誤其說非也後人多依之改熒爲滎詳見沿革例中

殷見曰同　小字本相臺本同案正義云定本云殷頫曰同誤也釋文時見下云賢遍反下同其本與正義本同也

赤舃爲上　閩本明監本毛本赤誤金

不相依猗　閩本明監本毛本猗誤倚下箋不相猗毛本不誤

蕭蕭馬鳴　唐石經小字本相臺本同案經義雜記以爲經本作蕭云唐石經原刻作蕭蕭馬鳴後卽於蕭蕭上改爲蕭蕭非也石經並非改刻其所云經本作蕭者全未有據誤之甚者也

徒御不驚　唐石經小字本相臺本同案段玉裁云經文作警傳箋正義皆甚明考文古本作警采正義〇按李善文選注引

三曰充君之庖　小字本相臺本同案此定本也正義本庖下有廚字正義云衍字也是也

自左膘而射之　小字本相臺本同案釋文云本亦作髀又云或又作髃者皆誤

達于右腢　小字本相臺本同案段玉裁云五經文字作髃是也釋文正義皆作腢乃轉寫之譌釋文云一本作髃髃卽是髃字耳又云本或作

膘考䯚髃二字皆文所不載釋文亦云字書無髃字此傳當以本或作膘者爲長何休公羊桓四年注乃用髃字其義本不與此傳同也

鄭於此申毛者反鄂不韡韡 閩本明監本毛本同案十行本者至不剜添者一字

翦毛不獻 閩本明監本毛本同案傳作踐釋文踐子淺反正義作翦踐翦古今字易而說之也例見前

○吉日

時述此慎微接下二事者 閩本明監本毛本同案浦鏜云時當特字誤是也○補案下故時言之也時亦當作特

麕牝曰麌 小字本相臺本牝作牡閩本明監本毛本同案牡字是也釋文云麕牡下音茂正義云是麕牡曰麌也又云是爲麌牡曰麌也又云本或作麌牝者誤也皆可證經義雜記據王篇廣韻麌下誤作牝而以爲鄭箋所用爾雅與郭不同其說非也又引羣經音辨亦誤字耳考文古本作牡采正義

而致天子之所 小字本同閩本明監本毛本同相臺本致作至案作至字是也正義云從彼以致天子之所騶虞正義引亦作至皆可證

麌麌衆多 補毛本麌作麌案傳箋作麌誤也

箋麕牝至言多 閩本明監本毛本牝作牡案牡字是也

麕牡麌牝麌 毛本同閩本明監本麌作麌案麌字是也

郭璞引詩曰麀鹿麌麌 毛本同閩本明監本麌作麌案皆誤也浦鏜云麌字誤是也

又承鹿牡之下 閩本明監本毛本同案牡當作牝

且釋獸有麌之名 閩本明監本毛本同案浦鏜云麌誤麌是也

既挾我矢 小字本相臺本同唐石經初刻又後改既案初刻誤也正義可證

天子飲酒之 閩本明監本毛本同案酒之二字當倒

二百七十二句 小字本相臺本同唐石經磨改其初刻不能知矣

鴻鴈之什詁訓傳第十八

毛詩小雅　　鄭氏箋　　孔穎達疏

鴻鴈。美宣王也萬民離散不安其居而能勞來還定安集之至于矜寡無不得其所焉宣王承厲王衰亂之敝而起興復先王之道以安集衆民爲始也書曰天將有立父母民之有政有居宣王之爲是務○勞力報反來力代反矜本又作鰥同古頑反徐又棘冰反篇內矜寡同老無妻曰矜老無夫曰寡【疏】鴻鴈三章章六句至其所焉○正義曰作鴻鴈詩者美宣王也由厲王衰亂萬民分離逃散皆不安止其居處今宣王始立能遣侯伯卿士之使皆就而勞來今還歸本宅。安止安慰而集聚之使復其居業爲築宮室又至於矜寡孤獨皆蒙賙贍無不得其所者由是故美之也勞來者來勤也義與勞同皆謂設辭以閔之言萬民離散不安其居卒章上二句是也而能勞來首章次二句是也止於矜寡无不得其所者首章下二句是也其餘皆說安集之事序總言焉經序參差者敘述其次第當然經主說安集爲始先陳王殷勤於民然後本其未集各爲節文之勢故不同也○箋宣王至是務○正義曰由宣王承厲王衰亂之弊故民有離散以承此亂而起興復先王之道以安集衆民爲始也衣物破壞謂之弊厲王壞亂天下使萬民離散猶衣之弊然雲漢云承厲王之烈者彼美宣王遇災而懼災非厲王所致故不言弊此離散由厲王故言弊也烝民序曰周室中興是興復先王之道知以安集衆民爲始者以宣王據亂而起明其。王先據散民不得民未安居先行餘政故知以安集爲始也書曰天將有立父母民之有政有居今泰誓文言天將有立聖德者爲天下父母民之得有善政有安居彼武王將欲伐紂民喜其將有安居是民之所欲安居爲重也宣王

之爲是務言宣王之所爲安集萬民是以民之父母爲務意同武王所以爲美

鴻鴈于飛肅肅其羽興也大曰鴻小曰鴈肅肅羽聲也○箋云鴻鴈知辟陰陽寒暑興者喻民知去無道就有道○肅所六反本或作翿同

之子于征劬勞于野之子侯伯卿士也劬勞病苦也箋云侯伯卿士謂諸侯之伯與天子卿士也是時民既離散邦國有壞滅者侯伯久不述職王使廢於存省諸侯於是始復之故美焉○劬其俱反注及下文同韓詩云數也使所吏反

爰及矜人哀此鰥寡矜憐也老無妻曰鰥偏喪曰寡箋云爰曰也王之意不徒使此爲諸侯之事與安集萬民而已王曰當及此可憐之人謂貧窮者欲令賙餼之鰥寡則哀之其孤獨者收斂之使有所依附○矜棘冰反喪息浪反令力呈反賙音周救也餼許氣反

疏

鴻鴈至鰥寡○正義曰言鴻鴈避所忌就所欲往飛之時肅肅其羽爲聲也以興萬民去所惡就有道而歸往之時其心喜樂也此萬民所以有可就者以時王遣使是子侯伯卿士於是巡行其邦國勞來天下之民病苦於外野故萬民得歸之此侯伯卿士既安集萬民又稱王命己曰不但安民而已亦當及此可憐之人貧窮者令賙餼焉又哀此無妻之鰥夫偏喪之寡婦當收斂之使有所依附也王命己己當行焉○傳大曰鴻至寒暑○正義曰鴻鴈俱是水鳥故連言之其形鴻大而鴈小嫌其同鳥雄雌之異故傳辨之云大曰鴻小曰鴈也知避陰陽寒暑者春則避陽暑而北秋則避陰寒而南故並言之此以所避與民避惡既有所避自然歸善故箋云喻民知去無道就有道離散一不得所是無道明君安集之是有道也言去無道之離散就有道之安集所與一事耳不謂以厲王無道去之宣王有道就之何則民離散者豈能逃出中國遠避厲王也○箋侯伯至美焉○正義曰傳既以之子爲侯伯卿士故箋又解傳言侯伯卿士謂諸侯之伯與天子之卿士也毛知之子爲侯伯卿士者以此勞來之詩也王使勞來於天下唯侯伯與卿士耳故僖元年左傳曰凡侯伯救患分災討罪禮也是侯伯自於州內有罪者則征討之災患則分救之此安集萬民亦救患之義且州之內侯伯所主明王當遣焉故知有侯伯也又周禮王之所以撫邦國

諸侯者歲偏存三歲偏覜五歲偏省注云歲者巡守之時天明歲以爲始自五歲之後遂閒歲偏省此天子於諸侯所命卿士也春秋之時天子每使卿聘魯故知有卿士也諸侯之伯伯者長也諸侯之長謂之侯伯即一州牧是也故左傳杜注云侯伯州長也列職於王即曰牧於諸侯則謂之侯伯一官而有三名也傳以之子是王所使之人舉侯伯卿士而言耳其實王官之伯亦有時述職天子之大夫亦使於諸侯故下泉傳曰諸侯有事則二伯述職春秋之世每有大夫聘魯是皆得爲王使也是時民既離散邦國壞滅知者以百堵皆作非直民居邦國城邑亦築作之故言邦國壞滅也所以離散壞滅者侯伯久不述職王使廢於存省諸侯故合然也今宣王於是始遣侯伯述職卿士存省復先王之法故美之言述職者述脩其所掌之職事上下通名故譜曰武王巡狩述職昭五年左傳曰小有述職謂諸侯於天子也又烝民曰仲山甫出祖傳曰言述職也仲山甫卿士也亦言述職是其通矣卿士言王使者以在王朝故以王使言之其實侯伯亦王所遣總名皆王使但存省不使侯伯耳○箋可憐之人至有所依附○正義曰以下則言鰥寡明此可憐之人是貧窮也以貧窮無財宜賙餼之賙謂與之財餼謂賜之食也知可憐之人非孤獨者以孤獨與鰥寡爲類同在哀此之中故言鰥寡則哀之其孤獨者收斂之使有所依附也男鰥女寡皆身孤獨故言其孤獨以此無父之孤無子之獨亦宜哀焉王制云四者天民之窮而無告者也皆有常餼是四者同也言有常餼則鰥寡亦賙餼之言收斂之者對貧窮自有親眷不須收斂鰥寡則既收斂之又賙餼之但哀其無所告故箋別言之

鴻鴈于飛集于中澤中澤澤中也箋云鴻鴈之性安居澤中今飛又集于澤中猶民去其居而離散今見還定安集之子于垣百堵皆作一丈爲版五版爲堵箋云侯伯卿士又於壞滅之國徵民起屋舍築墻壁百堵同時而起言趨事也春秋傳曰五版爲堵五堵爲雉雉長三丈則版六尺○垣音袁堵丁古反雖則劬勞其究安宅究窮也箋云此勸萬民之辭女今雖病勞終有安居○究居又反

【疏】鴻鴈至安宅○正義曰言鴻鴈性好居澤今往飛而集於澤中得其志也

以與萬民亦情樂處家今還歸而止於家中亦得其欲也萬民得以安處者其是子侯伯卿士又於壞滅之國徵民起築垣牆令百堵俱起由是得還定也又言侯伯卿士勸己萬民曰築作與造雖則今劬勞其於久得安居欲使不憚勞也民喜王使之勸己故陳辭而美之○傳一丈至爲堵○正義曰板堵之數經無其事毛氏以義言耳五板爲堵自是公羊傳文公羊在毛氏之後非其所據五板爲堵謂累五板也板廣二尺故周禮說一堵之牆長丈高一丈是板廣二尺也○箋春秋至六尺○正義曰傳以一丈爲板鄭欲易之故引傳文而證板之長短春秋傳曰五板爲堵五堵爲雉定十二年公羊傳文也公羊雖非正典其言傳諸先達故鄭據之以破毛也言五堵爲雉謂接五堵成一雉既引其文約出其義故云雉長三丈則板六尺也雉長三丈經亦無文古周禮說雉高一丈長三丈韓詩說八尺爲板五板爲堵五堵爲雉何休注云公羊取韓詩傳云堵四十尺雉二百尺以板長八尺接五板而爲堵接五堵而爲雉也二說不同故鄭駮異義辨之云左氏傳說鄭莊公弟段居京城祭仲曰都城過百雉國之害也先王之制大都不過三國之一中五之一小九之一今京不度非制也古之雉制書傳各不得其詳今以左氏說鄭伯之城方五里積千五百步也大都三國之一則五百步也五百步爲百雉則知雉五步五步於度長三丈則雉長三丈也雉之度量於是定可知矣是鄭計雉所據之文也王愆期注公羊云諸儒皆以爲雉長三丈堵長一丈疑五誤當爲三如是大通諸儒唯與鄭板六尺不合耳

鴻鴈于飛哀鳴嗸嗸未得所安集則嗸嗸然箋云此之子所未至者○嗸本又作嗷五刀反聲也維此哲人謂我劬勞箋云此哲人謂知王之意及之子之事者我之子自我也維彼愚人謂我宣驕宣示也箋云謂我役作衆民爲驕奢

鴻鴈三章章六句

庭燎美宣王也因以箴之諸侯將朝宣王以夜未央之時問夜早晚美者美其能自勤以政事因以箴者王有雞人之官凡國事爲

期則告之以時王不正其官而問夜早晚○燎力照反徐又力燒反鄭云在地曰燎執之曰燭又云樹之門外曰大燭於內曰庭燎皆是照衆爲明箴之金反
諫誨之辭朝直遙反下皆同【疏】庭燎三章章五句至箴之○正義曰因以箴之者言王雖可美猶有所失此失須治若病之須箴三章皆美其勤於政事
譏其不正其官是美而因箴之事也宣王既在變詩此言美而箴之以下規誨爲衰失之漸而首則六月采芑末則斯干無羊並不言美者敘以示法見宣王
中興置斯干無羊於末見終善以隱之詩承刺後不可復言其美故去美以示意既末不言美故首亦去美今始終相準且見宣王賢君其詩可以次正故終
始不言美其間則各從其實也以此王勤政事而不正其官美大過小得中有失故美而因箴之汾沮洳則惡大善小失中有得故刺而因美焉所以相反也
○傳諸侯至早晚○正義曰王有雞人之官凡國事爲期則雞人告有司以其朝之時節有司當以告王不須問今王問之由王不正其官而問夜早晚非度
之宜所以箴之也凡國事爲期則告之以時周禮雞人職文也注云象雞知時告其有司主事者也鄭知一言之內兼有箴美者以其篇更無箴刺之文夜如
何其是問夜之辭天子備官任使而親問時節非王者之法故知此卽箴也卒章是朝之正時知不得時而美失時而箴者三章同云夜如何其是王之失得
一也不得以時而爲美矣且依時而朝未足爲美明美者美其勤於親問問之則非禮故知此卽爲箴也**夜如何其**箋云此宣王以諸侯將朝夜起
曰夜如何其問早晚之辭○如其音基辭也**夜未央庭燎之光君子至止鸞聲將將**央旦也庭燎大燭君子謂諸侯也將
將鸞鑣聲也○箋云夜未央猶言夜未渠央也而於庭設大燭使諸侯早來朝聞鸞聲將將然○央於良反說文云久也已也王逸注楚辭云央盡也將七羊反
本或作鏘注同且七也反又子徐反又音且經本作且鑣表驕反又必苗反渠其據反【疏】夜如至將將○正義曰宣王以諸侯將朝遂夜起問左右曰夜
如何其語辭言夜今早晚如何乎王問之時夜猶未渠央矣而已見庭燎之光言於時卽是庭設大燭以待諸侯其君子諸侯以庭燎已設皆來至止人聞

其鸞聲將將然王勤政事誠可美矣而不正其官失人君之道故箴之○傳央旦至大燭○正義曰未央者前限未到之辭故箋云夜未央猶言夜未渠央也故漢有未央宮詩有樂未央傳言央旦者旦是夜屈之限言夜未央者謂夜未至旦非謂訓央為旦故王肅云央旦未旦夜半是也二章夜未艾艾久也毛意艾取名於耆艾艾者是年之久從幼至艾為年久似從昏至旦為夜久昏似幼旦似艾言夜未於久亦是未至於旦未艾與未央其意同也但下章言晨則三章設文有漸未央先於未艾也此夜未旦者作者言王問夜之時節耳非對王之辭也若對王未央王應更寢何當設燭以迎賓以此知非對辭也庭燎者樹之於庭燎之為明是燭之大者故云庭燎大燭也秋官司烜云邦之大事共。蕡燭庭燎注云樹於門外曰大燭門內曰庭燎不同者以彼燭燎別文則設非一處庭燎以庭名之明在門內故以大燭為門外以文對故異之耳其散則通也郊特牲曰庭燎之百由齊桓公始也注云僭天子也庭燎之差公蓋五十侯伯子男皆三十是天子庭燎用百古制未得而聞要以物百枚并而纏束之今則用松葦竹灌以脂膏也

夜如何其夜未艾庭燎晣晣君子至止鸞聲噦噦艾久也晣晣明也噦噦徐行有節也箋云芟末曰艾以言夜先雞鳴時○艾毛五蓋反鄭音刈晣本又作晢之世反噦呼會反徐又呼惠反芟所銜反先薛鸞反

疏箋芟末至雞鳴時○正義曰箋以傳云艾取老之義其理不安故易之何者以一夜。始譬一世從昏至旦猶從生至死耳不得以老為旦也若以夜未久則是初昏之辭時已雞鳴左右不得謂之未久也故易之以芟艾為喻一物之全是猶一夜也以刀初芟猶初昏也芟竟猶旦也是艾者以昏初為本以過為末所以成艾之名言未成艾猶初未至於旦故言先雞鳴時也朝禮羣臣別色始入在雞鳴之後此未至朝節故知先雞鳴時也未艾先於雞鳴則未央又在其前故王肅以為夜半雞鄭亦當然矣

夜如何其夜鄉晨庭燎有煇君子至止言觀其旂煇光也箋云晨明也上二章聞鸞聲爾今夜鄉明我見其旂是朝之時也朝禮別色始入○鄉許亮反字又作嚮煇音暉

別彼列反旂音祈

庭燎三章章五句

沔水規宣王也規者正圓之器也規主仁恩也以恩親正君曰規春秋傳曰近臣盡規○沔緜善反徐莫顯反疏沔水二章二章章八句一章六句○正義曰作沔水詩者規宣王也圓者周迊之物以比人行周備物有不圓迊者規之使成圓人行有不周者規之使周備是匡諫之名刺者責其爲惡言宣王政教多善小有不備今欲規之使備故言規之不言刺也經云諸侯不朝天子妄相侵伐又讒言將起王不禁之欲王治諸侯察譖佞皆規王使爲善也○箋規者至盡規○正義曰正物之器不獨規也規以正圓矩以正方繩正曲直權正輕重皆可以比諫君獨言規者以主仁恩以恩親正君曰規規之使圓則外無廉隅猶人之爲恩貌不嚴肅故五行規主東方是主仁恩也案援神契云春執規夏持衡秋執矩冬持權所引春秋傳者外傳周語文也言君之近臣當盡誠以規君亦取恩親之義

沔彼流水朝宗于海興也沔水流滿也水猶有所朝宗箋云興者水流而入海小就大也喻諸侯朝天子亦猶是也諸侯春見天子曰朝夏見曰宗○朝直遙反注皆同見賢遍反下文同

鴥彼飛隼載飛載止箋云載之言則也言隼欲飛則飛欲止則止喻諸侯之自驕恣欲朝不朝自由無所在心也○鴥惟必反隼息尹反

嗟我兄弟邦人諸友莫肯念亂誰無父母邦人諸友謂諸侯也兄弟同姓臣也京師者諸侯之父母也箋云我我王也莫無也我同姓異姓之諸侯女自恣聽不朝無肯念此於禮法爲亂者女誰無父母乎言皆生於父母也臣之道資於事父以事君疏沔彼至父母○正義曰沔然而滿者彼流水也此水之流當朝宗而入於海小就大也以喻強盛者是彼諸侯也此諸侯亦當朝宗天子臣事君也何爲今更不然鴥然而疾者彼飛隼其意欲飛則飛欲止則止自由無所畏也以喻彼諸侯欲

朝則朝欲否則否自恣無所懼也故責之嗟乎我王兄弟同姓之國及爲邦君之人異姓諸侯此同姓異姓汝皆我王之諸友何爲自恣不朝無肯念此於禮法爲亂者若然則誰無父母乎何者人皆生於父母臣之道資於事父以事君故京師者諸侯之父母何爲不以事父母之道事京師也諸侯自恣如是王不能禁所以規王也○傳水猶有所朝宗○正義曰云猶者以水無情猶義有朝宗況人而可無朝宗乎朝宗者本諸侯於天子之禮故箋引大宗伯云春見天子曰朝夏見曰宗臣之朝君猶水之趨海故以水流入海爲朝宗也禹貢亦云江漢朝宗於海彼注云以著人臣之禮見江漢吳楚有道後服無道先強故以著義以水入海多矣獨於江漢言朝宗故云著義也大宗伯注云朝朝也欲其來之早宗尊也欲其尊王皆以人事名之水無此情故云著義也○傳邦人至父母○正義曰尚書云我友邦冢君是天子謂諸侯爲友也邦人有國之辭故知諸友謂諸侯也此經嗟我下通兄弟邦人並責之諸友之文足以容同姓但以同姓爲親故先責兄弟兄弟是同姓則邦人諸友爲異姓故箋云我同姓異姓諸侯總責之也言京師者諸侯之父母以責不朝於京師故以京師爲父母也箋申解名京師爲父母之意言皆生於父母臣之道資於事父以事君本其恩親以責之故名京師爲父母箋云自恣不朝集注及定本恣下有聽字

沔彼流水其流湯湯言放縱無所入也箋云湯湯波流盛貌喻諸侯奢僭既不朝天子復不事侯伯○湯湯失羊反復扶又反鴥彼飛隼載飛載揚言無所定止也箋云則飛則揚喻諸侯出兵妄相侵伐念彼不蹟載起載行心之憂矣不可弭忘不蹟不循道也弭止也箋云彼彼諸侯也諸侯不循法度妄興師出兵我念之憂不能忘也○蹟井亦反弭彌氏反下同

疏沔彼至弭忘○正義曰沔然而滿者彼流水也此水之流湯湯然波流漫溢無所入既不注於海復不入大川以興強盛者彼諸侯也此諸侯奢僭故恣無所事既不朝天子又不事侯伯鴥然而疾飛者彼飛隼則已飛而不息則又加之遊揚妄相擊害以興彼自恣之諸侯則已不朝天子則又加以出兵妄相侵伐故我念彼不循

道之諸侯爲此則起則行妄出兵之事者心爲之憂矣不可止而忘之○傳言故縱之無所入○正義曰言水放散縱長無所入猶諸侯奢泰放恣無所臣事也
無所者是廣辭非徒不入於海又不注大川以喻諸侯亦然故箋申之云既不朝天子復不事侯伯以傳無所入之言知有侯伯之義故下箋亦云王與侯伯
不當察之緣此有侯伯故也定本云放行無所入集注云放恣**鴥彼飛隼率彼中陵**箋云率循也隼之性待鳥雀而食飛循陵阜者是其
常也喻諸侯之守職順法度者亦是其常也**民之訛言寧莫之懲**懲止也箋云訛僞也言時不令小人好詐僞爲交易之言使見怨咎
安然無禁止○好呼報反**我友敬矣讒言其興**疾王不能察讒也箋云我我天子也疚謂諸侯也言諸侯有敬其職順法度者讒人猶興
其言以毀惡之王與侯伯不當察之○惡烏路反【疏】鴥彼至其興○正義曰鴥然彼自往之飛隼當循彼中陵是其常以興自恣之諸侯亦當守職慎法
是其常言諸侯之不可起行妄伐猶飛隼之不可飛揚妄作也諸侯之不守法非直由其自恣然亦由當時不令之小人爲詐僞之言使人見怨咎者安然莫
之肯禁止之者故致讒言我諸侯之友有恭敬其職事者矣讒人之言其又興起以毀惡之而王與諸侯何以不當察之乎以此令諸侯益不守法也此篇主
責諸侯之自恣因疾王之不察讒者先責下而後刺上欲規王令禁察之○箋好詐至怨咎○正義曰詐僞交易之言者謂以善言爲惡以惡言爲善交而換
易其辭鬬亂二家使相怨咎也

沔水三章二章章八句一章六句

鶴鳴誨宣王也○誨教也教宣王求賢人之未仕者鶴鳴草木疏云鶴鳴聞八九里【疏】鶴鳴二章章九句○正義曰上言規此言誨者規謂
正其已失誨謂教所未知彼諸侯專恣是已然之事故謂之規此求賢者未是已失直以意教故謂之誨敘者觀經而異文
鶴鳴于九皋聲

聞于野興也皐澤也言身隱而名著也箋云皐澤中水溢出所爲坎自外數至九喻深遠也鶴在中鳴焉而野聞其鳴聲興者喻賢者雖隱居人咸知之○九皐音羔韓詩云九皐九折之澤聞音問下同數色主反魚潛在淵或在于渚良魚在淵小魚在渚箋云此言魚之性寒則逃於淵溫則見於渚喻賢者世亂則隱治平則出在時君也○見賢遍反治直吏反樂彼之園爰有樹檀其下維蘀何樂於彼園之觀乎蘀落也尙有樹檀而下其蘀箋云之往爰曰也言所以之彼園而觀者人曰有樹檀檀下有蘀此猶朝廷之尙賢者而下小人是以往也○樂音洛沈又五孝反注及下同爰音袁檀音壇蘀音託觀古亂反下同朝直遙反它山之石可以爲錯錯石也可以琢玉舉賢用滯則可以治國箋云它山喻異國○錯七落反說文作厝云厲石也字林同千故反琢涉角反

疏鶴鳴至爲錯○毛以爲言鶴鳴於九皐之中其聲聞於外方之野鶴處九皐人皆聞之以與賢者隱於幽遠之處其名聞於朝之間賢者雖隱人咸知之王何以不求而置之於朝廷乎所以必求此隱者以魚有能潛在淵者或在於渚者小魚不能入淵而在渚良魚則能逃處於深淵以與人有能深隱者或出於世者小人不能自隱而處世君子則能逃遯而隱居逃遯之人多是賢者故令王求之王若置賢人於朝則人言云我何以樂彼之園而欲往觀之乎曰以上有善樹之檀而其下維有惡木之蘀我所以觀焉以與何以樂彼之朝而欲往觀之乎以上有德善之人而其下維有不賢之人我所以往也王得賢則爲人樂觀其朝如此何以不求之非但在朝爲人所親又它山遠國之石取而得之可以爲錯物之用與異國沈滯之賢任而官之可以爲理國之政國家得賢臣輔以成治猶寶玉得石錯琢以成器故須求之也王者雖以天下爲家畿外亦得爲異國也○鄭唯次二句爲異餘同○箋皐澤至鳴聲○正義曰鄭以一鳥不鳴九澤而云九皐者然則明深九坎也澤者水之所鍾故知澤中水溢出所爲坎自外數至九於時澤有然者故作者舉之以喻深遠也鶴者善鳴之鳥故在澤焉而野聞其鳴聲陸機疏云鶴形狀大如鵝長脚青翼高三尺喙長四寸餘

多純白或有蒼色者今人謂之赤頰當夜半鳴故淮南子云雞知將旦鶴知夜半其鳴高亮聞八九里雌者聲差下今吳人園囿中及士大夫家皆養之○傳良魚至在渚○正義曰毛以潛淵喻隱者不云大魚而云良魚者以其喻善人故變文稱良也○箋此言至則出○正義曰此文止有一魚復云或在是魚在二處以魚之出沒喻賢者之進退於理爲密且教王求賢止須言賢之來否不當橫陳小人故易傳也

鶴鳴于九皐聲聞于天箋云天高遠也魚在于渚或潛在淵箋云時寒則魚去渚逃於淵樂彼之園爰有樹檀其下維穀穀惡木也○穀工木反說文云楮也從木穀聲非從禾也以上章上檀下蘀類之取其上善下惡故知穀惡木也【疏】傳穀惡木○正義曰以上檀蘀類之取其上善下惡故知穀惡木也陸機疏云幽州人爲之穀桑荊楊人謂之穀中州人謂之楮殷中宗時桑穀共生是也今江南人績其皮以爲布又擣以爲紙謂之穀皮紙絜白光澤其裏甚好其葉初生可以爲茹它山之石可以攻玉攻錯也

鶴鳴二章章九句

祈父刺宣王也刺其用祈父不得其人也官非其人則職廢祈父之職掌六軍之事有九伐之法祈圻畿同○祈勤衣反父音甫下同【疏】祈父三章章四句○正義曰經二章皆勇力之士責祈父之辭舉此以刺王也○箋圻父至畿同○正義曰下傳以祈父爲司馬故言其所掌之事大司馬序云王六軍是掌六軍之事也其職曰掌九伐之法正邦國注云諸侯之於國如樹木之有根本是以言伐云憑弱犯寡則眚之猶人眚瘦四面削其地賊賢害民則伐之有鐘鼓曰伐暴內陵外則壇之壇讀如墠墠之空墠出其君更立其次賢者野荒民散則削之田不治民不附削其地負固不服則侵之賊殺其親則正之執而治其正殺之放弒其君則殘之殘滅其爲惡犯令陵政則之杜塞杜塞使不得與鄰國交通內外亂鳥獸行則滅之悖人倫誅滅去之是有九伐

之法也由其軍行征伐事有苦樂爲爪牙所怨故言其所掌也此職掌封畿兵甲當作畿字今作圻故解之古者祈圻畿同字得通用故此作祈尙書作圻

祈父祈父司馬也職掌封圻之兵甲箋云此司馬也時人以其職號之故曰祈父書曰若。疇圻父謂司馬司馬掌祿士故司士屬焉又有司右主勇力之士○疇此古疇字本或作壽按孔注尙書直留反馬鄭音受

予王之爪牙胡轉予于恤靡所止居恤憂也宣王之末司馬職廢。羌戎爲敗箋云予我轉移也此勇力之士責司馬之辭也我乃王之爪牙爪牙之士當爲王閑守之衞女何移我於憂使我無所止居乎謂見使從軍與羌戎戰於千畝而敗之時也六軍之士出自六鄉法不取於王之爪牙之士○爲王于僞反下毋爲父同

疏祈父至止居○正義曰時爪牙之士呼司馬之官曰祈父我乃王之爪牙之士所職有常不應遷易汝何爲移我於所憂之地使我無所止居乎由宣王不明使人不稱故陳之以刺王○箋此司馬至之士○正義曰以傳未明更申其說此司馬職其掌封畿時人以其職號之故曰祈父書曰若。疇圻父謂司馬也言古亦謂司馬爲圻父非獨詩也若。疇圻父酒誥文也彼注云順壽萬民之圻父圻父謂司馬主封畿之事與此同意也定本作若疇與鄭義不合誤也又解祈父爲爪牙所責之意司馬掌祿士故司士之官屬焉是爵祿黜陟由司馬也其屬又有司右之官主勇力之士故爪牙屬司馬也司馬主爪牙之士其職得爵人今轉爪牙之士於可憂之地故所以怨之也司士職曰以德詔爵以功詔祿注引王制曰司馬辨論官材論進士之賢者以告於王而定其論論定然後官之任官然後爵之位定然後祿之是司士所掌以告司馬司馬告於王而進退之處人憂樂皆司馬之所爲故恨其轉予于恤也因言司馬所掌逆申下恨之意司右主勇力之士者司右職曰凡國之勇力之士能用五兵者屬焉注云勇力之士屬焉選右當於其中五兵者弓矢殳矛戈戟也此王之爪牙卽彼勇力之士故引之也○傳宣王至爲敗○正義曰周語云宣王三十九年戰於千畝王師敗績於姜氏之戎史記周本紀云宣王卽位四十六年而崩是。末有姜戎爲敗也毛知此當姜戎之敗者以宣王之

征所往皆克此言轉予于恤有危敗之憂宣王之敗唯姜戎耳故言姜戎爲敗以當之自爲姜戎所敗而言司馬職廢者以征伐司馬所典故也常武美宣王命程伯休父爲大司馬則休父賢者也言職廢者蓋休父卒後他人代之其人不賢故廢職也○箋我乃至之士○正義曰鳥用爪獸用牙以防衛己身此人自謂王之爪牙以鳥獸爲喻也當爲王閑守之衛者謂防閑守禦之衛也知者以其言爪牙是勇力者也言胡轉予于恤是不應轉而轉之也有勇力而不當轉於憂唯守衛者耳故知當爲王閑守之衛也司右止言勇力屬焉不言使之守衛夏官虎賁氏下大夫二人其屬者虎士八百人其職云虎賁氏掌先後王而趨以卒伍軍旅會同亦如之舍則守王閑王在國則守王宮國有大故則守王門注云舍王出所止宿處閑梐枑也。然則爲王閑守乃是虎賁之屬非司右勇力士也此言當爲王守衛者周禮司右虎賁連官耳虎賁掌虎士司右主勇士虎賁之徒既爲宿衛則司右之徒亦爲宿衛矣司士正朝儀之位虎士在路門之右大右在路門之左大右則司右也虎士言其徒不言其官大右言其官不言其屬明司右與虎賁氏俱率其屬以衛王互文以相明也不然豈空屬司右無任役乎以此知爪牙之士當爲王閑守之衛也比勇力之士選右當於中若車右出征則是其常職今恨移我於憂謂見使從軍則不爲車右蓋使之爲步卒故恨也傳言姜戎敗不言敗處故申之云戰於千畝而敗也杜預云西河介休縣南有地名千畝則王師與姜戎在晉地而戰也國語云宣王不籍千畝虢文公諫而不聽三十九年戰于千畝孔晁云宣王不耕籍田神怒民困爲戎所伐戰於近郊則晁意天子籍田千畝還在籍田而戰則千畝在王之近郊非是晉地義或然也又解此爪牙之士所以不應從征者以六軍之士出自六鄉法不取王之爪牙之士也小司徒職曰乃頒比法於六鄉之大夫使各登其鄉之衆寡乃會萬民之卒伍而用之五人爲伍五伍爲兩四兩爲卒五卒爲旅五旅爲師五師爲軍以起軍旅又曰凡起徒役無過家一人是出自六鄉也

祈父予王之爪士士事也胡轉予于恤靡所厎止。厎至也○厎爪履反祈父亶不聰亶誠也○亶都

且反

胡轉予于恤有母之尸饔尸陳也熟食曰饔箋云己從軍而母爲父陳饌飲食之具自傷不得供養也○供九用反養羊亮反

疏祈父至尸饔○正義曰上恨身無所居此恨不得供養責之曰祈父汝誠是不聰慧之人汝若聰慧何爲移我於憂危之地令我不得居家供養使我所有尊母令之陳熟食以奉父乎○傳熟食曰饔○正義曰對例則飪爲熟散則通此云尸是陳之辭明熟食故可陳也○箋己從至供養○正義曰千畝之戰則王之郊內勝負不至多時而恨其不得代母爲父陳食者時王室既衰戰則恐敗恨其轉己故舉此以刺不得爲多歷時日而恨也許氏異義引此詩曰有母之尸饔謂陳饔以祭志養不及親彼爲論饔餼生死不爭此文故不駁之其義當如此箋非爲祭也

祈父三章章四句

白駒大夫刺宣王也刺其不能留賢也○白駒馬五尺以上曰駒

皎皎白駒食我場苗縶之維之以永今朝宣王之末不能用賢賢者有乘白駒而去者縶絆維縶也箋云永久也願此去者乘其白駒而來使食我場中之苗我則絆之縶之以永今朝愛之欲留之○皎古了反絜白也場直良反縶陟立反徐丁立反絆音半縶足曰絆所謂伊人於焉逍遙箋云伊當作繄繄猶是也所謂是乘白駒而去之賢人今於何遊息乎思之甚也○焉於虔反又如字下同繄烏兮反○

疏白駒四章章四句皎皎至逍遙○正義曰宣王之末不能用賢有賢人乘皎皎然白駒而去者我願其乘此白駒而來食我場中之苗我則縶絆之維持之謂絆縶其馬留其人以久今日之朝既思而不來又述而言曰所謂是乘白駒而去之賢人今於何處逍遙遊息乎不知所適言思見之甚也以久今朝者得賢人與之言話則今日可長久猶山有樞云且以永日也○傳宣王至繫絆○正義曰以宣王之行初善後惡烝民序云任賢使能周室中興明是初時事此刺不能留賢故知宣王之末也僖二十八年左傳曰韅靷鞅靽杜

預云在後曰絆則縶之謂絆其足維之謂縶靮也○箋食我場中之苗○正義曰言食苗藿則夏時矣七月注云春夏爲圃秋冬爲場場人注云場築地爲墠季秋除圃中爲之此宜云圃而言場者以場圃同地耳對則四時異名散則繼其本地雖夏亦名場也

皎皎白駒食我場藿縶之維之以永今夕藿猶苗也夕猶朝也○藿火郭反所謂伊人於焉嘉客皎皎白駒賁然來思賁飾也箋云願其來而得見之易卦曰山下有火賁賁黃白色也○賁彼義反徐音奔毛鄭全用易爲釋爾公爾侯逸豫無期爾公爾侯邪何爲逸樂無期以反也○樂音洛慎爾優游勉爾遁思慎誠也箋云誠女優游使待時也勉女遁思度己終不得見自訣之辭○遯字又作遯徒遜反徐徒損反度己待洛反下音紀訣音決

【疏】皎皎至遁思○正義曰言有賢人乘皎皎然白駒而去者其服賁然而有盛飾己願其來思而得見之也既願而來即責之公侯之尊可得逸豫若非公侯無逸豫之理爾豈是公也爾豈是侯也何爲亦逸豫無期以反乎思而不來設言與之訣汝誠在外優遊之事勉力行汝遁思之志勿使不終也極而與之自訣之辭也此來思遁思二思皆語助不爲義也○傳賁飾箋易卦至白色○正義曰賁飾易序卦文山下有火賁易象文也賁卦離下艮上艮爲山離爲火故言山下有火以火照山之石故黃白色也其卦名曰賁者鄭云離爲日日天文也艮爲石地文也天文在下地文在上天地之文交相而成賁賁然是也此賁賁必爲賢者之貌箋傳不言貌此思賢者當以車服表之皎皎爲馬之貌賁不宜爲人之貌蓋謂其衣服之飾也

皎皎白駒在彼空谷空大也生芻一束其人如玉箋云此戒之也女行所舍主人之餼雖薄要就賢人其德如玉然○芻楚俱反毋金玉爾音而有遐心箋云毋愛女聲音而有遠我之心以恩責之也○毋音無本亦作無毋字與父母之字不同宜詳之他皆倣此

【疏】皎皎至遐心○正義曰言有乘皎皎然白駒而去之賢人今在彼大谷之中矣思而不見設言形之汝於彼所至主人禮餼待

汝雖薄止有其生芻一束耳當得其人如玉者而就之不可以貪餼而棄賢也又言我思汝甚矣汝雖不來當傳書信毋得金玉汝之音聲於我謂自愛音聲貴如金玉不以遺問我而有疏遠我之心己與之有恩恐遂疏己故以恩責之冀音信不絕○傳空大○正義曰以谷中容人隱焉其空必大故云空大非訓空爲大桑柔云有空大谷是空谷大也此云在彼空谷則知其所適上云於焉逍遙及於焉嘉客爲不知所適之辭者以思之不得故言不知所在此以賢者隱居必當潛處山谷故舉以爲言空谷非一猶未。是知其所在也○箋毋愛女聲音○正義曰定本集注皆然

白駒四章章六句

黃鳥刺宣王也刺其以陰禮教親而不至聯兄弟之不固○聯音連疏黃鳥三章章七句○箋刺其至不固○正義曰箋解婦人自爲夫所出而以刺王之由刺其以陰禮教男女之親而不至篤聯結其兄弟夫婦之道不能堅固令使夫婦相棄是王之失教故舉以刺之也大司徒十有二教其三曰以陰禮教親則民不怨又曰以本俗六安萬民其三曰聯兄弟是鄭所引之文也言不至不固鄭以義增之彼注云陰禮謂男女之禮昬姻以時男不曠女不怨是也謂之陰者以男女夫婦寢席之上陰私之事故謂之陰禮秋官士師云凡男女之陰訟聽之於勝國之社是謂男女之事爲陰也彼注又云聯猶合也兄弟謂昬姻嫁娶是謂夫婦爲兄弟也夫婦而謂之兄弟者。列傳曰執禮而行兄弟之道何休亦云圖安危可否兄弟之義故比之也黃鳥黃鳥無集于穀無啄我粟興也黃鳥宜集木啄粟者。喻天下室家不以其道而相去是失其性○啄陟角反此邦之人不我肯穀穀善也箋云不肯以善道與我言旋言歸復我邦族宣王之末天下室家離散妃匹相去有不以禮者箋云言我復反也○妃音配疏黃鳥至邦族○正義曰言人有禁語云黃鳥黃鳥無集於我之穀木無啄於我之粟然黃鳥宜集木啄粟今而禁之是失其性喻婦人述男子禁己

云婦人婦人無居我之室無得㗖我之食然婦人之在夫家宜居室㗖食今夫禁己是失其夫婦之所宜也婦人見其如此知必棄己即與之訣別而去之曰此邦國之人已於我若此則不我肯以善相與是不肯以善道與我也故我今迴旋我今還歸復反我邦國宗族矣言此邦之人復我邦族者言夫與己不善居異所耳不必即他邦也

黃鳥黃鳥無集于桑無啄我粱此邦之人不可與明不可與明夫婦之道箋云明當爲盟盟信也

言旋言歸復我諸兄婦人有歸宗之義箋云宗謂宗子也

疏不可至諸兄○毛以爲婦人既被夫棄己言此邦國之人不可與明夫婦之道今我迴旋我還歸復反我宗族之兄家也○鄭唯不可與盟爲異○傳不可至之道○正義曰夫婦之道以義居者也當同居共食今而禁之闇昧於三綱之道苟欲出之不知婦人非七出不得去是不可與明夫婦之道也○箋明當爲盟盟信○正義曰易傳者以下云不可與處言其夫不可共處也此云不可與明亦當云其夫不可與共盟也若是明夫婦之道其明不與否夫獨爲之非婦所當共故知字誤當作盟也曲禮下曰約信曰誓涖牲曰盟盟是信誓之事故云盟信也禮諸侯有相背違者盟以信之而不信之人既盟復背此婦爲夫所薄意欲盟而固之以其無信終必棄己故云不可與盟也○傳婦人有歸宗之義○正義曰傳於此言歸宗者以婦人之所尊者其兄也因此諸兄之文故言歸宗喪服爲昆弟之爲父後者傳曰何以朞也婦人雖在外必有歸宗曰小宗故服朞也此以諸兄爲宗之文也彼所言歸宗唯謂大夫以下其妻父母沒有歸寧於宗要被出還家亦爲歸宗故準彼而言也箋恐謂宗是大宗故云謂宗子亦謂宗兄也

黃鳥黃鳥無集于栩無啄我黍此邦之人不可與處處居也○栩況甫反

言旋言歸復我諸父諸父猶諸兄也

黃鳥三章章七句

附釋音毛詩注疏卷第十一〔十一之二〕

毛詩注疏挍勘記（十一之二）　阮元撰盧宣旬摘錄

○鴻鴈

鴻鴈美宣王也　毛本鴈誤雁明監本以上不誤餘同此

今還歸本宅安止　閩本明監本毛本同案安當作定

明其王先據散民　閩本明監本毛本其誤宣案王當作正形近之譌

箋云鴻鴈知避陰陽寒暑　小字本相臺本同案正義云故傳辨之云大曰鴻小曰鴈也知避陰陽寒暑者云云故箋云喻民知去無道就有道標起止云傳大曰鴻至寒暑是正義本鴻鴈知避陰陽寒暑八字在傳箋云二字在其下也

明君安集之　閩本明監本毛本同案十行本明君安剜添者一字

傳既以之子爲侯伯卿士　閩本明監本毛本同案十行本既至爲剜添者一字

何休注云公羊　閩本明監本毛本同案浦鏜云誤衍云字

○庭燎

美宣王也因以箴之　小字本相臺本同唐石經初刻作美宣王因以箴也後改同今本案正義標起止云至箴之釋文以箴之作音初刻誤也

央旦也小字本相臺本同案此正義本也標起止云傳央旦釋文云且七也反又子徐反又音旦段玉裁云且薦也凡物薦之則有二層未且猶言未漸進也與未艾向晨爲次第若作旦字與向晨不別矣釋文旦字或誤且今正詳後考證

供蕡燭庭燎閩本明監本蕡誤墳毛本不誤

以一夜始譬一世閩本明監本毛本始誤如

○沔水

規主仁恩也小字本相臺本同考文古本同閩本明監本毛本主誤王

無所在心也小字本相臺本同考文古本在字亦同閩本明監本毛本在作懼案在字是也正義云無所懼也乃正義自爲文不當依以改

箋女自恣聽不朝小字本相臺本同案正義云箋云自恣不朝集注及定本恣下有聽字此正義本是也有者衍

言放縱無所入也小字本相臺本同案正義云定本云放衍無所入集注云放恣標起止云傳言放縱無所入考文古本縱作恣采正義

此篇主責諸侯之自恣毛本主誤王閩本明監本不誤

二章章八句小字本相臺本同唐石經二章字磨改其初刻不可知也

○鶴鳴

尙有樹檀而下其蘀 小字本同閩本明監本毛本同相臺本有作其案有字是也此卽經爰有之有也正義云曰以上有善樹之檀亦其證

宅山之石 唐石經小字本相臺本同考文古本同閩本明監本毛本宅誤他下章同案釋文云宅古他字考此字與鄘柏舟漸漸之石經同餘經或作他用字不畫一之例也正義應易爲他十行本正義中作宅乃以經字改之耳

其名聞於朝之閒 明監本毛本朝下有廷字閩本剜入案所補是也

以與人有能深隱者 閩本明監本毛本深下衍於字案十行本入至深剜添者一字是深字亦衍也

非但在朝爲人所親 閩本明監本毛本同案浦鏜云親當覯字誤是也

其下維穀 唐石經相臺本同小字本穀作榖閩本同明監本毛本榖誤穀餘同此

幽州人爲之穀桑 閩本明監本毛本爲作謂案所改是也

○祈父

正義曰經二章 閩本明監本毛本同案浦鏜云三誤二是也

執而治其正殺之 閩本明監本毛本其下有罪字案所補非也正當作罪

犯令陵政則之杜塞杜塞閩本明監本毛本作則杜之杜塞案十行本令至下塞字剜添者三字當是但有則杜之耳十行本塞杜塞三字衍杜之誤倒閩本以下亦衍杜塞二字

則滅之□□□誅滅去之閩本明監本毛本之下誤不空案依大司馬注考之空處當是悖人倫三字也○補今依挍補正

書曰若疇圻父小字本相臺本同案此定本也正義云酒誥文也彼注云云壽萬民之圻父又云定本作若疇與鄭義不合誤也釋文順若疇此古疇字本又作壽按孔注尚書直留反馬鄭音受考此箋是鄭自用其讀而引之正義本爲長

羌戎爲敗小字本相臺本同閩本明監本毛本亦同案正義引周語云王師敗績於姜氏之戎考韋注以爲西方之種四嶽後是羌字當作姜周本紀文同集解亦引韋注皆可證

若疇圻父閩本明監本毛本同案疇當作壽下若疇圻父同

是末有姜戎之敗也閩本明監本毛本末誤未

然然則爲王閑守補案然然誤重宜衍一字

靡祈厎止唐石經小字本相臺本同閩本明監本毛本厎作底案釋文厎之履反至也

○白駒

大夫刺宣王也 小字本相臺本同唐石經初刻幽後改宣案初刻誤也

以永今朝 閩本明監本毛本同小字本相臺本永作久考文古本同案久字是也正義云以久今朝者可證

白駒四章章四句 閩本明監本毛本同案浦鏜云六誤四是也

所謂是乘白駒而去之賢人今於何處 閩本明監本毛本同案十行本人至何剜添者一字

散則繼其本地 閩本明監本毛本同案繼當作繫

艮爲石地文也 閩本明監本毛本誤重石字

此賁賁必爲賢者之貌 閩本明監本毛本誤脫一賁字

毋愛女聲音 小字本相臺本同案正義云定本集注皆然是當時本或不如此也但未有明文今無可考考文古本女下有之字以正義自爲文者添耳

猶未是知其所在也 閩本明監本毛本脫是字

○黃鳥

列傳曰執禮而行兄弟之道 閩本明監本毛本同案列下浦鏜云脫女字是也在母儀魯師氏母傳中今本失此篇雞鳴正義亦引此傳是其證

喻天下室家不以其道而相去是失其性小字本相臺本同案此傳十六字是箋喻上當有箋云與者四字因者字複出而誤脫也章末傳云宣王之末室家離散妃匹相去有不以禮者不應上已有此傳又箋例言喻見螽斯正義各本皆誤今正之

毛詩小雅　鄭氏箋　孔穎達疏

我行其野刺宣王也刺其不正嫁取之數而有荒政多淫昏之俗疏我行其野三章章六句○箋刺其至之俗○正義曰凡嫁娶之禮天子諸侯一娶不改其大夫以下其妻或死或出容得更娶非此亦不得更娶此爲嫁娶之數謂禮數也昭三年左傳子大叔謂梁丙張趯說朝聘之禮張趯曰善哉吾得聞此數是謂禮爲數也今宣王之末妻无犯七出之罪无故棄之更婚王不能禁是不能正其嫁娶之數大司徒曰以荒政十有二聚萬民十曰多昏注曰荒凶年也鄭司農云多昏不備禮而娶昏者多也彼謂國家凶荒民貧不能備禮乃寬之使不備禮物而民多得昏今宣王之時非是凶年亦不備禮多昏豐年而有此俗故刺王也經云求爾新特言其不以禮來不肯媵是當時不備禮而昏也詩所述者一人而已但作者總一國之事而爲辭故知此不以禮昏成風俗也

我行其野蔽芾其樗昏姻之故言就爾居樗惡木也箋云樗之蔽芾始生謂仲春之時嫁取之月婦之父壻之父相謂昏姻言我也我乃以此二父之命故我就女居我豈其無禮來乎責之也○昏蔽必制反徐又方四反芾方味反樗勑書反爾不我畜復我邦家畜養也箋云宣王之末男女失道以求外昏棄其舊姻而相怨疏我行至邦家○毛以爲有人言我行適於野采可食之葉唯得蔽芾然樗之惡木以與婦人言我嫁他族以求夫唯得无行不信之惡夫既得惡夫遇己不善乃責之言我以我父之昏爾父之姻二父勑命之故我就爾而居處爲室家耳我豈無禮而來乎而惡我也爾既不我畜養今當復反我之邦家矣與之自訣之辭鄭唯上二句記時爲異餘同○傳樗惡木○正義曰七月云采荼薪樗唯取薪薪惡木也毛以秋冬爲昏不得有記時之事王肅云行遇惡木言己適人遇惡夫也○箋樗之至責之○正義曰樗是木也言蔽芾

始生謂葉在枝條始生非木根始生於地也仲春草木可采故言仲春之時嫁娶之月矣婦之父壻之父相謂爲昏姻釋親文也此及二章並言昏姻故言二父之命卒章止有姻唯據壻之父耳故言汝不思汝老父之命

我行其野言采其蓫。昏姻之故言就爾宿

蓫惡菜也箋云蓫牛。蘈也亦仲春時生可采也○蓫勑六反本又作蓄蘈本又作蘈徒雷反

爾不我畜言歸斯復

復反也

疏 箋蓫牛蘈○正義曰此釋草無文陸機疏云今人謂之羊蹄定本作牛蘈

我行其野言采其葍不思舊姻求爾新特

葍惡菜也新特外昏也箋云葍葍也亦仲春時生可采也壻之父曰姻我采。葍之時以禮來嫁女女不思女老父之命而棄我而求女新外昏特來之女責之也不以禮嫁必無肯媵之○葍音福蒚音富女並音汝媵音孕又繩證反

成。不以富亦祇。以異

祇適也箋云女不以禮爲室家成事不足以得富也女亦適以此自異於人道言可惡也○祇音支惡烏路反

疏 不思至以異○正義曰取妻者受父之命故今引以責之言父本命汝以我爲妻汝何不思憶舊時老父之命反棄我而求汝新外昏特來之女也汝如是不以禮爲室家。誠不以是而得富亦適可以此異於人耳人悉偕老汝獨相棄是異於人也○傳葍惡菜新特外昏○正義曰陸機疏云葍一名蒚幽州人謂之燕蒚其根正白可著熱灰中溫。敢之飢荒之歲可蒸以禦飢昏姻對文則男婚女姻散則通故外來之婦爲外昏也○箋不以至媵之○正義曰此解一新特之義特謂獨來夫家由不以禮嫁必無人肯媵送之故獨來也禮大夫乃一妻二妾是有姪娣爲媵士庶人則不能備矣此詩所述下及庶人本自無媵而云無肯媵者釋言云媵送也妾送嫡而行故謂妾爲媵媵之名不專施妾凡送女適人者男女皆謂之媵。傳五年左傳晉人滅虞執其大夫井伯以媵秦穆姬史傳稱伊尹有莘氏之媵氏。之。媵臣是送女者雖男亦名媵也此不以禮嫁其父母之家男子婦女皆無肯媵之故獨來耳非謂當有姪娣媵也

我行其野三章章六句

斯干宣王考室也考成也德行國富人民殷衆而皆佼好骨肉和親宣王於是築宮廟羣寢既成而釁之歌斯干之詩以落之此之謂成室宗廟成則又祭。祀先祖○佼古卯反釁許靳反落如字始也或作樂非【疏】斯干九章首章七句二章三章四章五章章五句六章七句七章五句八章卒章章七句○正義曰作斯干詩者宣王考室也考成也宣王既德行民富天下和親乃築廟寢成而與羣臣安燕而樂之此之謂成室也人之所居曰室宮寢稱室是其正也但君子將營宮室宗廟爲先故鄭以爲亦脩宗廟室是總稱言室足以兼之毛傳不言廟王肅云宣王脩先祖宮室儉而得禮孫毓云此宣王考室之詩無作宗廟之言孫王並云述毛則毛意此篇不言廟也築室必先脩廟但作者言不及耳經雖皆是考室之事正指其文則乃安斯寢是也故箋云寢既成乃鋪席與羣臣安燕爲歡以樂之是考室之事也宣王中興賢君其所以作者非欲崇飾奢侈妨害民務國富民豐乃造之耳故首章言天下親富二章乃作之三章言作之攻堅四章言其形制五章言庭室寬明六章乃言考之也既考之後居而寢宿下至九章言得其夢得吉祥生育男女貴爲王公慶流後裔因考室而得然故考室可以兼之也○箋考成至先祖○正義曰考成釋詁文德行者即秩秩斯干是也國富者即幽幽南山是也人民殷衆而皆佼好次二句是也骨肉和親即下三句是也宣王承亂離之後先務富民民富情親乃使之築宮廟羣寢築作既成其廟則神將休焉則。而以禮釁塗之其寢則王將居焉設饗食燕羣臣歌斯干之詩以歡樂之此之謂成室也言成者非直築成而已通謂國富民和樂共作力以成其事廟則既爲釁禮使神得安焉室則既爲歡燕使人得處焉人神各有攸處然後謂之爲成故言此之謂成室以結之說文云釁血祭也賈逵云殺而以血塗鼓謂之釁鼓則釁者以血塗之名雜記下曰成廟則釁之其禮雍人拭羊舉羊升屋自中屋南面刲羊血流於前乃降是釁廟禮也昭四年左傳叔孫爲孟丙作鐘饗大夫以落之服虔云釁以猳豚爲落則又一名落蓋謂以血澆之也雜記云路寢成則考之而不釁注云設盛食以落之卽引檀弓晉獻文子成室諸大夫發焉是樂之事下箋亦云安燕爲歡以樂之是也據經乃安斯寢是考室之事而於經無釁廟之。云鄭云而釁之者鄭以似續妣祖爲築宮廟廟成必當釁室尙燕樂明廟釁可知也雜記之文廟成則釁寢成則考此序言考室箋云兼云釁廟者此考之名取義甚廣乃國富民殷居室安樂皆是考義猶無羊云考牧非獨據一燕食而已故知考室之言可以通釁廟也言歌斯干之詩以樂之者歌謂作此詩也宣王成室之時與羣臣燕樂詩人述其事以作歌謂作此詩斯干所歌皆是當時樂事故云歌斯干之詩以樂之非謂當樂之時已有斯干可歌也本或作。樂以釁又名落定本集注皆作落未知孰是云宗廟成則又祭先祖敘君子攸躋之言箋以躋謂升廟祭祀故又言此以敘之

秩秩斯干幽幽南山興也秩秩流行也干澗也幽幽深遠也箋云興者喻宣王之德如澗水之源秩秩流出無極已也國以饒富民取足焉如於深山〇秩直乙反澗音諫

如竹苞矣如松茂矣苞本也箋云言時民殷衆如竹之本生矣其佼好又如松柏之暢茂矣

兄及弟矣式相好矣無相猶矣猶道也箋云猶當作瘉瘉病也言時人骨肉用是相愛好無相詬病也〇好呼報反猶毛如字鄭改作瘉羊主反詬呼豆反

【疏】秩秩至猶矣〇毛以爲秩秩然出無極已者此澗水之流也以與施無有窮者此宣王之德也言王德之無窮猶澗水流之不竭幽幽然深遠材物豐積者南山也以與貨殖盈足者王國也王貨物豐殖民用饒足亦似深山之有材也民既豐富得以生長故其民衆多如竹之叢生根本之衆矣其長大又佼好如松木之葉常冬夏暢茂無衰落矣其兄與弟矣用能相好樂矣無相責以道矣〇鄭唯無相詬病爲異餘同〇傳干澗〇正義曰釋山云夾水曰澗不訓干爲澗正以秩秩宜爲流貌斯干共秩秩連文與南山相對故知干爲澗也漸卦鄭注云干謂大水之傍故停水處者彼以鴻之所居故爲暫停水處與此異也〇箋國以至深山〇正義曰言宣王國富民又饒足取則有之如於山之取材故以喻焉言國富者國以

民爲體正謂民間饒足非聚財於官民取官材也〇箋言時民至茂矣〇正義曰以竹言苞而松言茂明各取一喻以竹箭叢生而本概松葉隆冬而不彫故以爲喻其實竹葉亦冬青禮器曰如竹箭之有筠如松栢之有心故貫四時而不改柯易葉是也〇傳猶道〇正義曰釋詁文〇箋猶當至詬病〇正義曰箋以相猶與相好對文言無相猶矣當謂無相惡之事若相責以道未是傷義賊恩雖無此事未足多善不當舉以爲詠也角弓曰不令兄弟交相爲瘉則相病是兄弟之惡事猶瘉聲相近故知字誤也言詬厲相病害也

似續妣祖似嗣也箋云似讀。如已午之已已續妣祖者謂已成其宮廟也妣先妣姜嫄也祖先祖也〇似毛如字妣必履反嫄本或作原音同

築室百堵西南其戶西鄉戶南鄉戶也箋云此築室者謂築燕寢也百堵百堵一時起也天子之寢有左右房西其戶者異於一房者之室戶也又云南其戶者宗廟及路寢制如明堂每室四戶是室一南戶爾〇鄉本又作嚮同許亮反下同

爰居爰處爰笑爰語箋云爰於也於是居於是處於是笑於是語言諸寢之中皆可安樂〇樂音洛

【疏】〇似續至爰語〇毛以爲言王既能使國富和親則又嗣續先祖先妣之功故築其居室百堵皆起或西其戶或南其戶言路寢羣室皆作之也作之既成乃於是居於是處於是笑於是語焉先妣後祖者取會韻也又以下有男女安寢之事故兼云先妣〇鄭以爲宣王既以於國門之左在已之地繼續立先妣姜嫄先祖后稷以下之廟然後乃宮內築燕寢之室百堵同時起之比一房之室爲西其戶比宗廟路寢。是室爲南其戶於是燕寢之中居處笑語焉燕寢言築及百堵之戶則宗廟與明堂路寢亦築而同時有戶制可知宗廟言所立之地則燕寢亦有其處各舉義韻以言耳〇箋似讀至先祖〇正義曰箋以似續同義不須重文故似讀爲已午之已已與午比辰故連言之直讀爲已不云字誤則古者似已字同於穆不已師徒異讀是字同之驗也周禮左宗廟在雉門外之左門當午地則廟當已地也謂既在已地而續立其妣祖之廟然後營宮室故云謂已成其宮廟也君子將營宮室宗廟爲先故知已成其宮廟乃築室也知妣是先妣姜嫄者以特牲

少牢祭祀之禮皆以其妃配夫而食無特立妣之廟者春官大司樂職舞大護以享先妣舞大武以享先祖妣先於祖用樂別祭則周之先妣有不繫於夫而特立廟矣閟宮生民說姜嫄生后稷以配天爲周之王業則周之先妣特立廟者唯姜嫄耳此妣文亦在祖上故知是姜嫄也祖先祖不斥號謚則后稷文武兼親廟亦在其中司樂七廟同用樂言先祖以總之明先祖之文兼通諸廟也○傳西至鄉戶正義曰傳不言此爲路寢之制則此據天子之宮其室非一廟在北者南戶在東者西戶耳推此有東嚮戶北嚮戶故孫毓云猶南東其畝○箋此至戶正義曰以上爲立廟故此爲居室然似續妣祖之言文中不容路寢則築室百堵路寢亦宜在焉獨言此築室謂築燕寢者路寢作與燕寢同時而制與宗廟相類此西南其戶非路寢之制故特言燕寢其路寢作文雖不載亦作之可知言天子之寢有左右房者以天子之燕寢即諸侯之路寢禮諸侯之制也有夾室又士喪禮小斂婦人髽於室而喪大記諸侯之禮云小斂婦人髽帶麻於房中以士喪男子括髮在房婦人髽於室无西房故也士喪禮婦人髽於室在男子之西則諸侯之禮婦人髽於房亦在男子之西是有西房矣有西房自然有東房是諸侯路寢有左右房也天子路寢既制如明堂自然燕寢之制當如諸侯路寢故知天子之燕寢有左右房也既有左右則室當在中故西其戶者異於一房之室戶也大夫以下無西房唯一有東房故室戶偏東與房相近此戶正中比之爲西其戶矣知大夫以下止一房者以鄉飲酒義云尊於房戶之間賓主共之由無西房故以房與室戶之間爲中也但大夫禮直言房不言東西明是房無所對故也若然特牲云豆籩鉶在東房者鄭注云謂房中之東當夾北非對西戶也鄉飲酒記云薦出自左房鄉射記云出自東房者以記人以房居東在左因言之記非經無義例也又解南其戶者宗廟及路寢制如明堂每室四戶是燕寢之室獨一南戶耳故言西其戶也知宗廟及路寢制如明堂者明堂位曰太廟天子明堂又月令說明堂而季夏云天子居明堂太廟以明堂制與廟同故以太廟同名其中室是宗廟制如明堂也又宗廟象生時之居室是似路寢矣故路寢亦制如明堂也又匠人云夏后氏世室殷人重屋周

人明堂注云世室宗廟也重屋者王宮正室若大寢也明堂者明政教之堂也此三者不同而三代各舉其一是欲互以相通故鄭云此三者或舉宗廟或舉王寢或舉明堂互言之以明其同制是宗廟及路寢制如明堂也彼三者並陳此言如明堂者以周制舉明堂爲文故以宗廟及路寢制如之也彼文說世室曰五室四傍兩夾窻注云窻助戶爲明也每室四戶八窻以言四傍是四方傍開又云兩夾窻是一窻一戶兩窻夾之以此知每室四戶也宣王都在鎬京此考室當是西都宮室顧命說成王崩陳器物於路寢云胤之舞衣大貝鼖鼓在西房兌之戈和之弓垂之竹矢在東房若路寢制如明堂則五室皆在四角與中央而得左右房者鄭志答趙商云成王崩之時在西都文王遷豐作靈臺辟廱而已其餘猶諸侯制度故喪禮設衣物之處寢。者夾室與東西房也周公攝政致太平制禮作樂乃立明堂於王城如鄭此言則西都宗廟路寢依先王制不似明堂此言如明堂者鄭志答張逸云周公制禮土中洛誥王入太室裸是也顧命成王崩於鎬京承先王宮室耳宣王承亂未必如周公之制以此二答言之則鄭意以文王未作明堂其廟寢如諸侯制度乃周公制禮建國土中以洛邑爲正都其明堂廟寢天子制度皆在王城爲之其鎬京則別都耳先王之宮室尙新周公不復改作故成王之崩有二房之位由承先王之室故耳及厲王之亂宮室毀壞先王作者無復可因宣王別更脩造自然依天子之法不復作諸侯之制故知宣王雖在西都其宗廟路寢皆制如明堂不復如諸侯也若然明堂周公所制武王時未有也樂記說武王祀乎明堂者彼注云文王之廟爲明堂制知者以武王旣伐紂爲天子文王又已稱王武王不得以諸侯之制爲父廟故知爲明堂制也○箋於是至安樂○正義曰居處義同以寢非一故言之耳此文雖承燕寢之下理亦兼有路寢周禮注云王路寢一小寢五下又后六宮此文亦可兼之故云諸寢之中皆可安樂

約之閣閣椓之橐橐約束也閣閣猶歷歷也橐橐用力也箋云約謂縮板也椓謂㨖土也○閣音各椓陟角反橐音託本或作柝縮所六反㨖呂忱丈牛反沈呂菊反說文音勑周反引也從手留聲

風雨攸除鳥鼠攸去君

子攸芋芋大也箋云芋當作幠幠覆也寢廟既成其牆屋弘殺則風雨之所除也其堅致則鳥鼠之所去也其堂室相稱則君子之所覆蓋○除直慮
反去也芋毛香于反鄭火吳反或作吁殺所界反致直置反本亦作緻同稱尺證反【疏】約之至攸芋○毛以爲王本作羣寢之時以繩約縮之繩在板上歷
歷然均謂繩均板直則牆端正也既投土於板以杵椓築之皆橐橐然用力勤力而築則牆牢固也至若王寢既成其牆屋弘殺則風雨之所除其築作堅緻
則鳥鼠之所去君子於是居中所以自光大也○鄭以爲總宮廟羣寢下句君子之所覆蓋爲異○箋約謂搯土○正義曰緜云縮板以載是鄭所據也縮約
皆謂以繩纏束之若今之牆袵也此椓之橐橐猶緜云築之登登故傳皆以爲用力如椓杙之椓正謂以杵築之也言椓謂搯土者取壤土投之板中搯使平
均然後椓之也搯者以手平物之名故字從手○傳芋大○正義曰孫毓云宮室既成君子處之所以爲自光大○箋芋當至覆蓋○正義曰芋當作幠讀如
亂如此幠以聲相近故誤耳幠覆也鄭以義言之爾雅無此訓也以下攸躋爲君子所升攸寧爲君子所安則知此爲君子所覆故云其堂堂相稱則君子之
所覆蓋故反以類上去爲鼠除風雨文勢同也如跂斯翼如人之跂竦翼爾跂音企竦粟勇反○如矢斯棘如鳥斯革棘稜
廉也革翼也箋云棘戟也如人挾弓矢戟其肘如鳥夏暑希革張其翼時○棘居力反韓詩作朸朸隅也旅卽反革如字韓詩作䩬云翅也稜力登反挾子沓
反又子協反又音協肘張九反如翬斯飛君子攸躋躋升也箋云伊洛而南素質五色皆備成章曰翬此章四如者皆謂廉隅之正形貌
之顯也翬者鳥之奇異者也故以成之焉此章主於宗廟君子所升祭祀之時○翬音輝雉名說文云大飛也躋子西反【疏】如跂至攸躋○毛以爲言宮室
之制如人跂足竦此臂翼然如矢之鏃有此稜廉然如鳥之舒此革翼然如翬之此奮飛然宮室如此之美君子所以升處也矢鳥翬指形言之如跂不言人
者義取於跂言跂則人可知也又人手似鳥翼以爲韻言跂翼則如人弭手直立以喻屋壁之上下正直也言如矢稜廉以喻四隅廉正也其翼斯革斯飛言簷

阿之勢似鳥飛也翼言其體飛象其勢各取喻也○鄭以此章論宗廟如矢斯棘如人挾弓矢戟其肘亦喻之稜廉君子攸躋言升祭為異耳○傳棘稜廉○正義曰言稜廉則指矢鏃之角為棘焉蓋古有此名○箋棘戟至翼時○正義曰古語謂棘為戟故明堂位曰越棘大弓隱十一年左傳曰子都拔棘皆戟也言如人挾弓矢戟其肘者謂射者左手弣弓而右手彎之則戟其肘謂右手之肘亦喻室之外廉隅也如鳥夏暑。又。布革張其翼者堯典曰仲夏鳥獸希革注云夏時鳥獸毛疏皮見則言革者謂夏暑毛希皮革露見於此之時必舒其羽翼故不言翼而言革解其言革之本意○傳躋升○正義曰釋詁文孫毓云君子之所升處○箋伊洛至之時○正義曰伊洛而南素質五色皆備成章曰翬釋鳥文李巡曰素質五采備具文章鮮明雉白質五色為文鳥如此色者希故云鳥之奇異者故以成之解比象既多最後言翬意也下云君子攸寧是寢息其中此言攸躋則是君子升下登上之辭王所尊者唯宗廟耳故知此章主宗廟言祭祀之時下章主寢室言燕息之時

殖殖其庭有覺其楹殖殖言平正也有覺言高大也箋云覺直也○殖市力反噲噲其正噦噦其冥正長也冥。幼也箋云噲噲猶快快也正晝也噦噦猶煟煟也冥夜也言居之晝日則快快然夜則煟煟然皆寬明之貌○噲音快正音政噦呼會反冥毛莫形反鄭莫定反長王丁丈反崔直良反幼王如字本或作窈崔音杳煟音謂呂忱云火光貌君子攸寧箋云此章主於寢君子所安燕息之時

【疏】殖殖至攸寧○毛以為殖殖然平正者其宮寢之前庭也有覺然高大者其宮寢之楹柱也言宮寢庭既平正楹又高大宣王之所與翔列聚集於此者皆是讓德有禮之士噲噲然寬博其羣臣之長者噦噦然閑習其羣臣之幼者長幼有禮君子所以安也○鄭以為言寢室殖殖然其庭平正有調直者其楹柱庭平柱直處所寬明。快快然其晝日居之也煟煟然其夜冥居之也院寬室明晝夜俱快君子之所安息也○傳有覺言高大○箋覺直○正義曰覺之為訓為大為直故禮記注云覺大也直也傳以屋之為美在於高大箋以柱之為善貴於調直故異訓也○傳正長冥幼○正義曰正長

釋詁文冥幼釋言文王肅云宣王之臣長者寬博嚌嚌然少者閑習噦噦然夫
其所與翔於平正之庭列於高大之楹皆少長讓德有禮之士所以安也傳意
或然而本或作冥。幼者爾雅亦或作窈孫炎曰冥深闇之窈也某氏曰詩云噦
噦其冥爲冥窈於義實安但於王長之義不允故據王注爲毛說冥所以得爲
幼者郭璞曰幼穉者冥昧也○箋噲噲至之貌○正義曰箋以此說宮室之形
狀庭楹之平直不得有長幼之義故以正爲晝冥爲夜快快煟煟爲宮室寬明
之貌 下莞上簟乃安斯寢 箋云莞小蒲之席也竹葦曰簟寢既成乃鋪席與羣臣安燕爲歡以落之○莞音官徐又九完反草叢生水中
莖圓江南以爲席形似小蒲而實非也鋪普吳反又音敷樂音洛本亦作落 乃寢乃興乃占我夢 言善之應人也箋云興夙興也有善
夢則占之○應應對之應 吉夢維何維熊維羆維虺維蛇 箋云熊羆之獸虺蛇之蟲此四者夢之吉祥也○熊回弓反羆彼宜
反虺許鬼反蛇市奢反 疏 下莞至維蛇○正義曰宣王命人下鋪莞蒲上施簟席乃與羣臣安燕爲歡樂於此寢室之中歡樂已訖乃於其中寢寐焉至
晨乃興起焉於寐時有夢乃占我所夢之事其吉夢維何事乎維夢見熊羆與
虺蛇耳言乃占我夢者王自言己夢命人占之下云大人占之乃是他人爲王
占夢也言吉夢者當時未有吉凶據後占之爲吉故探言焉此乃安斯寢之下
無傳毛氏爲燕。以否未可明也○箋莞小蒲至落之○正義曰釋草云莞苻蘺
某氏曰本草云白蒲一名苻蘺楚謂之莞蒲郭璞曰今西方人呼蒲爲莞蒲今
江東謂之苻蘺西方亦名蒲用爲席言小蒲者以莞蒲一草之名而司几筵有
莞筵蒲筵則有大小爲席精麤故得爲兩種席也知莞用小蒲者以司几筵設
席皆麤者在下美者在上其職云諸侯祭祀之席蒲筵繢純。如莞席紛純以莞
加蒲明莞細而用小蒲故知莞小蒲之席也竹葦曰簟者以常鋪在上宜用堅
物故知竹簟也且詩每云簟茀用爲車蔽是竹簟可知以此考室之詩室之初
成當有燕樂故爲寢室既成鋪席與羣臣安燕爲歡以樂之也定本作落此下
莞上簟雖是與羣臣燕樂之席其室內寢臥衽席亦當然也士喪禮者士禮也

云下莞上簟衽如初則平常皆莞簟也其寢臥之席自天子以下宜莞簟同○傳言善之應人○正義曰夢者應人之物善惡皆然此據下文以言吉夢故云善之應人也故占夢云獻吉夢於王又曰乃舍萌于四方以贈惡夢是夢有善惡也○箋熊羆至吉祥○正義曰以熊羆四足而毛謂之獸虺蛇無足之物故謂之蟲也生男女之徵故四者夢之吉祥釋獸云羆如熊黃白文舍人曰羆如熊色黃白也郭璞曰似熊而長頭高脚猛憨多力能拔樹木關西呼曰貑羆釋魚云蝮虺博三寸首大如擘舍人曰蝮一名虺江淮以南曰蝮江淮以北曰虺孫炎曰江淮以南謂虺爲蝮廣三寸頭如拇指有牙最毒郭璞曰此自一種蛇人自名爲蝮虺今蛇細頸大頭色如文綬文文間有毛似猪鬣鼻上有鍼大者長七八尺一名反鼻如虺類足以明此自一種蛇如郭意此蛇人自名蝮虺非南北之異蛇寶是蟲以有鱗故在釋魚且魚亦蟲之屬也

大人占之維熊維羆男子之祥維虺維蛇女子之祥

箋云大人占之謂以聖人占夢之法占之也熊羆在山陽之祥也故爲生男虺蛇穴處陰之祥也故爲生女○大音泰後大人同

【疏】箋大人至生女○正義曰以占夢之官中士耳而言大人占之明其法。大人所爲故云聖人占夢之法占之以聖人有法解則占之故左傳文公之夢子犯占之荀子之夢問諸史墨不必要占夢之官乃得占也此及無羊皆云大人占之則占夢者聖人之法正月云召彼故老訊之占夢譏之者以王不尙道德專信徵祥侮慢故老故刺之不謂夢不當占也熊羆大較是山獸亦居澤在穴故韓奕云川澤訏訏有熊有羆秋官穴氏注云熊羆之屬冬藏者也燒其所食之物於穴外以誘出之是也

乃生男子載寢之牀載衣之裳載弄之璋

半珪曰璋裳下之飾也璋臣之職也箋云男子生而臥於牀尊之也裳晝日衣也衣以裳者明當主於外事也玩以璋者欲其比德焉。正以璋者明成之有漸○衣於旣反注衣以裳下衣之裼同璋音章

其泣喤喤朱芾斯皇室家君王

箋云皇猶煌煌也芾者天子純朱諸侯黃朱室家一家之內宜王將生之子或且爲諸侯或且爲天子皆將佩朱芾

煌煌然○喤音𤏡華彭反沈又呼彭反聲也芾音弗煌音皇

疏乃生至君王○毛以爲王前夢熊羆果有效驗乃生男子矣生訖則寢臥之於牀尊之又則衣著之以裳玩弄之以璋也裳明習爲卑下璋見効奉臣職時已其泣聲。太煌。煌然至其長大皆佩朱芾於此煌煌然由王家室之內或爲諸侯之君或爲天子之王故皆佩朱芾也○鄭唯裳爲主外事璋比德之有漸餘同○傳半圭至之職○正義曰知璋半圭者典瑞云四圭有邸以祀天兩圭有邸以祀地圭璧以祀日月璋邸射以祀山川從上而下遞減其半故知半圭曰璋裳下之飾易文言文也裳爲下飾以璋配裳故知見臣之職也宜王子孫當爲君而言臣下者王肅云言无生而貴之也明欲爲君父當先知爲臣子也璋而得爲臣職者王肅云羣臣之從王行禮者奉璋又棫樸曰奉璋峨峨髦士攸宜是也○箋男子至有漸○正義曰箋以下章與此相對以下女子寢之地明男子生而臥之牀尊之也以下載衣之裼裼是夜臥之衣故云裳晝日衣也一晝一夜明而取內外爲義故知男子衣以裳明當主外事女子衣以裼明當主內事也女子弄之瓦瓦紡塼也以女子之所有事明玩以璋者亦男子之所有事君子於玉比德焉故知以璋欲其比德也玉不用圭而以璋者明成人之有漸璋是圭之半故言漸也下句乃言其泣喤喤則此所陳皆在孩幼禮記鄭注云人始生在地男子已寢之牀又非始生也蓋聖人因事記義子之初生暫行此禮不知生經幾日而爲之也何則女子不可恆寢於地竟無裳男子亦不容無裼且不甫言其泣則未能自弄璋明暫時示男女之別耳○箋芾者至黃朱○正義曰箋以經言室家君王則有諸侯與天子而同言朱芾故云天子純朱諸侯黃朱也芾從裳色祭時服纁裳故芾用朱赤但芾所以明尊卑雖同色而有差降乾鑿度以爲天子之朝朱芾諸侯之朝赤芾朱深於赤故困。封注云朱深。云赤是矣此論諸侯則王子或封畿內或以功德外封皆爲諸侯也而文同朱芾明對文則朱赤深淺有異散之則皆謂之朱故天子純朱明其深也諸侯黃朱明其淺也舉其大色皆得爲朱芾也

乃生女子載寢之地載衣之裼。載弄之瓦

裼褓也瓦紡塼也箋云臥於地卑之也褓夜衣

也明當主於內事紡塼習其一。有。所事也○裼他計反韓詩作褅音同褓音保齊人名小兒被為褅紡芳罔反塼音專本又作專無非無儀唯酒食是議無父母詒罹。婦人質無威儀也罹憂也箋云儀善也婦人無所專於家事有非非婦人也有善亦非婦人也婦人之事惟議酒食爾無遺父母之憂○詒本又作貽以之反遺也罹本又作離力馳反遺唯季反【疏】乃生女至詒罹○毛以為前夢虺蛇今乃生女子矣生訖則寢臥之於地以卑之則又衣著之以褓衣則玩弄之以紡塼習其所有事也此女子至其長大為行謹慎無所非法質少文飾又無威儀唯酒事於是乃謀議之無於父母而遺之以憂也若婦禮不謹為夫所出是遺父母以憂言能恭謹不遺父母憂也○鄭唯以儀為善為異餘同○傳裼褓也瓦紡塼○正義曰書傳說成王之幼云在襁褓褓縛兒被也故箋以為夜衣以璋是全器則瓦非瓦礫而已故云瓦紡塼婦人所用瓦唯紡塼而已故知也毛以裳為下飾則褓不必主內事侯苞云示之方也明褓制方令女子方正事人之義○傳婦人質無威儀○正義曰以婦人少所交接故云質無威儀謂無如丈夫折旋揖讓棣棣之多其婦容之儀則有之矣故東山曰九十其儀言多儀也○箋儀善至非婦人○正義曰儀善釋詁文也言有非有善皆非婦人之事者婦人從人者也家事統於尊善惡非婦人之所有耳不謂婦人之行無善惡也

斯干九章四章章七句五章章五句

無羊宣王考牧也厲王之時牧人之職廢宣王始興而復之至此而成謂復先王牛羊之數【疏】無羊四章章八句○正義曰作無羊詩者言宣王考牧也謂宣王之時牧人稱職牛羊復先王之數牧事有成故言考牧也經四章言牛羊得所牧人善牧又以吉夢獻王國家將有休慶皆考牧之事也○箋厲王至之數○正義曰此美其新成則往前嘗廢故本厲王之時今宣王始興而復之選牧官得人牛羊蕃息至此而牧事成功故謂之考牧又解成

者正謂復先王牛羊之數也言至此而成者初立牧官數未卽復至此作詩之時而成也王者牛羊之數經典無文亦應有其大數今言考牧故知復之也周禮有牧人下士六人府一人史二人徒六十人又有牛人羊人犬人雞人唯無豕人鄭以爲豕屬司空冬官亡故不見夏官又有牧師主養馬此宣王所考則應六畜皆備此獨言牧人者牧人注云牧人養牲於野田者其職曰掌牧六牲而阜蕃其物則六畜皆牧人主養其餘牛人羊人之徒各掌其事以供官之所須則取於牧人非放牧者也羊人職曰若牧人無牲則受布於司馬買牲而供之是取於牧人之事也唯馬是國之大用特立牧師圉人使別掌之則蓋擬駕供用者屬牧師令生息者屬牧人故牧人有六牲鄭云六牲謂牛馬羊豕犬雞是牧人亦養馬也此詩主美放牧之事經有牧人乃夢故唯言牧人也牧人六畜皆牧此詩唯言牛羊者經稱爾牲則具主以祭祀爲重馬則祭之所用者少豕犬雞則比牛羊爲卑故特舉牛羊以爲美也

誰謂爾無羊三百維羣誰謂爾無牛九十其犉 黃牛黑脣曰犉箋云爾女也女宣王也宣王復古之牧法汲汲於其數故歌此詩以解之也誰謂女無羊今乃三百頭爲一羣誰謂女無牛今乃犉者九。十頭言其多矣足如古也〇犉本又作犉而純反

爾羊來思其角濈濈 聚其角而息濈濈然箋云言此者美畜產得其所〇濈本又作濈亦作戢莊立反畜許又反

爾牛來思其耳濕濕 呞而動其耳濕濕然〇濕始立反又尸立反又處立反呞本又作齝亦作齝丑之反一音初之反郭注爾雅云食已復出嚼之也今江東呼齝爲齥音漏洩也

疏傳黃牛黑脣曰犉〇正義曰釋畜云黑脣曰犉傳言黃牛者以言黑脣明不與。深色同而牛之黃者衆故知是黃牛也某氏亦曰黃牛黑脣曰犉〇箋女宣王至如古〇正義曰以誰謂是發問之辭三百維羣九十其犉是報答之語故知宣王汲汲於其數詩人歌此以解之也羊三百頭爲羣故一羣有三百不知其羣之有多少也犉者九十頭直知犉者有九十亦不知其不犉者之數也以一羣三百直犉者九十則羊多牛衆故云足如古之法也

或降于阿或飲于池

或寢或訛訛動也箋云言此者美其無所驚畏也訛五戈反又五何反韓詩作譌譌覺也○爾牧來思何蓑何笠或負其餱何揭也蓑所以備雨笠所以禦暑箋云言此者美牧人寒暑飲食有備○何何可反又音河下及注同蓑素戈反草衣也笠音立餱音侯揭巨竭又其謁反三十維物爾牲則具。黑毛色者三十也箋云牛羊之色異者三十則女之祭祀。索則有之○索色白反[疏]傳蓑所以至禦暑○正義曰蓑唯備雨之物笠則元以禦暑兼可禦雨故良耜傳曰笠所以禦暑雨也既夕禮亦有蓑笠注俱以爲禦雨不以笠禦暑者以彼蓑笠同槀車所載槀車潦車也爲雨而設故不同也○傳異毛色者三十○正義曰經言三十維物則每色之物皆有三十謂青赤黃白黑毛色別異者各三十也祭祀之牲當用五方之色故箋云汝之祭祀索則有之

爾牧來思以薪以蒸以雌以雄箋云此言牧人有餘力則取薪蒸。搏禽獸以來歸也麤曰薪細曰蒸○蒸之烝反搏音博下同亦作捕音步爾羊來思矜矜兢兢不騫不崩矜矜兢兢以言堅彊也騫虧也崩羣疾也○兢其冰反騫起虔反麾之以肱畢來既升肱臂也升升入牢也箋云此言擾馴從人意也○麾毀皮反肱古弘反馴音巡又常遵反[疏]傳騫虧○正義曰定本亦然集注虧作曜

牧人乃夢衆維魚矣旐維旟矣箋云牧人乃夢見人衆相與捕魚又夢見旐與旟占夢之官得而獻之於宣王將以占國事也⊙旐音兆旟音餘大人占之衆維魚矣實維豐年陰陽和則魚衆多矣箋云魚者庶人之所以養也今人衆相與捕魚則是歲熟相供養之祥也易中孚卦曰豚魚吉○養羊亮反下同供九用反旐維旟矣室家溱溱溱溱衆也旐旟所以聚衆也箋云溱溱子孫衆多也○溱側巾反[疏]牧人至溱溱○正義曰牧人所牧既。服乃復爲王與夢夢見衆人維相與捕魚矣又夢見旐維旟矣牧人既爲此夢以告占夢之官占夢之官又獻之於王王乃令以大。夫占夢之法占之夢見衆維魚矣者實維豐年是歲熟相

供養之祥夢見旐維旟矣者室家溱溱是男女衆多之象歲熟民滋是國之休慶也○箋牧人至國事○正義曰知者以下云大人占之是王使占之明有所由得達於王夢事夢官所掌明本牧人旣作此夢不知吉凶以問占夢之官占夢知其爲國之祥故獻之也占夢職曰歲終獻吉夢於王王拜受之彼所獻者謂天下臣民有爲國夢者其官得而獻之非占夢之官身自夢也故知此以占夢之官得而獻之所夢是年豐歲熟民衆之祥故知以占國事○傳陰陽至衆夢○正義曰以魚麗之義言之太平而萬物盛多故知陰陽和經言衆維魚矣乃謂捕魚者多傳云魚多者言由魚多故捕者衆解人共捕之意○箋魚者至豚魚吉○正義曰魚者庶民之所以養者以庶民不得殺犬豕維捕魚以食之是所以養也歲穀不熟則無以相養會衆人相與捕魚則是歲熟相供養之祥引易中孚卦曰豚魚吉者孟子曰七十者可以食雞豚豚魚俱是養老之物故引之以證魚可供養也彼注云三辰在亥亥爲豕爻失正故變而從小名言豚耳四辰在丑丑爲鼈蟹鼈蟹魚之微者爻得正故變而從大名言魚耳三體兌兌爲澤四上値天淵二五皆坎爻坎爲水二侵澤則豚利五亦以水灌淵則魚利豚魚以喻小民也而爲明君賢臣恩意所供養故吉如彼注意以豚魚喻小民與此乖者以彖云豚魚吉信及豚魚喻則澤及民觀彖爲說此則斷章取義故不同也

無羊四章章八句

鴻鴈之什十篇三十二章二百三十句

附釋音毛詩注疏卷第十一（十一之二）

毛詩注疏校勘記(十一之二)　阮元撰盧宣旬摘錄

○我行其野

以荒政十有二聚萬民　閩本明監本毛本同案浦鏜云聚誤娶是也

言釆其蓫　唐石經小字本相臺本同案釋文云蓫本又作蓄正義本是蓫字

蓫牛蘈也　小字本相臺本同案正義標起止云蓫牛蘈又云定本作牛蘈釋文云藬本又作蘈考今爾雅云藬牛蘈故正義云此釋草無文其實藬蘈一字耳蘈蘈爲古今字亦一也鄭所據爾雅當是蓫牛蘈今爾雅有誤

我采葍之時　小字本相臺本同閩本明監本毛本葍誤葍

成不以富　唐石經小字本相臺本同閩本明監本毛本亦同考文古本成作誠案誠字非也乃依論語改之耳山井鼎云宋板同者誤

亦祇以異　小字本相臺本同閩本明監本毛本同唐石經祇作衹案六經正誤云作衹誤段玉裁云衹適也凡此訓唐人皆從衣从氏作衹見五經文字唐石經廣韻集韻宋以後俗本多作衹非古也至各體从氏則尤繆極矣

誠不以是而得富　閩本明監本毛本同案誠當作成事二字正義卽用箋文也

可著爇灰中温敢之　補毛本敢作噉案噉字是也

有莘氏之媵氏之媵臣　閩本明監本毛本無下氏之媵三字案所刪是也

○斯干

歌斯干之詩以落之 小字本相臺本同案釋文云落之如字始也或作樂非正義云歌斯干之詩以歡樂之又云本或作落以釁又名落定本集注皆作落未知孰是下箋爲歡以落之釋文云以樂音洛本又作落正義云定本作落考正義本皆作樂皆釋爲歡樂定本皆作落則皆釋爲釁也釋文本上作落下作樂是以此落爲始下樂仍爲歡樂也

則又祭祀先祖 閩本明監本毛本同小字本相臺本無祀字考文古本同案無者是也正義可證

則而以禮釁塗之 閩本明監本毛本無而字案所删是也

而於經無釁廟之云 補 案云當作文

本或作樂 閩本明監本毛本同案樂當作落

似讀如巳午之巳 小字本相臺本同案正義云故讀爲巳午之巳又云直讀爲巳是正義本如字作爲

比宗廟路寢是室爲南其戶 補 毛本是作之案上文比一房之室爲西其戶上云之室則此是字誤也

傳西至鄉戶○正義曰 閩本明監本毛本同案十行本西至目剜添者二字當是至及○也

箋此至戶正義曰 閩本同毛本此下有築字戶下有爾字及○明監本所剜入也

禮諸侯之制也有夾室 閩本明監本毛本同案也當作聘

故言西其戶也　閩本明監本毛本同案浦鏜云西當南字誤是也

寢者夾室與東西房也　閩本明監本毛本同案浦鏜云者當有字誤是也

周公制禮土中　閩本明監本同毛本禮下剜入建國二字案所補非也

下又后六宮　閩本明監本毛本同案又當作云

其堅致　閩本明監本毛本同小字本相臺本致作緻案正義本作緻定本作致見擣羽又釋文云致本亦作緻同考文古本作緻采正義釋文

所以自光天也　〔補〕案天當作大下正義云所以爲自光大可證毛本正作大

鄭以爲總宮廟羣寢　毛本脫總字宮下衍宗字閩本明監本不誤

箋約謂搯土　〔補〕毛本謂下有至字案所補是也

故云其堂堂相稱　閩本明監本毛本不重堂字案下堂字乃室字之誤輒刪者非也

如鳥夏暑又布革張其翼者　閩本明監本毛本布作希案所改非也又布當作希誤分爲二字耳

韓詩作鞹　〔補〕釋文校勘通志堂本鞹作勒盧本作鞹案鞹字是也小字本所附正作鞹段玉裁云王氏詩考作翱廣雅鞹翼也本此

冥幼也　小字本相臺本同案釋文云幼王如字本或作窈崔音杳正義云冥幼釋言文又云而本或作冥窈者爾雅亦或作窈又云爲冥窈於義寶安但於正義之義不允考上傳云正長也正義云釋詁文釋文云王丁丈反崔直良反是依崔讀卽無不允當以或作本爲長

處所寬明快快快然閩本明監本毛本無一快字案上快字乃矣字之誤輒刪者非也

而本或作冥幼者閩本明監本毛本同案浦鏜云幼當窈字誤是也

爲室宮寬明之貌〔補〕毛本室宮作宮室案所易是也

與羣臣安燕爲歡以落之小字本相臺本同閩本明監本同考文古本亦同毛本落作樂案毛本依釋文改也

徐又九完反〔補〕釋文校勘通志堂本盧本完作還案小字本所附亦是完字盧文弨云還似宋人避桓嫌名改是也

毛氏爲燕以否閩本明監本毛本以誤與

箋莞小蒲至落之閩本明監本毛本同案落當作樂下文云定本作落可證此合并以後依經注本所改耳

如莞席紛純閩本明監本毛本同案浦鏜云加誤如是也

色如文綬文文閒有毛閩本明監本毛本誤不重文字案綬上文字當作艾爾雅疏卽取此皆不誤

鼻上有鈄〔補〕毛本鈄作針

明其法天人所爲閩本明監本毛本同案浦鏜云大誤天是也

正以璋者〔補〕毛本同案正當作玉下正義玉不用珪而以璋可證

時已其泣聲太煌煌然〔補〕毛本太煌煌作大喤喤案所改是也

故困封注云閩本明監本毛本困誤內案山井鼎云封恐卦誤是也

朱深云赤是矣閩本明監本毛本同段玉裁云云當作于形近之譌王伯厚鄭易考所引不誤

載衣之裼毛本裼誤禓明監本以上皆不誤

瓦紡塼也相臺本同小字本塼作摶案正義標起止云瓦紡塼釋文云塼本又作專考說文土部無塼字當以又作本爲長小字本作摶乃形近之譌古專摶雖通用但非此之證

習其一有所事也小字本同閩本明監本毛本同相臺本作習其所有事也考文古本同案正義云習其所有事也相臺本考文古本皆依之改耳段玉裁云當作一所有事一同壹一所有事謂壹於所有事也以壹訓專此詁訓之法

無父母詒罹唐石經小字本相臺本同案釋文云詒本又作貽罹本又作離正義標起止云至詒罹考文古本作貽采釋文離罹古今字也

○無羊

今乃犉者九十頭毛本十誤千明監本以上皆不誤

明不與深色同閩本明監本毛本同案深當作身良耜正義作身是其證

黑毛色者三十也閩本明監本毛本同小字本相臺本黑作異考文古本案異字是也

索則有之小字本相臺本同閩本同考文古本同明監本毛本索誤素

搏禽獸以來歸也小字本相臺本同案釋文云搏禽音博下同亦作捕音步下箋相與捕魚正義云維相與捕魚矣是正義本此亦當作捕釋文本下箋亦作搏今各本此依釋文下依正義非是考文古本作捕采正義及釋文亦作本也

鶱虧也小字本相臺本同案正義云定本亦然集注虧作曜段玉裁云曜考工記作燿讀爲哨頃小也毛釋此別於天保言山

牧人所牧既服閩本明監本毛本服誤暇

王乃令以大夫占夢之法占之補毛本夫作人案人字是也

故知此以占夢之官得而獻之閩本明監本毛本無以字案十行本此以占剜添者一字是以字衍也

西元二〇二四年三月一日重製一版

毛詩正義 冊二（唐孔穎達疏）

平裝四冊基本定價貳仟柒佰元正
（郵運匯費另加）

發行人 張敏君
發行處 中華書局
臺北市內湖區舊宗路二段一八一巷八號五樓（5FL., No. 8, Lane 181, JIOU-TZUNG Rd., Sec 2, NEI HU, TAIPEI, 11494, TAIWAN）
客服電話：886-8797-8396
公司傳真：886-8797-8909
匯款帳戶：華南商業銀行西湖分行
179100026931
印　刷：維中科技有限公司
海瑞印刷品有限公司

No. N0022-2

國家圖書館出版品預行編目(CIP)資料

毛詩正義/(唐)孔穎達疏. -- 重製一版. -- 臺北市 : 中華書局,
2024.03
冊； 公分
ISBN 978-626-7349-07-6(全套 : 平裝)

1.CST: 詩經 2.CST: 注釋 3.CST: 研究考訂

831.12 113001477